JAMES ROLLINS

L'ÎLE INTERDITE

Traduit de l'anglais (États-Unis)
par Leslie Boitelle-Tessier

fleuvenoir

MIXTE
Papier issu de sources responsables
FSC® C003309

L'éditeur de cet ouvrage s'engage dans une démarche de certification FSC® qui contribue à la préservation des forêts pour les générations futures.

Pour en savoir plus :
www.editis.com/engagement-rse/

ISBN : 978-2-265-14395-1

Dépôt légal : avril 2021

À maman Carol,
Pour tout ce qu'elle a donné aux siens,
avec tant d'amour et de générosité, durant sa vie entière.

CARTES

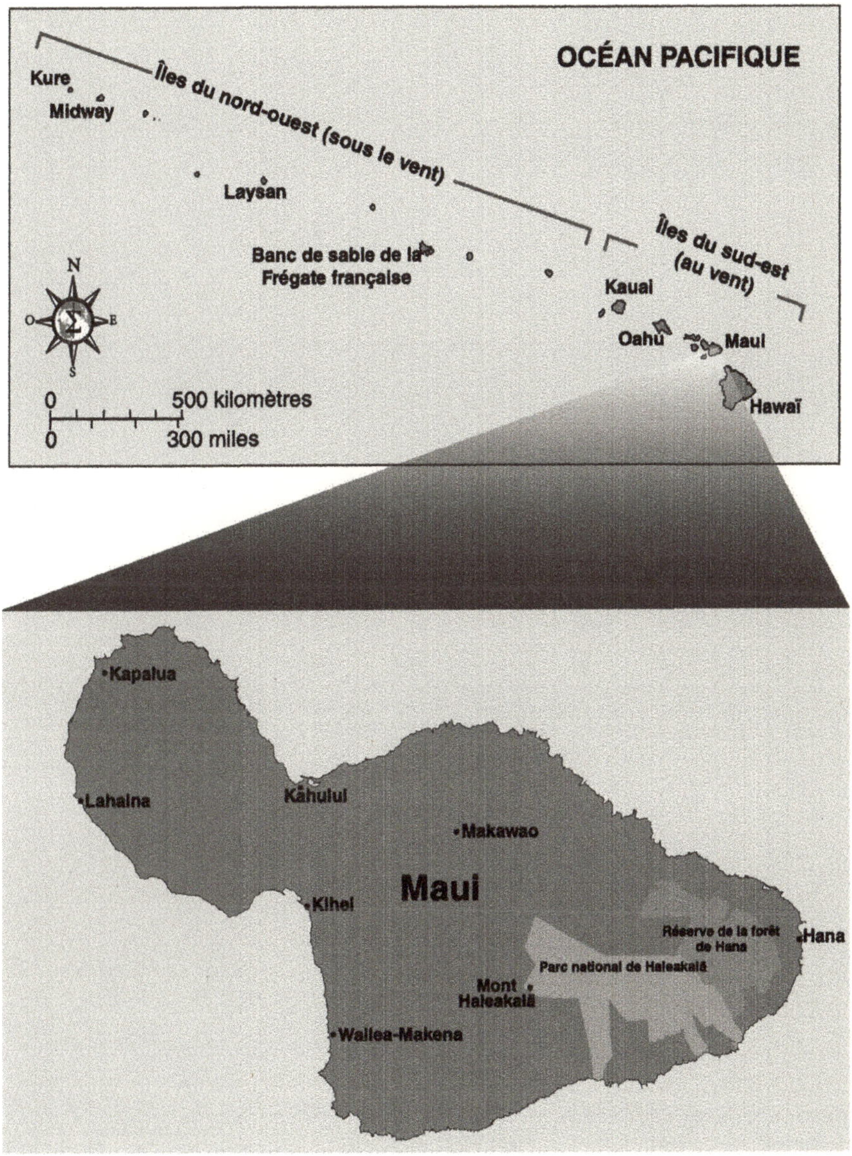
OCÉAN PACIFIQUE
Kure
Midway
Îles du nord-ouest (sous le vent)
Laysan
Banc de sable de la
Frégate française
Îles du sud-est
(au vent)
Kauai
Oahu
Maui
Hawaï
N
O
E
S
0
500 kilomètres
0
300 miles
Kapalua
Lahaina
Kahului
Makawao
Maui
Kihei
Réserve de la forêt
de Hana
Hana
Parc national de Haleakalā
Mont
Haleakalā
Wailea-Makena

NOTES HISTORIQUES

La Sigma Force a ses racines sous le Smithsonian Castle, imposant bâtiment de grès rouge à tourelles construit en 1849, juste à côté du National Mall. C'est à partir de cet édifice vénérable que la Smithsonian Institution a vu le jour, avec son complexe tentaculaire de musées, de centres de recherche et de laboratoires. Auparavant, et tout au long de la guerre de Sécession, le Château abritait à lui seul l'intégralité des collections de la Smithsonian.

Quel est toutefois le point de départ réel de ce brillant sanctuaire dédié à la science ?

Curieusement, l'institution n'a pas été fondée par un Américain, mais par un Britannique excentrique, chimiste et minéralogiste de profession : James Smithson. À son décès en 1829, il a légué un demi-million de dollars aux États-Unis (environ douze millions de dollars actuels, soit 1/66e du budget fédéral de l'époque) pour créer « un établissement censé accroître et diffuser la connaissance à travers le monde ».

À ce jour, le mystère continue de planer sur l'étrange mécène. D'une part, James Smithson, qui n'avait jamais foulé le sol américain, a fait don de sa fortune et d'une collection importante de minéraux à notre toute jeune nation. D'autre part, il n'avait jamais évoqué, de son vivant, son intention d'être si généreux envers les États-Unis. Autre bizarrerie, *post mortem* celle-là, son neveu l'a fait inhumer en Italie, à Gênes, plutôt qu'en Angleterre. Une des raisons pour lesquelles on sait si peu de choses sur le personnage est que, vers la fin de la guerre de Sécession, en 1865, un grave incendie a ravagé le Château. Si les étages inférieurs ont été épargnés (ne subissant que des dégâts des eaux), les niveaux supérieurs ont énormément souffert. Résultat : la plupart des documents manuscrits de Smithson – dont ses journaux de bord et ses carnets de recherche – ont été détruits. Dans les flammes, l'œuvre d'une vie a été perdue à jamais.

L'intrigue autour de Smithson ne s'est pas arrêtée avec sa mort. À l'hiver 1903, le célèbre inventeur américain Alexander Graham Bell s'est rendu en Italie contre l'avis du conseil d'administration de la Smithsonian et a profané la sépulture du Britannique à Gênes. Après avoir recueilli les ossements dans un cercueil en zinc, il a regagné les États-Unis en bateau à vapeur, puis enterré sa dépouille au Château, où elle repose encore aujourd'hui.

Pourquoi l'inventeur du téléphone est-il passé outre la volonté de ses collègues pour mettre le corps de Smithson de manière aussi précipitée en lieu sûr ? Était-ce simplement, comme on le prétend souvent, parce que la tombe du bienfaiteur était menacée par l'extension d'une carrière voisine ? Ou y avait-il autre chose au sujet du fantasque James Smithson – d'abord, son legs inattendu, puis le drôle d'incendie qui a réduit son héritage en cendres et, enfin, l'étrange expédition d'Alexander Graham Bell, soucieux de mettre sa dépouille à l'abri ?

Si vous souhaitez connaître la vérité effarante sur un sombre secret américain, continuez de lire…

NOTES SCIENTIFIQUES

Palaeovespa florissantia, guêpe cartonnière ayant vécu il y a trente-quatre millions d'années. Mention de source : Service national des parcs des États-Unis.

Quel est l'animal le plus mortel sur cette planète ? Faisons un peu les comptes. Les requins tuent environ six personnes par an et les lions, à peu près vingt-deux. Étonnamment, les attaques d'éléphant font cinq cents victimes. Les morsures de serpent doublent le score, avec un millier de morts. Bien sûr, nous autres humains dépassons de loin ces chiffres en massacrant, chaque année, quatre cent mille de nos congénères. Pourtant, beaucoup plus petit et infiniment plus destructeur, le véritable assassin du monde animal est, en fait, l'humble moustique. Vectrices d'une foule de maladies (malaria, fièvre jaune, virus du Nil occidental et, maintenant, Zika), ces sangsues volantes causent, à elles seules, plus d'un *million* de décès par an. Les piqûres de moustique sont d'ailleurs la première cause de mortalité chez les enfants de moins de cinq ans.

D'autres bêtes minuscules concourent au titre de champion toutes catégories. La mouche tsé-tsé est responsable de dix mille morts par an. La bien nommée « punaise assassine » (ou réduve) fait légèrement mieux avec douze mille victimes. Au total, chaque année, une personne sur soixante sera tuée par un insecte.

Pourquoi est-ce si important ? Les statistiques nous rappellent que nous ne vivons pas sous le règne de l'Homme, mais plutôt – comme c'est le cas depuis plus de quatre cents millions d'années – sous celui de l'Insecte. Alors que l'espèce humaine est apparue sur Terre il y a à peine trois cent mille ans, les insectes existaient bien avant les dinosaures et ils se sont multipliés, propagés jusqu'à occuper la moindre niche écologique. Aujourd'hui, on émet l'hypothèse que les insectes ont favorisé – sinon provoqué – l'extinction des dinosaures. Comment ? L'analyse de récents échantillons fossiles a montré que ces prédateurs de poche s'en étaient pris aux gros sauriens, alors affaiblis par les bouleversements climatiques de la fin du Crétacé, et qu'ils avaient donc bien contribué à leur disparition causée par la prédation, la transmission des microbes et les maladies. À un moment opportun de la préhistoire, les insectes ont pris le dessus : ils ont débarrassé la planète de leur adversaire principal face aux nouvelles espèces de plantes ou de fleurs – et, d'un seul coup, l'ère des dinosaures était révolue.

Aussitôt, une question cruciale se pose au sujet de l'ultime rival des insectes dans la course aux ressources naturelles qui, sur Terre, baissent à vue d'œil : *Pourrions-nous être leur prochaine cible ?*

Je n'arrive pas à me persuader qu'un Dieu bienveillant et tout-puissant ait créé délibérément les ichneumons [guêpes parasites] *avec l'intention de les faire se nourrir de l'intérieur du corps de chenilles vivantes...*

— CHARLES DARWIN,
dans une lettre du 22 mai 1860
adressée au botaniste Asa Gray

Ce sont vraiment des créatures incomprises.

— J. K. ROWLING,
Harry Potter et la Coupe de Feu

PROLOGUE

31 décembre 1903,
11 h 07, heure d'Europe centrale
Gênes, Italie

Alors que la fatigue commençait à peser sur les passagers, la carriole quitta Gênes à tombeau ouvert. Au détour d'un virage serré sur la neige, elle tressauta violemment.

Assis à l'arrière, Alexander Graham Bell gémit. Il avait du mal à récupérer de la fièvre qu'il avait contractée après sa traversée de l'Atlantique. Pour ne rien arranger, depuis quinze jours qu'il était arrivé, rien ne se déroulait comme prévu. Les autorités italiennes prenaient un malin plaisir à contrecarrer son projet de mettre en lieu sûr la dépouille de James Smithson, fondateur de la Smithsonian Institution. Afin de faciliter ce qu'on pouvait qualifier de « pillage de tombe », il avait dû jouer à la fois les espions et les ambassadeurs, alternant actes de duperie et distribution de pots-de-vin. À cinquante ans passés, ce n'était plus de son âge et le stress avait fini par l'emporter.

Son épouse lui saisit le poignet.

— Alec, si on demandait au chauffeur de ralentir ?

— Pas question, Mabel. Non seulement les conditions climatiques sont en train de changer, mais les Français sont sur nos talons. C'est maintenant ou jamais.

Trois jours plus tôt, alors qu'il avait enfin obtenu les autorisations nécessaires, quelques Français, parents éloignés de Smithson, avaient refait surface et réclamé son corps, sans avoir réellement conscience des enjeux. Avant que ces empêcheurs de tourner en rond ne puissent intervenir, Alexander avait plaidé auprès des autorités italiennes que, dans la mesure où Smithson avait légué *l'intégralité* de son patrimoine aux États-Unis, l'héritage comprenait forcément sa propre dépouille. Il avait consolidé son argumentaire en remettant des liasses de billets aux personnes compétentes et, en parallèle, il s'était vanté – à tort – que le président Theodore Roosevelt soutenait sa mission.

Le stratagème lui avait permis de l'emporter, mais ses interlocuteurs ne seraient pas éternellement dupes.

C'est, en effet, maintenant ou jamais.

Il posa la main sur sa poche de veste, où dormait une bribe de document aux coins calcinés.

Mabel remarqua son geste.

— Crois-tu qu'il soit encore là-bas ? Dans la sépulture, enterré près du cadavre ?

— Nous devons en avoir le cœur net. Ce secret a déjà failli être détruit il y a un demi-siècle. Nous ne pouvons pas laisser les Italiens terminer le travail.

En 1829, le neveu de James Smithson avait fait inhumer son oncle à flanc de falaise, dans un modeste cimetière génois. À l'époque, le site était britannique, mais les Italiens avaient conservé la propriété du sous-sol. Depuis quelques années, une carrière voisine grignotait peu à peu la colline et, à présent, la compagnie minière souhaitait tout récupérer, y compris le cimetière.

En apprenant que les ossements du fondateur de la Smithsonian étaient menacés, le conseil d'administration du musée avait discuté de la nécessité de rapatrier la dépouille avant qu'elle ne termine à la mer. Au même moment, Alexander était entré en possession d'une vieille lettre écrite par le premier secrétaire de la Smithsonian, Joseph Henry, qui avait supervisé la construction du Château et qui, finalement, mourrait entre ses murs.

— Henry n'était pas un illuminé, marmonna-t-il en lissant sa grosse barbe.

Mabel tâcha de le réconforter.

— Je sais à quel point tu l'admirais. Et combien son amitié t'était précieuse.

Il acquiesça en silence.

Assez pour suivre ses consignes jusqu'à cette sépulture en Italie.

Dans le courrier rédigé quelques mois avant son décès, Henry relatait une histoire qui remontait à la guerre de Sécession, quand le vent avait commencé à tourner contre les sudistes. L'homme était tombé sur un vieux journal de bord de Smithson, où figurait un commentaire incongru. Il l'avait découvert par hasard, alors qu'il cherchait à comprendre *pourquoi* leur mécène s'était montré si généreux envers un pays où il n'avait jamais mis les pieds. Au cours de son enquête, il s'était aperçu qu'un seul élément de la succession n'avait *pas* été légué aux États-Unis. Alors que toute la collection de minéraux – l'œuvre d'une vie – avait été transférée au Château, un objet n'avait pas fait le voyage, Smithson préférant charger son neveu de l'enterrer avec lui à sa mort.

Sa curiosité piquée au vif, Henry s'était plongé dans les nombreux écrits du scientifique et il avait fini par dénicher une allusion à une certaine *Couronne du Démon*. Smithson regrettait de l'avoir exhumée lors d'une expédition dans une mine de sel, près de la Baltique, car, selon lui, elle risquait de libérer quelque chose d'épouvantable.

— « *Les hordes mêmes de l'enfer sur le monde*... », murmura Alexander, citant un extrait du journal de Smithson.

— Tu y crois vraiment ? lâcha Mabel.

— Pendant la guerre de Sécession, quelqu'un y a cru suffisamment pour tenter de réduire la Smithsonian en cendres.

Du moins, c'est ce que Henry avait pensé.

Lorsqu'il avait découvert le secret de Smithson, il s'en était ouvert à certains collègues du conseil d'administration. Il s'était même demandé tout haut si l'objet en question ne pouvait pas devenir une arme. Trois jours plus tard, le Château était ravagé par un mystérieux incendie, qui semblait viser expressément l'héritage de Smithson, ses papiers comme sa collection de minéraux.

Troublé par la chronologie des faits, Henry en avait conclu qu'un traître avait confié ses craintes aux États confédérés. Par chance, il avait conservé dans son bureau le carnet qui faisait référence à l'étrange objet. Malgré sa couverture calcinée et quelques chapitres manquants, le document avait donc été plutôt épargné par les flammes. Prudent, Henry avait néanmoins décidé de taire qu'il avait pu le sauver et n'en avait informé qu'un cercle d'amis très restreint du musée. Le groupe formait une cabale clandestine qui, au fil des ans, avait recueilli les secrets les plus sombres de la Smithsonian, des informations qui, souvent, n'arrivaient même pas aux oreilles du président.

On avait ainsi découvert un tatouage énigmatique sur le poignet d'un bandit que Henry avait fini par relier à l'incendie. L'homme, qui s'était aussitôt tranché la gorge, était mort avant d'avoir pu être interrogé. Le premier secrétaire avait néanmoins intégré un croquis du tatouage à sa lettre afin d'avertir les générations suivantes.

On aurait dit une variante du symbole maçonnique, sans qu'on sache à quel groupe précis elle se référait. Quelques dizaines d'années plus tard, quand la tombe de Smithson avait été menacée, les successeurs de Henry avaient contacté Alexander. Ils lui avaient montré la lettre et l'avaient rallié à leur cause, conscients qu'il fallait un personnage de son envergure et de sa réputation pour mener des manœuvres aussi douteuses sur le sol italien.

Sceptique à l'idée de ce qu'il trouverait dans la tombe de Smithson (si tant est qu'il trouve quelque chose !), Alexander avait néanmoins accepté, finançant même la mission sur ses propres deniers. Qu'importait le résultat, il ne pouvait pas refuser.

Je le dois bien à Henry.

Après un dernier virage abrupt, la carriole arriva au sommet d'un promontoire rocheux. Le site offrait une vue imprenable sur la ville de Gênes, jusqu'à son port encombré de barges de charbon. Celles-ci étaient si nombreuses qu'on avait l'impression de pouvoir traverser la baie en sautant de l'une à l'autre. Plus près, le cimetière leur faisait signe, avec ses murs blancs hérissés de tessons de verre.

— Nous arrivons trop tard ? s'inquiéta Mabel.

Il comprit sa crainte. Un coin de la nécropole avait déjà disparu, englouti par la carrière de marbre voisine. Lorsqu'il descendit de voiture sous une méchante bise, Alexander aperçut ce qui ne pouvait être que deux cercueils fracassés au pied de la falaise. Il frissonna, mais pas à cause du froid.

— Hâtons-nous.

Son épouse et lui franchirent l'entrée du cimetière. Droit devant, emmitouflés dans d'épais manteaux, quelques sbires du gouvernement et trois ouvriers étaient réunis autour d'un imposant sarcophage isolé par une clôture métallique coiffée de piques. Alexander enlaça Mabel par la taille et s'empressa de les rejoindre, le dos courbé face au vent.

D'un hochement de tête, il salua le consul américain, William Bishop, qui vint à sa rencontre en tapotant sa montre.

— J'ai entendu dire qu'un avocat français arrivait de Paris par le train. Il n'y a plus une seconde à perdre.

— D'accord. Plus vite nous réembarquerons à bord du *Princess Irene* avec les ossements de notre estimé collègue, mieux ce sera.

Alors qu'il recommençait à neiger, Alexander se dirigea vers la tombe. Une simple inscription ornait la stèle en marbre gris.

Bishop repartit s'entretenir avec un émissaire italien. Très vite, deux ouvriers firent sauter les scellés du couvercle au pied-de-biche, tandis que leur collègue préparait un cercueil en zinc. Une fois les ossements de Smithson transférés à l'intérieur, le caisson serait soudé en vue de son voyage transatlantique.

Pendant que les trois hommes s'affairaient, Alexander fixa l'inscription d'un air perplexe.

— Bizarre… Il est indiqué que Smithson est mort à soixante-quinze ans.

— Et ? demanda Mabel.

— Notre mécène est né le 5 juin 1765. Selon mes calculs, il n'avait donc que soixante-quatre ans. Il y a une erreur de onze ans.

— Est-ce important ?

À la mémoire
de
M. James Smithson,
Membre de la Royal
Society[1] *de Londres,*
décédé à Gênes
le 26 juin 1829,
à l'âge de 75 ans.

— Bah ! Je n'en sais rien, mais j'imagine que son neveu connaissait l'âge véritable de son oncle, surtout pour le faire graver dans le marbre.

Au moment où le couvercle du sarcophage fut enfin posé à terre, Bishop l'invita à rejoindre la sépulture.

— À vous l'honneur.

Bien qu'il appréciât le geste, Alexander songea à se dérober, mais les choses étaient déjà trop avancées.

Au point où j'en suis, autant aller jusqu'au bout.

Il regarda au fond de la tombe béante. Le cercueil en bois s'était désagrégé depuis longtemps, ne laissant qu'une couche épaisse de poussière sur ce qui était, à l'évidence, un squelette. Avec un grand respect, Alexander écarta les débris et souleva le crâne, étonnamment intact. Il se serait presque attendu à ce que la relique s'effrite entre ses doigts.

Après avoir reculé d'un pas, il plongea son regard dans les orbites vides du fondateur de la Smithsonian.

1. Équivalent de l'Académie des sciences en France. *(Les notes sont de la traductrice.)*

Comme indiqué sur la stèle, Smithson était un membre estimé de la British Royal Society, un des groupes scientifiques les plus renommés au monde. On lui avait même proposé d'y entrer dès sa sortie de l'université, car, malgré son jeune âge, son talent forçait déjà l'admiration. Le chimiste et minéralogiste avait ensuite passé une bonne partie de sa vie à sillonner l'Europe en quête d'échantillons de pierres et de minerais.

Le personnage restait néanmoins auréolé de mystère.

Pourquoi, par exemple, avait-il légué sa fortune et sa collection aux États-Unis ?

En tout cas, un fait demeurait indiscutable.

— Nous vous devons tant, murmura Alexander. Grâce à votre générosité d'esprit, notre jeune pays a connu un tournant décisif. Grâce à votre legs, les grands esprits américains ont appris à mettre de côté leurs ambitions mesquines et à unir leurs efforts pour le bien commun.

— Beau discours, déclara Bishop en tendant ses mains gantées.

Les conditions météorologiques se dégradant de minute en minute, le diplomate voulait finir au plus tôt.

De bonne grâce, Alexander lui remit le crâne afin qu'il soit déposé au fond du cercueil en zinc, puis il étudia de nouveau la sépulture.

Il avait déjà remarqué une forme rectangulaire dans un coin. D'un revers de main, il essuya la poussière de ce qui se révéla être un petit coffre métallique.

Aurait-il enfin trouvé l'origine du problème ?

Il dut employer toutes ses forces pour hisser la boîte hors du tombeau. Elle était si lourde qu'il fallut la poser sur une sépulture voisine. Après avoir demandé aux ouvriers d'achever le transfert des ossements, Bishop revint à ses côtés, ainsi que Mabel.

— C'est cela ? s'enquit-elle.

Alexander pivota vers le consul.

— Que les choses soient claires : cette relique ne fera l'objet d'aucune mention officielle ou non officielle. Compris ?

Bishop jeta un œil au groupe, toujours attelé à sa tâche.

— Ne vous inquiétez pas. Vous avez grassement acheté leur silence.

Satisfait, Alexander ôta le loquet, puis souleva le couvercle. À l'intérieur, un lit de sable abritait quelque chose de la taille et de la couleur d'une citrouille.

— Qu'est-ce que c'est ? demanda Mabel.

— On… on dirait un morceau d'ambre.

— D'ambre ? répéta Bishop avec une pointe de cupidité. Et cela a de la valeur ?

— Un peu, mais rien d'exceptionnel. Il ne s'agit, au fond, que de sève d'arbre fossilisée. (Intrigué, Alexander se pencha sur sa trouvaille.) Bishop, pourriez-vous demander à cet ouvrier de nous prêter sa lanterne ?

— Pourquoi… ?

— Ne discutez pas, mon vieux. Le temps presse.

Le consul se dépêcha d'obéir.

Restée auprès de son mari, Mabel souffla :

— À quoi penses-tu, Alec ?

— Je discerne quelque chose à travers l'ambre, mais c'est très flou.

Bishop revint, lampe à la main.

Alexander augmenta la puissance de la flamme et approcha la lanterne. D'une splendide couleur miel, le bloc d'ambre translucide dévoila ce qu'il dissimulait en son cœur.

— Des ossements ? bredouilla Mabel.

— Je crois, oui.

Manifestement, la tombe de Smithson abritait plus que sa propre dépouille en décomposition.

— À qui appartiennent-ils ? lança Bishop.

— Aucune idée. En tout cas, c'est d'origine préhistorique.

Alexander se pencha encore davantage, les yeux plissés. Au centre de l'ambre flottait un crâne triangulaire, gros comme le poing, à la mâchoire saillante et aux dents acérées. Les traits étaient formellement reptiliens, peut-être ceux d'un modeste dinosaure. Un ensemble d'ossements flottait en orbite au sein de la roche luisante. Plusieurs milliers d'années auparavant, de la sève avait sans doute coulé sur la vieille tombe de l'animal, déplaçant les restes du squelette et les piégeant à jamais dans une position saugrenue.

Depuis, les ossements formaient un halo effrayant au-dessus du crâne.

Comme une couronne.

Il lorgna en direction de Mabel, qui haleta profondément. Elle aussi savait qu'il devait s'agir de ce que Smithson avait, dans ses écrits, judicieusement baptisé la « Couronne du Démon ».

— Impossible, murmura son épouse.

Il acquiesça en silence. Au fond de sa poche, il détenait une bribe calcinée du journal de bord du chimiste, où ce dernier avait griffonné une éclatante mise en garde au sujet de l'objet.

C'était forcément *impossible*, comme disait Mabel.

Il se remémora les mots du regretté Smithson au sujet de la curieuse relique.

Attention, ce que la Couronne du Démon recèle est on ne peut plus vivant…

Alexander sentit un frisson de terreur lui glacer l'échine.

… et prêt à lâcher les hordes mêmes de l'enfer sur le monde.

3 novembre 1944,
20 h 34, heure de l'Est
Washington, D.C.

— Prenez garde aux rats, prévint James Reardon à l'entrée du tunnel. Dans le noir, ce sont de vraies brutes. Le mois dernier, un ouvrier s'est fait sectionner l'extrémité du pouce.

Tout en réprimant un tressaillement de dégoût, Archibald MacLeish accrocha sa veste à une patère, près de la porte. Sa tenue n'était guère adéquate pour explorer les entrailles du bâtiment, mais, en raison d'une réunion qui s'était éternisée à la Bibliothèque du Congrès, il était déjà arrivé très en retard.

Cinq marches descendaient vers la vieille galerie souterraine qui reliait le Château à l'immeuble voisin, de l'autre côté de l'allée. De construction plus récente, le bâtiment d'Histoire naturelle avait été achevé en 1910, quand dix millions d'objets avaient été acheminés en voiture à cheval depuis le Château jusqu'à leur antre actuel. Pendant dix ans, les deux structures avaient communiqué grâce à un tunnel de deux cents mètres de long. Au fil des progrès technologiques, le passage avait fini par être condamné et plus personne ne l'empruntait, hormis un agent de maintenance par-ci par-là.

Et, apparemment, des bataillons de vermine.

Archibald, lui, estimait que le souterrain désaffecté pouvait connaître une seconde jeunesse. En tant que bibliothécaire du Congrès et responsable du Comité pour la sauvegarde des ressources culturelles, il avait été chargé, au début de la Seconde Guerre mondiale, de mettre les trésors nationaux en lieu sûr. Par crainte d'attaques aériennes comparables à celles que Londres avait essuyées durant le *Blitz*, il avait personnellement supervisé le transfert de documents inestimables – la Déclaration d'indépendance, la Constitution et même un exemplaire de la Bible de Gutenberg – dans l'enceinte sécurisée de Fort Knox. Sur le même principe, la National Gallery of Art avait entreposé ses plus beaux chefs-d'œuvre au domaine Biltmore, en Caroline du Nord, tandis que la Smithsonian enterrait la Bannière étoilée au fin fond du parc national de Shenandoah.

Archibald, pour sa part, avait détesté la façon décousue dont ces efforts considérables avaient été déployés. En 1940, il avait réclamé une solution plus pérenne : la construction d'un abri antibombardement sous le National Mall. Hélas, le Congrès avait rejeté sa proposition, trop coûteuse.

Malgré ce revers, l'homme n'avait pas renoncé à son projet et voilà pourquoi il se trouvait actuellement dans les sous-sols du Château, où des abris antiaériens provisoires avaient été créés pour le personnel du musée. Depuis trois semaines, deux ingénieurs avaient été recrutés par ses soins afin de mener une étude de faisabilité, de déterminer si un tel coffre-fort pouvait être construit en secret, à partir du tunnel actuel. Deux jours plus tôt, les experts avaient ainsi découvert une porte latérale, à mi-chemin du National Mall, dissimulée derrière quelques tuyaux et un mur de briques.

Archibald avait aussitôt prévenu James Reardon, actuel sous-secrétaire de la Smithsonian. Ami de longue date, James avait soutenu son combat pour la construction d'un abri à l'épreuve des bombes. Les deux hommes espéraient que la trouvaille raviverait l'intérêt du Congrès, notamment lorsqu'il apprendrait l'identité de celui qui avait *a priori* muré la mystérieuse pièce. Son nom figurait sur une plaque fixée à la porte métallique qui se dressait derrière la couche de briques.

Alexander Graham Bell.

Il y avait aussi une mise en garde.

Le message, très singulier, avait été signé par cinq membres du conseil d'administration de la Smithsonian. James avait vérifié leurs noms. Depuis, ils étaient tous décédés et aucune archive ne faisait état des circonstances dans lesquelles Bell et ses confrères avaient été amenés à cacher quelque chose sous le National Mall – de plus, à l'insu des autres membres du conseil.

L'objet qui dort derrière cette porte est à la fois la plus belle des merveilles et le pire des dangers. Il pourrait bouleverser à jamais le cours de l'humanité ou, s'il tombait entre de mauvaises mains, tous nous condamner. Nous soussignés estimons qu'il est trop risqué de le dévoiler au grand jour. En même temps, nous n'osons pas le détruire, car il recèle peut-être la clé de la vie après la mort.

Conscient du haut degré de confidentialité, Archibald s'était uniquement confié à son ami James sur l'existence de la porte dérobée. Les deux ingénieurs, qui avaient juré de garder le secret, patientaient désormais au sous-sol, prêts à fracturer la serrure et à découvrir eux-mêmes ce qui, presque quarante ans plus tôt, avait justifié pareil subterfuge.

James consulta sa montre de gousset.

— Il n'y a plus une minute à perdre.

Archibald comprit le message. À cause de sa réunion, ils avaient déjà une heure de retard sur le planning.

— À toi d'ouvrir la voie.

James franchit la petite porte et descendit. Il sautillait presque de marche en marche, alors qu'Archibald avait plus de mal à appréhender l'escalier raide et étroit. De quinze ans son cadet, James le géologue partait souvent sur le terrain. Archibald, lui, était un poète de cinquante-quatre printemps, que Franklin Delano Roosevelt avait contraint d'accepter un travail de bureau – ou, comme Archibald l'avait décrit à l'époque de sa nomination, *le président a[vait] décidé que je souhaitais être bibliothécaire du Congrès*.

Il pénétra à l'intérieur du tunnel froid et humide. Le chemin était éclairé par une guirlande d'ampoules en cage. Plusieurs d'entre elles étant cassées ou manquantes, il subsistait de vastes pans d'obscurité.

James alluma une grosse torche électrique et s'engagea dans la galerie.

Archibald lui emboîta le pas. Même si les dimensions du couloir permettaient de se tenir droit, il préféra garder le dos courbé, la tête basse, à distance des sombres canalisations qui couraient au plafond. Surtout que, çà et là, on entendait des griffes racler la brique, des petits corps cavaler là-haut.

Au bout de quelques minutes, James se figea.

Son ami faillit lui rentrer dedans.

— Qu'est-ce qui ne va p… ?

Une série de détonations résonnèrent devant eux.

James se retourna avec inquiétude.

— Des coups de feu.

Il éteignit sa lampe et sortit un pistolet Smith & Wesson du holster fixé sous son bleu de travail. Archibald ignorait qu'il était armé, mais, vu la taille de la vermine qui infestait les lieux, son initiative était plutôt logique.

Après lui avoir tendu la torche, James empoigna sa crosse des deux mains.

— Va chercher de l'aide.

— Où cela ? Vu l'heure, il n'y a plus personne au Château. Le temps que je donne l'alerte, il sera trop tard.

Archibald brandit la longue torche comme un gourdin.

— Mieux vaut rester groupés.

Une explosion étouffée régla le problème.

Grimace aux lèvres, James s'avança en restant le plus possible à l'ombre du mur. Archibald l'imita.

Quelques mètres plus loin, le nuage de poussière de la détonation s'abattit sur eux. Archibald eut envie de tousser, mais, très vite, l'atmosphère se dégagea. On ne pouvait pas en dire autant de la galerie : une ribambelle d'ombres galopaient à terre ou le long des canalisations.

Des rats… par centaines.

Archibald s'aplatit contre la paroi en se retenant de hurler. Soudain, une masse tomba du plafond, lui atterrit sur l'épaule et s'enfuit avec un couinement strident. D'autres rongeurs piétinèrent ses chaussures. Certains s'agrippaient même à ses jambes de pantalon, comme s'il était l'arbre providentiel au milieu d'une rivière en crue.

James continuait sa route, imperturbable, sans prêter attention aux bestioles qui se tortillaient sous ses pieds.

Les mâchoires serrées, Archibald attendit que le gros de la horde soit passé, puis il se hâta de rattraper son ami.

Alors qu'ils arrivaient dans une section plus lugubre, où plusieurs ampoules étaient cassées, ils aperçurent deux lanternes posées au sol. Le halo de lumière révéla la présence d'un corps.

Un des ingénieurs.

D'autres silhouettes surgirent à gauche.

Trois hommes masqués.

James posa un genou à terre et ouvrit aussitôt le feu. La déflagration, assourdissante, fit sursauter Archibald.

L'un des intrus se retourna et heurta le mur.

James lui courut après en tirant de nouvelles salves. Un instant tétanisé, Archibald se lança également aux trousses du bandit. Dans le tumulte qui suivit, éclairé par les décharges d'artillerie, il vit un homme masqué tenter de relever son complice blessé. Loin de se laisser émouvoir, James s'acharna sur la détente. Les projectiles ricochèrent sur les murs en béton et les tuyaux.

Le troisième voyou décampa au fond du tunnel. Une grosse besace à la main, il tirait derrière lui à l'aveuglette. Les balles partaient dans tous les sens, car son but principal était de s'enfuir. Son comparse finit par le suivre, contraint par le feu nourri de James d'abandonner la silhouette avachie au sol.

Tandis que James et Archibald gagnaient du terrain, une nouvelle explosion les repoussa en arrière. Des flammes jaillirent d'une embrasure sur la gauche et envahirent la galerie.

Archibald se protégea le visage avec le bras.

À la faveur d'une accalmie, James se remit en route.

Archibald évalua vite l'ampleur des dégâts. L'ingénieur qui gisait sur le seuil avait reçu une balle en pleine nuque. L'autre était mort dans la pièce voisine, ses vêtements en feu. Alimentés par une bibliothèque en train de brûler avec ses livres, d'autres brasiers transformaient la petite salle en fournaise. Les pages enflammées voltigeaient, charriées par un air saturé en fumée.

James s'attarda sur l'assaillant étendu au sol. Il tapota pour éteindre ses vêtements, puis fouilla le cadavre.

Pendant ce temps-là, Archibald se concentra sur la pièce voisine. Un socle en marbre d'un bon mètre de haut trônait au milieu. À son pied, un petit coffre métallique était grand ouvert, sans doute soufflé par la déflagration. La boîte se révéla être vide, à l'exception d'un monticule de sable qui s'était renversé au moment où elle était tombée à terre.

Archibald se rappela l'énorme besace du voleur en fuite. Le cœur lourd, il comprit que le trésor caché par Bell et ses acolytes avait disparu. Il brava néanmoins la fournaise, attiré par quelque chose qui dépassait du sable.

Le bras plaqué sur le bas du visage, il contourna le cadavre de l'ingénieur, s'accroupit près du coffret et extirpa des décombres un vieux carnet de bord. Le cuir de la reliure avait déjà été noirci par un feu d'une autre époque. En feuilletant l'ouvrage, le bibliothécaire constata que la plupart des pages étaient carbonisées ou manquaient à l'appel – mais pas toutes.

Les pillards n'avaient pas dû remarquer l'antique journal, à moitié dissimulé sous le sable. Convaincu de l'importance de sa découverte, il rebroussa chemin avec son trophée.

James, qui avait ôté le passe-montagne du bandit, souffla :

— Regarde un peu.

— Mon Dieu… c'est une femme !

Et ce n'était pas la seule surprise. La voleuse avait les cheveux noirs, des pommettes larges et des yeux légèrement bridés achevaient de dévoiler ses origines.

— Une Japonaise, marmonna Archibald.

— Sans doute une espionne, confirma James, mais voici ce que je voulais te montrer.

Il leva le bras inerte de la jeune femme : un tatouage ornait l'intérieur de son poignet.

— Une idée de sa signification ?

Perplexe, le bibliothécaire se retourna vers la salle en feu. La porte, arrachée de ses gonds, gisait sur le flanc. Sa plaque métallique étincelait sous les flammes, comme pour marteler l'avertissement au sujet de ce qui était jadis caché là-bas.

… *le pire des dangers*.

— Non, avoua Archibald, mais pour le salut de notre pays, et peut-être celui du monde, il va falloir le découvrir.

PREMIÈRE PARTIE

COLONISATION

Σ

CHAPITRE 1

De nos jours
8 mars, 15 h 45, heure de Brasilia
Île de Queimada Grande, Brésil

L'homme décédé gisait sur le ventre, moitié dans le sable, moitié sur l'herbe.

— Le pauvre gars avait presque regagné son bateau, commenta le professeur Ken Matsui.

Il s'écarta afin de permettre au Dr Ana Luiz Chavos d'examiner le corps. Quiconque posait officiellement le pied sur l'île de Queimada Grande, à une trentaine de kilomètres au large du Brésil, devait être accompagné d'un médecin et d'un soldat de la marine nationale.

Leur escorte militaire, le lieutenant de vaisseau Ramon Dias, s'attarda sur le canot à moteur camouflé à quelques mètres, au milieu des rochers. Il laissa échapper un ricanement de mépris et cracha en direction des vagues.

— *Caçador furtivo... idiota.*

— Il dit que c'était sans doute un braconnier, expliqua Ken à son étudiant de troisième cycle.

Les deux hommes arrivaient de l'université Cornell.

Oscar Hoff, vingt-sept ans, avait le crâne rasé et le bras gauche entièrement tatoué. Son apparence physique lui donnait l'image d'un dur à cuire, d'un voyou des rues, mais l'habit ne faisait pas le moine. Vu son teint livide, sa moue écœurée, c'était bien le premier cadavre auquel il était confronté. Naturellement, l'état du corps, grignoté par les oiseaux et les crabes, n'arrangeait rien. Une grosse tache noire avait imbibé le sable autour de la victime.

Imperturbable, le Dr Chavos observa les bras du mort et se rassit sur ses talons. Elle se mit à parler d'un ton neutre, d'abord en portugais à Dias, puis elle s'adressa aux vagues, les yeux rivés au soleil déclinant. D'ici deux à trois heures à peine, il ferait nuit.

— Il est mort depuis au moins trois jours, annonça Ana Luiz, le doigt pointé vers le bras gauche du braconnier.

Du coude au poignet, les chairs étaient presque entièrement noircies et nécrosées. L'éclat blanchâtre de l'os apparaissait sous les tissus liquéfiés.

— Morsure de serpent.

Ken leva le nez vers les rochers tout proches et la forêt tropicale qui couronnait l'île montagneuse de quarante hectares.

— *Bothrops insularis*, présuma-t-il. La vipère fer de lance dorée.

— Voilà pourquoi on parle d'île aux Serpents, indiqua Dias. Ils sont ici *chez eux*. Et vous avez intérêt à les respecter.

C'était la prédominance des dangereux crotalidés – et leur statut d'espèce menacée – qui limitait l'accès de Queimada Grande à la seule marine militaire brésilienne. Tous les deux mois, des soldats assuraient la maintenance de l'unique phare de l'île. Même ce système-là avait été automatisé après que la première famille de gardiens de phare – un couple et ses trois enfants – eut été décimée en une nuit, quand des serpents s'étaient introduits à leur domicile par une fenêtre ouverte. Les pauvres gens avaient tenté de fuir, mais ils avaient été mordus par d'autres vipères accrochées aux branches le long du sentier forestier qui menait à la mer.

Depuis, les touristes avaient interdiction d'accoster. Parfois, une équipe scientifique était autorisée à s'y rendre, mais elle devait être assistée d'un médecin muni de sérum antivenimeux et d'une escorte militaire.

Comme ce jour-là.

Grâce au soutien solide de ses mécènes japonais, Ken avait organisé leur déplacement à la dernière minute, juste avant l'arrivée d'une tempête prévue le lendemain. Son étudiant et lui avaient sauté sur l'occasion, quitté précipitamment leur hôtel d'Itanhaém et attrapé le bateau juste à temps.

Ana Luiz se redressa.

— Allons recueillir vos deux spécimens, mettons-les en sécurité, puis regagnons le continent tant qu'il fait jour.

Leur Zodiac patientait sur la plage d'une crique voisine.

— Hors de question d'être encore ici à la tombée de la nuit.

— Nous allons nous dépêcher, promit Ken. Étant donné la profusion de fers de lance sur l'île, l'opération ne devrait pas s'éterniser.

Il sortit un crochet muni d'un long manche, pivota vers Oscar et lui transmit ses dernières instructions.

— On compte environ un serpent au mètre carré. Alors, tiens-toi à carreau et laisse-moi prendre les devants. N'oublie pas qu'à tout instant, la mort rôde à un pas ou deux de toi, tapie derrière un rocher ou pendue à un arbre.

Oscar lorgna le cadavre. Difficile de faire mieux comme appel à la prudence !

— Pourquoi... pourquoi risquer de s'aventurer ici seul ?

— Un seul fer de lance doré se monnaie jusqu'à vingt mille dollars au marché noir, répondit Ana Luiz. Parfois davantage.

— Le braconnage d'espèces sauvages est un business colossal, renchérit Ken. Moi, j'ai déjà croisé ce genre de biopirates aux quatre coins de la planète.

Et ce macchabée n'est certainement pas le premier que je vois victime de sa cupidité.

Même s'il n'avait que dix ans de plus que son étudiant, Ken avait passé la majeure partie de sa vie professionnelle à sillonner le globe. Titulaire d'un double doctorat en entomologie et en toxicologie, il combinait ses spécialités dans le domaine de la *vénomique*, autrement dit l'étude du venin des animaux.

Ce mariage de disciplines lui allait comme un gant, vu sa double ascendance personnelle. Son père, japonais de première génération, avait passé son enfance dans un camp d'internement en Californie. Sa mère, allemande, avait émigré après la guerre. Au cours de sa jeunesse, Ken avait donc souvent entendu la blague selon laquelle sa famille avait créé son propre mini-bastion de l'Axe au cœur de la banlieue américaine.

Et puis, deux ans plus tôt, ses parents étaient décédés à un mois d'intervalle, lui laissant un héritage mêlant teint pâle, épais cheveux noirs et paupières légèrement bridées.

Les origines métissées de Ken – ce que les Japonais appelaient *hafu* – l'avaient sans doute aussi aidé à décrocher sa bourse. Le voyage d'étude à Queimada Grande avait été en partie financé par la société pharmaceutique Tanaka, implantée au Japon. Objectif : découvrir un nouveau médicament miracle issu des nombreuses toxines contenues dans le venin des habitants de l'île.

— En route ! lança Ken.

Armé de courage, Oscar tenta de se débattre avec sa pince à serpent pliable. Si l'instrument permettait de capturer les reptiles sans risque, Ken se contentait d'un simple crochet afin de moins stresser l'animal. Quand la pince était utilisée de manière trop agressive, le serpent pouvait avoir une réaction violente.

Chaussés de grandes bottes en cuir, les membres du groupe quittèrent prudemment la plage. Bientôt, le sable céda sa place à une étendue rocailleuse semée de petits fourrés. Cinquante mètres en amont de la colline, une forêt sombre semblait leur faire signe.

Espérons que nous ne serons pas obligés d'y pénétrer pour dénicher nos spécimens.

Du bout de son crochet, Ken soulevait les branches les plus basses.

— Fouille bien la végétation, Oscar, mais n'essaie pas d'attraper directement un serpent. Laisse-le se faufiler au grand jour avant d'attaquer.

D'une main tremblante, le jeune homme tâcha d'imiter son professeur sur un buisson voisin.

— Inspire à fond et rappelle-toi nos entraînements au zoo. Tu connais parfaitement la marche à suivre.

La mine grimaçante, Oscar sonda son premier fourré.

— Rien… rien à signaler.

— Excellent. Un pas après l'autre.

Ils continuèrent sous la houlette de Ken, qui tenta de détendre son élève en bavardant sur un ton léger.

— La légende veut que les fers de lance dorés aient été amenés sur l'île par des pirates soucieux de protéger leur trésor.

Ana Luiz gloussa. Dias, lui, se renfrogna.

— Donc, pas de pirates, j'imagine, conclut Oscar.

— Non. Cette catégorie de vipère s'est échouée ici il y a quelque onze mille ans, lorsque le niveau de la mer est monté et que le pont reliant l'île au littoral a été submergé. Isolés, les serpents n'avaient plus de prédateurs et ils ont proliféré. Leur unique source de nourriture vivait cependant en haut des arbres.

— Les oiseaux.

— Queimada Grande se situe sur un grand axe de migration. Les stocks sont renouvelés chaque année. Néanmoins, contrairement aux proies terrestres, les oiseaux se sont montrés plus roublards. Même en grimpant aux arbres, les serpents avaient du mal à attraper les volatiles, qui détalaient à tire-d'aile après avoir été mordus. Ils ont donc développé un venin très puissant, cinq fois plus toxique que celui de leurs cousins continentaux.

— Afin de tuer leurs cibles plus vite.

— Exact. Unique en son genre, le venin de fer de lance doré est un cocktail détonant de poisons qui, en plus de faire fondre les chairs, provoquent défaillance rénale, insuffisance cardiaque, hémorragie cérébrale et saignements intestinaux. Ce sont ses molécules hautement hémotoxiques qui pourraient servir à traiter les maladies du cœur.

— Et voilà la raison de notre présence ici, compléta Oscar. Trouver le prochain captopril.

— En tout cas, nos gentils mécènes de Tanaka comptent dessus, confirma Ken en souriant.

Il ne s'agissait pas d'un pari insensé. Le captopril – médicament numéro un des ventes de Bristol-Myers Squibb contre l'hypertension – avait été isolé chez un proche cousin du fer de lance doré : *Bothrops jararaca*, autre crotalidé vivant au Brésil.

— Qui sait ce que nous pourrions découvrir d'autre avec tout ce venin ici ? renchérit Ken. Le Prialt est un antalgique puissant tout juste commercialisé par la société pharmaceutique Elan. Il a été créé à partir d'une toxine présente chez un mollusque gastéropode très venimeux appelé « cône de mer ». De même, une protéine extraite du venin des monstres de Gila est en cours d'étude et pourrait accomplir des merveilles sur la maladie d'Alzheimer. De plus en plus, le monde mise sur l'élaboration de ce genre de médicaments.

— On dirait que c'est le bon moment pour devenir toxicologue expert en animaux venimeux, rétorqua Oscar, amusé. Peut-être devrions-nous fonder notre propre société. *Venin vidi vici.*

Ken taquina l'étudiant du bout de son crochet.

— Tâche déjà d'attraper ton premier spécimen. Ensuite, nous parlerons affaires.

Toujours guilleret, Oscar s'approcha d'un autre buisson épineux, dont il écarta les branches basses. Soudain, quelque chose fila sur les cailloux. Le jeune homme hurla et trébucha en arrière, bousculant Ana Luiz, qu'il entraîna dans sa chute.

D'emblée, le serpent de cinquante centimètres fut attiré par l'empreinte thermique de leurs corps.

Ken s'interposa, attrapa l'animal par le milieu et le brandit en l'air. Aussitôt, le corps du reptile devint flasque, sa tête minuscule s'agita dans tous les sens et il sortit sa langue.

Oscar tenta de fuir à quatre pattes.

— Ne t'inquiète pas. Ce n'est qu'un autre résident de Queimada Grande. *Dipsas indica*, surnommé le « Mangeur d'escargots ». (Il s'en débarrassa.) Complètement inoffensif.

— J'ai… j'ai cru qu'il voulait m'attaquer, balbutia son élève, rouge de honte.

— En général, les petits Mangeurs d'escargots sont assez tranquilles. Bizarre que celui-ci s'en soit pris à toi ! s'étonna Ken en étudiant la trajectoire initiale de l'animal. À moins qu'il n'ait simplement tenté de rejoindre la plage.

Comme le braconnier…

Intrigué, il regarda dans la direction opposée, vers un affleurement rocheux et la forêt qui s'étendait ensuite. Il reposa le serpent sur les cailloux et le laissa filer, toujours vers la côte.

— Allez ! lança-t-il avant de gravir la pente.

Par-delà la crête rocheuse, Ken tomba sur une cuvette sablonneuse. Stupéfait, il contempla l'invraisemblable spectacle.

Un enchevêtrement de corps mordorés recouvrait le sable et les rochers. Il y en avait des centaines. Rien que des fers de lance dorés qui, jusqu'alors, régnaient en maîtres sur l'île.

— Putain…, haleta Oscar, frissonnant.

Ana Luiz se signa, tandis que Dias braquait son fusil de chasse vers l'étendue de sable. La précaution était inutile.

— On dirait qu'ils sont tous morts, annonça Ken.

Mais qu'est-ce qui les a tués ?

Aucun reptile doré d'un mètre de long ne semblait bouger. Et il n'y avait pas que des vipères. Un autre corps gisait au fond, face contre terre, inerte.

Le lieutenant de vaisseau s'adressa à Ana Luiz en portugais. Elle hocha la tête. Ken maîtrisait assez les dialectes brésiliens pour comprendre qu'il devait s'agir du complice du braconnier découvert à leur arrivée. En tout cas, les deux malheureux étaient habillés de façon similaire.

Malgré l'absence de danger immédiat, tout le monde resta pétrifié par l'horreur de la scène.

Oscar fut le premier à reprendre :

— Ce type respire toujours ?

Ken plissa les paupières. *Sûrement pas.* Il s'avéra pourtant que son étudiant avait des yeux de lynx : le torse de l'homme se soulevait faiblement, par saccades.

Ana Luiz jura à voix basse et s'engagea dans la pente en empoignant la trousse de secours qu'elle portait en bandoulière.

— Attendez ! cria Ken. Laissez-moi y aller d'abord. Certains fers de lance sont peut-être encore à moitié vivants. Et même un serpent mort peut mordre.

Le médecin se retourna vers lui, incrédule.

— Une foule d'histoires circulent sur des gens qui, après avoir décapité un serpent à sonnettes ou un cobra, se sont fait attaquer au moment de ramasser la tête. Même plusieurs heures après ! Un grand nombre d'animaux ectothermes – dits « à sang froid » – possèdent ce réflexe *post mortem.*

Il passa devant elle et, à l'aide de son crochet, il souleva, puis écarta chaque corps de serpent de leur chemin. À mesure qu'il progressait, il s'avéra que tous les fers de lance étaient bien morts. Ils ne réagissaient pas à sa présence, ce qui, au vu de l'agressivité naturelle de l'espèce, était très significatif.

Peu à peu, une curieuse odeur pestilentielle s'éleva autour de lui : la puanteur normale des chairs restées trop longtemps au soleil se mêlait à d'écœurants effluves suaves, comparables à ceux d'une fleur en décomposition.

Ken sentit son pouls s'emballer, comme si l'odieux parfum l'avertissait d'un grave danger.

Aux aguets, il finit par se rendre compte que la forêt tropicale était anormalement silencieuse. On n'entendait ni chants d'oiseaux ni gazouillis d'insectes. Rien que le bruissement des feuilles. Il s'arrêta et leva le bras.

— Qu'y a-t-il ? demanda Ana Luiz.

— Demi-tour.

— Mais…

Il recula d'un pas, puis d'un autre et, tout en ramenant la jeune femme derrière lui, il se concentra sur le corps au sol. À présent, il distinguait nettement son visage. Les yeux avaient disparu. Les narines étaient remplies de sang noir coagulé.

C'était un cadavre.

Certes, le torse bougeait, mais pas à cause d'une respiration agonisante.

Il y a un truc à l'intérieur. Quelque chose de vivant.

Ken pressa encore l'allure. En même temps, il craignait de détacher son regard de la victime. Derrière lui, il entendit Ana Luiz rejoindre leurs camarades au sommet de la crête. Un nouveau son émana de la forêt. Un faible bourdonnement qui, jailli de la pénombre, donnait la chair de poule. Le bruit s'accompagnait d'étranges coups sourds. Au début, Ken pensa au frottement des branches entre elles, sauf qu'il n'y avait pas de vent.

Il opta finalement pour des os qui s'entrechoquaient.

Il fit volte-face et couvrit au galop les derniers mètres qui le séparaient du groupe.

— Il faut fiche le camp de l'î…

Une explosion couvrit le reste de sa phrase. Une boule de feu fusa dans le ciel à droite, depuis la crique où ils avaient amarré le Zodiac. Un petit hélicoptère noir traversa la colonne de fumée. Des coups de feu éclatèrent au niveau du train d'atterrissage. Les balles ricochèrent sur les rochers ou crépitèrent dans le sable.

Oscar fut le premier à tomber, la gorge déchiquetée.

Dias tenta de riposter, mais son corps fut projeté en arrière, telle une poupée de chiffon.

Ana Luiz voulut s'enfuir et fut touchée dans le dos.

Ken se jeta à plat ventre dans la cuvette. Il avait réagi un quart de seconde trop tard. Une douleur cuisante envahit son épaule. Après que l'impact l'eut fait tournoyer sur lui-même, il retomba lourdement au sol et dégringola le long de la pente, au milieu des centaines de fers de lance morts.

Lorsque sa descente folle s'arrêta enfin, il resta où il était, immobile, à moitié enseveli sous les serpents. L'hélicoptère de leurs agresseurs passa au-dessus de sa tête, puis revint vers lui en décrivant un arc de cercle à basse altitude.

Ken retint son souffle.

Finalement, l'appareil rebroussa chemin vers la plage, sans doute pour vérifier que le Zodiac avait bien été détruit. L'écho des rotors s'éloigna peu à peu.

Était-il en train de partir ?

Ken craignit de remuer un orteil, même quand l'étrange bourdonnement reprit depuis la forêt. Il leva à peine le menton, de manière à apercevoir le premier rideau d'arbres. Un banc de brume – plus foncé que le reste – s'insinuait entre les branches et transperçait la canopée. Les drôles de claquements devinrent plus forts, plus violents.

Quelque chose arrive…

Soudain, le monde prit feu.

D'énormes déflagrations jaillirent de la forêt, produisant des panaches de flammes en spirale. La canonnade se propagea à toutes les hauteurs boisées de l'île. Une pluie de débris de bois embrasés s'abattit autour de lui. Des tourbillons d'une âcre fumée noire avaient envahi les terres.

Ken se mit à ramper, pris de violentes quintes de toux qui le faisaient suffoquer.

Il avait aussi un goût chimique amer sur la langue.

Du napalm… ou peut-être un autre défoliant surpuissant.

Les poumons en feu, il ressortit enfin de la cuvette et se laissa rouler en direction de la plage. Son but ? La mer et, surtout, le modeste canot que les braconniers avaient dissimulé derrière les rochers. Il pria le ciel pour que la fumée masque sa fuite. À moitié aveuglé, il sentit ses mains toucher l'eau fraîche et, une fois dans la mer, il progressa tant bien que mal vers l'embarcation solitaire.

Derrière lui, l'incendie continuait de ravager l'île qui, à force, n'était plus qu'un tas de cailloux.

Ken atteignit le bateau, se hissa à bord et s'effondra sur le dos. Il patienterait jusqu'au coucher du soleil avant de s'aventurer en pleine mer. D'ici là, l'épais voile de fumée sur les vagues et l'arrivée de la nuit l'aideraient à filer à l'insu d'éventuels espions restés en plein ciel.

Du moins l'espérait-il.

En attendant, il mit à profit sa douleur à l'épaule pour rester concentré et alimenter un désir qui brûlait en lui aussi fort que l'incendie dévastateur derrière le canot.

Il serra son gros sac contre sa poitrine.

À l'intérieur : un cadavre de fer de lance, qu'il avait ramassé avant de se sauver.

Je saurai ce qui s'est passé ici.

CHAPITRE 2

4 mai, 8 h 38, heure du Japon
Tokyo, Japon

Le vieil homme était agenouillé dans le jardin du temple. Assis de manière traditionnelle, selon l'art formel du *seiza*, il avait le dos droit, les jambes repliées sous lui au milieu de l'allée de pierre. Il ne prêtait pas attention à son arthrite si douloureuse de nonagénaire. Derrière lui, la vénérable pagode du Kan'ei-ji était tapissée des dernières fleurs de cerisier du printemps. Trois semaines auparavant, à l'apogée de la saison, des hordes de touristes avaient débarqué dans les parcs de Tokyo pour admirer et photographier la superbe délicatesse des arbres en fleur.

Takashi Ito avait une préférence pour les derniers jours de chaque saison. L'atmosphère était alors imprégnée d'une mélancolie qui faisait écho à la tristesse de son propre cœur. À l'aide d'un petit éventail, il épousseta les pétales desséchés et friables qui recouvraient la haute stèle devant lui.

Ses efforts troublèrent les volutes qui s'élevaient d'un encensoir posé au pied de la pierre. Les effluves étaient produits par un mélange de *kyara*, bois d'aloès très précieux, et de *koboku*, extrait d'écorce de magnolia. D'un coup d'éventail, il attira la fumée odorante vers lui afin d'y trouver le mélange de bénédiction et de mystère qu'elle promettait.

Comme souvent en pareilles circonstances, quelques vers d'Ōtagaki Rengetsu, nonne bouddhiste du XIXe siècle, lui traversèrent l'esprit.

Une petite ligne de
Brume parfumée
Sortie d'un bâton d'encens
S'évanouit sans laisser de trace :
Où va-t-elle ?

Son regard suivit un long trait noir de fumée qui finit par s'étioler dans l'atmosphère avec, pour seule réminiscence, son sillage embaumé.

Il soupira.

Comme toi il y a tant d'années, ma Miu adorée.

Il ferma religieusement les paupières. Chaque année, il venait là pour leur anniversaire de mariage, quand Miu avait uni son cœur au sien en secret. À l'époque, à dix-huit ans à peine, ils étaient remplis d'espoir à l'égard de la vie qui les attendait, liés autant par l'amour que par leurs intérêts respectifs. Pendant dix ans, ils avaient travaillé dur pour acquérir la meilleure formation. Au cours de cette période très rude, ils avaient célébré leurs victoires et pansé les plaies des châtiments infligés par des maîtres d'une grande sévérité. On les avait associés en raison de leurs talents complémentaires. Il était le roc inébranlable ; elle, l'eau mouvante. Il était le tonnerre et la force ; elle, l'ombre et le silence.

Ils se croyaient invincibles, surtout lorsqu'ils étaient ensemble.

Les lèvres pincées, Takashi se reprocha leur insouciance de jeunesse.

Il rouvrit les yeux et inspira une dernière bouffée de fumée qui s'échappait de l'encensoir. Les copeaux de *kyara* n'étaient plus qu'un tas de cendre. Au poids, ce bois d'aloès coûtait plus cher que l'or. Même son nom en vieux japonais signifiait « précieux ».

Chaque année, le nonagénaire faisait brûler du *kyara* en souvenir de Miu.

Cet anniversaire-là était toutefois particulier.

Takashi contempla les bâtons fumants de *koboku* sur l'assiette en mica. C'était une nouveauté du rituel. Chez les guerriers samouraïs, faire brûler du *koboku* était une tradition séculaire censée purifier l'esprit et le corps avant le combat. Ainsi, il imprégnait son amour pour Miu d'une vieille promesse.

Venger sa mort.

Il observa la pierre devant lui, gravée d'antiques écritures. Elle n'était pas dédiée à son épouse, dont le corps lui avait été arraché il y avait bien longtemps. Takashi avait choisi ce bloc-là de granit comme stèle funéraire de fortune, à cause de l'épitaphe rédigée, en 1821, par Sessai Matsuyama, arrière-grand-père de son épouse.

L'aïeul avait érigé le monument dans ces jardins bouddhistes afin de réconforter les esprits des êtres qu'il avait trucidés. Sessai avait été un grand bienfaiteur des sciences, auteur de nombreux ouvrages, parmi lesquels le *Chuchi-jo*, traité anatomique d'entomologie désormais considéré comme un trésor national pour ses illustrations splendides de papillons, de criquets, de sauterelles ou encore de mouches, preuve que la beauté s'invitait même chez les créatures les plus minuscules. Afin d'accomplir un tel prodige, de nombreux insectes avaient été capturés, épinglés et tués au nom de la recherche. Rongé par la culpabilité, Sessai Matsuyama avait fait ériger le mémorial en leur hommage, honorant ainsi leur contribution et cherchant peut-être à alléger sa charge karmique de toutes ces morts.

À maintes reprises, Miu avait traîné Takashi là-bas, rayonnante de fierté. Elle avait espéré qu'inspirée par sa passion, elle finirait par suivre les pas de son arrière-grand-père. Hélas, même un rêve aussi simple était parti en fumée, détruit par quelques secondes de fusillade.

Le vieil homme retroussa sa manche de chemise pour laisser apparaître l'intérieur de son poignet. Sa peau, désormais fine comme du papier, peinait à retenir l'encre ayant servi à le marquer du symbole qui, jadis, ornait la douce chair de Miu au même endroit. Le motif représentait deux outils entourant un croissant de lune et une étoile noire. C'était un honneur de porter pareil emblème, la preuve qu'ils avaient survécu à l'entraînement de choc de leurs maîtres, l'insaisissable *Kage*. Il se rappela avoir embrassé le poignet de sa dulcinée juste après la séance de tatouage, ses lèvres cherchant à aspirer la douleur de l'aiguille. L'acte les avait unis aussi fort que leur mariage clandestin.

Et voilà qu'à présent, même ce lien-là s'estompait.

Takashi laissa retomber sa manche et regarda de nouveau les flammes consumer les dernières paillettes d'encens. Leur brume aromatique se diluait dans l'atmosphère.

Où va-t-elle ?

Il n'avait pas la réponse. Tout ce qu'il savait, c'était qu'il avait perdu Miu à jamais. Elle était décédée au cours de leur première mission, alors qu'ils devaient dérober un trésor au nez et à la barbe de l'ennemi. Une honte brûlante l'envahit lorsqu'il se rappela avoir fui loin du corps de sa bien-aimée, le long d'une galerie sombre, chassé à la fois par les coups de feu et par la nécessité que la jeune femme ne se soit pas sacrifiée en vain.

Au bout du compte, leur mission avait été un succès. Plus tard, quand il avait appris la nature véritable de ce qu'ils avaient extrait du maudit tunnel, il y avait vu un présage. Son regard balaya les lignes gravées sur l'antique monument. Miu n'ayant pu suivre les traces de son ancêtre, Takashi avait repris le flambeau.

Après une petite révérence, il se releva. Ses deux serviteurs voulurent l'aider, mais il mit un point d'honneur à les repousser et à se redresser seul. Une fois debout, il accepta néanmoins la canne qu'on lui tendait. Ses doigts noueux agrippèrent le pommeau d'or rose, sculpté en forme de tête de phénix à l'encolure enflammée.

Il avait fallu des décennies de recherche et d'investissement, mais, enfin, il allait assouvir sa vengeance, rendre au Japon sa gloire d'antan… et, pour y parvenir, il utiliserait justement le précieux trésor qui avait causé la perte de Miu.

Satisfait, il tourna les talons et traversa le jardin en direction de la pagode, sa canne frappant le sol au rythme de son cœur palpitant. Le temple de Kan'ei-ji avait été fondé au XVIIe siècle. Ses terres couvraient autrefois l'ensemble du parc d'Ueno voisin, où étaient désormais implantés le zoo et les musées nationaux de la ville. La chute du temple avait débuté en 1868, quand les partisans de l'empereur japonais avait attaqué le dernier shôgun Tokugawa qui, après avoir tenté de le détrôner, s'étaient réfugiés au sein de l'édifice religieux. De l'époque du siège, on trouvait encore des impacts de balle dans certains pans de murs en bois.

Rares étaient les visiteurs à s'aventurer jusqu'au temple solitaire, dont l'histoire sanglante était tombée aux oubliettes.

Grâce à moi, notre nation humiliée par la guerre se souviendra bientôt de sa gloire passée.

Takashi se faufila sous les branches d'un imposant cerisier. Son arrivée dérangea les dernières fleurs encore accrochées à l'arbre. Des pétales voletèrent autour de lui, comme si Miu lui apportait sa bénédiction. Il esquissa un tendre sourire et continua jusqu'à la limousine qui l'attendait dans la rue. Du bout du pouce, il frotta le tatouage délavé sur son poignet.

Il n'y en a plus pour très longtemps.

Bientôt, il rejoindrait Miu – mais pas encore, pas avant de s'être vengé et d'avoir élevé le Japon impérial au rang qu'il méritait parmi les maîtres du monde.

Tandis qu'il s'asseyait, il sentit, comme de plus en plus souvent, son esprit repartir vers le passé. Miu et lui étaient des bâtards issus de familles aristocratiques. Accusés de péchés dont ils n'étaient pas responsables, ils avaient été reniés par leurs familles respectives et avaient atterri à la *Kage*. Dans le cas de Miu, elle leur avait été vendue. Takashi, lui, avait rejoint ses rangs par dépit.

En ce temps-là, l'opinion publique savait peu de choses de la *Kage*, dont le nom signifiait « ombre ». Rumeurs et on-dit allaient bon train. D'aucuns pensaient que ses membres étaient les descendants d'un clan déshonoré de ninjas. D'autres allaient jusqu'à les considérer comme des fantômes. Takashi, lui, avait fini par apprendre que l'existence de cette cabale remontait presque à la nuit des temps. L'organisation portait plusieurs noms, selon l'endroit du globe où elle s'était développée. Son but restait néanmoins de se renforcer, de s'enraciner dans toutes les nations, d'user d'obscures alchimies, puis des progrès de la science pour parvenir à ses fins. Elle était l'ombre derrière le pouvoir.

Au Japon, quand la guerre avait éclaté, la *Kage* avait occupé un peu plus le devant de la scène, profitant du chaos pour étendre son influence. Elle avait notamment été attirée par le sang et les larmes qui s'échappaient d'une série de camps secrets, où la moralité n'avait plus droit de cité. Dans le nord de la Chine, l'armée impériale avait installé – d'abord à la forteresse de Zhongma, puis à Pingfang – des centres de recherche clandestins dédiés à l'élaboration d'armes biologiques et chimiques.

Afin d'alimenter leur projet, les militaires s'étaient servis en cobayes dans les villages voisins, mais ils y avaient aussi envoyé des prisonniers soviétiques ou alliés. À partir de là, trois mille chercheurs japonais avaient multiplié les expériences, bien sûr contre la volonté des détenus. Ils leur avaient, par exemple, inoculé la maladie du charbon ou la peste bubonique, puis les avaient littéralement étripés sans anesthésie. Ils avaient fait glacer les membres de leurs patients afin d'étudier les engelures. Ils avaient violé et exposé les femmes à la syphilis. Ils avaient testé des lance-flammes sur des hommes ligotés à des poteaux.

La *Kage* œuvrait là-bas dans l'ombre : tout en prétendant apporter son aide, elle tirait profit des connaissances glanées au gré des effroyables expérimentations.

C'est alors que les responsables de l'organisation avaient appris la découverte d'un secret pourtant jugé perdu à jamais. Près d'un siècle auparavant, ils avaient tenté de mettre en sûreté ce qui aurait pu créer une arme au potentiel inégalé. Sans succès. Puis ils avaient eu une nouvelle occasion, quand l'information avait fuité en provenance des États-Unis. Vers la fin de l'année 1944, une petite équipe parlant couramment anglais avait été envoyée pour mettre le secret à l'abri.

La mission avait été une réussite. Hélas, Miu l'avait payé de sa vie.

Peu après, le conflit s'était trop vite terminé, quand deux bombes atomiques avaient touché le Japon, l'une à Hiroshima, l'autre à Nagasaki. Takashi s'était toujours demandé si, pour les Américains, la motivation d'un acte aussi extrême n'était pas liée à ce fameux cambriolage dans les sous-sols de Washington.

Mais, au bout du compte, quelle importance ?

Après la guerre, il avait mis en lieu sûr leur butin : un bloc d'ambre. Le secret qu'il recelait était, à l'époque, trop dangereux à manipuler. Il faudrait des décennies de progrès scientifique pour qu'on puisse exploiter leur trophée, assez longtemps pour que même la *Kage* soit démantelée.

Quelques années auparavant, les Américains avaient démasqué la cabale, révélant son existence au grand jour, là où les ombres dépérissaient et finissaient par mourir. Takashi avait alors gravi assez d'échelons de la *Kage* pour connaître ses autres dénominations, notamment celle employée aux États-Unis.

La Guilde.

Pendant la purge qui avait suivi, si la majorité des factions de la mystérieuse clique avaient été détruites, certains éléments avaient survécu. Par exemple, un vieillard de quatre-vingt-dix ans, que peu de gens considéraient comme une menace potentielle. D'autres membres isolés s'étaient évanouis dans la nature. Au fil des ans, Takashi et son petit-fils avaient donc entrepris de les réunir en catimini afin de monter leur propre bataillon de samouraïs.

À présent, après de longues recherches (à la fois dans des laboratoires perdus au milieu de nulle part et au moyen de plusieurs tests pratiques menés à l'étranger), ils avaient créé une arme d'une puissance et d'une férocité inouïes.

Ils s'étaient fixé une première cible, autant pour faire une démonstration au monde entier que pour frapper précisément l'organisation qui avait renversé la Guilde.

En particulier, *deux* agents qui avaient joué un rôle décisif dans sa perte.

Alors que la limousine se faufilait entre les voitures, Takashi sourit. Il se sentait léger comme l'air, car l'endroit où le couple avait trouvé refuge avait une grande portée symbolique. C'était là-bas que le Japon impérial avait lancé sa première attaque dévastatrice contre un géant assoupi – et là-bas que Takashi ferait bientôt la même chose.

Les ravages éclipseraient de loin les tourments passés de ces îles. L'assaut marquerait la fin de l'actuel ordre international et bénirait la naissance douloureuse d'une nouvelle hiérarchie, au sein de laquelle le Japon impérial régnerait à jamais.

Le vieil homme se représenta les deux cibles choisies.

Des amoureux, comme Miu et moi.

Le couple l'ignorait encore, mais il était condamné.

CHAPITRE 3

6 mai, 17 h 08, heure d'Hawaï
Hana, île de Maui

Ça, c'est la vie…

Le commandant Grayson Pierce se prélassait sur la plage inondée de soleil de Kaihalulu. Hors saison et en fin de journée, il était seul à profiter de la crique de sable rouge et noir. D'ailleurs, le site était surtout connu des Hawaïens et on n'y accédait qu'au terme d'une randonnée un peu périlleuse sur les rochers.

Le jeu en valait néanmoins la chandelle, à la fois pour la tranquillité absolue du rivage et pour sa beauté préservée.

Derrière lui, un cône de scories aux flancs abrupts hérissés d'ostryers, dits « bois de fer », protégeait la baie. Au fil des siècles, ses falaises riches en minerai de fer s'étaient désagrégées en grains de sable rouge, jusqu'à former une plage unique en son genre qui se jetait dans les eaux bleu marine de la baie. Au large, les grosses vagues s'écrasaient contre une digue de rochers noirs déchiquetés, créant des nuages d'embruns qui captaient l'éclat du couchant. Plus près, à l'abri des récifs, l'eau clapotait sur le sable.

Une silhouette nue émergea des flots, baignée par la lumière du soleil, le visage tourné vers le ciel. Sa cascade de cheveux noirs lui chatouillait le milieu du dos. Tandis qu'elle pataugeait en direction du rivage, dévoilant peu à peu l'ensemble de son corps, l'eau de mer qui ruisselait sur sa peau nacrée traça de minces filets sur ses seins nus et son ventre musclé. Un clou en émeraude ornait son nombril, aussi étincelant que son regard lorsqu'il se posa sur lui.

Il ne fut gratifié d'aucun sourire espiègle. Pour l'œil non averti, elle semblait impassible. Gray, lui, remarqua l'infime hochement de tête, le sourcil à peine arqué. Elle s'approcha avec la grâce sensuelle d'une lionne en chasse.

Il se hissa sur les coudes afin de mieux apprécier le spectacle. Si ses jambes continuaient de rôtir au soleil, le reste de son corps nu était passé à l'ombre, à mesure que l'astre roi plongeait derrière les falaises.

Seichan foula le sable chaud et, lorsqu'elle eut rejoint Gray, elle posa une jambe de chaque côté de lui. Désormais juste au-dessus, elle se baissa, puis se figea à la limite de l'ombre, elle toujours au soleil, comme si elle cherchait à prolonger indéfiniment la journée.

— Ne fais pas cela, prévint-il.

Elle n'écouta pas et secoua sa crinière trempée, qui projeta des gouttelettes glacées sur son amant. Aussitôt, il eut la chair de poule. Sans le quitter du regard, elle haussa davantage le sourcil.

— Quoi ? C'est trop froid pour toi ?

Elle se laissa tomber sur le ventre de Gray et l'émoustilla grâce à la chaleur enfouie en elle. Après quoi, elle se pencha vers lui. Les mains posées de part et d'autre de sa tête, elle le fixa droit dans les yeux, ses seins lui effleurant le torse, et elle susurra :

— Essayons de te réchauffer un peu.

Il sourit et l'enlaça. Ses paumes descendirent le long du dos de Seichan, puis il l'attrapa fermement et, faisant levier avec son genou, il fit rouler la jeune femme sous lui.

— Oh, je suis déjà chaud comme la braise !

Une heure plus tard, l'ombre les avait engloutis, eux et le reste de la plage. La lumière éclatante du jour continuait néanmoins de créer des arcs-en-ciel au cœur des embruns projetés par la digue dentelée au loin.

Gray et Seichan étaient blottis nus sous leur couverture, ivres de fatigue. L'ardeur déclinante de leur étreinte passionnée continuait de leur tenir chaud, au point qu'on ne savait plus où l'un commençait et où l'autre s'achevait. L'Américain aurait pu rester ainsi éternellement, mais la nuit n'allait pas tarder à tomber.

Il tendit le cou vers les falaises qui entouraient la crique.

— Il faudrait rentrer, tant qu'on distingue encore le sentier.

Il contempla les deux combinaisons qu'ils avaient mises à sécher sur le sable et le matériel de plongée sous-marine qui leur avait permis d'explorer les récifs autour de Kauiki Head.

— Surtout si on veut remporter tout l'équipement.

Seichan émit un vague grognement de réticence.

Ils avaient loué une petite maison au sud de Hana, sur la pittoresque côte orientale de Maui, réputée pour ses forêts tropicales luxuriantes, ses cascades et ses plages isolées. Au départ, ils ne devaient rester que deux semaines. Trois mois plus tard, ils étaient toujours là.

Avant, ils avaient passé la moitié de l'année à sillonner la planète, se déplaçant d'un endroit à l'autre sans itinéraire précis en tête, à part celui de faire le tour du monde. Partis de Washington, ils avaient séjourné quelque temps en France, dans un village médiéval fortifié, où ils avaient logé dans le grenier d'un ancien monastère. Ils avaient ensuite pris l'avion pour la savane kenyane, où, durant quinze jours, ils avaient papillonné de tente en tente, au gré des mouvements intemporels de la faune. Après quoi, ils avaient atterri dans la mégapole très animée de Mumbai, en Inde, où ils avaient pu apprécier l'humanité dans ce qu'elle avait de plus débridé. De nouveau en quête de solitude, ils s'étaient envolés pour Perth, en Australie, où ils avaient loué un van et découvert les étendues sauvages de l'arrière-pays. Après un long trek en plein désert, désireux de se débarrasser de la poussière qui leur recouvrait le corps, ils avaient continué vers un site de sources chaudes, niché au cœur de la montagne néo-zélandaise. Une fois leurs batteries rechargées, ils s'étaient promenés tranquillement à travers le Pacifique, sautillant d'île en île, de la Micronésie à la Polynésie, jusqu'à se poser à Maui, dans un véritable paradis.

De temps à autre, Gray envoyait une carte postale à son meilleur ami, Monk Kokkalis, essentiellement pour informer ceux restés à Washington qu'il était toujours vivant. Qu'il n'avait pas été enlevé par un commando ennemi. Il faut dire qu'il avait disparu du jour au lendemain, sans avertir personne ni demander la permission de sa hiérarchie. Gray avait travaillé plus de dix ans pour la Sigma Force, groupe clandestin rattaché au DARPA[1]. Ses collègues et lui étaient tous d'anciens membres des Forces spéciales évincés pour divers motifs. En raison de capacités ou de talents exceptionnels, ils avaient été recrutés discrètement par Sigma, où ils s'étaient reconvertis dans un large éventail de disciplines scientifiques. Véritables agents de terrain du DARPA, ils protégeaient les États-Unis et le monde contre toutes sortes de menaces.

Selon son dossier, Gray était expert en physique et en biologie, mais, à vrai dire, sa formation avait été beaucoup plus poussée, notamment grâce au temps qu'il avait passé auprès d'un moine népalais, qui lui avait enseigné la philosophie taoïste du yin et du yang – l'art de chercher l'équilibre entre toutes choses.

À l'époque, cette nouvelle manière d'aborder la vie avait permis à Gray d'accepter enfin sa jeunesse difficile. Enfant, il avait été tiraillé entre des conceptions diamétralement opposées du monde. Sa mère, enseignante en lycée catholique, l'avait fait baigner dans la spiritualité, mais, biologiste accomplie, c'était aussi une fervente partisane de l'évolution et du rationalisme.

Et puis, il y avait son père : un Gallois exilé au Texas, dur à cuire, ancien ouvrier de plate-forme pétrolière qui, devenu invalide à la quarantaine, avait été contraint de jouer les femmes au foyer. Résultat : l'existence de Jackson Pierce avait été dominée par la surcompensation et la colère.

Un malheureux trait de caractère qu'il avait transmis à son fils rebelle.

Au fil du temps, grâce à Painter Crowe, son patron chez Sigma, Gray avait découvert une voie entre toutes ces divergences. Ce n'était pas le chemin le plus court, car il s'étendait autant vers le passé que vers l'avenir, et il lui donnait encore du fil à retordre.

Quelques années auparavant, victime collatérale de la guerre que Sigma avait déclarée aux terroristes de la Guilde, la mère du commandant Pierce avait été tuée dans une explosion. Depuis, il vivait rongé par le remords, même s'il n'avait rien à se reprocher dans le drame.

On ne pouvait pas en dire autant du décès de son père, où il avait joué un rôle actif. Physiquement et mentalement diminué, grabataire,

1. Agence de recherche et de développement du ministère américain de la Défense.

Jackson Pierce se morfondait dans le brouillard débilitant d'Alzheimer au point de se perdre lui-même. Par respect pour la fragile demande d'euthanasie du patriarche (*Promets-moi…*), Gray avait fini par lui administrer une surdose mortelle de morphine.

Il n'en éprouvait pas de culpabilité, mais il n'avait pas non plus passé le cap.

Seichan avait alors proposé une échappatoire, l'encourageant à mettre provisoirement ses responsabilités de côté, à fuir loin de tout et de tout le monde.

Il lui avait attrapé la main et avait sauté sur l'occasion.

Seichan avait aussi de bonnes raisons de disparaître. C'était une ancienne meurtrière de la Guilde, formée dès son plus jeune âge à servir la cause. Après plusieurs combats menés contre Sigma, elle avait retourné sa veste et rejoint les rangs de Painter Crowe. Son rôle avait été crucial dans le démantèlement de la Guilde, mais ses crimes antérieurs l'obligeaient à faire profil bas. Dans beaucoup de pays, elle figurait toujours sur la liste des personnes les plus recherchées. Le Mossad maintenait même un ordre de tirer à vue à son encontre.

Sigma avait beau offrir une certaine protection à la tueuse repentie, Seichan ne se libérerait jamais totalement de son passé.

Les deux amants s'étaient donc sauvés ensemble et ils en avaient profité pour panser leurs plaies, se découvrir autant mutuellement qu'individuellement. Nul n'avait tenté de joindre Gray, même quand il avait manqué les obsèques de son père. Les gens respectaient son besoin de prendre le large.

Ces neuf derniers mois, le couple avait voyagé sous une fausse identité. Toutefois, Gray n'était pas dupe : il savait que Sigma continuait de le suivre à la trace, pour des raisons à la fois professionnelles et personnelles. L'équipe constituait, à de nombreux égards, une véritable famille.

Gray appréciait qu'on lui ait accordé un bon de sortie.

Je l'ai bien mérité.

En son for intérieur, il avait néanmoins conscience que leur périple n'était qu'une illusion, un répit avant que le monde réel ne se fracasse à nouveau autour d'eux. Depuis quelque temps, une vague pression montait en lui, un stress dont l'origine lui échappait. C'était moins le sentiment d'un danger imminent que l'impression que leur séjour idyllique touchait à sa fin.

Et il savait que Seichan partageait son intuition.

Elle était devenue plus lunatique, moins sereine, moins satisfaite. Si elle avait été une lionne en cage, elle aurait fait les cent pas devant ses barreaux. Gray nourrissait une autre certitude : la jeune femme ne redoutait pas que leur voyage se termine – elle l'attendait avec impatience.

Moi aussi.

Le monde se rappelait à leur bon souvenir.

Ils n'eurent pas le temps de répondre, hélas.

Un grondement s'insinua dans leur petit paradis.

Gray se redressa, le souffle court, éternel ranger à l'affût. Même en l'absence de menace directe, son corps avait pris le pli après un nombre incalculable de tours de garde en plein désert, à surveiller le moindre détail alentour. C'était un réflexe qui faisait désormais partie de lui. D'infimes muscles se crispèrent, sa vue devint plus perçante et il se tint prêt à bondir.

De l'autre côté de Kaihalulu, trois avions à hélice – *a priori* des Cessna Caravan – volaient en direction du rivage. Il n'était pas rare d'en voir sautiller d'île en île. En revanche, il était plus étonnant qu'ils évoluent en escadrille, comme si les pilotes avaient suivi une formation militaire.

Seichan remarqua l'inquiétude de son amant et ce qui avait attiré son attention.

— Je doute qu'il s'agisse de touristes. À ton avis ?

À l'approche de l'île, les deux avions postés sur les côtés partirent l'un à droite, l'autre à gauche. Celui du milieu continua sa route vers la crique. Gray nota plusieurs détails troublants. Les appareils n'étaient pas des Cessna Caravan, mais leur cousin de la même marque, plus fuselé, équipé d'un monomoteur à pistons et connu sous le nom de TTx. De gros fûts étaient, par ailleurs, fixés au train d'atterrissage.

Avant que Gray ne comprenne ce qui se passait, une brume noirâtre sous pression jaillit des réservoirs, laissant une épaisse traînée de condensation dans le sillage de chaque avion. Celle-ci se transforma en banc de nuages sombres qui planaient au-dessus de l'eau.

Les puissants alizés poussèrent les nappes de brouillard vers la crique des deux Américains.

L'avion du milieu poursuivait toujours son trajet vers eux. Le temps de survoler la digue au large, il s'était délesté de son chargement. Il passa bruyamment au-dessus de leurs têtes, sans ralentir. Gray s'attendit à ce qu'il prenne un virage incliné sur l'aile et qu'il survole les sommets de Kauiki Head derrière eux.

Au lieu de quoi, il alla s'écraser sur les falaises rouges couvertes de forêts.

L'explosion fit éclater les arbres en mille morceaux et projeta des blocs de pierre en l'air. Une boule de feu s'éleva, portée par une colonne de fumée grasse. Serrés l'un contre l'autre, Gray et Seichan utilisèrent leur couverture comme bouclier de fortune pour se protéger d'une pluie de débris enflammés.

L'écho de deux autres crashs résonna, signe qu'aucun des trois avions ne s'en était sorti. Plus près, un gros rocher heurta l'eau dans un panache d'embruns.

Au lieu de se préoccuper de la menace immédiate, Gray resta focalisé sur l'immense nuage noir qui approchait, poussé par les alizés dominants.

Une aigrette blanche effarouchée décolla de la forêt à droite. Fuyant la fumée et les flammes, elle mit le cap sur la baie. Elle dut néanmoins sentir le danger du mystérieux nuage, car elle redoubla d'efforts pour passer par-dessus.

Malin !

L'oiseau réussit à survoler les brumes – mais pas suffisamment. Une volute gris foncé dériva vers elle, comme si elle avait senti la proie accessible. Aussitôt, la trajectoire de l'aigrette marqua de violents soubresauts. Ses ailes s'agitèrent désespérément et, tandis qu'elle se contorsionnait, un cri s'échappa de son gosier. Elle dégringola en spirale serrée vers la mer, jusqu'à ce que son corps disparaisse dans l'épais banc de nuages.

— Du poison, annonça Seichan sur un ton neutre.

Gray n'en était pas si certain. Il repensa à la volute de fumée qui avait pisté l'animal. Enfin, qu'importait la menace, ils étaient dans le pétrin.

Du regard, il fouilla à droite et à gauche. Les traînées que les trois avions avaient laissées sur la côte mesuraient un kilomètre et demi de long, sinon davantage.

Et nous sommes en plein milieu.

À mesure que le brouillard lugubre approchait, un léger bourdonnement couvrit le fracas des vagues.

Putain, c'est quoi ce cirque ?

Seichan pencha la tête. Elle aussi avait entendu.

Gray scruta la menace. Soudain, le nuage vrombissant sembla former des tourbillons indépendants des alizés, preuve qu'il s'agissait d'une entité vivante.

Un essaim !

Aussitôt, il étudia les différentes options. Même à supposer qu'ils empruntent le sentier à fleur de falaise, ils ne pourraient jamais se mettre à couvert avant l'arrivée de l'essaim. Ils seraient engloutis aussi sûrement que la pauvre aigrette.

Gray devait accepter l'inévitable.

Ils étaient pris au piège.

ÉCLAIREUR

Doté d'un corps élancé conçu pour la vitesse, il emmenait les autres en direction de la côte. Ses petites ailes battaient frénétiquement, mais c'était son instinct qui, en vérité, le faisait avancer. Indifférent à ce qui n'avait pas été inscrit dans son patrimoine génétique plusieurs milliers d'années auparavant, il fonçait droit vers les odeurs de feuilles vertes et d'eau fraîche.

Sa mission définissait sa silhouette. Ses antennes, plus longues que celles de ses congénères, s'ébrasaient à leur extrémité et étaient hérissées de poils friables afin de capter les vibrations les plus ténues. Fixés sur leur objectif, ses yeux à facettes lui mangeaient la majeure partie de la tête. Ses ailes étaient peut-être plus courtes, mais son thorax plus large, plus musclé, permettait à l'éclaireur d'accroître sa manœuvrabilité et son agilité en vol. Derrière le thorax, l'abdomen, plus petit que la moyenne, était bourré de glandes productrices de phéromones, mais dépourvu de dard, car ce n'était pas un combattant.

Sa brève existence n'avait qu'un but : engranger un maximum d'informations. Son corps entier était couvert de sensilles, aussi fines qu'un cheveu, qui le rendaient ultraréceptif aux variations chimiques et aux fluctuations de température. Ces petits poils l'aidaient même à entendre, même si les larges membranes qui s'étendaient sur des cavités de chaque côté de sa tête étaient beaucoup plus efficaces. D'autres sensilles situées dans la bouche absorbaient les odeurs ambiantes, en quête d'eau ou de nourriture, et surveillaient les flux de phéromones alentour.

En vol, il sentait la présence de ses plus proches voisins et se créait mentalement une carte de leur position.

Il stockait les informations jusqu'à n'en plus pouvoir et expulsait alors les données hors de son corps. La communication s'établissait avec ses proches camarades, grâce à des émissions de phéromones, puis les renseignements étaient affinés par des modifications dans la cadence des ailes ou quand il frottait bruyamment ses pattes arrière l'une contre l'autre.

L'information revenait vite vers les autres, où elle était captée, partagée et redistribuée en cascades successives.

Bientôt, tout ce qu'il savait, ils le surent aussi. Il était toutefois récompensé de ses efforts, car les renseignements revenaient vers lui, modelant ainsi sa conscience de façon beaucoup plus précise. Au bout d'un certain temps, le corps de l'éclaireur absorbait donc autant qu'il transmettait.

Il commença à perdre toute notion d'individualité.

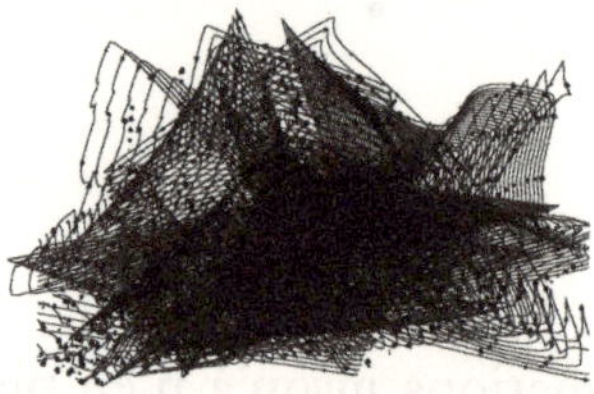

À mesure qu'il continuait sa progression, l'émission et la réception d'informations s'accélérèrent, jusqu'à devenir un torrent qui envahit tout l'essaim, unissant étroitement ses membres en vue d'une parfaite harmonie d'intentions.

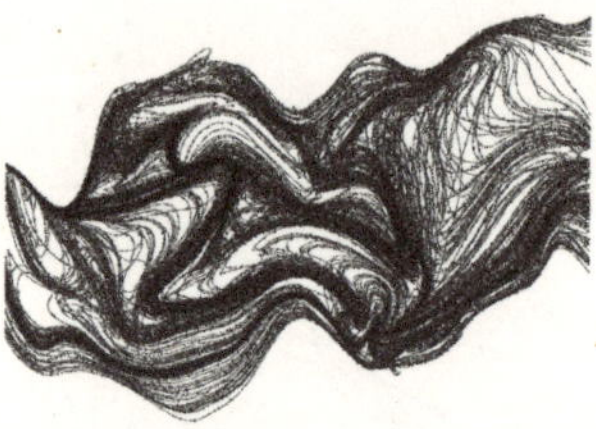

Quand la colonie survola les eaux tumultueuses, l'objectif s'affina. Des détails apparurent, morceau après morceau, point après point, issus de son propre appareil sensoriel comme de celui des voisins. À travers des milliers d'yeux, l'image de la côte devint plus nette. Un rempart rocheux se dressait au milieu des flots.

Les effluves de feuillage et de pourriture s'accentuèrent quand l'essaim descendit vers son nouveau site de nidification. D'autres créatures vivantes y habitaient déjà, comme on le voyait à leurs mouvements, leurs cris, voire leur souffle, mais ils ne constituaient pas de danger réel.

Cette certitude-là faisait autant partie de son patrimoine génétique que ses ailes ou ses antennes.

À présent que son rôle touchait à sa fin, l'éclaireur commença à faiblir. Il ralentit et se laissa reprendre par l'essaim. Parmi ses congénères, certains, plus modestes, épuisés par leur mission, dégringolèrent dans l'eau salée.

On n'avait plus besoin d'eux.

Alors que les terres étaient en vue, la ligne suivante de travailleurs prit la tête du groupe. La nouvelle caste avait son propre objectif génétiquement programmé : évaluer d'éventuelles menaces et dégager le passage.

Un de ces ouvriers-là bourdonna au-dessus de sa tête. Il était beaucoup plus gros, l'abdomen déjà dangereusement recroquevillé, laissant apparaître un aiguillon dentelé et, à sa base, une glande gorgée de venin.

La besogne revenait désormais à cette nouvelle catégorie de chasseurs.

Les soldats.

CHAPITRE 4

6 mai, 18 h 34
Hana, île de Maui

Seichan comprit qu'ils allaient manquer de temps.

— Laisse tomber les combis ! lança-t-elle en remontant le bas de son bikini, les yeux rivés à l'essaim grouillant qui fonçait vers la plage.

Gray lâcha la combinaison qu'il s'apprêtait à enfiler. Il avait déjà son maillot de bain. Après plusieurs semaines passées au soleil, sa peau luisait d'un beau hâle cuivré et ses cheveux brun cendré en bataille s'étaient éclaircis, accentuant l'éclat de ses prunelles bleues. Le fait qu'il ne s'était pas rasé depuis quelques jours créait aussi sur son visage des pans d'ombre rugueuse.

Le regard étincelant, il ramassa une bouteille de plongée, déjà fixée à un gilet stabilisateur. Après avoir hissé le matériel sur son épaule, il s'empara du second kit.

Seichan le rejoignit à la hâte. Elle récupéra son masque dans le sable, l'ajusta sur le haut de son crâne et prit le deuxième bloc d'air comprimé. Une fois tout en place, elle enfila son gilet. Le poids du matériel cisaillait presque ses épaules nues quand elle s'élança sur la plage rougeâtre avec Gray.

Au large, l'essaim avait dépassé la digue. Le nuage noir, très haut dans le ciel, avait envahi la crique. Le bourdonnement s'était transformé en rugissement rauque. Les vents charriaient vers la plage une étrange odeur sucrée et écœurante, comme de la lavande à moitié pourrie.

La jeune femme le sentait désormais sur sa langue autant que dans ses narines.

Un frisson de dégoût s'empara d'elle.

Gray vacilla. Tête baissée, il agita furieusement les bras.

Soudain, quelque chose attaqua Seichan à l'avant-bras. Elle eut l'impression qu'on avait fait claquer un élastique sur sa peau. En fait, une sorte de guêpe s'était posée sur son biceps et continuait à battre bruyamment des ailes. Elle était énorme – aussi longue que le pouce. Son abdomen noir brillant était strié de méchantes bandes rouge vif. Médusée par la taille monstrueuse de la bête, Seichan mit du temps à réagir.

L'insecte la piqua avant qu'elle n'ait pu s'en débarrasser d'un revers de main.

La douleur fut instantanée, comme si on lui avait jeté une allumette enflammée dans une plaie béante.

Puis le mal empira.

Le souffle coupé, Seichan dut mettre un genou à terre. Un élancement terrible lui paralysa le bras. Ses muscles s'arrachèrent de l'os. Du moins, elle l'aurait juré.

Gray tenta d'écraser la guêpe d'un coup de talon. Il lui brisa les ailes, mais le corps, beaucoup plus résistant, s'enfonça juste dans le sable. Têtue, l'assaillante se libéra aussitôt et visa de nouveau Seichan, qui eut un mouvement de recul. Par chance, Gray projeta l'insecte dans l'eau avant qu'il n'ait atteint sa cible.

Le bras de Seichan, désormais tout flasque, pendait inutilement le long de son flanc. Pourtant, la douleur s'intensifiait encore. Des larmes roulèrent sur les joues de la jeune femme. De sa vie, elle n'avait jamais connu pareille souffrance. Si elle avait eu une hache, elle n'aurait pas hésité à s'amputer elle-même.

Les lèvres tremblantes, elle balbutia :

— Gr… Gray…

Il la souleva de terre avec son matériel de plongée et dit :

— Il faut aller sous l'eau.

Tel avait été leur plan pour fuir la crique menacée.

Seichan voulut obéir, mais ses jambes refusèrent de coopérer. Elle chancela, de plus en plus désorientée. Le monde se mit à tourner autour d'elle. Elle sentit la première convulsion arriver au moment où elle s'effondrait la tête la première.

Gray la rattrapa et traîna jusqu'aux vagues son corps parcouru de tremblements.

Soudain, d'autres guêpes s'abattirent sur eux comme un terrible orage de grêle.

Leurs corps minuscules atterrirent sur la plage, fusèrent près du visage de Seichan et s'élancèrent vers les buissons et les feuilles. Afin d'échapper au carnage, Gray enlaça fermement sa maîtresse et plongea avec elle sous l'eau.

Hélas, même dans les fraîches profondeurs de l'océan, le corps de Seichan continuait de brûler.

* * *

18 h 37

Allez, chérie, tiens bon…

Gray régla son masque et, tandis qu'il donnait des coups de pied pour descendre encore plus bas, il fit rouler Seichan sous lui. Le poids du matériel les entraînait le long des fonds marins. Désespéré et redoutant le pire, il se servit de sa main libre pour équiper Seichan de son masque. Après quoi, il prit le détendeur de la jeune femme, tira sur la partie inférieure du masque et lui envoya une bouffée d'air avant de tout remettre en place.

Si le corps de sa bien-aimée frémissait encore sous lui, les spasmes les plus violents semblaient s'être calmés. Le temps d'insérer l'embout du détendeur entre ses lèvres, il scruta son visage. Elle avait les yeux ouverts, mais ses pupilles roulaient dans leurs orbites, preuve qu'elle était toujours hagarde.

Il lui saisit la main et fut soulagé de sentir ses doigts presser les siens.

Elle reprenait ses esprits.

Il lui fit attraper son détendeur. *Tu peux te débrouiller seule ?* demanda-t-il d'un haussement outrancier des sourcils.

Elle parut comprendre et hocha la tête.

Parfait.

Il attrapa son propre détendeur et le porta à sa bouche. Dès qu'il put respirer, il leva la tête. Le soleil allait bientôt se coucher, mais la mer brillait encore assez pour y discerner une myriade de points noirs à la surface. De petits tourbillons signalaient les endroits où des corps se tortillaient. La majorité d'entre eux étaient minuscules, mais certains, plus gros, indiquaient la présence des guêpes monstrueuses.

Gray, qui avait grandi dans la campagne texane, avait eu son lot de mauvaises rencontres avec les abeilles. Des voisins lui avaient aussi raconté leur confrontation avec un essaim d'abeilles africanisées. Cette espèce-là avait la réputation de vous traquer à mort si vous aviez le malheur de déranger leur nid. Même sauter dans une piscine ou un lac ne vous mettait pas à l'abri. Restées à la surface, les abeilles attendaient que vous ressortiez la tête de l'eau et *hop !* elles repassaient à l'attaque.

L'essaim auquel ils étaient confrontés semblait adopter la même stratégie.

Par chance, nous ne sommes pas obligés de remonter pour respirer.

Du moins l'espérait-il.

Avant de continuer, il régla son équilibre hydrostatique en gonflant d'air son gilet, puis il aida sa compagne à faire de même. Objectif : rester deux mètres sous la surface. Satisfait, il poussa Seichan à rejoindre la crique tout en continuant de la surveiller de près. Comment savoir si le puissant venin que la guêpe lui avait injecté n'aurait pas d'autres effets-surprises ?

Gray se remémora l'expression de souffrance atroce sur le visage de Seichan. Il l'avait déjà vue se faire tirer dessus, poignarder, voire transpercer le ventre par une sagaie en fer. Rien ne la ralentissait. Pour qu'une attaque de guêpe la mette à genoux, la bestiole devait fabriquer un poison sacrément puissant. Encore quelques piqûres, et le cœur aurait sans doute lâché.

Eu égard au danger, Gray continua de s'éloigner du rivage. Il franchit la digue et se dirigea vers des eaux plus limpides, derrière les falaises de Kauiki Head. Régulièrement, il lorgnait par-dessus son épaule. Grâce à la diffraction de l'eau, on distinguait encore la masse sombre de l'essaim. Si la nuée s'était posée, les insectes, prudents, semblaient rester en retrait, le long de la côte.

Peut-être laissaient-ils les grosses guêpes faire place nette.

Avec nous, leur tactique a été payante, concéda Gray.

Il continua tout droit en tâchant de fuir l'ombre de l'essaim. Le soleil finit, hélas, par disparaître à l'horizon et, au crépuscule, il devint difficile de dire si la horde tournoyait toujours au-dessus de leurs têtes.

Gray pensa remonter à la surface et utiliser sa lampe de plongée à LED pour fouiller le ciel, mais, à supposer qu'il ait réussi à s'éloigner de l'essaim, il craignit que la lumière ne l'attire de nouveau.

Il préféra donc se fier à sa seule boussole de poignet.

Mieux vaut prévenir que guérir.

Il était néanmoins impossible de s'obstiner *ad vitam æternam*. Sans combinaisons de plongée, la fraîcheur de l'eau finirait par les épuiser, surtout Seichan. Son bras gauche toujours engourdi, la jeune femme avançait au ralenti. Gray devait la sortir de l'océan et la mettre au chaud. Conscient de la situation, il les emmena au sud, vers la plage où, à environ un kilomètre et demi, leur maison de vacances trônait au sommet d'une falaise volcanique.

Il pressa l'allure, mais, peu à peu, les eaux s'assombrirent. Bientôt, il ne discerna presque plus ses mains, et encore moins Seichan. À contrecœur, il sortit donc sa lampe de plongée. Le faisceau éclatant l'aveugla quelques secondes. Gray frémit, de peur d'avoir allumé une balise que l'essaim n'hésiterait pas à suivre.

Pas le choix.

À mesure que ses prunelles se réhabituaient à la clarté, un vaste univers nocturne apparut sous les flots. Des récifs escarpés s'étendaient à perte de vue. Tout semblait être en mouvement. Des anémones rouges et jaunes ondulaient au gré du courant, tandis que les piquants noirs des oursins oscillaient au fond. En face, un banc de poissons-pavillons bleus, typiques d'Hawaï, déguerpit de leur chemin en contournant une raie-aigle, plus lente. Au moment où l'Américain franchit une barrière de corail, un requin à pointes blanches détala d'un puissant coup de queue.

Au-delà du halo lumineux, d'autres ombres bougeaient.

Sans doute s'agissait-il de grandes tortues de mer, très nombreuses autour de l'île, mais il fallait rester à l'affût de prédateurs plus dangereux. Sur les côtes de Maui, il arrivait qu'un requin-tigre ou un requin-bouledogue attaque les baigneurs, les snorkeleurs et Gray refusait d'alimenter les statistiques.

Il se retourna vers Seichan, de plus en plus distancée. Il ralentit, le temps qu'elle revienne à sa hauteur, puis, formant le rond du signe OK avec le pouce et l'index, il s'inquiéta de son état de santé. Si elle réussit à lever suffisamment son bras meurtri pour le rassurer, il la sentit très affaiblie. Le poison était en train de s'évacuer, mais il avait laissé des traces, tout comme leur long trajet à la nage.

Tandis qu'elle l'incitait à avancer, Seichan grimaça – pas de douleur, mais d'agacement.

Une détermination farouche se lisait sur son visage.

Continue. Je tiendrai la cadence, putain.

Il fit volte-face et reprit son effort, sauf que, dorénavant, il resta à ses côtés. L'entêtement ne faisait pas tout.

Chaque coup de pied, chaque mouvement de bras les éloignait du rivage assiégé et les rapprochait de leur destination. Gray consultait régulièrement sa boussole.

Nous ne devrions plus être très loin.

Ils mirent néanmoins encore une demi-heure à rejoindre leur plage. Gray fut le premier à ressortir la tête de l'eau. Avec une jauge depuis longtemps dans le rouge, ils étaient presque à court d'air. Il vérifia que le ciel était dégagé, puis aida Seichan à se hisser sur l'étroite bande rocheuse. Ils furent heureux de se débarrasser de leurs bouteilles.

Le bras toujours autour de sa taille, le commandant sentit Seichan frissonner et fut presque obligé de la porter jusqu'au pied de la falaise. Leur petit pavillon de vacances était perché tout en haut, là où on apercevait une fenêtre éclairée.

Seichan se dégagea de son étreinte et tomba à genoux sur le sable. Elle leva le bras vers la maisonnette.

— Vas-y…, haleta-t-elle.

— Pas question de te laisser. S'il le faut, je te trimballerai sur mon dos.

Cette promesse-là, il ignorait s'il pourrait la tenir, tant ses propres jambes flageolaient elles aussi.

— Non…, gronda-t-elle, le souffle court. (Elle indiqua le nord.) Le sta… le stade.

Il secoua d'abord la tête d'un air perplexe, puis il comprit.

Oh, non !

Son corps se raidit. Une décharge d'adrénaline lui remit les mollets d'aplomb.

Ce matin-là, ils avaient garé leur jeep dans Uakea Road, entre un centre social et le stade de Hana, qui accueillait un diamant de base-ball entretenu à la perfection, un terrain de football, deux courts de tennis et deux terrains de basket. Seichan avait lu, sur une affiche, qu'un tournoi de jeunes aurait lieu le soir même. Elle avait proposé d'acheter des hot-dogs et d'assister au match.

Gray se représenta l'endroit.

À vol d'oiseau, le stade n'était qu'à quatre cents mètres de la plage de sable rouge.

Il imagina la clameur engendrée par l'événement.

La musique, les cris des supporters, les lumières…

— Prends une moto, ordonna Seichan. Tu dois les prévenir.

Gray leva la tête vers la maison. Ils avaient loué deux motos afin d'explorer les sentiers trop étroits ou trop périlleux en voiture.

Il se retourna vers Seichan, qui devina son inquiétude.

— Je me débrouillerai pour grimper là-haut, lui assura-t-elle. Je mettrai peut-être le temps, mais j'avertirai Sigma et je leur demanderai de déclencher une opération locale… Allez, grouille-toi… avant qu'il ne soit trop tard !

Elle avait raison.

Gray consulta sa montre. La rencontre débutait d'ici à une dizaine de minutes. Il n'arriverait jamais à temps, mais il se devait de faire le maximum. Les mâchoires serrées, il s'élança vers le chemin qui serpentait jusqu'au pavillon.

Arrivé à l'orée du sentier, il se retourna. Seichan était debout. Ses jambes avaient beau trembler, elle affichait une détermination à toute épreuve. Leurs regards se croisèrent. Ils étaient tous deux conscients du danger au-devant duquel Gray courait – et d'une autre certitude.

Les vacances étaient terminées.

CHAPITRE 5

7 mai, 1 h 55
Washington, D.C.

Cet appel-là, Painter Crowe l'avait attendu des mois.

Les ennuis trouvaient toujours un moyen de rattraper le commandant Gray Pierce. Voilà pourquoi son patron chez Sigma avait gardé un œil sur les tribulations prolongées de son agent autour du globe. En revanche, il n'aurait jamais imaginé *sous quelle forme* le danger se serait présenté.

Un essaim de guêpes ?

Exténué, mais tenu en éveil par le stress, il passa la main dans ses cheveux noirs et replaça derrière l'oreille la seule mèche qui avait blanchi. Après avoir raccroché avec Seichan dix minutes plus tôt, il avait alerté par les voies hiérarchiques à la fois ses supérieurs du DARPA et les autorités compétentes d'Hawaï. Assis à son bureau, il considéra l'étrangeté de la situation et prit à cœur l'ultime avertissement de Seichan.

Il ne s'agit pas d'un acte fortuit de Dame Nature. C'est une attaque biologique.

Un coup frappé à sa porte entrebâillée le ramena à la réalité. La silhouette élancée de sa directrice adjointe, le capitaine Kathryn Bryant, surgit. Même en pleine nuit, ses cheveux mi-longs auburn étaient tressés en arrière pour un résultat aussi strict que sa tenue vestimentaire : tailleur bleu marine, chemisier blanc impeccable, escarpins noirs. L'unique touche de couleur était une minuscule broche grenouille en émail, dorée à l'or fin. Elle lui avait été offerte par un groupe amphibie que la jeune femme avait intégré lors d'une opération de reconnaissance à destination du renseignement naval. Un membre de l'équipe n'était pas revenu. Kat continuait de porter le bijou en sa mémoire.

Après sa carrière militaire, elle avait été embauchée par Painter en tant qu'analyste. Très vite, elle était devenue aussi indispensable à Sigma que le patron lui-même, voire davantage.

— Un problème beaucoup plus vaste couve au niveau de ces îles, annonça-t-elle sans détour.

— Comment cela ?

Kat le rejoignit et, après avoir pianoté sur sa tablette, elle désigna un des moniteurs géants qui tapissaient les murs du bureau. Une carte topographique de l'archipel d'Hawaï apparut. Painter pivota sur sa chaise pour mieux voir. Les trois îles principales étaient semées de points rouges.

— Maui n'a pas été la seule attaquée, expliqua Kat.

Elle alla tapoter une zone rouge sur la côte est de l'île, là où Seichan avait situé l'agression.

— Nous avons été informés d'assauts comparables à Oahu et sur la grande île d'Hawaï.

Painter la rejoignit. Jusque-là, il espérait un problème isolé, peut-être le fait d'écoterroristes retors.

Sur la carte, Kat montra Honolulu, capitale de l'État.

— Un Cessna s'est écrasé près de Diamond Head, à peu près en même temps que les trois autres sur Maui. (Son index glissa vers la plus grande île hawaïenne.) À Hilo, un hôpital lance un SOS d'urgence. Il est submergé par l'afflux de patients victimes de piqûres plus ou moins sévères. Certains sont même décédés.

Painter se rappela la mise en garde de Seichan.

Il ne s'agit pas d'un acte fortuit...

Il semblait qu'elle ait raison. L'assaut avait été coordonné.

Kat enchaîna :

— Nous n'avons encore reçu aucun signe de Kauai ni des autres petites îles, mais, à mon avis, ce n'est qu'une question de temps. J'ai demandé à Jason de surveiller toutes les dépêches de presse, les réseaux sociaux et les conversations entre forces de l'ordre sur l'ensemble du territoire d'Hawaï.

— Pourquoi là-bas ? s'interrogea Painter à voix haute. Pourquoi ces îles ?

— Nous ne disposons pas encore d'informations suffisantes pour émettre une hypothèse. L'isolement géographique de l'archipel est peut-être un début d'explication. Au-delà du danger immédiat pour la population, l'introduction d'une espèce étrangère agressive risque de ravager l'écosystème autarcique de l'État.

La perspective faisait froid dans le dos, mais, avant les inquiétudes à long terme, il y avait plus urgent à régler.

— À quoi sommes-nous confrontés au juste ? reprit le chef Crowe. Qu'est-ce qui a été largué sur ces îles ?

— J'ai contacté un entomologiste du Parc zoologique national. Le Dr Samuel Bennett est un expert de haut vol, respecté dans le monde entier. Au vu de la description de Seichan, il ne doit pas exister trente-six sortes de guêpes aussi énormes.

— Bien. Plus vite nous saurons à quoi nous avons affaire, mieux ce sera.

L'un des gros avantages à avoir installé son Q.G. au sous-sol du Château, c'était que Sigma avait accès direct aux nombreux laboratoires et centres de recherche de la Smithsonian, dont le Parc zoologique national.

Depuis son siège, l'organisation était aussi en contact avec les instances du pouvoir voisines, à la fois au Congrès et à la Maison Blanche. Painter était convaincu que le général Gregory Metcalf, son supérieur immédiat au DARPA, avertissait déjà les autorités et organisait en urgence la réaction fédérale.

Hélas, les rouages gouvernementaux étaient trop lents.

Voilà pourquoi Sigma existait : pour mener, si nécessaire, des attaques chirurgicales. Ses membres étaient en ligne de front contre la menace chimérique et fluctuante des nouvelles technologies. Face aux progrès fulgurants, inattendus et protéiformes des sciences de pointe, les États-Unis avaient besoin d'une équipe capable d'y réagir vite et bien. Telle était la devise de Sigma : *être là les premiers*.

Le téléphone de Kat sonna. Elle vérifia le numéro.

— J'ai l'impression que notre entomologiste est un couche-tard. C'est le Dr Bennett.

— Mettez-le sur haut-parleur.

Elle s'exécuta et posa le portable entre eux.

— Merci de me rappeler si vite, docteur Bennett.

— Mon assistante m'a informé de votre demande pressante. Je ne reçois guère d'appels du DARPA. Pas sur ma ligne professionnelle. Et encore moins en pleine nuit.

— En tout cas, nous apprécions votre collaboration. (Elle hocha la tête vers Painter.) Au fait, je vous ai placé sur haut-parleur dans le bureau de mon patron.

— D'accord. Alors, quel est le problème ?

— Avez-vous reçu la description de guêpe que je vous ai envoyée ?

— Absolument. C'est l'autre raison pour laquelle je peux vous répondre aussi tôt. Il y a un mois environ, quelqu'un m'a posé des questions sur le même genre de guêpe. Plus de sept centimètres. Des rayures rouges et noires sur l'abdomen.

— Qui vous a contacté ? intervint Painter.

— Un type du Japon, employé par une société pharmaceutique. Laissez-moi allumer mon ordinateur et je vous sors le nom inscrit sur son dernier mail. Un instant, s'il vous plaît.

Kat observa Painter d'un air perplexe.

Si Sigma voulait arriver en premier, c'était raté.

Le temps de retrouver l'information, Bennett continua :

— Comme je l'ai indiqué à l'autre chercheur, aucun hyménoptère ne répond en tout point à cette nomenclature. L'espèce la plus proche est le frelon géant japonais, qui atteint sept à huit centimètres, mais ses rayures sont jaunes et noires. On peut aussi penser à notre guêpe-mygale nationale, au Nouveau-Mexique. Elle mesure six bons centimètres de long, avec un dard de folie, mais son corps est rayé bleu-noir, avec des ailes orange.

Painter grimaça à l'idée d'être piqué par un monstre pareil.

— Maintenant, si je disposais d'un spécimen, je pourrais en apprendre davantage. Il s'agit peut-être du mutant hétérochrome d'une espèce connue. En d'autres termes, patrimoine génétique comparable, mais couleur différente.

Kat soupira.

— Malheureusement, nous aurons sans doute bientôt une flopée de nouveaux spécimens à vous livrer.

— J'adorerais me pencher dessus… Ah, voici son mail ! (Bennett se racla la gorge.) L'homme qui m'a sollicité s'appelle Ken Matsui. D'après l'en-tête de son courrier, il enseigne à l'université Cornell. Département de toxicologie.

Painter s'étonna :

— Vous ne disiez pas que la demande venait du Japon ?

— Exact. Il semblerait que l'entreprise pharmaceutique Tanaka lui ait accordé une bourse. Il m'a contacté depuis leur site, à Kyoto. Je peux vous transférer ses coordonnées là-bas.

— Volontiers, accepta Kat.

Après avoir remercié Bennett, elle raccrocha et lança à son patron :

— Qu'en pensez-vous ?

— Quelqu'un aurait croisé cette espèce bien avant l'assaut d'aujourd'hui. (Painter revint s'asseoir.) Nous devons nous entretenir avec ce fameux professeur Matsui au plus vite.

— Je m'en charge… On fait quoi pour Gray et Seichan ?

— La réaction des services d'urgence ne sera pas immédiate. Pour l'instant, ils sont livrés à eux-mêmes.

— Et le gars qu'on a envoyé sur place ?

Painter soupira. Depuis neuf mois, il avait non seulement suivi à la trace les pérégrinations du commandant Pierce, mais il avait aussi mis en place un système d'agents tournants qui le surveillaient le long de son itinéraire. Au début, le mari de Kat, Monk Kokkalis, s'était trouvé à Paris, pour régler une affaire de trafic d'animaux avec Interpol. Il n'était donc pas loin du sud de la France, où Gray avait séjourné. Painter avait ensuite joint Tucker Wayne, qui travaillait dans une réserve naturelle dont il était copropriétaire en Afrique du Sud : il lui avait demandé de se tenir prêt au cas où Gray aurait besoin d'aide, pendant qu'il sillonnait les jungles du continent noir. Et ainsi de suite. C'était peut-être de l'argent jeté par les fenêtres, mais, connaissant Gray, les ennuis finiraient bien par lui tomber dessus, ou il se ficherait lui-même dans le pétrin.

Ce n'était qu'une question de temps.

Pour la dernière mission en date à Hawaï, il n'avait pas été très compliqué de convaincre des agents de partir. Alors qu'il n'y avait aucune raison impérieuse de poster quelqu'un sur ces îles du bout du monde, la perspective de quelques semaines de repos et de récupération à la plage était plus qu'alléchante.

Manque de chance pour Gray, les dés s'étaient arrêtés sur un double-un pour désigner l'agent à envoyer là-bas.

— Kowalski loge de l'autre côté de l'île, annonça Painter avec aigreur. Dans un luxueux hôtel-club de Wailea. Je l'ai prévenu, mais il va mettre une heure à rallier l'héliport et à traverser l'île.

— Gray et Seichan sont donc vraiment seuls au monde.

— Peut-être, mais je suis sûr que Gray va tout faire pour apporter son aide.

— Traduction : il va se jeter dans la gueule du loup.

Painter esquissa un sourire ironique.

— C'est son plus grand talent.

CHAPITRE 6

6 mai, 20 h 02
Hana, île de Maui

Penché sur le guidon de sa moto, Gray fonçait vers le nord, sur l'autoroute de Hana. À voir le dos de son T-shirt claquer au vent, il allait bien deux fois plus vite que la limite autorisée. Il n'avait pas eu le temps de s'habiller correctement : toujours en maillot de bain, il avait juste enfilé ses vieilles chaussures de randonnée, posées sur le perron de la villa.

À hauteur de l'Épicerie générale de Hasegawa, il freina d'un coup sec, effaré par le nombre de feux rouges arrière devant lui. Refusant d'être englué dans les embouteillages, il bifurqua vers le bas-côté de la voie et remonta en trombe la longue file de véhicules à l'arrêt.

L'origine du bouchon devint rapidement évidente.

Malgré l'épaisseur de son casque, Gray entendit des sirènes. Le cœur battant, il accéléra encore.

J'arrive déjà trop tard ?

Inquiet, il coupa par le jardin d'une église pour rejoindre Hauoli Road. Après avoir tourné, il se dirigea vers le bruit et les gyrophares. Le stade de Hana se dressait deux cents mètres plus loin, au moment où la route s'arrêtait devant un centre sanitaire et social. Un camion de pompiers était stationné de biais sur le parking, ainsi que quelques ambulances et des voitures de police. Un hélicoptère jaune survola la zone au moment où Gray arrivait au stade.

Le commandant descendit de moto et parcourut les derniers mètres au pas de course. Le trottoir était encombré de badauds, médusés par l'effervescence des équipes d'intervention. Au milieu de la foule, des parents un peu perdus rassemblaient les enfants, dont certains en tenue de base-ball. Les gradins du diamant étaient bondés, mais la plupart des spectateurs tournaient le dos à la pelouse, hypnotisés par le ballet des véhicules de secours.

À n'en pas douter, le match avait été annulé ou retardé en raison de l'agitation.

Le terrain de football voisin s'était, lui, transformé en aire de pique-nique improvisée. Plus près, une ribambelle de restaurants ambulants vendaient des cornets de glace, des hot-dogs et même de la viande au barbecue. La musique hawaïenne qui résonnait dans les haut-parleurs du stade peinait à couvrir le mugissement des sirènes.

Gray fendit cette foule de cirque, direction le parking du centre de santé. Il avait besoin de parler à un responsable. En même temps, il continuait de surveiller le ciel. À la lumière aveuglante des projecteurs, il n'aperçut aucune trace de l'essaim. D'ailleurs, personne autour de lui ne semblait affolé. Les gens étaient seulement curieux.

S'il n'y a pas de guêpes, pourquoi autant d'engins de secours ?

Il regarda l'hélicoptère survoler les forêts derrière le centre social. L'appareil avait mis le cap sur Kauiki Head. Le faisceau lumineux des phares dévoila un filet de fumée qui montait en spirale au cœur de la nuit.

Au souvenir du Cessna TTx qui avait foncé en piqué contre la montagne, Gray se renfrogna. Il comprenait désormais *pourquoi* les secours étaient à pied d'œuvre. C'était le crash tragique des trois avions qui avait causé un tel tumulte.

L'urgence de la situation avait dû obliger les organisateurs à annuler le match, mais, avant que l'annonce n'ait été faite, les spectateurs s'étaient massés dans les tribunes et, à présent, ils assistaient aux opérations.

Une parfaite tempête d'événements qui risquait de mener à la catastrophe.

Fonçant à travers le tas, Gray évita une altercation entre un automobiliste penché à la vitre de sa voiture immobilisée et un piéton planté devant le pare-chocs. Ultime riposte, le conducteur s'acharnait sur son klaxon, ne faisant qu'ajouter à la cacophonie générale.

Les yeux toujours rivés au ciel, l'agent Sigma frémit.

Le vacarme assourdissant allait-il attirer les guêpes ou les tenir à distance ?

Arrivé sur le parking du centre social, il s'approcha d'un Noir trapu, les cheveux poivre et sel, qui portait un pantalon bleu et une belle chemise d'uniforme blanche ornée d'un badge clinquant. Sur son bras, la veste jaune vif était assortie à la couleur du camion près de lui. C'était sans doute le chef des pompiers de Hana. L'homme discutait avec un gros Hawaïen en tenue de feu.

Gray surprit des bribes de conversation entre les deux hommes, qui devaient crier pour s'entendre.

Radio à la main, l'Hawaïen se pencha vers son supérieur.

— ... descendu Watanabe sur le lieu de l'accident. Il dit qu'il n'y a pas de corps.

— Donc le pilote se serait éjecté avant le crash ?

— Bah ! Apparemment.

Gray savait que les choses ne s'étaient pas déroulées ainsi. Les avions avaient certainement volé en autonomie complète, comme des drones. Le Cessna TTx possédait un mode de pilotage automatique très perfectionné, mais pas assez pour exécuter une telle cascade. Pas sans améliorations techniques notables.

Il s'approcha de manière à attirer leur attention et ôta son casque de moto.

— Il n'y avait pas de pilote, annonça-t-il de but en blanc.

Les pompiers le toisèrent d'un air dédaigneux. Comment leur en vouloir ? Mal rasé, la tignasse en bataille, vêtu d'un simple T-shirt, d'un maillot de bain et de chaussures de randonnée, il n'inspirait pas franchement confiance. Gray savait aussi à quel point les habitants de l'île pouvaient se montrer obtus quand il s'agissait de traiter avec un *haole*, un étranger.

Avant qu'on ne l'envoie promener, il s'empressa d'ajouter :

— J'étais sur la plage de sable rouge quand les avions se sont écrasés. (Il tendit la main.) Gray Pierce, ancien ranger, aujourd'hui commandant adjoint au sein du DARPA.

Ce n'était pas l'entière vérité, mais presque.

Toujours aussi revêche, le responsable refusa de le saluer. Le pompier, en revanche, plissa les paupières, considérant d'un œil nouveau l'*haole* qui se présentait à eux.

Gray baissa le bras.

— Vous avez tous un problème plus grave. Un danger infiniment plus redoutable que la propagation d'un incendie. Il s'agissait d'avions-suicides qui, avant de se crasher, ont largué des essaims de guêpes sur l'île.

— Des guêpes ? répéta le chef, incrédule.

La maigre crédibilité que Gray pouvait avoir auprès du second pompier fondit comme neige au soleil. Ils devaient penser qu'il avait pris une dose massive de l'herbe locale qui, à Hawaï, était presque une denrée de base.

Gray s'efforça d'être plus clair.

— Ce sont des guêpes *géantes*. Je n'en avais jamais vu d'aussi grosses. La femme avec qui je me trouvais s'est fait piquer et, presque aussitôt après, elle ne pouvait plus bouger. (Il désigna le groupe de jeunes joueurs de base-ball qui, sur le trottoir d'en face, bavardaient gaiement.) Il suffirait d'une piqûre ou deux pour tuer…

Agacé, le patron l'interrompit d'un geste.

— Nous n'avons pas le temps d'écouter vos balivernes. (Il pivota vers son collègue.) Palu, vire-moi ce crétin d'ici.

L'autre hésita et lorgna même vers le ciel.

— Je sais que ça paraît dingue, mais vous devez m'écouter, insista Gray.

Face à un responsable aussi réfractaire, il se concentra sur le pompier originaire de l'archipel. Au cours de sa carrière dans l'armée, il s'était souvent heurté à des supérieurs obstinés, trop imbus de leur personne pour voir plus loin que le bout de leur nez.

Palu sembla tiraillé.

— On aurait peut-être intérêt à vérifier son histoire, chef.

— Comme si on disposait des effectifs nécessaires pour chasser le dah…

La radio grésilla. Tous trois baissèrent les yeux au moment où un concert de hurlements jaillit du petit haut-parleur.

Palu mit l'émetteur devant ses lèvres.

— Répétez, hélicoptère n° 1.

Il tendit l'oreille, mais la réponse vint du ciel.

Un vrombissement cadencé de pales attira l'attention générale. Un hélicoptère jaune flanqué des mots SÉCURITÉ CIVILE surgit en tanguant méchamment d'avant en arrière, puis il dégringola en chute libre au milieu des bois, derrière le centre social. Un effroyable bruit de tôle froissée couvrit l'écho des sirènes et de la musique. La foule se tut lorsqu'une boule de feu s'éleva dans la nuit.

La lumière éclatante révéla brièvement la présence d'un nuage sombre au-dessus de la forêt, telle une immense vague noire prête à s'abattre sur Hana.

Palu se tourna vers l'*haole* près de lui, mais Gray ne put que confirmer l'évidence :

— Trop tard. Elles sont déjà là.

SOLDAT

Grâce aux battements vigoureux de ses quatre ailes, la guêpe soldat volait en tête de l'essaim. Son bourdonnement parvenait aux autres, rempli d'informations de mise en garde à mesure qu'elle évaluait le danger et le paysage devant elle. Ses rangées de stigmates – les trous minuscules, situés le long du thorax et de l'abdomen, par lesquels elle respirait – vibraient de colère, produisant un sifflement strident en direction de sa caste.

Ses congénères soldats, massés aux avant-postes du bataillon, communiquaient par sons et par phéromones. Pointées vers l'avant, leurs antennes testaient toutes les odeurs charriées par la brise.

Parfum sucré...

Chair...

Sel...

Elles partageaient leurs connaissances.

Tandis qu'elle patientait avec les autres, elle courba les onze segments de ses antennes afin de se fabriquer mentalement une carte olfactive des lieux. Un tourbillon puissant prit forme, chargé d'odeurs qui auguraient un riche festin collectif.

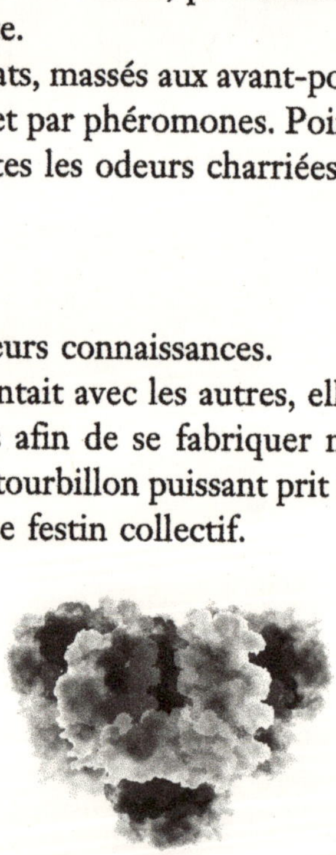

Le mélange d'effluves aiguisa son appétit, qui, à son tour, engendra un afflux d'hormones agressives. Les contractions de ses muscles abdominaux firent glisser ses lances acérées le long de rainures situées de chaque côté du dard et affûtèrent son arme.

Elle remua les antennes une dernière fois et se concentra sur l'origine du délicieux fumet.

Son instinct l'exhortait à s'en repaître.

Ses sœurs éprouvaient la même chose.

Après s'être fait signe les unes aux autres, les guêpes soldats fondirent en piqué, jusqu'à ne plus former qu'une seule grosse flèche sombre pointée vers l'objectif.

Ses autres sens continuaient d'apporter des informations, affinant peu à peu sa compréhension de la situation.

De larges membranes tendues sur des cavités de chaque côté de sa tête vibraient au rythme des sons qui émanaient du brouillard parfumé. À son tour, le bourdonnement furieux de l'essaim fut projeté vers l'avant et lui revint de plus belle, tel un boomerang, chargé de nouveaux renseignements sur les alentours. À chaque battement d'ailes, elle en apprenait davantage et échangeait ses découvertes avec ses congénères. Les structures et les formes commencèrent à s'agglomérer à partir des différents bruits et échos.

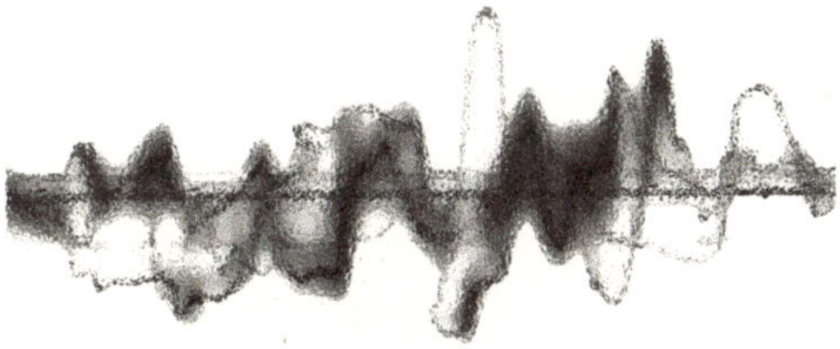

Pendant que les autres filaient à vive allure, elle devint à la fois combattante et armée, à la fois une et multiple. Elle se focalisa sur l'origine des odeurs. Mue par une pulsion millénaire d'appropriation du territoire, elle ne laisserait rien l'arrêter. Sa mémoire ancestrale, imprimée dans son code génétique, annihilait sa peur. Ses sœurs du passé avaient terrassé des ennemis bien plus terribles que ceux rencontrés jusqu'à présent sur ce nouveau bout de terre.

Parée pour l'affrontement, elle mit tous ses sens en action.

Deux gros yeux noirs – qui se décomposaient chacun en plusieurs centaines de facettes hexagonales – étudièrent ce qui se passait devant. Elle devinait les formes, les couleurs et, surtout, au fil des siècles, sa vision s'était affinée dans un domaine précis : la détection de mouvement.

Au moment où elle traversa un banc d'odeurs variées, son regard s'attarda sur chaque tressautement alentour. Tout était en mouvement. Cependant, au milieu du chaos, son cerveau remarqua un ensemble de vecteurs et de vagues qui lui permirent d'apprécier les dangers futurs.

Elle ne se préoccupa pas des forces qui fuyaient sa route.

Elles ne constituaient pas de menace immédiate.

En revanche, elle devait se débarrasser de quelque chose qui lui barrait le passage et remettait donc en cause sa suprématie. Adrénaline oblige, ses ailes battirent encore plus vite, mettant au défi quiconque de l'empêcher d'atteindre son but.

Ses yeux restèrent toutefois à l'affût.

Du mouvement attira son attention – un déferlement de mouvement *vers* elle.

Folle de rage, elle se concentra sur le combat qui s'annonçait. Une image de son adversaire s'insinua dans le maelstrom de ses sensations. C'était encore davantage une ombre qu'une réalité.

Elle plongea dessus, tout en restant à l'écoute de ses homologues soldats. Ses antennes perçurent un élan de désarroi, un dégagement de phéromones quand un membre de sa caste se fit piétiner à gauche. Aussitôt, les autres se ruèrent sur la traînée chimique : attirés par la mort, ils étaient déterminés à démultiplier leurs efforts, à empoisonner ce qui avait osé tuer un des leurs.

De son côté, elle se focalisa sur le danger qui lui fonçait dessus.

L'image de l'adversaire devint plus nette.

Elle évalua sa proie et chercha le meilleur angle d'assaut. Elle sentit les effluves salés de sa sueur et de son sang, mais l'instinct la guida vers le carbone produit par son souffle. Des millénaires d'expérience enracinée en elle lui avaient appris à braquer sa flèche empoisonnée dans cette direction-là.

L'abdomen recroquevillé, elle prépara son dard.

La forme menaçante arrivait au galop.

Elle baissa la tête, arc-bouta ses ailes et plongea à l'attaque.

CHAPITRE 7

6 mai, 20 h 22
Hana, île de Maui

Lancé au galop, Gray rabattit l'écran facial de son casque de moto. Juste à temps ! Une énorme guêpe percuta sa visière avec une puissance telle que le polycarbonate vibra. De ses six pattes articulées, elle y resta accrochée à trois centimètres du nez du commandant. Tout en battant furieusement des ailes, elle cogna sur la paroi translucide avec son abdomen blindé, assez fort pour qu'on entende les coups, à l'image d'un pivert qui s'acharnerait sur un tronc d'arbre.

D'un regard en coin, Gray étudia son adversaire.

Un profond sentiment d'horreur le saisit, comme si, au sein de son patrimoine génétique, un socle ancestral réagissait à la menace. Et c'était peut-être le cas. Pierce avait lu que, par le biais de l'épigénétique, les phobies pouvaient modifier l'ADN de quelqu'un, transmettre une peur précise d'une génération à l'autre, engendrer un instinct de survie à l'encontre des prédateurs les plus meurtriers.

Gray frissonna en voyant un dard acéré d'un demi-centimètre de long frapper sa visière.

Avant que l'Américain n'ait pu esquisser un geste, un gant épais s'abattit sur son casque et propulsa la guêpe au loin.

— Tenez !

Il se retourna. Palu, le pompier, lui tendait une protection antifeu argentée.

— Couvrez-vous et trouvez vite une planque !

Gray s'enveloppa dans le carré d'étoffe légère que, d'une main, il plaqua contre son cou. Le dispositif laissait ses mollets à l'air libre, mais c'était déjà mieux que rien.

Palu avait enfilé le reste de sa tenue d'intervention. Outre son pantalon jaune, sa veste de feu et son casque, il arborait dorénavant une cagoule surmontée d'un masque transparent et équipée d'un système respiratoire autonome, ce qui n'exposait qu'un minimum de peau. Un tuyau blanc hissé sur l'épaule, il montra le centre sanitaire et social.

— Filez !

Gray regarda dans la direction indiquée. Sur le parking, le chef des pompiers, assis à l'intérieur du camion, tenait une radio portative devant sa bouche. Sa voix tonitruante résonna dehors :

— METTEZ-VOUS IMMÉDIATEMENT À L'ABRI ! PARTOUT OÙ C'EST POSSIBLE ! VOITURES, MAISONS, CENTRE SOCIAL. NE RESTEZ SURTOUT PAS DEHORS !

Trop tard. Les gens fuyaient en ordre dispersé. Un chaos total, rythmé par la musique hawaïenne qui sortait encore à tue-tête des haut-parleurs du stade. Les hurlements, les pleurs et les jurons ne faisaient qu'ajouter à la cacophonie ambiante.

Un père passa en trombe devant Gray : une fillette juchée sur l'épaule, il agitait le bras pour écarter les guêpes lancées à leurs trousses. L'enfant sanglotait, à la fois parce qu'elle avait peur et parce qu'une balafre rouge lui zébrait la joue. L'homme heurta de côté une voiture, où un bon samaritain se risqua à ouvrir la portière arrière en criant de monter.

Gray fut témoin d'une foule de scénarios comparables, à mesure que les maisons et les boutiques se remplissaient, mais il restait encore trop de gens coincés dehors, au stade ou dans la rue. Des malheureux se débattaient sur le trottoir. Des parents faisaient écran de leur corps afin de protéger au mieux leurs enfants des assauts de guêpes.

Au mépris de leur propre sécurité, les quelques personnels d'urgence présents sur place tentaient d'apporter leur aide, traînant les gens qu'ils pouvaient en lieu sûr. Ils étaient très peu pour sauver un nombre incalculable de vies.

Cependant, ils ne lâchaient rien.

— Allez-y ! ordonna Palu en baissant sa lance reliée au camion-citerne.

Au bas de la rue, un pompier avait fixé son propre tuyau à une bouche d'incendie, tandis qu'un troisième sauveteur utilisait une grosse clé anglaise pour ouvrir les vannes. Soudain, l'eau jaillit. Le pompier orienta son jet surpuissant vers le ciel pour noyer l'essaim. Hélas, autant essayer de combattre un feu de forêt avec un pistolet à eau.

Une certitude glacée s'empara de Gray.

Il faut que je leur fasse gagner du temps.

Il agrippa Palu par le bras et, l'index pointé vers la citerne, il brailla à travers son écran facial :

— C'est un système CAF[1] ?

Palu confirma d'un hochement de tête.

Comme Gray l'avait espéré, le camion de pompiers était équipé d'un système de mousse à air comprimé, retardant très efficace dans la lutte contre les incendies.

Et, avec un peu de chance, contre autre chose.

— Suivez-moi !

Il secoua sa couverture argentée. Pour l'instant, les guêpes qui s'y collaient semblaient perturbées par le tissu réfléchissant.

Espérons que cela continue ainsi.

Gray s'élança vers Uakea Park, où il avait laissé sa moto. Il pria le ciel pour que son plan fonctionne – et que le tuyau de Palu ait une portée suffisante.

D'un regard par-dessus son épaule, il constata que, malgré le poids du matériel, le grand gaillard hawaïen tenait le rythme.

Gray accéléra encore. Palu suivrait comme il pourrait. Arrivé devant les camions-restaurants stationnés le long de Hauoli Road, l'agent Sigma s'approcha d'un marchand de granités. Le stand, bourré d'adultes et d'enfants, était soigneusement barricadé.

— On n'a plus de place ! cria le propriétaire.

Sa porte-moustiquaire était couverte de guêpes géantes qui, visiblement, tentaient de la grignoter pour se faufiler à l'intérieur.

Gray bifurqua vers le volet roulant du passe-plat.

— Aucun problème ! Passez-moi vos bouteilles de sirop.

— Quoi ?

1. Acronyme de « Compressed Air Foam », mousse à air comprimé.

— Vite !

Quelques mètres plus loin, dans l'herbe, un cornet de granité à moitié fondu disparaissait sous une nuée de guêpes.

Le volet se releva de quelques centimètres et on lui tendit du sirop à la myrtille. Aussitôt, Gray dévissa le bouchon et jeta le flacon à la manière d'un cocktail Molotov. Le projectile franchit une clôture, puis explosa sur le bitume d'un court de tennis désert.

L'Américain se retourna vers la camionnette.

— Encore !

À mesure que les gens cloîtrés à l'intérieur lui donnaient des bouteilles, il les lançait au même endroit. Ses efforts furent bientôt récompensés. Des régiments entiers de guêpes se précipitèrent dans la direction voulue, attirés par les puissants effluves de sucre. Même celles qui s'étaient attaquées à la porte-moustiquaire préférèrent la promesse d'un butin plus facile.

Gray avait espéré que son appât fonctionnerait. Combien de pique-niques familiaux avaient été gâchés par une attaque en règle de frelons, de guêpes ou d'abeilles ? Un jour, son propre père avait même avalé une de ces bestioles tombée dans sa bière. Les monstres auxquels ils avaient affaire ne devaient pas être très différents de leurs modestes cousins.

Qui n'aime pas les desserts, au fond ?

Gray ignorait quelle proportion de l'essaim se ferait berner, mais, plus il neutraliserait de prédateurs, plus les services d'urgence pourraient mettre de gens à l'abri.

— C'est tout ce que j'ai ! s'égosilla le marchand.

Gray acquiesça, puis il alla retrouver Palu.

— Attendez qu'une belle grappe se forme au niveau du court de tennis… et balancez la purée.

— Z'êtes un sacré *lolo buggah* ! lui assena Palu dans son sabir natal.

Sans doute s'agissait-il d'une insulte, mais le large sourire de son interlocuteur sous-entendait aussi qu'il était impressionné.

— Maintenant, mettez vite votre *okole* à l'abri.

— Pas encore, répondit Gray, les yeux rivés aux épais rubans de guêpes qui fendaient le ciel.

Certaines de ces salopes n'ont peut-être pas le bec sucré.

Soigneusement emmitouflé dans sa couverture brillante, il se rua vers le camion-restaurant suivant, dont le flanc était orné d'un hot-dog dansant. Il répéta l'opération, cette fois-ci en jetant des paquets ouverts de saucisses de Francfort sur un terrain de basket.

Au moment où il se débarrassait de ses dernières munitions, un énorme jet de mousse blanche jaillit en arc de cercle à droite. Il remonta sa trajectoire jusqu'à l'endroit où Palu, un genou à terre, avait braqué sa lance d'incendie vers le court de tennis. Le pompier arrosait copieusement la masse de guêpes qui planait au-dessus du terrain et la plaquait sur l'épais tapis de corps frétillants qui s'empiffraient de sirop.

Palu remarqua l'intérêt de Gray.

— J'ai pigé, mec ! Dégagez !

Gray aurait bien continué, mais il renonça lorsqu'une guêpe le piqua sur son mollet nu. Il se trémoussa en arrière, comme si cela servait à quelque chose. Une seconde douleur fulgurante lui remit les idées en place. Il utilisa sa chaussure de randonnée pour obliger l'insecte à lâcher prise, puis l'écrasa sur le trottoir, ce qui eut pour effet d'agacer encore davantage son agresseur. Il fut obligé de fracasser le corps blindé du monstre à coups de talon pour obtenir enfin un agréable crissement.

Entre-temps, son autre jambe avait comme pris feu.

Il tenta de descendre la rue en boitillant, mais que l'essaim ait perçu son infortune ou qu'il ait été attiré par l'odeur d'un congénère réduit en miettes, des guêpes se lancèrent à la poursuite du fuyard. Gray sentit son casque résonner sous les impacts, sa couverture argentée se faire bombarder par des assaillants enragés.

La douleur remonta jusqu'à sa hanche, compliquant d'autant plus sa progression. Les mâchoires crispées, il avait le souffle court. Sa vue se brouillait de larmes. Son univers entier n'était plus que souffrance. Il n'avait qu'une envie : se laisser tomber à terre et hurler.

Il s'obligea néanmoins à continuer avec, en ligne de mire, les portes vitrées du centre social. Cela semblait le bout du monde.

Je n'y arriverai jamais.

À chaque pas cuisant, sa conviction se renforçait. Ne contrôlant plus sa jambe droite, il flancha sur le côté et se rattrapa au capot d'une

Ford Taurus. À l'intérieur, des visages le fixèrent avec inquiétude, mais les occupants étaient déjà serrés comme des sardines.

L'auberge affiche complet.

Il se redressa afin de continuer vers le centre social. Hélas, il avait laissé son avant-bras trop longtemps à l'air libre. Avant qu'il n'ait pu le glisser de nouveau sous la couverture, une guêpe se posa sur son poignet. D'un brusque revers de main, Gray évita qu'elle le pique, mais il perdit aussi son équilibre précaire.

Il trébucha en agitant les bras, ce qui ne fit qu'attirer d'autres affamées.

Alors qu'il allait se rouler en boule sous sa protection antifeu, une force herculéenne le frappa au milieu du dos et, pendant quelques instants terrifiants, il dévala le trottoir.

Un voile blanc devant les yeux, il haleta et mit une bonne seconde à comprendre que la visière de son casque était couverte de mousse, de même que la majeure partie de son corps. Palu avait dû l'asperger de retardant. Une poigne de fer l'agrippa par la taille et le remit debout.

Gray essuya son écran facial.

Palu le tenait solidement.

— On se barre !

Inutile de protester.

Tout en traînant son *haole*, le pompier continua de manipuler sa lance à une main. Au moment de longer le terrain de basket, il arrosa de mousse les guêpes agglutinées sur les hot-dogs.

Après quoi, le tuyau crachota et le puissant jet blanchâtre se réduisit à un mince filet.

La citerne devait être vide.

Palu lâcha son matériel et agrippa Gray de plus belle, prêt à lancer le sprint final vers le centre social. Soudain, un nouveau bruit se fit entendre.

Des aboiements aigus et, surtout, insistants.

Vers la gauche, un terrier hirsute se cachait derrière la plaque de but du diamant de base-ball. Une laisse rouge remontait jusqu'à un jeune garçon avachi sur le côté, au pied du filet d'arrêt. La tête renversée en arrière, il avait l'écume aux lèvres et ses membres tressautaient de manière convulsive.

Choc anaphylactique.

Gray décida d'y aller. Cependant, un haut filet lui barrait le chemin. Ils seraient obligés de contourner la cage pour atteindre l'enfant. Le détour risquait d'être fatal, mais il fallait tenter le coup.

Palu voulut l'en empêcher, peut-être parce qu'il sentait aussi la démarche vouée à l'échec, puis il poussa un juron et suivit Gray vers une grille située à quinze mètres de là.

Nous n'arriverons jamais à temps.

Déjà la petite victime ne bougeait plus et les aboiements du chien s'étaient mus en gémissements de détresse.

Gray aurait aimé presser le pas, mais l'adrénaline et l'énergie du désespoir ne suffisaient pas à alléger son calvaire. Des guêpes les bombardaient de tous côtés. Alors qu'il était encore couvert de mousse, une assaillante déterminée traversa l'épaisse barrière blanche et le piqua au-dessus du genou gauche.

Une douleur atroce lui arracha un cri.

À ses côtés, Palu eut la même réaction et se frappa le ventre. Une de ces cochonneries avait dû se faufiler sous la couture de sa veste de feu. Affolé, l'Hawaïen lâcha Gray, puis il ouvrit son vêtement d'un coup sec, se débarrassa violemment de la coupable et, terrassé de douleur, il tomba à quatre pattes.

Les deux hommes étaient au sol. Fortement empoisonné, Gray tremblait de tous ses membres. Il se tourna vers le garçonnet et croisa le regard implorant du terrier.

Désolé, mon vieux, je ne peux rien…

Soudain, il aperçut du mouvement au centre du diamant. Une ombre sinueuse dégringola du ciel, droit sur le monticule du lanceur.

Gray cligna des paupières, incrédule.

Une corde.

En fait, au-dessus de leurs têtes, un gros hélicoptère volait tous feux éteints, sans doute pour éviter d'attirer l'essaim.

Un grand type descendit le long du filin et atterrit sur le terrain. Ses bottes martelèrent le monticule du lanceur. Le géant se redressa, vêtu d'une combinaison intégrale de plongée, avec capuche, masque et bouteille d'oxygène. À travers l'écran transparent de son masque, un visage mal rasé familier évalua la situation d'un œil noir.

Gray était sidéré de voir surgir quelqu'un de son entourage, mais qu'importe, il hurla à pleins poumons, l'index pointé vers le filet d'arrêt.

— Kowalski ! Chopez le gosse !

* * *

21 h 17

Vingt minutes plus tard, à l'abri derrière les portes vitrées du centre social, Gray contemplait le spectacle de désolation laissé par l'essaim féroce. Plus d'une dizaine de corps gisaient sur les terrains de base-ball et de football. Au-delà de son champ de vision, les victimes devaient être encore plus nombreuses.

Dès leur arrivée, les secours avaient dépêché des équipes bien protégées des pieds à la tête, néanmoins la situation restait catastrophique. De sombres tourbillons de guêpes hantaient le parc et les rues désertes, tandis que le gros de l'essaim patientait plus haut, en vol stationnaire.

Kowalski approcha.

— Selon le toubib, le gamin s'en sortira. Le chien aussi.

— Merci d'avoir débarqué à point nommé.

Le colosse avait jeté l'enfant sur son épaule, puis attrapé l'animal par la peau du cou. Il avait ensuite aidé Gray et Palu à rejoindre le centre sanitaire et social où, malgré leurs maigres moyens, infirmières et médecins locaux s'efforçaient de soigner les blessés.

Kowalski avait expliqué à son collègue que, s'il était à Hawaï, c'était parce que Painter avait suivi ses pérégrinations à la trace. D'ordinaire, Gray lui en aurait voulu d'être ainsi chaperonné, même de loin, mais, puisque la prudence de son patron avait sauvé un enfant, il pouvait difficilement se plaindre.

— Vous avez vraiment le don de vous fiche dans la merde, hein ? lâcha le grand gaillard.

Délesté de sa combinaison de plongée, il portait des bottines, un bermuda en toile et une chemise hawaïenne. Il contempla sa tenue d'un air sarcastique.

— Je devais dîner avec Maria dans un super restaurant du Four Seasons quand on m'a appelé pour vous sauver les miches.

Kowalski, qui avait, semble-t-il, considéré sa mission de baby-sitting comme des vacances sous les tropiques tous frais payés, avait amené sa petite amie, le Dr Maria Crandall, généticienne originaire de Géorgie qui avait aidé Sigma par le passé. Ils formaient un couple atypique, mais, la jeune femme étant spécialisée dans l'étude des Néandertaliens, il semblait clair qu'elle avait un type d'homme.

— Ce n'est peut-être pas plus mal. Maria voulait tester un restaurant qui sert ses plats crus… À quoi bon payer pour aller quelque part où on ne cuit pas la bouffe ? C'est débile.

— Dans ce cas, vous y auriez tout à fait votre place.

— Qu'entendez-vous par… ?

Ils furent interrompus par l'arrivée de Hani Palu et de son chef de bataillon, Benjamin Renard.

Débarrassé de sa grosse veste de feu, Palu avait gardé son ample pantalon jaune, maintenu par des bretelles rouge vif. Il salua Kowalski d'une tape dans le dos. Les deux hommes auraient pu être frères de cœur. De même carrure, ils dépassaient allègrement le mètre quatre-vingt-dix. Ils étaient bruns, le crâne presque rasé. En revanche, l'Hawaïen avait le visage plus rond et beaucoup moins balafré.

Leurs comportements respectifs aussi étaient aux antipodes.

Palu souriait en permanence, malgré les circonstances tragiques. Kowalski était plus renfrogné, comme s'il s'attendait toujours au pire.

Renard tendit un portable à Gray.

— Quelqu'un pour vous. Un certain chef Crowe.

— Merci.

L'agent Sigma prit le téléphone et s'éloigna d'un mètre. Il n'était pas franchement étonné que Painter ait réussi à le traquer jusque-là.

— Quel est le topo, patron ?

— J'espérais que vous pourriez me le dire. Selon toute vraisemblance, Maui n'était pas la seule cible. Honolulu aussi a été frappée, de même que Hilo, sur la grande île d'Hawaï.

Gray tenta d'imaginer les essaims venimeux qui avaient attaqué ces métropoles très peuplées.

— Kat soupçonne également la ville de Lihue, à Kauai, d'avoir été en ligne de mire, mais des pluies torrentielles assorties de vents violents auraient entraîné les guêpes au large.

— Alors, comment savez-vous que Lihue était visée ?

— Un Cessna s'est échoué sur une plage voisine. Sans pilote à bord.

— Un Cessna TTx ?

— Oui.

Le silence de Painter qui suivit était lourd de sous-entendus. Gray n'en revenait pas qu'au bout de neuf mois, il soit toujours autant sur la même longueur d'onde que son patron. Conscient qu'on lui cachait quelque chose, il subodora la vérité.

— D'autres sites de Maui ont-ils été attaqués ?

— Non. Juste Hana.

Gray prit l'élément en compte. L'île possédait des centres urbains plus vastes, qu'on parle de Kahului – avec son aéroport international – ou de régions plus touristiques sur la côte opposée.

Il réfléchit à voix haute :

— Pourquoi avoir frappé un patelin comme Hana ?

— Excellente question.

Le commandant se remémora les trois avions lancés en direction du rivage et, plus particulièrement, celui du milieu, qui avait foncé droit vers leur plage de sable rouge.

— À moins qu'ils n'aient visé autre chose que Hana, comprit-il. Ils essayaient peut-être de nous supprimer, nous.

D'une pierre deux coups.

Il contempla les cadavres sur le trottoir.

Ces pauvres gens sont-ils tous morts à cause de moi ?

— Nous y avons pensé, reconnut Painter. Auquel cas, quelqu'un était au courant de votre présence à Maui. Quelqu'un d'assez proche pour savoir que vous vous prélassiez sur cette plage.

Gray tressaillit intérieurement.

Si jamais ils apprennent que nous avons survécu…

Les yeux rivés au sud, il se rappela qui se trouvait là-bas, livrée à elle-même.

Seichan…

CHAPITRE 8

6 mai, 21 h 33
Hana, île de Maui

Depuis le perron de la vieille maisonnette, Seichan regarda l'intrus franchir discrètement la clôture, puis longer l'allée du jardin. Très furtif, il restait dans l'ombre et progressait par sauts de puce. À l'évidence, le prédateur savait traquer une proie.

Elle patienta près de la porte d'entrée.

Elle avait guetté sa visite toute la soirée.

Seichan posa doucement un genou à terre. Elle ne voulait pas éveiller l'attention de l'autre.

L'intrus se faufila le long des marches et, un court instant, il disparut de son champ de vision.

Allez, montre-toi…

Comme s'il avait entendu son appel, il resurgit d'un bond et atterrit en toute légèreté sur le perron. Ses yeux vitreux reflétaient la lueur pâle qui filtrait sous le store de la fenêtre de la cuisine. Ils se braquèrent sur Seichan.

— Il était temps, murmura-t-elle à son hôte.

Un miaulement plaintif lui répondit.

Seichan tendit l'assiette de thon albacore émietté.

La chatte noire contempla le menu, puis détourna la tête. Elle étira ses longues pattes, déploya ses coussinets en éventail et feignit l'indifférence.

— C'est tout ce que tu auras.

Après avoir encore hésité, la femelle agita sa queue et avança d'un pas. Elle renifla l'assiette, poussa la nourriture du bout de son museau et commença à manger, d'abord prudemment, puis avec un peu plus d'appétit.

Seichan se risqua à lui gratter la tête. Un grondement sourd s'échappa de l'animal, qui continua néanmoins son repas. Au cours des trois derniers mois, la jeune femme avait réussi à amadouer la petite farouche. Elle avait aussi remarqué ses glandes mammaires enflées, signe qu'une portée de chatons se cachait quelque part.

Gray lui avait reproché de nourrir les chats errants, surtout qu'ils causaient des ravages sur l'île et menaçaient la survie de nombreuses espèces d'oiseaux.

Seichan avait fait la sourde oreille, ne se rappelant que trop bien ce que c'était d'être à la rue, elle qui avait fui son orphelinat au Laos. À l'époque, aussi sauvage que la chatte, elle était prête à tout pour s'en sortir et avait fini par tomber dans le giron de la Guilde, qui lui avait appris à mettre ses talents de survie au service d'ambitions plus meurtrières.

Elle observa l'animal affamé. Bien que libérée de la Guilde, elle ne se déferait jamais complètement de son passé. Elle nourrissait donc la pauvre bête errante, tout en essayant d'oublier les motivations plus profondes derrière ses actes.

Gray a déjà assez en tête.

Après le décès de son père, il avait éprouvé le besoin de fuir le monde réel. Même s'il avait accepté d'abréger l'existence de son fier géniteur, lui épargnant ainsi souffrances inutiles et perte de dignité, elle savait qu'au fond de lui, Gray restait hanté par son geste. Il n'était pas rare qu'elle le surprenne les yeux dans le vide. Il n'en parlait jamais, mais l'ombre du vieil homme planait au-dessus de son épaule. Souvent, il passait la nuit à tourner et se retourner dans le lit, voire il se levait en catimini pour s'asseoir sur le perron.

Elle le laissait alors en tête à tête avec lui-même.

Soupir aux lèvres, elle se redressa et se frictionna le haut du bras, histoire d'éliminer les dernières traces d'engourdissement liées à la piqûre. Sa sensation de brûlure intense avait disparu. En revanche, Seichan avait attrapé un mal de crâne lancinant qui, celui-là, était dû au stress, et non à l'action du venin.

Elle leva le nez vers le nord, source de sa nervosité.

Qu'est-ce qui te prend autant de temps ?

Un peu plus tôt, Gray l'avait appelée du centre social de Hana pour la rassurer. Depuis, plus de nouvelles. La situation en ville étant toujours chaotique, il lui avait demandé de ne pas quitter leur maison de vacances. Sans doute était-il en train de coordonner les secours avec le siège de Sigma, aux États-Unis. Surtout qu'un invité inattendu avait fait son apparition : Joe Kowalski.

Pressée d'obtenir de nouveaux renseignements, Seichan restait sur le qui-vive.

L'écho lointain des sirènes de Hana s'était tu, mais le silence d'après n'avait fait qu'alimenter ses doutes.

Pieds nus, elle s'approcha de la balustrade, qui grinça au moment où elle s'y accouda. Selon le concierge, le pavillon avait été construit au milieu des années 1940, à l'époque où la dernière plantation de canne à sucre avait fermé. Avec son toit de chaume, il se trouvait à une centaine de mètres de l'autoroute, juché sur une falaise volcanique. Sa structure en bois, érigée sur pilotis, était soutenue par d'énormes tiges de bambou issues de la forêt voisine. À l'intérieur, les meubles étaient tous fabriqués en acacia koa local. Leur patine ancienne luisait presque.

Durant leurs dernières semaines de farniente, Gray et Seichan avaient été les seuls à profiter des quarante hectares attenants. Petit morceau d'Hawaï épargné par la main de l'homme, la majeure partie des terres étaient restées vierges, mais, plus près, c'était une véritable oasis de papayers et de bananiers plantés au milieu de palmiers géants. Quant aux nombreux jardins naturels, ils regorgeaient de gingembres rouges, de frangipaniers à fleurs jaunes et d'hibiscus roses.

Le regard de Seichan se posa sur une balançoire pendue à un manguier tout proche. Gray et elle y avaient passé de nombreuses heures, perdus dans leurs pensées, à regarder les ombres de fin d'après-midi s'allonger jusqu'au crépuscule.

Elle s'imprégna du doux parfum de la nuit.

L'endroit lui rappelait sa maison natale, nichée au cœur d'un village vietnamien. À Hawaï, la jungle était différente, mais elle procurait la même impression d'intemporalité et de connexion à la nature. Du bout des doigts, Seichan effleura son pendentif dragon, offert par sa mère avant que la pauvre femme ne lui soit brutalement arrachée. À l'époque, la fillette était chérie d'un amour qui imprégnait leur masure et la transformait en un paradis magique.

Voilà peut-être ce qui, à présent, lui donnait le véritable sentiment d'être chez elle dans le petit pavillon hawaïen.

Elle contempla la balançoire, se rappela les doigts de Gray entrelacés avec les siens quand ils s'y asseyaient tous les deux.

C'était lui qui avait fait de l'endroit un chez-soi.

Envahie par l'inquiétude, par la conviction d'arriver au terme d'une ère, elle arpenta de nouveau le perron. Elle ne doutait pas de l'amour de Gray – uniquement de sa propre capacité à continuer de l'accepter. Leurs longs mois de voyage avaient été merveilleux, au-delà de ce qu'elle avait pu imaginer auprès d'une autre personne. En même temps, il s'agissait d'une parenthèse enchantée, dont il faudrait forcément, un jour, se réveiller.

Et après ?

Face à la dure réalité de la vie, leur couple pourrait-il durer ? Et, d'ailleurs, le devait-il ?

La chatte se mit à gronder, attirant l'attention de Seichan.

— Arrête de râler. Il n'y a plus de…

La femelle, qui avait tourné le dos à son assiette, fixait la forêt de palmiers. Son feulement rauque se transforma en faible sifflement quand, méfiante, elle se coucha sur le ventre.

Seichan suivit son exemple et s'accroupit. Elle s'écarta de la fenêtre de la cuisine.

Il y a quelqu'un.

* * *

21 h 38

Gray composa le numéro pour la troisième fois. Réfugié au bureau du centre social, il utilisait la ligne fixe pour tenter de joindre Seichan. Leur maison de vacances était si isolée que les portables ne passaient pas, ce qui limitait considérablement ses options de communication.

Il écouta la sonnerie retentir une fois… et puis plus rien.

Il raccrocha d'un coup sec.

Un peu plus tôt, il avait réussi à contacter Seichan. Hélas, la situation d'urgence sur l'île avait saturé le réseau local. Il s'en voulut d'avoir laissé son téléphone satellite aux États-Unis, mais l'appareil était la propriété de Sigma. À l'époque, en quête de tranquillité, il avait craint que le téléphone ne serve à le pister.

Tu parles d'une idée à la con !

Il observa Kowalski dans le couloir. À l'évidence, Painter s'était toujours arrangé pour avoir Gray à l'œil.

Conscient qu'il fallait, pour l'heure, oublier le téléphone, il quitta la pièce. Kowalski s'écarta du mur où il s'était adossé, un mégot éteint au coin des lèvres. De son bureau, une grosse infirmière le fusillait du regard, comme pour le mettre au défi de l'allumer.

Gray interrompit leur passe d'armes.

— Impossible de la joindre. Je cours récupérer ma moto et j'y vais moi-même.

— Vous vous tracassez pour rien, grogna Kowalski. Et s'il y a du grabuge, la connaissant, elle s'en tirera à merveille.

Il avait sans doute raison, mais Gray ne souhaitait courir aucun risque. Si Seichan et lui étaient bien la cible de l'attaque, il y aurait forcément des répercussions du côté de la jeune femme.

— Vous, restez ici, pendant que je pars vérifier.

À la vue d'une large silhouette familière près de l'entrée principale, le commandant s'approcha.

— Palu, un de vos gars aurait-il une tenue à me prêter ? Une veste ? Voire un pantalon ?

— Vous prévoyez de ressortir ?

— Je crains fort qu'une de mes amies ait des ennuis.

— D'accord. Je vous accompagne.

— Merci, mais je n'ai pas assez de place sur ma moto.

— Qui dit que nous prenons votre petite bécane ? rétorqua Palu en agitant un trousseau de clés. J'ai mieux en stock.

L'imposant Hawaïen hocha la tête vers un SUV jaune vif stationné à quelques mètres du centre. Les mots CHEF DE BATAILLON étaient imprimés en grosses lettres sur la portière. Le véhicule devait appartenir à son patron qui, pour le moment, était interviewé à la radio.

— En plus, je connais un raccourci, renchérit Palu. Vous serez arrivé là-bas *wikiwiki*.

Ravi, Gray accepta la proposition.

— Allons-y.

Il fut surpris par une voix bourrue derrière lui. Kowalski lui avait emboîté le pas avec une discrétion impressionnante pour son physique de déménageur.

— S'il vous accompagne, moi aussi.

Palu haussa les épaules.

— Plus on est de fous, plus on rit.

— D'accord, accepta Gray, le doigt pointé vers la porte. Nous y allons tous.

Kowalski s'arrêta, le temps d'allumer son cigare en narguant d'un œil noir l'infirmière derrière son bureau, puis, à la hâte, les trois hommes franchirent les portes vitrées et traversèrent un nuage de fumée dégagé par les braises du barbecue installé à l'entrée. La brume âcre était censée protéger l'établissement des guêpes qui bourdonnaient dehors.

Au moins, le pire semblait derrière eux. Les étoiles scintillaient dans le ciel. La majeure partie de l'essaim s'était enfoncée dans la forêt tropicale recouvrant le versant nord-est du mont Haleakalā, volcan endormi qui constituait la moitié de l'île de Maui. Toutefois, le danger immédiat avait beau être écarté, Gray se doutait bien qu'ils n'avaient encore été confrontés qu'à la partie émergée de l'iceberg.

Enfin, la gestion de la menace devrait attendre.

Ils s'engouffrèrent dans la voiture du chef Renard – une grosse Ford équipée d'une rampe de gyrophare et d'une sirène. Palu s'installa au volant, tandis que Gray s'asseyait à ses côtés. Kowalski, lui, se vautra sur la banquette arrière.

Un bourdonnement familier parvint à l'oreille de Gray, qui lorgna par-dessus son épaule. Une grosse guêpe se posa sur la vitre derrière lui et remonta lentement le long du carreau.

Kowalski prit son cigare et, l'air de rien, il en écrasa le bout rougeoyant sur l'insecte, qui explosa avec un léger grésillement. Après quoi, l'agent se remit à mâchouiller son mégot.

Gray se renfonça sur son siège.

D'accord, ce mec peut être utile.

* * *

21 h 44

Accroupie, Seichan regarda la chatte noire dévaler le perron et disparaître au cœur des buissons fleuris. Impossible, pour elle, de l'imiter. Du moins, pas encore. Elle devait supposer que le rôdeur, quel qu'il fût, avait cerné la maison.

Elle étudia les solutions qui s'offraient à elle.

L'ombre ou *le feu*.

La Guilde inculquait à ses membres deux principes d'action dès qu'ils se sentaient acculés. *L'ombre* impliquait de rester calme, d'user de discrétion et de subterfuges pour se sortir d'un guet-apens. Ou alors, dopés par l'adrénaline, ils pouvaient choisir *le feu* de l'action et affronter directement leurs adversaires.

Manque de chance, Seichan ne disposait d'aucune puissance de feu pour se tirer du pétrin par la force. Aussi arbitrairement qu'ils avaient voyagé de pays en pays, Gray et elle n'avaient jamais transporté d'arme de poing. Comme ils voyageaient à titre personnel, ils n'avaient aucun moyen de contourner la législation douanière et, à chaque escale, ils passaient trop peu de temps sur place pour se fournir au marché noir.

La jeune femme n'était cependant pas démunie. Elle possédait tout un arsenal de poignards, de couteaux de lancer et un excellent couperet chinois rangé dans son étui en cuir. Un seul préposé des douanes l'avait interrogée sur son étrange collection. Elle avait alors prétendu être chef cuisinier à son compte et lui avait sorti, pour preuve, un faux diplôme de cuisine du prestigieux institut français Le Cordon Bleu.

Pour l'heure, hélas, ses précieux couteaux étaient rangés à l'abri dans la chambre du fond, à l'autre bout de la maison, et Seichan refusait de se mettre à découvert le temps de pénétrer à l'intérieur.

Elle n'avait donc pas d'autre choix que *l'ombre*.

En une fraction de seconde, elle prit sa décision et, l'instant d'après, elle était déjà en action.

CHAPITRE 9

6 mai, 21 h 45
Hana, île de Maui

— Elle est dans le champ de vision de quelqu'un ?

Juché au sommet de la falaise qui surplombait les vagues déferlantes, Masahiro Ito écoutait ses *genin* venir au rapport depuis leur position respective autour de la chaumière. Un quart d'heure plus tôt, le groupe d'assaut était arrivé par bateau ponton. Après avoir pagayé jusqu'au rivage, dans le noir, ils avaient gravi la paroi rocheuse à cinquante mètres au nord de leur objectif afin que personne ne les voie ni ne les entende approcher.

Masahiro maudit le mystérieux informateur de leur cible. Il avait ordonné à ses hommes de rester cachés, d'attendre le retour de l'Américain. Cette nuit-là, selon le vœu de son grand-père, c'étaient à la fois la fille *et* le militaire qui devaient être éliminés.

Depuis, la situation avait changé. Leur proie – l'Eurasienne qui avait trahi la *Kage* – s'était volatilisée à l'instant précis où l'équipe avait pris position. Alors qu'elle semblait nourrir un chat, elle avait subitement disparu du perron. Privés de leur effet de surprise, ils ne pouvaient plus temporiser. La scélérate devait être liquidée avant qu'elle ne prévienne son camarade du guet-apens.

— Négatif, *Chūnin* Ito, annonça l'adjoint de Masahiro par radio. Personne ne l'a en ligne de mire.

Le chef de l'opération serra les mâchoires.

Ses cinq agents étaient d'anciens assassins de la *Kage*, recrutés par son grand-père après le démantèlement du réseau. Alors que la hiérarchie était mise à mal, quelques membres d'Échelon – les niveaux supérieurs de la *Kage* – avaient survécu à la purge. De ce que Masahiro savait, seul son grand-père avait échappé au radar.

Qui prêterait une attention particulière à un vieillard de quatre-vingt-dix ans ?

C'était une erreur.

À l'effondrement de la *Kage*, le grand-père de Masahiro l'avait protégé, non pas en cachant son petit-fils au fond d'un trou, mais, au contraire, en le poussant sous le feu des projecteurs. Masahiro était devenu vice-président à la recherche et au développement des laboratoires Fenikkusu, société familiale créée plusieurs dizaines d'années auparavant. Il siégeait même au conseil d'administration.

Le patriarche lui avait assigné une autre mission secrète : réunir en douce les *genin* – ou hommes de main – de la *Kage*, ceux qui s'étaient dispersés après la chute de l'organisation. Il devait les prendre sous son aile afin de bâtir une force plus modeste, mais aussi plus meurtrière.

Conformément aux conseils de son aïeul, Masahiro s'était inspiré des *shinobi*, combattants secrets du Japon féodal qui, par la suite, avaient été abâtardis et mythifiés sous le nom de « ninja ». Son grand-père, Takashi, était adepte des vieilles méthodes, lorsque le pays était à l'apogée de sa gloire. Bien que nonagénaire, il était le nouveau *jōnin*, ou chef, du groupe. Masahiro avait hérité du titre de *chūnin*, ou « homme de classe intermédiaire », et tous les *genin* lui rendaient directement des comptes.

C'était un principe d'organisation efficace, dont les *shinobi* avaient su tirer profit pendant des siècles. Même leur entraînement féodal était mis à l'honneur en vue d'affûter les talents des *genin*.

Voilà pourquoi Masahiro portait un *katana* traditionnel, sabre dont le fourreau était fixé sur son dos. Il était aussi équipé d'un *kusarigama* – faucille d'acier reliée à une grosse chaîne – qu'il portait enroulé autour de la taille.

En plus des armes ancestrales des *shinobi*, Masahiro avait enrichi leur arsenal d'une bonne dose de technologie moderne. Ses hommes et lui avaient endossé une tenue de camouflage vert foncé, doublée d'un gilet pare-balles en Kevlar ultraléger, et ils étaient munis de pistolets-mitrailleurs Minebea 9 mm à canon court, avec silencieux et lunette de vision nocturne.

Chaque membre du groupe d'assaut arborait aussi le classique *tenugui*, fine bande de coton qui dissimulait le visage et qui servait aussi de ceinture, voire de corde pour escalader une paroi de quelques mètres.

Masahiro remonta son *tenugui* sur l'arête de son nez.

Où est cette fille ?

Frustré, il ne pouvait pas attendre plus longtemps.

— Donnez l'assaut, annonça-t-il. Ordre de tirer à vue.

* * *

21 h 47

Seichan était accroupie entre les feuilles d'un manguier centenaire. La cime, qui se déployait sur presque dix mètres de large au-dessus de sa tête, formait une épaisse zone d'ombre en contrebas. Pieds nus, la jeune femme tenait en équilibre sur une branche grosse comme sa cuisse.

Quelques minutes plus tôt, elle avait bondi par-dessus la balustrade du perron en veillant à ne pas faire craquer les lattes branlantes. De crainte que l'ennemi ne soit équipé de lunettes de vision nocturne ou de jumelles infrarouges, elle avait roulé sous la terrasse, puis longé les pilotis qui soutenaient la maison. La structure en bois du bâtiment lui avait permis de masquer sa fuite. Tête baissée, elle s'était sauvée vers le coin de jardin où la végétation était la plus luxuriante et elle s'était réfugiée en haut de l'arbre le plus proche.

Elle pariait sur le fait que les efforts adverses se concentreraient sur la chaumière ou les terres alentour.

Avec un peu de chance, pas vers le ciel.

Elle resta figée sur son perchoir. Seules ses narines bougeaient à chaque respiration. Soudain, un bruissement de feuilles attira son attention. Une ombre plus noire que les autres se faufila sous le manguier où elle avait élu domicile. Tout en guettant son heure, Seichan chercha d'autres rôdeurs à proximité immédiate.

Personne.

Elle prit l'information en considération et évalua la répartition des assaillants. À partir de là, elle extrapola le nombre de personnes nécessaires pour cerner le pavillon et estima qu'elle avait affaire à un groupe de cinq à sept membres.

Les statistiques lui étaient assez défavorables, mais elle s'était déjà sortie de situations plus critiques.

Bien sûr, à l'époque, elle avait été armée… d'autre chose qu'une simple mangue.

Il faudra s'en contenter.

Elle lança doucement le fruit mûr vers la gauche.

En bas, la silhouette pivota dans la direction suggérée, l'œil rivé au viseur de sa mitraillette. À présent que sa cible avait le dos tourné, elle se laissa glisser jusqu'à la corde nouée autour de la branche d'en dessous. Celle-ci était rattachée à la balançoire sur laquelle Gray et elle avaient passé de si longues heures à paresser. Elle remonta la corde, inclina la planche qui servait de siège et la brandit à bout de bras.

Avant que l'adversaire n'ait pu faire volte-face, elle sauta sans bruit de son perchoir. Encore en l'air, elle jeta un nœud coulant sur la tête de l'intrus, puis atterrit à pieds joints sur le siège tordu. Sous son poids, le nœud se resserra d'un coup autour de la gorge de sa victime. Toujours en équilibre sur la planche, elle se retourna, attrapa la tête du rôdeur et termina le travail de la corde.

Les vertèbres cassèrent net et l'homme s'avachit.

Une fois descendue de la balançoire, elle le délesta de son arme.

Tant pis pour *l'ombre*.

Elle hissa le pistolet-mitrailleur sur son épaule.

Il était temps d'entrer dans le *feu* de l'action.

* * *

21 h 52

Une rafale de tirs attira l'attention de Masahiro vers la maison. L'assaut était en cours. L'écho étouffé des déflagrations était à peine plus fort que des applaudissements. Le *chūnin* quitta son poste au sommet de la falaise.

Enfin, son équipe avait dû déloger la fille de sa cachette.

Maintenant, ce n'est plus qu'une question de temps...

À l'affût, il attendit encore deux secondes que le silence reprenne ses droits. Les vagues clapotaient derrière lui. Soudain, une autre salve de coups de feu résonna, cette fois-ci plus proche.

Le doute l'envahit. Il s'accroupit et effleura le micro enfoui dans les plis du *tenugui* qui lui couvrait la bouche.

— État de la situation ?

Il guetta une réponse, le cœur battant. Quelque chose ne tournait pas rond.

Une nouvelle canonnade accrut son mauvais pressentiment.

Jiro, son adjoint, finit par activer sa radio. La voix éraillée, il semblait à bout de souffle :

— Elle a récupéré une arme. A éliminé trois de nos gars.

D'autres tirs éclatèrent, suivis d'un cri strident.

Et de *quatre...*

Masahiro sentit sa poitrine se crisper de rage.

Jiro reprit tout bas :

— *Chūnin* Ito, je vous conseille de regagner le bateau.

Avant qu'il n'ait pu refuser, une nouvelle voix, calme, sensuelle, s'invita au milieu de l'échange radio.

— Ou vous pouvez attendre que je vous rejoigne, annonça-t-elle dans un japonais impeccable.

Les doigts de Masahiro serrèrent sa mitraillette. La fille s'était procuré davantage qu'une arme sur ses équipiers.

Elle se moqua de lui :

— À moins que vous ne soyez trop *koshinuke* ?

L'insulte le hérissa. Non, il n'était pas une poule mouillée. Il comprenait aussi qu'elle le titillait pour qu'il réagisse à la va-vite. Après avoir inspiré à fond, il répondit posément :

— Je pars surveiller le bateau et je vous attends là-bas, *Genin* Jiro.

— Message reçu. Je vais la retrouver.

Un ricanement de mépris accueillit le défi.

— Eh bien, amusons-nous un peu.

* * *

21 h 56

Seichan était adossée à un palmier quand les deux hommes mirent un terme à leur conversation. Les paupières closes, elle tenait au creux de sa main l'oreillette qu'elle avait subtilisée à un des assaillants. Elle avait entendu Jiro chuchoter ses derniers mots quelque part à gauche.

Certes, elle n'avait réussi ni à effaroucher les autres ni à les faire réagir de manière excessive, mais son intervention radio lui avait permis de préciser la position du tireur qui partageait la forêt avec elle. Elle s'était déjà figuré que le groupe était arrivé par bateau et qu'il avait sans doute accosté au nord de la maison. Au sud, la côte déchiquetée était balayée par des vagues trop puissantes.

Seichan évalua ses chances d'atteindre la tête de pont avant que le chef ne s'enfuie par la mer. Un peu plus tôt, elle avait misé sur l'effet de surprise et sa connaissance de la topographie alentour pour éliminer quatre bandits. Le dernier qui lui résistait – le dénommé Jiro – serait plus méfiant et prêt à bondir.

Soit.

Consciente de ne pas pouvoir rejoindre le cerveau de l'opération à temps, Seichan se concentra sur la capture de Jiro vivant. Elle prévoyait de le soumettre à interrogatoire et repensa à l'éventail de couteaux rangés dans sa table de nuit.

Je l'obligerai à parler.

Elle s'élança à gauche et traversa un fourré sans faire bouger une seule branche. Régulièrement, elle s'arrêtait pour regarder dans son viseur infrarouge. À chaque coup d'œil, le paysage s'illuminait en niveaux de gris éclatants. Ses oreilles étaient à l'écoute du moindre craquement, bruissement ou grincement suspect.

Elle avait mémorisé le terrain, comme toujours dès qu'elle arrivait quelque part. Cela lui était devenu aussi instinctif que de respirer. Elle connaissait chaque buisson, chaque arbre, chaque caillou. Résultat : lorsqu'à une quarantaine de mètres à gauche, elle aperçut un gros rocher immobile dans un bosquet de papayers, elle sut que ce n'était pas normal.

Elle s'agenouilla derrière un hibiscus, régla son tir et pressa deux fois la détente en évitant, si possible, la tête. Elle garda un œil dans le viseur. Les balles déchirèrent le tissu camouflage, renversèrent la cible, mais ne dévoilèrent rien qu'un amas de branchages.

Un leurre.

Réprimant un juron, elle bondit vers la droite. L'hibiscus explosa sous une rafale d'arme automatique. Elle atterrit sur l'épaule, se releva après un roulé-boulé et, dès qu'elle fut lancée au pas de course, elle continua de tirer à l'aveuglette vers son agresseur. Elle n'espérait pas l'atteindre, juste l'obliger à se mettre à l'abri.

Les mâchoires serrées, elle ne sous-estimerait pas deux fois son adversaire et renonça à l'idée de capturer le petit malin en vie. Face à un ennemi de sa trempe, il n'y avait qu'une stratégie à adopter.

Tuer ou se faire tuer.

Hélas, la jeune femme n'avait pas saisi toutes les règles du jeu dans lequel elle était engagée.

Alors qu'elle contournait un affleurement volcanique, quelqu'un l'y attendait déjà, une arme braquée sur elle. C'était un piège. On avait fait exprès de l'attirer là. D'emblée, elle sut que l'homme n'était pas Jiro, mais plutôt son chef.

Le salaud n'avait pas battu en retraite sur son bateau.

Elle imagina le sourire caché derrière son masque – au moment où il pressa la détente.

* * *

22 h 02

Masahiro savoura la mise à mort.

Hélas, il s'était réjoui trop vite. La fille était toujours en mouvement quand elle arriva dans son champ de vision. Elle se servit de son élan pour exécuter une pirouette sur le côté et ainsi amincir sa silhouette de profil, les bras en l'air. La première salve de tirs lui frôla l'estomac, assez près pour lacérer son chemisier.

Avant qu'il ait pu réajuster son tir, elle abaissa le bras. La crosse de l'arme qu'elle avait dérobée frappa le poignet du Japonais. Envahie par une douleur cuisante, il lâcha son pistolet.

Par chance, l'impact obligea aussi la fille à laisser tomber son arme.

Ils se dévisagèrent une demi-seconde, puis réagirent en même temps.

Tout en décochant un coup de pied circulaire, la cible plongea à terre pour ramasser son arme. Masahiro s'écarta d'un bond afin d'esquiver l'attaque et attrapa le manche du *katana* niché entre ses omoplates.

Au moment où elle récupérait son pistolet, il sortit le sabre court de son fourreau et le lui agita devant le visage. *In extremis*, elle se pencha en arrière, de sorte que la lame lui passa sous le nez.

Il n'avait pas réussi à la blesser, mais le mal était fait.

Fidèle aux méthodes des *shinobi*, il avait bourré le haut du fourreau d'un produit ultra-irritant. Jadis, les guerriers se servaient de piment rouge pour neutraliser leurs victimes. Il avait modernisé la formule en utilisant du *bhut jolokia* moulu (un des piments les plus forts au monde) et de la poudre de chlore.

L'effet fut immédiat.

La fille haleta au moment où un nuage de poudre lui sauta aux yeux. Son réflexe envoya directement le produit irritant dans son nez et ses poumons.

Prise d'une violente quinte de toux, au bord de l'asphyxie, elle déguerpit en continuant de tirer à tâtons.

Masahiro se réfugia derrière l'affleurement rocheux et attendit qu'elle ait vidé son chargeur. Quand les coups de feu eurent cessé, il sortit son pistolet et se lança à ses trousses, déterminé à achever lui-même sa proie.

Or, elle avait beau ne plus y voir grand-chose, elle restait rapide, la bougresse !

Quelques mètres plus loin, une silhouette jaillit de la forêt aux côtés du Japonais.

Jiro.

Masahiro lui indiqua la fille et, ensemble, ils se ruèrent derrière elle avec un appétit carnassier.

Aveuglée, hors d'haleine, elle n'avait aucun espoir d'en réchapper.

* * *

22 h 04

Les joues zébrées de larmes, les bras tendus, Seichan courait. Chaque halètement lui brûlait atrocement les poumons. Ses yeux étaient comme deux charbons ardents plantés dans son crâne.

Elle avait l'impression de fuir au cœur d'un feu de forêt.

Sauf que ces bois-là restaient obscurs et humides.

De l'épaule, elle heurta un tronc d'arbre et flancha. Une fois le choc encaissé, elle parvint néanmoins à garder l'équilibre. Hors de question qu'elle tombe ! Derrière elle, les branches craquaient, les pas de ses poursuivants martelaient le sol.

Malgré la douleur et les larmes, elle se concentra sur le halo de lumière qui tremblotait devant elle, telle une balise dans la nuit. La fenêtre éclairée du pavillon. Il fallait qu'elle se réfugie quelque part, qu'elle réussisse à récupérer ses couteaux et, avec un peu de chance, de la pommade apaisante pour ses yeux.

Pas le choix.

Elle s'obligea à mettre une jambe devant l'autre, direction la lumière. Pour s'orienter, elle se servait de la brise océanique et de la pente du terrain. Les branches et les épines lui lacéraient le corps. Les arêtes coupantes des pierres volcaniques lui martyrisaient la plante des pieds. Pourtant, elle n'avait qu'une obsession : accélérer encore pour échapper à l'ennemi qui se rapprochait dangereusement.

À tout instant, elle risquait d'être abattue dans le dos.

Enfin, elle retrouva un peu d'espace. Les buissons et les branches basses cessèrent de l'entraver. Elle avait dû quitter la forêt et rejoindre les jardins de la villa. L'éclat de la fenêtre de la cuisine lui fit signe, aussi vif que le soleil pour ses yeux meurtris.

Je suis si près.

Soudain, son monde explosa.

Deux supernovas éclatèrent à droite, puis, après avoir contourné la maison, elles lui foncèrent droit dessus.

Aveuglée, elle se figea, tel un lapin pris dans les phares.

Des phares…

Une voix tonitruante retentit.

— Seichan ! Couche-toi !

Elle obéit, confiante dans l'homme qui avait ravi son cœur. Après quelques pas chancelants vers la lumière, elle s'allongea sur le ventre. Les deux supernovas lui passèrent au-dessus. Le souffle d'un imposant véhicule fit claquer au vent les pans de son corsage déchiré. Juste après, des gaz d'échappement emplirent ses narines.

Des coups de feu retentirent derrière elle.

Puis ce fut le fracas lourd du métal qui percutait la chair.

Elle resta où elle était, trop épuisée et percluse de douleur pour bouger.

Des portières claquèrent, puis une silhouette s'agenouilla près d'elle.

— Ça va ? demanda Gray.

— Maintenant, oui. (Elle roula sur le dos en gémissant, incapable de discerner les traits de son amant.) Tu… tu les as eus tous les deux ?

— Seulement un. À la dernière seconde, il s'est arrangé pour pousser l'autre type hors du passage.

Elle se représenta la scène et comprit.

Jiro s'est sacrifié pour sauver son chef.

— Kowalski s'est lancé aux trousses de cet enfoiré, mais il s'est évanoui dans la nuit. Même si nous ne le retrouvons pas, je ne crois pas qu'il reviendra.

Elle contempla les bois.

Du moins, pas encore.

* * *

22 h 12

À bord du bateau ponton, Masahiro se hâta de quitter le rivage. Il contourna une péninsule volcanique afin de mettre un mur de rochers entre la maison perchée sur sa falaise et lui. Par radio, il avait déjà fixé rendez-vous à l'hydravion qui lui ferait quitter l'archipel.

Dans un soupir, il se retourna une dernière fois vers la côte.

L'attaque biologique s'était déroulée comme prévu. Il n'y avait eu qu'un seul souci à Kauai, où une violente tempête avait entravé l'opération. Sinon, le projet avait été lancé sur les autres îles et rien ne pourrait plus arrêter ce qui allait arriver.

Il fit de nouveau face au vaste océan.

Malgré le succès, il mourait de honte.

Il n'avait pas réussi à mener à bien la vendetta de son grand-père. Les deux principaux responsables de l'effondrement de la *Kage* étaient toujours vivants.

Et c'est ma faute.

Il était toutefois bien décidé à ne pas réitérer son échec et apprendrait de ses erreurs.

Entre-temps, il devrait se satisfaire de voir les îles brûler, surtout que ce seraient les Américains eux-mêmes qui détruiraient Hawaï.

Ils n'auraient pas le choix.

Dès que la vérité éclaterait au grand jour, la planète entière l'exigerait.

Il sourit entre les plis de son *tenugui*.

En attendant, les souffrances qui accableraient l'archipel constitueraient un spectacle de toute beauté.

DEUXIÈME PARTIE

PHASE D'ÉMERGENCE

Σ

CHAPITRE 10

7 mai, 15 h 05
Washington, D.C.

Douze heures après l'attaque sur Hawaï, Kat Bryant faisait les cent pas au centre de communications de Sigma. Un grand gobelet Starbucks lui réchauffait les mains. Elle n'avait presque pas dormi de la nuit, fonctionnant surtout à la caféine et à l'adrénaline.

Plutôt banal dans mon métier.

Elle finit par s'arrêter au milieu de la pièce. Comme dans le poste de contrôle d'un sous-marin nucléaire, les lumières étaient tamisées. À la ronde, des techniciens travaillaient sur ordinateur, le visage éclairé par leur écran. Cette salle circulaire était les yeux et les oreilles de Sigma. Les informations entraient et sortaient grâce aux diverses agences de renseignement, qu'elles aient été américaines ou étrangères.

Kat en était la reine des lieux, l'araignée au cœur d'une immense toile numérique.

Du mouvement attira son attention vers la porte.

Painter entra, la mine soucieuse. Il devait sortir de son entretien avec le général Metcalf, leur patron du DARPA.

— Quoi de neuf ? demanda-t-il.

— Nous avons reçu un compte rendu actualisé du nombre de victimes.

— Aïe ! Quelle est l'étendue des dégâts ?

Kat s'empara d'une tablette numérique.

— Considérable. On déplore cinquante-quatre décès, mais plus d'un millier de gens sont hospitalisés dans un état plus ou moins grave. Le bilan va sans doute s'alourdir.

— Et impossible de savoir combien d'autres personnes vont être blessées ou tuées dans les jours à venir, déplora Painter. Quand l'essaim sera vraiment installé sur l'archipel.

— À coup sûr, ce sera le chaos. D'autant qu'à l'échelle locale, les équipes de secours ne disposent d'aucun protocole adapté à ce genre d'attaque. Tout le monde tâtonne.

— L'attentat a-t-il été revendiqué ?

— Pas encore. Néanmoins, les suspects habituels devraient vite essayer de tirer la couverture à eux.

Ce qui ne fera que compliquer l'enquête.

— Et les expertises sur les Cessna qui se sont écrasés ?

— Que des drones sans pilote, répondit Kat. Tous les appareils - du moins, ceux qui n'ont pas été réduits en cendres - ont été déclarés volés aux quatre coins du monde, et ce au cours des deux dernières années.

— Quelqu'un préparait donc son coup depuis longtemps.

— Manifestement.

Kat afficha sur son écran une carte de l'océan Pacifique. Un cercle rouge translucide englobait l'archipel des îles Hawaï ainsi qu'une bonne partie de l'océan à la ronde.

— Le rayon d'action d'un Cessna TTx est légèrement inférieur à mille trois cents milles marins. (Elle indiqua le cercle.) Les avions ont donc été lancés quelque part dans cette zone.

— À moins qu'ils ne se soient ravitaillés en chemin et qu'ils n'aient donc décollé de plus loin.

— Un escadron de Cessna sans pilote ? Le spectacle aurait attiré l'attention, non ? Je pense plutôt que l'attentat s'est appuyé sur un point d'escale au sein de cette zone.

— Cela fait beaucoup d'océan à parcourir.

— Au moins dix-huit millions de kilomètres carrés. Plus de *deux fois* la superficie de nos quarante-huit États contigus.

Painter observa la carte d'un air inquiet.

— Il doit y avoir des centaines d'îles là-bas.

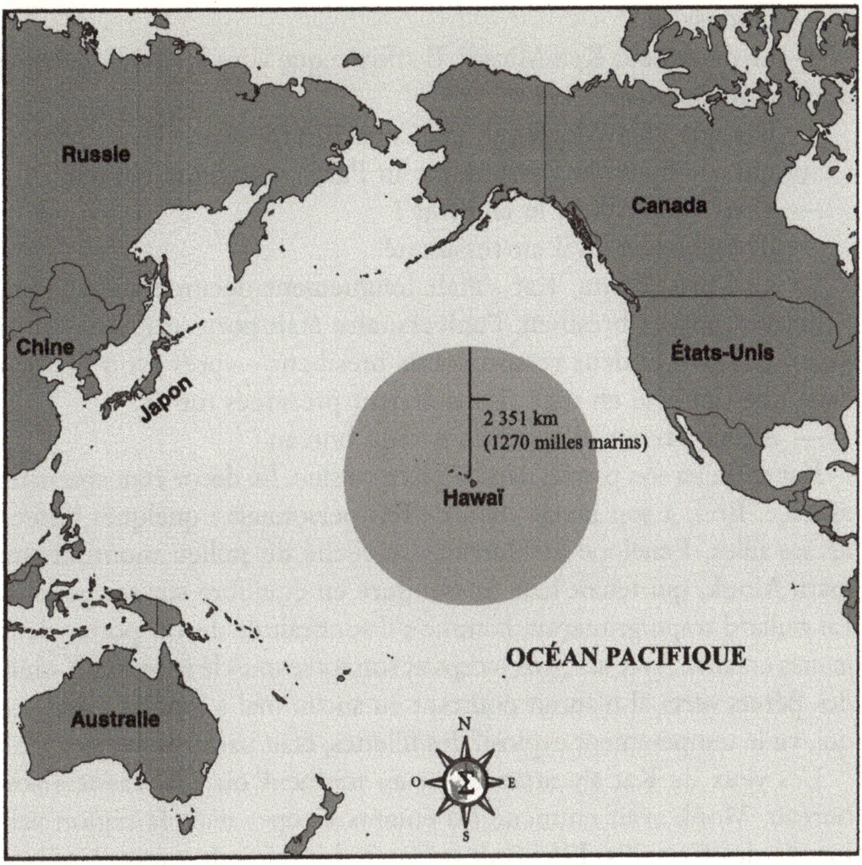

— Davantage si on compte les atolls, les îlots et les bancs de sable. Certes, on peut se limiter aux seuls sites assez grands pour accueillir une piste d'atterrissage, mais le choix demeure particulièrement vaste.

— Les équipements radar d'Hawaï peuvent-ils nous fournir de plus amples renseignements ?

— Hélas, non. Leur système basé à terre ne couvre l'océan que dans un rayon de trois cents kilomètres. Le temps qu'ils pénètrent leur zone de surveillance, les avions pouvaient débarquer de toutes les directions possibles.

Un technicien se leva et pivota vers Kat. Visiblement, il hésitait à les interrompre.

— Un problème ? demanda-t-elle.

— J'ai un appel pour vous sur notre canal sécurisé.

— Qui est-ce ?

— Le professeur Ken Matsui. Il affirme que vous lui avez demandé de vous recontacter.

— Il s'agit du toxicologue de Cornell, rappela-t-elle à Painter. Celui qui a sollicité le Dr Bennett au Parc zoologique national.

— Vous voulez dire, le fantôme ?

— Il semblerait qu'il ait ressuscité.

La nuit précédente, Kat s'était longuement documentée sur lui. Selon un rapport brésilien, l'universitaire était porté disparu – ainsi qu'un étudiant et deux ressortissants brésiliens – après avoir été pris dans une tempête en mer. Tous étaient présumés morts.

— Allons prendre l'appel dans mon bureau.

Kat entraîna son patron dans la pièce voisine. Le décor était spartiate, efficace. Bref, à son image. Seuls effets personnels : quelques photos de ses filles, Penelope et Harriet. Le cliché du milieu montrait son mari, Monk, qui tenait leur progéniture en équilibre sur ses genoux. Le gaillard trapu grimaçait, comme s'il souffrait de devoir porter deux jeunes enfants. Avec ses gros biceps et son torse musclé sous son T-shirt des Bérets verts, il n'aurait pourtant eu aucun mal à jongler avec – ce qui, vu le tempérament explosif des fillettes, était parfois une nécessité.

Les yeux de Kat s'y attardèrent au moment où elle s'assit à son bureau. Monk avait emmené les enfants camper dans la région vallonnée des Catskills. Elle avait prévu de les rejoindre jusqu'à ce que l'urgence de la situation ne la coince à Washington.

Après tout, je ne suis peut-être pas l'araignée au cœur de cette toile numérique. Plutôt la mouche prise au piège dedans.

Heureusement, elle savait que Monk prendrait bien soin de Penny et de Harriet. À son grand regret, ces derniers temps, elle s'était de plus en plus reposée sur lui pour s'occuper des filles. Il ne s'en était jamais plaint, mais, au fond d'elle, Kat enviait Gray et Seichan d'avoir pris un congé sabbatique, de s'être accordé de longs mois rien qu'à eux. Elle aussi, elle le devait bien à son époux, à sa famille.

En même temps, une part d'elle savait qu'elle ne pourrait jamais renoncer à sa dose régulière d'adrénaline.

Elle avala une gorgée de café.

Ni à toute cette caféine…

La voix de l'informaticien résonna dans l'interphone :

— Votre correspondant sur la ligne deux.

Kat posa son gobelet et mit le téléphone sur haut-parleur.

— Professeur Matsui, merci de m'avoir rappelée.

— Je suis assez pressé. Qu'est-ce qui vous amène ?

Malgré la qualité médiocre de la liaison internationale, elle le sentit très suspicieux. Elle jeta un coup d'œil à Painter, qui la laissa mener la discussion.

Elle feignit d'ignorer le décès présumé du scientifique.

— C'est un entomologiste de Washington qui nous a donné votre nom. Vous l'avez contacté au sujet d'une espèce hors norme de guêpe.

S'ensuivit un long silence. On entendit chuchoter derrière, comme s'il consultait quelqu'un avant de répondre.

Que se passe-t-il là-bas ?

— Oui, confirma Matsui. Enfin, nous savons tous maintenant qu'il est trop tard.

— Comment cela ?

— L'*Odokuro* a été lâchée dans la nature.

— L'*Odokuro* ?

— C'est ainsi que j'ai baptisé l'hyménoptère dont vous me parlez. Je me suis inspiré d'un démon japonais : le *Gashadokuro*. Croyez-moi, l'appellation lui va comme un gant. J'étudie cette sale bête depuis deux mois. Son cycle biologique dépasse l'entendement.

— Attendez. Vous étudiez cet insecte ? À Kyoto ?

Kat se souvenait que la dernière adresse connue du professeur était le laboratoire de recherche d'une société pharmaceutique japonaise.

— Je ne suis plus à Kyoto.

— Où êtes-vous alors ?

— À bord d'un avion d'affaires Tanaka qui fait route vers Hawaï. Nous devrions atterrir d'ici à une heure.

— Pourquoi vous rendez-vous là-bas ?

— Pour évaluer la colonisation *de visu*. C'est le seul moyen que je sache avec certitude.

— Que vous sachiez quoi ? frémit Kat.

— Si, oui ou non, vous serez obligés de détruire ces îles à la bombe atomique.

* * *

9 h 28, heure d'Hawaï
Au-dessus de l'océan Pacifique Nord

Le temps que l'effet de sa phrase choc s'estompe, Ken Matsui regarda par le hublot du HondaJet 420 affrété par son employeur. Deux moteurs par-dessus l'aile les emmenaient à toute allure vers Honolulu. Bien que l'appareil ait été le plus rapide de sa catégorie, ils devaient refaire le plein sur les îles Midway. Durant la courte attente sur place, le scientifique arpentait le petit habitacle à quatre places.

Je n'aurais jamais dû accepter de me taire.

Le regard noir, il fixa la silhouette élancée d'Aiko Higashi, au fond de la cabine. Elle s'était présentée comme membre de la PSIA[1], grande agence de renseignement qui, au Japon, enquêtait sur les menaces nationales et surveillait les groupes extrémistes locaux. Ken soupçonnait néanmoins un *curriculum vitæ* plus fourni.

Il était, par exemple, convaincu qu'il s'agissait d'une ancienne militaire. Ses cheveux étaient coupés net au-dessus du front et du cou. Son tailleur bleu marine amidonné était aussi raide que sa lèvre supérieure et, depuis quelques mois qu'elle le suivait comme une ombre, elle se départait rarement de sa mine sévère.

Enfin, Kathryn Bryant revint au bout du fil. Comme pour Aiko, Ken se demandait si elle travaillait uniquement au service du DARPA. Surtout quand il avait appris qu'elle cherchait à le contacter. Il aurait préféré faire la sourde oreille, mais Aiko avait insisté pour qu'il accepte de dialoguer. D'ailleurs, elle espionnait leur conversation en douce, le dos incliné de manière quasi imperceptible.

— Qu'est-ce qui vous incite à envisager la nécessité d'une opération aussi radicale ? lança Bryant.

— J'ai moi-même été témoin des ravages causés par l'*Odokuro*.

— Où cela ? Comment ?

Du regard, Ken consulta Aiko, qui acquiesça d'un infime signe de tête. Elle lui avait déjà enjoint de ne rien cacher à son interlocutrice, comme si elle la connaissait et qu'elle lui faisait assez confiance pour savoir de quoi il retournait.

1. *Public Security Investigation Agency* : agence d'investigation pour la sécurité publique.

Ken, en revanche, ignorait à quel saint se vouer. Ses parents lui avaient inculqué une réserve salutaire vis-à-vis de la sphère gouvernementale. Tous deux avaient appris à leurs dépens combien il était facile de se faire broyer ou aplatir par les instances au pouvoir. Son père lui avait raconté les conditions de vie atroces, déshumanisantes, derrière les barbelés des camps d'internement japonais qu'il avait connus enfant. Le site avait été implanté sur les contreforts bucoliques de la Sierra Nevada, non loin de la petite ville d'Independence, nom que son père trouvait à la fois ironique et démoralisant. Pendant la guerre, sa mère, allemande, n'avait pas non plus été épargnée dans son pays natal. Même si elle ne parlait guère de cette époque troublée, elle avait appris à Ken à toujours douter de l'autorité et à défendre les opprimés.

Malgré une méfiance chevillée au corps, Ken savait néanmoins que son histoire devait être racontée.

Surtout à présent.

— Les faits se sont déroulés il y a huit semaines..., commença-t-il, la voix étranglée par l'émotion.

Seulement huit semaines ?

Il avait l'impression que cela remontait à une éternité.

Il se rappela le sourire espiègle de son étudiant, Oscar Hoff. L'écho tonitruant de la fusillade lui revint. Les paupières closes, il chassa de son esprit la douleur et l'effroi qui avaient accompagné leur expédition. Une profonde culpabilité continuait de le ronger, comme le montrait son poing plaqué sur l'estomac.

— Que s'est-il passé ? insista Bryant.

Ken ravala sa salive avant de parler, puis narra lentement leurs terribles déboires à Queimada Grande, site maudit que le lieutenant de vaisseau Ramon Dias avait surnommé « l'île aux Serpents ». Peu à peu, son débit de parole s'accéléra, à mesure que l'horreur de la scène s'emparait de lui. Ken décrivit la découverte des corps sans vie – à la fois ceux des contrebandiers et les hordes de serpents morts – suivis de l'assaut par hélicoptère.

— Ils ont largué des bombes incendiaires qui ont réduit l'île à son seul soubassement rocheux. Par chance, j'ai réussi à m'enfuir... et pas les mains vides. J'ai emporté un spécimen de vipère fer de lance. À la faveur de la nuit, j'ai rejoint en catimini un village côtier.

Une fois là-bas, j'ai eu peur que quelqu'un n'apprenne que j'avais survécu…

— On vous aurait tué, déduisit son interlocutrice d'un ton neutre.

En entendant confirmer sa crainte, Ken fut étonnamment soulagé. Au fond, sa honte et ses remords étaient moins liés au meurtre d'Oscar qu'à son propre silence par la suite. Sa boule de culpabilité s'allégea un peu. Il desserra le poing et laissa son bras se détendre.

Il tâcha d'exposer son raisonnement :

— Je savais que je devais rentrer avec ce que j'avais récupéré sur l'île. Comprendre la raison d'un tel drame. J'ai contacté un collègue de confiance chez Tanaka. Il me fallait les gros moyens financiers de l'entreprise pour m'exfiltrer du Brésil et me mettre en lieu sûr avant qu'on ne s'aperçoive que j'étais en vie.

— Tanaka vous a donc fourni de faux papiers.

Il lorgna Aiko qui, de nouveau, acquiesça, preuve supplémentaire que les deux femmes étaient bien plus que ce que chacune prétendait être.

— Exact. J'ai débarqué sans encombre à Kyoto, où je me suis terré dans un laboratoire afin d'étudier ma trouvaille. Le corps du serpent était rempli de larves : les premiers instars de l'espèce.

— Les instars ?

— Il s'agit des différentes étapes du développement entomologique. Ces instars dévoraient le reptile de l'intérieur.

Il se remémora une vision totalement écœurante quand, dans ses quartiers placés en quarantaine, il avait découpé le fer de lance au scalpel. Des larves blanches avaient alors surgi de la dépouille en grouillant.

Enfin, ce n'était pas le pire.

— Revenons à votre île, reprit Bryant. Apparemment, ce lieu isolé a servi de test grandeur nature au commanditaire mystérieux de l'attaque sur Hawaï.

— Vous avez sans doute raison, mais je n'aurais jamais imaginé un projet aussi machiavélique. Selon moi, l'île n'était qu'un laboratoire clandestin où, après avoir perdu le contrôle de leurs travaux, des scientifiques avaient couvert leurs agissements par le biais d'une purge totale.

— Et vous, vous vous seriez retrouvés là-bas par hasard ?

— C'est ce que j'ai pensé au début, admit Ken.

À l'époque, il avait estimé que la coïncidence n'était due qu'à un mauvais alignement des planètes.

Du moins, j'ai tenté de m'en convaincre.

— Aujourd'hui, vous avez des soupçons ?

Il garda le silence. Au fil du temps, le doute s'était insinué. L'universitaire avait fini par éprouver un mélange de solitude et de méfiance, d'autant qu'il était loin de chez lui. Se sentant piégé, il s'était risqué à envoyer un mail à un collègue, entomologiste au Parc zoologique national, pour lui demander s'il avait entendu parler d'un tel monstre. Sa démarche n'avait rien donné, mais il fallait quand même tenter le coup.

— Vous disiez que Tanaka subventionnait la majeure partie de vos travaux, reprit son interlocutrice. C'est cette société pharmaceutique qui vous avait demandé de recueillir des échantillons de venin sur l'île ?

— Oui, reconnut-il, hésitant.

Il observa Aiko, toujours impassible.

— On peut se demander, enchaîna Bryant, si les dirigeants de Tanaka, soupçonnant un concurrent de mener des recherches à Queimada Grande, ne vous y auraient pas envoyé mener l'enquête.

Ken eut l'impression qu'elle avait lu dans ses propres craintes paranoïaques. Il ne l'avait jamais formulé à voix haute, mais il avait fini par imaginer faire peut-être partie d'un vaste jeu d'espionnage industriel, où il n'aurait été qu'un pion largué sur l'île. Au Japon, les affaires étaient un sport sanglant, où on agissait souvent à couvert. Quelqu'un de chez Tanaka avait-il eu vent de ce qui se passait à Queimada Grande ?

Ai-je été envoyé au casse-pipe pour vérifier ?

L'idée faisait froid dans le dos.

La femme au bout du fil n'avait pourtant pas terminé.

— Auquel cas, les espions industriels de Tanaka vous auraient incité à vous rendre là-bas sur la base de renseignements glanés dans une autre entreprise, probablement établie au Japon.

— P… pourquoi au Japon ?

— Vu la cible choisie pour l'attaque d'hier.

Ken comprit soudain son raisonnement.

Pourquoi n'ai-je pas pensé... ?

Aiko fit signe de lui tendre le téléphone satellite.

D'abord frileux, il obéit.

Elle se pencha sur le combiné.

— *Konnichiwa*, capitaine Bryant. C'est Aiko, Aiko Higashi. Désolée de ne pas vous avoir prévenue que j'étais auprès du professeur Matsui. Je voulais voir si vous aboutissiez à la même conclusion que notre agence.

— Bonjour, Aiko, répondit l'Américaine, aucunement déroutée par la présence de l'agent de renseignement. La déduction était plutôt facile, d'autant que j'ai des soupçons depuis le début. (La phrase suivante laissa Ken bouche bée.) Il pourrait s'agir d'un nouveau Pearl Harbor.

— Un Pearl Harbor *biologique*, confirma Aiko.

Le toxicologue regarda par le hublot : leur jet privé filait vers l'archipel qui, droit devant eux, émergeait de l'océan.

Si elles ont raison, suis-je en train de foncer droit sur une zone de guerre ?

* * *

15 h 55
Washington, D.C.

Kat ramena le chef Crowe au centre de communications.

Elle avait terminé son appel satellite, dont la fin avait été un peu précipitée quand l'avion avait entamé sa descente vers les îles. Elle avait demandé à Aiko Higashi et Ken Matsui de modifier leur destination initiale, Honolulu, pour atterrir à l'aéroport de Kahului, à Maui. De là, ils seraient transférés par pont aérien à Hana, où Gray et son équipe les attendaient pour évaluer, sur place, l'ampleur de la colonisation de l'essaim.

Les détails précis de la menace restaient désagréablement flous, la liaison s'étant interrompue net, mais Kat avait déjà échafaudé un plan d'action. Elle en informa son supérieur :

— Aiko nous transmettra les résultats des travaux du professeur Matsui sur l'*Odokuro* dès leur arrivée à Maui. Si vous êtes d'accord, j'aimerais consulter le Dr Bennett, l'entomologiste du Parc zoologique national, afin qu'il nous donne son avis.

— Son expertise pourrait nous être très utile, approuva Painter. Au fait, cette Aiko Higashi, vous lui faites confiance ?

— Je la connais sur le plan professionnel, guère plus. Nous avons gravi en même temps les échelons de nos services de renseignement respectifs. Quand j'étais dans la marine, elle travaillait au ministère japonais de la Défense, puis elle a été recrutée par la PSIA. Il y a deux ans, elle s'est volatilisée pour finalement pour refaire surface, toujours sous le même étendard.

— Qu'est-ce que cela signifie, à votre avis ?

— Quelques mois avant sa disparition énigmatique, deux prisonniers nippons ont été tués par des militants islamiques en Syrie. Le Premier ministre a alors subi la pression de l'armée. Leur Constitution, rédigée après la Seconde Guerre mondiale, limite les activités d'espionnage à l'étranger. Aujourd'hui, de hauts responsables tentent de faire amender le texte en vue de centraliser et d'étendre les opérations japonaises de renseignement.

— Vous pensez que cette femme pourrait appartenir à une toute nouvelle organisation.

— Je me pose des questions. Étant donné la fragmentation des bureaux de renseignement au Japon, il leur faudrait des années pour former des officiers traitants et des agents de terrain capables de mener des missions à l'étranger.

— Vous les soupçonnez d'avoir déjà lancé le processus en secret, tandis que le gouvernement continuait son bonhomme de chemin.

— Moi, c'est ce que je ferais. Par ailleurs, les Japonais ont la réputation d'être cachottiers, plus encore que les Britanniques, chez qui l'existence du MI6 n'a été officiellement reconnue qu'en 1994.

— À supposer qu'Aiko Higashi soit membre d'un bureau clandestin, qu'est-ce que cela nous dit de sa fiabilité ?

Kat invita Painter à rejoindre le couloir.

— La même chose que pour moi. Poussée dans ses ultimes retranchements, elle donnera toujours la priorité à son pays.

— D'accord. Il ne faudra pas l'oublier.

Kat allait laisser son patron prendre congé quand leur expert en communications brandit un téléphone, l'air ennuyé.

— Qu'y a-t-il ?

— Un autre appel. Apparemment urgent.

Elle consulta sa montre. L'avion d'Aiko n'avait pas encore atterri.

— C'est Simon Wright, précisa le technicien.

— Le conservateur du Château ? lança Painter.

Kat s'étonna d'un appel aussi inhabituel. Simon, surnommé le « Gardien du Château », était le seul employé du musée, situé juste au-dessus, à connaître l'existence de leur Q.G. souterrain.

— Que veut-il ? se renseigna-t-elle.

— Il demande que le chef Crowe assiste à une réunion dans la Salle des Régents du Château. L'invitation lui a été transmise par Elena Delgado, bibliothécaire du Congrès.

Déconcerté, Painter s'empara du combiné.

— C'est quoi cette histoire, Simon ?

Kat, qui l'avait suivi, entendit la réponse du conservateur.

— Le Dr Delgado affirme avoir des informations sur les événements à Hawaï, quelque chose qui remonterait à la fondation du Château lui-même.

Painter n'en croyait pas ses oreilles.

— Quelles informations ? De quoi parle-t-elle ?

— Je ne suis pas sûr, mais elle prétend détenir des éléments sur ce qui a été largué à Hawaï. Ainsi qu'un avertissement tout droit surgi du passé.

— Un avertissement de qui ?

— D'Alexander Graham Bell.

CHAPITRE 11

7 mai, 11 h 05
Hana, île de Maui

Depuis le parking inondé de soleil, Gray regardait un petit hélicoptère se poser sur le terrain de football. Un autre appareil, aménagé en ambulance, patientait au centre du diamant de base-ball. Dans le champ extérieur, les toiles des tentes médicales provisoires palpitaient sous la fraîche brise matinale.

Toutes les routes de la région étaient encombrées de véhicules de secours, arrivés pendant la nuit après avoir serpenté sur les innombrables virages de l'autoroute de Hana, le long de la côte escarpée. Les mégaphones, qui hurlaient des ordres en permanence, ne faisaient qu'ajouter à la confusion assourdissante.

Les morts avaient été évacués, mais les blessés continuaient de passer au triage. Les plus grièvement touchés étaient envoyés dans les différents hôpitaux de Maui. Certains cas critiques partaient même sur d'autres îles. Hélas, en raison des attaques à Honolulu et à Hilo, les lits commençaient à manquer.

Deux silhouettes émergèrent de l'hélicoptère. Gray leva le bras. Elles l'aperçurent et, tête baissée sous les pales vrombissantes, elles se dirigèrent vers lui.

Gray les reconnut d'après la description du chef Crowe.

Le professeur Ken Matsui approcha d'un pas pressé, une besace serrée contre son cœur. Le toxicologue avait une trentaine d'années, mais, à en juger par son teint hâlé et ses rides de soleil au coin des yeux, c'était un homme de terrain. Avec son pantalon kaki, ses bottes et son gilet multipoche par-dessus une chemise à manches longues, il semblait prêt à l'action.

Il était talonné par un agent de renseignement japonais. Sèche comme une allumette, Aiko Higashi était habillée de façon impeccable. Elle balaya le chaos du regard et, d'emblée, Gray sut que rien n'avait dû lui échapper.

Il avait aussi été informé de ce *pour quoi* ils avaient été envoyés : *évaluer le niveau de danger représenté par la colonisation de l'essaim.*

Gray devait veiller à ce qu'ils y parviennent au plus vite – autrement dit, les exfiltrer du tumulte de Hana et leur épargner toute paperasserie susceptible de les ralentir.

Les deux hommes se serrèrent la main, mais Ken Matsui n'avait d'yeux que pour un patient évacué sur un brancard vers l'hélicoptère sanitaire.

— Qu'est-ce qu'ils fichent ? Toute la région devrait déjà être en quarantaine.

— Trop tard, professeur, indiqua Aiko. Vu la conjoncture, décréter un isolement local reviendrait à gaspiller les ressources, d'autant que plusieurs îles sont touchées. Plus tard, si votre évaluation confirme vos sinistres hypothèses, les services fédéraux d'urgence auront besoin de ces ressources… et d'encore plus.

— Comment cela ? s'étonna Gray.

— L'archipel d'Hawaï devra être mis en quarantaine, voire soumis à un blocus total. Dès lors, plus personne n'aura le droit de quitter ces îles.

Gray encaissa la nouvelle. Un peu plus tôt, Painter lui avait appris que, selon Matsui, l'unique moyen de contrer le danger pourrait être d'ordre nucléaire.

Et si personne n'est autorisé à partir…

— Combien de temps vous faudra-t-il pour livrer un premier avis ?

— Moins de vingt-quatre heures. Néanmoins, si mes pires craintes se vérifient, nous n'aurons pas plus de trois jours avant d'être confrontés à l'inévitable.

Le regard noir, il était convaincu de ce qu'il avançait.

— Croyez-moi, insista-t-il. Si nous atteignons ce point, les habitants restés sur l'île nous supplieront de les bombarder.

Un médecin en blouse bleue, qui passait tout près, les fixa d'un air interloqué.

Soucieux de ne pas créer l'affolement, le commandant Pierce fit vite monter tout le monde en voiture.

Palu était déjà au volant. Gray, qui avait besoin de l'expertise d'un autochtone, avait recruté le pompier hawaïen. Palu avait accepté dès qu'on lui avait appris la gravité de la situation. Il n'avait pas été difficile à convaincre : en ville, il avait une épouse et deux enfants.

Palu préféra éviter l'autoroute et coupa par les champs pour rejoindre la maison de vacances. Ils empruntèrent des chemins de terre et traversèrent même une cocoteraie gérée par une pépinière locale.

Ballotté au gré des ornières, le professeur Matsui se cramponnait à la poignée de sa portière, mais son regard restait rivé aux prairies luxuriantes et aux vastes pans de forêt tropicale qui montaient jusqu'à la cime embrumée du mont Haleakalā.

— Seigneur, j'espère me tromper, murmura-t-il.

Comme nous tous.

La jeep rejoignit enfin la villa. Palu se gara au pied du perron. Kowalski s'y était assis, les bottes posées sur la rambarde, son téléphone satellite coincé contre l'oreille. Au moment où le groupe descendit de voiture, le colosse salua Gray d'un signe de tête, mais continua sa conversation à distance.

— J'ai laissé un paquet de fric, grogna-t-il. Dis à ce connard que le bungalow est à toi. S'il t'emmerde, je prends un de ses parasols et je le lui fous là où le soleil ne passe pas.

Sa petite amie, Maria, avait proposé de rester à Wailea. Ses compétences en génétique leur seraient sans doute précieuses pour gérer la crise.

Sur le coup, l'idée avait paru prudente. À présent qu'il connaissait le degré réel de menace de l'essaim, Gray risquait peut-être inutilement la vie d'une civile.

Seichan apparut sur le seuil. Entre ses paupières encore enflées, elle observa les deux nouveaux arrivants. Elle se concentra notamment sur Aiko Higashi et jaugea son adversaire potentielle. Après son agression, elle avait recouvré la vue, mais son corps restait un patchwork d'ecchymoses et d'écorchures.

Gray gravit les marches jusqu'à elle.

— Nous avons de quoi boire et manger à l'intérieur, annonça-t-il aux autres. Nous comparerons nos notes pendant que vous rechargez les batteries. Je veux que nous nous remettions en route d'ici à une heure.

— Le plus tôt sera le mieux, confirma le professeur Matsui.

Puisque tout le monde était sur la même longueur d'onde, Gray se chargea des présentations.

Le toxicologue serra la main de Seichan.

— Appelez-moi Ken. Surtout vu ce que nous allons affronter ensemble.

D'un coup d'œil à la ronde, il élargit son invitation à l'ensemble du groupe, néanmoins son regard revint se poser sur Seichan. La meurtrière repentie faisait souvent cet effet-là aux hommes, parfois même à certaines femmes.

Afin que les choses soient claires, Gray prit Seichan par la taille au moment d'entrer. C'était pour le bien du chercheur.

Elle vous dévorerait tout cru.

Il entraîna ses invités vers une table de salle à manger en bois de koa. Un ventilateur de plafond agitait doucement l'air chaud. Tandis que tout le monde prenait place, Gray resta debout, appuyé à un dossier de chaise, et dévisagea le professeur.

— Que devons-nous affronter au juste ?

* * *

11 h 28

Ken sortit de sa besace un ordinateur portable ainsi que plusieurs dossiers, qu'il feuilleta, le temps de rassembler ses pensées. Il sentait à la fois les regards insistants et le poids de sa responsabilité.

Par où commencer ?

Il s'arrêta sur une liasse de photos et lut son titre.

— J'ai baptisé cette espèce *Odokuro horribilis*. Il me reste beaucoup à apprendre dessus, mais ce que je sais est effectivement *horrible*.

— Le nom *Odokuro* m'est familier, annonça Seichan d'une voix encore éraillée par son récent calvaire. C'est un monstre issu de la mythologie japonaise.

— En effet. Le *Gashadokuro* est un esprit immémorial, un géant squelettique qui, selon la légende, naît des champs de bataille, à partir des cadavres désarticulés. Le seul indice de son arrivée est le cliquetis des ossements.

Il eut beau replonger le nez dans son dossier, Ken fut ramené malgré lui à Queimada Grande. Il revit la brume sombre qui s'élevait au-dessus de la forêt tropicale. Il se rappela l'étrange *toc-toc* creux qui avait accompagné l'apparition de l'essaim. Sur le moment, il avait même eu l'impression d'entendre des os s'entrechoquer.

Ce n'était toutefois pas la seule raison qui l'avait poussé à choisir un nom pareil.

— Dès que le *Gashadokuro* repère votre odeur, il vous pourchasse à mort, sans que rien puisse l'arrêter. Dépourvu de ligaments, il éclate même en mille morceaux afin de se faufiler dans des passages exigus, puis se reforme de l'autre côté.

— Comme un essaim, marmonna Gray.

Ken acquiesça.

— Une fois qu'il vous a attrapé, c'est fini. Plus moyen d'y couper. Il dévore votre peau, vos organes, votre sang et ajoute vos ossements aux siens.

Kowalski se renfonça dans sa chaise en maugréant :

— Mon petit doigt me dit que je ne vais pas apprécier la fin de l'histoire.

Oh, non.

— Assez parlé de fantômes, reprit le commandant Pierce. Revenons plutôt aux guêpes.

— Vous avez raison. (Ken se racla la gorge.) Tout d'abord, cette espèce n'est pas née en laboratoire. Selon mes premières analyses ADN, il ne s'agit pas d'un monstre génétiquement modifié, mais d'un prédateur naturel très ancien, sans doute d'origine préhistorique. On retrouve des fossiles de guêpes datant du Jurassique. Depuis, l'espèce s'est diversifiée et multipliée. Aujourd'hui, il en existe plus de trente mille espèces différentes, signe d'une exceptionnelle capacité de survie.

À cet égard, elles ont adapté toutes sortes de stratégies, intégrant souvent les compétences d'autres insectes à leur propre arsenal.

— Et cette espèce-ci ? demanda Gray.

— Je n'en avais jamais vu d'aussi ingénieuse et aussi polyvalente. Par exemple, la grande majorité des guêpes sont soit des animaux sociaux, soit des prédateurs solitaires.

Devant le trouble de son auditoire, il tenta d'expliquer :

— Les guêpes *sociales* – telles que les frelons et les guêpes communes – construisent des nids, ont une reine qui pond des œufs et emploient des régiments entiers de mâles pour rapporter la nourriture, s'accoupler ou protéger la colonie. Leur piqûre est surtout un mécanisme de défense, dont le venin, douloureux pour sa victime, sert de mise en garde.

Palu se frotta le ventre.

— Ouaip ! J'ai bien pigé le message.

— Exactement. Et si vous n'y prêtez pas attention, une nouvelle salve de piqûres vous injectera assez de toxines pour vous faire passer l'arme à gauche.

Gray esquissa une grimace.

— Comme nous en avons été témoins hier soir.

— Les guêpes sociales sont pourtant relativement gentilles par rapport aux guêpes *solitaires*.

Ken se surprit à dévisager Seichan, persuadé qu'elle devait être de cette espèce-là.

— Les chasseurs solitaires ont mis au point une stratégie de survie fatale et unique en son genre. Contrairement aux guêpes sociales, ils n'ont pas de nid ni d'essaim. À la place, les prédateurs – tous des femelles – utilisent leur dard de deux manières différentes. La plus importante étant la tâche pour laquelle cet aiguillon était conçu à l'origine.

— Que voulez-vous dire ? intervint Seichan.

Ken revint en arrière, histoire de clarifier son exposé.

— Le dard des hyménoptères – abeilles, frelons, guêpes – était, au départ, un ovipositeur, c'est-à-dire une seringue biologique qui servait à percer les tissus et à déposer les œufs dessous. Au fil des siècles, l'ovipositeur s'est changé en arme.

— Comment cela ? s'étonna Palu en se frictionnant toujours l'estomac.

— Lorsque la reine est devenue l'unique pondeuse d'une colonie, les autres femelles n'ont plus eu besoin de réserve d'œufs à la base de l'ovipositeur. Elles ont donc donné à ce qu'on appelle leur « oothèque » une fonction plus utile : faire du mal.

— En remplissant ces poches de venin, comprit Gray.

— Gagné. C'est aussi la raison pour laquelle on n'a rien à craindre des mâles. Puisqu'ils ne pondent pas, ils ne possèdent pas de dard.

Kowalski haussa les épaules d'un air maussade.

— Je ne vais pas mater sous la jupe d'une guêpe pour savoir s'il s'agit d'un mec ou d'une nana. Elle se pose sur moi, je l'écrase.

Gray fit signe à Ken.

— Continuez. Nous en étions aux guêpes solitaires. Étant donné qu'elles n'ont pas de reine, je suppose que les prédatrices femelles utilisent toujours leur aiguillon – leur ovipositeur – à des fins reproductrices.

— Oui. Comme je vous le disais tout à l'heure, le dard a deux rôles. Déposer des œufs, mais aussi injecter un poison qui mettra l'hôte à leur merci. Ce genre de venin est rarement douloureux. Il engendre même parfois une réaction euphorique qui laisse la victime en transe. Certaines chenilles tombent tellement sous le charme qu'elles se laissent enterrer vivantes. L'impact de la toxine varie toutefois selon les espèces. Certaines paralysent. D'autres induisent un effet neurologique déroutant, où l'hôte se battra littéralement pour protéger la larve qui l'a colonisé. En fin de compte, toutes ces stratégies perfides n'ont qu'une ambition.

— Laquelle ? demanda Seichan.

— Garder l'hôte en vie. (L'auditoire parut comprendre, mais Ken préféra préciser sa pensée.) Une fois les œufs éclos, les larves disposent d'un repas tout prêt.

Dégoût général.

Autant qu'ils sachent d'emblée la vérité.

Il se rappela le flot grouillant de larves blanches qui s'était déversé de la vipère sur la table de dissection.

— Et l'espèce larguée sur nos îles ? reprit Gray. Dans la mesure où ces monstres ont débarqué en essaim, je suppose que nous avons affaire à des guêpes sociales.

— Non. Elles sont *les deux à la fois*.

— Quoi ? Comment est-ce possible ?

— Souvenez-vous : il s'agit d'une espèce archaïque, qui existait sans doute avant que les guêpes ne se divisent en deux catégories distinctes. Elle possède les caractéristiques propres aux deux évolutions. (Il leur laissa le temps de digérer la nouvelle.) Malgré les dégâts terribles d'hier, vous n'avez pas encore vu de quoi cet animal est capable.

— Que voulez-vous dire ?

— Son comportement grégaire n'a qu'un objectif : établir une zone de *lek*.

— C'est quoi ce machin ? ronchonna Kowalski.

— Une aire de parade et d'accouplement. (Le toxicologue balaya l'assistance du regard.) Ce que nous devons empêcher à tout prix.

— Pourquoi ? lâcha Gray, intrigué.

Ken ne masqua rien de son sérieux ni de son effroi.

— Parce que, après, cet endroit deviendra l'enfer sur Terre.

REPRODUCTEUR

Le minuscule mâle était presque sourd et aveugle. Ses yeux noirs en tête d'épingle ne possédaient pas plus d'une dizaine de facettes chacun. Alors, il avait beau chercher des indices visuels, le monde restait un vaste brouillard en noir et blanc. Il lui fallait s'approcher tout près d'un objet pour discerner quelques détails.

Sa tête, en revanche, était surmontée d'antennes plus longues que son corps et empennées, à leur extrémité, de sensilles ultraréceptives. En vol, elles lui permettaient d'appréhender son environnement grâce aux odeurs.

Attiré par le nectar sucré, il se posa sur un pétale. Ses antennes l'aidèrent à plonger au cœur de la fleur. Comme il n'avait pas les puissantes mandibules des autres, il sortit sa langue et lapa les délices abrités par la douce corolle.

Le temps de se rassasier, il savoura son bonheur. L'essaim s'était établi à l'ombre d'une forêt dense, même si, avec ses sens peu aiguisés, il entendait à peine ses congénères bourdonner. Tandis qu'il vidait la fleur, il grimpa sur le rebord du pétale, se débarrassa du pollen qui lui collait aux pattes et agita ses ailes pour les nettoyer.

Il devait se tenir prêt.

Puis il la sentit – très légère au début, puis indéniable.

Une phéromone que ses sensilles délicates avaient appris à repérer. Guidé par ses antennes, il sauta dans la direction indiquée. Impossible de résister ! Les substances chimiques émoustillaient le petit nœud de ganglions sous son cerveau. Il accéléra. À force de frétiller, ses ailes risquaient de percer la réserve de nectar qu'il avait ingurgitée.

Il s'en moquait.

Il suivit la piste des phéromones. Un brouet complexe d'hormones et d'odeurs le submergeait, envahissait son morne univers et formait une image neigeuse au loin.

Il s'élança à la poursuite du trophée. Ses congénères et lui se bousculaient, rebondissaient les uns sur les autres et se frayaient tant bien que mal un chemin vers la source du parfum enivrant. Chacun tentait d'arriver le premier. L'effluve le galvanisait autant que le sucre dans son abdomen. Les muscles de son thorax étaient en feu.

Face à lui, l'odeur se changea en forme floue.

Puis, lorsqu'il fut assez proche, ses yeux minuscules aperçurent la cible… et la forme devint substance.

Cent fois plus grande que lui, elle planait droit devant et excrétait une phéromone de réceptivité, qui flottait dans un halo d'exigences évolutionnistes. Ses congénères et lui plongèrent au cœur de ce miasme pour l'atteindre. Ils arrivaient de tous côtés, quitte à lui grimper ou lui ramper dessus.

Il se posa parmi eux et s'agrippa avec ses pattes arrière munies de barbillons. D'autres s'écrasèrent sur lui, allant jusqu'à lui briser les ailes. Il résista néanmoins à la pression et continua d'enfoncer ses crampons dans la cuirasse articulée de son abdomen à elle.

À son tour, elle se défendit en se contorsionnant dans tous les sens. Elle tenta aussi de griffer ses assaillants.

Finalement, leur poids combiné et le battement frénétique de ses ailes entraînèrent la proie dans une chute vertigineuse à travers le feuillage luxuriant. Elle finit par atterrir sur une épaisse couche d'humus.

Tous les reproducteurs se démenèrent pour prendre position. Les phéromones continuaient d'affluer par les dizaines de pores situés sur l'abdomen de leur cible. Il s'élança vers le plus proche, enivré par l'odeur.

Une fois là-bas, les hormones obligèrent son propre abdomen à se contracter pour déployer son édéage phallique. D'un coup sec, il l'enfonça dans l'un des innombrables oviductes. Désormais bien accroché, il sentit son corps entier se crisper et vida sa semence en elle, jusqu'à ne plus être qu'une coquille vide.

À présent qu'il n'avait plus rien à offrir, il replia ses crampons puissants contre son flanc et s'éjecta. La violence de la manœuvre arracha son édéage, qui resta coincé dans l'oviducte.

Brisé, sans ailes, il s'écroula à terre.

Les autres aussi se détachèrent du corps gigantesque.

À sec, il n'avait pourtant pas terminé sa mission.

Tout droit sortie de la brouillasse qui l'entourait, une ombre devint de plus en plus nette. Il reconnut ce qui approchait.

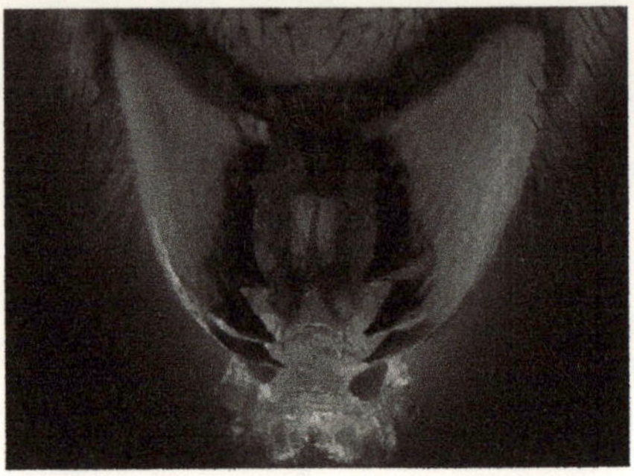

Une paire de mandibules.
Il savait ce qu'il lui devait encore.
Elle avait faim.

CHAPITRE 12

7 mai, 11 h 49
Hana, île de Maui

Accoudé à la table de salle à manger, Gray vit le professeur Matsui sortir une série de photos d'un dossier étiqueté ODOKURO et les étaler sur le vieux bois patiné. Chaque cliché montrait une guêpe différente : certaines petites, d'autres assez grosses.

— Ce sont toutes des catégories de la même espèce de guêpe, annonça Ken. Leur degré de différenciation à l'âge adulte est fascinant. Chaque spécimen remplit un rôle précis au sein de la colonie et leur anatomie conditionne leur fonction.

Un peu plus tôt, le toxicologue avait expliqué avoir recueilli les larves de guêpes à l'intérieur d'un serpent découvert sur une île brésilienne, puis les avoir élevées dans son laboratoire de Kyoto. Les sujets de son étude avaient alors enchaîné les stades larvaires – ou instars – jusqu'à ce que la dernière pupe produise les adultes photographiés.

Ken se concentra sur l'image d'une guêpe minuscule au corps poilu et aux antennes démesurées.

— Prenez, par exemple, ces petits mâles éclaireurs. D'après leur anatomie, ils servent uniquement à rassembler des données sensorielles et à les partager avec l'essaim. J'imagine que ce sont les sentinelles du groupe, chargées de jauger le terrain.

Gray examina l'image.

— Je pense en avoir vu un bon paquet morts dans l'eau quand Seichan et moi avons fui la plage.

— Vraiment ? (Ken se frotta le menton.) Peut-être qu'une fois l'essaim arrivé à destination, ils avaient rempli leur mission et ne servaient donc plus à rien. Intéressant !

Pour vous, je suppose.

L'étonnement de l'expert rappelait néanmoins qu'ils en savaient très peu sur l'ennemi. Depuis deux mois à peine qu'il étudiait l'espèce, Ken avait accompli des progrès notables, mais de nombreuses inconnues subsistaient, d'autant que les travaux avaient été menés en laboratoire, et non sur le terrain. Enfin, bon, quand on pensait à l'état de dévastation de Queimada Grande, il était sans doute plus judicieux de s'être enfermé entre quatre murs.

Ken tapota une autre photo d'une guêpe plus grosse, épinglée sur un tableau. Pour l'échelle, une règle était posée à côté. Le corps cuirassé, rayé rouge et noir, mesurait presque huit centimètres de long.

— Je sais que vous avez rencontré celle-ci, déclara Ken.

Gray tressaillit, puis hocha la tête.

— L'aiguillon de cette femelle stérile injecte un venin constitué d'une foule de toxines. Je n'ai pas eu le temps d'étudier tous ses composants, mais l'objectif de cette ouvrière est clair.

— Déblayer le secteur pour l'essaim, devina Gray.

— Et défendre tout *lek* qui se formerait par la suite.

Le commandant Pierce fronça les sourcils.

— Vous nous avez déjà mis en garde sur le fait que la colonie cherchait une zone d'accouplement.

— Oui. Il vaut mieux que vous compreniez directement les enjeux. (Ken consulta ses photos.) Les deux premiers clichés illustrent ce que je vous ai raconté tout à l'heure, la manière dont l'espèce se rapproche des guêpes sociales. Elle fonctionne en colonie, au sein de laquelle les mâles assurent diverses fonctions. Certains sont nés pour être chercheurs ; d'autres, défenseurs. Il y a aussi ceux que j'appelle les *fourrageurs* et les *jardiniers*. Un bel exemple de la catégorisation des tâches à l'intérieur de l'essaim.

Ken trouva enfin ce qu'il cherchait et tendit deux nouvelles photos à Gray.

— Ce couple-là est différent. Au lieu d'une seule reine toute-puissante, c'est un ensemble de guêpes solitaires qui assure la pérennisation de la colonie. Dès qu'elles ont trouvé un *lek* qui leur convient, le processus de reproduction est lancé.

Gray étudia les deux images. L'une était un agrandissement d'une guêpe à peine plus grosse qu'une fourmi ordinaire.

— Voici le mâle, précisa Ken. Il s'accouple avec la grosse femelle de l'autre photo.

Kowalski siffla entre ses dents.

— Face à ce moucheron, on dirait un porte-avions.

La comparaison était bien trouvée. La femelle reproductrice était encore plus énorme que les dards sur pattes de la veille au soir, soit largement plus de dix centimètres.

Par chance, aucun de nous n'a été piqué par ce monstre.

La suite du discours de Ken renforça le sentiment général.

— C'est une véritable usine à œufs. Je n'ai jamais rien vu de tel. Elle copule simultanément avec des centaines de mâles afin de se constituer la plus grande spermathèque possible. Ensuite, elle consomme les mâles vidés de leur semence.

— Elle les bouffe ? lança Kowalski, écœuré. Rappelez-moi de ne plus me plaindre quand Maria réclame un câlin après.

Palu approuva :

— *Amen*, mon frère, *amen*.

Le professeur Matsui ne releva pas. Chez lui, la curiosité scientifique l'emportait sur le dégoût.

— Cette espèce ne gaspille pas ses ressources inutilement. (Il indiqua la partie postérieure de la femelle.) Voyez un peu le dard. Presque un centimètre et demi de long ! Dans l'abdomen, les œufs se trouvent sur un genre de tapis roulant. Dès qu'elle a trouvé un hôte, elle lui plante son aiguille dans le corps et injecte des milliers d'œufs. J'attire aussi votre attention sur les pattes arrière musclées et, donc, particulièrement puissantes. Elle les frotte l'une contre l'autre, comme on claquerait des doigts. Quand le groupe entier s'y met, cela produit un cliquètement très étrange. Le son est très fort, à peu près autant de décibels qu'une cigale.

— Quel intérêt ? demanda Seichan.

— Je… je crois que c'est une forme rudimentaire de sonar. Même les guêpes actuelles y ont recours. Il permet de chercher la présence de larves chez un hôte potentiel. De déterminer si la cible a déjà été parasitée par une autre femelle.

— Elles frappent à la porte pour voir s'il y a quelqu'un.

Le regard un peu absent, Ken ravala sa salive.

— C'est un son perturbant, qui annonce le début de la fin.

— Pourquoi ? reprit Seichan.

— Parce que je ne vous ai pas dit le pire. Vous ne m'avez pas posé la question la plus évidente au sujet de cet organisme préhistorique.

— Quelle question ? lâcha-t-elle.

Toujours aussi perspicace, Gray l'énonça à haute voix :

— Si l'espèce est aussi ancienne, d'où débarque-t-elle ? Pourquoi ces guêpes sont-elles encore vivantes aujourd'hui ?

Ken connaissait la réponse, hélas :

— Parce qu'elles sont immortelles.

* * *

11 h 58

Et j'ai failli passer à côté…

Ken savait que, s'il n'était pas tombé par hasard sur cet ultime détail du cycle biologique de l'*Odokuro*, ils seraient déjà condamnés. Personne n'aurait conscience de la réelle menace constituée par la colonisation de ces guêpes-là. Coûte que coûte, il devait faire comprendre la gravité du danger aux autorités locales, à commencer par ce petit groupe disparate rattaché au DARPA.

Rongé par l'angoisse, il se mit à longer la table.

— J'ai déjà donné l'alerte sur l'efficacité avec laquelle les guêpes ont évolué depuis leur apparition au Jurassique, sur la manière dont leurs différentes espèces ont déployé d'habiles stratégies de survie, se taillant leur propre niche d'exception au sein d'un environnement. Certaines ne pondent leurs œufs que dans un seul hôte. D'autres, moins exigeantes, jettent leur dévolu sur l'organisme le plus pratique. Beaucoup de guêpes actuelles peuvent même se multiplier sans s'accoupler. D'ailleurs, il en existe qui n'ont pas de mâles connus.

— Ça, je comprends, marmonna Seichan.

— Et les fameuses guêpes auxquelles nous avons affaire ? demanda Gray.

— L'*Odokuro* a plus d'un tour dans son sac pour proliférer. À l'image de certaines guêpes actuelles, chacun de ses œufs produit des larves *a priori* toutes pluripotentes, c'est-à-dire capables de devenir *n'importe lequel* de ces adultes. (Il désigna l'ensemble des photos.) Je n'ai toujours pas compris quels signaux environnementaux ou quels facteurs de stress poussent une larve vers une version adulte ou une autre. Il s'agit néanmoins d'une méthode hors pair pour assurer l'expansion rapide d'un essaim. Le passage de l'œuf à l'âge adulte prend une quinzaine de jours. Et il est fort probable que l'espèce se reproduise en continu. Selon mes estimations, la colonie devrait connaître une croissance exponentielle, uniquement conditionnée par la quantité de nourriture et le nombre d'hôtes viables pour ses œufs.

Ken tâcha d'enfoncer le clou.

— D'habitude, la taille d'un essaim est fonction de sa reine. Quand les conditions deviennent hostiles (en hiver, par exemple), il meurt. Seule la reine survit. Elle creuse un trou, hiberne durant la saison froide et, au printemps, elle refait surface, bourrée d'œufs, prête à fonder une nouvelle colonie.

Gray se rembrunit.

— Ici, ce n'est pas le cas, hélas.

— Non. L'essaim d'*Odokuro* va grandir à l'infini.

— Tout à l'heure, vous avez évoqué une date butoir à *trois* jours. Pourquoi ? Si les guêpes mettent quinze jours à arriver à maturité, pourquoi cette échéance dans trois jours ?

— Vous avez ajouté que ces bestioles étaient immortelles, maugréa Kowalski. J'en ai écrabouillé un paquet et je peux vous assurer qu'elles m'ont paru bien clamsées.

Ken acquiesça.

— J'apporterai la même réponse à vos deux questions. C'est l'autre façon dont l'essaim assure sa pérennité. Comme les espèces de guêpes cent pour cent femelles, l'*Odokuro* peut se reproduire par multiplication asexuée. Un processus auquel elles ont en permanence recours à l'état larvaire, surtout au troisième instar, troisième étape de leur développement.

— Qui, je suppose, a lieu vers le troisième jour, lâcha Gray.

— Et j'ai failli le rater ! Je vous explique. Un œuf éclot presque au moment de l'implantation et libère son stock de larves de premier stade. Ces grandes affamées mangent sans discontinuer. Au bout de la journée, elles muent et deviennent des deuxièmes instars. Le schéma se répète jusqu'à ce qu'une autre mue les propulse au troisième stade. Ensuite, les larves font quelque chose d'unique : elles sont toujours assez petites pour percer les os de leur hôte et nicher dans leur moelle.

Kowalski frissonna de dégoût.

— Je savais que je n'allais pas apprécier votre histoire.

— Toutes les guêpes savent parfaitement utiliser les ressources de leur hôte pour dissimuler leurs larves, voire lui permettre de se mouvoir sans que leur victime ait conscience, avant qu'il ne soit trop tard, d'avoir été infestée.

— Que se passe-t-il une fois que les larves ont élu domicile dans les os ? demanda Gray.

— J'ai d'abord cru qu'elles se nourrissaient juste de la moelle ultranutritive, mais, en étudiant les tissus au microscope, je me suis aperçu qu'elles laissaient de curieux débris derrière elles. J'ai pensé à de vulgaires *chiures*, ou excréments larvaires, mais les particules étaient trop régulières, trop abondantes. Laissez-moi vous montrer.

Parmi ses documents, Ken sélectionna un cliché pris au microscope électronique et le fit circuler autour de la table.

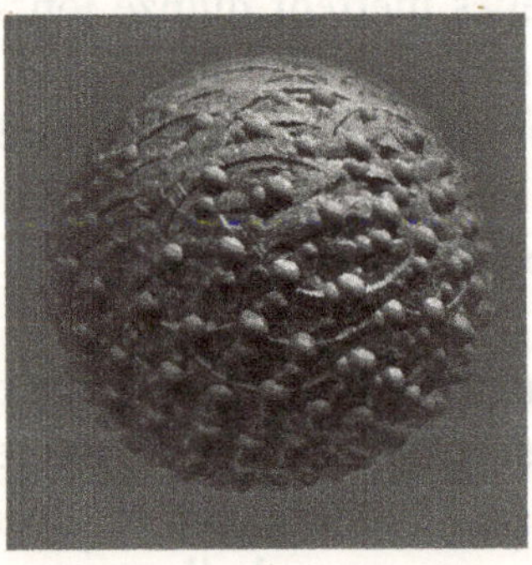

— On dirait une sorte d'œuf de l'espace, commenta Palu. Tout couvert de boursouflures.

— De quoi s'agit-il ? souffla Gray, perplexe.

— Votre ami pompier a compris l'essentiel. C'est un kyste desséché qui mesure environ un dixième de grain de riz, tapissé d'un millier de petites cloques. Chacune d'elles abrite un clone génétique miniature du troisième instar et équipé, de surcroît, de griffes charnues.

Ken sortit un nouvel agrandissement.

— Vous vous souvenez quand je vous ai dit que les guêpes s'appropriaient les stratégies d'autres insectes ? Voici un exemple.

— Je ne comprends pas, avoua Gray. Quelle stratégie empruntent-elles ?

— Avez-vous entendu parler des tardigrades ?

Tout le monde secoua la tête.

— Ils ressemblent à peu près à ce que je vous montre ici. Leur allure grassouillette leur vaut parfois le surnom d'« oursons d'eau ». En réalité, ils excèdent à peine 0,05 millimètre.

— Quel rapport avec nos guêpes ? demanda Gray.

— Presque deux fois plus anciens qu'elles, les tardigrades sont apparus au Cambrien. Aujourd'hui, on en trouve partout, car ils possèdent d'extraordinaires capacités de survie. Quand les conditions environnementales deviennent difficiles, ils plongent dans un état d'hibernation très profond appelé « cryptobiose ». Ils se ratatinent en déshydratant presque tout leur organisme pour ne plus former qu'une boule de cire microscopique : le tonnelet. Cliniquement morts, ils peuvent alors endurer des températures proches du zéro absolu ou grimpant jusqu'à 150 °C. Sans parler des pressions extrêmes ou du vide spatial. Ils supportent même des doses massives de radiation. Bref, ils sont pratiquement invincibles.

Ken pointa le kyste du doigt.

— En 1948, des chercheurs japonais ont démontré que des tonnelets pouvaient ressusciter après cent vingt ans de cryptobiose. Des études plus récentes laissent penser qu'ils seraient en mesure de survivre beaucoup plus longtemps, sinon éternellement.

Gray brandit l'image du kyste.

— Et vous croyez que ces guêpes leur ont emprunté leur mode de survie ?

— Pourquoi pas ? Les tardigrades eux-mêmes l'ont appris d'autres espèces. Leur génome est, à presque dix-huit pour cent, issu de plantes et de champignons préhistoriques. Y compris ce qui est considéré comme la « matière noire de la vie ».

— La matière noire de la vie ?

— Le terme fait référence aux bactéries situées à la frontière de la vie et de la mort. Identifiées il y a peu, on les appelle parfois « microbes de Lazare ». Comme le *Natronobacterium*, revenu à la vie après avoir été prisonnier de cristaux pendant cent millions d'années. Ou les colonies de *Virgibacillus*, ressuscitées après une dormance de deux cent cinquante millions d'années. La liste est loin d'être exhaustive. Beaucoup d'autres exemples attendent d'éclater au grand jour.

— Vous estimez que nos guêpes ont intégré certaines de ces tactiques ancestrales de survie, conclut Gray. Pourquoi ? Dans quel but ?

— À mon avis, il s'agit d'une garantie liée à l'évolution naturelle. Elles laissent derrière elles une trace génétique indestructible, dissimulée et protégée dans les ossements de leurs hôtes décédés. Peut-être attendent-elles qu'ils tombent en poussière, permettant ainsi aux kystes de se disperser aux quatre vents, avec l'espoir qu'ils soient inhalés ou ingérés par un animal innocent. Une fois au chaud, ils pourraient éclore et continuer leur cycle biologique *via* les quatrième et cinquième instars, grignotant leur victime de l'intérieur jusqu'à atteindre l'âge adulte et, en fin de compte, assurer la régénération de l'essaim.

Pour la première fois, Aiko Higashi prit la parole :

— Tel un phénix qui renaîtrait de ses cendres.

Ken sentit que sa remarque était réfléchie, comme si le détail avait particulièrement interpellé la jeune femme. Il l'interrogea du regard, mais, comme elle ne réagit pas, il enchaîna :

— Au troisième jour, les essaims largués sur les îles seront implantés dans l'environnement, jusqu'à la moelle, si bien enracinés qu'on ne pourra plus éradiquer le phénomène. Et ce n'est même pas la fin du cauchemar.

— Comment cela ? reprit Gray.

— N'oubliez pas que ces guêpes gardent leurs hôtes en vie. Par conséquent, les oiseaux parasités vont reprendre leur envol et disperser le fléau. Les rongeurs creuseront des terriers. Les animaux migreront.

— Et les gens voyageront, ajouta Pierce, la mine sombre.

— Si nous n'établissons pas de coupe-feu, prévint Aiko, elles se répandront vite aux quatre coins de la planète.

— Déclenchant une vraie catastrophe écologique. Durant mes travaux, j'ai cherché à savoir si ces guêpes triaient sur le volet les hôtes qu'elles souhaitaient infester.

— Résultat ? lâcha Seichan.

— Absolument pas. (Il indiqua la photo de la femelle bourrée d'œufs.) Cet aiguillon a évolué au cours du Jurassique. En plus de mesurer un centimètre et demi, il est constitué de tissus sclérotisés, presque aussi durs que l'acier. Il était censé percer les cuirs les plus résistants, voire s'insinuer entre les plaques blindées des dinosaures. En comparaison des créatures préhistoriques, ici, c'est la belle vie. Pire encore, nous ne possédons aucune défense naturelle contre cette espèce ancestrale.

— Nous sommes donc des cibles faciles, conclut Kowalski.

Gray hocha lentement la tête.

— On connaît un tas d'exemples modernes des dégâts causés par des espèces invasives. Le python dans les Everglades. Le lapin de garenne en Australie. La carpe asiatique dans nos lacs.

— Et ce n'étaient que des espèces transférées d'un continent à l'autre. Là, je vous parle d'une créature qui avait disparu des écrans radar depuis une éternité. (Frustré, le toxicologue peinait à leur faire comprendre l'ampleur de la menace.) J'ai vu ce qui restait de

Queimada Grande. Ces guêpes vont ravager tout ce qui marche, rampe ou vole. Elles se ficheront pas mal de bousiller l'environnement local.

— Parce qu'elles disposent d'un plan B pour survivre, termina Gray en repoussant la photo du kyste. Il faut donc mettre le holà avant que cela ne se produise.

Ken soupira.

Plus facile à dire qu'à faire.

L'agent Sigma se leva.

— Expliquez-nous la marche à suivre.

L'expert se tourna vers la fenêtre, derrière laquelle les jardins étaient baignés par une lumière éclatante.

— D'abord, il faut déterminer où l'essaim s'est installé.

Gray alla chercher une carte topographique de Maui.

— Une idée de l'endroit où nous devrions commencer l'enquête ?

— Du peu que j'ai étudié, l'*Odokuro* n'est pas du genre à bâtir un nid, comme les guêpes sociales. Sur ce point aussi, je l'associe davantage aux espèces solitaires. Elle cherchera plutôt des trous afin de se créer un abri souterrain.

Palu se pencha sur le document.

— Les alizés soufflent dans ce sens-là.

Le gros Hawaïen traça une ligne entre Hana et les forêts qui couvraient un versant du mont Haleakalā. Après mûre réflexion, il tapota un point sur la carte et pivota vers les autres, radieux.

— Je crois savoir où ces petits machins pourraient s'être planqués.

CHAPITRE 13

7 mai, 18 h 01
Washington, D.C.

Painter traversa la rotonde octogonale du premier étage du Smithsonian Castle. Alors que les portes menaient à différents bureaux, il se dirigea vers l'illustre Salle des Régents, d'où s'échappaient des échos de voix.

— Voyons quel est l'objet de cette convocation, chuchota-t-il à Kat.

Il parlait bas, non par discrétion, mais par respect envers l'histoire de la vieille bâtisse. Avec ses espaces grandioses, ses chapelles privées et ses galeries immenses, le site avait un faux air d'église. Le temps semblait presque s'y être arrêté. Painter imagina le tout premier secrétaire, Joseph Henry – dont la statue en bronze ornait la façade du Château –, en train d'arpenter les mêmes couloirs. Le bruit courait même que l'endroit était hanté. À l'époque, Joseph Henry avait ainsi organisé une séance de spiritisme en Salle des Régents, car Lincoln souhaitait convaincre son épouse, Mary Todd, que les médiums étaient des escrocs.

Painter sourit, le cœur réchauffé par son amour des lieux. Kat et lui avaient emprunté l'ascenseur secret qui reliait leur Q.G. souterrain au Château. Le musée ayant fermé ses portes depuis une demi-heure, on ne croisait plus qu'une poignée de guides et les employés du service d'entretien. Le chef Crowe appréciait beaucoup ce moment-là de la journée, quand il s'y retrouvait quasi seul. Parfois, il déambulait dans les allées après minuit et profitait du calme des lieux pour réorganiser ses pensées. C'était l'occasion d'aborder les problèmes sous un autre angle, de se désencombrer l'esprit. L'endroit témoignait aussi, dans la pierre, des égards dus à la science, des leçons enseignées par l'histoire. Il lui rappelait la mission essentielle de Sigma.

Kat baissa son téléphone.

— Le Dr Bennett vient de me confirmer par SMS qu'il avait bien reçu les notes de recherche du professeur Matsui. Il va s'y plonger sans délai.

Painter acquiesça en silence. Une brève discussion avec le commandant Pierce lui avait appris en substance ce qui avait été largué sur les îles hawaïennes. Il espérait que l'entomologiste du Parc zoologique national pourrait les renseigner sur l'étrange menace.

Surtout que Gray avait donné une date butoir.

Trois jours.

Étant donné la fenêtre étroite de tir, il n'y avait pas un instant à perdre et Painter s'agaça d'avoir été ainsi convoqué. En même temps, sa curiosité était piquée au vif. Quel éclairage la bibliothécaire du Congrès pouvait-elle leur apporter ? En quoi leur affaire était-elle liée à la fondation du Château et, plus improbable encore, à Alexander Graham Bell, inventeur du téléphone ?

Il n'existe qu'un moyen de le savoir.

Après avoir frappé à la porte, Painter poussa le battant entrouvert. Il invita Kat à entrer, puis lui emboîta le pas.

La Salle des Régents accueillait une grande table circulaire flanquée, au centre, d'un soleil, emblème de la Smithsonian. Des rideaux en velours encadraient les fenêtres qui donnaient sur le National Mall et le reste de la ville. C'était là-bas que les dix-sept membres du Conseil des Régents se réunissaient chaque trimestre.

Ce soir-là, seules deux personnes étaient présentes.

Le conservateur du Château, Simon Wright, vint les saluer. Telle une rock star vieillissante, le quinquagénaire avait ses cheveux blancs mi-longs coiffés en arrière.

— Merci d'être venu, chef Crowe. Capitaine Bryant, c'est toujours un plaisir de vous voir. Comment vont vos filles ?

Kat lui serra la main, attendrie par sa profonde chaleur humaine. Ces trois-là se connaissaient depuis plus de dix ans.

— Je les ai envoyées camper avec Monk.

— Pas d'enfants ? Pas de mari ? Alors, mille pardons d'avoir dérangé ce qui doit être un rare moment de tranquillité.

— Eu égard aux circonstances, je comprends.

Au moment de leur présenter l'actuelle bibliothécaire du Congrès, Simon redevint plus formel. Première femme hispanique à occuper la fonction, Elena Delgado n'était en poste que depuis quatre mois. Personne ne la connaissait encore très bien.

Painter avait néanmoins le plus grand respect pour son parcours. Benjamine de quatre sœurs, elle était née de parents émigrés en Californie. Ses prouesses scolaires et sportives lui avaient valu une double bourse d'études à Stanford. Elle y avait décroché un doctorat en histoire des États-Unis, tout en remportant une médaille d'argent et une médaille d'or de natation aux jeux Olympiques de Munich. Sa passion pour l'histoire l'avait ensuite amenée à devenir un vrai rat de bibliothèque, au point que l'université du Maryland lui avait décerné un second doctorat en sciences de l'information et des bibliothèques.

Souriant, Painter lui serra la main. Elle avait une poigne de fer, preuve que, malgré ses soixante-quatre ans, elle conservait son physique d'athlète de haut niveau. Seule concession à l'âge : les lunettes de lecture qui pendaient à son cou par une chaînette en argent ornée de deux crucifix.

Tout en les invitant à s'asseoir, elle annonça sans détour :

— Je sais que votre temps est précieux, mais, à mon avis, c'est important.

Deux livres trônaient sur la table. L'un, relié de cuir épais, avait sa couverture craquelée et noircie, comme si on avait tenté de le brûler. L'autre, ceint d'un élastique, paraissait plus récent, mais le brochage fait main avait au moins quelques dizaines d'années.

De manière presque possessive, elle posa la main sur l'un d'eux.

— Ils proviennent d'une collection spéciale confiée aux bons soins de chaque bibliothécaire du Congrès. Peu de gens sont au courant de son existence. Depuis des siècles, des ouvrages disparaissent régulièrement des rayonnages de musée. Il a donc été décidé de créer un fonds privé de textes importants pour notre nation, des livres qui n'ont pas forcément une valeur inestimable – comme notre exemplaire de la bible de Gutenberg – mais qui méritent d'être gardés en lieu sûr.

— Elena a raison, confirma Simon. En tant que conservateur, je peux témoigner qu'une partie des collections de la Smithsonian a tendance à prendre la clé des champs. Au total, environ dix pour cent de nos objets ou de nos livres se sont volatilisés. Et pas que des babioles ! On parle d'une quarantaine d'ouvrages de niveau quatre, estimés chacun à un million de dollars minimum.

— Ils ont été volés ? lâcha Kat, ébahie.

— Certains, oui. D'autres empruntés et jamais rendus. Je suis aussi convaincu que bon nombre d'entre eux ont juste été mal répertoriés, égarés au sein des entrepôts de Suitland.

L'homme faisait allusion au centre logistique du musée installé à Suitland, dans le Maryland. Ses cinq bâtiments, qui occupaient chacun l'équivalent d'un terrain de football américain, abritaient quarante pour cent des collections de la Smithsonian, soit plus de cinquante millions d'objets.

Elena reprit :

— Le besoin s'est fait sentir de protéger ces ouvrages susceptibles de passer à la trappe, des publications qui, sur le papier, ne méritent peut-être pas d'être mises au coffre, mais qui sont trop importantes pour qu'on risque de les perdre. C'est un peu notre version des archives du Vatican.

Le directeur de Sigma désigna les livres sur la table.

— Et ces deux-là sont issus de la collection.

D'un naturel jovial, Elena sourit et tira l'ouvrage le plus récent vers elle.

— Notre réserve a été créée par l'auteur de cet opus, Archibald MacLeish, neuvième bibliothécaire du Congrès. Durant la Seconde Guerre mondiale, on l'a chargé de protéger les grands trésors nationaux, de séparer nos pièces historiques majeures et de les dissimuler aux quatre coins du pays. Après sa démission, quand il est devenu sous-secrétaire d'État, il a compris la nécessité de poursuivre le projet et transmis cet héritage aux bibliothèques de la Smithsonian. Une collection secrète toute particulière.

— À commencer par son propre livre ? ironisa Painter.

— Et beaucoup d'autres, corrigea Elena. Même si, selon moi, l'idée était de mieux cacher ces deux-là aux yeux du monde.

Kat pressa ses mains l'une contre l'autre, comme pour résister à l'envie brûlante de s'en emparer.

— Quel rapport ont-ils avec l'affaire qui nous occupe ?

— Tout… ou peut-être rien. Je ne sais pas. Quand j'ai confié l'existence de ces livres à Simon, il m'a d'emblée exhortée à vous en parler. (Elena dévisagea Painter et Kat d'un air suspicieux.) Deux membres du DARPA, d'après ce que je suis censée comprendre.

Simon avait tenu sa langue au sujet de Sigma, mais c'était un piètre menteur. Leur interlocutrice se doutait visiblement qu'au moment des présentations, on ne lui avait pas tout dit.

Pour l'instant, Painter éluda le sujet.

— Quelle est donc cette histoire ?

— Sachez d'abord que je suis tombée sur ces ouvrages pour des raisons uniquement personnelles. Ma thèse de doctorat portait sur la guerre de Sécession et, plus précisément, sur le rôle du clan des proches confidents de Lincoln, dont Joseph Henry, premier secrétaire de la Smithsonian. À l'époque, les collections étaient abritées au sein de ce seul bâtiment.

Painter, qui connaissait les liens étroits entre les deux hommes, se représenta de nouveau la séance de spiritisme qui s'était déroulée dans la pièce.

Elena s'assit.

— Tout débute avec Joseph Henry et un incendie qui a failli réduire le Château en cendres durant la guerre de Sécession.

De là, elle leur campa un récit fantastique au sujet de James Smithson, l'homme qui avait légué sa fortune à la jeune nation américaine et permis de fonder l'institution éponyme. La majeure partie des faits était relatée dans le journal de MacLeish, notamment la manière dont Joseph Henry avait appris l'existence d'une relique – la Couronne du Démon – enterrée dans la sépulture de Smithson à Gênes. Des décennies plus tard, Alexander Graham Bell avait été envoyé en mission secrète, à la fois pour protéger la dépouille de Smithson et pour mettre à l'abri le mystérieux objet qui, selon la rumeur, était une menace, voire une arme.

— Qu'a-t-il trouvé ? demanda Kat.

— Selon MacLeish, Bell a découvert un bloc d'ambre contenant les ossements intacts d'un reptile, peut-être un petit dinosaure.

Comme Smithson, il a laissé derrière lui un message sibyllin pour avertir que sa trouvaille était à la fois dangereuse et potentiellement miraculeuse.

— Miraculeuse ? s'étonna Painter. À quel titre ?

— Bell affirmait que ce bloc de résine pouvait receler le secret de la vie après la mort. Hélas, on ignore comment il a abouti à une conclusion aussi extravagante.

Le chef Crowe jeta un regard à Kat. Elle aussi avait entendu Gray parler du péril que l'invasion des guêpes préhistoriques faisait courir à Hawaï. Ces insectes prédateurs pouvaient entrer en cryptobiose, ou état de mort apparente, injecter des kystes dormants dans les os de leurs victimes et ressusciter leur essaim des siècles plus tard.

Elena avait dû remarquer l'échange tacite.

— Cela vous parle ?

— Possible. Continuez. Qu'est devenu cet objet ?

— Comme Smithson peut-être, Bell a estimé qu'il valait mieux renfouir sa trouvaille… mais sur le sol américain.

— Où donc ? intervint Kat.

— Dans une pièce secrète proche de l'ancienne galerie technique qui relie le Château au musée d'Histoire naturelle, de l'autre côté du National Mall.

Malgré la gravité de la situation, Painter tomba des nues.

Tout aurait débuté dans notre propre jardin ?

— MacLeish a enquêté sur la construction d'un abri antiaérien censé protéger nos trésors nationaux pendant la Seconde Guerre mondiale.

— Et il a trouvé la chambre forte de Bell.

— Manque de chance, sa découverte n'est pas passée inaperçue. MacLeish a soupçonné un des ingénieurs chargés du projet d'avoir été trop bavard. L'information est arrivée aux oreilles de l'ennemi, qui ne pouvait que s'intéresser à l'avertissement de Bell concernant l'objet enseveli.

Kat se pencha, fascinée.

— Que s'est-il passé ?

— Une fusillade a éclaté dans la galerie. Le bloc d'ambre a été dérobé par des espions japonais. (Elena leur adressa un regard appuyé, comme si elle aussi pensait que l'attaque sur Hawaï faisait écho à Pearl Harbor.) MacLeish a également recopié un symbole tatoué sur le corps d'un assaillant. Ce dernier aurait été lié à un conspirateur impliqué dans l'incendie du Château presque un siècle auparavant, comme si le même groupe avait tenté d'effacer toute preuve relative à la relique mystérieuse.

— Quel symbole ? se renseigna le chef Crowe.

— Je peux vous le montrer.

Le temps d'attraper le livre, Elena remonta ses lunettes.

— Il a un petit côté maçonnique.

— Maçonnique ? répéta Painter, effaré, tandis que Kat se renfonçait dans son siège avec inquiétude. Par hasard, votre symbole n'aurait-il pas une lune et une étoile en son centre ?

Elena baissa ses lunettes, interloquée.

— Comment le savez-vous ?

Les paupières closes, Kat jura tout bas.

Painter partageait son sentiment.

Pas étonnant que Gray et Seichan aient été visés.

La bibliothécaire les dévisagea tour à tour.

— Il est peut-être temps que, vous aussi, vous me racontiez votre histoire.

* * *

18 h 33

Elena attendait une explication. Une fois de plus, son naturel obstiné n'en démordrait pas. Presque toute sa vie, elle avait été traitée avec condescendance, depuis son père, qui insistait pour qu'elle se marie et enfante une ribambelle de *niños*... jusqu'aux professeurs persuadés qu'elle ne devait sa place à l'université qu'à une politique de discrimination positive.

À son âge, après avoir élevé seule sa fille et survécu à un cancer du sein, elle n'avait plus de patience pour les imbéciles et ne tolérerait pas d'être ainsi maintenue dans l'ignorance.

Que se passe-t-il au juste ?

Elle avait déjà trouvé bizarre que le conservateur du musée, Simon Wright, l'incite à rencontrer deux représentants du DARPA dans la Salle des Régents du Château.

Pourquoi ici ?

Elle observa le capitaine Kat Bryant, qui lui faisait penser à un lit au carré, tout en lignes droites et en rigueur militaire. Elena sentit en elle une alliée, surtout quand la jeune femme adressa un regard sévère à son patron, l'air de dire : « *Jouons cartes sur table avec cette dame.* »

Le chef Crowe, en revanche, semblait aussi buté qu'Elena, le dos raide, les mâchoires crispées. À leur rencontre, elle avait été frappée par son physique remarquable, son regard bleu perçant et ses cheveux noirs émaillés d'une intrigante mèche blanche derrière l'oreille. Sans doute avait-il des origines amérindiennes.

Fine stratège, Kat proposa un compromis :

— Avant que nous ne déballions notre propre sac, finissez de vider le vôtre. (Elle désigna le journal de bord.) À l'évidence, l'histoire d'Archibald MacLeish ne s'est pas terminée avec le vol de la relique de Smithson. Ce livre a l'air assez épais.

Elena hésita, puis, d'un soupir lourd, elle admit qu'il s'agissait probablement de la meilleure solution.

Pour le moment.

— Vous avez raison au sujet de MacLeish. Archibald a découvert la salle en novembre 1944. Huit jours plus tard, il démissionnait. En plein conflit mondial ! Le vent était en train de tourner contre les Allemands, mais, dans le Pacifique, le Japon restait une menace majeure. De peur de ce que le gouvernement nippon pourrait faire avec ce qui avait été dérobé, il est parti en quête de la vérité.

— Comme, par exemple, *d'où* venait la relique ? devina Kat. Et *pourquoi* Smithson la redoutait ?

— Exact. MacLeish a suivi les pas du Britannique, mais le chemin était semé d'embûches. Le journal calciné de notre mécène n'offrait aucun indice sur l'origine du bloc d'ambre et la plupart des papiers personnels de Smithson avaient brûlé dans l'incendie. MacLeish était néanmoins déterminé. Il s'est rendu en Europe, continent toujours en guerre, et il a recherché toutes les personnes qui auraient pu le connaître. Amis, confrères, famille. Il s'est efforcé de remonter sa trace depuis sa tombe.

— Qu'a-t-il découvert ? s'enquit Painter.

— D'autres mystères. Vous pourrez lire ses aventures en détail, mais la piste s'est achevée à Tallinn, capitale de l'Estonie, au bord de la mer Baltique.

Kat parut découragée.

— MacLeish n'a jamais identifié l'origine de l'objet ?

— Non. En revanche, il a entendu l'histoire d'un vieux géologue, alors presque sur son lit de mort. Plusieurs dizaines d'années auparavant, au début de sa carrière, l'homme avait trinqué avec Smithson dans une taverne de Tallinn. Smithson était alors assez éméché pour lui faire un récit qui, à l'époque, lui avait paru complètement farfelu.

— Quel récit ? souffla Painter, intrigué.

— Le drame poignant d'un groupe de mineurs tombé par hasard sur un énorme gisement d'ambre. (Elena caressa le journal noirci de Smithson, histoire de confirmer l'intérêt d'une telle découverte.) Tandis qu'ils creusaient, quelque chose a été lâché au sein de la mine. Une maladie effroyable transmise par la piqûre de guêpes géantes. On dirait que ces insectes monstrueux étaient, je cite, « sortis tout droit des os de la roche ». Le seul moyen d'enrayer la propagation du fléau a été de bombarder le site avec les mineurs encore au fond et de tout ensevelir par la suite.

Kat lorgna son patron d'un air entendu : l'histoire était peut-être moins saugrenue qu'il n'y paraissait.

— Vous disiez que la quête de MacLeish s'était achevée à Tallinn, reprit Painter. Persuadé qu'il s'agissait d'un conte de bonne femme, il a, j'imagine, cessé ses recherches.

— En partie pour cette raison… mais surtout parce qu'on lui a raconté cela le 6 août 1945.

— Le jour du bombardement de Hiroshima, précisa Kat.

— Après l'attaque atomique, MacLeish n'a plus été aussi inquiet d'une éventuelle menace japonaise, confirma Elena. Ce n'était plus qu'un point de détail.

— Manifestement, il avait tort, déclara Painter.

— Ce qui nous ramène à Hawaï. S'il existe un lien réel entre la découverte de Smithson et l'attentat terroriste sur l'archipel, il faudrait reprendre les travaux de MacLeish et découvrir d'où venait la fameuse relique.

— Vous avez raison, approuva Kat avant de s'adresser à Painter. À supposer que le professeur Matsui ait bien compris le danger de cette espèce préhistorique, il pourrait être crucial de connaître son origine.

— Pourquoi ?

— Parce que ces guêpes ont déjà disparu par le passé. Pourquoi ne sont-elles plus là ? Pourquoi ne dominent-elles pas le monde aujourd'hui ? Qu'est-ce qui les a empêchées de semer le chaos ? Quelque chose a dû pousser cette espèce ultra-agressive à entrer en cryptobiose. En d'autres termes, à se cacher.

Elena avait du mal à suivre, mais, quand il le fallait, elle savait se taire.

Painter contempla les livres sur la table.

— Donc, si on découvre ce qui les a autrefois arrêtées...

— On réussira peut-être à les stopper de nouveau.

Tandis que les deux agents semblaient sur la même longueur d'onde, Elena décida de plaider sa cause.

— Si vous avez l'intention de mener l'enquête à Tallinn, vous aurez besoin de tout savoir sur l'expédition de MacLeish. (Elle posa la main sur le livre de l'ancien bibliothécaire du Congrès.) Et, là où ce bouquin va, j'y vais aussi.

Prêt à rejeter sa demande, le chef Crowe se leva.

— Inutile de mettre ces textes historiques en danger. Une simple photocopie suffira.

Elena le toisa des pieds à la tête.

— Pas si vous espérez réussir. Vous aurez aussi besoin de quelqu'un qui connaît ces auteurs sur le bout des doigts, en particulier Smithson.

— Autrement dit, vous ? déduisit Painter, sceptique.

Kat lui effleura le bras.

— Souvenez-vous, nous n'avons que trois jours.

Elena n'était au courant d'aucun ultimatum. Néanmoins, elle apprécia le soutien de Kat.

En fin de compte, ce fut Simon Wright, le conservateur, qui régla le problème. Il haussa le sourcil en direction de Painter.

— Il serait temps que vous proposiez à notre nouvelle bibliothécaire du Congrès la visite complète du Château, non ?

* * *

19 h 05

Un quart d'heure plus tard, Kat maintint ouverte la porte de l'ascenseur sécurisé. Elle apprécia l'air mi-surpris, mi-émerveillé d'Elena Delgado quand elle pénétra dans le complexe souterrain.

— Je n'aurais jamais imaginé qu'un endroit pareil existait, murmura la sexagénaire, les yeux ronds. J'ai l'impression d'être Charlie à l'entrée de la chocolaterie.

Painter sourit, radouci.

— Donc j'imagine que cela fait de moi Willy Wonka.

Elena rougit.

— Désolée, je passe trop de temps avec mes petites-filles. Je dois connaître toutes les répliques par cœur.

Ah, le fameux cercle infernal ! se dit Kat. Quand un enfant vous repassait un film en boucle au point qu'il s'imprimait en filigrane de votre vie.

— Pendant que le capitaine Bryant règle les détails du voyage, je vous conduis à mon bureau, annonça Painter.

— Jason a fait préparer un Jet. Nous devrions pouvoir décoller dans l'heure.

— Si tôt ? s'exclama Elena, interloquée.

Kat confirma en silence.

Bienvenue chez Sigma.

Elle prit congé devant le centre de communications.

— À tout à l'heure. Avant de partir, je veux m'assurer que Jason est opérationnel.

Tandis qu'ils s'éloignaient, Kat aperçut son adjoint, Jason Carter, penché entre deux techniciens.

— Alors ?

Sans lever la tête, le jeune homme répondit :

— Le Dr Bennett accepte de se joindre à vous. Il m'a juste demandé une quarantaine de minutes, le temps de rassembler les notes du professeur Matsui et de vous retrouver à l'aéroport.

— Parfait.

Pour espérer réussir leur mission, ils avaient besoin de toutes les ressources possibles – et, entre autres, de leur propre entomologiste. Si quelque chose pouvait leur indiquer ce qui avait jugulé les guêpes par le passé, l'expertise du Dr Bennett leur serait d'un secours inestimable.

— Gray a appelé ?

— Pas encore, souffla son adjoint.

Aux dernières nouvelles, le commandant Pierce et ses acolytes suivaient une piste sur l'essaim.

Du coude, Jason montra un grand gobelet Starbucks.

— *Vanilla latte*. Double.

Kat enroula ses doigts autour de la douce chaleur.

— Rien qu'un double ?

Il lui adressa un regard en biais.

— Vous êtes sérieuse ?

Sans mot dire, elle avala une gorgée, histoire de se remettre les idées en place.

— Et le type qui a tendu un guet-apens à Seichan avant de détaler par bateau ?

— Disparu. Impossible de le localiser. J'ai averti toutes les agences de renseignement du Pacifique.

Les mâchoires serrées, Kat passa un millier de détails en revue. Elle détestait quitter son poste en pleine tourmente. Jason héritait d'une tâche herculéenne. Non seulement il devrait coordonner les opérations des deux côtés de la planète, mais il lui faudrait aussi tenir Painter informé, de sorte que ce dernier orchestre la réponse politique, voire militaire.

Espérons que nous n'arriverons pas à une telle extrémité.

Jason pivota vers elle d'un air entendu.

— Ne vous inquiétez pas, boss. Je gère.

Elle acquiesça en silence.

Bien sûr qu'il allait gérer !

Elle lui confia encore quelques éléments et vérifia qu'il avait tout ce qu'il lui fallait. Une fois satisfaite, elle balaya une dernière fois la pièce du regard, puis revint vers son adjoint.

— Je te confie la boutique. (Elle pointa l'index vers lui.) Veille quand même à ne rien casser.

— Waouh ! Un jour, je laisse tomber une tasse et, depuis, j'y ai droit en boucle.

— C'était ma préférée, marmonna-t-elle avant de sortir.

Elle longea le couloir, le gobelet tout chaud au creux des mains. Elle sentait que quelque chose lui échappait. Des voix attirèrent son attention vers la porte ouverte du chef Crowe.

Elle entra sans frapper, puis se figea.

Ah, voilà ce que j'oubliais…

Un homme trapu, adossé au bureau de Painter, souriait à une remarque d'Elena. Il montrait à la bibliothécaire sa prothèse, dernier bijou de technologie conçu par le DARPA. La main détachée de son poignet, il agitait ses doigts désincarnés.

— Vous la contrôlez à distance ! souffla Elena, médusée.

— Une caméra est intégrée sous l'ongle du pouce, s'enorgueillit son propriétaire. Il y a même une dose d'explosif plastique relié à un dispositif d'allumage sous la paume, si jamais une simple poignée de main ne suffisait pas.

— Monk ? bredouilla Kat, sidérée. Comment… Qu'est-ce que tu fabriques ici ?

L'agent se redressa, penaud. Il portait un short et un sweat-shirt à capuche avec un pin cerné des mots CAMP WOODCHUCK.

— J'ai pensé que tu voudrais peut-être un coup de main.

Il brandit sa prothèse. Hélas, sa tentative de bon mot tomba à plat et il reclipsa l'objet sur son manchon en titane.

— C'est aussi un peu la seule manière de passer des moments de qualité avec mon épouse.

— Où sont les filles ?

— Sans doute en train de terroriser les animateurs du camp, répondit-il en caressant son crâne rasé. Nos petites survoltées y sont heureuses comme des poissons dans l'eau.

Kat soupçonna Painter d'avoir tout arrangé.

— Il vous faut quelqu'un pour chaperonner le Dr Delgado et le Dr Bennett en Estonie, reconnut leur patron.

Monk afficha un large sourire.

— Imagine-toi des vacances en Europe tous frais payés.

Kat leva les yeux au ciel.

Sauf que, là, le sort du monde était en jeu.

CHAPITRE 14

7 mai, 13 h 05
Hana, île de Maui

Assis côté passager, Palu pointa le doigt devant lui.

— Prenez la prochaine à gauche.

— Quelle prochaine à gauche ? demanda Gray.

Penché sur son volant, il chercha à percer du regard le mur de fougères et de bois de fer. Les branches raclaient les flancs de la jeep de location.

Ils s'étaient engagés dans une série cahoteuse de sentiers qui traversaient un secteur non cartographié de la réserve de la forêt de Hana. Ils avaient quitté le bitume de l'autoroute depuis près d'une heure et bifurqué dans Mill Place, au niveau de l'épicerie générale de Hasegawa. Après quoi, ils avaient dû éviter quelques têtes de bétail errantes et contourner les cultures de taro.

Gray aurait aimé couper à travers champs, mais Palu avait refusé au motif que cela leur apporterait *pō'ino*, le mauvais œil : « *Le taro vient du corps du premier fils né du Père Ciel et de la Mère Terre. Il donne la vie.* »

L'agent Sigma, qui ne voulait pas braver le destin, avait écouté ses recommandations.

— C'est encore loin ? se plaignit Kowalski.

Le colosse était plié en deux sur la banquette arrière, près du professeur Matsui.

Aiko Higashi était restée à la villa afin d'étudier avec Kat de nouvelles informations sur la menace : une histoire susceptible de remonter à la Seconde Guerre mondiale et, surtout, d'impliquer la Guilde.

Gray jeta un œil dans le rétroviseur. Seichan les suivait à moto. Vu le terrain accidenté qui les attendait, ils auraient sans doute besoin d'un mode de transport plus maniable. Après avoir appris l'existence d'un lien potentiel avec la Guilde, la jeune femme s'était murée dans un silence inhabituel. Depuis un moment déjà, elle était plus taciturne. Quelque chose la tracassait, mais, au fil du temps, Gray avait appris à la laisser cogiter en paix.

Palu consulta sa boussole, puis répondit à Kowalski :

— Encore deux kilomètres, peut-être trois. Enfin, si la route n'a pas été emportée par les pluies de la semaine dernière.

En écho à la propre inquiétude de Gray, son imposant camarade poussa un gémissement.

Palu tendit le bras.

— C'est ici qu'il faut tourner.

Gray aperçut l'embranchement à la toute dernière seconde. D'un brusque coup de volant, il s'engouffra dans la brèche. Un chemin encore plus étroit les menait au cœur de la forêt.

D'un coup d'œil derrière lui, il vit que Seichan les talonnait toujours. Le deux-roues s'engagea habilement sur le chemin, son pilote couché sur le guidon.

À mesure que le SUV avançait, ses vitres étaient giflées par d'énormes frondes de fougères arborescentes, connues sous le nom de *hapu'u*. On aurait dit qu'ils passaient entre les rouleaux d'une station de lavage préhistorique. Et c'était peut-être le cas. La forêt paraissait intacte, peuplée d'arbres gigantesques qui devaient avoir quelques milliers d'années.

Une fronde dentelée claqua sur le pare-brise, comme pour leur enjoindre de décamper.

— La forêt n'aime pas les *haole*, ironisa Palu. Seuls les *kama'aina* savent où je vous conduis.

Pierce le crut sur parole. Le tourisme avait beau constituer une manne financière pour l'archipel, les habitants natifs d'Hawaï se réservaient des endroits à eux, qu'ils défendaient bec et ongles. Ainsi, la construction à plusieurs millions de dollars d'un nouveau télescope au sommet du Mauna Kea suscitait une vague de protestations liée à la dimension sacrée du site.

En travers des îles, des limites étaient littéralement tracées dans le sable.

Gray comprenait l'inquiétude locale. Au bout de trois mois de séjour, il avait observé le lien profond qui unissait l'île à son peuple. La vie des gens imprégnait chaque pierre, chaque animal, chaque plante.

Comme s'il avait lu dans ses pensées, Palu contempla la forêt de fougères arborescentes.

— Nous utilisons les poils roux – le *pulu* des *hapu'u* – pour garnir les oreillers et les matelas. On peut même en manger les feuilles et la partie centrale. (Il grimaça.). Enfin, ce n'est pas terrible. Le goût est affreux.

Gray se demanda si les bavardages incessants du pompier trahissaient juste sa nervosité ou s'il n'essayait pas de leur faire comprendre l'ampleur de l'enjeu. Au cas où, malgré leurs efforts, le fléau s'abattait sur l'archipel, tout risquait d'être perdu – non seulement les terres, mais aussi leur propre histoire.

Conscient qu'il ne pouvait pas laisser pareil drame se produire, le commandant s'enfonça au cœur de la végétation. À mesure qu'ils gravissaient le versant escarpé du mont Haleakalā, la canopée s'éleva. Parfois, une trouée permettait de discerner la côte derrière eux. On n'entendait plus le chaos qui entourait Hana, les bruits étant à la fois étouffés par la distance et par l'imposante silhouette de la montagne.

Peu à peu, la brume emprisonnée sous la canopée devint plus dense, assez humide pour obliger parfois à actionner les essuie-glaces. Autour d'eux, la forêt prit une allure spectrale.

Depuis la banquette arrière, le professeur Matsui souffla à mi-voix, peut-être submergé par un intime sentiment de respect :

— Ce sont des acacias koas ?

Il montrait du doigt un bosquet de grands arbres, dont les branches se terminaient par des grappes de fleurs jaunes.

Palu sourit.

— Ouaip ! Autrefois, le mont Haleakalā était entièrement recouvert de forêts de koas. Il n'en subsiste que des reliquats, comme ici. Voilà aussi pourquoi nous ne parlons pas de cet endroit aux *haole*.

Ken se pencha en avant.

— En tout cas, là où nous allons – l'ensemble de vieux tunnels de lave que vous nous avez décrits –, c'est exactement ce que recherche l'*Odokuro*. L'endroit idéal pour fonder un *lek*. Ces guêpes ont besoin d'un terrier central profond, à l'ombre de la canopée, près d'une abondante réserve d'eau. Et voyez toutes ces fleurs gorgées de nectar !

— Sans oublier un nombre faramineux d'hôtes potentiels, renchérit Gray.

Car la forêt tropicale grouillait de vie : oiseaux, mammifères, insectes en tous genres.

Ken confirma d'un sobre hochement de tête et se renfonça dans son siège.

Gray tenta d'imaginer leur destination. Trois semaines plus tôt, Seichan et lui avaient visité la grotte de Kaeleku, au nord de Hana. Facile d'accès, le site touristique était un vaste tunnel de lave orné de stalactites et de formations couleur chocolat. Des lucarnes – sections effondrées qui laissaient voir l'azur du ciel – éclairaient l'immense galerie. Il s'agissait d'une attraction populaire, rappelant aux visiteurs le passé enflammé du mont Haleakalā, à l'époque où des coulées basaltiques (à la fois des *a'a* de surface et des *pāhoehoe* souterrains) avaient créé l'île de Maui.

Beaucoup d'autres tunnels de lave traversaient les versants de l'Haleakalā. Le plus souvent caché par la forêt compacte, leur emplacement n'était connu que de la population locale. Palu les emmenait là où un réseau de tunnels s'était jadis écroulé, révélant un entrelacs de galeries, de puits et de grottes. Si l'essaim avait suivi les alizés de la veille, le site se trouvait pile sur son chemin.

Depuis leur départ, Gray guettait la moindre guêpe. En vain. Comme si l'énorme colonie avait disparu, peut-être entraînée au large.

Si seulement nous pouvions avoir autant de chance…

— Fin de la route, indiqua Palu. On va continuer à pied.

C'était indiscutable. La piste semée d'ornières s'arrêtait devant un gigantesque banian. Avec son houppier de vingt mètres de haut sur cinquante de large, il était entièrement drapé et soutenu par des centaines de racines aériennes, qui formaient un rideau de bois sous sa tonnelle verdoyante.

— Cela n'augure rien de bon, grogna Kowalski.

Gray était d'accord.

Un vieux Combi Volkswagen était garé au pied de l'arbre.

— Quelqu'un est déjà là-haut, marmonna le commandant.

Palu se renfrogna.

— C'est le camping-car d'Emmet Lloyd. Il tient une petite agence d'excursions à Makawao et propose aux touristes de passer la nuit en pleine nature. Ce *kanapapiki* devrait se garder d'emmener des gens là-haut.

Derrière le banian, Gray observa la forêt embrumée.

Surtout en ce moment.

* * *

13 h 31

— Pas si vite ! hurla Emmet à ses trois protégés.

Il dévalait la pente glissante en s'accrochant tant bien que mal à de grandes tiges de bambou pour garder l'équilibre. Après avoir levé leur camp établi un peu plus haut, il avait décidé de ne pas traîner. Toute la nuit, un ballet d'hélicoptères avait survolé la montagne. Privés de réseau téléphonique, ils ne savaient rien de ce qui se passait, mais quelque chose clochait. C'était plus qu'une simple opération de recherche et de sauvetage.

Au moins, je n'ai pas garé le van trop loin.

Peut-être un kilomètre ou deux.

La petite forêt de bambous lui servait de point de repère. Moins étendue que celle du sud-est, elle était très prisée des randonneurs à la journée et ne collait pas vraiment à la devise de son agence de tourisme, peinte sur le flanc du camping-car.

Lâchez tout… sortez des sentiers battus.

Il faillit déraper sur une flaque de boue et ne dut son rétablissement *in extremis* qu'à son illustre passé de surfeur. En son temps, il avait été champion de sa discipline. Cela faisait une éternité, mais, à cinquante-deux ans, il refusait de renoncer à sa passion et finançait sa vie à Maui en emmenant des touristes – les adeptes d'une vie à la dure – camper au fin fond des forêts du mont Haleakalā.

Il avait passé trois nuits avec son groupe actuel : un couple et leur garçon de onze ans, Benjamin.

— Ralentis, Benjie ! mugit Paul Simmons.

Hors d'haleine, il peinait à rivaliser avec l'agilité de cabri de son fils.

Propriétaires d'une start-up informatique à San Rafael, les Simmons étaient de grands sportifs. Le mari était féru de CrossFit. La femme, Rachel, pratiquait le yoga au quotidien. Emmet avait aimé la regarder enchaîner les postures le premier soir, au clair de lune, près d'un étang à peine troublé par une fine chute d'eau. Elle avait un corps de liane. Ses longs cheveux auburn, retenus en queue-de-cheval, cinglaient l'air à chaque transition. Lorsqu'elle se penchait en arrière, en équilibre sur les mains et les pieds, ses seins pointant vers la nuit...

Le souvenir le fit sourire.

Pas le plus mauvais côté de mon boulot.

Enfin, il rejoignit les parents, tandis que le fils continuait de galoper avec l'énergie inépuisable de la jeunesse. Au détour d'un virage, Benjie disparut.

Emmet commença à s'inquiéter. Il savait à quel point le terrain, truffé de trous moussus et de ruptures de pente cachées par les fougères, pouvait se révéler perfide.

— Hé ! Vous feriez mieux de serrer la bride à votre gosse.

Soudain, Paul glapit et se frappa le cou.

Son épouse se retourna, plus fatiguée qu'alarmée.

— Merde, Paul ! Qu'est-ce qui t'arrive encore ?

L'homme voulut chasser quelque chose de son visage, puis ses épaules remontèrent jusqu'à ses oreilles et son halètement se mua en cri de douleur. Il tomba à genoux, les mains sur la gorge.

Rachel lui attrapa le bras.

— Paul !

Emmet recula d'un pas et fouilla les environs du regard. D'ordinaire, la forêt de bambous était auréolée de magie, avec son cortège interminable de solides piquets verts, ses ombrelles de feuillage ruisselant, le tout enchevêtré dans d'épais rubans de brume. Or, l'endroit était subitement devenu sinistre, angoissant, comme s'il ne voulait pas d'intrus sur son sol.

Ce sentiment d'effroi fut renforcé par un bourdonnement léger qu'en raison de son propre essoufflement, le guide n'avait pas tout de suite remarqué. À présent qu'il retenait sa respiration, il l'entendait plus distinctement.

Qu'est-ce que c'est ?

Il pivota sur lui-même, tandis que Rachel aidait son mari à se relever.

Autour d'eux, la brume remuait, agitée par une mystérieuse force invisible. Le bourdonnement infernal donnait la chair de poule. Emmet n'avait rien jamais entendu de pareil. Il discerna alors de petites formes noires qui affluaient de tous côtés, droit sur eux.

— *Courez !*

Même sans connaître la nature exacte de la menace, il savait qu'ils étaient en danger.

Rachel, elle, était focalisée sur son époux qui, tremblant, avait du mal à tenir debout.

— Qu-quoi ?

Le guide les dépassa en trombe et continua à dégringoler la piste. Quelque chose atterrit lourdement sur sa manche de chemise. Il ouvrit des yeux ébahis. Une guêpe ou un frelon énorme s'y était posé, les ailes frétillantes. Sidéré, il balança son bras contre un tronc de bambou et se débarrassa du monstre.

Putaaain…

— Attendez ! cria Rachel. Aidez-moi !

Paul hurla de nouveau. Quelques instants plus tard, la jeune femme émit un gémissement plaintif.

En dépit des apparences, Emmet ne les abandonnait pas. Ils étaient adultes et connaissaient le chemin du retour. Il faudrait qu'ils se débrouillent du mieux qu'ils pourraient.

Leur accompagnateur fonçait vers son autre responsabilité.

Benjie.

Il prit un virage serré et faillit décoller la tête la première par-dessus une petite falaise. Grâce à sa mémoire musculaire de surfeur, il se remit vite d'aplomb et accéléra encore.

Il est passé où, ce gamin ?

— Benjie ! brailla-t-il, la main en porte-voix.

Soudain, il aperçut l'enfant, tétanisé. Il avait dû entendre ses parents hurler et dévisagea Emmet, hésitant manifestement à faire confiance à un quasi-inconnu.

— Allez, mon grand ! Il faut qu'on quitte cette montagne ! lança-t-il en tâchant de paraître le moins affolé possible. Tes parents sont juste derrière. Si tu revenais plutôt sur le chemin ?

Le jeune garçon promena son regard à la ronde. Finalement, ses épaules s'affaissèrent et il se dépêcha de rejoindre la piste.

Bien joué, petit.

Soudain, Benjie disparut, englouti par le sol.

Un cri de surprise s'échappa des lèvres d'Emmet, repris en écho une octave plus haut par l'enfant.

Pris de panique, le guide se précipita. Il fonça entre les piquets branlants des bambous, qui se mirent à osciller violemment et à s'entrechoquer autour de lui.

Comme un cliquetis d'ossements.

PONDEUSE

Une fois repue des mâles, elle patientait dans la fraîche obscurité. Seul comptait son abdomen rempli. Ses antennes étaient repliées au-dessus de sa tête, ses quatre ailes plaquées le long du dos.

Depuis qu'elle était rassasiée, ses sens s'étaient émoussés.

Ses grands yeux ne clignaient pas.

Un peu plus tôt, grâce aux effluves de phéromones, l'essaim l'avait conduite là où il avait élu domicile et elle s'y était installée avec ses semblables, dans une pénombre accueillante.

Tandis qu'elle se préparait, ses pattes tâtèrent l'eau qui coulait à même la paroi rocheuse. De temps à autre, elle aspirait un peu d'humidité.

C'était tout ce qu'il lui fallait pour l'instant.

Les ganglions situés derrière ses yeux réagissaient au changement de luminosité – d'une clarté vive jusqu'au noir complet. Un afflux d'hormones lui indiqua qu'elle était en sécurité. Elle répondit par la pareille et féconda ses milliers d'œufs grâce à de subtiles contractions de ses oviductes. À l'intérieur, les cellules se divisèrent encore et encore, au point que chaque œuf était près d'exploser.

Lorsqu'elle eut terminé, son abdomen se fit bruyamment entendre.

Une gouttelette de poison perla à l'extrémité de son dard.

Soudain, une alarme se déclencha en bordure de territoire.

Danger… et opportunité potentielle.

À présent que le *lek* était établi, les soldats postés en périphérie résistaient à l'envie naturelle d'attaquer tout ce qui bougeait. Leur agressivité était muselée par les besoins de la colonie. Ils acceptaient sur leur sol les créatures susceptibles de servir leur cause. Ils les laissaient approcher, ne les piquant que pour mieux attirer leurs proies, aiguillonnées par la douleur.

Elle déploya une antenne et surveilla le piège grâce aux sons et aux odeurs.

Son abdomen se contorsionna plusieurs fois, de manière à libérer les œufs et à les conduire vers la pointe acérée de son ovipositeur. Pourtant, elle attendit encore. Le long des falaises, les autres firent de même. Certaines guêpes battaient des ailes avec avidité. Quelques-unes faisaient claquer leurs grosses pattes arrière sclérotisées. Chaque bruit sec résonnant d'un bout à l'autre du tunnel, leur écho permettait de donner forme à la galerie.

Tout à coup, une nouvelle note l'alerta.

Le bourdonnement de l'essaim avait changé de cadence. Les muscles de ses pattes se crispèrent. Elle s'accroupit sur le mur. Mue par son instinct, elle déplia vite ses pattes arrière pour rejoindre le chœur de claquements.

Finalement, son antenne identifia deux odeurs : la phéromone de la conquête et le carbone d'une respiration.

C'était suffisant.

Elle bondit. Ses ailes bourdonnant bruyamment pour supporter le poids de son corps, elle se dirigea vers les halètements. À la ronde, ses congénères s'envolèrent ou firent claquer leurs pattes – son, qui, malgré l'obscurité totale, l'aida à repérer les obstacles.

Même si elle était encore aveugle, les membranes situées sur les orbites vides de chaque côté de sa tête étaient tendues au maximum afin de recueillir la moindre vibration. Elle suivit les flux de phéromones. Des lancettes chitineuses affûtaient son dard, déjà enduit de poison.

Ses œufs devraient encore attendre.

En vol, elle fit claquer ses pattes, ce qui émit une onde stridente en amont de sa trajectoire. Au moment où celle-ci se répercuta, elle lui emplit le crâne et modela l'obscurité. En même temps, la pondeuse commençait à distinguer autre chose.

Une vibration irrésistible.

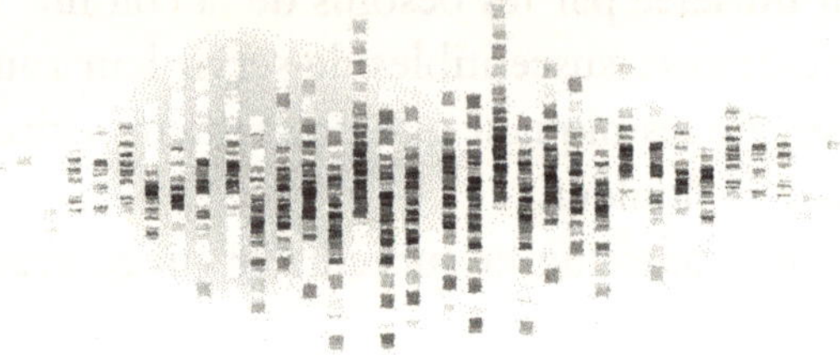

L'onde résonna jusqu'à elle et l'incita à accélérer. Il fallait qu'elle arrive la première. Devant, l'éclat s'intensifia, mais elle préféra se focaliser sur le frémissement de l'air.

Il devint plus clair.

Au point de se muer en un rythme pulsatile, cadencé.

Elle baissa la tête, les antennes déployées, et fonça dans la direction indiquée. Le tunnel, de plus en plus lumineux, grésillait de sons aigus, qui la poussèrent à frotter ses propres pattes l'une contre l'autre, histoire d'ajouter leur rythme à l'ensemble.

En face, une silhouette exaltée apparut.

Des battements affolés l'entraînèrent vers elle.

La réverbération de l'essaim pénétrait désormais la chair. À travers une cage d'os, la guêpe vit un morceau de muscle battre obstinément. Elle suivit le nuage de carbone qui s'échappait de sa cible, puis plongea à l'intérieur.

Elle atterrit sur une peau douce, bien plus tendre que dans les souvenirs ancestraux de son code génétique. Elle avait jadis traqué de plus grosses proies, dont la chair, protégée par une cuirasse épaisse, avait trépidé de manière assourdissante.

Elle n'eut aucun mal à plonger son aiguillon dans une peau si délicate. Les contractions de ses muscles abdominaux envoyèrent une dose de poison. Sa proie ne réagit pas. Le venin n'était pas censé faire souffrir. Juste soumettre.

Une fois vide, elle s'écarta d'un bond et se mit à voleter autour de sa cible. Elle l'aspergea aussi de phéromones afin de marquer son territoire. Ses congénères chargées de leurs propres œufs disparurent dans la lumière vive, en quête d'autres hôtes.

Elle continua à faire du surplace.

En attendant, ses antennes s'agitèrent dans l'air.

Sans discontinuer, elle fit claquer ses pattes, de manière à jauger sa proie, à vérifier qu'elle n'avait pas déjà été corrompue par une précédente incursion. Son abdomen contenait des milliers d'œufs qui, chacun, abritaient de nombreuses larves. Leur appétit était son appétit. Ils auraient besoin de beaucoup de viande, de sang et d'os.

Elle attendit donc que le poison agisse pleinement.

Son venin étant capable de terrasser des proies beaucoup plus grosses, il ne fallut pas longtemps.

Aux aguets, elle entendit les pulsations affolées devenir très faibles.

Au sein de la cage d'os située dessous, le morceau de chair frémit, victime de convulsions irrégulières.

L'heure avait sonné.

La pondeuse se laissa retomber dans le nuage de carbone et atterrit sur la peau douce. Son abdomen s'arc-bouta. Les œufs étaient en position. Chaque piqûre injecterait sa progéniture par dizaines.

À présent que la proie était à sa merci, elle pouvait s'en donner à cœur joie.

Elle n'avait aucune envie de s'arrêter.

Il y avait de la viande à foison.

CHAPITRE 15

7 mai, 13 h 49
Hana, île de Maui

Pas de doute, c'est ici.

Cinq minutes plus tôt, Gray avait garé la jeep près du banian. Soudain, la montagne avait résonné de hurlements lointains. Craignant le pire, il avait laissé son équipe s'organiser, prendre le matériel, tandis que Seichan et lui partaient à moto.

Penché sur le guidon, il mettait à rude épreuve les pneus à crampons et les suspensions de leur Yamaha tout-terrain pour gravir l'étroit sentier périlleux.

Seichan avait le bras enroulé autour de sa taille. De l'autre, elle tenait en bandoulière un sac rempli de couvertures antifeu et d'une trousse de secours contenant, entre autres, des stylos auto-injecteurs d'adrénaline.

Il espérait atteindre les campeurs à temps. Hélas, avant que Seichan et lui n'aient rejoint le départ du chemin, les cris s'étaient étrangement tus.

De manière trop brutale.

Les dents serrées, il accéléra encore. Sa dextérité lui permit de remonter la piste rocailleuse en sautant presque de pierre en pierre, parfois en équilibre sur sa seule roue arrière. Le moteur émit un gémissement plaintif, tandis que, derrière eux, ils projetaient des gerbes de boue.

Gray fouilla le chemin du regard.

Palu leur avait vaguement indiqué la direction des antiques tunnels de lave.

Suivez la piste. Regardez là où les bambous se substituent à la forêt.

Il les avait aussi mis en garde contre la grande instabilité du terrain. Une série d'effondrements avait créé un labyrinthe complexe de vieilles galeries, jalonnant le versant montagneux de crevasses perfides. L'accès principal – que Palu appelait *puka* – se situait près d'un étang alimenté par une source.

Le groupe s'était donné rendez-vous là-bas.

Derrière la moto, Palu et Kowalski suivaient à pied, chacun chargé de deux bonbonnes de propane avec système d'allumage et minuteur, le tout fourni gracieusement par la caserne de pompiers.

C'était le professeur Matsui qui avait décidé de lâcher les bonbonnes par les différentes lucarnes qui donnaient accès aux tunnels. Si l'essaim s'était établi sous terre, l'objectif de l'équipe était double : causer un maximum de dégâts au sein de la colonie et pourchasser les éventuelles survivantes. En déstabilisant les guêpes, Ken espérait retarder la création du *lek*.

Pour le moment, le plan paraissait viable.

Il pourrait faire gagner un peu de temps à l'île.

Enfin, s'il n'est pas déjà trop tard…

Comme il n'y avait qu'un moyen d'en avoir le cœur net, Gray continua son trajet laborieux vers le sommet. Une minute plus tard, il négocia un virage en épingle à cheveux et la forêt se métamorphosa par miracle. Les bois de fer et les fougères disparurent, remplacés par des bambous à perte de vue. Les solides tiges vertes partaient de tous côtés. Des bancs de brume stagnaient lourdement entre les frondes émeraude qui oscillaient au vent.

Un changement aussi radical laissa Gray bouche bée.

L'esprit ailleurs, il faillit ne pas voir une silhouette émerger de la forêt. Le pas chancelant, l'homme perdit l'équilibre. Ses épaules heurtèrent une rangée de bambous et il s'écroula au sol.

Gray pila.

Pour éviter de percuter le malheureux, il fit une embardée et s'écrasa contre un gros massif de fougères. La moto partit en tonneau, éjectant ses deux passagers. Gray roula sur lui-même, empêtré dans la combinaison d'apiculteur que Matsui leur avait conseillé de porter avant de partir chercher les campeurs.

Gray se releva vite et ajusta le voile du chapeau.

Seichan extirpa son sac de sous les broussailles.

Puis ils se dirigèrent vers l'individu étendu sur le sentier.

Gray s'agenouilla à son chevet. Ce quinquagénaire moustachu au crâne dégarni était sans doute Emmet Lloyd, l'organisateur de l'excursion. Sa tête se renversa en arrière. De la bave coulait de ses lèvres.

L'agent Sigma lui attrapa les joues.

— Monsieur Lloyd, où sont les autres ?

Emmet parut l'entendre, mais, les pupilles dilatées, il avait du mal à fixer son regard.

Drogué ou victime d'une commotion cérébrale…

Seichan intervint, armée d'un auto-injecteur. Elle lui planta le stylo dans le cou et lui administra une dose d'adrénaline.

Le professeur Matsui avait étudié les toxines contenues dans le venin des guêpes *Odokuro*. C'était sa spécialité. Il avait mis le groupe en garde contre le poison inoculé par le dard des grosses femelles reproductrices.

Une puissante neurotoxine.

Selon Ken, sans constituer un véritable traitement, l'adrénaline réussissait à en contrer certains effets.

— Monsieur Lloyd ! répéta Gray.

Les pupilles semblèrent plus réactives. Hélas, le baroudeur restait hébété, dans un état second.

— Gray, avertit Seichan.

Sensible au ton de sa voix, il se retourna. La jeune femme pointa l'index vers la forêt spectrale. À travers le brouillard, des colonnes de fumée noire émergeaient, par dizaines, des massifs de fougères. Un bourdonnement lancinant emplit les sous-bois.

L'essaim.

Les guêpes avaient quitté leur repaire souterrain, sans doute attirées par l'arrivée tonitruante de la moto. Gray imagina un vaste dédale noueux de tunnels de lave, tous connectés entre eux.

Il jeta un coup d'œil à droite.

D'autres ombres tourbillonnaient dans la brume blanche.

Il n'y avait plus une seconde à perdre.

Il se tourna vers Emmet et lui flanqua une gifle.

Suivie de deux autres.

Enfin, les lèvres du guide se retroussèrent d'agacement.

— Où sont vos campeurs ? insista le commandant.

Au bout de longues secondes, le bras tremblant, le guide indiqua le chemin devant eux. La bouche pâteuse, il bredouilla :

— Là-haut…

— Combien ?

Répondre semblait être un effort surhumain.

— Deux…, articula-t-il péniblement. Mari, femme…

— Pas le temps de partir à leur recherche, lâcha Seichan.

Elle avait raison, mais comment les abandonner ?

Un nouveau fracas retentit derrière eux et Palu surgit, presque au pas de course, en tenue d'apiculteur. À le voir, ses deux bouteilles de propane semblaient légères comme des plumes. À peine une fine pellicule de sueur s'était-elle formée sur sa peau mate.

Malgré la situation, il afficha un grand sourire.

— Ah, vous voilà, les gars !

Kowalski arriva peu après, le souffle court, prêt à s'effondrer. Il lâcha ses bonbonnes et tomba à genoux en débitant un interminable chapelet d'injures :

— Putain de sa mère de bordel de merd…

Gray montra l'essaim qui sortait par toutes les fissures.

— Allez déposer vos charges explosives. Compte à rebours fixé à cinq minutes. Impossible d'en laisser davantage s'échapper.

Leur plan consistait essentiellement à surprendre la colonie sous terre. Selon Matsui, les guêpes adoraient les relents sucrés du propane et nichaient souvent près des veilleuses de chaudière. À l'état naturel, ce gaz était inodore. On y ajoutait un additif afin que les propriétaires détectent une fuite éventuelle.

L'idée était de jeter les bonbonnes ouvertes dans le labyrinthe, puis de laisser le gaz envahir les tunnels avant de tout faire sauter. S'ils envoyaient ces réservoirs nauséabonds assez vite sous terre, leurs effluves devraient inciter l'essaim à se rapprocher et, avec un peu de chance, il serait assez près pour être détruit par la déflagration.

Kowalski reprit ses fardeaux en grognant.

— Allez, au boulot.

Palu hésita.

— Où sont les campeurs, commandant ?

— Là-haut, sur le sentier. Un mari et sa femme.

— Je connais le coin, répondit le pompier avant de hocher la tête vers Kowalski. On lâche notre bazar au fond des galeries et on part les chercher.

Gray songea aux ravages que leur incendie allait bientôt causer.

— Cinq minutes, rappela-t-il aux deux gaillards. Que vous les retrouviez ou pas, vous avez intérêt à avoir dégagé de la montagne avant la fin du compte à rebours.

Tandis qu'ils s'éloignaient, il hissa le corps inerte d'Emmet sur son épaule. Au moment où il se redressait, il vit Kowalski marcher d'un pas lourd vers une colonne fumante en chassant les guêpes devant lui. Une fois à bonne distance, son collègue lança une bonbonne vers une brèche jusqu'alors bien cachée.

Palu l'imita, puis ils continuèrent leur ascension en quête de nouveaux sites où larguer le reste des munitions.

Gray souleva sa propre charge et entama la descente.

Seichan se dirigea vers la moto.

Il n'avait pas fait trois pas qu'Emmet reprit conscience et se débattit faiblement.

— Non, attendez…

Gray s'arrêta et se retourna, joue contre joue avec le guide.

— Quoi ?

— Un autre… un gosse… Benjie… (Son bras se tendit vers l'endroit où il avait émergé de la forêt.) Tombé dans un trou.

Seichan poussa un soupir exaspéré.

— Bon, je pars à sa recherche.

Gray hésita, mais elle lui jeta un regard noir.

— Allez, bouge ! (Elle tapota sa montre.) Je sais.

À son tour, il vérifia l'heure.

Cinq minutes… à tout casser.

* * *

14 h 07

Seichan se fraya un chemin dans les broussailles. Elle avait l'impression de patauger en plein marécage. Les fougères s'agrippaient à elle. Les épines essayaient de déchirer sa solide combinaison doublée de nylon. Ses bottes en caoutchouc s'enlisaient dans la boue.

Frustrée, elle fut tentée d'arracher son encombrante tenue de protection, mais il ne s'agissait pas d'un marécage et ce n'étaient pas de simples moustiques qui bourdonnaient autour d'elle. Elle chassa les guêpes de son voile et tapa sur les plus grosses, posées sur ses bras et sa poitrine. Sa confiance dans son accoutrement d'apiculteur avait ses limites. Elle se souvenait que, selon Matsui, leurs ancêtres préhistoriques s'attaquaient à des proies beaucoup mieux caparaçonnées qu'elle.

Il lui suffisait de regarder à la ronde pour redoubler de vigilance. Le sol était jonché d'oiseaux aux ailes parfois encore frémissantes. À droite, des bois dépassaient d'un buisson, signe qu'un cerf tacheté avait subi le même sort funeste. Et ce qu'elle avait pris pour un rocher moussu était, en réalité, le cadavre d'un sanglier, si l'on en croyait la courbure de ses défenses jaunies.

Les guêpes n'avaient pas chômé.

Consciente du risque, Seichan alluma sa torche Maglite et s'arrangea pour galoper d'une colonne de fumée à l'autre.

Où es-tu passé, gamin ?

Elle ne quittait pas sa montre des yeux.

Encore trois minutes.

Elle n'avait aucune envie d'être là quand les bonbonnes exploseraient. En même temps, elle imagina un enfant hagard, prisonnier d'un tunnel en feu, et ronchonna à voix basse. Elle maudit les parents d'avoir mis leur progéniture en danger, même s'il était impossible d'avoir anticipé pareille catastrophe.

N'empêche…

Arrivée à la lézarde suivante, Seichan pénétra au cœur de la nuée sombre d'insectes. Elle braqua sa lampe dans une trouée de la végétation et découvrit une faille de belle taille. Presque quatre mètres de haut !

En bas, rien que des guêpes, qui grouillaient partout.

Au moment de tourner les talons, elle se retrouva à éclairer la périphérie d'un trou et aperçut une petite empreinte dans la boue. Peut-être une basket. Le rebord de la fissure semblait s'être récemment émietté.

Étouffant un juron, elle repartit examiner le tunnel. De là où elle était, on ne voyait que sur la zone située juste dessous. L'enfant, affolé, avait peut-être rampé à l'intérieur du labyrinthe. Il suffisait de quelques mètres, et il disparaissait du champ direct de vision.

Un seul moyen de le savoir.

Alors qu'elle n'aurait eu aucun mal à sauter au fond, il lui fallait néanmoins une solution pour remonter. Elle avait bien de la corde dans son sac, mais la dérouler et la fixer solidement quelque part aurait pris trop de temps.

Heureusement, après sa mésaventure de la veille, elle avait décidé de mieux s'équiper. Sous ses vêtements, poignards et couteaux de lancer étaient dissimulés dans des étuis de poignet ou de cheville. Devant la tâche qui lui incombait, elle opta pour un grand couperet chinois.

Elle sélectionna un pied de bambou gros comme le bras. La lame de son tranchoir ayant été récemment aiguisée, elle abattit le tronc d'un seul coup puissant. Elle attrapa la tige au moment où elle tombait, puis la porta jusqu'au trou et posa l'extrémité au fond.

Deux minutes.

Elle agrippa la hampe verte, prit son élan et glissa le long de la tige couverte de rosée. Ses pieds écrasèrent un tapis de guêpes. Elle ne s'occupa pas de l'essaim qui, face à son intrusion, eut une réaction mi-alarmée, mi-violente. Les insectes surgissaient à la fois des parois et des moindres recoins du réseau souterrain.

Elle s'arc-bouta pour résister à l'assaut, puis braqua sa torche à l'intérieur du tunnel.

D'abord d'un côté, puis de l'autre.

À travers le nuage tourbillonnant, elle discerna un morceau de peau claire et une basket rouge.

Benjie.

Elle tendit sa main gantée de caoutchouc, le saisit par la cheville et tira son corps dégingandé vers elle. Pas le temps de vérifier s'il était encore en vie !

Après l'avoir mis sur ses épaules à la manière d'un pompier, elle s'accroupit et sauta en l'air. Ses mains agrippèrent la tige de bambou, pendant que ses jambes se repliaient. Utilisant ses bottes comme des crampons, elle se hissa un peu plus haut. Tout s'annonçait bien. Manque de chance, sur un sol humide et irrégulier, la base fraîchement coupée du bambou commença à tanguer.

Seichan partit de biais et heurta la roche de plein fouet. Elle parvint à rester accrochée, mais l'extrémité du bambou glissa pendant une interminable seconde d'effroi… avant de se remettre enfin d'aplomb.

Par sécurité, la jeune femme resta pendue quelques instants. Le compte à rebours continuait de s'égrener dans sa tête.

Moins d'une minute.

Elle reprit son ascension.

Plus qu'un bon mètre à parcourir.

Soudain, une douleur fulgurante lui envahit le côté.

Surprise, Seichan dérapa le long du bambou. Avant que ses bottes ne touchent à nouveau terre, elle crispa les doigts de toutes ses forces et enraya sa chute. Le garçon toujours posé sur les épaules, elle lorgna sur le côté et découvrit un accroc triangulaire dans sa combinaison.

Elle a dû s'abîmer sur une arête coupante au moment où j'ai cogné la paroi.

Une grosse guêpe soldat se faufila hors de la déchirure et s'éloigna en bourdonnant, sa mission accomplie.

À mesure qu'une souffrance abominable l'envahissait, Seichan eut les larmes aux yeux.

Elle leva péniblement la tête.

Si loin encore…

Son unique espoir de salut était de lâcher l'enfant et de grimper le plus vite possible.

Elle sentit le pouls du jeune garçon palpiter contre son cou, comme s'il la suppliait de ne pas l'abandonner.

Je suis désolée…

* * *

14 h 11

Sous le feuillage du banian, Gray observait la forêt. Il n'avait pas besoin de consulter sa montre. À chaque seconde qui passait, son cœur battait de plus en plus fort dans sa gorge.

De son côté, Ken était au chevet d'un Emmet assis contre un arbre, à demi conscient. Les doigts plaqués sur la jugulaire du guide touristique, il surveillait son rythme cardiaque.

Soudain, un grand fracas ébranla les hauteurs verdoyantes du mont Haleakalā.

Gray se redressa au moment où deux silhouettes resurgissaient au galop, sans se soucier de suivre le sentier.

Kowalski et Palu.

Ils portaient chacun quelqu'un sur l'épaule.

— On les a retrouvés, haleta l'agent Sigma.

Ahanant comme un taureau, il dérapa un peu, puis s'immobilisa.

— Amenez-les ici ! lança Matsui.

Kowalski n'y prêta pas attention ou alors ses forces l'abandonnèrent : il posa la femme – l'épouse disparue – sur l'herbe et se laissa tomber sur le dos.

— Si c'était plutôt vous qui veniez ?

Palu déchargea son fardeau à côté.

Gray s'avança, le regard rivé à la végétation.

— Où est Seichan ?

Kowalski s'assit.

— Qu'est-ce que vous racontez ?

En fait, les deux colosses étaient partis avant que Seichan ne parte en quête du jeune garçon.

Le front barré d'inquiétude, Palu suivit le regard de Gray.

— On n'a croisé personne en redescendant. Enfin, on allait *wikiwiki*... très vite.

Le commandant Pierce esquissa un pas vers la forêt.

Putain, mais où est-elle pass... ???

Il fut interrompu par une explosion retentissante.

* * *

14 h 12

Seichan roula sur un tapis de fougères humides. Le but ? Se mouiller intégralement le corps afin de résister au souffle brûlant. Deux mètres derrière elle, une spirale de feu bleu orangé avait jailli vers le ciel.

Toujours à plat ventre, la jeune femme observa, médusée, le chaos alentour. Partout, on voyait éclater des geysers de flammes tourbillonnantes. Elle imagina la déflagration qui avait dû submerger le labyrinthe souterrain et ressortir par les multiples fissures et lucarnes.

Presque sourde, les rétines comme brûlées au fer rouge, elle s'éloigna à quatre pattes. Le sol restait secoué de répliques. La roche volcanique était truffée de grottes et de galeries. La force de concussion des explosions coincées sous terre avait sans doute encore affaibli la structure. Au moment où Seichan s'enfuyait, de nouvelles lézardes apparurent, crachant une fumée chargée de flammes résiduelles. Les arbres tombaient. Les bambous pliaient au vent.

Elle se démena pour regagner le chemin. Elle avait perdu son chapeau d'apiculteur. Par chance, la fumée et la chaleur tenaient l'essaim à distance. Enfin, elle atteignit le sentier et fit écran de son corps pour mieux protéger l'enfant.

Jamais elle n'avait envisagé d'abandonner Benjie.

Surtout là.

Un peu plus tôt, ignorant si elle allait en réchapper, elle avait exprimé ses regrets en silence. (*Je suis désolée…*) Des excuses destinées à Gray, car elle avait choisi de prendre tous les risques, y compris celui de leur vie ensemble, pour sauver un bambin.

Au fond d'elle, elle était consciente d'avoir risqué beaucoup plus et culpabilisa. Elle n'avait pas le droit de…

Le sol tressauta de nouveau, lui rappelant qu'elle était loin d'être en sécurité.

Elle agrippa Benjie et le traîna avec elle. Soudain, elle aperçut un éclat métallique ainsi qu'un pneu en caoutchouc noir.

La moto.

Elle laissa Benjie sur le sentier, releva son deux-roues, qu'elle adossa à un arbre, et récupéra l'enfant. Quelques secondes plus tard, elle était assise avec lui sur ses genoux, la tête renversée sur son épaule.

Accroche-toi, petit… encore un effort.

Il lui fallut trois tentatives pour démarrer. Quand, enfin, le moteur vrombit, elle eut envie de pleurer de joie. Soudain, le mont Haleakalā trembla violemment et faillit la désarçonner. À droite, la pente s'était écroulée, créant un vaste gouffre fumant.

Tandis que la crevasse s'élargissait rapidement dans sa direction, Seichan appuya sur la pédale d'accélération et partit en trombe.

Lorsqu'elle longea la zone d'effondrement, le monde devint à la fois brumeux et éblouissant. Elle secoua la tête, ce qui ne fit qu'aggraver ses vertiges. Les couleurs se brouillèrent. Le chemin et la forêt n'étaient plus qu'un kaléidoscope d'images diffractées, plus ou moins nettes.

Elle ne savait plus si elle montait ou si elle descendait.

Voire si elle avançait tout court.

À mesure que son environnement perdait toute signification, elle se cramponna à Benjie.

Je suis désolée…

Cette fois-ci, elle s'excusait auprès du jeune garçon.

Elle n'avait pas réussi à le protéger.

* * *

14 h 24

Sans attendre que l'écho de l'explosion se soit atténué, Gray s'était élancé à l'assaut de l'Haleakalā avec Kowalski et Palu. La fumée épaisse qui dégringolait du sommet envahissait la forêt et gênait beaucoup la visibilité. Le sol continuait de trembler. Quant à la roche volcanique, elle craquait bruyamment, comme si la montagne partait en morceaux.

Affolé, Gray sentait son sang battre contre ses tempes.

Tout à coup, il entendit un grondement familier émaner des hauteurs. Au début, il crut que Seichan était penchée sur sa moto avec la détermination farouche qui la caractérisait. Puis il vit son corps recroquevillé de travers sur le siège. D'un bras, elle plaquait un enfant sur ses genoux. De l'autre, elle tenait mollement le guidon.

Elle semblait à peine consciente et, au demeurant, seul son instinct, associé à l'équilibre gyroscopique de la moto lancée à pleine vitesse, lui permettait de rester droite.

Elle approcha sans reconnaître ses camarades. Kowalski avait beau agiter les bras en hurlant, la Yamaha continua de rouler vers eux et accéléra même dans la descente.

La chance de Seichan ainsi que son faible état de conscience ne dureraient pas très longtemps. Pire, Gray et les autres venaient de gravir une falaise escarpée où s'enchaînaient de périlleux virages en épingle.

La moto, elle, fonçait vers le vide.

— Dégagez du chemin ! mugit Gray.

Kowalski et Palu s'écartèrent.

Le commandant fit de même, mais resta près du sentier, les jambes arc-boutées, les muscles crispés. Il n'aurait droit qu'à un seul essai.

Au moment où la moto arriva à sa hauteur, il bondit dessus, donna un grand coup d'épaule dans Seichan et, tout en les attrapant, le garçonnet et elle, il les poussa du siège. Ils s'écrasèrent la tête la première, pêle-mêle, sur un matelas de fougères. Désormais sans pilote, le deux-roues continua sa course folle, toujours étonnamment droit, puis il bascula de la falaise. Après un long vol plané, il disparut dans les arbres en contrebas.

Gray s'empressa de vérifier l'état de Seichan et de l'enfant.

Ils semblaient tous deux indemnes, mais inconscients.

Kowalski et Palu les rejoignirent, inquiets.

Gray indiqua le pied de la montagne.

— Aidez-moi à les ramener à la jeep.

Palu se chargea du jeune garçon, tandis que les deux agents Sigma hissaient Seichan entre eux. Quelques minutes plus tard, ils étaient de retour sous le banian.

Ken se précipita vers eux.

— Dieu merci, ils vont bien !

Enfin, était-ce réellement le cas ?

Gray allongea Seichan par terre.

— Qu'est-ce qui cloche chez eux, professeur ? demanda-t-il, étonné de les voir tous aussi groggy.

Ken jeta un regard aux autres, puis revint vers Seichan.

— C'est l'effet de la neurotoxine injectée par une femelle reproductrice. Avec le temps, ils devraient s'en remettre.

Gray sentit que l'expert ne disait pas tout.

— Quoi d'autre ?

— En votre absence, j'ai… examiné le corps de M. Lloyd à la loupe. Sa peau est criblée de piqûres. Cependant, on n'observe pas les marques rouges caractéristiques de l'assaut douloureux d'un soldat.

Gray comprit. Le professeur leur avait expliqué la façon dont une femelle reproductrice piquait un hôte à maintes reprises afin de lui implanter toute sa réserve d'œufs.

— Vous pensez qu'il a été parasité.

— Les autres aussi, peut-être.

Le regard du commandant se posa sur sa dulcinée.

Ken avait dû lire dans ses pensées.

— Les campeurs sont restés là-haut longtemps, inconscients et inertes. La guêpe femelle attend, en général, que l'hôte soit sous contrôle pour le parasiter.

Donc il y a de l'espoir.

Gray s'agenouilla près de Seichan… quand une guêpe monstrueuse s'extirpa d'un accroc de sa combinaison. Elle se percha sur le bord en battant frénétiquement des ailes.

Il identifia la créature d'après la série de photos que l'entomologiste leur avait présentée.

Une femelle reproductrice.

Kowalski la chassa d'un coup de pied, puis elle finit écrasée sous son talon, dans une petite flaque noire et visqueuse.

Gray dévisagea Ken. La mine affligée du scientifique répondit à sa question tacite.

Là, il n'y avait plus d'espoir.

CHAPITRE 16

7 mai, 15 h 38
Hana, île de Maui

De retour à la petite maison de vacances, Ken se tenait sur le perron, les bras croisés, inquiet. Une brise océanique charriait une promesse de pluie en même temps que les effluves du jardin. Le décor bucolique contrastait radicalement avec l'atmosphère lugubre qui régnait sur les flancs du mont Haleakalā.

Les secousses avaient cessé. L'humidité de la forêt avait permis de maîtriser les flammes. L'île était toujours en péril et Ken attendait, fébrile, de connaître l'étendue de la menace. Auparavant, il y avait néanmoins d'autres questions à régler.

Une ambulance, avec la famille Simmons et leur guide à son bord, tourna dans l'allée gravillonnée et prit la direction de l'autoroute. Palu lui avait fixé rendez-vous par radio, pendant qu'ils redévalaient la montagne. Le temps que la jeep rejoigne la maison, l'effet de la neurotoxine avait commencé à s'estomper, mais les victimes avaient besoin de soins médicaux.

Palu avait tout organisé avec son chef de bataillon pour que le groupe soit placé en quarantaine dans une aile du centre médical local. L'ampleur de leur parasitage devait encore être évaluée et surveillée.

Les bras crispés, Ken revit le visage effrayé de Benjie, en larmes. Les Simmons s'étaient agrippés les uns aux autres, hébétés. Le toxicologue ne leur avait pas expliqué la nature réelle de leur état de santé.

Il n'y avait pas d'urgence.

Selon Ken, sa réticence était toutefois moins un acte de compassion réelle qu'une marque de lâcheté, assortie d'une bonne dose de culpabilité.

Ah ! Si j'avais tiré la sonnette d'alarme plus tôt...

La porte-moustiquaire s'ouvrit derrière lui.

Gray passa une tête.

— Si vous êtes prêt, Seichan est assez réveillée pour répondre à quelques questions.

— Je... je le suis.

Il rebroussa chemin vers la maison. Sur le seuil, le commandant lui pressa l'avant-bras, l'air de dire : « *Nous sommes tous dans la même galère.* » Ken apprécia son geste de réconfort, mais il savait qu'*une seule* personne du groupe courait un danger vraiment exceptionnel.

Seichan était assise à la table de salle à manger. Le teint gris, le regard vitreux, elle serrait entre ses paumes une grande tasse de café. Un peu plus tôt, Ken s'était montré franc avec elle. C'était elle qui l'avait réclamé, car, malgré son cerveau embrumé par les toxines, elle redoutait déjà le pire.

Ken l'avait exhortée à partir elle aussi au centre médical, tant il se tracassait à la fois pour sa santé et pour la menace potentielle qu'elle représentait.

Dans trois jours.

Elle avait refusé.

Gray s'assit à côté d'elle.

— Répète à Ken ce que tu m'as raconté.

Elle fixa les profondeurs fumantes de sa tasse.

— Pendant que je cherchais le gosse, j'ai vu des quantités d'animaux étendus face contre terre. Des cerfs, des sangliers, des centaines d'oiseaux.

— Morts ou vivants ? se renseigna le chercheur.

— Difficile à dire, mais certains bougeaient encore.

Ken s'assit, le temps d'assimiler l'information.

— Ce n'est pas bon signe, mais il n'y a pas non plus de quoi être surpris. Comme je vous le disais, la guêpe *Odokuro* est une espèce généraliste, sans critères précis sur le choix de ses hôtes. Si l'on en croit votre description, il faut supposer qu'une bonne partie de la faune locale de l'Haleakalā est déjà contaminée.

— Alors, on fait quoi ? s'enquit Gray.

— On demande vite à des équipes de se rendre là-bas. Tous les corps devraient être brûlés, mais j'ignore si la mesure sera efficace. À cette heure, la plupart des bêtes infectées ne subissent plus l'effet de la neurotoxine et se seront dispersées. Pire, les rescapés de l'essaim vont se chercher un nouvel abri et reprendre le processus à zéro.

— Donc, qu'est-ce que vous dites ?

La réponse émana d'Aiko Higashi qui, le dos droit, la mine impassible, se tenait en bout de table.

— Il dit que c'est trop tard. Maintenant que les guêpes sont passées en mode reproduction, le compte à rebours a commencé. D'ici à trois jours, nous n'aurons pas d'autre choix que de transformer ces îles en un gigantesque pare-feu. Le monstrueux prédateur ne doit pas se propager au-delà des côtes.

Ken se rappela l'île brésilienne ravagée par les flammes.

Les traits de Gray se durcirent. Il n'était manifestement pas prêt à jeter l'éponge.

— Professeur, existe-t-il un moyen d'éradiquer ces larves ? Une quelconque faiblesse que nous pourrions exploiter pour gagner du temps ?

Ken remarqua sa main sur la cuisse de sa voisine. La question avait aussi un intérêt personnel.

— Souvenez-vous que je n'ai eu que quelques semaines pour étudier l'espèce. J'ai tenté les médicaments classiques comme l'ivermectine, efficace contre un large éventail d'endoparasites. Sans résultat. Rien de ce que j'ai essayé n'a fonctionné.

Seichan le fixa du regard.

— Que va-t-il se passer ?

Ken détourna la tête. Il aurait bien édulcoré la situation, mais il savait que son interlocutrice préférait la vérité sans fard.

— J'ai examiné votre peau lorsque vous étiez inconsciente, annonça-t-il sur un ton technique qui ne l'empêchait pas de chevroter. J'ai… j'ai constaté plus d'une centaine de piqûres. Au bas mot, j'estime le nombre d'œufs injectés à plusieurs milliers.

Il l'observa d'un air contrit.

— Continuez.

— Les œufs ont sans doute éclos quelques minutes après leur implantation, produisant chacun une vingtaine de premiers instars. Ils seront encore microscopiques quand ils s'enracineront plus profondément. Vous ne devriez donc ressentir aucun signe clinique jusqu'en fin de journée.

— Et demain ?

— Les larves vont arriver au deuxième stade. Elles auront atteint la taille d'un grain de riz. C'est là qu'elles commenceront à causer de véritables dégâts. Je ne sais pas trop comment, mais, par chance, elles semblent éviter les organes vitaux, restant à distance du cœur et du système nerveux central. Ce sera une phase douloureuse... mais pas aussi atroce que le troisième jour.

— Quand elles vont se déplacer à l'intérieur de mes os.

Ken se remémora les rats de laboratoire qui avaient servi d'hôtes à Kyoto. À ce stade-là, les rongeurs s'étaient tordus de douleur et mordus eux-mêmes. Certains étaient allés jusqu'à s'ouvrir le ventre, comme pour atteindre l'origine de leur calvaire. Voyant que les opioïdes ne les soulageaient guère, il avait fini par placer ses cobayes en coma artificiel, conscient des étapes épouvantables qui leur restaient à subir.

— Ce sera de pire en pire, confirma-t-il.

— Et à terme ?

Ken secoua la tête. Impossible d'être aussi honnête. Il baissa les paupières, hanté par l'image du corps des rats au moment de leur mort. Les quatrième et cinquième instars avaient causé des dégâts terribles, taraudant leurs victimes avant de les tuer. Ensuite, la coque vide avait accueilli et protégé les pupes en incubation. Quelques jours après, les jeunes adultes s'étaient extirpés du cocon et avaient dévoré leur hôte pour se frayer un chemin à l'air libre.

Le scientifique avait été plusieurs fois témoin de cette naissance effroyable et l'image resterait gravée dans sa mémoire. Les cadavres de rats se tortillaient de l'intérieur, comme s'ils étaient encore en vie. La suite le fit frissonner sur sa chaise.

Gray remarqua son désarroi.

— Nous devons empêcher l'histoire d'aller aussi loin.

— Comme je vous l'expliquais, rien de ce que j'ai essayé n'a fonctionné. Même avec du temps, je ne suis pas certain d'avoir davantage de réussite. Une fois le parasitage installé, les médicaments ne sont d'aucune utilité. Qui d'entre vous a entendu parler des vers en vis ?

— Les vers en vis ? répéta Palu, perplexe.

— Ce sont les larves des mouches à viande. *Cochliomyia hominivorax*. L'insecte pond ses œufs dans les plaies, puis les asticots y nichent confortablement et grignotent les tissus. Sans traitement rapide, on peut en mourir.

— Quel est le traitement ? reprit Gray.

— La chirurgie uniquement. Il faut les extraire à la main. Aucune substance chimique ne peut les atteindre.

Le commandant jeta un coup d'œil à Seichan.

— Peut-être qu'un passage au bloc opératoire…

Ken doucha aussitôt ses espoirs.

— Les vers en vis ne s'incrustent qu'en surface. Rien à voir avec ces larves, qui creusent large et profond, au-delà du champ d'action du bistouri.

Sous ses yeux, la consternation s'installa.

Aiko, qui semblait attendre son heure, s'accouda à un dossier de chaise.

— De son propre aveu, le professeur Matsui n'étudie l'*Odokuro* que depuis deux mois. Néanmoins, si l'histoire qui circule à Washington est vraie – au sujet d'un objet dérobé pendant la Seconde Guerre mondiale –, quelqu'un est en possession de ce fléau depuis des décennies ! Ce qui soulève une question : pourquoi avoir attendu aujourd'hui pour relâcher les guêpes ?

Silence général.

— Parce qu'un élément a changé. Ils ont dû découvrir le moyen de contrôler les fonctions biologiques de ce monstre. Peut-être même inventer un remède.

Elle contempla Seichan.

— Auquel cas, où commencer à chercher ? demanda Ken.

Aiko esquissa un sourire.

— J'ai ma petite idée. Sachez néanmoins que ce que je m'apprête à dire s'appuie sur des hypothèses qui pourraient bien se révéler fausses.

— Donc une base hypersolide, bougonna Kowalski.

L'agent de renseignement ne releva pas et enchaîna :

— En votre absence, j'ai discuté avec le capitaine Bryant.

— Vous avez parlé à Kat ? s'étonna Gray.

— Oui, nous avons réfléchi ensemble. On connaît l'autonomie des Cessna qui ont servi à larguer les essaims. Par ailleurs, nous soupçonnons une implication japonaise. J'ai donc dressé l'inventaire des entreprises nippones qui détiennent des propriétés louées à bail ou qui ont des liens financiers avec les îles situées dans le rayon d'action des Cessna kamikazes.

— Résultat ? demanda Gray.

— Il existe un nombre étonnant de possibilités. L'Asie investit beaucoup en Polynésie, avec un duel au sommet entre la Chine et le Japon. Néanmoins, un seul site nous pousse à tirer la sonnette d'alarme : une société pharmaceutique a acheté une petite île. Plus précisément, un atoll.

Elle sortit un plan de sa poche et le déplia sur la table. La légende titrait ÎLES HAWAÏENNES DU NORD-OUEST. Il s'agissait d'une longue chaîne d'îlots, qui s'étendait en arc de cercle sur plus de mille cinq cents kilomètres à travers l'océan Pacifique, allant jusqu'à Midway et au-delà.

Aiko précisa :

— L'atoll concerné est trop petit pour figurer sur ma carte, mais il se situe près de l'île de Laysan.

Palu s'approcha.

— Je connais le coin. Mon frangin et moi, on y va parfois en bateau. C'est très joli. Très intime. Il n'y a pas foule.

— La plupart des îles sont inhabitées, confirma Aiko.

Gray rejoignit le pompier hawaïen.

— Pourquoi tirer la sonnette d'alarme ?

— *Primo*, la société concernée est un concurrent de Tanaka, qui finance les travaux du professeur Matsui.

Ken n'avait pas besoin qu'on lui rappelle que son expédition funeste à Queimada Grande était peut-être motivée par un dessein plus sombre, faisant de lui, à son insu, le simple pion d'une partie d'espionnage industriel.

— *Secundo*, l'atoll en question a autrefois accueilli une station LORAN[1] des gardes-côtes américains. Il n'en reste qu'une piste d'atterrissage et quelques bâtiments désaffectés.

— Ce qui, une fois modernisé, constituerait une parfaite zone d'étape, déduisit Gray.

— De quelle entreprise japonaise parlez-vous ? reprit Ken.

— D'une qui se trouve dans notre viseur depuis plusieurs années. Enfin, pour des motifs sans lien apparent avec notre affaire. Transactions au marché noir. Malversations financières. (Aiko secoua la tête d'un air exaspéré.) Nous n'avons jamais réussi à monter de dossier solide contre elle. En particulier, parce que la législation japonaise favorise les personnes morales.

— Quel est son nom ?

— Les laboratoires Fenikkusu.

Ken se renfonça dans son siège. Il connaissait ce nom de société. Et, là, sa signification était décuplée.

— Quoi ? lâcha Gray, intrigué.

— En japonais, *Fenikkusu* veut dire « phénix ».

— Une créature immortelle qui renaît de ses cendres, renchérit Aiko.

Kowalski grogna :

— On se demande où ils ont pêché une idée pareille, hein ?

— Bah ! Ce ne sont peut-être que de simples coïncidences. Nos renseignements sont encore bien maigres pour organiser une descente dans les locaux de Fenikkusu.

— Il faudrait davantage de preuves, confirma Gray.

Aiko contempla sa carte.

— Que nous pourrions peut-être dénicher sur un caillou perdu en plein Pacifique.

— Alors, on y va, décida son homologue américain.

Ken le voyait déjà cogiter à plein régime.

— Je propose de vous accompagner, annonça Palu. Ces îles, je les connais. J'ai même des cousins à Midway qui nous prêteraient un bateau. Super couverture, non ?

1. Le LORAN (Long Range Navigation) est un système de radionavigation utilisant les ondes d'émetteurs terrestres fixes (situées dans des stations) pour établir une position.

Au moment où le commandant acceptait de bon cœur, Seichan se leva.

— Je viens aussi.

Le regard de Gray devint plus perçant.

— Il vaudrait peut-être mieux que tu...

— Je viens.

Conscient de ce qu'elle allait endurer, Ken tâcha d'intervenir :

— Pour le moment, vous devriez rester en quarantaine. Sinon au centre médical, du moins, ici.

Seichan le fusilla à son tour du regard.

— Est-ce qu'aujourd'hui, je suis contagieuse, docteur ?

— Euh... non.

— Donc j'ai trois jours.

Et elle quitta la pièce comme une tornade.

Au moment où la porte-moustiquaire claquait derrière elle, Kowalski leva les mains.

— Que les choses soient claires, je n'ai aucun problème à ce qu'elle fasse partie du voyage.

* * *

16 h 44

Gray posa prudemment un pied sur le perron. Avant de s'y aventurer, il avait attendu que Seichan cesse de faire les cent pas. Elle avait mis une bonne demi-heure à se calmer et à s'asseoir sur la première marche.

Il sentait néanmoins de gros nuages noirs stagner au-dessus de ses épaules.

— Salut.

Le dos tourné, elle ne répondit pas.

Mauvais signe.

Il s'approcha lentement, de crainte de l'effaroucher. Arrivé à ses côtés, il lui tendit un présent. Sa version personnelle du rameau d'olivier.

— J'ai émincé un peu de thon frais. (Il scruta les jardins.) Puisque nous serons partis d'ici à une heure, je me suis dit que tu aimerais donner à manger à ton chat.

La jeune femme soupira bruyamment et prit l'assiette.

Il s'assit près d'elle, tout en laissant une zone tampon de quelques centimètres entre eux.

Elle marmonna :

— Tu ne m'accuses plus de nourrir les animaux errants ?

— Ce n'est plus le moment de s'inquiéter de la menace que constituerait un pauvre chat pour la biosphère de l'île.

— Exact.

Elle refusa néanmoins toujours de le regarder.

— Seichan...

— Tu ne me laisseras pas en plan.

— Je sais, mais...

— Si je dois y passer, je me battrai jusqu'au bout.

— Message reçu. Nous trouverons un remède. (Il tendit la main, paume ouverte.) Ensemble.

Les épaules de Seichan se relâchèrent un peu. À son tour, elle tendit le bras et entrelaça ses doigts avec ceux de son amant. Il la sentit frémir.

— Tout ira bien, promit-il.

— Ce n'est pas pour moi que je m'inquiète.

Enfin, elle pivota vers lui, les joues baignées de larmes.

— J'aurais dû te l'annoncer avant.

Gray plissa le front d'un air soucieux. Il savait que quelque chose la tracassait depuis près d'un mois.

— Quoi donc ?

Elle le fixa, les prunelles luisantes d'effroi.

— Je suis enceinte.

TROISIÈME PARTIE

LA ROUTE DE L'AMBRE

Σ

CHAPITRE 17

8 mai, 17 h 03
Fujikawaguchiko, Japon

Sans prêter attention à son visiteur silencieux, Takashi Ito s'agenouilla devant une table basse. Il s'agissait d'un *kotatsu* traditionnel, constitué d'un cadre en bois surmontant une alcôve encastrée, le tout revêtu d'une couverture ancienne. Sous le pan d'étoffe, une couche de sable tapissait la partie encaissée du sol et accueillait un petit poêle à charbon.

Les maigres genoux perclus d'arthrose de Takashi étaient glissés sous le rebord du *kotatsu*, qui diffusait la chaleur douce des braises. Malgré l'arrivée du printemps, l'air restait frais sur les hauteurs de cette station touristique nichée au bord du lac Kawaguchi. Le plan d'eau se trouvait à huit cents mètres d'altitude, sur le versant nord du mont Fuji.

Le Kawaguchi faisait partie des cinq lacs entourant la montagne sacrée et, en raison de son panorama magnifique, c'était le plus célèbre. Depuis des siècles, les artistes tentaient de capter la beauté du majestueux sommet enneigé qui se reflétait sur ses eaux étales.

Toujours en vain.

Pour l'apprécier réellement, il fallait venir en pèlerinage.

Takashi contempla la montagne par la fenêtre. Voilà pourquoi il avait choisi d'y implanter, loin de l'agitation des hôtels et restaurants de la ville, le tout dernier complexe de recherche des laboratoires Fenikkusu.

La vue était spectaculaire.

D'une symétrie parfaite, le cône étincelant du mont Fuji trônait sereinement dans le ciel. Il évoluait au cours de la journée et passait, suivant la trajectoire du soleil, du diamant cristallin à l'ombre violacée. Selon la mythologie shintoïste, il abritait la demeure du dieu éternel Kuninotokotachi. Même son nom, *Fuji*, était synonyme d'*immortel*.

Takashi appréciait aussi la dichotomie propre à cette montagne, à la fois paisible et turbulente. Le Fuji était un stratovolcan actif qui, à maintes reprises, avait causé des ravages. En 1701, la dernière éruption avait non seulement déversé une pluie de scories brûlantes qui avait dévasté temples et maisons alentour, mais elle avait recouvert Tokyo d'une couche de cendre qui avait entraîné dix ans de famine.

En même temps, la montagne approvisionnait la région en eau, irriguant fermes et ricicultures.

C'était ce tempérament à double tranchant qui, par excellence, caractérisait l'âme japonaise : le Fuji incarnait la capacité de la population à atteindre des sommets de sagesse et de sérénité, tout en démontrant sa volonté farouche de tout détruire dès qu'elle se sentait bousculée ou menacée.

Autrefois, les samouraïs avaient d'ailleurs choisi le mont Fuji pour établir leurs grands centres d'entraînement. Les terres sur lesquelles le laboratoire de recherche était établi avaient appartenu au shōgunat Tokugawa. Les mêmes guerriers qui avaient péri au sein du temple Kan'ei-ji, à Tokyo. Takashi se remémora, derrière l'édifice sacré, le mémorial en pierre où, chaque année, il faisait brûler de l'encens en mémoire de sa chère Miu.

Comment aurais-je pu ne pas m'installer là-bas ?

Il y avait également une raison plus pratique. La ville de Fujikawaguchiko n'était qu'à une centaine de kilomètres de Tokyo, où se situait le siège principal de l'entreprise. La proximité des locaux avec la capitale nippone était un atout réel, tout en restant bien à l'écart.

Ainsi qu'il le fallait.

Les employés avaient été soigneusement sélectionnés pour leur loyauté, leur discrétion et leurs compétences scientifiques. Le salaire moyen dépassait les soixante millions de yens, ce qui, forcément, incitait à tenir sa langue, en plus des mesures de sécurité draconiennes qui assuraient la surveillance du personnel et de chaque centimètre carré des bâtiments et de leurs environs.

Bien entendu, de telles méthodes n'empêchaient pas les rumeurs de circuler, à la fois de la part des concurrents et de ceux qui voyaient à l'intérieur du bunker.

J'aurais peut-être dû choisir des lignes plus classiques.

Outre ses nombreuses annexes, le bâtiment principal était une merveille architecturale de verre et d'acier représentant un *gojū-no-tō*, ou pagode à cinq étages.

Takashi connaissait le surnom donné à la structure, parfois par dérision, parfois par respect.

Kōri no Shiro.

Le Château de Glace.

Il appréciait l'idée et l'avait lui-même adoptée. Surtout au cœur de l'hiver, quand la neige tombait. La pagode en verre reflétait alors le paysage gelé, dont elle devenait partie intégrante, telle une apparition surgie du passé immémorial du Japon.

Par-delà la beauté, les choix de construction avaient aussi un intérêt pratique. Le verre et l'acier ne prendraient pas feu si, un jour, le mont Fuji se fâchait et arrosait la ville de cendres enflammées. De plus, peu de gens étaient au courant que le complexe de recherche ne se limitait pas à sa seule façade : il y avait cinq niveaux de sous-sol, autant qu'en surface. Les laboratoires ultrasécurisés qui s'y trouvaient abritaient le plus grand secret de l'entreprise. Le niveau le plus profond était même conçu pour résister à une explosion atomique.

Bientôt, leur discrétion serait récompensée.

L'objectif de Takashi était en passe de se concrétiser. Les atrocités à venir vengeraient le meurtre de son épouse adorée, Miu, et alors le monde souffrirait autant que lui. En parallèle, un Japon impérial transcendant ressusciterait.

Tout en patientant avec son hôte silencieux dans ses appartements privatifs, situés à l'ultime étage de la pagode vitrée, Takashi s'adonna à un passe-temps de jeunesse. Sur la couette molletonnée du *kotatsu*, un plateau en verre lui servait de table de travail. Un ordinateur portable guettait l'appel vidéo de son petit-fils, mais, pour l'instant, le vieil homme se concentrait sur un morceau de papier plié.

Avec le plus grand soin, il effectua deux rabats aux lignes impeccables. Il avait découvert l'origami enfant, avant d'être renié par sa famille, et, depuis, la passion ne l'avait plus quitté. Elle représentait un lien avec son passé, à la fois personnel et culturel, quand l'origami était entré à la cour impériale du pays. Auprès de Miu, son amour pour cet art si complexe n'avait fait que grandir. Takashi lui avait confectionné une ménagerie entière et un vaste jardin de fleurs en papier, rien que pour le plaisir de lui décrocher un rare sourire. Il était d'ailleurs convaincu que son talent l'avait aidé à la séduire.

À présent, il continuait de pratiquer l'origami pour ses vertus apaisantes, pour sa capacité à préserver l'agilité de ses doigts malgré l'arthrite, voire pour le défi mathématique de conserver un esprit aussi tranchant que les plis du papier. Au fil des décennies, il avait suivi religieusement l'enseignement de maîtres de l'origami et affûté ses compétences. Akira Yoshizawa avait été un de ses professeurs, avant que l'homme ne décède quelques années plus tôt, à quatre-vingt-quatorze ans.

L'âge que j'atteindrai à la fin de l'année.

Humectant le bout de ses doigts sur une éponge, il utilisa la technique dite du « pliage mouillé », élaborée par Yoshizawa, afin de réaliser le tout dernier rabat de son œuvre. Après quoi, il la posa en équilibre sur ses pattes, au milieu du plateau.

C'était une mante religieuse.

Comme d'habitude, il n'avait eu aucune idée de départ en tête. Il avait laissé ses doigts dicter la forme en fonction de son état d'esprit. À présent qu'il avait terminé, il comprit son choix.

Il contempla, face à lui, la femme agenouillée en silence selon la posture formelle du *seiza*. Elle portait un kimono blanc coincé dans un *hakama* rouge noué sous la taille, des sandales en paille et des chaussettes *tabi* à deux doigts. Ses cheveux bruns tressés étaient fixés sur le sommet de son crâne par de jolies épingles artistiquement placées. Sa tenue vestimentaire était typique d'une *miko*, prêtresse de temple shintoïste.

Takashi savait néanmoins qu'elle ne jurait que par le sang et la mort.

En fait, la source d'inspiration de sa mante religieuse se tenait devant lui. Comme le vieil homme, elle avait été formée par la *Kage* à tuer. Depuis quelques années, Takashi et son petit-fils avaient rassemblé en secret les rescapés de la purge en vue de constituer une vraie petite armée, version moderne des *shinobi*, les guerriers de l'ombre du Japon féodal.

Cette femme-là, venue de son propre chef, avait déjà prouvé son talent. Elle lui avait appris (information confirmée par ses contacts au sein des services de renseignement nippons) qu'un groupe d'Américains était parti en Estonie afin d'enquêter sur la relique d'ambre qui avait coûté la vie à Miu. Intrigué par cet objectif pour le moins inhabituel, il avait envoyé une équipe les intercepter. Il était bien décidé à découvrir leurs motivations et à éliminer la menace qu'ils pourraient représenter.

Son ordinateur portable tinta, signe d'un appel entrant, et l'écran se ralluma.

En cliquant sur l'icône du téléphone, Takashi accepta la connexion avec Masahiro. Le visage de son petit-fils apparut. Sous son front luisant de sueur, les prunelles sombres du jeune homme brillaient d'une rage mêlée de honte. Il lui avait déjà raconté ce qui était arrivé à Maui. Si l'ensemble de l'opération s'était déroulée comme prévu, un échec venait ternir le tableau.

Les deux agents Sigma – le couple qui avait précipité la chute de la *Kage* – étaient toujours vivants.

— *Konnichiwa*, *Sofu*, lâcha Masahiro d'un ton bourru.

Face au courroux manifeste de son interlocuteur, le jeune homme renonça vite à toute conversation informelle. Il lui faudrait regagner le respect de Takashi avant de l'appeler de nouveau *sofu*, « grand-père ».

— *Jōnin* Ito, reprit-il avec déférence, en utilisant le titre approprié.

— Dis-moi comment les choses se passent sur la base.

Après avoir fui Maui, son petit-fils s'était envolé pour l'île d'Ikikauō. Leur Q.G. était situé sur un petit atoll, non loin de Midway, où la marine impériale japonaise avait subi une défaite humiliante pendant la Seconde Guerre mondiale. Il était donc plus que pertinent que le nouvel assaut parte des mêmes eaux.

— *Hai*. Les informations ont été recueillies. Les enclos d'élevage sont en cours de démantèlement. Nous devrions avoir terminé l'incinération avant la tombée de la nuit.

Takashi remarqua l'infime signe de tête de son invitée. Elle lui avait déjà fait part de ses recommandations. Il la dévisagea.

— Vous êtes sûre qu'ils vont se rendre là-bas ?

Elle opina du menton, certaine que les Américains (en particulier, les deux agents réchappés de l'attentat) traqueraient Masahiro jusqu'à Ikikauō. Le scénario paraissait improbable, mais le vieil homme avait décidé de lui faire confiance.

Masahiro reprit sur un ton inquiet :

— Tout est en place, *Jōnin* Ito. Nous pouvons…

— Tu as perdu un bon soldat. *Genin* Jiro. Ton second. Je t'envoie quelqu'un pour le remplacer.

Le regard du patriarche se posa sur la femme agenouillée.

— Nous n'avons pas le temps, s'étonna Masahiro.

Takashi prit une profonde inspiration.

Qu'est-ce qu'un gamin comme lui sait du temps ?

— L'opération continue. Je vais toutefois te donner une nouvelle mission à Ikikauō. L'occasion de recouvrer ton honneur.

Takashi lui fit part des détails, pendant que son hôte attendait, les doigts posés sur un poignard dissimulé dans le nœud de son *hakama*. Elle avait parlé d'un *athamé*, arme blanche conçue pour les plus noirs desseins. Elle avait ses propres raisons de souhaiter que les Américains tombent dans le piège.

Le temps de donner ses consignes à son petit-fils, il lorgna une vignette dans un coin de l'écran. On y distinguait son interlocutrice, sauf qu'elle n'avait rien à voir avec la beauté brune aux yeux noirs et au teint parfait assise devant lui.

Le cliché montrait un fantôme. Une femme pâle comme la mort, au regard bleu glacier et à la chevelure de neige. Comme pour défier son manque de pigmentation, elle s'était fait tatouer une roue noire sur la moitié droite du visage. Ce jour-là, le symbole avait été soigneusement effacé par une couche de fond de teint. Tel était son talent. Au fil des décennies passées au service de la *Kage*, elle avait appris à transformer une toile vierge en un nombre incalculable de faciès, passant maître dans l'art du déguisement et du subterfuge.

Pas étonnant qu'elle ait survécu à la purge.

Takashi savait néanmoins tout d'elle.

Il lut le nom russe au bas de la photo : *Valya Mikhailov*.

Même son patronyme ne décrivait pas qui elle était vraiment.

Il caressa la mante religieuse posée sur le plateau en verre, conscient que ses doigts avaient, d'instinct, capté sa nature secrète.

Voici qui vous êtes vraiment.

CHAPITRE 18

8 mai, 12 h 09, heure d'Europe de l'Est
Tallinn, Estonie

— J'ai l'impression d'être en plein roman, annonça Monk.

Kat comprit le sentiment de son mari. Fondée au XIIIe siècle, Tallinn était une des plus anciennes capitales européennes et, malgré une histoire tourmentée (le pays avait attisé la convoitise de nombreux voisins), son héritage médiéval avait été, par miracle, particulièrement bien préservé.

Surtout ici, dans la vieille ville.

Pendant que Monk conduisait, Kat admira le dédale de routes pavées et de ruelles sinueuses, encadré par des immeubles pittoresques au toit de tuiles rouges et aux murs pastel, dont la plupart dataient du Moyen Âge. La flèche de l'église Saint-Olaf, qui dominait tout, était d'ailleurs restée le plus haut édifice du monde durant une bonne partie du XVIe siècle.

En même temps, derrière les vitres de la BMW, on sentait l'appel d'une métropole moderne, constituée de gratte-ciel en verre et de bâtiments à l'architecture anguleuse. À l'aube du nouveau millénaire, Tallinn s'était réinventée. L'ancienne cité portuaire de la Baltique, avec ses dizaines d'usines à papier et de fabriques d'allumettes, était devenue la *Silicon Valley* de l'Europe. C'était là-bas qu'on comptait le plus de start-up high-tech par habitant. Même Skype y avait été créé.

La population demeurait cependant fière de son histoire et n'hésitait pas à la mettre à l'honneur. Ainsi, à l'aéroport, Kat avait appris qu'ils arrivaient en plein *Tallinna Vanalinna Päevad*, festival consacré au Tallinn d'antan. Les rues médiévales fourmillaient d'hommes et de femmes en costume d'époque. Certains traversaient la foule sur des échasses. L'un d'eux était même juché sur des piquets de six mètres de haut lorsqu'il longea leur voiture coincée dans les embouteillages. À perte de vue, des stands proposant nourriture locale ou objets artisanaux ralentissaient la circulation.

Alors que leur berline roulait au pas, un garçon frappa au carreau en proposant son panier rempli de friandises et de barres de chocolat, toutes confectionnées par la société Kalev, en Estonie. Il portait un pantalon et une ample chemise en lin traditionnels, le tout brodé de couleurs vives.

— Chérie, nous devrions acheter des confiseries aux filles.

Kat haussa le sourcil.

— Tu veux leur donner encore plus de sucre ?

Elle suspecta Monk de réclamer les douceurs pour lui. C'était un incorrigible bec sucré et, en fait, il n'était pas le seul.

— Je ne serais pas contre quelques chocolats, déclara le Dr Bennett, bouche bée devant les festivités.

— Moi non plus, ajouta Elena en souriant.

Kat se rangea à l'avis de la majorité et baissa sa vitre. Les effluves de sucre et de viande grillée aiguisèrent son propre appétit. Elle acheta plusieurs barres de confiserie, ainsi qu'un sachet de caramels qu'elle conserva pour elle, uniquement à des fins de recherche, bien sûr, histoire d'évaluer la qualité de l'industrie du bonbon en Estonie.

À la sortie des vieux quartiers, la circulation redevint plus fluide. Malgré le ralentissement, ils avaient mis moins d'une demi-heure entre l'aéroport de Tallinn et le centre-ville. Leur destination se profila en face : l'*Eesti Rahvusraamatukogu*, ou Bibliothèque nationale d'Estonie.

— Impressionnant, souffla Elena.

Construit sur huit niveaux, le gigantesque bâtiment en brique occupait un pâté d'immeubles entier. Sa façade, digne d'un mausolée stalinien, n'était qu'une grande plaque en grès gris coiffée d'une pyramide sombre et ornée d'une grosse fenêtre en rosace. Cette architecture fonctionnelle obéissait à une certaine logique, puisque la construction de la bibliothèque avait débuté quand l'Estonie vivait sous le joug intraitable de l'Union soviétique.

Achevé après que le pays eut rétabli sa souveraineté en 1988, l'édifice symbolisait le courage estonien.

Pour leur petit groupe, c'était surtout l'occasion de marcher sur les traces d'Archibald MacLeish.

Kat avait profité des huit heures d'avion pour lire le journal de bord de l'ancien bibliothécaire du Congrès. MacLeish était arrivé à Tallinn durant une période tendue et très troublée, quand les Soviétiques avaient investi la ville après en avoir chassé les nazis à coups de bombes. L'assaut avait tué de nombreux civils, dont des enfants. MacLeish avait d'ailleurs consigné les graffitis de rebelles locaux retrouvés dans les décombres du Théâtre dramatique d'Estonie : *Varemeist tõuseb kättemaks !* ou *La vengeance surgira des ruines !* À l'époque, l'Américain avait été frappé par la résistance de la population et, de nos jours, les Estoniens continuaient d'afficher un nationalisme farouche, déterminés à ne plus jamais retomber sous la coupe de quelqu'un, et surtout des Russes.

C'était aussi là-bas que MacLeish avait cessé de chercher l'origine du bloc d'ambre de James Smithson, le jour précis où « Little Boy » avait été largué au-dessus d'Hiroshima. Dès que les plans des Japonais avaient paru capoter, il avait renoncé.

Nous obligeant à reprendre aujourd'hui sa quête.

Le temps que Monk se gare, Kat observa le bâtiment. Un instant, elle fut submergée par l'ampleur de la tâche. Comment espérer découvrir l'endroit où Smithson avait acquis son trésor… et cela en moins de trois jours ?

Sensible à son désarroi, Elena tenta de la rassurer :

— Leur Bibliothèque nationale est la plus grande des États baltes. Outre ce que vous voyez en surface, il y a deux niveaux en sous-sol, où sont entreposés les ouvrages les plus précieux. En tout, plus de cinq millions de livres sont soigneusement conservés dans des salles climatisées. Si Smithson a laissé un indice derrière lui, c'est ici que nous le trouverons.

Au moment de descendre de voiture, le Dr Sam Bennett leva les yeux vers la façade en grattant sa barbe naissante.

— Oui, mais où commencer à chercher ?

Il avait beau avoir largement passé les soixante ans, ses cheveux dorés, son regard bleu perçant et son teint rougeaud lui donnaient l'air beaucoup plus jeune. Kat savait qu'il possédait un ranch familial dans le Montana et, oui, il affichait une sacrée dégaine de cow-boy. Pour le voyage, il avait choisi un jean, des bottes, une chemise à carreaux et, histoire de faire un peu plus habillé, une veste de costume.

Elena, qui observait l'entomologiste avec un intérêt certain, lui effleura le bras.

— Le directeur de l'établissement, Gregor Tamm, nous attend. Il a eu la gentillesse de demander à son équipe de rassembler tous les documents relatifs à Smithson, en particulier sur son séjour ici. Avec un peu de chance, nous y glanerons un renseignement qui nous dira où continuer de chercher.

— Parfait ! approuva Sam, souriant. Rien de tel que de tirer quelques ficelles en coulisse pour accélérer les choses.

Rougissante, Elena haussa les épaules :

— Un des rares avantages à être bibliothécaire du Congrès.

Kat les invita à gravir le grand escalier.

Monk se porta à sa hauteur et lui prit la main.

— Ah, le frisson des premiers émois ! murmura-t-il en désignant, d'un coup de menton, le couple devant eux.

— Chut, gronda-t-elle sans pouvoir s'empêcher de sourire.

Dès qu'ils eurent franchi l'imposante porte à deux battants, un fringant quinquagénaire en costume noir s'avança, la main tendue vers Elena. Ses cheveux bruns et sa fine moustache semblaient lustrés de frais. On aurait aisément pu le prendre pour le majordome d'une demeure aristocratique.

— *Tere tulemast*, docteur Delgado, bienvenue. (Il posa la main sur sa poitrine.) Je suis le directeur Tamm. Nous nous sommes entretenus au téléphone.

— Oui, merci. Navrée de vous avoir dérangé en pleine nuit et de m'imposer ainsi auprès de vos collaborateurs.

— Aucun problème, nous sommes ravis de vous aider. Suivez-moi. Nous vous avons réservé une salle de lecture privée.

Après de rapides présentations, il se dirigea vers le fond du hall et leur fit longer, au passage, plusieurs expositions de livres rares. Tout le monde s'entassa dans l'ascenseur. Lorsqu'ils ressortirent au sixième étage, Tamm emprunta un long couloir flanqué de rayonnages bourrés à craquer. L'agencement intérieur faisait penser à un château médiéval, avec ses galeries immenses, ses hautes arcades et ses voûtes en brique. Des statues de bêtes mythiques ornaient les piédestaux et les alcôves.

Kat aperçut la sculpture plutôt étrange d'un homme à corps de rat.

Avant qu'elle n'ait pu poser des questions dessus, le directeur Tamm se retourna vers le groupe.

— Si j'ai bien compris, la Smithsonian espère se renseigner sur son mécène en vue d'un hommage public.

— Exact, balbutia Elena, gênée de mentir à un collègue.

Le capitaine Bryant la libéra de son fardeau :

— Fervent amateur de minéraux, Smithson a sillonné l'Europe en quête de spécimens rares. Comme vous le savez peut-être, ses trésors ont été perdus lors d'un incendie au XIXe siècle. Nous souhaitons reconstituer sa collection à l'occasion d'une exposition consacrée au fondateur de la Smithsonian.

Du moins, c'était leur couverture.

— Le projet est ambitieux, admit Tamm. Et quelle manière merveilleuse d'honorer la vie d'un si grand homme ! De ce que j'ai pu lire cette nuit, les talents de chimiste et de minéralogiste de M. Smithson ont été éclipsés par son legs incroyable pour créer votre institution.

— C'est ce que nous tâchons de rectifier, renchérit Elena, un peu plus à l'aise. Nous voulons révéler le scientifique derrière le mécène.

Tamm s'arrêta devant une porte cintrée en bois. Bardée et cloutée de fer, elle semblait sortie d'un vieux château estonien.

— Cette salle de lecture est, d'ordinaire, réservée aux étudiants chercheurs de nos universités locales. Je serais heureux de vous laisser étudier les documents que nous avons collectés. Ou peut-être, puisque j'ai pris la liberté d'en éplucher moi-même une partie, pourrais-je vous apporter mon aide.

— Votre éclairage est le bienvenu, répondit Kat.

— Ce serait un honneur.

Tamm les invita à pénétrer dans une espèce de cloître médiéval. Une armure ternie trônait même dans un coin, comme si elle surveillait les immenses étagères chargées de volumes poussiéreux. La pièce était divisée par une unique table en bois. Devant chaque chaise, une lampe de lecture surmontait un lutrin servant à tenir le livre ouvert.

Kat s'attendit à ce qu'un moine bossu soit laborieusement penché sur un manuscrit enluminé. Au lieu de quoi, une jeune femme aux cheveux blonds tressés se tenait debout devant un poste informatique, près de la fenêtre.

Tamm la présenta.

— Voici Lara. Une de nos toutes dernières recrues. (Il lui sourit.) Et ma fille.

Monk gloussa.

— Elle marche donc dans les pas de son père.

— Je ne pourrais pas en être plus heureux.

Kat constata à la fois la fierté rayonnante du directeur et la réaction un peu embarrassée de sa progéniture. Lara préférait sans doute briller par elle-même. À moins qu'il ne s'agisse de la gêne universelle que toute demoiselle de son âge éprouvait à l'égard d'un papa gâteau. Elle se demanda quand ses propres filles auraient l'air aussi exaspérées.

À voix basse, Monk exprima un autre sujet de tracas :

— Espérons que les petites ne suivront pas nos traces à nous. Il faudrait peut-être les orienter doucement vers une carrière moins risquée, comme la manipulation d'oreillers.

— Les connaissant, je parie qu'elles finiraient par s'étouffer l'une l'autre.

— Exact. Alors, peut-être la comptabilité.

L'avenir de leurs enfants toujours en suspens, ils suivirent Tamm jusqu'à la table. Des centaines de livres, de périodiques et de journaux y étaient soigneusement empilés.

Une impression de vertige saisit Kat.

— Vous le voyez, ma fille et moi avons eu de quoi faire. Néanmoins, si vous me précisiez l'objet de vos recherches, je pourrais vous aiguiller dans la bonne direction.

L'Américaine hocha la tête.

— Nous suivons les traces de James Smithson dans son tour d'Europe à la recherche de spécimens. Nous espérons découvrir pourquoi il s'est rendu à Tallinn.

Tamm fit signe à Lara de venir l'aider.

— Ah ! Vous êtes donc venus vous renseigner sur la *merevaigutee*. Ce que vous appelez « l'ambre ».

Kat se réjouit que le directeur ait le dos tourné, car il ne la vit pas tressaillir d'étonnement. Elena et Sam étaient tout aussi effarés. Monk, lui, semblait juste inquiet, comme s'il redoutait une quelconque perfidie.

Tamm ne remarqua pas leur échange silencieux.

— Je sais exactement pourquoi James Smithson est venu à Tallinn. (Il repivota vers eux.) À cause d'un secret qu'il détenait et qui parlait d'ambre.

* * *

13 h 03

Comment pouvait-il savoir un truc pareil ?

À la fois perplexe et sidérée, Elena recula d'un pas. Elle heurta le Dr Bennett, qui la rattrapa par le bras et l'aida à garder l'équilibre. Sa poigne lui donna la force d'affronter le directeur.

— Qu'entendez-vous par là ?

Tamm brandit un traité jauni relié de vélin.

— Voici un carnet de recherche de M. Smithson. Le sujet est assez ésotérique, mais nous en conservons un rare exemplaire dans nos chambres fortes, car il appartient à l'histoire de la région.

Elena prit délicatement le document et lut le titre manuscrit à haute voix :

— *Compte rendu d'expériences sur l'esprit de l'ambre*.

Elle reposa le traité scientifique. Ses investigations sur James Smithson lui avaient appris que l'homme avait mené une foule d'expérimentations chimiques, mais, là, le sujet la dépassait.

— Je ne comprends pas. Quel était son but ?

La tête timidement baissée, Lara répondit :

— J'ai pris la liberté de mener l'enquête. À l'époque, l'esprit de l'ambre était aussi nommé « acide d'ambre ». Même M. Smithson en parle ainsi, quand il explique avoir créé sa propre matière en chauffant de l'ambre brut et en le distillant pour obtenir une poudre acide blanchâtre. Aujourd'hui, nous l'appelons « acide succinique ».

Monk se racla la gorge. Elena savait que, par sa formation chez Sigma, il possédait un bagage médical très complet.

— Ça te parle ? lança Kat à son mari.

Il tendit sa prothèse de main vers le traité, que la bibliothécaire lui remit.

— J'ai vraiment envie de le lire. Toutefois, je connais déjà un peu l'acide succinique : produit par mitochondrie dans les cellules, il participe au métabolisme énergétique de notre corps. C'est ce qui nous garde en vie.

— Pourquoi Smithson aurait-il travaillé sur l'esprit de l'ambre ? s'étonna Elena.

La mine préoccupée, Kat s'adressa au directeur Tamm :

— A-t-il réalisé ses expériences à Tallinn ?

— Oui. Hélas, si vous lisez ses notes, vous constaterez qu'il n'a fait aucune trouvaille significative. Voilà sans doute la raison pour laquelle il a laissé ses écrits ici et qu'il n'a jamais rien publié. Il devait souhaiter que tout reste confidentiel.

Elena savait qu'il avait raison. C'était ce même secret qu'il avait emporté dans la tombe. Elle se demanda néanmoins si Smithson n'avait pas laissé d'indices sur les carnets qui avaient brûlé lors de l'incendie du Château, en pleine guerre de Sécession.

Auquel cas, aurait-il dissimulé d'autres éléments ailleurs ?

Monk s'adressa à son épouse :

— Chérie, je peux t'assurer que tu es sur une piste.

Kat s'écarta de Tamm et de sa fille, puis baissa d'un ton :

— Selon les dires de MacLeish, Smithson a partagé avec un géologue de Tallinn un récit d'ivrogne à propos d'une catastrophe minière. Sous-entendu : il devait déjà être en possession de l'objet *avant* d'arriver dans la capitale.

— Logique, approuva l'agent Kokkalis, mais pourquoi avoir mené ces expériences ?

— Peut-être cherchait-il à comprendre la manière dont un organisme prisonnier de l'ambre pouvait ressusciter. Je l'imagine bien tentant de prouver que cette résine avait la propriété méconnue de maintenir les fonctions vitales.

— Et, forcément, il a fait chou blanc, intervint Sam. Les qualités physiques de l'ambre n'ont rien à voir avec le mécanisme cryptobiotique des kystes en dormance dans les ossements. Ce prodige faisait déjà partie inhérente du génome des guêpes.

— Il ne pouvait pas le savoir, rétorqua Elena, assez sèche, comme si elle se sentait obligée de défendre Smithson. Malgré son échec, il a eu la sagesse d'admettre que l'objet était trop dangereux pour être légué aux États-Unis… mais aussi trop miraculeux pour être détruit.

— Il a agi en authentique scientifique, confirma Kat. Préservant la connaissance à destination des générations futures.

— Ce qui était aussi son but – à plus grande échelle – lorsqu'il a financé la création de la Smithsonian, renchérit Elena.

— Pourquoi avoir choisi l'Amérique ? reprit Sam, intrigué. Je me suis toujours posé la question.

— Il vient d'une famille d'aristocrates, mais, en raison des difficultés financières de ses parents, il n'a jamais été vraiment accepté par ses pairs. Résultat : je pense qu'il a développé une rancœur contre la structure de caste trop rigide en Europe. À ses yeux, sa meilleure chance de faire revivre une période des Lumières se trouvait dans le Nouveau Monde, où les idées n'étaient pas étranglées par les rigueurs de statuts et de classes.

Elena avait connu, à titre personnel, les avantages d'une société libre où, issue d'une famille d'ouvriers émigrés, elle avait été nommée bibliothécaire du Congrès.

Smithson avait-il envisagé et envié un contexte pareil ?

Monk les ramena au sujet du moment :

— Tout cela est très joli, mais, à supposer que notre mécène ait déjà été en possession de sa relique avant de rejoindre Tallinn, d'où sortait-elle ?

Tamm et sa fille s'étaient efforcés de les laisser tranquilles. La question de Monk incita néanmoins le directeur à s'approcher. Son regard suspicieux montrait qu'il commençait à s'interroger sur le but réel de leur visite.

— Je ne veux pas être indiscret, mais, comme je vous l'ai indiqué tout à l'heure, je sais pourquoi M. Smithson est venu à Tallinn. L'information vous aiderait peut-être dans vos recherches.

Elena jeta un coup d'œil à Kat. Pour l'instant, le directeur semblait disposé à coopérer. Sans doute son statut de bibliothécaire du Congrès américain n'y était-il pas étranger.

J'ai bien fait d'être du voyage.

Kat devait avoir la même impression. D'un signe de tête, elle incita Elena à user de son ascendant sur leur hôte.

— Directeur Tamm, je vais être franche. Nous souhaiterions remonter la piste d'un spécimen minéral qui appartenait à Smithson. Un gros bloc d'ambre d'environ huit kilos.

Les bras écartés, Elena lui donna une idée du volume approximatif.

— Remarquable ! s'extasia Tamm. Je comprends pourquoi vous en voudriez un comparable pour votre nouvelle collection.

— Dans l'idéal, précisa Kat, nous aimerions dénicher un échantillon issu du même site d'extraction que celui de Smithson... à des fins d'authenticité.

— L'ambre de la Baltique est le meilleur, s'enorgueillit-il. À la préhistoire, ces terres, et même la mer toute proche, étaient couvertes de forêts de pins géants. C'est à partir de leur sève que de riches gisements d'ambre se sont constitués. Depuis, des morceaux se détachent régulièrement des fonds marins et sont rejetés sur le rivage. Toutefois, dans les profondeurs du sous-sol, il existe des filons plus anciens, dont certains mesurent jusqu'à sept mètres d'épaisseur. Imaginez un peu !

Elena se surprit à fixer ses pieds en tentant de se représenter des coulées dorées aussi faramineuses.

— Comment s'étonner que M. Smithson soit venu chercher ici un spécimen parfait ? enchaîna Tamm. Depuis des siècles, des gens de tous horizons recueillent l'ambre sur nos côtes. Autant pour la qualité de la pierre que pour ses vertus magiques.

— Magiques ? répéta Elena, interloquée.

— Absolument. L'ambre a toujours été réputé pour ses propriétés curatives et parce qu'il protégeait du mal, tenant les bêtes et les monstres à distance.

Smithson avait-il eu vent des mêmes rumeurs ? Auquel cas, cela corroborait l'hypothèse de Kat selon laquelle il avait mené ses expériences dans un but précis, celui peut-être de tester scientifiquement des idées aussi farfelues. Smithson ne se serait peut-être pas contenté de chercher la présence d'une substance chimique curative et régénératrice. Il testait aussi l'ambre pour voir s'il pouvait contrer les puissances maléfiques.

Ses expérimentations étaient-elles destinées à trouver un remède contre ce qui était caché à l'intérieur ?

Tamm sortit Elena de sa réflexion.

— Même si je ne peux pas vous dire où M. Smithson a découvert un échantillon aussi exceptionnel, je connais le chemin qui l'a conduit ici. Laissez-moi vous montrer.

* * *

13 h 27

Kat suivit le directeur jusqu'à sa fille.

Espérons que cela nous mènera quelque part.

Tamm se retourna vers le groupe.

— Vous connaissez la route de la soie ?

Kat s'étonna du changement radical de sujet.

— Vous faites allusion au vieil itinéraire commercial entre l'Europe et la Chine, par lequel transitaient la soie et d'autres marchandises ?

— Oui. Il en existe un autre, beaucoup plus ancien, créé il y a environ cinq mille ans.

De quoi parle-t-il ?

Tamm s'adressa rapidement à sa fille en estonien. Aussitôt, Lara afficha, à l'écran, une carte de la moitié orientale de l'Europe.

Tout le monde se réunit autour.

Tamm indiqua la ligne en pointillé qui traversait l'image.

— Je vous présente la route de l'ambre. De précieuses cargaisons voyageaient ainsi de Saint-Pétersbourg – berceau de vastes gisements – jusqu'à Venise, en Italie. De là, les navires transportaient ces trésors aux quatre coins de la Méditerranée. (Il observa son auditoire.) Saviez-vous que le pectoral de Toutankhamon était orné d'ambre de la Baltique ?

L'homme rayonnait de fierté.

— Même les Grecs de l'Antiquité appréciaient notre ambre, notamment en raison de ses vertus mystiques. Il y a deux mille cinq cents ans, Thalès de Milet a découvert qu'en le frottant sur un tissu, il produisait des étincelles. Il a donné à cette nouvelle force mystérieuse le nom d'*électricité*, dérivé du terme grec *electron*, qui signifie « ambre ».

— Intéressant, apprécia Monk, mais quel rapport avec James Smithson ?

— Tout ! exulta leur hôte, les yeux pétillants. Parti de Venise, M. Smithson a suivi la route de l'ambre vers le nord. Il avait prévu de rejoindre Saint-Pétersbourg, mais son voyage s'est achevé ici, à Tallinn. Je ne saurais vous dire pourquoi.

Kat, elle, le devinait : en l'absence de résultats probants, le scientifique avait dû jeter l'éponge.

Tamm tapota sur la capitale estonienne à l'écran, puis, du bout de l'index, il parcourut l'itinéraire à rebours.

— Il faut imaginer que M. Smithson a sans doute découvert son spécimen quelque part sur cette route.

— Il doit avoir raison, souffla Elena.

La mine sombre, elle étudia la longueur exceptionnelle de la route de l'ambre.

Auquel cas, comment identifier son origine précise en moins de trois jours ?

Un début de réponse vint de la part de Lara.

— Mon père n'a pas entièrement raison. (D'un regard, elle s'excusa auprès de l'intéressé.) Si M. Smithson est bien remonté depuis Venise, à son arrivée sur les rives de la Baltique, il a pris un voilier qui l'a emmené droit au port de Tallinn.

— Comment le sais-tu ? lança Tamm, surpris.

— Ce matin, j'ai épluché les documents numérisés des archives maritimes à l'époque où il se trouvait dans notre ville. Son nom figure sur la liste des passagers d'un navire marchand en provenance de Gdańsk.

À l'écran, Kat suivit le chemin jusqu'à la ville polonaise dont la jeune fille parlait.

Monk se pencha à ses côtés.

— S'il a pris une embarcation là-bas, cette information réduit de beaucoup l'étendue de nos recherches.

— À seulement la *moitié* de la route de l'ambre, traduisit Kat en poussant un bruyant soupir. Il reste quand même un sacré bout de terrain à couvrir.

— Hé ! Nous avons déjà fait bien plus avec bien moins.

Exact.

Kat se tourna vers Lara.

— Avez-vous appris autre chose sur les pérégrinations de Smithson ?

— Hélas, non. Toutefois, Gdańsk est, depuis des siècles, la plaque tournante mondiale du commerce de l'ambre. Il y a quelques années, la ville a inauguré un grand musée qui lui est consacré. Ses archives remontent à la création de la première guilde d'artisans spécialisés en 1477. L'établissement possède peut-être un dossier sur M. Smithson.

— Une chance sur un million, lâcha Monk.

Kat hocha la tête.

— Comme tu le disais, nous avons déjà fait beaucoup plus avec moins.

* * *

14 h 01

Le temps que s'organisent les préparatifs de départ, Elena faisait les cent pas. Elle contempla l'ensemble des documents liés à la vie du fondateur de la Smithsonian, comme si son corps était étendu là, sur la table.

Est-ce tout ce qui reste de nous après la mort ?

Smithson ne s'était jamais marié, il n'avait pas eu d'enfants et son nom avait beau trôner en grosses lettres sur le National Mall, peu de gens le connaissaient. Tout ce qu'on pouvait faire, c'était réunir des fragments de son existence. Elle s'empara du traité scientifique jauni en tâchant de comprendre cet homme qui, par le biais de la science, avait cherché à rendre le monde meilleur.

Elle reposa l'archive sur la table.

Vous méritiez mieux.

Sam s'approcha.

— Tout va bien ?

L'entomologiste, qui la dépassait d'une tête, se tenait un peu trop près pour qu'elle se sente à l'aise.

— Je suis juste fatiguée. Et peut-être aussi stressée.

— Je comprends, répondit-il en jetant un regard en coin vers leurs camarades. Ces deux-là ne tiennent pas en place.

Elle sourit.

Et comment !

À l'écart, Monk raccrocha enfin avec le pilote du jet et lança à son épouse :

— Si on se dépêche, on peut décoller dans une heure.

— Parfait ! Avec un peu de chance, nous ne resterons pas coincés dans les embouteillages du festival.

Le directeur Tamm remarqua son inquiétude.

— Je peux vous indiquer un itinéraire vers l'aéroport qui vous évitera une bonne partie des bouchons. (Il se dirigea d'un pas alerte vers la porte.) Il y a un plan dans le hall d'entrée.

Monk et Kat lui emboîtèrent le pas, suivis des deux civils américains.

Sam haussa le sourcil vers Elena.

— Vous voyez ce que je veux dire ?

Tamm ouvrit la porte.

— Une parade est prévue…

Il fut interrompu par un claquement sec.

Une partie de son cou explosa, éclaboussant Kat de sang. Son corps retomba en arrière dans la pièce.

Le temps s'arrêta.

Lara poussa un cri qui, aux oreilles d'Elena, parut très lointain.

Comme s'ils exécutaient une chorégraphie bien réglée, Kat plongea au sol et traîna le corps du directeur sur le côté, tandis que Monk donnait un coup d'épaule puissant dans les lattes cloutées de la porte pour la refermer.

D'autres coups ricochèrent sur le battant.

Sam attrapa Elena par la taille et la tira en arrière.

Près de la porte, Monk lança :

— Lara, il y a une sortie de secours ?

L'étudiante était raide comme un piquet, les paumes plaquées sur sa gorge, les yeux écarquillés.

À mains nues, Kat tentait de contenir l'hémorragie de son père.

— On n'a pas beaucoup de temps, Lara.

Hantée par la mare de sang, la jeune fille gémit tout bas :

— Non…

CHAPITRE 19

8 mai, 0 h 02, heure des Samoa
Îles hawaïennes du nord-ouest

Gray se tenait seul sur le pont avant du catamaran. À peine la nuit était-elle éclairée par un fin croissant de lune, accroché juste au-dessus des eaux noires. Il consulta sa montre de plongée : une Rolex Submariner en acier.

C'est presque l'heure.

Impatient, il serra le poing jusqu'à faire saillir les muscles de son avant-bras. L'équipe, qui avait mis près de sept heures à rejoindre sa destination, était arrivée peu avant minuit. À Maui, ils avaient réquisitionné le HondaJet de Tanaka et survolé l'archipel des îles hawaïennes du nord-ouest jusqu'à Midway. Ils y avaient été accueillis par les cousins de Palu, propriétaires d'un catamaran de pêche, un Calcutta 390 équipé par leurs soins de deux moteurs diesel Cummins 550. Désormais, ils fonçaient vers le sud-est, à la vitesse de quarante nœuds.

Gray prit ses jumelles. À trois kilomètres au large, l'île d'Ikikauō ressemblait à une grosse bosse boisée. Des lumières frémissaient sur la rive occidentale, au niveau des bâtiments déclassés des gardes-côtes américains. Juste à côté s'étendait une petite piste d'atterrissage en gravier de corail.

Un peu plus tôt, tandis que leur catamaran s'approchait de l'île, un petit avion s'y était posé.

Il y a bien quelqu'un sur place.

Fort de l'information, le groupe avait continué de jouer les pêcheurs en goguette. Tout en restant à distance des terres, Palu et ses deux cousins – versions plus trapues et plus rondouillardes du pompier – avaient installé des cannes autour du bateau, histoire de parfaire l'illusion d'une sortie nocturne.

Les autres se cachaient dessous, dans la cabine. L'idée était d'attendre le coucher de la lune, puis de sauter à l'eau en combinaison de plongée autonome et de nager jusqu'au rivage. Ils devaient prouver que l'île servait de base arrière aux auteurs de l'attentat et tenter d'identifier le commanditaire.

Un défi de taille… surtout en terrain hostile.

Gray se tourna vers la carte satellite d'Ikikauō, épinglée près de la roue de gouvernail. L'île de quatre kilomètres carrés était un atoll, c'est-à-dire un cercle quasi parfait cerné de récifs. Son originalité résidait dans le lac oblong situé au centre. Ce plan d'eau était entouré de collines basses couvertes de forêt tropicale. Selon les vieux dossiers des gardes-côtes, le lac mesurait, par endroits, plus de trente mètres de profondeur et sa salinité élevée laissait penser qu'il communiquait avec l'océan voisin.

Un bruit de pieds nus incita Gray à faire volte-face.

Palu le rejoignit dans la minuscule timonerie du bateau. Il avait dû remarquer l'intérêt du commandant et indiqua la carte.

— Voilà pourquoi nous appelons cette île *Ikikauō*, ou « Petit Œuf ». (Il tapota le lac.) Ici, vous avez le jaune.

— D'accord.

— Le nom vient aussi des innombrables êtres vivants qui éclosent là-bas. Pinsons, canards, sternes, albatros. Quant aux eaux de la région, il suffit de plonger un seau pour attraper du poisson. (Il sourit.) Peut-être pas, mais presque.

Palu semblait encore chercher à rappeler le prodigieux enjeu écologique de leur mission. Face à l'océan, il devint pensif.

— Selon la légende, le frère de notre vénérée Pélé – Kāne Milohai – veille sur les îles. (Il jeta un regard à Gray.) Enfin, parfois, même les dieux ont besoin d'un coup de main.

— Nous ferons le maximum.

— Je sais, je sais. Néanmoins, la menace terrible qui plane ici ne date pas d'aujourd'hui. Toutes ces îles… (Sur la carte, Palu désigna l'ensemble de l'archipel situé aux confins de ses terres natales, puis, plus précisément, le sud-ouest.) Elles se situent à la lisière du grand « vortex de déchets du Pacifique nord ».

Gray avait lu des articles sur l'immense continent d'ordures qui s'était formé au sein d'un tourbillon de courants baptisé « gyre océanique ». Grande comme deux fois le Texas, la zone se composait de milliers d'îlots de détritus au milieu d'une soupe où flottaient des débris de caoutchouc, de plastique ou encore de vieux filets de pêche.

Désabusé, Palu enchaîna :

— Il empoisonne lentement nos régions. Il refoule de plus en plus de cochonneries vers les plages. Il tue nos oiseaux, nos tortues de mer. Personne ne prête attention à ce qui se passe ici. Le Monument national marin de Papahānaumokuākea aide un peu, mais cela ne suffit pas.

L'agent Sigma reconnut le nom de la réserve protégée qui entourait les îles hawaïennes du nord-ouest.

Palu hocha la tête vers la carte.

— Hélas, Ikikauō et beaucoup d'autres îles ne font pas partie du périmètre concerné.

— C'est sans doute la raison pour laquelle l'entreprise l'a louée. Comme elle échappe au contrôle de l'U.S. Fish and Wildlife Service[1], ils sont libres d'agir à leur guise.

— Possible, mais l'île reste importante pour mon peuple. (Du pouce, il montra ses cousins.) Selon Makaio et Tua, elle abrite, côté est, de vieilles grottes ornées de pétroglyphes et même les vestiges d'un *heiau*, un vieux temple hawaïen.

Gray était sensible au patrimoine de Palu, mais ce dernier partageait l'information pour une autre raison.

Sur la carte, il montra la rive orientale de l'atoll.

— S'ils n'ont peut-être rien à craindre du FWS, ces *kanapapikis* savent qu'il ne faut pas s'aventurer par là. (Regard entendu à Gray.) Autrement dit, il ne devrait pas y avoir un chat.

Ah…

1. Organisme fédéral américain qui s'occupe de la gestion et de la préservation de la faune. Le FWS assure aussi l'administration des îles mineures éloignées des États-Unis.

Le commandant saisit le message.

— C'est donc l'endroit qu'il faut viser au moment d'accoster à la nage.

Palu retrouva le sourire.

— De là, on les chopera le pantalon sur les chevilles. (Il lui flanqua une tape sur les fesses.) Et on leur bottera l'*okole*.

Gray frotta son postérieur endolori.

La lune était presque couchée.

C'est le moment de passer à l'action.

Il se dirigea vers la timonerie.

— Allons prévenir les autres.

* * *

0 h 12

Seichan feignait de dormir sur la couchette minuscule.

Kowalski, lui, ronflait au fond de la cabine, comme si on était en train de l'étrangler. Le bruit était si fort qu'on entendait à peine Ken et Aiko chuchoter dans la kitchenette, mais Seichan se fichait de savoir ce qu'ils se disaient.

La main posée sur son ventre, les paupières closes, elle tentait plutôt de comprendre ce qui se passait en elle. Des larves microscopiques étaient en train de s'enraciner comme des vers dans une pomme pourrie. Elle ne ressentait aucun signe de leur présence, encore moins de douleur, mais, d'après le professeur Matsui, les choses allaient bientôt changer.

Sa paume chercha des indices de l'autre vie en elle.

Où es-tu ?

Au cours du trajet, Gray avait essayé de l'interroger sur sa grossesse. Elle était restée laconique.

Peut-être six semaines.

Elle se représenta un bébé de cet âge-là. De ce qu'elle avait lu, il était gros comme une lentille et avait un rythme cardiaque – trop faible pour être capté au stéthoscope, même si une échographie était susceptible de déceler son frémissement. À l'heure qu'il était, le cerveau se divisait en hémisphères et commençait à émettre des ondes d'impulsions électriques.

Pourquoi ne m'as-tu rien dit ?

Gray lui avait posé la question d'un air peiné. Elle s'était contentée de secouer la tête en silence. Elle n'en savait rien elle-même… ou peut-être qu'elle redoutait la véritable réponse et qu'elle évitait de trop s'y attarder.

Il avait tenté une autre question.

Est-ce que tu veux garder… ?

Elle l'avait fait taire d'un regard empli de mépris assorti d'une réplique cinglante.

Pour le moment, peu importe ce que je veux.

On était au plus proche de la vérité qu'elle était disposée à admettre. À tout instant, la décision pouvait être prise à ses dépens – et c'était peut-être déjà le cas. Après tout ce qu'elle avait enduré en vingt-quatre heures, comment avoir des certitudes ?

Il valait mieux ne rien projeter.

Même prendre une décision impliquait une dose d'espoir.

Le poing serré sur son ventre, elle préféra s'en tenir à une ferme conviction.

Ce n'était pas l'espoir qui sauverait son enfant.

Le meilleur moyen, elle le connaissait.

La vengeance.

S'il existait une chance de guérir son mal – un remède capable de les sauver, son bébé et elle –, elle n'aurait de cesse de le trouver et de faire en sorte que les responsables de l'attentat soient capturés ou tués.

De préférence, la deuxième solution.

Ses doigts se décrispèrent et elle se frotta le ventre, comme pour rassurer l'incroyable petite chose qui dormait en elle.

Mon bébé…

La porte de la timonerie s'ouvrit. Sans regarder, elle devina qui franchit le seuil. Elle sentit son souffle, son odeur. Elle laissa sa main posée sur son abdomen et, pendant une fraction de seconde, elle s'autorisa un espoir fugace.

Notre bébé…

* * *

0 h 32

Dernier à plonger, Gray bascula en arrière et laissa les bouteilles d'air l'entraîner par le fond. Afin de camoufler leur départ, ils s'étaient tous jetés à l'eau du côté opposé à l'île.

Dès que sa montre afficha six mètres, il régla son gilet stabilisateur et rabattit le système de vision nocturne DVS-110 sur son masque. C'était Painter qui avait fait acheminer le matériel nécessaire à Maui. Des tenues de plongée avaient été envoyées par les gardes-côtes de Waikulu, directement dans les soutes de l'avion. Tout les y attendait, y compris des armes et un attirail complet de démolition.

Gray scruta les eaux. Ses cinq acolytes évoluaient dans l'obscurité et on ne distinguait d'eux que de vagues silhouettes. Il les interpella en allumant une lampe-stylo UV, qu'il pointa plein ouest, vers l'île. Tout le monde fit le signe d'approbation.

Il aurait préféré nager dans le noir absolu, mais, comme il était accompagné de civils, sa petite lampe UV restait une prise de risque raisonnable. Au moment de s'élancer, il s'assura que Ken et Aiko ne cédaient pas à la panique. L'équipe allait sûrement avoir besoin des connaissances scientifiques du toxicologue. Quant à Aiko, elle avait refusé de rester à bord, affirmant être la mieux placée pour recueillir des preuves accablantes qui satisferaient les autorités japonaises.

Gray avait accepté à contrecœur. L'heure n'était plus à la prudence. Ce serait à lui, ainsi qu'à Seichan et à Kowalski, de les protéger. Palu servirait de guide. Il était le seul à avoir déjà foulé les terres d'Ikikauō.

Gray posa la main sur le Scubajet fixé à son gilet. Ce système de propulsion en forme de torpille était à peine plus long que son avant-bras, mais sa puissance permettait aux plongeurs de fendre l'eau à une vitesse grisante.

Après avoir vérifié que les autres suivaient son exemple, il démarra. Au début, il avança lentement, le temps que le groupe se coordonne à la manière d'un escadron de combat. Une fois satisfait, il accéléra jusqu'à atteindre dix kilomètres à l'heure, ce qui devait leur faire rallier le rivage en moins de vingt minutes.

De leur côté, les cousins de Palu feindraient d'emmener le catamaran au large afin de ne pas éveiller les soupçons.

En chemin, Gray conserva un œil sur ses troupes, ce qui n'était pas simple, compte tenu du spectacle qui s'offrait à lui. À travers ses lunettes de vision nocturne, le faisceau UV habillait les récifs de mille et une teintes fluorescentes, comme si chaque organisme marin produisait sa propre bioluminescence. Les coraux luisaient de reflets bleu marine et rouge vif. Les anémones agitaient leurs tentacules incandescents en jaune et vert anis. Des ruisseaux écarlates suivaient les épines noires des oursins. Un homard passa tout près, aussi resplendissant qu'une lampe, tandis qu'en face, une raie manta traçait son sillage scintillant avant de disparaître dans les ténèbres.

En dépit de toutes ces merveilles, Gray continua sa route.

Parfois, il croisait aussi des objets qui n'avaient rien de naturel : une ancre de marine à moitié engloutie sous les massifs coralliens, un nouveau récif constitué des débris squelettiques d'un avion de la Seconde Guerre mondiale ou encore le canon d'une vieille pièce de chasse qui émergeait du sable. Autant de vestiges fantomatiques de la farouche bataille de Midway, dont ces îles-là avaient été le théâtre après Pearl Harbor.

Peu à peu, le décor s'estompa et finit par sombrer dans la nuit. Même les bancs coralliens furent remplacés par du sable. Le sol s'approcha, obligeant Gray à remonter.

Ils avaient atteint les hauts-fonds de l'île.

L'Américain éteignit son Scubajet, son stylo-lampe et le monde ne fut plus qu'un vaste univers monochrome de gris ternes. Aidé de sa boussole et de son GPS, il nagea jusqu'à l'emplacement prévu le long du rivage. Après avoir enjoint aux autres de rester sous l'eau, il refit surface et scruta la paroi rocheuse éboulée derrière une bande de sable.

Une ombre plus marquée indiquait la présence d'une grotte, là où les ancêtres de Palu se réfugiaient jadis quand ils venaient pêcher ou chasser dans cette zone reculée de l'archipel.

Comme son arrivée ne semblait pas avoir déclenché d'alerte, Gray invita ses compagnons d'aventure à le rejoindre. Tous se hissèrent hors de l'eau, puis ôtèrent leurs gilets et leurs bouteilles de plongée, qu'ils cachèrent sans bruit dans un coin de la grotte. En revanche, ils gardèrent leur combinaison, qui, en néoprène noir, les aiderait à se camoufler.

— C'était incroyable ! s'extasia Ken, hors d'haleine, les yeux encore rivés à l'océan.

— Le plus difficile reste à venir, prévint Gray. L'ancien poste de garde se situe à un kilomètre et demi à l'ouest. Il y a fort à parier que la côte et ses abords immédiats sont surveillés. Notre meilleure chance est donc de charrier notre matériel au-delà des collines pour arriver sur la rive est du lac.

— On l'appelle *Make Luawai*, souffla Palu, le dos tourné. Traduction : « Puits mortel ».

— Pas très engageant, marmonna Kowalski.

— C'est juste que l'eau y est très salée. Quasi imbuvable.

L'Hawaïen se tenait au fond de la grotte. Quelques instants plus tôt, Gray l'avait autorisé à allumer un briquet, dont il protégeait la petite flamme au creux de sa paume. La douce lueur éclairait un ensemble de pétroglyphes. Silhouettes rudimentaires au thorax triangulaire proéminent, certains personnages étaient assis dans des espèces de canoës, d'autres couraient en brandissant une lance de pêche. Un peu partout, on discernait aussi des cercles concentriques aléatoires, ainsi que des dessins de poissons ou de tortues de mer.

Palu semblait porter la misère du monde sur ses épaules.

Soudain, Kowalski montra un pétroglyphe en jubilant :

— Hé, une baleine !

Tiré de sa réflexion mélancolique, le pompier sourit.

— *Koholā*, mon vieux. C'est le nom qu'on leur donne. Je vous demanderai un peu de respect, car il s'agit de l'*aumakua* de ma famille, notre dieu personnel. (Il se frappa le torse avec fierté.) Peut-être parce que, nous autres *keikikaneare*, nous devenons tous des colosses.

En se retournant, Kowalski heurta le plafond de la grotte.

— Moi aussi, j'aurais intérêt à vénérer *Cola*, lâcha-t-il en se frictionnant le crâne.

— *Koholā*, corrigea Palu.

— Pigé. *Cola*.

— Pas loin, mon frère.

Gray les rappela afin de régler les derniers détails.

— Une fois au lac, nous progresserons de nouveau sous l'eau. Sauf que, là, nous nagerons dans le noir complet.

D'un regard, il s'assura que Ken et Aiko étaient d'accord.

Les deux civils acquiescèrent en silence, même si une certaine angoisse se lisait sur le visage de Ken.

Difficile de le lui reprocher.

— Avec un peu de chance, nous arriverons assez près pour comprendre à quel bazar nous avons affaire.

Seichan se redressa près de Gray. Soudain, elle s'agrippa le flanc gauche et tressaillit.

Il la saisit par le bras.

— Ça va ?

— Juste une crampe. (Elle se dégagea.) Rien d'autre.

Inquiet, Gray jeta un regard à Ken, qui, du coup, semblait encore plus effrayé.

PREMIER INSTAR

La larve crème se fraya un chemin à tâtons dans le muscle. Ses dix segments étaient hérissés d'épines qui lui permettaient de s'enfoncer, tel un tire-bouchon, dans la graisse et les tendons. Progressant à son rythme, elle se régalait de sang et de tissus. Les contractions de son pharynx faisaient ressortir la pointe acérée de son rostre chitineux. Elle croquait un morceau, puis l'envoyait dans son tube digestif, déjà bien rempli.

Quelques heures après l'éclosion, comme toutes ses semblables entassées à l'intérieur de l'œuf, la larve avait déjà décuplé de volume. Elle mesurait désormais un demi-millimètre de long. Les capteurs sensoriels de sa peau élastique réagissaient à sa croissance éclair. Un flot d'hormones avait envahi son corps. Une nouvelle couche de peau commençait à se former sous l'ancienne en prévision de sa mue, grâce à laquelle elle multiplierait encore sa taille par dix.

Mais, d'abord, il lui fallait davantage de nourriture : des sucres pour continuer de forer, des protéines pour grandir et des graisses pour stocker ce qui l'attendait.

Insatiable, elle avait une faim d'ogre.

À mesure qu'elle pénétrait dans les chairs, ses épines déchirèrent un vaisseau capillaire et ses segments furent baignés de sang. En aspirant l'oxygène de l'hémoglobine, les stigmates situés sur ses flancs lui donnèrent de l'énergie à revendre. Regonflée à bloc, elle fourragea de plus belle, aveugle, mais pas insensible aux stimuli extérieurs.

Dans son sillage, elle excrétait des gouttelettes de diverses substances chimiques.

Certaines contenaient des agents antimicrobiens, censés empêcher l'infection du chemin qu'elle avait emprunté.

Le repas doit vivre.

Ces mêmes gouttelettes envoyaient aussi des messages biochimiques dans la circulation sanguine de l'hôte. Le réseau prêt à l'emploi de vaisseaux permettait de communiquer avec les larves qui festoyaient dans d'autres parties du corps, à la fois pour coordonner leur mue, marquer leur territoire…

Et, surtout, indiquer les zones proscrites.

Les nerfs de la peau prête à tomber réagirent aux battements lourds d'un muscle qui gardait leur hôte en vie. L'écho, persistant et régulier, résonna à travers les tissus.

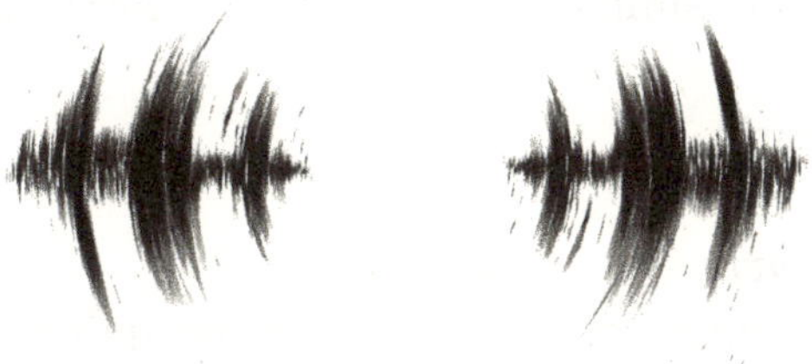

Les quatre mille larves obéissaient à un instinct millénaire qui leur défendait d'approcher cette zone-là et, encore plus, d'y puiser leur nourriture.

Le repas doit vivre.

Aussitôt, la larve s'écarta du battement régulier. Tandis qu'elle poursuivait son festin, un de ses segments effleura un nerf tout fin. Le contact électrique incita les muscles à se contracter. La larve s'éloigna vite. En même temps, son corps continua de s'orienter par rapport à une stimulation comparable, mais infiniment plus vaste.

L'hôte était parcouru de grandes ondes de potentiel électrique, qui s'abattaient d'en haut.

Là encore, la larve sut qu'il fallait rebrousser chemin pour la plus élémentaire des raisons.

Le repas doit vivre.

Une fois son itinéraire tracé, elle rentra dans les chairs.

Soudain, au moment où ses épines barbelées déchiquetaient un nouveau vaisseau capillaire, elle reçut un avertissement biochimique. Certaines congénères avaient détecté un second frémissement musculaire au sein de leur hôte, différent du gros battement lourd. Le même endroit émettait aussi d'infimes ondes d'activité neurologique.

Docile, la larve quitta le secteur concerné, conformément aux instructions millénaires inscrites dans son code génétique.

Son objectif était simple et immémorial, poussé par des impératifs rudimentaires.

Manger et grossir…

Ainsi que…

Le repas doit vivre.

Sauf que la dernière consigne ne durerait qu'un temps.

CHAPITRE 20

8 mai, 14 h 08
Tallinn, Estonie

Kat était accroupie au-dessus du directeur Tamm. Un filet écarlate coulait entre ses doigts, tandis qu'elle s'efforçait de juguler l'hémorragie au niveau du cou. Inconscient après s'être cogné la tête au sol, l'homme respirait encore.

Mais pour combien de temps ?

Sa fille, Lara, restait tétanisée de stupeur.

Sam protégeait Elena de la scène sanglante, tout en essayant de contacter les secours. Une salve de balles crépita sur les ferrures extérieures de la porte. À en croire l'absence de détonations, les assaillants avaient des silencieux.

— Je ne capte rien, annonça Sam, son téléphone en l'air.

Le capitaine Bryant analysa la situation. Les épais murs de pierre empêchaient peut-être les communications.

À moins que quelqu'un n'ait brouillé le système.

En tout cas, ils n'avaient pas affaire à de simples voleurs.

D'un coup, les tirs cessèrent, ce qui fut encore plus déstabilisant. Kat ne put qu'imaginer leurs agresseurs s'apprêter à faire sauter la porte.

Le front plissé d'inquiétude, Monk devait avoir le même mauvais pressentiment. Il montait toujours la garde à la porte. Il avait baissé un loquet afin de la consolider, mais le mécanisme, typique de l'ambiance médiévale de la pièce, semblait plus décoratif qu'autre chose.

— Il n'y a jamais de passage secret quand on en a besoin !

Kat envisagea qu'ils se barricadent en poussant l'imposante table de bibliothèque contre le battant et en tenant ainsi le fort jusqu'à l'arrivée des secours. Elle fit vite une croix dessus, consciente que son plan condamnerait certainement le directeur Tamm et ferait d'autres victimes.

Il nous faut un plan B...

Sous leur veste, les agents Kokkalis et Bryant cachaient tous deux une arme de poing : un Sig Sauer P226. Hélas, une fusillade en pleine bibliothèque risquait d'aboutir au même résultat.

Son regard se posa sur l'unique fenêtre de la salle qui donnait, sept étages plus bas, sur le parking des employés. La pente était vertigineuse, mais la façade du bâtiment, constituée de briques calcaires scellées au mortier, laissait des interstices assez profonds pour y planter les doigts. Deux étages en dessous, l'immeuble était cerné d'un mince rebord ornemental.

Kat évalua les risques.

Peut-être qu'avec l'aide de Monk...

Son mari remarqua l'objet de son attention et n'eut aucun mal à deviner le plan qu'elle avait en tête.

— Ton idée est dingue, chérie, mais c'est une des raisons pour lesquelles je t'ai épousée.

* * *

14 h 10

Elena s'était réfugiée sous la table avec Lara. Près d'elles, Sam était penché sur le corps inanimé de Tamm. Il avait remplacé Kat et tenait un mouchoir plaqué sur la gorge du directeur. La boule d'étoffe était déjà trempée de sang.

Le temps presse.

Kat avait dû en prendre conscience aussi, mais pour un autre motif. Alors que, jusque-là, elle avait l'oreille collée à la porte, elle se redressa.

— Je les entends trafiquer dehors.

Dans un coin, Monk tentait de soulever une vieille armure.

— Ils installent sans doute des charges explosives pour faire sauter les gonds, déduisit-il.

— Alors, allons-y.

Kat courut s'abriter le long de la table.

Son époux, qui avait enfin hissé le fardeau sur son épaule, se rua de l'autre côté et poussa un grognement d'effort.

S'ensuivit un fracas tonitruant.

Depuis sa cachette, Elena se représenta l'armure volant à travers la fenêtre avant d'effectuer un long saut de l'ange jusqu'au parking.

— Grouillez-vous ! ordonna Kat.

La fenêtre brisée laissa s'engouffrer la musique entraînante du festival qui battait son plein dans les rues de la vieille ville. Ses notes enjouées contrastaient ironiquement avec le danger terrible auquel le groupe était confronté.

— Allez, allez, allez !

Deux explosions puissantes firent sursauter Elena. La bibliothécaire se retourna et, entre les pieds de chaise, elle regarda vers la porte. Un panache de fumée arrivait droit vers elle. Des éclats de bois crépitèrent sur la table. Un morceau de métal tordu jaillit aussi à ras de terre, rebondissant comme par ricochets.

Ses gonds arrachés, l'énorme porte s'abattit bruyamment à l'intérieur de la pièce. Des bottes la piétinèrent. Quatre hommes entrèrent et se déployèrent.

Elena se coucha à plat ventre et lorgna la fenêtre.

Elle aperçut la main de Monk agrippée au rebord inférieur. Ses doigts remuaient afin de trouver la meilleure prise possible.

Elle ne fut pas la seule à repérer le geste désespéré.

Des cris fusèrent, à la fois en japonais et peut-être en arabe.

Chacun d'un côté de la table, deux agresseurs masqués se ruèrent vers la fenêtre.

Sachant ce qui allait arriver, Elena se protégea la tête. Elle imagina leur étonnement quand les deux bandits ne découvriraient qu'une main désincarnée suspendue dans le vide.

Elle avait beau s'y attendre, l'explosion lui soutira un halètement. Monk avait expliqué que sa prothèse possédait un dispositif de sécurité intégrée : un pain de C-4 inséré sous la paume. L'effet de souffle projeta les deux bandits au fond de la pièce. La table avança même de cinquante centimètres. Les chaises se renversèrent. Les livres et les documents jaillirent de tous côtés.

Sans attendre que la poussière retombe, Monk et Kat se mirent à tirer. Réfugiés en haut des étagères, ils avaient compté sur le piteux état de la fenêtre et sur le fracas de bois et de verre brisé pour tromper l'attention des assaillants.

A priori, le stratagème avait fonctionné.

Pris entre deux feux, les deux derniers hommes masqués s'avachirent près de la porte défoncée.

Monk et Kat se laissèrent retomber au sol. Dans une chorégraphie parfaitement huilée, ils traversèrent le chaos et coururent vers la sortie. Ensemble, ils s'arrêtèrent sur le seuil, puis, dans un roulé-boulé, ils rejoignirent le couloir en surveillant personnellement et mutuellement leurs arrières.

Lorsque le ballet fut terminé, Kat resurgit à la porte.

— La voie est libre. Venez.

Elena avança à quatre pattes, tandis que Sam confiait à contrecœur sa lourde responsabilité à la fille de Tamm.

— Désolé, murmura-t-il.

Elena effleura le bras de Lara.

— Nous vous envoyons vite une équipe médicale.

C'était tout ce qu'ils pouvaient faire. La bibliothécaire détestait l'idée d'abandonner la jeune fille, mais Kat les avait prévenus que, si d'autres agresseurs rôdaient dans les parages, leur présence à eux risquait de tuer de nouveaux innocents.

Ils devaient partir.

Et pas par l'entrée principale.

Elena serra le badge professionnel de Lara, qui leur donnerait accès au monte-livres au fond du couloir. Objectif : rejoindre le rez-de-chaussée, puis sortir par le parking réservé aux employés où, avec un peu de chance, personne n'était de faction.

Elle se retourna une dernière fois vers les décombres fumants. Au lieu de se focaliser sur les mares de sang ou les corps désarticulés, elle n'avait d'yeux que pour les quelques pages enflammées qui voletaient à travers la pièce.

Voilà ce qui restait de l'héritage de Smithson à Tallinn.

Tout avait disparu.

Elle s'élança derrière Kat, qui courait en avant avec son mari. Les doigts crispés sur les crucifix de ses lunettes, un par petite-fille, elle pria le ciel pour que la suite de leur expédition sur les traces du mécène soit moins sanglante.

Hélas, elle ne se faisait guère d'illusions.

* * *

14 h 44

De retour sous le soleil, Kat entraîna ses camarades dans le cœur bondé de la vieille ville. La musique retentissait, les vendeurs ambulants criaient à tue-tête, les enfants dansaient entre les jambes. Partout, on entendait fuser les éclats de rire, certains à cause de l'ivresse, d'autres vraiment de bon cœur.

Le carnage à la bibliothèque ne semblait plus être qu'un cauchemar. Aucun festivalier n'avait remarqué le remue-ménage, sans doute parce que les explosions et les tirs avaient eu lieu à l'arrière du bâtiment. Seul signe du chaos qu'ils venaient de quitter : le mugissement lointain des sirènes.

Kat avait averti les autorités dès qu'au rez-de-chaussée, les portables s'étaient remis à fonctionner. Elle avait aussi informé une poignée d'employés de l'état de santé de leur directeur et elle leur avait demandé de monter aider Lara. En voyant une bande d'inconnus surgir de nulle part, ces personnes-là les avaient toisés d'un air suspicieux, mais le pistolet de Kat les avait dissuadés de poser toute question indiscrète.

Une fois dehors, l'Américaine avait directement opté pour le festival. D'une part, il était inutile de rejoindre leur berline, sans doute placée sous surveillance. D'autre part, elle espérait que la cohue empêcherait quiconque de se lancer à leurs trousses.

La priorité était de s'éloigner au maximum de la bibliothèque. Après quoi, Kat donnerait rendez-vous au pilote de leur avion privé.

Elle jeta un œil au GPS de son portable afin de vérifier leur itinéraire dans le dédale des rues médiévales, puis elle indiqua le carrefour suivant à gauche.

— Par là.

Sam et Elena acquiescèrent, livides.

Elle ne les avait vraiment pas ménagés.

Derrière eux, Monk croisa son regard. Lui aussi avait dû remarquer leur mine défaite. En silence, il la prévint que les deux chercheurs avaient presque atteint leurs limites.

Il était temps de trouver un taxi pour aller à l'aéroport.

Mi-distraite, mi-inquiète, Kat ne prêta pas attention au deux-roues qui fendait la foule. Ce n'était pas exceptionnel. Seules les motos, les Vespa et les minuscules voitures européennes osaient s'aventurer dans les venelles pavées de la vieille ville.

Pourtant, au moment de l'éviter, elle sentit les poils de sa nuque se hérisser. Depuis longtemps, elle avait appris à écouter son corps, sensible au danger avant même que son esprit ait remarqué quoi que ce soit. La moto était chevauchée par deux personnes cachées sous un casque intégral. Il ne s'agissait pas de festivaliers, tant leur langage corporel était typique de l'armée.

Le regard de Kat s'attarda. Une seconde de trop, hélas.

Idiote !

L'engin vrombit et bondit vers l'avant. Elle voulut dégainer. Monk s'en aperçut et pivota sur le côté, le temps d'empoigner aussi son pistolet.

Trop tard.

La moto arriva à leur hauteur. Le pilote flanqua un coup de pied à Monk, qui percuta un mur. Kat sortit son arme, mais les bandits étaient déjà sur eux. Sans qu'ils ralentissent un seul instant, le passager se pencha. Il attrapa Elena par la taille, la jeta sur ses genoux et lui planta une seringue dans le cou.

Les pneus laissèrent des traces de caoutchouc brûlé sur les pavés et le pilote fit demi-tour en trombe.

Kat brandit son pistolet, mais les assaillants avaient déjà rejoint la foule. Impossible de les avoir en ligne de mire. Elle galopa néanmoins jusqu'à l'endroit où ils s'étaient engagés dans une allée piétonne.

La moto zigzaguait entre les passants, les terrasses de café et les musiciens de rue. Pour ne rien arranger, les stores bannes des boutiques créaient une espèce de long tunnel sombre.

Kat perdit de vue les ravisseurs.

Lorsque Monk revint à sa hauteur, elle lui lança :

— Fais-moi la courte échelle !

Sans poser de questions, il mit un genou à terre et lui offrit l'autre. Elle prit appui et sauta. La main de Monk sur ses fesses acheva de la propulser. Kat atterrit à plat ventre sur le premier auvent et profita de l'effet trampoline pour se remettre debout.

Puis elle détala.

Elle cavala de store en store, bondissant çà et là quand il en manquait un. En filant par-dessus la foule, elle évita ainsi les engorgements et espéra que les passants ralentiraient assez la moto pour qu'elle la rattrape.

Elle guetta le gémissement du moteur.

Soudain, elle l'entendit.

Droit devant, à une vingtaine de mètres.

Elle piqua un sprint.

Manque de chance, elle atteignait le bout de la ruelle, signalé par un pont au toit de tuiles qui enjambait la chaussée. C'était la porte de la cité médiévale. Dès que les ravisseurs auraient quitté la vieille ville, les rues s'élargiraient et elle pourrait leur dire adieu.

Elle accéléra encore, mais repéra vite un problème.

Au pied du pont, il y avait un petit parvis. La rangée d'auvents s'arrêtait juste avant et Kat ne pourrait bientôt plus courir sur rien.

Pourtant, elle ne ralentit pas.

De son côté, la moto fonça sur la place en effrayant les passants. Un des nombreux festivaliers montés sur échasses – un Estonien en costume bigarré qui déambulait à cinq mètres du sol – se fit balayer. Une de ses jambes géantes se détacha.

Kat remercia ce petit coup de pouce du destin et rangea son arme à sa ceinture.

Arrivée sur le dernier store, elle s'élança par-dessus la foule, attrapa l'échasse au moment où elle retombait et se servit de son élan pour jouer les perchistes de haut vol. Cramponnée de toutes ses forces, elle fit levier avec son corps, poussa sur ses jambes… et survola littéralement la place.

Elle passa au-dessus des motards au moment où il leur fallait ralentir devant le goulet d'étranglement de la porte. Les gens se dispersèrent, affolés, ce qui lui permit d'atterrir en position accroupie, face au deux-roues.

Les agresseurs lui foncèrent droit dessus.

Elle ressortit son pistolet et tira.

La balle fit exploser la visière du pilote.

La moto se renversa, glissa sur les pavés et la dépassa par la gauche.

Le passager bondit au dernier moment et s'en sortit sain et sauf. Kat brandit son pistolet, mais il pivota sur ses talons et se fondit dans la masse des badauds médusés.

Elena avait été éjectée au moment où son ravisseur avait sauté. Elle tenta de se redresser, mais elle était sonnée, que ce soit à cause de l'accident ou du produit qu'on lui avait injecté.

Probablement un calmant censé abrutir leur cible.

Kat courut l'aider à s'asseoir.

— Ça va ?

La miraculée contempla ses bras, ses jambes, puis la foule ahurie.

— Je… je crois, oui.

Un gros coup de klaxon ramena leur attention vers la ruelle. Une Mini Cooper vert électrique avait fait irruption sur la place. Les gens, déjà affolés, s'écartèrent de son chemin.

Tout en protégeant Elena, Kat brandit son Sig Sauer, puis elle le baissa lorsqu'elle aperçut Monk au volant. Il avait dû réquisitionner le véhicule ou carrément braquer son conducteur.

Vite, il pila à leur hauteur et hurla par la vitre baissée :

— Montez !

Sam ouvrit la portière arrière.

Kat prit Elena dans ses bras, se jeta avec elle sur la banquette, puis referma d'un coup sec.

— Vas-y !

Monk redémarra en trombe vers la porte. Quelques instants plus tard, la voiture franchit le pont voûté et quitta la vieille ville.

Kat se faufila à l'avant, laissant Elena aux bons soins du Dr Bennett.

Monk posa alors la question qui la hantait depuis l'assaut :

— Comment ont-ils su que nous étions là ?

Son épouse avait déjà une hypothèse. Hormis une poignée d'agents Sigma, les seules autres personnes à être informées de leur voyage en Estonie étaient les renseignements japonais.

Et, en leur sein, un suspect se détachait du lot.

Aiko Higashi.

Elle chercha son téléphone satellite dans sa veste.

— Il faut que j'appelle Painter.

— Pourquoi ?

— Pour lui dire de prévenir Gray.

— À quel sujet ?

Kat observa Monk d'un air soucieux.

— Je crois qu'il va se jeter dans la gueule du loup.

CHAPITRE 21

8 mai, 1 h 34
Atoll d'Ikikauō

Fin prêt, Gray s'engagea dans l'eau saumâtre.

Son équipe et lui avaient mis vingt longues minutes à traverser des collines très boisées pour rejoindre la rive est du lac, au centre de l'île. Ils avaient progressé lentement, équipés de lunettes de vision nocturne, et avaient veillé à ne pas déranger les oiseaux dans leurs nids. Sous la sombre canopée, des chauves-souris leur avaient quand même foncé dessus en piqué.

Gray espéra qu'elles étaient les seules à avoir remarqué leur présence. Le Make Luawai mesurait huit cents mètres de long sur quatre cents de large. Ses relents salés emplissaient l'atmosphère, tandis qu'une nuée de petites mouches piqueuses et de moucherons bruyants stagnait lourdement au-dessus de l'eau noire. Il y avait pourtant de la vie là-dessous. La preuve : de temps à autre, un poisson jaillissait pour attraper un insecte.

— Faites gaffe où vous marchez. La pente est raide.

Au bout de deux mètres à peine, Gray avait déjà de l'eau jusqu'au cou. Même à travers une combinaison, on sentait que le lac était beaucoup plus chaud que l'océan. Sa traversée n'en était pas plus agréable, tant on avait l'impression de barboter dans une soupe tiède. L'étrangeté de la situation était renforcée par la sursalure du lac. En raison d'une concentration en sel trois fois plus élevée que la mer, on y flottait de manière peu naturelle.

Avant de s'immerger, Gray scruta une dernière fois la berge opposée. Une lueur indiquait l'emplacement de l'ancien poste des gardes-côtes.

Tout était tranquille.

Satisfait, il glissa sous l'eau. Quand tout le monde l'eut rejoint, il donna le signal du départ. Les aventuriers nagèrent sur cinquante mètres, puis rallumèrent discrètement leur Scubajet. Cette fois, ils restèrent à une profondeur maximale de trois mètres. À ce niveau-là, les lunettes de vision nocturne permettaient de s'orienter par rapport aux étoiles.

Gray n'avait guère besoin d'éclairage. Il aurait pu nager nu comme un ver, muni de sa seule boussole, et aurait estimé la distance parcourue en se fiant uniquement au nombre de battements de jambes. Il devait cependant tenir compte des civils. Le maigre rayonnement les aiderait à se suivre, ce qui, avec un peu de chance, réduirait les risques de crise de panique.

Sa mesure de précaution n'était pas destinée qu'aux simples citoyens de son groupe, hélas.

Accroché à son propulseur, Gray lorgna par-dessus son épaule. Durant leur traversée de l'île, Seichan s'était efforcée de masquer sa souffrance, mais sa peau luisait de sueur et sa démarche était parfois vacillante, sa respiration saccadée. Bref, son état semblait empirer. Le temps que la petite troupe atteigne le lac, les muscles de ses mâchoires étaient devenus saillants, tant elle serrait les dents pour résister à une douleur viscérale.

Gray s'inquiéta d'autant plus qu'elle avait quitté son champ de vision. Il la savait en queue de peloton avec Palu et, selon toute vraisemblance, elle avait encore pris du retard.

Il se mit à regretter sa décision.

J'aurais dû me montrer plus ferme, insister pour qu'elle reste à Maui.

Compte tenu du personnage, Seichan aurait toutefois trouvé le moyen de les suivre. À Hana, Gray avait lu sur son visage une détermination d'acier. À son inflexibilité habituelle s'ajoutait une source inédite de ténacité, sans doute due à la nouvelle vie qu'elle protégeait au fond d'elle.

Convaincu qu'elle se battrait jusqu'à son dernier souffle, il reprit sa course vers l'avant… et faillit heurter un mur de plein fouet. Il bifurqua à la dernière seconde et évita ainsi l'aile dressée à la verticale d'un vieil avion. Quand Gray passa à toute vitesse devant l'épave, le Scubajet plaqué sur son torse effleura le métal, arrachant une couche d'algues.

Une fois sorti d'affaire, l'agent Sigma éteignit son propulseur et fit volte-face. Ken et Aiko, qui l'avaient vu éviter la collision de justesse, effectuèrent un large détour, chacun de leur côté, et Gray les perdit de vue.

Pestant à voix basse, il poussa Kowalski vers Aiko, l'index pointé sur elle, tandis que lui se lançait à la poursuite de Ken. Il était certain de le rattraper sans problème, mais, par prudence, il se servit de sa lampe UV pour éclairer la nuit.

Le chercheur surgit devant lui. L'homme, qui avait eu la présence d'esprit d'éteindre son Scubajet, repéra la lumière. Gray lui demanda par signes si tout allait bien. Les yeux encore écarquillés sous son masque, Ken lui répondit par l'affirmative.

Ensemble, ils se dirigèrent là où Aiko et Kowalski avaient disparu. Gray resta attentif quand son stylo UV révéla la présence d'un vaste cimetière. Le halo lumineux balaya les épaves enchevêtrées de quatre ou cinq avions. Des pièces détachées étaient éparpillées sur plusieurs dizaines de mètres. Une hélice qui dépassait à moitié du sable faisait penser à une croix commémorative. Les fuselages étaient éventrés. Des pans d'ailes tordus pointaient çà et là ou étaient embourbés dans la vase. Tous les débris étaient couverts d'une épaisse couche d'algues.

Gray identifia néanmoins les appareils, notamment grâce au grand rond visible sur une aile et au nez d'une torpille noire qui saillait de sous une épave. C'était une escadrille de bombardiers japonais de la Seconde Guerre mondiale, des Nakajima B5N, habituellement lancés depuis un porte-avions tout proche.

Le commandant imagina un affrontement aérien féroce, au cours des quatre jours qu'avait duré la bataille de Midway. Ce combat naval décisif avait porté un coup terrible à la flotte impériale japonaise, dont elle ne se remettrait jamais totalement.

Tandis que Gray contemplait le cimetière, deux silhouettes émergèrent de l'obscurité.

Une petite, l'autre imposante.

Aiko et Kowalski.

Le binôme s'était repéré à la lampe UV.

Gray tourna à trois cent soixante degrés sur lui-même.

Où sont donc passés Seichan et Palu ?

Dans la confusion, il avait perdu leur piste. Étaient-ils encore à la traîne ? Ou l'incident leur avait-il échappé, de sorte qu'ils avaient déjà passé leur chemin ?

Mystère.

Si jamais un membre du groupe se retrouvait isolé, rendez-vous était donné au point de destination prédéfini sur la côte ouest ou, en cas d'impossibilité, devant la grotte de départ.

Gray n'eut pas d'autre choix que d'inviter ses camarades à se remettre en route. Par prudence, il leur fit cependant signe de rester groupés. Il n'était pas question de perdre encore quelqu'un.

Dès qu'ils eurent laissé l'épave derrière eux, le fond du lac redescendit brutalement vers d'insondables ténèbres, comme si les plongeurs s'étaient engouffrés dans un vide sidéral.

Se sentant vulnérable, Gray décida d'éteindre sa torche, non sans l'avoir braquée une dernière fois derrière eux avec l'espoir que le faisceau lumineux serve de balise à Seichan et Palu.

Enfin, si déjà ils sont là-bas.

Il finit par se résigner et appuya sur l'interrupteur.

Comme un fait exprès, l'abysse explosa de mille feux. Estomaqué, Gray arracha ses lunettes infrarouges, mais ses rétines, accablées de lumière, restèrent aveugles. Il fallut deux bonnes secondes pour que la brillance s'atténue et qu'il recouvre la vue.

Un vaste complexe luisait au fond du lac. On aurait dit un gigantesque circuit imprimé qui, d'un seul coup, aurait pris vie. Des galeries transparentes reliaient un ensemble de salles à coupole de verre, créant un labyrinthe à niveaux multiples. D'autres coins plus sombres indiquaient l'emplacement de pièces aux murs d'acier.

Gray comprit ce qu'il avait sous les yeux.

Un laboratoire sous-marin.

Il devina aussi sa raison d'être.

Quelle meilleure façon de protéger et d'isoler des travaux menés sur un dangereux organisme ?

L'éblouissante clarté venait surtout du nez d'un sous-marin, qui remontait en trombe vers le groupe pris au piège.

Conscient qu'ils n'avaient aucune chance de battre de vitesse un engin aussi rapide, Gray réunit ses camarades. Ils se situaient à différents degrés de stupeur et d'affolement… ou, dans le cas de Kowalski, de résignation maussade.

Le commandant les exhorta à refaire surface.

Des flaques de lumière miroitaient aussi là-haut, près de la rive ouest. Un grondement étouffé de moteur résonnait dans l'eau.

Des bateaux…

Ses troupes étaient cernées.

De retour à l'air libre, Gray ôta son masque. Les autres l'imitèrent. Trois bateaux pontons voguaient vers eux. Des fusils d'assaut frémissaient entre les mains des ombres à bord.

Gray trouva un maigre réconfort à ce qu'on ne leur tire pas d'emblée dessus. D'un autre côté, il y avait fort à parier que les occupants de l'île souhaitaient interroger les intrus.

En revanche, ils ne jugeaient pas nécessaire de passer tout le monde à la question.

Une puissante déflagration retentit au sud-est.

Le groupe se retourna et vit une boule jaillir dans la nuit.

Kowalski observa la scène d'un œil noir : il connaissait, aussi bien que Gray, le lieu probable de l'explosion.

Le catamaran.

Gray était soulagé que Palu n'ait pas été témoin du drame. Il scruta le lac obscur et se demanda encore où ses deux comparses s'étaient envolés. Si, un peu plus tôt, leur absence l'avait inquiété, il y voyait désormais un motif d'espoir.

Au moins, ils ont évité le traquenard.

Du mouvement attira son attention vers l'eau.

À quelques mètres de profondeur, une flèche éclatante s'éloigna des nageurs, signe que le sous-marin venait de passer. Toutefois, au lieu de redescendre vers son poste d'amarrage, il s'élança vers le cimetière d'avions japonais. À en juger par ses oscillations à droite et à gauche, il était en phase de recherche.

Gray croisa les doigts pour que les autres soient à l'abri et bien cachés.

Un requin luminescent sillonnait désormais les eaux noires.

* * *

1 h 52

Seichan se plaqua du mieux qu'elle pouvait à l'intérieur de l'épave. En s'écrasant, la carlingue du bombardier japonais s'était brisée en deux. La jeune femme avait le dos collé au cockpit, où le squelette avachi du pilote était toujours sanglé dans son harnais en décomposition.

Pour le malheureux aviateur, le nom du lac – « Puits Mortel » – avait pris tout son sens.

Espérons que nous n'en ferons pas, nous aussi, les frais.

Deux mètres plus loin, Palu avait encastré tant bien que mal sa carrure de déménageur dans la queue de l'appareil. L'espace était exigu et elle ne pouvait qu'imaginer la mine défaite du pompier derrière son masque.

Quelques instants auparavant, les deux nageurs avaient rejoint le cimetière sous-marin. Ils s'étaient laissé distancer par leurs camarades – ou, plutôt, c'était elle qui était à la traîne. Palu était resté à ses côtés, sans doute à la demande de Gray.

En fait, Seichan avait des soucis avec son Scubajet. L'engin refusant de passer la vitesse maximale, elle devait compenser par de solides battements de jambes pour tenir le rythme.

En temps normal, cela n'aurait pas été un problème.

Là, sa situation actuelle était loin d'être normale.

Encore à présent, ses muscles étaient parcourus de douleurs aiguës. Ses bras tremblaient, alors qu'elle plaquait fermement ses paumes contre l'habitacle. Chaque centimètre carré de son dos brûlait, au point qu'elle sentait sa colonne vertébrale en feu.

C'était le moment d'appliquer les conseils reçus à la Guilde. Après avoir pris quelques bonnes bouffées d'air, elle chassa son malaise derrière un rempart glacé. On lui avait appris que la douleur était un système d'alerte précoce du corps et, comme cela semblait être le cas ici, elle n'était pas systématiquement synonyme de dégâts ou d'incapacité. Seichan avait beau souffrir le martyre, elle sentait ses forces intactes.

Pour l'instant.

C'était tout ce qui comptait.

Gray et les autres avaient des ennuis.

Au moment où Palu et elle avaient traversé le cimetière, le monde avait explosé sous forme d'un énorme champignon silencieux de lumière. Le champ de décombres couvert d'algues s'était détaché du terrible flamboiement. Les lunettes de son masque, qui amplifiaient l'éblouissement, lui avaient, un temps, brûlé la rétine.

Seichan avait néanmoins gardé son matériel infrarouge et, d'instinct, elle s'était réfugiée à l'ombre, là où elle avait vécu la majeure partie de sa vie. Elle s'était cherché un abri, entraînant Palu dans son sillage, jusqu'à tomber sur l'épave au fond du lac.

Ils avaient eu de la chance de trouver aussi vite.

Au moment où elle rejoignait l'avion, un sous-marin biplace avait surgi des profondeurs. Dans le feu des phares, elle avait vu des moucherons noirs remonter à la surface.

Gray et les autres.

Peu après, des bateaux étincelants étaient apparus, glissant sur le toit de leur univers aquatique. Une fois leur proie prise au piège, le submersible s'était orienté en direction du cimetière et il balayait le secteur avec sa lampe.

Sait-il que nous sommes ici ou agit-il par simple mesure de précaution ?

En tout cas, impossible de le distancer.

Seichan étudia son adversaire au moment où il s'engageait dans le cimetière. Il s'agissait d'un « sous-marin humide », dont les deux occupants étaient en tenue de plongée. Si l'avant était constitué d'une coque translucide en polycarbonate Lexan, l'arrière restait ouvert sur l'eau. Sous l'habitacle, un pilote était assis au volant, son passager accroupi derrière. Tête baissée, les jambes repliées, le conducteur s'agrippait à des poignées fixées au sol. Le reste de son corps était protégé du tirant d'eau par la coque.

De tels sous-marins étaient utilisés par certaines formations militaires afin de s'introduire subrepticement en territoire ennemi. Celui-là, en l'occurrence, semblait avoir été conçu dans un but similaire, d'autant que Seichan vit un fusil-harpon dépasser de la ligne d'épaule du second plongeur.

Tout aussi ennuyeux, deux pointes de lance situées de part et d'autre du phare indiquaient que le sous-marin possédait son propre arsenal.

À l'entrée du champ de ruines, le pilote quitta son poste pour nager vers le fond, tandis que son engin remontait. L'idée était sans doute de fouiller le cimetière pour éliminer toute cible potentielle ou, du moins, l'inciter à quitter sa tanière.

Malheureusement, seuls quatre ou cinq avions s'étaient écrasés dans le lac, offrant un nombre assez restreint de cachettes. Le plongeur devait les connaître par cœur. Il fila droit vers une épave voisine et pointa la torche de son fusil-harpon à travers la vitre fracassée du cockpit. Aussitôt, le fuselage s'éclaira de l'intérieur.

Satisfait de n'y trouver personne, l'homme se dirigea ensuite vers leur épave. Le faisceau de sa lampe éclaira la zone entre les deux moitiés d'avion. Chacun de leur côté, Seichan et Palu se tapirent au fond du bombardier. À la lumière, elle distingua le visage de l'Hawaïen et lui mima son plan en feignant de serrer quelque chose très fort dans ses bras.

Derrière son masque, Palu resta perplexe.

Il fallait qu'elle compte sur lui pour saisir le message.

Quand les eaux qui les séparaient s'éclairèrent, elle prit une arme dans chaque main et arc-bouta les jambes. Elle attendit que la pointe métallique du fusil-harpon pénètre son champ de vision… et jeta sa première munition.

Entraîné par son élan, le plongeur tomba nez à nez avec ce qu'elle avait balancé hors du fuselage.

Le crâne du pilote.

Le gros os blanc heurta le masque de l'ennemi.

Réagissant comme tout être humain, à la fois à l'attaque-surprise et à la nature même de l'objet qui le fixait de ses orbites vides, le nageur fit volte-face. Il pointa son fusil vers la moitié de fuselage de Seichan, tout en se laissant dériver vers l'autre.

Avant qu'il n'ait pu presser la détente, des bras puissants l'attrapèrent par-derrière et l'entraînèrent au bout de l'appareil, telle une mygale ramenant sa proie vers sa toile.

Palu avait fini par comprendre.

D'un coup de pied dans le siège du cockpit, Seichan franchit l'espace qui séparait les deux morceaux de l'appareil. Elle se risqua à lever la tête. Le phare du sous-marin fouillait à gauche.

Bien.

Plongeant pour rejoindre Palu, elle tomba sur leur adversaire pris au piège et lui enfonça le canon de son Sig Sauer dans le torse. Après l'avoir orienté vers le haut, elle pressa la détente. La détonation, bien qu'étouffée, fut clairement audible. Seichan compta sur le vrombissement lancinant du moteur du submersible pour couvrir le bruit. Tirer sous l'eau était problématique. Il suffisait souvent d'un coup de feu pour que l'arme s'enraye. Et encore, il ne fallait pas viser à plus de cinquante centimètres ! La jeune femme espéra qu'une telle contrainte permettrait à la balle de rester logée à l'intérieur de sa victime.

Pour un corps-à-corps sous l'eau, il aurait été plus logique d'utiliser un poignard, mais elle craignait que le bandit ne se débatte trop violemment. La traînée de sang causée par une plaie béante n'aurait pas échappé à son complice, qui rôdait plus haut.

Après avoir récupéré son pistolet, elle pinça le trou que la balle avait percé dans la combinaison en caoutchouc. Une fois certaine que l'homme était mort, elle arracha une touffe d'algues, qui lui servit à colmater l'orifice. Elle détacha ensuite la lampe du fusil-harpon, la tendit à Palu et montra le sous-marin en maraude.

Faites semblant d'être le plongeur, exhorta-t-elle en silence.

D'un hochement de tête, il lui indiqua qu'il avait compris, puis il passa devant elle en se dandinant et nagea au ras du sable, le faisceau de sa torche braqué vers l'avant. Palu avait à peu près la même carrure que leur victime. Avec un peu de chance, le subterfuge durerait le temps nécessaire.

Après son départ, Seichan débarrassa le cadavre du masque qui lui couvrait le visage. L'homme était équipé d'un casque d'écoute. Elle l'en délesta aussi, le posa sur ses propres oreilles et échangea les masques. Le temps qu'elle chasse l'eau de son nouveau matériel, les ténèbres s'étaient abattues sur l'épave, tandis que le plongeur imposteur et le sous-marin s'éloignaient.

Elle quitta enfin sa cachette et regagna les eaux noires.

Malgré son corps perclus de douleur, elle se sentait plus calme dans son élément naturel – une ombre au cœur de la nuit.

Une voix chuchota à son oreille en japonais. C'était le pilote du submersible qui contactait son camarade.

— *Des nouvelles des cibles ?*

Il fallait répondre. Sa victime ayant l'air japonaise, Seichan décida d'employer la même langue sur un ton bourru :

— *Ōrukuria.*

Rien à signaler.

Elle poursuivit sa remontée jusqu'à hauteur du submersible et s'élança dans son sillage. Chaque battement de jambe lui faisait un mal de chien, mais elle se concentra sur son objectif.

Plus bas, Palu jouait toujours la comédie, s'arrêtant çà et là pour inspecter les épaves, ce qui incitait le sous-marin à continuer son cabotage.

Droit devant, la silhouette du pilote, assis sous sa coque, se détachait dans la lumière. Seichan accéléra, ravivant d'autant plus le feu qui avait envahi ses jambes et son bas-ventre.

Finalement, elle murmura par radio dans un japonais parfait qu'elle tenait de sa jeunesse asiatique :

— Ça bouge cinq mètres devant. Tu vois un truc ?

— *Rien de là-haut*, répondit le pilote.

Persuadée qu'il allait se focaliser sur les profondeurs, elle se faufila à l'arrière de l'engin, braqua le fusil-harpon qu'elle avait confisqué et tira.

La flèche fusa dans l'habitacle ouvert et empala le pilote à la gorge, presque au point de le décapiter. Un nuage de sang se répandit dans le dôme en Lexan. Privé de pilote, le sous-marin tomba lentement en laissant une traînée rouge vif derrière lui.

Puisqu'il n'y avait plus d'ennemi sur zone, personne ne donnerait l'alerte. Seichan se lança néanmoins aux trousses du submersible. Elle attrapa une des poignées au plancher pour redémarrer, délogea le pilote de son siège et jeta son corps derrière. À présent que le gilet stabilisateur du plongeur était dégonflé, le poids du matériel entraîna le cadavre jusqu'au cimetière tout prêt à l'accueillir.

Seichan prit les commandes. Elle avait beau avoir déjà piloté ce genre de machine-là, elle était un peu rouillée. Au bout de quelques tentatives, elle réussit toutefois à descendre en spirale vers Palu. L'Hawaïen, qui avait assisté au débarquement sanglant du pilote, patientait non loin de son corps.

Sans doute vérifie-t-il que ce n'était pas moi.

Dès qu'elle arriva à proximité, il donna un coup de pied au fond, la rejoignit et tendit l'index vers le haut d'un air interrogateur.

Elle secoua la tête en montrant plutôt le fond.

Il est temps de rendre visite aux habitants du coin.

Avant de repartir, Seichan se dressa un inventaire mental. Des pieds à la tête, elle possédait tout un éventail de poignards bien cachés dans leur étui. Quant à son Sig Sauer trempé, il pouvait être séché et redevenir opérationnel. La puissance de feu n'était pas phénoménale, mais Seichan se débrouillerait. Pour l'aider, elle s'appuierait sur une compétence qu'elle avait apprise non pas avec la Guilde, mais auprès du père de son futur enfant, champion de la pensée latérale et de l'improvisation brillante.

Si je veux sauver Gray, j'ai intérêt à agir comme lui.

Hélas, au moment de tourner le volant et de lancer les propulseurs, elle crut que tous ses membres prenaient feu. Elle n'y voyait presque plus. Penchée sur les commandes, la main posée sur son ventre, elle souhaita de tout cœur que la douleur s'en aille – pas de son corps, mais de ce qu'elle protégeait au fond d'elle.

Le souffle court, elle constata qu'elle n'avait plus beaucoup d'air.

Le temps presse.

Elle se redressa, consciente que son constat s'appliquait à tous.

Et à une personne en particulier.

Tandis qu'elle plongeait vers les profondeurs, elle fit une promesse – à Gray, à elle-même, mais, surtout, à son futur enfant.

Je ne laisserai pas tomber.

Une question la taraudait néanmoins depuis des heures.

Quels sacrifices suis-je prête à consentir pour honorer mon engagement ?

CHAPITRE 22

8 mai, 8 h 55
Washington, D.C.

Quoi encore… ?

Painter emprunta l'ascenseur sécurisé qui le conduisit du Q.G. de Sigma au rez-de-chaussée du Smithsonian Castle. C'était le conservateur du musée, Simon Wright, qui lui avait demandé de quitter son terrier. Painter n'avait pas de temps à perdre, mais le gardien du Château avait tenu à ce que le directeur voie quelque chose de ses propres yeux.

Au moins, je me serai dégourdi les jambes.

Il était resté dans son antre toute la nuit, ne s'accordant qu'une courte sieste vers cinq heures du matin. Son objectif ? Coordonner les actions des différentes agences de renseignement de la planète. Hélas, dès qu'il parvenait à éteindre un incendie, un autre se déclarait ailleurs.

Au moment où les portes de l'ascenseur se rouvrirent sur un sas de sécurité tenu par un garde armé derrière son bureau, Painter entendit son propre téléphone sonner. Il reconnut le numéro. Il hocha la tête vers le vigile, qui se redressa et le salua en silence. La pièce était aussi protégée par un système de surveillance et des contre-mesures électroniques. Pour entrer, il fallait même être muni d'un badge noir spécial estampé d'un Σ holographique en relief.

Toujours dans le sas, Painter se mit à l'écart et décrocha :

— Comment se porte le Dr Delgado, Kat ?

— Je pense que son organisme a évacué la majeure partie du calmant.

Painter s'imagina la tentative d'enlèvement dont l'éminente sexagénaire avait été victime à Tallinn. Même si ses agents avaient réussi à la sauver, l'annonce d'un assaut à la Bibliothèque nationale d'Estonie soulevait une foule de questions.

— Merci d'avoir envoyé une équipe médicale sur le tarmac, continua Kat. Monk s'inquiétait de la pression artérielle de notre protégée, mais les effets du produit semblent s'être estompés. Elle insiste pour continuer la mission.

— Je ne suis pas étonné. Elle n'a pas froid aux yeux.

— On peut même dire qu'elle bout de rage. Je crois avoir appris quelques nouveaux jurons en espagnol. (Soupir.) J'ai aussi entendu dire que le directeur Tamm était au bloc opératoire. Son état de santé reste critique. Sans son aide ni celle de sa fille...

La voix de Kat, empreinte de culpabilité, se brisa.

Painter connaissait bien ce genre de douleur-là.

— Veillons à ce que leur labeur et leur sacrifice servent à quelque chose. Quand est-il prévu que vous partiez pour Gdańsk ?

— Nous décollons dans cinq minutes. Je voulais contacter le siège une dernière fois avant. Voir si Jason ou vous aviez du nouveau sur l'identité de nos assaillants ou la manière dont ils ont eu vent de notre présence à Tallinn.

Painter perçut sa frustration. Kat était spécialisée dans la collecte d'informations. Sur le terrain, privée de ses ressources, elle rongeait son frein pour reprendre le contrôle.

— Jason continue d'explorer des pistes. Ce gamin est doué. De votre côté, à Gdańsk, tâchez d'en apprendre un maximum sur l'endroit où James Smithson aurait acquis son bloc d'ambre. Il nous faut des réponses. Hawaï sombre dans le chaos.

— Quelle est la situation ?

— On compte plus de deux cents morts. Et les gens continuent d'affluer dans les hôpitaux ou les centres de soins en amenant des patients à moitié comateux.

— Comme les quatre que Gray a sauvés de l'Haleakalā ?

— Apparemment. Le nombre de victimes parasitées augmente d'heure en heure. Le personnel médical s'efforce de trouver un traitement. La petite amie de Kowalski, Maria, a rejoint un détachement spécial à Hana afin d'apporter ses compétences génétiques dans l'étude du mystérieux organisme.

— Elle aurait déjà dû être évacuée, non ?

— Elle a refusé. Pourtant, elle sait qu'elle risque d'être coincée sur l'île par les mesures de confinement. Comme elle a dit : « Je compte sur vous tous pour éteindre l'incendie. »

— Kowalski a intérêt à lui passer la bague au doigt avant qu'elle n'ouvre enfin les yeux sur lui.

Painter sourit.

— Absolument.

— Comment la quarantaine se déroule-t-elle ?

— Elle ne fait qu'ajouter à la panique et au désordre. Une émeute a éclaté à Honolulu quand la garde nationale a été mobilisée. Les militaires établissent des périmètres de sécurité autour des zones de nidification, mais les colonies semblent se déplacer en permanence et se diviser en multiples *leks* territoriaux. Autant essayer d'attraper des papillons avec un filet troué.

— J'ai entendu dire qu'on testait un large éventail d'insecticides.

— Jusqu'à maintenant, cela n'a servi qu'à agacer les guêpes et à disperser l'essaim, répondit le chef Crowe. Pire, ces sales bêtes ont été signalées à Molokai et à Lanai.

— Donc elles passent déjà d'île en île ?

— Vraisemblablement. Il est impossible de dire combien d'oiseaux et d'autres animaux parasités se sont remis de l'injection de neurotoxine et ont repris leurs déplacements, ne faisant qu'accroître la colonisation des régions infestées. (Painter s'efforça de mesurer l'ampleur du danger, à la fois sur l'archipel et dans le reste du monde.) Les avions sont cloués au sol, ce qui aggrave encore l'affolement général. Un blocus maritime est aussi en cours d'établissement.

— Ces mesures ne seront sans doute pas suffisantes, prévint Kat. Une quarantaine sur un territoire aussi étendu est intenable. Quelque chose ou quelqu'un finira par s'échapper et transporter le fléau jusqu'au continent.

Elle avait raison. Painter se remémora la mise en garde de Ken Matsui sur les mesures drastiques qui leur pendaient au nez.

Vous serez obligés de détruire ces îles à la bombe atomique.

Il pria le ciel pour ne pas en arriver là. Néanmoins, des rumeurs circulaient déjà au niveau des voies hiérarchiques. On commençait à y songer. Une des stratégies privilégiées était d'évacuer la population par pont aérien et par porte-avions jusqu'à la base militaire désaffectée de l'atoll Johnston, à mille trois cents kilomètres à l'ouest, puis de stériliser les îles par des frappes nucléaires tactiques.

Un tel plan engendrerait une montagne de problèmes. L'atoll Johnston ne mesurait qu'une douzaine de kilomètres carrés, à peine assez pour accueillir l'ensemble des Hawaïens. Et certaines personnes refuseraient probablement d'être évacuées. Il faudrait ensuite savoir quoi faire des populations déplacées.

Si un individu avait été parasité et que des larves incubaient en lui, le scénario catastrophe se reproduirait vite. Cela signifiait-il que les insulaires ne pourraient plus quitter l'atoll Johnston ? Les transférer reviendrait-il à les condamner à la prison à vie ?

— Il faut une meilleure solution.

Painter avait réfléchi à voix basse, mais Kat l'entendit.

— Nous mettrons tout en œuvre pour voir si la piste de Smithson apporte une réponse. Des nouvelles de Gray ?

Elle craignait que l'équipe du commandant Pierce ne tombe dans un guet-apens, potentiellement tendu par Aiko Higashi. Après avoir été elle-même piégée à Tallinn, elle paraissait convaincue que l'information de son voyage en Estonie avait été divulguée à l'ennemi par un agent de renseignement japonais.

— Rien jusqu'à maintenant, soupira Painter. Enfin, il avait suspendu toute communication radio avant de partir à Ikikauō. Jason reste aux aguets, au cas où il donnerait signe de vie.

— J'espère qu'il est en sécurité et, surtout, je compte sur lui pour découvrir quelque chose.

Comme nous tous.

Le patron de Sigma consulta sa montre.

— Je dois raccrocher. Simon Wright m'attend. Prévenez Jason dès que vous aurez atterri à Gdańsk.

— Que vous veut donc le conservateur ?

— Excellente question.

Après avoir pris congé de son adjointe, Painter quitta le sas de sécurité. Le musée ayant ouvert depuis moins d'une heure, quelques grappes de visiteurs déambulaient entre les expositions. Nul ne lui prêta attention lorsqu'il disparut derrière une porte tout à fait banale.

Il se dirigea vers l'accès nord du Château. Simon lui avait donné rendez-vous dans une alcôve à gauche de l'entrée. La petite chapelle abritait le monument commémoratif et la crypte de Smithson. Au fil des ans, Painter s'y était souvent rendu, car il estimait normal de présenter ses respects à l'homme qui avait fondé une si belle institution dédiée à la science, à l'histoire et à la connaissance.

Simon patientait sur le seuil. Il était tiré à quatre épingles et ses cheveux blancs mi-longs, lissés en arrière, soulignaient son front barré d'inquiétude. En apercevant Painter, il leva le bras.

— Merci de m'accorder encore votre temps précieux. Je crois que cela peut être important.

— Que vouliez-vous me montrer ?

Le conservateur alla se planter devant l'imposante sépulture, les poings sur les hanches, l'air admiratif. Force était d'admettre que le monument était impressionnant. Une majestueuse urne en pierre blanche trônait sur un sarcophage en marbre sculpté, lui-même posé sur un coffre qui abritait la dépouille de Smithson.

— Je suis passé devant cette crypte un nombre incalculable de fois, annonça Simon. Aujourd'hui, je me demande si Smithson n'essayait pas de transmettre un message. Il a peut-être gravé des indices dans la pierre, quelque chose qui, contrairement à ses carnets de bord, ne pouvait pas être réduit en cendres.

— Quel message ?

Simon se retourna vers le chef Crowe.

— Un message au sujet de ce qu'il aurait caché dans sa tombe.

— Je ne comprends pas.

— Non seulement les ossements de James Smithson ont été rapatriés d'Italie par Alexander Graham Bell, mais, presque un an après, cette crypte monumentale a aussi été empaquetée et envoyée ici. (Simon la tapota affectueusement.) C'est son tombeau d'origine. Celui qui reposait jadis au cimetière San Benigno, sur les hauteurs de Gênes.

Painter avait beau le savoir, il ignorait l'intérêt de l'information.

— Le neveu de Smithson – Henry James Hungerford – a fait en sorte que ce monument soit érigé sur la tombe de son oncle, mais le symbolisme énigmatique du décor prête à mille et une spéculations. D'aucuns pensent que c'est Smithson lui-même qui a imaginé les dessins ornant sa sépulture, clin d'œil à son amour de la culture classique. Regardez les pattes de lion qui soutiennent l'urne. On en retrouve partout dans l'Antiquité. Grèce, Rome, Égypte… Elles sont censées incarner la force.

Simon indiqua d'autres éléments de sculpture.

— Le rameau de laurier représente l'Arbre de vie. L'oiseau, c'est l'âme qui monte au Ciel. Quant à la coquille Saint-Jacques, rattachée à la mer, elle évoque l'éternité et la renaissance.

Painter comprit.

— Selon vous, il aurait mis ce coquillage sur sa tombe pour dire que sa crypte abritait quelque chose susceptible de ressusciter, d'être immortel. Un peu tiré par les cheveux, Simon !

— Peut-être. Enfin, vous voyez cette pomme de pin au sommet du cinéraire ? Elle figure aussi la régénération. Plutôt récurrent comme thème, non ?

Le patron de Sigma croisa les bras d'un air sceptique.

Remarquant sa posture, Simon sourit et attira son attention vers la série de gravures située sous le couvercle de l'urne.

— Observez les trois dessins à droite de la Saint-Jacques. Encore une fois, un coquillage symbole de renaissance.

Painter s'approcha, intrigué. Un frisson glacé lui parcourut l'échine. *Pourquoi n'ai-je rien remarqué avant ?*

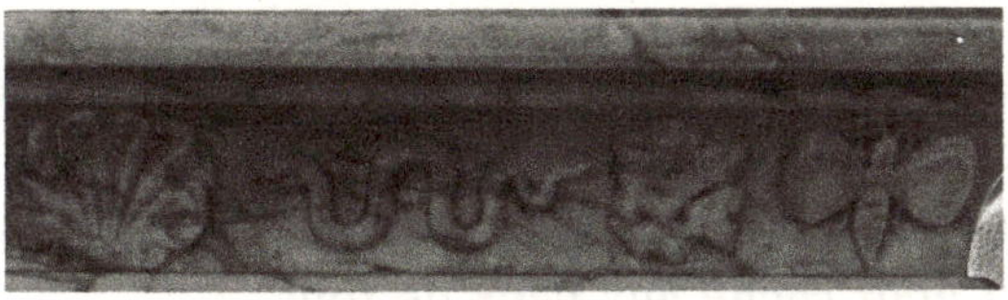

Les images sculptées dont Simon parlait étaient un serpent, une grosse pierre et un insecte ailé.

Painter caressa le rocher au centre.

— Vous pensez qu'il s'agit du bloc d'ambre. Le serpent ferait référence aux ossements de dinosaure incrustés dans la pierre. Et, là-bas, l'insecte ailé…

— La plupart des experts ont identifié un papillon de nuit. Né d'un cocon, il illustre parfaitement la vie après la mort. Toutefois, ce symbole peut avoir une double signification. Non seulement il renvoie au principe de résurrection, mais il décrit aussi les créatures capables d'accomplir pareil miracle.

Du bout des doigts, Painter effleura la ligne d'ornements, comme s'il déchiffrait un message en braille laissé par le fondateur de la Smithsonian.

— Des guêpes nées des ossements d'un reptile prisonnier d'un morceau d'ambre.

Simon recula, les poings à nouveau sur les hanches.

— S'il a fait graver cette mise en garde sur sa dernière demeure, on peut se poser la question…

— Qu'a-t-il écrit d'autre ?

Du regard, le chef Crowe balaya l'ensemble hétéroclite de motifs décoratifs. Y avait-il vraiment une réponse à chercher là-dedans ? Sinon un remède, du moins un indice potentiel sur l'endroit où il s'était procuré son trésor ?

Il flanqua une tape sur l'épaule de son interlocuteur.

— Ah, Simon ! Je devrais peut-être vous embaucher.

— Merci, mais j'aime mon métier tel quel. En particulier parce que je ne me fais pas tirer dessus en venant au bureau.

— Un de vos collaborateurs peut-il photographier ce tombeau sous toutes les coutures et m'envoyer les clichés ?

— Je m'en charge sur-le-champ.

— Merci.

Painter prit congé. Il voulait que Kat voie les dessins au plus vite et espéra de tout cœur qu'ils l'aideraient dans sa quête. Il souhaitait aussi les montrer à Gray, qui possédait un talent hors norme pour deviner ce qui était caché aux yeux de tous.

Sur ce point-là, hélas, un gros problème subsistait.

Où est donc passé Gray ?

CHAPITRE 23

8 mai, 2 h 22
Atoll d'Ikikauō

Ken frissonna au moment où l'ascenseur plongea dans les entrailles de l'île. Il n'avait sur lui que son maillot de bain, mais ce n'était pas sa quasi-nudité qui lui donnait la chair de poule. Plutôt les fusils d'assaut braqués sur eux. Quatre vigiles japonais les tenaient en joue.

Aiko se tenait près de Ken, en maillot une pièce. De chaque côté de la cabine, Gray et Kowalski n'étaient guère plus vêtus.

Les aventuriers avaient été capturés, puis emmenés au pas dans l'ouest de l'île, où plusieurs bâtiments des gardes-côtes aux murs en béton et au toit métallique rouillé étaient agglutinés au sommet de la colline. L'avant-poste surplombait, parallèle au rivage, une piste d'atterrissage en gravier de corail. Y stationnaient actuellement un petit appareil et un gros avion-cargo.

Tandis que le groupe était entraîné sans ménagement vers le bureau principal des gardes-côtes, un splendide hydroptère blanc avait fait son apparition. Glissant sur ses deux grandes ailes portantes jusqu'à un long embarcadère, il avait ensuite ralenti et était retombé la quille dans l'eau.

D'emblée, Ken avait deviné d'où il venait. Au sud, les étoiles étaient toujours masquées par une colonne de fumée, là où le catamaran de pêche avait été réduit en cendres.

Une fois chez les gardes-côtes, les intrus avaient été dépouillés de tout leur matériel, y compris de leurs combinaisons de plongée, puis on les avait conduits jusqu'à un puits creusé au marteau-piqueur dans les fondations. La cage du monte-charge aurait pu accueillir une voiture. Sa moitié supérieure, munie de barreaux, était ouverte sur l'extérieur.

Incapable de soutenir plus longtemps l'œil noir des fusils, Ken se concentra sur la paroi rocheuse qui défilait devant lui. Si les premières couches de l'île avaient été constituées de débris de corail comprimés, ils traversaient à présent un cœur de basalte noir. L'histoire de l'atoll était inscrite dans sa géologie. Nées d'une série d'éruptions volcaniques le long d'une dorsale située au milieu du Pacifique, les îles avaient lentement dérivé vers le nord-ouest, sous la pression des forces tectoniques. Au fil des siècles, elles avaient pris de la hauteur, poussées par le fond, ce qui avait fini par exposer leur tapis de corail au grand jour.

Ken tentait de puiser un peu d'énergie dans toute cette roche dure quand, soudain, la machine pila. Ébranlé, il heurta Gray, qui le saisit par le bras. La poigne de fer de l'agent Sigma l'aida à se remettre d'aplomb.

C'est peut-être la force sur laquelle il me faut compter ici.

Après qu'un garde leur eut ouvert la porte. Ken et ses camarades furent conduits *manu militari* dans un tunnel creusé à même l'île.

Le temps de leur marche forcée, Aiko étudia les lieux.

— Ils ont dû dissimuler leurs opérations de forage derrière l'écran que constituaient les bâtiments des gardes-côtes.

Elle paraissait calme, presque impressionnée.

Ken, lui, sentait son cœur battre dans sa gorge. D'un revers de main, il essuya la sueur de son front et prit conscience que, décidément, il n'avait pas sa place parmi de tels durs à cuire.

La galerie déboucha sur une porte circulaire en acier, assez épaisse pour sceller la chambre forte d'une banque. Elle était entrebâillée. Ken fut le dernier du groupe à la franchir. Malgré sa terreur, il resta bouche bée devant le spectacle qui s'offrit à lui.

Un tunnel en verre s'enfonçait dans les ténèbres du lac, éclairé par une multitude d'ampoules LED fixées au plafond voûté. À une profondeur pareille, le rayonnement des étoiles ne passait pas. Le complexe illuminé était un monde en soi. Son réseau de galeries et de salles – installé dans un labyrinthe à trois niveaux – ressemblait à une station spatiale perdue au milieu d'un néant sans étoiles.

Un membre du groupe eut une réaction différente.

— On se croirait à l'intérieur d'une grosse cage à hamsters, commenta Kowalski, pince-sans-rire. Sauf que les stupides rongeurs coincés ici, c'est nous.

Une voix bourrue gronda derrière eux :

— Continuez d'avancer.

À mesure qu'ils s'engageaient dans le complexe tentaculaire, Ken comprit que tout était, en réalité, bien organisé. Ils arrivaient au niveau intermédiaire de l'installation. Les étages supérieur et inférieur semblaient subdivisés en sections, chacune axée autour d'une salle coiffée d'un dôme transparent. L'architecture laissait penser que le travail là-bas était très compartimenté.

Parfait pour garantir la quarantaine.

La raison d'une telle précaution sauta vite aux yeux. Ils longèrent un tunnel latéral qui menait à une des fameuses salles à coupole. L'accès était protégé par un sas de sécurité, mais, derrière la fenêtre, on voyait une masse noire grouiller à l'intérieur. De sombres serpentins y tournoyaient dans l'air.

Ken ralentit, intrigué. La pointe d'un fusil l'exhorta à passer son chemin.

En silence, Aiko lui jeta un coup d'œil inquiet.

— Je… je crois qu'il n'y a que des mâles soldats là-dedans. Les gros rayés rouge et noir, précisa-t-il avant de se tourner vers les autres salles du complexe. Ils ont peut-être divisé l'essaim selon ses différentes composantes afin de les étudier une à une.

Des techniciens en blouse blanche s'affairaient dans les autres galeries translucides. En face, des hommes en bleu de travail poussaient des chariots bien remplis, obligeant le groupe à se plaquer contre les murs pour leur laisser la priorité.

— On dirait qu'ils vont bientôt débarrasser le plancher, marmonna Gray.

Aussitôt, Ken eut peur des conséquences.

Qu'est-ce que cela signifie pour nous ?

Une fois le cortège passé, les détenus rejoignirent le bout du tunnel, où un noyau central reliait les trois niveaux par un système d'escaliers. Eux furent conduits vers une salle située au cœur même du complexe.

Le premier garde appuya sur un bouton situé près d'une porte à deux battants et approcha ses lèvres d'un haut-parleur. Il s'exprima rapidement en japonais, à voix trop basse pour que Ken saisisse un mot.

Les portes coulissèrent, dévoilant un bureau circulaire centré autour d'une grande table de travail en teck. Au fond de la pièce, des étagères taillées du même bois créaient un encadrement autour du meuble principal – et de l'homme assis derrière.

Le jeune trentenaire se leva au moment où tout le monde fut contraint d'entrer. Son costume sur mesure soulignait sa carrure d'athlète. Ses yeux, aussi noirs que ses cheveux coupés court, se froncèrent et il jaugea scrupuleusement chaque prisonnier des pieds à la tête.

Malgré son impassibilité de façade, un nuage de colère flottait au-dessus de lui, comme le prouvaient les deux barres entre ses sourcils et la ligne crispée de sa bouche.

Étonnamment, Aiko fut la première à parler.

— *Konnichiwa*, Masahiro Ito.

Les lèvres de l'intéressé se contractèrent de plus belle. Sa ride du lion s'accentua. À l'évidence, il détestait qu'elle s'adresse à lui par son nom et son prénom. Après une longue seconde de flottement, il se ressaisit.

— Mademoiselle Higashi.

— Vous vous connaissez ? demanda Gray.

— *Hai*. (Aiko salua l'homme de façon plus marquée.) Je vous présente Masahiro Ito, vice-président à la recherche et au développement des laboratoires Fenikkusu.

Ken avait remarqué le logo d'entreprise doré qui ornait le mur du fond : un cercle enflammé entourant un oiseau stylisé aux ailes de feu. Un rubis gros comme l'ongle du pouce servait d'œil au phénix, emblème légendaire de la société pharmaceutique.

Aiko s'adressa en japonais à leur hôte :

— Comment votre grand-père se porte-t-il ?

Masahiro s'assit lentement et répondit dans la même langue selon une chorégraphie formelle propre aux milieux d'affaires japonais, cette reconnaissance courtoise de l'ascendance et de l'héritage entre pairs.

— Il va bien.

— Je suis ravie de l'entendre.

Son regard d'acier rivé à Masahiro, Aiko mit un terme au bref rituel en revenant à l'anglais :

— Vous serez donc peut-être disposé à nous expliquer pourquoi votre famille a attaqué l'archipel d'Hawaï.

Sa question nette et sans détour fit tressaillir Ken.

Leur interlocuteur resta stoïque.

— Compte tenu des circonstances, aucune explication ne me paraît nécessaire. Néanmoins, tout se déroule selon le plan de mon grand-père. À un détail près. (Il s'attarda sur Gray.) Où est votre camarade ?

Faussement interloqué, l'Américain pivota vers Kowalski.

— Juste ici.

Masahiro se leva de nouveau et se pencha en avant.

— La femme... *votre* femme. La perfide *kisama* qui a causé la chute de la *Kage*.

Du coin des lèvres, Kowalski souffla au commandant :

— Je crois qu'il parle de Seichan.

Gray secoua légèrement la tête, puis il se redressa afin de gommer toute marque de soumission. Il toisa ensuite le Japonais d'un air glacial et laissa la colère imprégner ses mots, histoire d'ajouter du poids au mensonge qu'il allait lui débiter.

— Elle est à Maui. Placée en quarantaine et malade après avoir été parasitée par une des saloperies que vous avez larguées sur l'île.

Le regard acéré, Masahiro chercha à savoir s'il disait vrai.

Si les aventuriers n'avaient pas pu éviter l'embuscade, leur trajet de nuit à la nage et leur arrivée sur une rive obscure de l'île avaient dû aider à cacher combien ils étaient réellement.

Ken entrevit une lueur d'espoir.

Masahiro se rassit.

— Alors, peut-être que mes efforts à Maui n'ont pas été en pure perte. Même de façon indirecte, j'ai condamné votre compagne à une mort misérable et douloureuse.

Gray n'eut pas besoin de feindre son désarroi.

Soudain, une voix sèche s'éleva derrière eux :

— Le prisonnier ment.

Ken se retourna et vit une fille étonnante franchir le seuil, escortée d'un bataillon d'hommes armés. Sa chevelure de neige était à peine plus pâle que son teint blafard. Un énorme tatouage noir en forme de demi-roue lui mangeait la moitié du visage.

De son intraitable regard bleu glacier, elle balaya le bureau et s'arrêta sur Gray.

Le commandant se raidit tout entier, comme s'il avait envie de lui sauter à la gorge.

Manifestement, il la reconnaissait.

* * *

2 h 34

Valya Mikhailov...

Gray serra les poings pour s'empêcher d'en découdre sans délai. Après les événements de l'année précédente en Afrique, il savait que cette meurtrière à l'allure spectrale était encore en vie. Elle avait même eu le culot de déposer une rose blanche ornée d'un pétale noir sur la tombe de son propre frère jumeau.

Gray contempla la roue sombre qui couvrait un pan de son visage et représentait un *kolovrat*, emblème solaire païen de la mythologie slave. La jeune femme ne s'était toutefois fait tatouer que la moitié du symbole. Son frère, albinos comme elle, avait arboré l'autre. Quelques mois auparavant, Anton était décédé en Arctique, loin de sa sœur. À en juger par son regard étincelant de rage, Gray savait qu'elle le jugeait responsable de sa mort.

Sans quitter son ennemi juré des yeux, elle dit à Masahiro :

— La fille n'était pas à bord du bateau. Nous avons fouillé de fond en comble.

À la porte, deux silhouettes familières se tenaient les épaules voûtées, l'air courroucé. C'étaient les cousins de Palu, Makaio et Tua.

Gray éprouva un certain soulagement. Les deux frères étaient loin d'être sauvés, mais, au moins, ils étaient toujours en vie. Valya avait dû attaquer le catamaran, puis le faire sauter après avoir kidnappé les cousins du pompier.

Masahiro considéra son binôme russe avec mépris.

— Alors, peut-être qu'après tout, ils l'ont laissée à Maui.

— Non, elle est ici. Quelque part sur l'île.

— Vous ne pouvez pas être certaine de…

— Elle est ici, l'interrompit Valya, l'index pointé sur Gray. Et il va nous dire où.

Masahiro parut mi-sceptique, mi-agacé. Manifestement, ces deux-là ne pouvaient pas se sentir.

— Quelle importance ? Il est prévu que nous quittions l'île dans quarante minutes après avoir mis le feu.

— Votre grand-père – *Jōnin* Ito – voudra savoir qu'elle est morte. Surtout après votre dernier échec.

Elle laissa le temps à sa pique acerbe de faire son œuvre, puis se planta devant Gray.

— Quarante minutes, c'est plus qu'il ne m'en faut pour le briser.

L'Américain se redressa en silence.

Essaie un peu.

Relevant le défi tacite, Valya désigna les cousins de Palu et ordonna à ses gardes :

— Conduisez-les à l'endroit convenu. J'ai toutefois besoin d'une personne supplémentaire, histoire de rendre notre ami plus coopératif. (Elle observa Aiko.) Peut-être qu'une femme…

— Non, refusa Masahiro. Mon grand-père ne veut pas qu'on cause le moindre tort à Mlle Higashi. Elle nous a déjà été utile et pourrait encore l'être à l'avenir.

Qu'entend-il par là ? se demanda Gray.

Aiko ne réagit pas, ni à la menace de Valya ni à l'insinuation de Masahiro.

— Alors, un civil, annonça la meurtrière en hochant la tête vers Ken. Un innocent pris malgré lui dans l'aventure.

— Non plus. Depuis le peu de temps qu'il étudie les guêpes, le professeur Matsui a obtenu bien plus de résultats que n'importe quel autre chercheur. Mon grand-père a même trouvé que son choix d'appeler l'espèce « *Odokuro* » était très inspiré, compte tenu de sa référence à notre mythologie et à notre héritage. *Jōnin* Ito pense qu'avec les bons moyens de persuasion, nous le rallierons à notre cause.

Vu la mine atterrée de Ken, c'était loin d'être gagné.

— Je n'ai donc plus le choix, souffla Valya en se tournant vers la dernière personne disponible. Emmenez-le.

Kowalski grogna, mais le canon d'un fusil enfoncé dans ses côtes l'obligea à s'acheminer de mauvaise grâce vers la sortie.

— Où les conduisez-vous ? s'enquit Gray.

Les lèvres de Valya s'affinèrent, révélant un minuscule bout de dent. Sa version personnelle du sourire.

— Je vais tester la force de votre volonté. (Elle quitta la pièce.) Et celle de votre estomac.

* * *

2 h 58

Accompagné d'Aiko, Ken suivit Gray dans l'escalier. Derrière, deux cerbères les tenaient en joue. Devant, l'albinos ouvrait la marche, escortée de deux autres gardes armés.

Masahiro Ito avançait à ses côtés, le pas raide et impatient. Le temps de rejoindre l'étage supérieur du complexe scientifique, il consulta deux fois sa montre.

Une fois là-haut, les prisonniers furent conduits dans une des quatre sections. Deux hommes en blouse blanche se hâtèrent d'emprunter un tunnel latéral pour éviter de les croiser. Ils trottinaient tête baissée. L'un d'eux lorgna toutefois l'endroit où ils se dirigeaient, là où Kowalski et les cousins de Palu avaient sans doute déjà été emmenés.

Quand le technicien de laboratoire se retourna, Ken vit son air effrayé.

Mauvais signe.

Enfin, ils arrivèrent devant une baie vitrée qui donnait sur une petite pièce entièrement métallique. Des chaînes étaient vissées au sol. À l'intérieur, les gardes mirent les menottes aux trois prisonniers et leur plaquèrent les bras en croix.

Makaio et Tua semblaient épouvantés. Kowalski, lui, se contentait d'afficher un regard noir sous ses sourcils broussailleux. On le sentait prêt à se défouler à coups de poing sur quelqu'un. Malheureusement, c'était Gray qu'il fixait par la fenêtre, comme s'il reprochait à son collègue de l'avoir mis dans le pétrin.

Valya se planta devant le commandant.

— Je vais vous donner trois occasions de nous révéler où votre femme se cache. Ceci est la première, avant que la situation ne se gâte. Coopérez, et vos amis connaîtront la délivrance d'une mort rapide.

Si Gray resta de marbre, ses prunelles flamboyèrent d'une rage à peine contenue.

— Soit, lâcha Valya.

Une fois les trois hommes solidement attachés, elle tapota au carreau. Les gardes armés ressortirent vite fait. Ils scellèrent une porte derrière eux en actionnant une espèce de roue, comme s'ils refermaient le panneau d'écoutille d'un sous-marin.

Sous les pieds nus des détenus, Ken aperçut le sol perforé et imagina des trombes d'eau surgir des profondeurs.

Vont-ils mourir noyés ?

Du mouvement attira son attention vers le mur du fond. Près d'un hublot sans fenêtre, des façades de tiroir invisibles pivotèrent sur leur axe et formèrent, au bas du mur, de petits rayonnages.

Un flot de ténèbres s'en déversa, envahissant la salle hermétiquement fermée.

Ce n'était pas de l'eau qui menaçait les prisonniers.

Ken prit conscience que le box devait être mitoyen d'une salle de test à coupole de verre. Or, l'enclos voisin n'abritait pas des mâles soldats à la piqûre si douloureuse.

Il contenait quelque chose de bien pire.

Chacune des guêpes qui s'engouffrèrent dans la pièce était dépourvue d'ailes. À peine plus grosse qu'une noix de pécan, elle compensait sa taille modeste par son nombre hallucinant de congénères – et par la puissance de ses mandibules.

Dans son laboratoire de Kyoto, Ken avait vu ce dont ces monstres-là étaient capables quand on leur donnait un rat en pâture.

Je ne veux pas regarder.

Il eut envie de reculer, mais le canon d'un fusil enfoncé dans sa colonne vertébrale l'obligea à rester en place.

Gray, qui avait compris son désarroi, l'interrogea du regard.

Ken ne pouvait pas parler. La horde se répandit depuis l'enclos attenant et créa une grosse flaque au sol. La masse se déploya ensuite le long des murs. C'était un schéma tactique auquel le toxicologue avait déjà assisté, quand les mâles encerclaient leur proie pour la prendre au piège.

Sur le côté, Valya leva deux doigts vers Gray.

— Deuxième chance de parler.

L'Américain ne répondit pas, toujours concentré sur Ken.

— C'est qui, eux ?

L'expert ravala sa salive.

— Des fourrageurs.

FOURRAGEUR

C'était vraiment « eux ».

Le petit mâle se cognait la carapace contre ses voisins. Leurs longues antennes s'entremêlaient. Leurs innombrables pattes grouillaient de partout, tant et si bien qu'on avait du mal à savoir où l'individu finissait et où la horde commençait.

Afin de renforcer ce lien, leur corps était couvert de poils minuscules. Pour la majeure partie de l'essaim, ces minces filaments servaient juste à collecter le pollen. Pour la horde, en revanche, les poils étaient devenus des outils de communication. Par effleurage, les substances chimiques et les phéromones circulaient en permanence entre les individus, comme s'ils ne formaient presque plus qu'un.

À mesure que le groupe se déversait dans son nouvel environnement, leurs sens aiguisés détectèrent une proie – identification mille fois amplifiée par le reste de la meute. Aussitôt, un afflux d'hormones activa les muscles puissants de leurs mandibules acérées.

Une glande située entre les yeux excréta aussi, dans leur bouche, une gouttelette d'huile contenant un agent paralysant : l'heptan-2-one. Son poison ne permettait d'anesthésier qu'une chenille ou un petit insecte. En revanche, dès qu'ils unissaient leurs forces, les membres de la horde terrassaient des proies beaucoup plus imposantes.

Leur salive était également très concentrée en enzymes digestifs, assez costauds pour attendrir les tissus les plus coriaces. C'était une caractéristique héritée de leurs lointains ancêtres, à l'époque où leur repas était couvert d'écailles blindées.

Mû par un comportement inscrit dans son code génétique, le méchant troupeau se divisa en deux grosses pinces afin de prendre sa cible en tenaille.

En parallèle, les mâles continuaient de recueillir des informations sur leur nourriture, notamment en ce qui concernait le niveau de menace. Enfin, ils n'avaient pas grand-chose à craindre. Leur corps était protégé par une carapace solide, conçue il y a des milliers d'années pour résister à une pression inouïe, comme le piétinement féroce de dinosaures géants. En quelques secondes, le risque fut évalué et le résultat partagé entre tous.

À mesure qu'un consensus se dégageait, les calculs devinrent des consignes.

Les cibles furent sélectionnées et, de fait, le festin réparti entre les différents membres.

Plusieurs groupes frottèrent bruyamment leurs pattes arrière. D'autres reprirent en chœur. C'était à la fois une invitation à se tenir prêt et un moyen pour la horde d'analyser la qualité du splendide dîner qui s'offrait à eux.

En résonnant à la ronde, les réverbérations apportèrent des détails supplémentaires.

Au début, ils n'eurent que la forme et la taille.

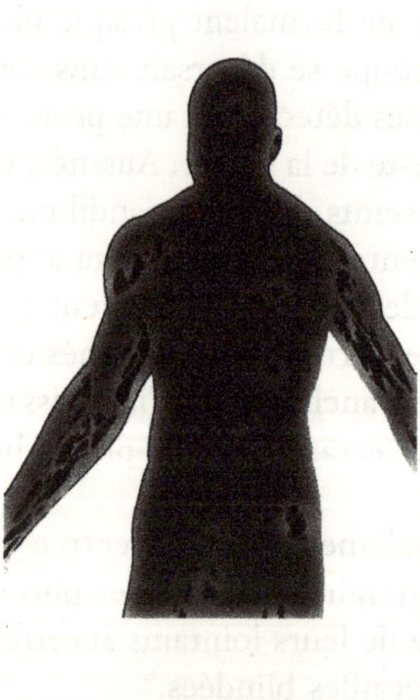

Ensuite, plus la cacophonie augmenta, accentuée par leur nombre considérable, mieux ils pénétrèrent les couches extérieures de leur proie afin de dévoiler le régal à l'intérieur.

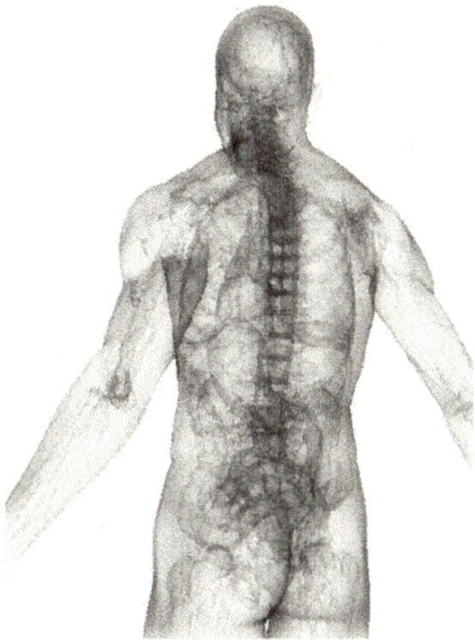

Autour d'un noyau en os dur, la chair remuait, le sang circulait, les viscères se contractaient. La cible entière était parcourue par un potentiel électrique, particulièrement actif au niveau du crâne.

À la perspective d'un banquet aussi grandiose, une faim de loup s'empara de la meute, désormais prête à tout pour dépouiller sa proie, ne plus rien laisser derrière elle qu'un tas d'ossements. Le *crescendo* avide s'amplifia jusqu'à s'imposer totalement.

D'un même élan, la horde se jeta sur le festin.

Rien n'allait les arrêter.

Rien ne *pourrait* les arrêter.

QUATRIÈME PARTIE

CONTRE-COURANT

Σ

CHAPITRE 24

8 mai, 16 heures, heure d'Europe centrale
Gdańsk, Pologne

Un homme pendillait à des menottes dans la cour.

— Ce n'est pas de bon augure, ironisa Monk à l'approche du prisonnier.

Kat ne prêtait guère attention aux présages. Néanmoins, compte tenu de leurs déboires à Tallinn, elle resta sur ses gardes.

L'homme attaché gloussa devant l'objectif de sa compagne. Les deux touristes visitaient le Muzeum Historycznego Miasta Gdańska, musée dédié à l'histoire médiévale de Gdańsk. L'institution occupait un ensemble d'édifices gothiques du XIVe siècle. À l'époque, le site servait de prison et de pilori à la ville. D'ailleurs, une tour du musée abritait encore des cellules en parfait état, où de vieux instruments de torture étaient exposés dans toute leur gloire sanglante.

Enfin, ce n'était pas là que le groupe se rendait.

Au fond d'une cour ornée d'entraves et de chaînes diverses, le vaste établissement était surtout consacré à « l'or de la Baltique ». Tout en haut d'une arche gothique, une pancarte annonçait MUZEUM BURSZTYNU.

— Le musée de l'Ambre, traduisit Elena.

Impressionnée, elle trébucha sur un pavé. Sam la rattrapa par le bras.

Depuis leur arrivée à Gdańsk, l'entomologiste ne la quittait pas d'une semelle. Elena semblait ne plus ressentir les effets du sédatif qu'on lui avait injecté lors de sa tentative d'enlèvement, mais Sam la surveillait toujours de près, notamment quand ils avaient remonté la pittoresque rue Dluga, longue voie piétonne encadrée de hauts bâtiments historiques.

En chemin, Kat aussi avait ouvert l'œil, non pas sur Elena, mais sur le quartier qu'ils traversaient. La foule compacte des touristes la mettait mal à l'aise. De chaque côté, les vieilles maisons avaient été transformées en magasins, hôtels de charme ou cafés. Toutefois, la plupart des caves accueillaient des bijouteries ou des galeries spécialisées dans « l'or » local, rappelant le passé prestigieux de Gdańsk en tant que capitale mondiale de l'ambre.

Après avoir acheté leurs billets d'entrée, Kat entraîna ses camarades en haut d'un escalier abrupt qui menait au musée proprement dit. Au premier niveau, un ensemble de vitrines présentait des objets sculptés en ambre. Le temps de longer la salle, Kat se partagea en deux : d'un côté, elle resta à l'affût de la moindre menace ; de l'autre, elle admira les splendeurs exposées. Un arbre aux feuilles d'ambre se dressait dans un paysage semé de fleurs aux pétales taillés dans la même matière. Un voilier du Moyen Âge était entièrement sculpté, jusqu'aux voiles, dans cette résine fossile. Quant aux lampes en mosaïque d'ambre, elles accentuaient encore l'atmosphère dorée de la pièce.

Elena s'arrêta devant un œuf de Fabergé en lente rotation sur son socle. Munie de charnières, la délicate trame d'or de sa partie supérieure laissait apparaître un bloc d'ambre poli.

— Magnifique, s'extasia-t-elle à voix basse.

Sam se pencha vers elle.

— Il doit coûter une somme royale.

— Vous ne croyez pas si bien dire. Je parie que cet œuf, cadeau des tsars, symbolise les liens d'une telle activité avec la Russie, d'où, hier comme aujourd'hui, est extraite la majeure partie de l'ambre.

— Et où James Smithson se rendait lors de son expédition transcontinentale, ajouta le scientifique d'un air entendu.

Jusqu'à ce qu'elle soit stoppée net, pensa Kat.

Elena se contenta d'acquiescer.

— Les mines russes se situent dans l'oblast de Kaliningrad. Autrefois, on parlait de *Königsberg*, ou Montagne du Roi.

Sam se redressa en frictionnant son dos endolori.

— Cet œuf a donc vraiment une histoire royale.

— Une histoire bien antérieure à l'époque des tsars. (Elena étudia la sphère polie à l'intérieur de l'œuf.) Si vous regardez de près, vous verrez une mouche prise dans la pierre, comme si l'ambre de cette région avait préservé le passé entier du pays. D'un point de vue culturel, politique et même biologique.

— Hélas pour Hawaï, il en a peut-être protégé un peu trop, intervint Monk.

À l'évocation de l'archipel, Kat consulta sa montre.

— Nous devrions continuer.

Elle les entraîna vers un escalier étroit.

— Par ici.

Avant de quitter Tallinn, elle avait contacté le directeur du musée de Gdańsk. Là encore, elle avait raconté que son équipe cherchait à reconstituer la collection minéralogique perdue de James Smithson, à commencer par un gros bloc d'ambre extrait de la région. L'homme avait été ravi d'apporter son aide, surtout lorsqu'il avait appris que la bibliothécaire du Congrès américain faisait partie du voyage.

Kat espérait juste que sa collaboration ne connaîtrait pas la même issue tragique que celle du directeur Tamm. Aux dernières nouvelles, il était sorti du bloc opératoire, mais son pronostic vital restait engagé. Sa fille, Lara, était à son chevet.

Dans l'escalier, Kat se sentit rongée par la culpabilité. Elle détestait mettre les autres en danger. Hélas, elle n'avait pas le choix : à Hawaï, le chaos s'aggravait d'heure en heure et le sort de millions de gens était en jeu.

L'étage supérieur était consacré à l'histoire de l'ambre. Une grande carte médiévale s'étalait sur le mur de droite. À l'image de ce que Lara leur avait déjà montré, elle figurait la route commerciale historique qui longeait la côte baltique, de Saint-Pétersbourg à Gdańsk, puis descendait vers le sud, traversait la Pologne et aboutissait en Italie.

La route de l'ambre.

Quelque part au gré du chemin, Smithson s'était procuré son précieux trésor.

Mais où ?

— Chérie, reprit Monk, je crois que monsieur cherche à attirer ton attention.

Au fond de la salle, un homme engoncé dans un costume trop étriqué pour sa bedaine leur faisait signe. C'était le directeur du musée. Il se tenait derrière un cordon en velours qui empêchait d'accéder à la salle voisine. Preuve qu'il avait reconnu Elena, il les apostropha gaiement :

— Docteur Delgado, quel honneur !

Quelques touristes les observèrent d'un air intrigué.

Kat grinça des dents. Alors qu'elle avait sollicité la plus grande confidentialité, sa requête était manifestement tombée dans l'oreille d'un sourd. Elle s'empressa d'emmener ses camarades au fond de la salle. L'homme souleva le cordon et les fit entrer dans la pièce interdite au public.

— C'est un plaisir, un *réel* plaisir d'accueillir la bibliothécaire du Congrès dans notre humble établissement.

Loin d'être déstabilisée par tant d'adoration professionnelle, Elena sourit chaleureusement et lui serra la main.

— Merci, directeur Bosko. Nous apprécions votre aide… et votre discrétion.

Elle avait insisté sur le dernier mot, tout en s'excusant d'un regard auprès de Kat.

— *Oczywiście*… bien sûr. Entrez, nous serons plus tranquilles.

Kat suivit Bosko dans la salle mitoyenne. Des cloisons divisaient l'espace et plusieurs vitrines avaient été vidées en préparation d'une nouvelle exposition. Le directeur les entraîna au fond, mais, bien qu'il soit hors de vue directe de l'entrée, l'endroit était loin d'être « tranquille ».

Des objets en ambre trônaient pêle-mêle sur une table.

— Je les ai réunis afin de vous aider peut-être dans vos recherches, annonça Bosko. J'espère ne pas avoir été trop présomptueux.

— Pas du tout, le rassura Elena.

Kat resta sceptique. Il n'y avait ni documents, ni livres, ni journaux de bord.

— Avez-vous trouvé des preuves de la venue de James Smithson à Gdańsk ?

— Hélas, non. Nous avons épluché les archives jusqu'à la date où M. Smithson a embarqué à bord d'un navire marchand pour Tallinn. (Très vite, sa moue de déception disparut, balayée par son exubérante personnalité.) Peut-être qu'avec du temps, nous pourrions découvrir une mention de son passage.

Du temps, c'était un luxe qu'ils ne pouvaient pas lui accorder.

La mort dans l'âme, Kat sentit qu'ils perdaient des heures précieuses.

— Regardez ! lança Sam, penché sur un objet de la table. C'est stupéfiant !

Tout le monde s'approcha. Une loupe trônait devant un morceau d'ambre gros comme le poing. Éclairée par-dessous, il avait été poli afin de magnifier ce qui était figé à l'intérieur.

Elena regarda au cœur du bloc translucide.

— Un lézard.

— Cette curiosité scientifique fait partie de notre propre collection, s'enorgueillit Bosko. Il est rare de trouver un animal aussi bien conservé, du museau jusqu'au bout de la queue.

Kat y vit aussi un puissant rappel de leur objectif de mission, ce qui, clairement, n'échappa pas au directeur.

— Quand vous nous avez dit que M. Smithson s'était procuré un pavé d'ambre abritant les ossements d'un reptile préhistorique, j'ai d'emblée pensé à cette pièce... Et peut-être à un moyen de vous aider à en déterminer l'origine.

— Comment ? demanda Kat.

Bosko désigna le lézard emprisonné.

— Cette petite bête a trente-deux millions d'années, soit à peu près l'âge de l'ambre extrait par ici. En Russie et sur les rives de la Baltique, les gisements sont assez jeunes. Ils se sont constitués au Tertiaire il y a trente à cinquante millions d'années. En fait, notre ambre a beau sembler solide comme la pierre, il n'est pas encore totalement cristallisé.

Monk étudia la sélection présentée.

— Vous voulez dire qu'il continue de durcir.

Le sourire radieux, Bosko rosit.

— En effet. Voilà pourquoi je sais que la relique de M. Smithson n'est pas issue de notre côte baltique.

Kat sentit de nouveau le désarroi s'abattre sur ses épaules.

Nous serions-nous trompés depuis le début ?

Leur hôte continua :

— Pour dénicher un ambre vraiment ancien, il faut chercher ailleurs, dans des filons éparpillés aux quatre coins du monde. Aux États-Unis ou en Espagne, par exemple, il peut avoir jusqu'à deux cents millions d'années.

— Et ça veut dire quoi, tout ça ? s'impatienta Kat.

Sensible au ton un peu sec de son interlocutrice, le directeur tempéra son expansivité naturelle.

— Oui, pardon. Au téléphone, vous m'avez indiqué que les ossements de la relique semblaient être ceux d'un petit dinosaure.

— Exact.

— L'échantillon de M. Smithson provient donc d'un gisement très ancien. À supposer que l'animal date de la fin du Crétacé, quand les dinosaures ont commencé à disparaître, cet ambre aurait entre quatre-vingts et cent millions d'années. Deux fois l'âge de celui que vous trouverez le long de la Baltique.

Kat se remémora la carte médiévale sur le mur dehors.

— Ce bloc n'a donc pas pu être découvert sur la route de l'ambre ?

Pestant dans sa barbe, Monk se mit à tripoter le poignet de sa prothèse de rechange. Fort de son expérience passée, il en emportait toujours une en mission. Là, c'était un tic nerveux, comme s'il s'habituait à de nouvelles chaussures.

— Je n'ai pas dit cela, rectifia Bosko. Juste qu'elle n'était pas originaire de chez nous. En revanche, il y a très longtemps, une mer préhistorique – la Thétys – recouvrait tout le sud de la Pologne. À l'époque, les forêts qui bordaient les rives de ce paléo-océan ont sécrété une résine épaisse qui, en se solidifiant, est devenue de l'ambre.

Kat suivit son raisonnement logique.

— Par conséquent, plus on descend vers le sud, plus l'ambre est vieux.

Aussitôt, l'entrain naturel du directeur revint au galop.

— Assez vieux pour abriter des os de dinosaure !

Mais où ?

— Vous vous demandez sans doute où, ajouta-t-il comme s'il avait lu dans les pensées de l'Américaine.

Plus perspicace que son enthousiasme clownesque ne le laissait penser, l'homme s'approcha de la table.

— J'ai aligné ici des échantillons, du plus ancien au plus récent. Remarquez la façon dont la matière s'assombrit au fil du temps, jusqu'à devenir d'un profond brun rougeâtre. La majeure partie de l'ambre le plus primitif se trouve dans la terre bleue.

— La terre bleue ? répéta Monk, perplexe.

— Le terme scientifique est « sable marin glauconieux ». À la base, du grès salin qui se forme au bord des mers en voie de disparition.

— Et il s'en serait déposé au moment où la Téthys s'est asséchée.

— Tout juste. Les gisements les plus anciens et les plus profonds de terre bleue se situent dans le sud de la Pologne.

— Une région traversée par la route de l'ambre, dit Kat.

Elle eut subitement envie de réétudier la carte. Un détail la chiffonnait, sans qu'elle arrive à mettre le doigt dessus.

Le sourire de Bosko devint presque espiègle.

— Voilà pourquoi j'ai aussi pris la liberté de...

Soudain, un fracas les fit tous sursauter. Un des poteaux métalliques auquel était fixé le cordon en velours s'était renversé. Des pas précipités résonnèrent dans leur direction.

Kat posa la main sur le pistolet dissimulé sous sa veste.

* * *

16 h 20

Tandis qu'Elena rebroussait chemin vers la table, Monk et Kat sortirent en même temps leur arme, qu'ils braquèrent sur la porte. Sam, lui, rejoignit la bibliothécaire.

Atterré par l'arsenal déployé, le directeur de l'établissement reprit enfin ses esprits.

— Ne tirez pas. C'est ce que je m'apprêtais à vous dire.

Une grande silhouette voûtée surgit de derrière une cloison mobile. Sa hâte faisait que son manteau long se soulevait comme une cape sur ses maigres épaules. D'une main protectrice, l'homme serrait une besace élimée contre lui. Il ne semblait avoir qu'une quarantaine d'années, cependant son visage émacié lui donnait l'air plus vieux et plus austère. À la vue des canons pointés vers lui, il resta de marbre, la mine sombre, comme s'il s'était presque attendu à tomber dans une embuscade.

— Je vous présente le Dr Damian Slaski, annonça Bosko. C'est un collègue du nouveau musée de l'Ambre à Cracovie, avec lequel nous sommes jumelés. Quand vous avez téléphoné, il était déjà là : il organise une exposition sur le travail de l'ambre au XVIIIe siècle et vient nous emprunter quelques pièces.

— Mais il en existe combien, des musées de l'Ambre ? marmonna Monk.

Leur hôte prit la question au premier degré.

— Un à Copenhague, un autre en République dominicaine et, bien sûr, un dans l'enclave de Kaliningrad, tout là-haut.

— N'oublions pas le musée de l'Ambre de Palanga, en Lituanie, ajouta solennellement Slaski avant de manifester un certain dédain. Enfin, ce n'est qu'une annexe de leur musée des Beaux-Arts.

D'un regard assassin, Kat fustigea Monk de les avoir ainsi distraits. Elle tâcha de remettre la conversation sur les rails.

— Monsieur Bosko, je suppose que vous avez dû solliciter l'aide du Dr Slaski.

— Absolument. Si vous cherchez des gisements d'ambre de plusieurs centaines de millions d'années, mon excellent ami Damian est votre homme.

Il flanqua une tape sur l'épaule de Slaski, qui se contenta de laisser échapper un soupir. Ils formaient un duo étonnant. L'un petit, l'autre grand. L'un corpulent, l'autre mince. Et, surtout, ils avaient des personnalités aux antipodes : l'exubérant Bosko semblait incapable de froncer les sourcils, alors que les lèvres de Slaski affichaient une moue permanente.

Elena les sentait pourtant liés par une amitié profonde, qui dépassait le cadre strictement professionnel.

— Damian gère le laboratoire de son musée. Ses locaux accueillent l'unique spectromètre de Cracovie capable d'analyser l'authenticité des objets en ambre. Il n'y a pas meilleur spécialiste en datation que lui.

Le directeur adressa un large sourire à son collègue, lequel haussa les épaules, comme s'il reconnaissait la véracité du compliment, mais n'en tirait aucun plaisir.

— Cracovie se trouve dans le sud de la Pologne, continua Bosko. Là-bas, on trouve de très vieilles couches de terre bleue, ces strates de grès marin salin formées à la disparition de la Thétys. C'est là qu'en de rares occasions, des gisements d'ambre ancien ont été mis au jour.

— Rares à quel point ? intervint Kat.

Elena comprit l'importance de la question. Si le filon était exceptionnel, cela limiterait d'autant leurs recherches.

Le Dr Slaski répondit :

— J'ai compilé la plupart de ces découvertes, passées et présentes, sur mon ordinateur. Ce projet n'a été rendu possible que grâce à un musée d'histoire qui, en banlieue de Cracovie, abrite une collection faramineuse de cartes. J'ai passé de nombreux mois à étudier leurs précieux documents. Plusieurs cartes – dont certaines du XIVe siècle – indiquent les gisements d'ambre ancien.

— En nous confiant le résultat de vos travaux, vous nous aideriez à localiser l'endroit où James Smithson s'est procuré sa relique, indiqua Kat.

— Du moins, à restreindre notre quête, ajouta Elena.

— Ce ne serait pas d'un grand secours, répliqua Slaski. J'ai cartographié plus de trois cents sites dans tout le bas de la Pologne.

Kat tressaillit, mais refusa d'abandonner la piste :

— Et si nous nous cantonnions à la période à laquelle Smithson a remonté la route de l'ambre…

Le lugubre expert secoua la tête.

— Inutile de vous échiner. J'ai accouru, car je pense savoir où M. Smithson a débusqué son échantillon.

Surprise par tant d'aplomb, Kat cligna des yeux.

— Comment ?

Bosko joignit les mains.

— Je ne vous avais pas dit que Damian était votre homme ?

* * *

16 h 32

— Je regarde quoi au juste ?

Kat tâchait de trouver un lien avec l'annonce fracassante de Slaski quelques minutes plus tôt. Le groupe était réuni autour d'un ordinateur portable que le spécialiste avait sorti de sa besace et qui, à l'écran, affichait une très vieille carte.

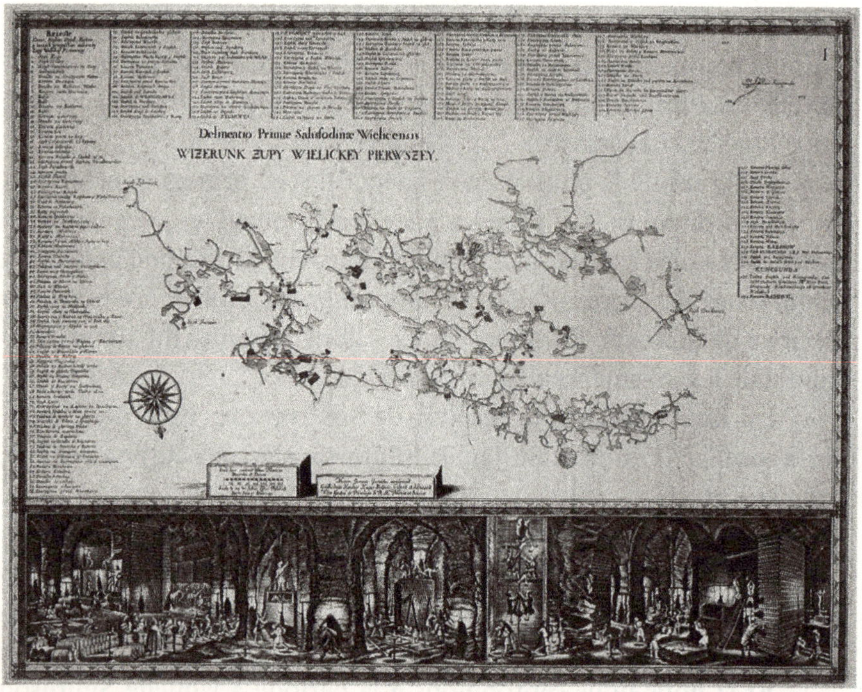

— Ce document est issu de la collection cartographique du musée. Il est l'œuvre de Willem Hondius en 1645, même si le bruit court que l'homme se serait inspiré de son prédécesseur, Marcin German.

— Bien, s'impatienta Kat. Quelle est sa signification ?

— Il s'agit d'une des cartes qui m'ont servi à dresser ma compilation. Deux sites d'ambre y sont indiqués. Néanmoins, ce n'est pas la raison pour laquelle je vous la montre. (Slaski toisa son interlocutrice avec sévérité.) Comprenez bien que les gisements du sud de la Pologne sont rares, assez modestes et éparpillés sans logique. Il n'existe aucune mine d'extraction d'ambre à proprement parler. Les découvertes se font par hasard, sur un coup de chance.

Monk se redressa.

— Vous dites qu'on est tombé accidentellement sur ces gisements au cours d'autres chantiers de mine ?

— Cela collerait avec le récit d'Archibald MacLeish dans son journal de bord, confirma Kat. Au cours d'une soirée arrosée, Smithson a raconté à un géologue que des mineurs avaient, par mégarde, tapé dans un gros filon d'ambre.

Elle s'abstint de raconter qu'à la fin, quelque chose avait été lâché dans ladite mine. Une maladie effroyable transmise par des insectes piqueurs.

Sortis tout droit des os de la roche, avait affirmé Smithson.

Sans doute les mineurs avaient-ils exhumé des ossements préhistoriques piégés dans l'ambre, des os remplis de kystes dormants d'*Odokuro*. De retour à l'air libre, les spores avaient été inhalées ou ingérées par ces travailleurs de force. Après quoi, les malheureux n'avaient plus été que des morts en sursis, à mesure que les larves les grignotaient de l'intérieur, jusqu'à ce que des guêpes adultes jaillissent de leurs cadavres.

Pas étonnant que les galeries aient été bombardées avec les mineurs encore au fond et que tout ait été soigneusement enseveli.

Slaski, qui n'était pas au courant de l'histoire, avait tiré sa propre conclusion.

— J'avais déjà émis l'hypothèse que le gisement d'ambre était une découverte fortuite au sein d'une mine existante. À l'époque de M. Smithson, de nombreux sites étaient exploités en Pologne. On extrayait du cuivre, du soufre, de l'argent. Dans le Sud, c'était surtout du sel.

Il désigna la carte à l'écran.

— Comme la mine représentée par Hondius. Au bas du document, il a même ajouté des vignettes gravées des opérations, montrant ainsi l'ampleur colossale du chantier.

— De quel site s'agit-il ? se renseigna Elena.

— D'un des plus célèbres de Pologne : la mine de sel de Wieliczka. Créée au XIIIe siècle et en activité jusqu'en 2007, elle figure au patrimoine mondial de l'UNESCO.

— Comment se fait-il qu'une vieille mine ait reçu pareil honneur ? demanda Monk, sceptique.

— Oh, il faut la visiter ! s'exalta Bosko. Une merveille ! Au fil des siècles, des générations de mineurs ont gravé et sculpté, dans ses galeries souterraines, d'incroyables décorations, le plus souvent à portée religieuse afin d'invoquer la protection divine.

— Depuis longtemps, ces œuvres d'art attirent des cohortes de touristes à Wieliczka, enchaîna Slaski avec une fierté inhabituelle. Le célèbre astronome Nicolas Copernic a visité l'endroit au XVIe siècle. Le compositeur polonais Frédéric Chopin l'a imité au XIXe. Plus récemment, certains présidents américains s'y sont même arrêtés, ainsi que le pape actuel.

Kat subodora ce qui avait poussé l'expert à leur faire son annonce choc.

— Forcément, une telle réputation n'a pas échappé à un géologue qui remontait la route de l'ambre.

Slaski esquissa un sourire.

— Comment aurait-il pu résister ? J'ai contacté la mine et je leur ai demandé de compulser la liste des visiteurs pendant le laps de temps où M. Smithson sillonnait la région.

— Vous avez trouvé son nom ? reprit Monk.

Slaski confirma en silence.

— Et, selon cette carte à l'écran, ajouta Kat, de l'ambre a été extrait ici par le passé.

— Exact. C'est souvent dans ce genre de strates salines qu'on tombe sur des filons.

Ils touchaient au but !

Sam se racla la gorge. Il n'avait *a priori* aucun éclairage à apporter sur la piste historique, mais un détail semblait le chiffonner.

— Qu'y a-t-il ? demanda Kat.

— C'est un truc que j'ai lu dans les carnets de recherche du professeur Matsui au sujet de…

Il se tut, peu enclin à parler devant les deux Polonais.

Pressée, Kat n'avait que faire de telles précautions. Elle entraîna toutefois l'entomologiste à l'écart et chuchota :

— Quoi ?

— Matsui a attribué les propriétés stupéfiantes de trompe-la-mort de ces guêpes à des caractéristiques génétiques qu'elles auraient empruntées à d'autres insectes et, potentiellement, à ce qu'il a décrit comme la « matière noire de la vie », ces microbes de Lazare qui, après avoir dormi des centaines de millions d'années, peuvent ressusciter.

Kat se rappela vaguement les hypothèses évoquées.

— Qu'ont-ils de si particulier ?

— Matsui a dressé une petite liste des microbes de Lazare. *Natronobacterium*, *Virgibacillus*, *Halorubacterium*, *Oceanobacillus*. Tous ont été découverts incrustés dans des formations cristallines. Et pas n'importe quelles formations. Toujours le même type de cristaux.

L'agent Sigma devina où il voulait en venir.

— Du sel.

— Oui. La proximité des guêpes avec ces bestioles accros au sel leur a peut-être permis d'être infectées par elles. À la longue, une partie du code génétique des microbes aurait été intégrée au génome des guêpes, les rendant aptes à la cryptobiose.

Autrement dit, la vie après la mort.

— Si vous avez raison, nous sommes sur la bonne piste. (Kat consulta sa montre.) Il n'y a qu'un moyen de le savoir.

Tandis qu'elle réunissait son équipe, Slaski s'avança.

— Je devais rentrer à Cracovie aujourd'hui. Peut-être serait-il préférable que je vous accompagne.

Au souvenir du sang qui avait coulé entre ses doigts quand elle tentait de garder le directeur Tamm en vie, Kat rechigna.

— Je connais bien la mine et ses gérants, insista-t-il. Je suis certain de les convaincre de coopérer.

Vu le terrible compte à rebours, comment puis-je refuser ?

Elle jeta un œil à Monk. Comme elle, il paraissait inquiet, mais il finit par hausser les épaules, signe qu'il avait suivi le même raisonnement.

— Merci, docteur Slaski. Nous serions ravis de votre aide.

Après qu'elle eut aussi remercié Bosko, le groupe prit vite congé et remonta la longue rue Dluga, avec ses bijouteries et ses minuscules cafés. Une foule compacte les obligeait à zigzaguer entre les flots de touristes et d'habitants du quartier.

Kat aboutit à une autre conclusion, partagée par son époux.

— J'imagine que je dois des excuses à Aiko Higashi.

— Il semblerait, oui, reconnut Monk.

Avant de quitter Tallinn, elle avait demandé à Painter de brouiller les pistes, d'annoncer aux renseignements japonais que leur équipe partait du côté de Saint-Pétersbourg. La logique qui consistait à rejoindre l'extrémité septentrionale de la route de l'ambre aurait dû être convaincante. Si l'information avait fuité depuis le Japon, l'ennemi les aurait alors cherchés dans le nord de la Russie.

Ce qui n'était pas le cas.

— Combien ? demanda-t-elle.

— J'en compte cinq.

Ils étaient suivis.

Kat continua de marcher, prête à réagir si l'adversaire tentait une attaque. Vu la situation, ce n'était guère probable. Quelle qu'ait été son identité, celui qui les avait en ligne de mire avait tiré les leçons de son échec à Tallinn et il se contentait dorénavant de les pister à distance, d'essayer de découvrir ce qu'ils savaient.

Elle hésita entre semer ses poursuivants et leur laisser croire qu'ils n'avaient pas été repérés. Les deux tactiques avaient leurs avantages et leurs inconvénients.

Pour l'instant, un plus gros souci la tourmentait.

Comment ont-ils su que nous étions à Gdańsk ?

Elle tira une ultime conclusion.

Que ce soit à Washington ou en Pologne…

Il y a un traître parmi nous.

CHAPITRE 25

8 mai, 3 h 33
Atoll d'Ikikauō

Impuissant, Gray regarda la marée noire encercler les trois prisonniers. À force de serrer les dents de frustration, il avait mal aux mâchoires. Il ne pouvait rien faire contre ce qui allait arriver.

Le terme imagé que le professeur Matsui avait employé pour parler de cette catégorie-là de guêpes mâles – un carnivore sans ailes qu'il appelait « fourrageur » – annonçait le sort funeste du pauvre trio.

Dans la pièce hermétiquement fermée, un charognard intrépide se détacha de la horde et fonça vers les orteils de Kowalski. Les bras plaqués en croix par des chaînes, l'agent Sigma ne put qu'écarter la menace du pied. La mine écœurée, il décida d'écraser l'insecte sous son talon. Ses lèvres articulèrent un juron, étouffé par le système d'insonorisation.

Kowalski leva sa jambe pour inspecter les dégâts. Rien ! Le corps cuirassé de la guêpe était intact. Le fourrageur bondit, lui atterrit sur le pied et trottina jusqu'à sa cheville poilue.

Où il élut domicile.

Kowalski tenta de le déloger avec l'autre jambe. En vain.

Sa grimace se mua en halètement silencieux de stupeur.

Gray imagina les mandibules acérées se planter dans la chair de son collègue.

Un filet de sang coula sur le pied de Kowalski.

Ligotés à droite, les cousins de Palu – Makaio et Tua – constatèrent les dégâts. Tirant au maximum sur leurs entraves, ils se ratatinèrent pour échapper à la meute qui approchait lentement.

— Je vous en prie, ne faites pas cela, implora Ken.

Le toxicologue était tenu en joue devant la vitre, près de Gray. Trois autres mercenaires montaient la garde derrière eux.

— Dites-moi ce que je veux savoir, répondit Valya, la paume à quelques centimètres d'un gros bouton vert, sans doute un commutateur d'urgence censé contenir le danger. Et je pourrai stopper leur calvaire imminent.

D'un signe de tête, Gray intima au professeur de se taire.

Valya orienta son regard glacé vers Aiko.

— Vous êtes tous en droit de parler.

La Japonaise s'était légèrement détournée de la fenêtre, comme si elle voulait à la fois fermer les yeux de toutes ses forces et s'en empêcher coûte que coûte. Peut-être par devoir envers les prisonniers aux abois : *S'il faut qu'ils souffrent, alors moi aussi.*

En réaction, l'agent Higashi regarda de nouveau fixement par la vitre.

Valya baissa la main.

— Soit.

Les bras croisés, Masahiro affichait une moue hautaine, non pas par dégoût de la méthode, mais parce qu'il était persuadé qu'elle se fatiguait pour rien.

— Il se peut très bien que cette fille ne soit pas ici.

— Elle ne l'est pas, gronda Gray. Elle est à Maui, comme je le répète depuis le début. Vous torturez ces gars sans raison.

Masahiro toisa Valya d'un regard empli de morgue, l'air d'insinuer : « Je vous l'avais dit. »

— Nous devrions déjà être en train d'évacuer l'île, maugréa-t-il avant d'indiquer la salle voisine avec mépris. Mon grand-père se moque pas mal de ces trois-là. Laissons-les ici. En revanche, emmenons les autres et allons-y.

— Pas sans Seichan.

L'œil noir, il insulta la Russe à voix basse :

— *Baka mesu…*

Elle ne releva pas, manifestement ravie d'assister au spectacle jusqu'au bout.

Et elle n'eut pas longtemps à attendre.

La horde compacte se dispersa enfin, attirée par l'odeur du sang de Kowalski. Les fourrageurs se jetèrent sur les trois hommes enchaînés.

Tua se hissa sur la pointe des orteils pour échapper à la menace immédiate. Makaio, son frère, souleva même les pieds, sans que cela serve à grand-chose. Pendu par les poignets, il sentit les menottes lui cisailler la peau et fut contraint de reposer une jambe à terre. Son pied disparut dans la première nuée d'insectes. De son côté, Tua trépignait dans ses chaînes à mesure que les fourrageurs escaladaient ses mollets en longs filets noirs.

Kowalski se servit de ses grands pieds comme de balayettes et tenta de faire place nette à la ronde. Hélas, les assaillants étaient trop nombreux. Il perdit son combat au moment où l'essaim convergea tout entier vers le groupe.

En quelques secondes, les prisonniers furent couverts jusqu'à la taille d'une épaisse couche de guêpes affamées. Ils se contorsionnèrent, non pas dans l'espoir vain de s'en débarrasser, mais parce qu'ils souffraient le martyre.

La bouche grande ouverte, ils poussaient des hurlements silencieux.

Et, Gray le savait, la situation ne ferait qu'empirer.

Les fourrageurs étaient de plus en plus à entamer l'ascension. Pour l'instant, ils semblaient se limiter aux jambes et à l'abdomen de leurs proies. Au moment où Kowalski voulut les éjecter d'un coup de pied, une giclée de sang éclaboussa la vitre.

Aiko finit par craquer et détourna la tête, les yeux clos.

Gray refusa. Il devait bien cela aux trois malheureux.

Combien de temps la torture va-t-elle encore durer ?

Comme s'il avait entendu, Matsui offrit une réponse :

— À l'image des larves parasites, ces prédateurs épargnent les organes vitaux. (Il parlait d'un ton morne, sans doute pour se protéger de l'horreur derrière un détachement clinique de technicien.) Ils gardent leur source de nourriture en vie le plus longtemps possible et se frayent un chemin à coups de mâchoires depuis la périphérie jusqu'au cœur. De l'extérieur vers l'intérieur.

Gray aurait préféré ne rien savoir, mais Ken enchaîna :

— Par leurs morsures, les fourrageurs injectent un venin paralysant. Une horde de cette envergure réussit ainsi à soumettre la plupart de ses victimes.

Les paupières toujours fermées, Aiko avait écouté.

— La paralysie inhibe-t-elle la douleur ?

— Non, gémit le scientifique. Incapables de bouger, ils sentiront chaque morsure à mesure qu'ils se feront dévorer vivants.

Derrière la vitre souillée de sang, les trois hommes continuaient de se débattre violemment. Si Ken avait raison, ils cesseraient bientôt de se rebiffer.

Mais pas de souffrir.

Valya reprit avec un calme glaçant :

— Commandant, je vous ai prévenus que vous auriez trois occasions de me dire où était Seichan. Dernière chance.

À nouveau, elle leva la main vers le bouton vert.

Si Gray ne pipa mot, les muscles entre ses omoplates frémirent. De faibles cris émanaient dorénavant de la salle, assez puissants pour franchir les parois insonorisées.

Valya le laissa mariner une autre seconde interminable, puis elle enclencha un interrupteur près de la fenêtre. Aussitôt, des haut-parleurs cachés diffusèrent des hurlements stridents, écho particulièrement retentissant de la souffrance atroce qu'enduraient les prisonniers.

Gray aurait juré que leurs cris dégoulinaient de sang.

Les guêpes continuaient leur progression, jusqu'à arriver au-dessus de la taille de leurs victimes. Elles remontaient le long des flancs et des bras enchaînés, consommant leur repas ainsi que Ken l'avait décrit.

De l'extérieur vers l'intérieur.

C'était plus que Gray ne pouvait en supporter.

— Elle est ici, haleta-t-il.

Valya jeta un regard à Masahiro.

— Vous avez vu ?

La rage au ventre, l'Américain la regarda bien en face.

— Seichan est malade, parasitée par cette guêpe monstrueuse, comme je vous le disais… mais elle est sur l'île.

— Où ?

— Aucune idée. Je l'ai perdue de vue dans le lac. Elle était peut-être trop fragile pour effectuer la traversée.

— C'est… c'est la vérité, intervint Ken.

Même Aiko confirma en silence.

L'impitoyable Russe les scruta tour à tour.

— Je vous crois. (Elle baissa le bras sans appuyer sur le bouton.) Néanmoins, cela ne me suffit pas.

D'un geste, elle ordonna aux gardes de s'éloigner.

— Nous en avons terminé. Emmenez-les à l'avion.

À l'intérieur de la salle, trois hommes se débattaient dans leurs chaînes, tels des quartiers de viande pendus à un crochet de boucherie. Leurs cris de douleur suivirent Gray et les autres, tandis qu'on les forçait *manu militari* à partir.

Au moment de tourner les talons, l'agent Pierce vacilla, hébété de savoir qu'il ne pouvait rien faire pour sauver ses camarades. Un nouvel objectif l'aida à se ressaisir.

Je te ferai brailler encore plus fort quand je te tuerai.

* * *

3 h 55

Nous avons mis trop de temps à arriver…

Tandis qu'elle s'interrogeait sur son plan d'action, Seichan lâcha du lest et fit remonter le petit sous-marin jusqu'au quai pressurisé. La coupole de verre qui abritait le niveau inférieur du complexe ressemblait à une bernique lumineuse fixée sous la station de recherche.

À l'approche, la jeune femme avait remarqué deux autres dômes comparables et un troisième plus imposant. Le kiosque d'un mini-submersible surgit à l'intérieur du quai principal. On aurait dit qu'une lamproie géante s'était accrochée à l'installation. Plus loin, le faisceau de son phare révéla l'œil noir d'un tunnel qui, selon toute vraisemblance, conduisait à l'océan.

Seichan tendit le cou quand son embarcation minuscule remonta vers le bassin circulaire, au centre du quai d'arrimage. L'atmosphère pressurisée empêchait les eaux du lac d'envahir le reste de la station.

Arrivée à la surface, Seichan se plaqua contre le tableau de bord.

Palu s'accroupit derrière elle.

De retour à l'air libre, elle vit l'eau salée glisser le long de son corps et du capot en verre qui protégeait le siège du pilote. Peu à peu, elle discerna l'image détrempée d'un docker.

Elle qui avait espéré trouver le lieu vide, elle se rembrunit.

Pas de chance.

L'homme agita le bras avec impatience.

— *Hayakusiro !* grogna-t-il en leur enjoignant de se dépêcher, persuadé que ses collègues étaient de retour.

Palu et elle avaient endossé le masque de leurs victimes, si bien qu'il était facile de se méprendre.

Le docker indiqua son oreillette radio et lança rapidement en japonais :

— L'ordre d'évacuation vient d'être donné. Nous avons quinze minutes pour quitter la station.

Palu sauta du sous-marin, mais il s'arrêta au bord du bassin et, le dos tourné, il feignit d'attendre Seichan pour l'aider.

L'employé tenta de l'entraîner vers la sortie.

— Allez jusqu'au sas.

Hélas, Palu ne parlait pas japonais.

Seichan s'extirpa de son siège, puis elle se redressa et jeta son matériel de plongée.

En la découvrant, le docker n'en crut pas ses yeux.

Elle s'y attendait, son corps de liane étant impossible à cacher dans une combinaison aussi moulante. Avant que l'homme n'ait avancé d'un pas, elle lui sauta dessus, dague à la main.

Palu s'écarta du chemin.

Le docker fut projeté sur le dos. D'un coup de lame, elle lui trancha la gorge, juste au-dessus du larynx afin qu'il ne puisse pas donner l'alerte par radio. De sa main libre, elle couvrit ses gargouillements d'agonie. Un filet de sang serpenta sur le plancher métallique, puis tomba dans le bassin d'arrimage.

Palu se débarrassa à la hâte de son propre équipement et se dirigea vers le sas. Il marchait sur le côté, hors de vue du hublot de la porte. Une diode verte luisait au-dessus de l'encadrement, sans doute pour indiquer que la pressurisation du sas correspondait déjà à celle du débarcadère.

Seichan s'écarta du cadavre. Elle n'avait pas esquissé un pas qu'une souffrance immense l'envahit. Ses jambes manquèrent de se dérober sous son poids et elle dut se plier en deux pour encaisser le choc. Le souffle court, elle espéra de tout cœur que sa douleur redevienne lancinante, comme avant.

Palu se rua à ses côtés.

— Allez !

Il passa le bras autour d'elle et l'aida à marcher. À chaque pas, elle croyait fouler des braises. Il ouvrit la porte du sas, poussa la jeune femme dans l'espace exigu et, une fois lui-même à l'intérieur, il referma la porte d'un coup sec.

Un chronomètre lumineux au-dessus de la sortie commença à décompter trois minutes, le temps que la pression de la cabine s'accorde à celle de la station principale. Seichan maudit la lenteur de l'opération, mais il fallait bien cela pour aider les plongeurs à se réacclimater et réduire le risque d'accident de décompression, dû aux bulles d'azote qui se formaient dans le sang.

Impatiente, elle s'approcha du petit hublot et inspecta le tunnel en verre qui partait du quai. Par bonheur, il était désert.

Enfin, un peu de chance.

Son soulagement fut de courte durée.

Une sirène retentit soudain. Dans un endroit si confiné, elle était assourdissante. Seichan se recroquevilla sur elle-même et tenta d'en déterminer l'origine.

S'agissait-il d'une alerte évacuation ? Ou avaient-ils été repérés ?

Palu indiqua le toit en coupole du débarcadère.

Une caméra de surveillance pivotait là-haut.

Distraite par le docker, l'esprit embrouillé de douleur, Seichan ne l'avait pas remarquée.

Elle se tourna vers l'autre porte. Derrière le hublot, trois hommes équipés d'un casque et d'un gilet pare-balles avaient surgi au bout de la galerie translucide. Ils s'élancèrent vers le sas de décompression, fusil en joue.

Elle vérifia le chronomètre.

Encore deux minutes d'attente.

De leur propre fait, ils étaient pris au piège.

Elle interrogea Palu du regard.

Vous êtes prêt ?

Il haussa les épaules, conscient de ne pas avoir le choix.

* * *

4 h 04

Tandis que la sirène continuait de mugir, Ken avait le dos plaqué contre la paroi du tunnel. Les autres se tenaient de chaque côté. En plein chaos, les fusils restaient braqués sur le groupe.

Le toxicologue contempla la vitre maculée de sang cinq mètres derrière eux. On les avait forcés à s'arrêter quand l'alarme s'était déclenchée. Le vacarme avait beau être étourdissant, on continuait d'entendre les prisonniers hurler. Désormais couverts de fourrageurs sur les bras, les jambes et le bas-ventre, ils semblaient moins se débattre, signe que l'agent paralysant commençait à faire effet.

Gray aussi fixait la baie, les prunelles étincelantes de rage.

Aiko, elle, contemplait ses orteils nus.

À quelques pas de là, Valya et Masahiro conversaient par radio. Le tumulte empêchait d'entendre ce qu'ils disaient, mais l'implacable albinos posa son regard sur le commandant Pierce. Les lèvres pincées, elle esquissa un rictus de satisfaction.

Gray remarqua son intérêt.

Soudain, la sirène se tut, laissant à Ken de gros bourdonnements d'oreilles.

Valya revint vers eux.

— Il semblerait que notre interrogatoire ait été inutile.

— Seichan est ici, lâcha Gray.

— Et nous l'avons dans sa petite boîte, prête à être livrée au grand-père de Masahiro.

Loin de paraître désemparé, l'agent Sigma se redressa et plissa les paupières en direction de Valya.

— À votre place, je n'en serais pas si sûr.

* * *

4 h 07

Par la vitre, Seichan fixa les trois hommes armés qui surveillaient le tunnel. Au-dessus de sa tête, le chronomètre égrenait les dernières secondes du processus de dépressurisation, signe que le verrou du sas serait bientôt débloqué.

Adossé au mur, Palu semblait accepter l'inévitable.

Enfin, l'écran afficha 00 : 00 et les diodes passèrent au vert.

Temps écoulé.

Dehors, les trois hommes avaient pris position. Deux s'étaient postés quelques mètres en aval du couloir, leur fusil pointé vers le sas. Le troisième tonna à travers la porte :

— Les mains sur la tête ! Que je puisse les voir !

Seichan obéit. Palu aussi.

— Quand j'ouvrirai la porte, attendez ! N'avancez que lorsque je vous en aurai donné l'ordre. Compris ?

Seichan hocha la tête.

Les muscles à l'agonie, elle avait du mal à tenir la position exigée. Elle imagina les larves microscopiques creuser un chemin au cœur de ses chairs, laissant une traînée de feu dans leur sillage.

Allez, du nerf !

Le garde foudroya du regard les deux pris au piège, puis il s'écarta et ouvrit la porte. L'énorme battant d'acier le protégeait au cas où ils auraient tenté quelque chose. Ses collègues épaulèrent leur fusil et visèrent à l'intérieur du sas.

Satisfait, il vociféra :

— Sortez lentement ! Si vos mains quittent votre tête, vous êtes morts !

Seichan avança la première. L'atmosphère de la station était plus fraîche. On sentait aussi la différence de pression. Le simple fait que la jeune femme ait bougé, pourtant si peu, sembla exciter les larves. Un nouvel accès de douleur lui envahit les mollets.

Elle s'appliqua néanmoins à marcher à pas comptés, les doigts croisés sur le haut du crâne.

Derrière, Palu se calqua sur son rythme et sa posture.

Le garde quitta la porte pour les suivre avec son arme.

— Continuez d'avancer. Lentement.

Coincée, Seichan se laissa mener vers le bâtiment principal. Dans son esprit, un autre compte à rebours avait débuté. C'était sa formation au sein de la Guilde qui lui avait appris à compartimenter ses différents processus de pensée.

Une discipline d'autant plus difficile à respecter que chaque fibre de son corps hurlait de souffrance.

Le temps qu'ils arrivent à destination, son front s'était couvert de perles de sueur. Son souffle n'était plus qu'un halètement et elle s'arrêta dans l'ultime virage, à moitié pliée en deux. Malgré ses bras tremblants, elle avait gardé les mains sur la tête.

— On ne lambine pas ! rugit l'homme à l'arrière.

Palu fit volte-face et grommela :

— Elle est malade, mon vieux. Et enceinte. Laissez-la reprendre haleine.

La mine renfrognée, le garde scruta la respiration saccadée de la jeune femme.

— Dix secondes.

Il ne m'en faudra que deux.

À la fin de son compte à rebours mental, elle bondit vers un couloir latéral et sortit une dague de son étui de poignet.

Palu effectua le même saut dans les airs.

Avant que leurs adversaires n'aient pu réagir, une explosion ébranla la station entière. À cause de la pression, les oreilles de Seichan se débouchèrent d'un coup. Elle atterrit près du premier mercenaire, que la déflagration avait projeté au sol. Elle lui enfonça son poignard sous le menton, jusqu'à l'os, puis arracha son fusil. Toujours couchée, elle tira sur le type derrière eux et l'atteignit à la gorge.

De son côté, Palu avait foncé sur le troisième garde, auquel il avait assené trois coups de poing puissants dans le nez. Le corps de sa victime s'avachit.

Seichan récupéra le fusil d'assaut à canon court, qu'elle pointa vers le bâtiment principal.

— Allez, allez, allez.

Avant de débarquer, elle avait étudié le plan approximatif de la station et l'avait imprimé dans sa mémoire, où il tournait sur lui-même, telle une maquette en 3D. Autre précaution, elle avait monté un stratagème qui ne lui avait pas été enseigné par la Guilde, mais par Gray.

Improviser sur le terrain – se servir de vieilles ressources sous un jour radicalement nouveau et inattendu.

Ce que Seichan avait choisi d'utiliser était bien « vieux » – au point de dater de la Seconde Guerre mondiale. Quelque temps plus tôt, elle avait fouillé le cimetière de bombardiers japonais et trouvé une torpille enfouie dans le sable. Palu et elle l'avaient soigneusement fixée sous leur submersible, puis ils y avaient accolé un minuteur de démolition bourré de C-4.

Sur le coup, elle s'était demandé si l'obus conservé dans une eau hypersaline était encore intact.

Elle avait désormais sa réponse.

Tandis qu'elle détalait avec Palu, un gargouillis rauque se lança à leurs trousses. Elle identifia une menace à laquelle elle s'attendait. Elle imagina les portes du sas soufflées – sinon le quai d'arrimage tout entier. Le lac, qui n'était plus retenu par la coupole pressurisée, inondait peu à peu la station.

Elle lorgna par-dessus son épaule. Derrière l'immense Palu, des trombes d'eau affluaient. Elles envahirent le virage avec une force telle que le tunnel trembla. Le jet surpuissant s'engouffra dans le couloir et fonça vers eux, projetant un enchevêtrement de cadavres devant lui.

— Seichan ! s'affola le pompier, les yeux écarquillés.

Elle refit volte-face. Dix mètres devant, un iris d'acier était en train de refermer le tunnel. La décompression liée à l'explosion avait dû déclencher le verrouillage automatique des issues de secours, censées sceller les espaces submergés de la station.

Seichan se mit à galoper, galvanisée par la douleur ardente qui irradiait dans ses jambes et son ventre.

Elle atteignit l'iris avant qu'il ne se referme. Plongeant la tête la première, elle roula sur l'épaule et se releva.

Palu…

Le grand Hawaïen peinait à suivre la cadence. L'eau moussait et grondait derrière lui, disloquant des pans entiers de plancher métallique perforé. Des plaques de verre blindé éclataient autour de lui. Quant à l'iris, il rétrécissait de plus en plus.

Seichan comprit la vérité.

Palu aussi, au regard de la terreur qui luisait dans ses yeux.

Il n'y arrivera pas.

CHAPITRE 26

8 mai, 4 h 18
Atoll d'Ikikauō

Le chaos fut une occasion en or.

Gray réagit avec un instinct gravé en lui à la fois par sa carrière de ranger et par ses cinq années d'expérience de terrain chez Sigma. Lorsque la station fut secouée par une explosion qui sema la débandade, il bondit sur le garde le plus proche, attrapa le canon de son fusil et lui assena un coup de crosse dans le nez.

L'os craqua et l'arme lui tomba des mains. Gray pivota dessus, mit un genou à terre et abattit un autre geôlier d'une balle en pleine tête. Sur le côté, Aiko se montra tout aussi rapide. Après avoir fait trébucher un troisième garde d'un coup de pied latéral bien senti, elle roula par-dessus le corps de sa victime, récupéra un fusil et tua leur dernier adversaire.

L'action avait duré quatre longues secondes et, hélas, Gray n'était pas le seul à avoir tiré profit de l'instant.

Valya avait plaqué Ken contre elle, le bras enroulé autour de son cou. De l'autre, elle pressait un pistolet contre sa tempe. Se servant du toxicologue comme bouclier humain, elle le traîna vers un tunnel annexe et emmena Masahiro avec eux.

Ils disparurent au détour d'un virage.

Le commandant Pierce était hors de lui.

— Restez ici ! ordonna-t-il à Aiko. Et couvrez-moi !

— *Hai*.

La jeune femme se mit en position, fusil à l'épaule, et guetta le tournant, au cas où on enverrait des renforts.

Gray prit l'autre direction et rebroussa chemin vers les trois prisonniers.

Leurs hurlements s'étaient sinistrement tus.

Le cœur battant, il craignit d'arriver trop tard.

Par la fenêtre, il aperçut les corps affaissés dans leurs entraves. D'un bras puissant, il écrasa le bouton vert d'urgence. Une sirène retentit et d'épais flots de mousse blanche haute pression jaillirent de centaines d'arroseurs au plafond. D'emblée, les suppliciés furent recouverts. La puissance des jets combinée au produit insecticide, quel qu'il fût, incita les prédateurs noirs à abandonner les bras, les jambes et le ventre de leurs proies. À mesure que la horde était balayée, la mousse imprégnée de sang vira au rouge écarlate.

Inertes, sans vie, les hommes pendaient toujours à leurs chaînes.

Un dernier crachotement des jets, et l'alarme se tut.

Aussitôt, Gray courut vers la porte et fit tourner la roue qui la verrouillait. Sa respiration était saccadée à la fois par l'intensité de l'effort et par sa terreur.

Est-ce que je débarque trop tard ?

* * *

4 h 22

— Grouillez-vous ! hurla Seichan.

Elle était accroupie près de l'iris en cours de fermeture. Une violente tempête d'eau et de débris d'acier menaçait Palu, qui devait couvrir les derniers mètres le séparant de l'issue de secours. Les rouages de l'iris grincèrent contre le fusil d'assaut qu'elle venait d'y coincer dans le sens de la longueur afin de maintenir un minimum d'ouverture pour son camarade. La force du moteur de la trappe faisait vibrer l'arme et tentait de la déloger.

Le canon commença à plier.

Allez !

Palu plongea la tête la première dans l'orifice. De la hanche, il heurta le fusil et fut contraint de se contorsionner pour se dégager. Finalement, il parvint à rouler dans le tunnel derrière Seichan.

Cette dernière voulut récupérer le fusil d'assaut, mais l'iris l'enserrait beaucoup trop. Or, si la trappe restait ouverte, ils ne pourraient jamais échapper à la fureur des flots.

Conscient de ses difficultés et du danger imminent, Palu vola à son secours.

Ensemble, ils essayèrent d'arracher le fusil.

Lequel refusa de bouger – et, après, ce fut trop tard.

Le mur d'eau percuta la trappe et fusa, à la manière d'un tuyau d'incendie, par le passage. Seichan tâcha de s'accrocher à l'arme, mais elle fut vite emportée par le courant. De temps en temps, elle apercevait Palu. L'Hawaïen était toujours à son poste, les jambes arc-boutées contre l'iris, à résister comme personne à la puissance de l'eau.

Soudain, un fracas métallique résonna et le pompier la rejoignit en roulé-boulé.

Les poumons en feu, Seichan tenta de freiner sa propre course folle.

Au bout de quelques secondes particulièrement pénibles et haletantes, le raz de marée perdit enfin de sa virulence. La jeune femme pataugea encore un peu, puis s'arrêta. L'eau continuait de se déverser, mais beaucoup plus doucement.

Seichan se retourna. Palu, trempé, rampait vers elle, le fusil serré au creux de sa main.

— Comment... Comment avez-vous... ?

Parler était trop douloureux. Elle hocha la tête vers l'arme.

Il baissa les yeux vers le canon tordu et se débarrassa du fusil hors d'usage.

— Ce n'est pas moi, *kaikaina*. (Il lorgna la trappe scellée derrière lui.) Un gros morceau de plancher métallique l'a heurté de plein fouet. Ça l'a délogé net.

Elle acquiesça en silence, mi-soulagée, mi-inquiète.

Et pour une bonne raison.

La station gémissait sous le poids de l'eau. Autour de l'iris scellé, le verre blindé commençait même à se fissurer.

La structure ne tiendra jamais.

Preuve du danger, la coupole du débarcadère se détacha et sombra lentement au fond du lac.

Il est temps de fiche le camp d'ici.

Elle se releva. Palu aussi en se plaignant bruyamment.

— On va où ? demanda-t-il.

Seichan se contenta d'avancer, histoire d'éviter la question autant que la vérité.

Aucune idée.

* * *

4 h 33

Gray actionna le mécanisme de la porte jusqu'à ce qu'elle se déverrouille. Après avoir inspiré à fond, il tira sur le battant d'acier. Des résidus de mousse giclèrent dans le couloir, charriant avec eux des effluves nauséabonds qui lui retournèrent l'estomac. Une odeur sucrée aux relents de viande pourrie.

Grimaçant, il contempla les trois corps affaissés dans leurs entraves. Un mélange de sang et de mousse coulait de leurs jambes, dégoulinait de leurs doigts. De loin, impossible d'évaluer l'ampleur du carnage infligé par la horde de prédateurs voraces.

Il n'y a qu'un moyen de le savoir.

Gray franchit le seuil. Ses pieds nus écrasèrent les carapaces sans vie ou, du moins, inertes des guêpes fourrageuses. Leur exosquelette était si solide qu'il avait l'impression de marcher sur des billes. Des billes aux arêtes coupantes. La plante de ses pieds fut entaillée par des mandibules qui, si elles ne pouvaient plus mordre, restaient tranchantes comme des rasoirs.

Lorsqu'il rejoignit Kowalski, une main épaisse se souleva mollement, puis retomba, comme pour l'inciter à partir. Un profond soulagement l'envahit. Le torse des deux cousins remuait aussi faiblement, au rythme de leur respiration entrecoupée.

Toujours vivants… mais pour combien de temps encore ?

Dès qu'il leur eut ôté les menottes, ils s'écroulèrent sur le flanc, dans un mélange gluant de mousse, de sang et de guêpes mortes.

Gray aperçut Aiko, toujours en faction dans le tunnel. Il n'aurait que quelques secondes pour agir avant l'arrivée des renforts. La Japonaise pourrait les retenir un peu, mais certainement pas assez pour qu'il mette lui-même en lieu sûr les trois hommes paralysés.

Derrière la baie vitrée, il aperçut son seul espoir.

Il se rua dehors en dérapant dangereusement sur le sol jonché d'insectes. Une boîte métallique blanche marquée d'une croix rouge était fixée au mur du couloir. À l'image des douches oculaires installées sur les sites à risques de projections chimiques toxiques, il pria le ciel pour qu'on n'ait pas mis une trousse de secours là-bas par hasard.

Il ouvrit l'armoirette d'un coup sec. À l'intérieur, il trouva une rangée d'auto-injecteurs. On aurait dit des stylos d'adrénaline, et c'en était peut-être. À Maui, on en avait utilisé pour contrer les effets sédatifs du venin des guêpes pondeuses.

Muni d'une poignée d'injecteurs, il regagna la salle de torture à la hâte.

Il s'agenouilla d'abord près de Kowalski, déchira l'emballage de la seringue avec les dents et lui planta l'aiguille dans le cou. Le produit gicla sous la peau du colosse – du moins, le peu qui lui restait sur le corps.

Tandis qu'il répétait son traitement d'urgence sur Makaio et Tua, Gray put enfin constater l'étendue des dégâts. Les pauvres gaillards donnaient l'impression d'avoir été écorchés vifs au niveau des bras et des jambes. Ils semblaient aussi avoir de vastes lésions dans le dos et sur le bas-ventre. Pourtant, à y regarder de plus près, la peau, criblée de milliers de morsures de la taille d'un petit pois, était relativement intacte. Du sang s'échappait des multiples plaies, mais on ne décelait aucune trace évidente d'hémorragie artérielle.

Le torse, le cou et la tête avaient aussi été à peu près épargnés.

Gray se souvint que, selon Ken, les fourrageurs évitaient les zones vitales afin de garder leur source de nourriture en vie le plus longtemps possible.

Leurs victimes étaient quand même loin d'être tirées d'affaire. L'exsanguination due au nombre incalculable de morsures constituait toujours un risque majeur. Il leur fallait au plus vite des soins médicaux d'urgence, voire une transfusion.

Un gémissement rauque attira de nouveau l'attention du commandant vers Kowalski, qui leva péniblement la tête, puis s'assit d'un air hagard. Pour qu'il puisse déjà bouger, les seringues devaient administrer un produit plus puissant que de la simple adrénaline. Sans doute un antagoniste au poison paralysant des fourrageurs.

Quelques secondes plus tard, Makaio et Tua reprirent aussi connaissance.

— J'ai... j'ai la tête qui tourne, se plaignit Kowalski.

— Côté douleur, vous en êtes où ?

Groggy, le miraculé contempla ses jambes en piteux état.

— Je ne sens pas grand-chose.

Les injecteurs contenaient sans doute aussi un antalgique, peut-être de type opioïde.

— Vous pouvez tenir debout ? demanda Gray.

— Je suis obligé ?

Une salve de coups de feu lui répondit.

L'agent Pierce se planta devant la fenêtre. Aiko revenait vers eux en tirant vers le fond du tunnel. Elle avait certainement repéré l'ennemi et tentait de le tenir à distance.

Lorsque Kowalski voulut se lever, on aurait dit un taureau qui s'essayait au roller. Quant à Makaio et Tua, ils commençaient seulement à s'asseoir.

Aucun d'eux n'était en état de bouger.

Aiko tira trois autres salves et galopa vers la porte béante.

— C'est le moment de filer !

Gray jeta un œil aux fragiles rescapés.

Je ne les abandonnerai pas.

* * *

4 h 44

Ken dévala tant bien que mal les dernières marches de l'escalier qui menait au niveau intermédiaire du centre. Non seulement il était traîné par de puissants doigts pâles plantés dans son avant-bras, mais, de l'autre main, Valya le menaçait avec un pistolet noir. Deux agents de sécurité armés, équipés d'un casque et d'un gilet pare-balles, escortaient Masahiro.

Et ce n'était pas du luxe.

Cette zone-là du site était en plein chaos. Les techniciens de laboratoire et les agents de maintenance avaient déserté les étages supérieur et inférieur. Tout le monde se hâtait d'atteindre le tunnel qui les reliait à l'île. Résultat : un goulet d'étranglement, qui accentuait encore l'affolement général des employés pressés de fuir la station en péril.

Valya donna un petit coup de crosse à un garde.

— Dégagez-nous le passage. Nous partons maintenant. Autorisation de tirer si nécessaire.

Discipliné, l'agent de sécurité s'écarta de Masahiro.

— Stop ! ordonna le Japonais, l'index pointé vers son bureau. Je ne veux courir aucun risque. Suivez-moi.

Il conduisit le groupe jusqu'à son antre lambrissé de teck. À nouveau, Ken contempla le flamboyant phénix en or qui ornait le mur du fond : l'emblème des laboratoires Fenikkusu. S'il survivait à l'heure suivante, c'était l'endroit où on l'emmènerait et où, soit il accepterait de coopérer, soit il serait tué.

Valya fusilla Masahiro du regard.

— Quelle perte de temps !

— J'ai un dispositif de sécurité intégrée en cas d'intrusion ennemie.

Une fois derrière son bureau, il posa la main sur un rectangle de verre situé sous le phénix. Aussitôt, la plaque s'illumina.

— Pourquoi n'en ai-je pas été informée ?

Le temps de la reconnaissance palmaire, Masahiro toisa la Russe avec dédain.

— Je suis ici chez moi et mon grand-père a beau vous faire confiance, je ne suis pas naïf au point de partager tous mes secrets avec une *gaijin*.

Les traits de Valya se durcirent.

Son albinisme avait sans doute toujours fait d'elle une *gaijin*, une étrangère, quelqu'un d'irrémédiablement suspect en raison d'une particularité génétique sur laquelle elle n'avait aucune prise. En plus, elle n'était pas japonaise. Ken connaissait l'importance de l'héritage dans une civilisation aussi fermée. Ses propres origines métissées – moitié nippones, moitié allemandes – le dépréciaient d'ailleurs d'un cran auprès de ses collègues chercheurs de Kyoto. Il se rappelait s'être hérissé contre un préjugé aussi ancestral.

Manifestement, Valya ne digérait pas d'être dévaluée, considérée comme une « moins que » par ses supérieurs asiatiques. La médisance affichée de Masahiro ne pouvait donc que l'irriter au plus haut point.

Ses doigts crispés s'enfoncèrent encore davantage dans le bras du toxicologue.

Une fois la reconnaissance palmaire terminée, un panneau secret en teck pivota, laissant apparaître un gros bouton rouge.

— Nous aurons quatre minutes, prévint le maître des lieux. Croyez-moi, quand le compte à rebours expirera, nous serons ravis d'avoir franchi les portes blindées de la station.

Preuve de son agacement, il actionna le bouton d'un coup de poing.

Au moment où il refit volte-face, Valya lâcha, perplexe :

— Qu'est-ce qui va se... ?

Masahiro l'interrompit d'un geste et indiqua la porte.

— Maintenant, nous pouvons y aller.

Il contourna son bureau et ordonna aux deux gardes d'ouvrir la route. La consigne n'était plus vraiment nécessaire : derrière les portes, le site s'était presque vidé quand l'engorgement avait fini par se résorber. Quelques retardataires cavalaient le long du tunnel.

Ils n'étaient cependant pas les derniers.

Une rafale de tirs résonna de l'escalier supérieur. Valya avait envoyé un groupe armé s'occuper de Gray et d'Aiko. Apparemment, la fusillade était toujours en cours.

Les yeux tournés vers le plafond, Ken souhaita à ses camarades de tenir bon.

Quoique au bout du compte, quel profit en retireraient-ils réellement ?

Il se rappela le bouton rouge sous le phénix flamboyant.

Il restait moins de quatre minutes.

Valya leva aussi la tête d'un air méfiant. Ce fut sa vigilance qui lui sauva la vie. Sans crier gare, elle pirouetta sur elle-même et tira Ken contre sa poitrine au moment où un coup de feu claquait derrière eux. Une balle siffla aux tempes du scientifique et lui érafla l'oreille gauche. Aussitôt, une douleur vive l'aveugla.

À mesure qu'il recouvrait peu à peu la vue, Ken aperçut Seichan qui courait vers eux, pistolet en l'air, le canon fumant.

* * *

5 h 02

Comment pouvait-elle être ici ?

En apercevant le visage tatoué de la sorcière, Seichan avait réagi au quart de tour. Face à l'impossible revenante, elle avait pressé la détente, consciente qu'il s'agissait de sa meilleure chance d'éliminer une menace aussi redoutable. Hélas, dans la précipitation, elle avait dû se trahir – peut-être le frottement de ses pieds sur les marches en métal ou son souffle saccadé. À moins qu'il ne faille juste incriminer le sens inné du danger de sa rivale.

La Guilde leur avait appris à toujours être sur le qui-vive, à noter en permanence chaque détail de l'environnement et à se tenir prêtes à réagir.

Maudissant l'intuition surnaturelle de la Russe, Seichan tira sur un de ses sbires. Atteint à l'épaule, l'homme tournoya sur lui-même et son fusil lui échappa des mains.

Le second garde empoigna un Japonais en costume, qu'il emmena à l'abri dans une galerie adjacente. D'après le plan en rotation que Seichan avait à l'esprit, c'était le couloir principal qui reliait la station à l'île.

Guère intéressée par le sort des fuyards, elle se concentra sur Valya Mikhailov.

Celle-ci se servait toujours du professeur Matsui comme bouclier humain. Seichan tira deux autres coups de feu, sans chercher à toucher sa cible. Elle ne pouvait pas courir le risque de blesser Ken. Son but était plutôt d'empêcher son adversaire de s'échapper par le tunnel. En même temps, elle s'élança vers la seule cachette possible : la porte ouverte d'un bureau.

Valya riposta, mais Seichan aussi avait été entraînée à anticiper le danger. D'instinct, elle se fia au langage corporel de la jeune albinos et à son regard. Son agilité naturelle lui permit d'esquiver les balles, qui ricochèrent sur des plaques d'acier derrière elle.

Continue de te focaliser sur moi.

Du coin de l'œil, elle vit Palu s'élancer de la cage d'escalier située un peu plus bas. Un couperet à la main, il se rua vers l'étage supérieur, où les rafales de tirs continuaient de résonner.

Quelques minutes auparavant, en traversant la station, Seichan avait entendu des détonations. Elle s'était arrêtée afin de sécher son Sig Sauer, de le remettre en état de marche et, tout ce temps-là, la station avait gémi autour d'elle, histoire de l'exhorter à se dépêcher.

Comme les déflagrations qui retentissaient plus haut.

À l'origine de la fusillade, il ne pouvait y en avoir qu'un.

Gray...

Consciente de la situation, elle s'était précipitée vers le lieu de l'affrontement et, là, en chemin, elle était tombée sur le professeur Matsui, entraîné vers la sortie par un fantôme du passé. Seichan n'avait eu que quelques secondes pour tenter de sauver Ken, tout en envoyant Palu aider Gray et les autres.

Valya finit par pousser Ken à terre, car plus il se débattait, moins elle pouvait régler ses tirs. Une fois libérée de son fardeau, elle pressa deux fois la détente. Une balle frôla la tête de Seichan. L'autre lui érafla la hanche.

Une douleur vive envahit la jeune femme qui, sans y prêter attention, continua de foncer.

J'y suis presque...

Lorsqu'elle serait enfin réfugiée dans le bureau avec Valya en ligne de mire, Seichan aurait le choix entre éliminer la sorcière ou l'inciter à fuir.

Malheureusement, avant qu'elle n'ait pu atteindre son but, ses jambes se brisèrent.

Du moins, elle en eut l'impression.

Ses violents efforts physiques avaient réveillé la horde en elle. Terrassée par la douleur, elle sentit ses muscles se tétaniser. Ses membres inférieurs refusant de lui obéir, elle s'effondra. La souffrance rétrécissait son champ de vision et l'empêchait de contrôler ses gestes.

Au moment où elle heurta le sol, le pistolet lui glissa des mains. Il rebondit, puis fila jusqu'à l'intérieur du bureau. Elle essaya de le suivre en ramenant tant bien que mal ses jambes sous elle.

Soudain, une ombre plana au-dessus d'elle.

Ayant deviné de qui il s'agissait, Seichan leva les yeux.

Valya avait récupéré Ken. Le poing enroulé dans ses cheveux, elle lui tirait la tête en arrière. Un filet de sang coulait de l'oreille du scientifique.

Elle pointa son arme sur Seichan.

— Il y a longtemps que j'attends ce moment. Depuis que je vous piste, l'enfoiré et toi, autour du globe et que j'ai failli vous perdre deux fois de vue.

Malgré ses yeux larmoyants, Seichan la fusilla du regard.

Voilà donc comment l'ennemi a su que nous étions à Maui.

Valya approcha encore son pistolet.

— Arrêtez, gémit Ken.

Sa supplique tomba dans l'oreille d'une sourde.

Il essaya encore :

— Elle… elle est enceinte.

La Russe se figea, puis éclata d'un rire sardonique.

— Parfait. Absolument parfait. Encore mieux que ce que j'aurais pu espérer.

Elle brandit son arme et, d'un coup de crosse, frappa son adversaire à la tempe. Le monde, qui avait d'abord viré au blanc éblouissant pour Seichan, sombra dans les ténèbres.

Une dernière phrase la suivit, alors qu'elle perdait conscience.

— Si tu survis assez longtemps, je garderai peut-être l'enfant pour moi.

* * *

5 h 06

Hébété de stupeur, Ken se dirigea vers la sortie d'un pas vacillant. Un filet de sang chaud suintait de sa plaie à l'oreille. Il était suivi par le garde qui s'était enfui avec Masahiro au cours de la brève fusillade. L'homme était revenu après avoir mis son protégé en sécurité.

Valya marchait en tête. Derrière, deux ouvriers traînaient le corps inanimé de Seichan. Tout le monde se dépêchait.

À vingt mètres de là, le tunnel en verre débouchait sur de grosses portes blindées.

Masahiro les y attendait, les bras croisés.

— Vingt secondes ! Et l'accès sera définitivement fermé.

Plus provocatrice que jamais, Valya ne pressa pas le pas.

Le Japonais aurait pu les laisser en plan à l'intérieur, mais il avait dû apercevoir le trophée de Valya derrière eux. Il avait été humilié par Seichan à Maui et, à voir ses prunelles étincelantes de vengeance, il la voulait à sa merci avant de quitter l'île.

Ken décompta mentalement les ultimes secondes.

Au moment où son horloge interne arriva à zéro, ils approchaient du seuil.

Plusieurs détonations s'enchaînèrent derrière lui. Il fit volte-face et aperçut des éclairs de feu d'un bout à l'autre de la station. Plus près, un panache de fumée et de flammes envahit la galerie. Une porte en acier tordue apparut.

— Passez par là ! ordonna Masahiro.

Le regard rivé au tunnel, Ken se hâta de suivre les autres.

Le véritable objectif des explosions programmées lui sauta aux yeux.

La fumée s'assombrit au moment où un essaim déchaîné surgissait en provenance de la salle d'expérimentation qu'il avait repérée à leur arrivée. Il se souvint que la pièce grouillait de mâles soldats. Agacées par le bruit et le feu, les guêpes bourdonnaient farouchement en quête d'une cible.

— C'est maintenant ou jamais, prévint Masahiro.

À en juger par les multiples déflagrations qui avaient secoué la station, toutes les portes des salles d'expérimentation avaient été soufflées.

Après de longues années de captivité, les *Odokuro* étaient enfin libres.

Les guêpes ne constituaient cependant pas la seule menace.

La station trembla violemment et des trombes d'eau emplirent le tunnel depuis la salle de test.

Ken comprit la vérité.

Tout s'effondre.

CHAPITRE 27

8 mai, 5 h 18
Atoll d'Ikikauō

Rendu sourd par l'explosion, Gray était accroupi dans le couloir, devant les décombres souillés de mousse de la salle de torture. La pièce était envahie de fumée. Arrachée de ses gonds, la trappe de l'enclos des guêpes était allée fracasser la fenêtre d'observation.

Quelques rares fourrageurs qui n'avaient pas participé au festin émergeaient du brouillard, mais, dès qu'ils foulaient la mousse, ils ralentissaient, puis s'arrêtaient, empoisonnés par l'insecticide.

C'était un réel coup de chance que, d'un pas chancelant ou à quatre pattes, Kowalski et les cousins de Palu aient suffisamment repris leurs esprits pour sortir avant l'explosion. Toutefois, s'ils tenaient debout, les trois hommes avaient encore besoin de s'appuyer au mur du couloir.

Du sang coulait de leurs membres, mais, à mesure que les marques de morsure coagulaient, l'hémorragie se résorbait.

De l'autre côté de Gray, Aiko était adossée à la cloison, son fusil plaqué sur la poitrine. Deux cadavres gisaient au milieu de la galerie voisine, seule porte de sortie vers l'extérieur.

Aiko avait prouvé ses talents de fine gâchette. C'était uniquement grâce à elle qu'ils étaient encore en vie.

Mais pour combien de temps encore ?

Elle leva l'index, signe qu'elle n'avait plus qu'une balle dans son chargeur.

Gray croisa les doigts pour que cela suffise. Les tirs au fond du tunnel avaient cessé. Il ignorait si leurs ennemis s'étaient enfuis ou s'ils attendaient de les prendre en embuscade, espérant que les cibles se précipiteraient dans leur champ de mire.

Au début, le commandant l'avait envisagé, persuadé qu'à rester sur place, ils signaient leur arrêt de mort. Et c'était encore très possible. L'eau qui tombait dans l'enclos des fourrageurs crépitait sur le plancher. L'explosion avait dû endommager le toit en verre.

Bientôt, la pression à une telle profondeur ferait imploser le dôme et la zone entière serait inondée.

Aiko lui adressa un regard interrogateur.

On fait quoi ?

L'écho d'une cavalcade ramena leur attention vers le tunnel. L'ennemi tentait un ultime assaut massif. Aiko posa un genou à terre et jeta un œil dans le virage, arme au poing.

Une seule balle contre combien d'adversaires ?

Gray se redressa de toute sa stature et regarda par-dessus la Japonaise afin d'évaluer la menace. Deux hommes arrivaient en trombe, l'un derrière l'autre, à environ cinq mètres d'écart. Le premier tentait de sortir un revolver d'un holster de hanche.

Bizarrement, il n'avait pas déjà son arme en main.

Aiko, qui l'avait peut-être remarqué, se retint de tirer, réservant son ultime cartouche pour plus tard.

Enfin, l'homme réussit à dégainer, pivota de biais et braqua l'arme derrière lui. Avant qu'il n'ait pressé la détente, quelque chose lui entailla la jambe arrière. Heurtant le mur de plein fouet, il laissa apparaître une grande lame en acier fichée dans sa cuisse.

Le tireur eut néanmoins les ressources nécessaires pour continuer de viser son agresseur. Aiko décida alors d'utiliser sa dernière balle. La tête de l'assaillant explosa.

L'autre silhouette se figea, ses mains vides en l'air.

Palu.

Aiko et Gray accoururent. Le pompier avait les bras couverts de sang. Gray reconnut la lame dans la jambe du cadavre. Elle provenait de l'arsenal de Seichan. Palu avait dû se frayer un chemin entre les gardes toujours en poste, profitant à la fois de l'effet de surprise et de l'explosion pour les neutraliser. Hormis le dernier, qui avait tenté de s'échapper.

L'agent Sigma le rejoignit.

— Où est Seichan ?

— Embarquée, répondit Palu, le visage grimaçant. En montant ici, j'ai vu qu'on la traînait vers le tunnel qui permet de rallier l'île. Ils ont aussi chopé le professeur.

L'agent Pierce était déjà dans les starting-blocks.

— Allons les chercher.

De son bras musclé, l'Hawaïen lui barra la route.

— Non, c'est perdu d'avance.

La mine approbatrice, Aiko brandit son fusil et rappela :

— Je suis à court de munitions.

— Trouver des munitions, des flingues, ce n'est pas un souci. Si on se dépêche avant qu'ils scellent…

Gray fut interrompu par un fracas tonitruant. Le filet d'eau dans le dôme voisin s'était mué en un torrent puissant. Un raz de marée s'échappa de l'enclos et envahit la salle de torture.

Ce n'était plus le moment de tergiverser.

Poussés par le courant, Kowalski et ses deux camarades d'infortune surgirent. Palu n'en revint pas de retrouver ainsi ses cousins – et dans un état pareil. Il n'était sans doute pas au courant que leur catamaran avait été pris d'assaut.

Gray n'eut pas le temps de lui expliquer.

— Maintenant, plus le choix. Il faut atteindre la sortie.

Palu s'obstina à lui barrer le passage.

— Pas par là.

— Alors, où ?

Le colosse baissa enfin le bras et indiqua :

— Tout au fond de ce fichu endroit.

— Pourquoi ? Qu'y a-t-il là-bas ?

Palu fit volte-face et prit la direction des opérations.

— Avec un peu de chance, une issue.

* * *

5 h 30

Masahiro se tenait derrière les portes blindées béantes quand la femme inanimée fut traînée hors de la station, jusqu'au tunnel qui les reliait à l'île. Un filet de sang coulait de sa tempe gauche. Sans doute l'avait-on assommée d'un coup de crosse.

Bien fait.

Il regretta que sa ravisseuse, la Russe albinos, n'ait pas connu le même sort. Fière d'exhiber ses prisonniers, Valya avait pris le temps de faire sortir son petit monde.

En passant devant Masahiro, elle le toisa avec suffisance.

Il bouillit de rage, conscient que cette *gaijin*-là s'attribuerait l'entier mérite des deux captures.

Peu à peu, le couloir extérieur fut envahi par un nuage de fumée qui charriait avec lui le bourdonnement furieux des guêpes libérées.

— Fermez-moi cela, ordonna Masahiro avant de tourner le dos à la station.

Mon travail ici est terminé.

Il se trompait.

Valya hocha la tête vers les gardes, tous deux membres de son équipe personnelle.

Attrapant Masahiro par les revers de sa veste, l'un d'eux le repoussa à l'intérieur de la station. L'homme d'affaires trébucha sur le seuil et atterrit sur les fesses. L'épaule appuyée contre l'épaisse porte blindée, l'autre garde commença à la refermer.

Non...

Tandis que le Japonais tentait de se relever, une bestiole se posa sur sa joue. Affolé, il l'écrasa d'un coup sec. La piqûre lui donna l'impression qu'on avait enfoncé un charbon ardent dans sa chair. Une brûlure atroce irradia sur tout un côté de son visage. Il tapota dessus, comme pour étouffer les flammes, et s'attendit presque à sentir sa peau fondre.

Les yeux embués de larmes de douleur, il regarda les portes se rabattre lentement. Avant qu'elles ne se verrouillent, la glaciale Valya le fixa d'un air triomphant.

Puis elle tourna les talons.

À quelques instants de la fin, Masahiro comprit qu'il avait eu tort de sous-estimer l'ambition dévorante de la jeune femme.

Derrière lui, le bourdonnement s'intensifia, attiré par sa respiration apeurée et les battements trépidants de son cœur. Au moment où l'essaim donna l'assaut, il baissa les paupières. Son corps était mitraillé de tous côtés, comme attaqué par la grêle puissante qui s'abattait souvent sur le mont Fuji.

Sauf que, là, la glace était du feu.

Les hurlements qui s'échappèrent de sa gorge le mirent encore davantage à la merci de ses agresseurs. Les guêpes lui rampèrent dans la bouche, s'y massèrent et continuèrent de le piquer au plus profond de ses entrailles.

Accablé par le nombre, il n'émettait plus que de faibles gémissements.

Jusqu'à ce qu'au bout du compte, une douleur ardente lui fasse perdre connaissance.

* * *

5 h 38

Derrière ses camarades, Gray dévala en trombe les marches du centre opérationnel. Le groupe ne s'arrêtant que le temps de ramasser des armes au passage, il revenait à Palu – et à son tranchoir – la sinistre tâche de les récupérer sur les cadavres.

Désormais, l'ensemble de la station tremblait violemment.

Leur progression était périlleuse, car la cage d'escalier était devenue une vraie cascade. D'autres coupoles avaient dû s'effondrer. De toutes parts, le lac envahissait le complexe à vitesse grand V. Gray sentait la pression dans ses oreilles augmenter à mesure que l'air disponible était comprimé par les murs d'eau qui se rapprochaient. Il avait aussi plus de mal à respirer à cause de la fumée qui s'accumulait dans un lieu de plus en plus exigu.

Et il n'y avait pas que la fumée.

Au niveau intermédiaire, Gray chassa une guêpe égarée de ses cheveux. Quand l'insecte lui piqua néanmoins l'oreille, il eut l'impression qu'on lui décochait un coup de sabot en pleine tête. Entre la volée de marches qui menait à l'étage inférieur et eux, une nuée sombre planait à l'orée du tunnel de sortie. Les guêpes grouillaient, furieuses. Dans l'espace clos, leur vacarme faisait penser à un feu d'installations électriques.

Acculé, le groupe tenta de les contourner.

— Continuez de courir, ordonna Gray. Ne ralentissez pas.

Ils se plaquèrent contre les murs du bureau de Masahiro, mais les prédateurs furent attirés dans leur sillage. Le bourdonnement s'intensifia, tandis que les guêpes trouvaient enfin des cibles sur lesquelles décharger leur colère.

— Plus vite ! insista le commandant.

Il avait conscience de demander l'impossible. Aiko ouvrait la route avec Palu, qui devait presque porter Makaio, son cousin, pour qu'il avance. Un mètre derrière, Kowalski tentait de faire la même chose avec Tua.

L'essaim s'approcha, telle une immense vague noire menaçant d'engloutir le groupe.

Gray s'efforça de guider ses camarades vers le niveau inférieur. Vêtu d'un simple maillot de bain, il se sentait vulnérable. Rien que de penser à de nouvelles piqûres, il en avait littéralement la chair de poule.

Soudain, Kowalski poussa un juron. Il s'écroula, un genou à terre, et se gifla le cou.

Gray se précipita à ses côtés. Il empoigna Tua, tout en offrant son autre bras à son collègue de Sigma.

Le regard noir, le colosse se releva seul.

Et, ensemble, ils se lancèrent aux trousses des autres.

Gray sentit qu'on le mordait à la jambe droite, au bras gauche. Chaque fois, une douleur cuisante l'envahissait, mais il s'obligea à continuer. L'adrénaline l'aidait à combattre le mal. Des larmes roulaient sur ses joues. Ses jambes flageolaient.

Kowalski, qui avait dû percevoir son désarroi, tenta de les soutenir à moitié, Tua et lui. Gray était impressionné par la constitution physique de son partenaire, surtout quand on voyait le nombre de guêpes posées sur ses épaules et son dos. Les muscles de Kowalski tressaillaient à chaque nouvelle piqûre.

C'était peut-être l'antidote contenu dans le stylo injecteur ou l'analgésique opioïde qui lui permettait de continuer, mais Gray imputait surtout sa résistance à son entêtement de cochon.

Devant, Aiko et les autres avaient atteint l'escalier. Ils disparurent dans les tourbillons grisâtres qui montaient de l'étage du dessous.

Tel un marathonien à l'approche de la ligne d'arrivée, Kowalski redoubla d'efforts. Toutefois, quand ils pénétrèrent enfin l'épais brouillard, l'essaim, lui, eut un mouvement de recul.

Même les guêpes posées sur eux battirent en retraite.

Gray comprit vite la raison de leur prudence. Une fumée aux relents âcres de caoutchouc brûlé le fit tousser. Il eut un goût d'huile en feu sur la langue. Il voulut retenir son souffle, mais la douleur et l'épuisement l'obligèrent à continuer de haleter.

Au niveau inférieur, ils avaient dorénavant de l'eau aux genoux. Une fois qu'ils se furent éloignés de la cage d'escalier, où les émanations toxiques s'accumulaient comme dans un conduit de cheminée, l'atmosphère se dégagea. La fumée stagnait au niveau du plafond et, en baissant la tête, ils trouvèrent une nappe d'air respirable.

L'eau glacée calma aussi la douleur des piqûres.

— Par ici, annonça Palu, l'index pointé vers une galerie.

Ils pataugèrent dans une eau encombrée de débris et recouverte d'une couche de cadavres de guêpes de toutes sortes : éclaireurs minuscules, grosses reproductrices pondeuses et d'autres spécimens inconnus.

— Je crois que c'est au bout du prochain tunnel, annonça Palu. S'il est toujours là…

Un long couloir s'étendait jusqu'aux confins de la station.

Gray espéra que son isolement avait épargné la zone.

Très vite, ils eurent de l'eau à la taille. Il devint alors plus facile de nager tant bien que mal, en flottant à moitié et en donnant des coups de pied au sol. La méthode permettait aussi de garder la tête loin de la couche de fumée au plafond.

Finalement, le tunnel déboucha sur une porte scellée.

Un sas de sécurité.

Comme Palu l'avait promis.

Seichan et lui y avaient repéré un petit sous-marin. L'engin avait sans doute servi à acheminer des marchandises, voire des morceaux de la station à l'époque de sa construction.

Dorénavant, c'était leur unique espoir de fuite.

Et pas que leur espoir à eux.

Trois ouvriers, piégés aussi dans le complexe inondé, frissonnaient devant le sas. On aurait dit des rats tout juste réchappés de la noyade.

Sous la menace de son fusil, Aiko s'adressa rapidement à eux en japonais, puis elle pivota vers le commandant Pierce.

— C'est l'équipage du sous-marin. Ils ont reçu l'ordre de le déplacer.

Gray se sentit soulagé. Il avait prévu de faire comme il pouvait pour piloter l'embarcation. Là, c'était encore mieux.

Aiko, pourtant, ne semblait pas ravie. Elle expliqua :

— Ils ont essayé d'entrer, mais le mécanisme du sas est voilé. Il n'y a aucun moyen de passer.

Gray fit signe aux marins de s'éloigner et regarda, par les doubles-fenêtres, vers l'embarcadère encore au sec. Le kiosque du submersible dépassait d'un bassin, prêt à servir.

Découragé, il posa le front contre la vitre.

Si près… et pourtant si loin.

* * *

5 h 49

Ken s'arc-bouta dans la soute de l'avion de transport. En raison d'une piste très courte, l'appareil accéléra violemment, puis décolla selon un angle très marqué.

D'après les caractères cyrilliques tracés au pochoir sur les pans de la soute, il avait dû faire partie de la flotte militaire russe ou serbe. Sa conception était très rudimentaire. Le poste de pilotage se situait derrière une porte fermée à clé. Le reste était une coquille vide. Hormis des rangées de strapontins le long des parois intérieures, la soute était un vaste espace libre.

Quoique, là, il n'était pas franchement « libre ».

L'endroit était rempli de caisses, de boîtes et de barils, le tout soigneusement arrimé et recouvert d'un filet. C'était tout ce qui avait pu être sauvé de la station sous-marine.

Au moment où l'avion vira légèrement de bord, la tête de Seichan ballotta entre ses entraves. Le sang sur sa tempe avait séché, mais elle restait inconsciente. Les ravisseurs n'avaient toutefois pris aucun risque : ses poignets et ses chevilles étaient enserrés dans des menottes en acier et des chaînes. On avait aussi attaché la ceinture de son strapontin. Un garde était assis à côté d'elle, pistolet au poing. En face, un autre avait son fusil d'assaut posé sur les genoux.

Un claquement de porte attira l'attention de Ken.

Valya, qui venait de quitter le cockpit, interpella deux de ses sbires. Ken laissa traîner une oreille quand elle s'adressa à eux en japonais :

— Toi et toi. Avec moi.

Les intéressés se détachèrent de leur siège pour la suivre.

Ken savait l'équipe entièrement dévouée aux ambitions de la Russe. Personne n'avait tiqué lorsqu'elle avait abandonné Masahiro. Elle avait aussi pris des précautions supplémentaires pour couvrir leur fuite. À son arrivée dans l'ancien bâtiment des gardes-côtes, Ken était tombé sur un carnage. Selon toute vraisemblance, d'autres membres du groupe avaient tendu une embuscade à ceux qui s'étaient sauvés par le monte-charge et ils les avaient tous abattus à la mitraillette. Les corps avaient ensuite été traînés à l'écart, où ils s'amoncelaient dans une mare de sang.

Valya avait à peine jeté un regard froid au charnier.

Ken savait identifier un coup d'État quand il en voyait un.

Pour preuve, une explosion tonitruante ébranla l'appareil. Le toxicologue se pencha au hublot. Le toit de tôle rouillé du bâtiment des gardes-côtes avait jailli dans le ciel, propulsé par une colonne de fumée et de feu.

Elle efface vraiment toute trace de son passage.

Soudain, des rafales de vent mugirent au sein de la soute. Ken craignit qu'ils n'aient été touchés par un éclat d'obus. Au lieu de quoi, une trappe s'ouvrit à l'arrière de l'appareil.

Valya se trouvait à côté, l'index pointé vers le bas.

Deux hommes firent rouler un fût orange jusqu'à la porte, puis le jetèrent dans le vide.

Ken pivota de nouveau vers le hublot. Il suivit la chute du baril, qui heurta le quai de l'île, où l'aéroglisseur de la station était arrimé. Au moment de l'impact, une explosion produisit une espèce de champignon, qui monta vers le ciel. Des gerbes de flammes fusèrent, recouvrant à la fois l'embarcadère et le bateau.

Tandis que l'avion survolait l'île, d'autres charges incendiaires furent larguées. Un mélange de fumée et de feu envahit l'atoll. Ken crut revivre la destruction de l'île brésilienne de Queimada Grande à laquelle il avait assisté quelques mois plus tôt.

Ils vont tout raser jusqu'au soubassement rocheux.

À la différence près qu'ils franchirent encore une étape supplémentaire.

Le doigt tendu, Valya hurla pour couvrir le bruit du vent. Ken ne discerna pas tout, mais il entendit le mot *mizūmi*.

Par peur de ce qui risquait d'arriver, il grimaça.

L'avion vira de bord pour procéder à un ultime bombardement. Cette fois-là, les fûts n'allaient pas incendier quelque chose.

Ils serviraient plutôt de grenades sous-marines de fortune.

Car *mizūmi* signifiait « lac ».

* * *

5 h 55

— C'est vraiment une idée de taré, fit remarquer Kowalski, pourtant ravi.

Gray ne pouvait pas le nier. En tout cas, s'ils périssaient dans les secondes à venir, son collègue aurait le sourire jusqu'aux oreilles. Plus que tout au monde, l'expert en démolition de Sigma adorait faire exploser des trucs.

Pierce et les autres se réfugièrent à une vingtaine de mètres du sas bloqué, derrière un pan de plancher métallique qui s'était soulevé. Un peu plus tôt, Kowalski et Palu avaient relié un cube de C-4 à un minuteur. C'était tout ce qui restait au pompier de son stock récupéré à Maui.

Soit le plan fonctionnait, soit ils étaient tous morts.

L'objectif était de faire sauter le sas pour pénétrer dans la coupole qui servait d'embarcadère. Or, tant de choses pouvaient aller de travers ! Si la charge était trop faible, ils ne réussiraient pas à éventrer les portes. Si elle était trop puissante, ils risquaient d'abîmer le sous-marin, voire de détruire l'aile entière du bâtiment.

Ils devaient néanmoins tenter leur chance.

Le temps que les deux colosses préparent leur bombe, Gray avait écouté les déflagrations résonner dans l'eau depuis les étages supérieurs. À en juger par la faible lueur au-dessus de leurs têtes, l'ennemi bombardait l'île en partant.

— Tenez-vous prêts, prévint Kowalski.

Les yeux rivés à la montre de Palu, il égrena les dernières secondes en repliant un doigt à la fois.

Les eaux de crue leur tourbillonnaient désormais au niveau du torse, ce qui était une bonne nouvelle.

Gray savait que le débarcadère devait être pressurisé pour empêcher le lac d'envahir le bassin. Lorsqu'ils feraient sauter les portes, la violence de la décompression risquait de faire entrer le lac d'un coup. Leur seul espoir ? Que l'air coincé à l'intérieur de la station inondée soit aussi comprimé pour résister à la pression.

Rien qu'un autre détail susceptible de tout faire rater…

Kowalski replia son dernier doigt et ferma le poing.

Gray avait demandé à ses camarades d'ouvrir la bouche et d'expirer fort afin de contrer au mieux le souffle de l'explosion. Son conseil échoua lamentablement. La détonation lui claqua dans les tympans et écrasa sa cage thoracique au point qu'il se demanda s'il pourrait respirer de nouveau un jour.

Puis tout fut terminé.

Il haleta en même temps que les autres.

En face, les deux portes avaient été soufflées.

Par-delà le sas, le niveau du bassin monta subitement, jusqu'à rencontrer les eaux qui sortaient du tunnel et s'engouffraient dans la salle.

Gray soupira.

Pour l'instant, la pression semblait résister.

Jusque-là, tout va bien.

Ils reposèrent le bout de plancher derrière lequel ils s'étaient abrités et laissèrent le courant les entraîner vers l'embarcadère. À leur arrivée, des rideaux d'eau tombèrent du toit en verre, fissuré par la puissance de la déflagration.

Sous le regard de Gray, les lézardes s'élargirent.

— Tous à l'intérieur ! Maintenant !

Un membre de l'équipage nagea jusqu'à l'échelle du sous-marin et se hissa au sommet. Après quoi, il déverrouilla le mécanisme de la trappe.

Les autres grimpèrent à leur tour. Quand la lourde porte s'entrebâilla enfin, le premier matelot aida chacun à descendre. Ce fut Gray qui ferma la marche, une fois assuré que tout le monde était à bord.

Il croisa le regard de l'homme, terrifié, sur le kiosque.

Pris dans la même tourmente, ils n'étaient plus ennemis.

Du mouvement derrière la paroi vitrée attira l'attention de Gray. Un baril orange vif tomba juste derrière eux.

Non, non, non…

L'agent Sigma s'élança vers l'avant, attrapa le matelot et le poussa la tête la première par la trappe. Il se rua ensuite sur l'échelle intérieure. Au moment où il refermait la porte d'un coup sec, une explosion fit tanguer le sous-marin.

Le kiosque heurta bruyamment le bord du quai.

Gray se pendit aux barreaux d'une main. De l'autre, il fit tourner le verrou intérieur de la trappe. Après quoi, il se laissa tomber au sol. Par chance, le marin qu'il avait jeté en bas avait atterri sur les autres, ce qui avait amorti sa chute.

L'Américain mugit :

— Vite, démarr…

Il fut interrompu par un vrombissement de moteur : les deux autres membres d'équipage étaient déjà à leur poste.

Gray s'avança, tête baissée à cause du plafond bas. Il reconnut une modeste embarcation de type *Una*, mise au point par la marine militaire yougoslave. L'engin de poche avait été conçu pour semer des mines ou déposer des soldats des Forces spéciales à des profondeurs d'eau trop faibles pour un plus grand vaisseau. On voyait bien qu'il avait été réformé et modifié à des fins d'utilisation privée. Son solide nez métallique avait été remplacé par du verre polymère.

Assis à l'avant, le pilote fit descendre le submersible.

Gray le rejoignit à temps pour assister à la destruction de la station. La force de concussion de la charge sous-marine avait détruit une grande partie des installations. Des bulles d'air s'échappaient vers la surface, tandis que des canalisations brisées dégringolaient au fond du lac. Le reste suivit au ralenti. Après un dernier tressautement, les éclairages de secours s'éteignirent et les eaux furent de nouveau dans les ténèbres.

Un marin appuya sur un interrupteur et un faisceau lumineux se braqua vers l'avant, révélant l'œil noir d'un tunnel qui donnait sur l'océan. Malgré le faible tirant d'eau du sous-marin, la manœuvre s'annonçait serrée.

Gray aperçut un autre membre d'équipage, le navigateur, penché sur un système sonar Krupp Atlas. Le dispositif pouvait fonctionner en mode actif ou passif.

Inquiet, il s'adressa à Aiko :

— Dites-leur qu'ils peuvent utiliser la lumière pour longer le tunnel, mais qu'une fois dans l'océan, il faudra l'éteindre et basculer en sonar passif pour éviter de nous faire repérer.

La jeune femme transmit les consignes.

Il leva le nez au moment où l'avant du sous-marin miniature s'engageait dans la galerie. Celui qui avait largué les charges explosives, quel qu'il fût, était peut-être toujours là, à surveiller les parages.

— Les batteries sont chargées à bloc ?

Un marin parlait suffisamment anglais pour répondre à Gray d'un pouce levé.

— Alors, dès que nous serons sortis d'ici, prenez la direction de Midway. Puissance maximale.

On lui répondit d'un hochement de tête.

Amèrement satisfait, Gray suivit le puissant faisceau lumineux qui fendait l'obscurité. En silence, il fit un serment à Seichan.

Je n'aurai de cesse que tu sois dans mes bras.

CHAPITRE 28

8 mai, 6 h 17, heure des Samoa
Au-dessus du Pacifique

Le monde revint peu à peu, et, avec lui, la douleur.

Seichan sentait le sang battre violemment contre sa tempe gauche. Ses membres brûlaient. Des crampes terribles lui nouaient l'estomac. Elle avait envie de vomir, mais craignait que cela n'aggrave encore son mal-être. Face à une lumière aveuglante qui lui transperçait le cerveau, elle cligna des paupières.

Un gémissement aux lèvres, elle voulut se protéger du rayonnement, mais ses poignets, menottés, étaient également attachés à ses chevilles par des chaînes.

Elle mit quelques instants à comprendre qu'elle se trouvait à bord d'un avion-cargo. Au son du moteur, sans doute un turbopropulseur.

Elle tourna brusquement la tête. Aussitôt, elle eut des vertiges, mais elle aperçut Ken sanglé sur le strapontin voisin.

— Comment vous sentez-vous ? demanda-t-il.

Taciturne, la bouche desséchée, elle articula à grand-peine :

— Gray… les autres…

— Aucune idée. Toujours en bas. (Le toxicologue l'observa d'un air désolé.) Elle a bombardé toute l'île de charges incendiaires. La station est détruite.

Seichan réussit à pivoter vers le hublot. Le soleil, enfin levé, brillait de mille feux sur un océan paisible, dévoilant les stigmates d'une nuit de cauchemar.

Derrière eux, l'île était noyée sous une fumée épaisse.

Face au carnage, Seichan refusa d'accepter que Gray ne fût plus. Elle se raccrocha à son maigre espoir et tenta d'en faire une certitude. Hélas, la souffrance et la fatigue l'empêchaient d'avoir les idées claires. Ses yeux s'embuèrent, ce qui la mit d'autant plus en rage.

Lorsqu'elle se tourna de nouveau vers l'avant, la douleur qui lui tordait le ventre explosa.

Elle poussa un cri et se plia en deux sur son siège. Les paupières closes, elle haleta, comme pour éteindre le brasier qui la dévorait de l'intérieur. Après ce qui lui parut durer des dizaines de minutes, elle se redressa enfin.

À mesure que son regard se focalisait de nouveau, elle s'aperçut qu'une silhouette tatouée familière la dévisageait. Valya était agenouillée devant elle.

— Alors, réveillée ?

Seichan ne s'abaissa pas à répondre.

Leur ravisseuse s'adressa à Ken :

— C'est vous le spécialiste des insectes. À quel stade se trouve-t-elle ?

— Euh… À l'heure qu'il est, vu sa souffrance, je dirais que les larves entament leur mue vers le deuxième instar.

— En d'autres termes, c'est maintenant qu'elle va vraiment en baver.

L'intéressée ne put s'empêcher de frémir.

Ken la considéra avec pitié. Si elle avait eu les mains libres, elle l'aurait giflé. Elle ne voulait pas de pitié. De personne.

— Il lui reste une journée, continua-t-il. Après quoi, les troisièmes instars migreront vers les os.

Seichan savait ce que cela sous-entendait.

Valya observa son ventre.

— Et le bébé ?

— Aucune idée.

Des prunelles bleu glacier étudièrent Seichan d'un air calculateur.

— Nous en saurons plus à notre arrivée au Japon. Cette grossesse serait une aubaine pour les chercheurs de Fenikkusu. Auquel cas, j'arriverais avec trois trophées au lieu de deux.

Sans quitter ses prisonniers des yeux, Valya se releva.

Soudain, un mercenaire surgit de l'arrière de l'appareil.

— Des guetteurs ont repéré le sous-marin depuis le ciel. Il vient de quitter l'île et navigue en eaux peu profondes.

La Russe serra les poings.

— Je savais que cette vermine trouverait un moyen de quitter le navire en perdition.

Gray…

À cœur perdu, Seichan se raccrocha à cette lueur d'espoir.

— Il pourrait s'agir de nos hommes, prévint l'informateur.

— Peu importe ! rétorqua Valya, l'index pointé vers la queue de l'avion. Combien de barils reste-t-il ?

— Dix.

— Repartez sur site et ouvrez la trappe arrière. Nous allons larguer la moitié du chargement, de manière à leur assener un bon coup derrière la nuque, puis nous referons un passage et nous balancerons le reste.

— *Hai !*

Au pas de course, l'homme partit transmettre les consignes.

Valya se tourna de nouveau vers Seichan.

— L'île est entourée de kilomètres de petits fonds. Ils n'auront nulle part où aller sans que nous les repérions d'en haut.

L'espoir de Seichan commença à s'effriter.

Valya sembla remarquer son désarroi.

— N'aie crainte. Au moins, tu seras au premier rang pour assister à la mort du père de ton enfant.

* * *

6 h 32

Penché derrière le pilote, Gray maudit le nouveau jour qui débutait.

Leur submersible se frayait un chemin entre les récifs coralliens. Des bancs de poissons surgissaient devant eux, leurs écailles reflétant l'éclat éblouissant du soleil matinal.

Bien que le sous-marin de poche ait été conçu pour traverser des eaux de surface, le commandant se sentait vulnérable.

— À quelle profondeur sommes-nous ?

Nakamura, le pilote, répondit en anglais :

— Trente mètres.

Gray savait qu'ils devaient plonger au moins à deux cents mètres pour se fondre dans les ténèbres océaniques. En voyant son regard rivé vers le haut, le pilote devina son inquiétude.

— À une dizaine de kilomètres d'ici, il existe une fosse assez profonde où nous avons l'habitude de nous cacher.

Parfait.

— Emmenez-nous là-bas fissa.

— *Hai.*

Aiko se tenait près de Gray, le fusil en bandoulière. Inutile de forcer l'équipage à coopérer. Après que leurs propres camarades avaient tenté de les tuer, ils étaient ravis de changer de camp.

Palu les rejoignit, le dos voûté à cause du plafond bas. Muni d'une trousse de secours, il venait de passer vingt minutes à bander les bras et les jambes des trois blessés. Il avait aussi mis des compresses de gaze sur leurs plaies au dos et au bas-ventre.

— Comment vont-ils ? se renseigna Aiko.

Palu fit la moue.

— Ils ont perdu beaucoup de sang. Et Tua est trop pâle. Il est en train de tomber en état de choc.

La Japonaise se tourna vers Gray.

— Midway est encore à cent trente kilomètres. Même à plein régime, nous n'y serons pas avant sept ou huit heures.

Ils ne tiendront pas aussi longtemps.

Gray partagea son inquiétude.

— Dès que nous nous serons assez éloignés, nous tenterons de déployer une antenne et d'appeler la station de Midway à l'aide. Il nous faut un pont aérien.

Palu observa les flots, le dédale de récifs.

— Oui, il vaudrait mieux ne pas tarder.

Message reçu.

Stressé par le délai, Gray suivit son regard.

— Il fait un temps magnifique, marmonna le pompier, mélancolique, comme s'il réfléchissait à tout ce qui avait déjà été perdu. Nous devrions bientôt arriver dans les eaux de Papahānaumokuākea.

Gray reconnut le nom du monument marin protégé qui entourait ces îles lointaines. En écho à l'humeur morose de Palu, un nuage noir balaya les eaux étincelantes.

L'agent Sigma mit une seconde de trop à comprendre.

Non seulement le « nuage » se déplaçait trop vite, mais il fonçait droit sur eux.

Aiko lui saisit le bras.

— Un avion.

Gray se jeta en avant.

— À bâbord toute ! Vite !

Le pilote réagit aussitôt. En même temps qu'il tirait sur son gouvernail, il actionna les barres de plongée dans des directions opposées – levant l'une, baissant l'autre – afin de braquer au maximum. Le sous-marin donna de la bande dans le virage, ce qui précipita tout le monde sur le côté.

À l'arrière, Kowalski gémit. La brutalité de la manœuvre avait dû lui faire comprendre qu'ils avaient des ennuis.

Gray se pencha vers le pare-brise au moment où l'ombre les survolait. Au travers de l'eau, une forme en croix balaya le ciel.

Assurément un avion.

Mais s'agissait-il de leurs ennemis ?

Il eut la réponse quand une pluie d'objets noirs s'abattit à tribord. Quand l'appareil eut passé son chemin, le retour du soleil révéla la présence de fûts orange vif.

— Accrochez-vous ! mugit Pierce.

Soudain, une série d'explosions donna l'impression que leur sous-marin était roué de coups. Des éclats de récif et de corail mitraillèrent les flancs de l'embarcation. Gray retint son souffle en espérant qu'ils ne se renverseraient pas. Auquel cas, les portes des ballasts étant ouvertes, ils couleraient à pic.

À mesure que les déflagrations s'atténuaient, le submersible se remit d'aplomb.

Gray poussa un soupir de soulagement.

Ils étaient cependant loin d'être tirés d'affaire.

Le joint entre le nez du vaisseau et le reste de l'habitacle avait été soumis à rude épreuve. L'eau s'infiltrait. Plus inquiétant encore, la vitre était fissurée. Pour l'instant, elle semblait tenir, mais s'ils devaient essuyer un nouvel assaut...

Gray fouilla les eaux. À tribord, la mer n'était plus qu'un tourbillon de vase et de débris de roche. Il tendit le cou dans toutes les directions, à l'affût de l'ombre noire : il ignorait d'où elle resurgirait, mais, une chose était sûre, elle reviendrait forcément.

Ils étaient de véritables cibles vivantes.

— Combien de temps avant d'atteindre la fosse ?

— Encore huit kilomètres, indiqua le pilote.

Trop loin.

Jamais ils ne pourraient s'y réfugier avant d'être rattrapés.

Gray scruta de nouveau l'océan – cette fois en quête, non pas de l'ennemi, mais d'une réponse.

— Peut-être devrions-nous regagner l'île, suggéra Aiko. Nous tapir au fond du tunnel jusqu'à ce que tout danger soit écarté.

L'agent Pierce secoua la tête.

Même à supposer qu'ils puissent rebrousser chemin et s'y abriter à temps, il refusait d'être coincé là-bas. Quelques bombes bien placées, et ils signaient eux-mêmes leur arrêt de mort. La proposition d'Aiko lui donna toutefois une autre idée de cachette.

Il posa la main sur l'épaule de Nakamura.

— Oubliez la fosse. Cap vers le sud-ouest. Et mettez les gaz à fond.

Après quoi, il remercia Palu du regard.

Le visage de l'Hawaïen, d'abord perplexe, s'éclaira d'un sourire entendu.

— Ah ! Je le répète, vous êtes un sacré *lolo buggah*.

* * *

6 h 49

— Putain, mais ils vont où ? gronda Valya.

Seichan se réjouit de la frustration de son adversaire. Accoudée au hublot voisin, l'horrible mégère aurait aimé savourer sa douleur au moment de la destruction du sous-marin.

Sauf que les cartes avaient été rebattues.

Le gros avion avait trop tardé à faire demi-tour pour fouiller les eaux miroitantes en quête de leur cible. Le temps qu'il revienne, la première canonnade avait soulevé un grand nuage de limon. Impossible de savoir si les charges incendiaires avaient détruit le sous-marin. Sous l'épaisse couche opaque, il pouvait très bien avoir sombré.

Par précaution, Valya avait enjoint au pilote de chercher un chemin vers une espèce de fosse. Sans trace du vaisseau ennemi, elle s'était mise à croire de plus en plus à sa destruction. Elle avait quand même demandé à l'équipage de vérifier que l'engin n'avait pas regagné l'île. Toujours aucun signe.

Après quoi, Valya s'était penchée au-dessus de Seichan, les poings sur les hanches, un rictus d'autosatisfaction aux lèvres.

— Un de moins, s'était-elle vantée avant de baisser les yeux vers le ventre de la jeune femme. Plus que deux à éliminer.

Soudain, le pilote l'avait interrompue :

— *Cible en vue. Se dirige vers le sud-ouest.*

Au moment où l'avion changeait de cap, l'expression de Valya s'était durcie. Elle avait poussé un juron dans sa langue natale, puis repivoté vers le hublot.

— Putain, mais ils vont où ?

Seichan aussi se retourna. En proie à un vif élancement, elle se servit de l'agacement de la partie adverse comme d'un baume apaisant. Elle croisa le regard de Ken, empli d'espoir, mais refusa de partager son optimisme. Pas encore. Gray n'était peut-être même pas à bord du sous-marin.

Tout à coup, Valya s'écarta de la fenêtre, les yeux exorbités de rage. Elle attrapa le premier homme qui passait par là et le poussa vers le cockpit.

— Dites au pilote de foncer vers eux en piqué. Maintenant ! Nous devons nous approcher le plus possible.

Le mercenaire, un peu déconcerté, s'exécuta.

Valya s'élança vers la trappe arrière béante, où les cinq derniers barils orange attendaient d'être largués. À son départ, elle marmonna en russe, preuve de son agitation réelle.

Seichan feignit de ne pas entendre ou de ne pas comprendre, alors que c'était tout le contraire.

— Je ne peux pas laisser ces enfoirés aller là-bas, avait grogné Valya.

Curieuse, Seichan se concentra sur ce qui se passait dehors. Sous un soleil éclatant, elle tâcha de découvrir ce qui avait rendu la Russe aussi furibonde.

— Regardez ! lança Ken. Droit devant, au beau milieu de l'océan.

Éblouie, elle plissa les paupières… et l'aperçut enfin.

À un kilomètre et demi, une flottille de grands radeaux et de petites îles tanguait au gré des vagues. Tandis que l'avion fonçait là-bas, la zone encombrée semblait s'étendre à perte de vue.

— Qu'est-ce que c'est ? lâcha Seichan.

* * *

6 h 54

C'était Palu qui avait apporté à Gray la réponse, la possibilité de trouver refuge en plein océan. Sur le catamaran de ses cousins, l'Hawaïen l'avait averti du danger qui rôdait aux abords de la réserve marine locale, menaçant à la fois les îles et la vie aquatique environnante.

Alors même qu'ils se précipitaient dessus, des preuves surgirent dans l'eau : un pneu noir gisant au fond de la mer, un enchevêtrement de sacs en plastique qui tournoyait, telle une immense feuille de varech blanchâtre, un filet de pêche égaré qui s'agitait, empalé sur une branche de corail.

Le cœur de leur asile improvisé flottait néanmoins droit devant.

Baptisé le « grand vortex de déchets du Pacifique nord », l'énorme continent, plus vaste que le Texas, se composait d'ordures marines aspirées par un tourbillon de courants océaniques. La surface était constellée d'îlots de détritus agglomérés : bouteilles et sacs en plastique, gobelets en polystyrène, barils à pétrole, caisses tombées de navires. La véritable menace était toutefois cachée. À quelques mètres de profondeur, les eaux étaient obscurcies par une boue toxique constituée de particules de microplastique photodégradées.

Si une telle pollution augurait une grave catastrophe écologique, pour leur groupe, elle offrait la perspective d'un abri.

Ils avaient beau être lancés à pleine vitesse, Gray eut l'intuition que le temps pressait. Accroupi derrière le pilote, il n'avait aucune certitude, mais il sentait l'ombre de l'avion approcher dangereusement.

Ses doigts s'enfoncèrent dans le dossier du siège devant lui.

— Nous y sommes presque, chuchota Aiko, comme si elle craignait d'être entendue par l'ennemi.

Agacé, Palu maugréa, lui aussi à voix basse :

— Ne nous portez pas la poisse.

Le nez du sous-marin de poche pointait vers des eaux sombres, où le champ de déchets dissimulait le soleil.

Et, avec un peu de chance, bientôt nous.

Retenant son souffle, Gray regretta que les moteurs ne soient pas plus puissants. Enfin, le submersible se faufila sous la couche épaisse de débris microplastiques.

Le commandant laissa échapper un bruyant soupir.

Gagné.

Soudain, un *boum !* étouffé secoua l'arrière de leur embarcation qui, poussée par l'onde de choc, redressa le nez.

Gray heurta violemment le siège devant lui.

— À tribord toute ! mugit-il, l'index pointé sur une zone d'ombre située sous le monceau d'ordures. Puissance maximale !

L'habile Nakamura prit un virage serré, tandis que d'autres bombes s'écrasaient dans un amas de crasse et de rebuts, puis éclataient, telles des étoiles flamboyantes au cœur de la nuit. Une ombre plus foncée les recouvrit au moment où l'avion survola le continent de déchets. De nouvelles charges incendiaires explosèrent, mais l'assaut semblait partir dans tous les sens.

Ils tirent à l'aveuglette, comprit Gray.

Mieux encore, les bombes soulevaient des nuages de sable et de vase qui obscurcissaient de plus belle la route devant eux.

Quelques instants plus tard, l'océan se tut, signe que l'assaut était terminé.

Allaient-ils revenir une troisième fois ?

Conscient de la nécessité d'une bonne cachette, Gray indiqua un immense tapis de détritus – et l'ombre compacte qu'il projetait dessous.

— Arrêtez-nous là-bas.

Le pilote acquiesça d'un bref signe de tête. Aussitôt, le sous-marin ralentit et s'abrita sous un fatras de filets de pêche entremêlés. Certains pendillaient comme de la mousse espagnole.

Le nez du submersible en effleura un, qui tournoya sur lui-même et révéla le cadavre d'un phoque pris au piège. Les chairs de l'animal ayant été presque entièrement grignotées, il ne restait plus que ses os et ses nageoires caoutchouteuses.

Aiko haleta de stupeur.

Dans l'obscurité, même Gray frissonna de dégoût.

— On parle de pêche fantôme, expliqua Palu. Des centaines de tonnes de filets dérivent jusqu'au vortex. Entraînés par les courants, ils écument les mers par eux-mêmes et capturent des proies qui, telles des fantômes, s'accumulent ici.

Gray contempla la masse enchevêtrée d'os et de débris.

Espérons que nous ne subirons pas le même sort.

* * *

7 h 12

Seichan se délecta de voir Valya revenir l'air exaspéré. Derrière elle, la trappe se refermait déjà après que les derniers fûts avaient été largués par-dessus bord.

Ken chuchota :

— Vous croyez qu'ils ont survécu ?

Seichan n'avait qu'à regarder le visage de son ennemie jurée pour le savoir. La Russe avait sa mine des mauvais jours. De gros nuages planaient au-dessus de sa tête. Même son tatouage noir ressortait comme jamais.

— Je dirais que oui, murmura-t-elle.

Valya aboya en japonais sur un membre d'équipage :

— Dites au pilote de remettre les gaz. Je veux avoir atterri à Tokyo avant l'aube.

Ken se pencha vers Seichan.

— C'est fini ? Ils jettent l'éponge ?

— Ils n'ont pas trop le choix.

Valya, qui avait entendu leurs messes basses, s'approcha.

— Encore un mot, et je vous fais bâillonner.

Malgré ses entraves, Seichan tâcha de hausser les épaules.

— On dirait que tu t'es trompée tout à l'heure.

— À quel sujet ?

— Sur le fait qu'il y en ait un de moins et plus que deux à éliminer, lâcha Seichan en lui renvoyant sa phrase à la figure. Mon petit doigt me dit que ton compteur est retombé à zéro.

Le poing serré, Valya tourna les talons… puis, incapable de se retenir, elle revint la frapper à la mâchoire.

Seichan sentit sa nuque heurter la carlingue. La lèvre fendue, elle eut un goût métallique sur la langue. Une douleur vive l'envahit, mais ce n'était rien comparé au calvaire qui rongeait ses entrailles. La réaction violente de son adversaire ne réussit pas non plus à doucher son amusement, sa conviction.

La bouche en sang, elle s'esclaffa.

Valya la foudroya du regard, puis rejoignit le cockpit.

Seichan avait littéralement le fou rire. Une seule personne aurait pensé à sauver sa peau en se cachant dans un tas d'ordures.

Elle était désormais certaine de savoir qui était vivant et à bord du sous-marin.

Le père de son bébé.

* * *

8 h 22

— Vous voyez quelque chose ? se renseigna Kowalski.

Gray scrutait le ciel au périscope. Il avait patienté une heure avant d'estimer que l'avion était parti. Soit l'ennemi avait épuisé son arsenal, soit le temps lui avait manqué. L'appareil ne pouvait pas tourner éternellement en rond sans risquer de s'exposer. L'île en feu finirait bien par attirer l'attention, notamment celle de l'armée américaine.

— Rien à signaler, annonça Gray.

Il s'écarta du périscope, déployé à travers la masse de déchets flottants, et s'adressa à l'équipage :

— Vous pouvez déployer l'antenne radio.

De leur côté, Palu et son cousin Makaio observaient Tua avec inquiétude. Le malheureux tremblait, les lèvres cyanosées. Le mélange d'hypothermie, de plaies hémorragiques et de peur extrême avait eu raison de lui.

Aiko se tenait près de Kowalski, lui-même blotti sous une couverture.

— Qu'avez-vous prévu une fois que nous aurons déposé ces trois-là dans un hôpital de Midway ?

De l'avis de Gray, il n'existait qu'une solution, une seule option possible.

Son regard se posa sur Aiko.

— Nous allons passer à l'attaque.

CHAPITRE 29

9 mai, 5 h 05
Fujikawaguchiko, Japon

— Mes condoléances, *Jōnin* Ito.

Agenouillé devant son *kotatsu*, Takashi ne sentait plus la chaleur des braises dissimulées sous la couverture ancienne qui recouvrait la table. Sa tasse matinale de thé vert, agrémenté de riz brun torréfié, refroidissait, oubliée entre ses mains.

Il gardait la tête baissée, sans se préoccuper de la jeune pâlichonne à l'écran. Les mots qu'elle avait prononcés quelques instants auparavant étaient encore comme un coup de poignard en plein cœur.

Ces salopards ont tué votre petit-fils.

Avant de parler, il avait besoin de laisser sa peine s'enraciner jusqu'à la moelle de ses os. Elle avait raconté l'assaut nocturne contre le centre de recherche, le courage de Masahiro, la fourberie de l'homme qui avait assassiné son petit-fils. Les détails n'avaient aucune importance. Seul le résultat comptait.

Takashi se posa une question qui l'avait souvent hanté au cours de sa vie.

Suis-je maudit ?

Il avait perdu sa bien-aimée Miu, abattue lors d'une fusillade dans un tunnel obscur. Des années plus tard, sa seconde épouse – une fille gentille aux lèvres de velours – était morte en accouchant de leur fils unique. Takashi avait appelé son garçon Akihiko, qui signifiait « prince éclatant », dans l'espoir qu'une telle bénédiction compenserait son arrivée tragique au monde. Takashi avait adoré le jeune homme qu'il était devenu, droit dans ses bottes et doté d'une intelligence supérieure à celle de ses parents ! Finalement, Akihiko avait donné à Takashi son seul petit-fils et, peu de temps après, une fois le devoir accompli, son épouse et lui étaient décédés dans un accident de la route.

Takashi avait élevé Masahiro comme son propre fils. Néanmoins, il avait toujours senti une certaine amertume chez l'enfant, une noirceur dans son sang, comme si le drame familial s'était ancré au plus profond de son cœur. Malgré ses tentatives, aussi douces que fermes, les deux hommes n'avaient jamais établi de lien fort. Entre eux, il avait toujours subsisté une espèce de réserve.

Une chose restait néanmoins indéniable.

Takashi aimait son petit-fils.

Il sirota enfin une gorgée de thé. Levé chaque matin à quatre heures, il profitait de l'aube pour méditer devant son breuvage et regarder, des hauteurs stratégiques de son bureau, le soleil se lever sur le mont Fuji. Son rituel le préparait à affronter la journée.

Même cette journée-là.

Par-dessus le rebord de sa tasse, il souffla :

— *Ichi-go ichi-e.*

Le vieux dicton, attribué au maître de thé du XVIe siècle Sen no Rikyū, signifiait plus ou moins « une fois dans une vie ». L'idée était qu'il fallait apprécier les gens dont on croisait la route, car l'occasion ne se reproduirait peut-être plus jamais. Il s'agissait d'un hommage au caractère éphémère de la vie.

Ce que Takashi avait souvent appris à ses dépens.

Pendant que le thé humectait ses lèvres et assouplissait sa langue, le vieil homme regarda par-dessus sa tasse. L'aurore printanière, encore fraîche, avait couvert de givre les flancs du mont Fuji. Les rayons du soleil qui se reflétaient dans la fine pellicule de glace donnaient l'impression d'y mettre le feu.

Les deux firent écho à son sentiment profond.

La glace et le feu.

Son cœur restait froid, alors que son sang bouillait de rage.

— Le salopard qui a tué mon petit-fils. Où est-il ?

— Je l'ignore, avoua sa jeune interlocutrice.

Il posa de nouveau un regard courroucé sur l'ordinateur.

Par un acquiescement léger, Valya Mikhailov prit acte de son vif mécontentement.

— En revanche, je sais où il va aller. Je détiens sa femme. (Elle releva la tête, les prunelles aussi brillantes que lui.) Et son enfant à naître.

Takashi posa sa tasse. Il imagina le sourire de Miu, la main de son cher amour posée sur sa joue, ses lèvres sur les siennes.

— Il va venir les chercher.

— *Hai*, confirma Valya, la bouche pincée. En plus, elle est malade, parasitée par ce que Masahiro a lâché sur Hawaï.

Le vieil homme se redressa, satisfait que son petit-fils ait pu assouvir sa vengeance.

La Russe enchaîna :

— Alors, oui, il voudra les récupérer, son enfant et elle – mais aussi trouver un remède à son mal.

— Auquel cas, c'est perdu d'avance.

Takashi fixa le tréfonds de son thé à peine tiède. Il caressa la glace qu'il avait au fond du cœur et admit un secret qu'il n'avait même pas confié à Masahiro. Malgré des décennies de recherche, une seule certitude avait émergé.

Il l'énonça à haute voix :

— Il n'existe pas de remède.

CINQUIÈME PARTIE

CHRYSALIDE

Σ

CHAPITRE 30

9 mai, 0 h 08
Wieliczka, Pologne

— Si on continue à s'enterrer dans des bâtiments médiévaux, prévint Monk, je loue une armure pour mieux me fondre dans le décor.

Sourire aux lèvres, Kat étouffa un bâillement. Ils étaient assis à la table d'une minuscule bibliothèque de recherche. Située dans la tour nord d'un château pittoresque du XIIIe siècle, la pièce était tapissée d'immenses étagères de livres, si proches qu'elles semblaient scruter par-dessus leurs épaules les vieilles cartes étalées devant eux.

Kat frotta ses yeux fatigués.

Il était minuit passé et ils avaient à peine fermé l'œil. Après avoir réglé les derniers détails à Gdańsk, ils avaient pris l'avion pour le sud de la Pologne, où ils avaient atterri à Cracovie quatre heures auparavant. Durant le vol, leur nouvel équipier – le Dr Damian Slaski – avait contacté la direction de la mine de sel de Wieliczka et obtenu qu'ils puissent accéder au labyrinthe souterrain après la fermeture.

Manque de chance, ils n'avaient pas été les premiers à faire la demande. Une église enfouie au cœur de la mine – la chapelle Sainte-Cunégonde – avait été louée en vue d'une messe de minuit privée. Apparemment, cela n'avait rien d'exceptionnel. Des services réguliers y étaient organisés le dimanche. La chapelle était aussi disponible pour des mariages, voire des concerts.

Slaski avait proposé d'attendre la fin de la messe avant de descendre dans la mine. Kat, qui ne voulait plus perdre une minute, avait un peu rechigné. Pour la convaincre, l'expert avait conseillé un bref détour.

Avec le recul, elle reconnaissait qu'il avait bien fait.

Arrivés à Cracovie, ils en avaient encore eu pour vingt minutes de route. Toutefois, au lieu de rejoindre directement l'office de tourisme, Slaski les avait entraînés à deux cents mètres de là, au musée d'histoire de la ville. Le Muzeum Żup Krakowskich de Wieliczka avait pris ses quartiers dans un vieux bloc de fortifications baptisé *Zamek Żupny*, ou « Château des Salines ». Pendant plus de sept siècles, l'ensemble médiéval de bâtiments en pierre et en bois avait hébergé le conseil de gestion de la mine. Ce « château » surplombait non seulement la mine de sel de Wieliczka, mais aussi sa voisine de Bochnia.

Jadis, le sel avait été un enjeu économique majeur. Selon Slaski, les mines fournissaient, par le passé, un tiers de ses revenus à la couronne polonaise. Même le mot « salaire » venait du latin *salarium*, somme payée à un soldat pour acheter du sel.

Sous l'égide du Dr Slaski, Kat découvrit vite l'ampleur d'une telle industrie – ainsi que le défi qui s'annonçait.

Voilà pourquoi il voulait d'abord venir ici.

Elle observa, sur la table, un éventail de plans et de graphiques, dont certains dataient de la création de la mine. Slaski les avait sélectionnés dans l'immense collection cartographique de l'établissement, riche de plus de quatre mille documents. Une majorité d'entre eux concernait l'industrie minière locale. C'était là-bas que Slaski avait mené, pour son musée, ses recherches sur les gisements d'ambre de la région.

En suivant le fil chronologique des cartes, il avait illustré l'histoire de la mine et, finalement, reconstruit couche par couche son dédale de galeries et de salles souterraines. Devant l'envergure colossale du site, il y avait de quoi se décourager.

Le Polonais étala un nouveau document.

— Laissez-moi mettre les choses en perspective. Ce plan a été dessiné par mon cher ami Mariusz Szelerewicz. Il offre aux visiteurs un aperçu de ce qui se trouve sous terre.

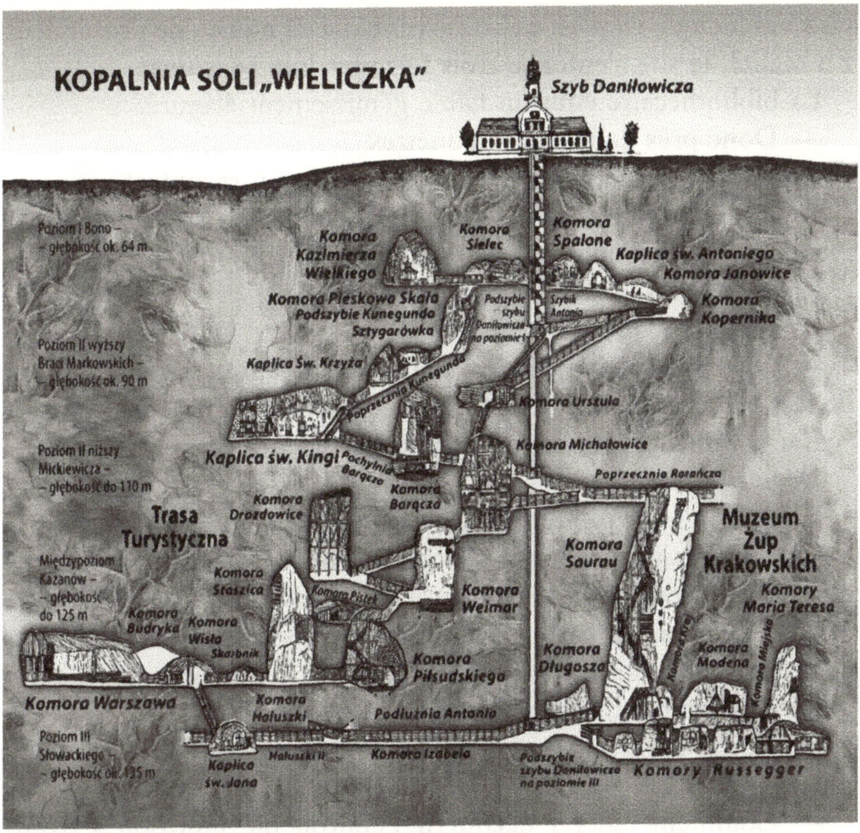

Kat examina l'incroyable enchevêtrement de tunnels, de puits et de salles qui constituaient le site.

Elena s'approcha, ses lunettes vissées sur le nez. Malgré l'heure tardive, elle semblait en pleine forme, le regard étincelant d'intérêt. Parfois, elle saluait même d'un claquement de langue l'arrivée d'une nouvelle carte. Pas de doute, elle était dans son élément !

Sam, en revanche, tentait désespérément de garder les yeux ouverts. Pour un entomologiste, l'histoire de la cartographie et des mines locales n'avait pas d'intérêt, du moins pas assez pour lui faire oublier son extrême fatigue.

Inquiète, Elena caressa le document du bout du doigt.

— Ce serait un jeu d'enfant de s'égarer là-dessous.

— En effet, confirma Slaski. Et ce schéma ne présente que l'itinéraire touristique dans les étages supérieurs de la mine. Le niveau le plus bas indiqué ici n'est qu'à une centaine de mètres de profondeur. En réalité, le site s'enfonce trois fois plus loin sous terre.

La bibliothécaire émit un faible gémissement écœuré.

— Donc près de trois cents mètres.

La suite du discours de Slaski ne fut d'aucun réconfort :

— De nombreuses zones sont inaccessibles en raison d'éboulements et d'inondations qui ne datent pas d'hier.

Kat fronça les sourcils.

— Des inondations ?

— Quand la mine a pénétré la nappe phréatique, toute une série de lacs et de bassins se sont formés aux niveaux inférieurs.

Kat commença à partager les inquiétudes d'Elena.

De mieux en mieux.

L'expert n'avait pas terminé.

— L'itinéraire touristique s'étend à peu près sur quatre kilomètres de long. En réalité, il existe quatre cents kilomètres de galeries. (Il posa la main sur la carte de son ami.) Vous n'avez ici qu'un pour cent de la mine entière.

Monk soupira et se renfonça dans son siège.

— Voilà, en effet, la « perspective » dont vous parliez tout à l'heure.

— Comment espérer découvrir l'endroit où Smithson a trouvé son précieux bloc d'ambre ? souffla Elena, désabusée.

— Et si on se trompait de mine ? marmonna Sam avant de bâiller. Il l'a peut-être récupéré sur le site voisin. Ou carrément ailleurs.

Kat refusa d'y croire.

Slaski lui apporta son soutien :

— Au XIXe siècle, les touristes affluaient déjà à Wieliczka. Les ouvriers d'ici toléraient leur intrusion. Ce n'était pas le cas des autres mines.

— Enfin, même à supposer que nous ayons visé juste, insista Elena, où commencer les recherches ? Combien de salles souterraines existe-t-il au juste ?

— Plus de deux mille.

Kat ferma les yeux, submergée par les dimensions pharaoniques de l'exploitation. Comme à Gdańsk, elle avait l'impression désagréable de passer à côté de quelque chose.

Qu'est-ce qui m'échappe ?

Frustrée, exténuée, elle n'arrivait pas à déterminer l'origine de son malaise.

D'un revers de main, Slaski désigna les cartes éparpillées sur la table.

— Comme vous le voyez, toutes les pièces et galeries sont soigneusement numérotées ou baptisées. Depuis les premières excavations près de la surface jusqu'aux plus récentes, à des profondeurs extrêmes.

Kat l'avait déjà remarqué. Pour une raison obscure, cette prise de conscience-là réveilla son sentiment de rater un élément essentiel, mais, une fois encore, impossible de mettre le doigt dessus.

Slaski haussa les épaules.

— Si seulement votre M. Smithson avait laissé un indice…

L'agent Bryant se redressa sur sa chaise, assez brutalement pour attirer l'attention générale.

Pourrait-il s'agir de cela ?

Monk la dévisagea.

— Tu fais ta fameuse tête, chérie.

La jeune femme se jeta sur son téléphone satellite pour retrouver les photos que Painter avait envoyées de la crypte de James Smithson, au Château. Avant d'atterrir à Gdańsk, elle les avait vite passées en revue. Convaincu que le tombeau pouvait receler un indice caché, son patron avait insisté sur la présence d'un serpent, d'un rocher et d'un insecte ailé gravés sous le rebord de l'urne, comme si leur mécène avait choisi d'évoquer par hiéroglyphes ce que son cercueil abritait.

Dans l'avion qui les emmenait à Cracovie, Kat s'était même interrogée sur la coquille Saint-Jacques représentée à côté des trois symboles sibyllins. Elle avait caressé l'idée que Smithson l'ait fait sculpter, comme une vague référence à la mine, qui creusait dans les innombrables couches de sel déposées après l'assèchement de la Téthys.

La coquille Saint-Jacques, symbole d'une mer disparue.

Kat avait fini par juger son scénario trop farfelu. Et, même si elle avait eu raison, quel intérêt ? Le fait que Smithson ait figuré sur la liste des visiteurs l'avait déjà convaincue qu'ils étaient sur la bonne voie.

L'allusion de Slaski aux salles numérotées – plus de deux mille – lui remit néanmoins en mémoire une énigme troublante au sujet de la sépulture de Smithson, une erreur sur sa tombe qui, à la fois, amusait et déconcertait les historiens.

Kat montra une photo de l'épitaphe qui ornait la stèle.

À la mémoire
de
M. James Smithson,
Membre de la Royal
Society de Londres,
décédé à Gênes
le 26 juin 1829,
à l'âge de 75 ans.

— Regardez, lâcha-t-elle avant de lire les trois dernières lignes consacrées à la date de disparition de Smithson. « … *décédé à Gênes le 26 juin 1829, à l'âge de 75 ans* ».

— Quoi donc ? demanda Sam.

Elena comprit aussitôt. Elle ôta ses lunettes, les yeux ronds.

— Cette épitaphe est fausse ! La date de décès est correcte. En revanche, James Smithson est né le 5 juin 1765.

Monk calcula l'écart.

— À sa mort, il n'aurait donc eu que soixante-quatre ans. Et non soixante-quinze.

— Qu'est-ce qu'un décalage de onze ans fait comme différence ? s'interrogea Sam, perplexe.

— Avec un peu de chance, toute la différence du monde, répondit Kat. Les historiens n'ont jamais compris comment le propre neveu de Smithson avait pu faire graver une erreur si grossière sur la tombe de son oncle. Et s'il ne s'agissait pas d'une bévue ? Si, à l'image du serpent, du caillou et de la guêpe, notre mécène avait dicté mot pour mot le texte inscrit sur sa sépulture ?

— À titre d'indice, déduisit Monk.

— Docteur Slaski, vous disiez qu'aux dernières heures d'activité de la mine, il y avait plus de deux mille salles. Je suppose qu'à l'époque où Smithson l'a visitée, on ne devait pas en être loin. À deux ou trois cents près.

— En effet.

Monk comprit.

— Donc, selon toi, Kat, Smithson aurait indiqué le numéro de la salle sur sa tombe, telle une adresse, afin d'identifier l'endroit où il avait trouvé son bloc d'ambre ?

— En soustrayant soixante-quinze à la date de décès, on obtient 1754, qui, on le sait, ne correspond pas à l'année de sa naissance.

Impressionnée, Elena chuchota presque :

— En revanche, ce nombre désigne peut-être une cavité ou un tunnel en particulier de la mine.

Tout le monde pivota vers Slaski.

— Pouvez-vous nous montrer la salle n° 1754 sur un plan ?

— Bien sûr. (Il reprit son ordinateur portable.) J'ai compilé et répertorié l'ensemble de ces informations. Accordez-moi juste quelques secondes.

Il pianota sur son clavier et afficha un document familier à l'écran.

— Vous nous l'avez déjà montré, commenta Elena. À Gdańsk.

— Oui, c'est le plan de la mine établi par Wilhelm Hondius. Je me suis concentré sur l'endroit marqué du numéro 1754.

Il se pencha pour lire les notes manuscrites en marge.

— Cette partie du site avait un surnom. Pour une raison assez évidente.

— Quel surnom ? demanda Sam.

— *Kaplica Muszli*. En polonais, la « chapelle de la Coquille Saint-Jacques ».

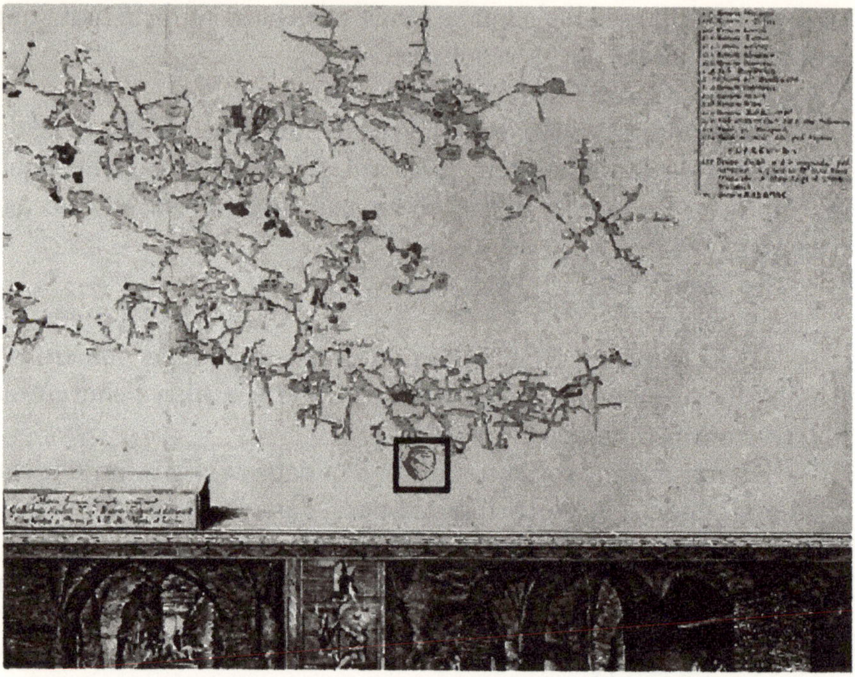

Au souvenir du gros coquillage gravé sur la tombe de Smithson, Kat haleta de stupeur.

Slaski agrandit la zone sélectionnée.

— Comme je vous le disais, le choix de l'appellation tombe sous le sens.

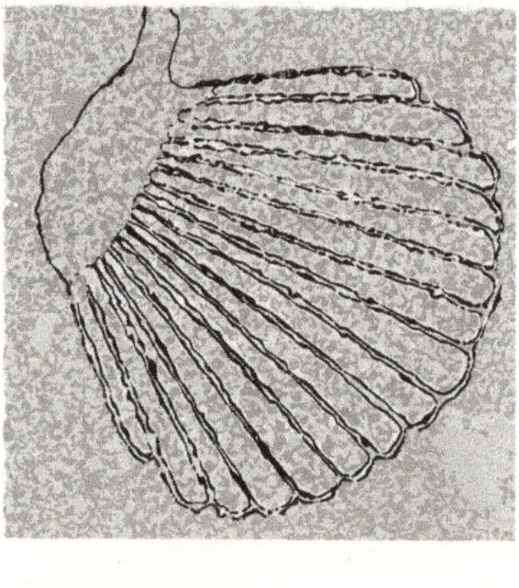

Un réseau de galeries partait d'une grotte centrale et formait une espèce de coquille Saint-Jacques géante.

— C'est forcément là-bas, murmura Kat.

Sam paraissait moins convaincu.

— Pourquoi les mineurs ont-ils foré des tunnels pareils ? Cela ne semble pas très pratique.

Slaski haussa les épaules.

— Une fois sur place, vous comprendrez mieux.

— Alors, allons-y ! lança Kat, l'œil rivé à sa montre. Il est une heure passée. La cérémonie privée doit être terminée.

L'expert leva la main.

— Une dernière information : la chapelle de la Coquille Saint-Jacques a beau paraître minuscule sur le papier, elle s'étale sur un bon kilomètre carré. Elle est immense. Et, depuis sa désaffection, elle tombe en ruine.

Kat se demanda s'il n'existait pas un autre lien avec ce qui était censé avoir été lâché là-bas.

— Pourquoi a-t-elle été abandonnée ?

— Cette partie-là a été inondée. (Slaski zooma sur la carte et entoura un ensemble de galeries adjacentes.) Aujourd'hui, c'est un lac.

Kat se figura la vaste étendue d'eau – et la coquille Saint-Jacques géante posée sur sa rive, comme déposée par le courant.

— Il faut quand même qu'on y aille, insista-t-elle avant de guetter la moindre objection.

Le visage d'Elena brillait d'appréhension, mais elle hocha la tête.

La question étant réglée, ils se mirent en route. Bientôt, ils foulèrent les grands jardins du château, direction un complexe tentaculaire qui chatoyait entre les arbres. Les lumières éclairaient un bâtiment jaune au toit de tuiles rouges, surmonté d'une grande tour industrielle. La structure métallique était, en réalité, l'ancien chevalement de mine installé au-dessus du puits Danilowicz, qui plongeait au cœur du gisement.

Fraîcheur nocturne oblige, tout le monde s'était emmitouflé dans son manteau. Kat restait à l'affût d'éventuels ennemis. Depuis qu'ils étaient arrivés à Cracovie, les mystérieuses personnes qui les avaient suivis à Gdańsk n'avaient pas donné signe de vie. Un peu plus tôt, elle avait prévenu uniquement Painter et Jason de leur intention de se rendre dans le sud de la Pologne. Elle avait demandé à son patron de garder leur destination secrète, même auprès des services de renseignement américains.

Une telle mesure de précaution avait peut-être permis de semer leurs poursuivants.

Kat demeurait néanmoins sur ses gardes.

Au cours de leur conversation téléphonique, Painter l'avait informée de l'évolution de la situation à Hawaï. Face au chaos grandissant, un plan d'évacuation avait été établi, même s'il fallait encore régler les détails logistiques. Le début de l'exode était programmé une demi-journée plus tard. L'objectif était de déplacer les habitants par le biais d'un pont aérien, à la fois civil et militaire, jusqu'à l'atoll Johnston. L'opération, d'une envergure phénoménale, nécessiterait une coopération internationale, mais il n'était pas question de tergiverser plus longtemps, surtout s'ils espéraient contrôler la situation et empêcher le fléau d'envahir la planète.

Monk avait dû remarquer la consternation de son épouse.

— S'il y a un truc ici, nous le trouverons.

Nous avons intérêt – et vite.

CHAPITRE 31

9 mai, 8 h 10
Fujikawaguchiko, Japon

Ce doit être ici.

Penchée sur leur destination, Seichan luttait contre un épais brouillard de douleur. Elle était assise à l'arrière d'un petit hélicoptère de transport léger – un Fuji-Bell 204B – et c'était l'homonyme de cet appareil, variante japonaise d'un modèle américain, qui emplissait le ciel devant eux. En effet, la cime enneigée du mont Fuji se détachait sur fond de gros nuages noirs, comme si elle tentait de retenir l'orage.

En contrebas, un vaste plan d'eau reflétait l'affrontement.

Elle reconnut le lac Kawaguchiko. L'hélicoptère descendait vers un village construit sur sa berge. Elle tenta de se rappeler le nom de la bourgade, mais le vrombissement des rotors l'empêchait de se concentrer.

Arrivés à proximité de la rive, ils bifurquèrent vers les faubourgs et, soudain, le soleil matinal envahit l'habitacle. Éblouie, Seichan plissa les paupières, mais elle refusa de détourner le regard et s'imprégna de chaque détail du paysage.

Les câbles d'un téléphérique partaient du village jusqu'au sommet voisin, où les vues panoramiques devaient être à couper le souffle. Un peu plus bas, une pagode de plusieurs étages surplombait les arbres. Sa structure de verre et d'acier renvoyait, puis diffractait les rayons du soleil, jusqu'à devenir une espèce de sculpture de glace et de feu.

Vu l'angle d'approche de l'hélicoptère, Seichan comprit qu'il s'agissait de leur destination. De conception moderne, la pagode trônait au milieu d'une enceinte qui couvrait aisément quatre cents hectares. Une vingtaine de bâtiments annexes, éparpillés çà et là, ne dépassaient pas deux étages, comme s'ils refusaient de défier le temple étincelant.

L'appareil vira de bord jusqu'à l'arrière du complexe, où les attendaient les lumières clignotantes d'une hélistation. Un jardin japonais, arrosé de ruisseaux et de cascades, s'articulait autour d'un grand bassin à koï, orné de nénuphars en fleur. Un pont en bois menait à un minuscule pavillon de thé, au centre de l'île. Le reste du jardin était magnifiquement planté d'érables, de cerisiers, de pruniers et de bouquets de bambous ondulant au vent. Dans un coin, une rocaille hérissée de bonsaïs encadrait le sable soigneusement ratissé d'un espace de méditation.

Consciente des épreuves qui l'attendaient, Seichan tâcha de se nourrir au mieux de la sérénité paisible qui émanait du décor. Elle avait toujours un goût de sang en bouche, conséquence du coup de poing de Valya, qui lui avait fendu la lèvre. Son agresseur ne lui ayant prêté aucune attention durant les cinq heures de vol jusqu'à Tokyo, Seichan avait pu sommeiller deux ou trois heures. Un maigre temps de repos particulièrement appréciable. La liaison entre Tokyo et la petite ville en bord de lac n'avait, elle, duré que vingt minutes.

Seichan se douta que, désormais, sa vie ne serait plus que douleur.

Encore là, Ken Matsui l'étudiait depuis le siège voisin. Il évaluait en silence chacun de ses tressaillements, vacillements ou autres halètements. Vingt-quatre heures s'étaient écoulées depuis qu'elle avait été parasitée. Des milliers de larves avaient franchi le stade de deuxième instar. Encore vingt-quatre heures, et elles mueraient de nouveau. Alors, les soldats affamés migreraient vers ses os, où ils continueraient leur festin, tout en infectant sa moelle de clones cystiques.

Dans vingt-quatre heures…

Victime d'une grosse bourrasque à l'atterrissage, l'hélicoptère heurta violemment le tarmac. Sous la force de l'impact, elle sentit sa horde intérieure se réveiller. Une souffrance aiguë envahit son bas-ventre, puis irradia dans ses bras et ses jambes. Seichan tenta de la surmonter, mais le mal ne faisait qu'empirer. La douleur revint de ses membres jusqu'à son estomac, attisant le feu qui la dévorait – puis repartant aussitôt.

Arrêtez... Je vous en prie, arrêtez...

Peine perdue.

La jeune femme finit par s'évanouir. Elle fut réveillée par un coup de tonnerre et des gouttes de pluie glacées qui s'écrasaient sur son visage. Elle était couchée sur le dos, sanglée à un brancard près de l'hélistation. Au-dessus de sa tête, la moitié du ciel était sombre et tourmentée, l'autre bleue et ensoleillée. Poussé par les vents froids, l'orage avançait rapidement.

La civière roula à vive allure vers les portes métalliques d'un bâtiment trapu en béton. Une fois à l'intérieur, Seichan fut escortée le long d'une rampe qui conduisait à un tunnel souterrain. Au plafond, les néons fluorescents créaient un voile éblouissant, à mesure qu'elle encaissait les souffrances les plus extrêmes. Chaque soubresaut du brancard aggravait sa douleur d'un cran.

Elle s'évertua à compartimenter son mal, à isoler son calvaire dans un coin de son esprit.

Impossible.

La souffrance était trop aléatoire. C'était un tigre qui, d'un coup, l'attaquait, lui déchiquetait les entrailles, puis se calmait avant d'assaillir une autre partie de son corps.

Des larmes brûlantes coulaient sur ses joues. Sa respiration était saccadée.

Elle tenta de se concentrer sur l'endroit où elle allait et dressa un plan des lieux dans sa tête. Il était fort probable qu'on la transférait vers la pagode et, plus précisément, ses niveaux souterrains.

Sans s'en apercevoir, elle sombra dans un délire brumeux. Elle n'en sortit qu'au moment où Ken s'exclama :

— Où la conduisez-vous ?

Elle cligna des paupières, puis laissa sa tête retomber en direction de la voix.

Valya avait empoigné le toxicologue par le bras. Alors que le brancard était poussé sans ménagement vers un couloir, Ken fut entraîné de l'autre côté.

On nous sépare...

La réponse de la Russe arriva jusqu'à elle :

— Au service de médecine. Il lui faut un check-up complet, notamment pour évaluer l'état de sa grossesse. Avec un peu de chance, elle deviendra un cobaye de choix.

Une appréhension terrible envahit Seichan, au point de presque annihiler la douleur. En fâcheuse posture, la jeune femme avait surtout peur pour son enfant et elle mourait d'envie d'être examinée sous toutes les coutures. Malgré les affres de la souffrance, une question subsistait.

Mon bébé est-il toujours vivant ?

Jusqu'à présent, vu les circonstances chaotiques, Seichan avait refoulé son angoisse au plus profond de son être, où il s'était consumé, tel un charbon ardent. Depuis qu'elle avait quitté Maui, le stress de cette interrogation en suspens ne cessait de croître.

Elle avait besoin de savoir.

Hélas, l'intensité de son désir ne pouvait pas refouler éternellement la douleur. Au moment d'entrer dans l'ascenseur, le brancard heurta le mur du fond. La secousse, comparable à une puissante décharge électrique, raviva son effroyable calvaire.

Le monde devint gris, puis noir.

À son réveil, elle se demanda combien de temps s'était écoulé. Elle avait désormais les poignets et les chevilles attachés au cadre métallique d'un lit. Quelqu'un l'avait déshabillée et, ensuite, vêtue d'une chemise d'hôpital, rabattue sur ses seins.

Deux personnes en blouse bleue – peut-être un médecin et une infirmière – étaient postées près du lit. L'infirmière finit de lui badigeonner l'abdomen d'un gel lubrifiant glacé. Le froid vif sur sa peau brûlante avait dû faire reprendre conscience à Seichan. Muni d'une sonde à ultrasons, le médecin calibrait son appareil.

— Tout est réglé ici, annonça-t-il tranquillement en japonais avant de se tourner vers le lit. Ah ! Il semblerait que notre patiente soit réveillée. Son excellente constitution physique lui permet de supporter le niveau deux sans médicaments.

Indifférente au compliment, Seichan le fusilla du regard. L'homme, assez petit, avait des traits délicats et une fine moustache. En une fraction de seconde, elle aurait pu le briser en deux. Néanmoins, même libre, elle se serait abstenue. Pour l'instant, c'était la personne la plus importante du monde, la seule capable de répondre à la question qui la hantait.

— Je pose un patch de fentanyl ? demanda l'infirmière, femme d'âge mûr au visage rond et à la mine sévère. Sa température reste très élevée, sans doute en raison de la douleur.

— Attendons encore. (Il haussa les épaules.) Elle tient le coup depuis un moment sans analgésiques et, à supposer qu'elle soit bien enceinte, je ne veux pas qu'on lui administre d'opioïdes. En cas d'échographie positive, il sera toujours temps de la plonger dans le coma.

— *Hai*, docteur Hamada.

Le praticien approcha la sonde. Au moment où elle entra en contact avec la peau de Seichan, il s'adressa pour la première fois à sa patiente :

— Cela risque d'être douloureux.

— Allez-y.

— Très bien.

Il hocha la tête vers l'infirmière, qui appuya sur un bouton.

Les doigts agrippés aux draps, Seichan s'arma de courage. Au début, elle ne sentit qu'une forte pression, quand la sonde roula sur son ventre. Soudain, le bâton devint comme un scalpel qui s'enfonça dans ses chairs. Elle ne put s'empêcher de hurler et fixa le bord de sa chemise d'hôpital, persuadée de voir ses tripes s'échapper d'une plaie béante.

Il n'y avait rien.

Le médecin rentra la tête dans les épaules.

— Les larves sont sensibles aux ondes acoustiques. Elles deviennent hystériques. Votre douleur vient du fait qu'elles cherchent à fuir les ultrasons.

Ses explications, censées être utiles, rendirent l'expérience cent fois pire. Seichan s'imagina des bataillons de larves arrachant d'affolement l'ensemble de ses tissus et de ses muscles.

— Vous avez besoin d'une pause ?

Incapable de parler, elle secoua la tête, tel un cheval sauvage tentant de désarçonner son cavalier.

Continuez…

Il acquiesça et continua de lui examiner le ventre sous tous les angles. Elle avait les joues zébrées de sueur et de larmes. La douleur l'aveuglait. Ses ongles meurtrissaient sa peau à travers les draps.

Tout à coup, alors qu'elle pensait être au comble du supportable, son supplice diminua. Elle haleta de soulagement. Trop angoissée pour s'en soucier, elle sanglota même à moitié.

— Et voilà !

Le Dr Hamada se redressa afin de permettre à Seichan de voir l'écran. Il lui montra une série de palpitations en pixels gris.

— Le rythme cardiaque de votre bébé.

Toujours vivant...

Une joie indescriptible envahit la future mère.

— On sait que les deuxièmes instars évitent les organes vitaux de leur hôte, comme le cœur et le cerveau. Par chance, votre grossesse doit être assez avancée pour que les larves soient repoussées par les infimes battements de cœur du fœtus et par ses minuscules ondes cérébrales. Du moins, à l'heure qu'il est.

Hamada, qui avait dû la voir sourciller, précisa :

— Les troisièmes instars ne sont pas aussi indulgents. Dès qu'ils ont assuré leur pérennité génétique en implantant leurs clones cryptobiotiques dans la moelle osseuse, ils se soucient moins de la survie de l'hôte.

Un compte à rebours commença à s'égrener dans un coin de l'esprit de Seichan.

Vingt-quatre heures...

Hamada ôta la sonde et l'écran de l'échographe redevint noir. Elle se serait bien coupé un bras pour voir encore quelques secondes le pouls de son bébé.

Privée du précieux tracé, elle n'avait plus rien à quoi se raccrocher. La pièce s'estompa peu à peu autour d'elle.

Avant de perdre connaissance, elle entendit Hamada annoncer à l'infirmière :

— Son fœtus semble indemne et en forme.

Quel soulagement ! Hélas, le médecin n'avait pas terminé.

— Il devrait constituer un spécimen idéal pour notre prochaine phase d'expérimentation.

* * *

8 h 32

Si je n'étais pas aussi terrifié, je serais impressionné.

Ken resta bouche bée devant le gigantesque laboratoire souterrain. À côté, ses propres infrastructures de Cornell, qu'il avait mis dix ans à construire par le jeu subtil des bourses universitaires et du mécénat privé, étaient d'une taille ridicule.

Son guide – le Dr Yukio Oshiro – mesurait une tête de plus que lui, mais, avec ses bras et ses jambes tout minces, on aurait dit une araignée. L'image lui allait comme un gant, étant donné les articles que Ken avait lus de lui sur le venin des arachnides.

— Nous entamons déjà les essais cliniques de la phase un sur un inhibiteur des canaux ioniques censé traiter les dystrophies musculaires, se vanta Oshiro avant de lâcher un soupir exaspéré. Par ici.

À l'évidence, il détestait le rôle qu'on lui avait assigné.

En chemin, le maître des lieux hochait parfois la tête en direction d'un collègue chercheur, qui le saluait alors avec grand respect, comme, manifestement, l'homme l'exigeait.

— Bien sûr, plusieurs de nos équipes étudient d'autres substances pharmaceutiques. Le groupe Alpha travaille sur un antalgique prometteur. Bêta, sur un anticancéreux. Gamma, sur un pesticide agricole. J'en passe et des meilleures. Le potentiel est quasi infini. Nous avons à peine éraflé la surface de l'iceberg.

— Et tout a été extrait du venin de ces guêpes ancestrales ?

— *Odokuro*, comme vous les avez baptisées.

Oshiro secoua légèrement la tête avec mépris. L'équivalent d'un doigt d'honneur dans la culture japonaise d'entreprise.

— Nous avons reçu un mémo nous incitant à utiliser cette dénomination-là. Il semblerait que vous ayez gagné un certain respect de la part de Takashi Ito.

Voilà sans doute la raison pour laquelle on m'offre la visite complète du site.

Ken savait qu'on le préparait à intégrer l'effectif. À en juger par sa froideur, Oshiro se sentait menacé.

L'Américain posa un regard acéré autour de lui. Il ne se forçait pas à admirer les lieux. La salle était remplie d'outils et de matériel dernier cri, dont certains lui étaient même inconnus. Outre le fait qu'il était plus vaste que ses propres infrastructures, le laboratoire était aussi beaucoup mieux équipé.

Ken remarqua vite la disposition de l'espace. La pièce, de forme circulaire, était divisée en deux moitiés distinctes qui, chacune, menaient des travaux différents sur le poison extrait des multiples catégories de guêpes. D'expérience, il savait que les sacs à venin contenaient des centaines de substances chimiques et de molécules différentes.

Tout un pan du laboratoire semblait consacré à l'analyse protéomique – protéines et peptides – du venin de guêpe. On le devinait au ronronnement puissant des spectromètres de masse et aussi à la présence de trois énormes machines à électrophorèse en gel, qui servaient à trier les protéines.

D'autres appareils demeuraient très mystérieux.

Oshiro, qui avait dû remarquer son air interloqué, se remit à fanfaronner :

— Là-bas, le groupe Alpha s'est lancé dans la cytométrie en flux. Il utilise des lasers femtosecondes et picosecondes pour analyser, puis séparer les protéines les plus intéressantes.

— Impressionnant, apprécia Ken en toute sincérité.

— Et nécessaire face à des échantillons aussi infimes.

Le toxicologue acquiesça en silence. C'était une chose de recueillir le venin d'un serpent, qui produisait en général un échantillon convenable à analyser. C'en était une autre avec une araignée ou, en l'occurrence, une guêpe.

L'autre moitié du laboratoire était dédiée à la génomique. Des outils spécialisés dans le déchiffrement des séquences nucléotidiques permettaient d'étudier l'ARN et l'ADN associés à la production de venin, mais aussi de réunir de précieuses informations transcriptomiques.

Ken savait, pour l'avoir vécu, combien le poison était une chausse-trappe. Ce qu'on trouvait dans un sac à venin variait souvent en fonction du sexe de l'espèce, du type d'alimentation, voire de la température ambiante. Il était parfois plus simple de séquencer l'ADN, puis de rétroconcevoir le peptide toxique, plutôt que de le traquer lui-même.

Ken hocha le menton vers les postes de travail du groupe Gamma.

— Avec toutes ces technologies de nouvelle génération, votre laboratoire doit mener d'incroyables analyses à haut débit.

— En effet. Hélas, cela ne nous empêche pas de nous heurter à des murs, admit Oshiro. Gamma a, par exemple, découvert des fragments d'une transcription d'ARN prometteuse, comprenant le gène qui le produisait. Cependant, on essaie encore d'identifier la protéine qu'il est censé synthétiser.

— Ils ont trouvé l'ombre, mais pas l'objet qui la projette.

— Exactement.

Mis en train par sa conversation avec Ken, Oshiro esquissa un rare sourire, comme le faisaient parfois des collègues rivaux lorsqu'ils parlaient boutique.

— Ce gène a beau être commun à toutes les catégories de l'espèce, la protéine qu'il encode continue de nous échapper. Voilà pourquoi nous avons besoin des meilleurs cerveaux.

Ken envisageait déjà plusieurs scénarios possibles au sujet de la mystérieuse protéine, mais il ne pipa mot. Surtout qu'il sentait Oshiro flirter avec une invitation à travailler pour eux… une invitation que le toxicologue n'oserait pas refuser. Il préféra donc changer de sujet et indiqua de grandes portes métalliques rouges, au fond du laboratoire.

— Qu'y a-t-il derrière ?

Les poings sur les hanches, Oshiro se renfrogna aussitôt.

— Rien dont nous ne devrions nous soucier, *a priori*. En tout cas, le responsable du secteur – le Dr Hamada – réquisitionne souvent l'ensemble du laboratoire et nous chasse comme de simples mouches. La méthode est à la fois perturbante et très agaçante.

— Que cherchent-ils ?

— Bah ! Je sais juste que c'est en rapport avec l'évolution historique des *Odokuro*.

— Pourquoi ? Quel intérêt ?

Nouveau haussement d'épaules d'Oshiro, l'air de dire : « Cela ne concerne pas mes travaux, alors pourquoi devrais-je m'en préoccuper ? »

Ken le laissa poursuivre la visite. Il avait déjà rencontré, chez d'autres chercheurs, la même étroitesse d'esprit. C'était un piège facile, qui amenait à commettre des erreurs ou à rater le coche. Au fil des ans, il avait, lui, appris qu'il valait mieux conserver la plus grande curiosité scientifique possible.

Une leçon qui, ici-même, revêtait une importance majeure.

Tandis qu'Oshiro continuait de jouer les guides, Ken garda discrètement un œil sur les portes rouges.

Que se passe-t-il réellement derrière ?

* * *

8 h 35

Agenouillé à sa table de travail, les doigts joints en pyramide devant sa bouche, Takashi observait, sur l'écran de son ordinateur, une chambre d'hôpital sécurisée. Une femme clouée sur un lit enchaînait les phases de délire. Parfois, elle luttait contre ses contentions. Le plus souvent, elle dormait. Brûlante de fièvre, elle avait le front perlé de sueur, les lèvres desséchées et fendillées.

Par-delà la maladie, Takashi reconnut une grande beauté. De ses origines métissées, mi-asiatiques, mi-européennes, elle avait tiré le meilleur. Ses lèvres tuméfiées, comme peintes, formaient un splendide arc de Cupidon. Ses pommettes, larges et hautes, s'affinaient jusqu'à un menton parfait. Ses cheveux noirs, coupés net au carré, soulignaient les traits de son visage avec une simplicité qui rappelait au vieil homme sa Miu adorée.

On frappa doucement à la porte.

Son secrétaire particulier le salua, puis laissa entrer la femme que Takashi avait convoquée dans son bureau. Valya entra, tel un ouragan, ses yeux bleu glacier lançant des éclairs. Les gros nuages de pluie qui s'amoncelaient au-dessus du mont Fuji l'accueillirent avec un coup de tonnerre qui ébranla les fenêtres.

Cette fois-ci, la Russe n'avait plus cherché à dissimuler sa carnation d'albinos. Il en fut quelque peu déstabilisé. Elle semblait si éthérée, si fantomatique… comme s'il n'y avait que son tatouage noir pour la raccrocher au réel.

Elle le gratifia d'une profonde révérence, puis, à son signal, elle s'agenouilla face à lui.

— *Chūnin* Mikhailov, souffla-t-il en l'appelant par son nouveau titre, hérité de Masahiro.

Menton baissé, elle pencha d'autant plus la tête à l'annonce de sa promotion.

Il se concentra de nouveau sur son écran d'ordinateur et sur la prisonnière ligotée sur le lit.

— Elle attend un enfant ?

— *Hai*. Le Dr Hamada confirme la grossesse.

Il observa la fille à l'image. À cause d'elle et des autres, il avait perdu son petit-fils. Il fallait leur rendre la monnaie de leur pièce.

Il imagina la suite des événements.

Pendant la guerre, il avait visité les camps de recherche de l'armée impériale installés dans la forteresse de Zhongma. Des femmes enceintes - des mères chinoises arrachées de force à leur famille des villages voisins - y subissaient des expérimentations d'armes chimiques et biologiques. Ensuite, sans anesthésie, on leur prélevait leur bébé dans l'utérus. Il se souvenait de leurs hurlements. Il voyait encore leurs bras affaiblis se tendre pour attraper les nourrissons ensanglantés avant de mourir.

À l'époque, jeune membre de la *Kage*, il avait dû cacher sa répulsion face à de telles atrocités.

Aujourd'hui, je m'en délecterai.

Il était aussi déterminé à en faire souffrir un autre.

— Et l'Américain ? demanda-t-il.

— Pas de nouvelles, mais, s'il a survécu, il viendra la chercher.

Valya se tut, comme si elle hésitait à parler.

— Qu'y a-t-il ?

— Vous avez dit qu'il n'existait aucun remède au mal qui la rongeait.

Takashi comprit sa question sous-jacente.

— Vous vous demandez pourquoi nous avons osé lâcher dans la nature un organisme dont nous n'avions pas le contrôle.

— *Hai*, *Jōnin* Ito.

— Ce n'est pas de la folie, mais du calcul. Ce qui a été largué sur Hawaï n'était qu'un exemple. Quand le monde aura compris le danger, alors nous aborderons la deuxième phase.

— La deuxième phase ? répéta-t-elle, intriguée.

— L'atoll d'Ikikauō n'était pas notre unique terrain d'entraînement.

Les yeux de son interlocutrice s'écarquillèrent de stupeur.

— À mon signal, d'autres sites sont prêts à répandre l'*Odokuro* sur l'Europe, la Russie, la Chine ou encore l'Australie. Malheureusement, nous avons perdu la maîtrise de notre position au large des côtes brésiliennes, ce qui a failli ruiner notre plan en Amérique du Sud. En tout cas, selon nos estimations les plus prudentes, la planète entière sera infestée d'ici à deux ans.

Atterrée, Valya gronda de colère :

— Vous prévoyez de détruire le monde ?

— Non, rétorqua-t-il avec une froideur impérieuse. Ainsi que je vous le disais, ce n'est pas de la folie, mais du calcul.

Face au désarroi de la Russe, Takashi soupira et baissa d'un ton, comme s'il cherchait à rassurer un enfant :

— À votre avis, quels sont les médicaments les plus rentables ?

Déstabilisée par le changement brutal de sujet, Valya secoua la tête en silence.

— Il ne s'agit pas d'un produit capable de guérir une maladie. Ce type de positionnement n'offre que des gains limités. En revanche, songez aux médicaments nécessaires pour traiter les symptômes d'une pathologie incurable. Eux apportent une manne financière garantie à vie. Voilà une leçon que j'ai apprise il y a longtemps, quand j'ai fondé les laboratoires Fenikkusu.

— Et vous l'appliquez ici ?

Il ne daigna même pas confirmer l'évidence.

— Mais comment ? insista-t-elle.

— Je n'ai pas l'intention de détruire le monde. Juste de le mettre à genoux.

— Enfin, s'il n'existe pas d'antidote…

— Dans un an, quand l'ensemble du globe connaîtra la souffrance et le chaos, notre société pharmaceutique proposera un palliatif aux symptômes ressentis. Nous ne disposons peut-être pas d'un remède à offrir aux victimes infectées, mais nous avons un produit à pulvériser qui tue les guêpes adultes. Il nous a fallu presque vingt ans pour l'élaborer. Il est extrêmement toxique, presque impossible à contrefaire et il causera d'énormes dégâts. Néanmoins, il permettra aux pays de survivre tant bien que mal.

Peu à peu, Valya parut comprendre :

— Sans qu'ils soient jamais à l'abri. Dès qu'une zone est contaminée, l'*Odokuro* renaît indéfiniment de ses cendres.

— C'est une maladie incurable que nous serons les seuls à pouvoir juguler.

— Résultat : le monde deviendra tributaire du Japon et de vos usines pharmaceutiques.

— Au cas où quelqu'un rechignerait, il nous suffira de suspendre les épandages quelques mois pour remettre de l'ordre dans les rangs.

— Et le Japon ?

— Aux premiers temps de l'infestation, nous serons épargnés. En tant qu'archipel, nous avons l'avantage naturel d'être isolés en pleine mer. Toutefois, un programme secret de pulvérisations va vite protéger nos côtes. D'ici à un an, nous serons l'unique pays resté debout, prêt à offrir son soutien à ceux qui feront acte d'allégeance au nouveau Japon impérial.

Le temps de tout assimiler, Valya se rassit sur ses talons.

— Vous aurez conquis le monde sans tirer un coup de feu.

— En quatre-vingt-dix ans, j'ai appris que les armées connaissaient des hauts et des bas – depuis les derniers shôguns Tokugawa, vaincus il y a longtemps par les empereurs du Japon, jusqu'à ces mêmes empereurs terrassés par les forces alliées. La véritable force ne vient pas de la pointe d'une épée, ou du canon d'une arme, mais de l'ingéniosité et de l'innovation.

Le *chūnin* Mikhailov le fixa avec impassibilité, d'un regard reflétant l'orage qui grondait derrière les fenêtres. Finalement, elle baissa les paupières et posa le front au sol.

Il accepta sa déférence en croisant les doigts sur ses genoux, conscient que bientôt…

… *le monde entier devra se prosterner devant nous.*

CHAPITRE 32

9 mai, 1 h 44
Wieliczka, Pologne

— Mines de sel, nous voilà ! lança Monk avec entrain.

Elena tressaillit au moment où les grandes portes rouges de l'ascenseur se refermèrent. Elle s'appliqua à inspirer par le nez et à souffler par la bouche, technique de relaxation apprise en regardant la célèbre Oprah Winfrey à la télévision. Comme elle avait grandi dans une famille d'ouvriers émigrés, c'était la seule « thérapie » à portée de bourse.

Depuis qu'elle était enfant, Elena détestait les espaces confinés. Ses parents y voyaient une réminiscence cachée du moment où les passeurs leur avaient fait traverser un tunnel reliant un entrepôt de Tijuana à San Diego. L'itinéraire, emprunté par le cartel de Sinaloa, servait au trafic de drogue et, quand ils y mettaient le prix, les migrants pouvaient aussi s'offrir un billet vers les États-Unis.

— Vous tenez le coup ? demanda Sam, toujours à ses côtés, quand la cabine s'enfonça dans les entrailles de la Terre.

Elena avait un tic nerveux : elle tapotait les deux crucifix fixés à sa chaîne de lunettes. Du coup, elle s'obligea à baisser la main.

— Je me répète en boucle que nous descendons juste au sous-sol d'une bibliothèque.

— Auquel cas, l'endroit est quand même sacrément profond, lâcha Sam avec un sourire narquois.

Elle le tança du regard, l'air de dire : « Vous ne m'aidez pas. »

— Désolé. (Il tendit la main.) Voilà qui pourra peut-être m'excuser.

Elle aurait aimé décliner l'offre, ne pas être le genre de femme à avoir besoin du soutien d'un homme.

Et merde.

Refusant de se sentir gênée, elle prit sa main. La peau était tiède et sèche. Il exerça une pression qui se voulait la plus rassurante possible. En chemin, elle n'avait fait aucun effort pour dissimuler son appréhension. Elle préférait se montrer franche au cas où, contrainte de quitter la mine, elle laisserait les autres continuer seuls la traque.

Son objectif ? Faire abstraction de la situation globale – notamment leur ensevelissement à trois cents mètres sous terre – et s'appliquer à avancer, un pied après l'autre. Bien sûr, c'était impossible à l'intérieur d'un ascenseur, dont l'espace clos la confrontait à son angoisse, alors décuplée.

Au fond de la cabine, Kat se tourna vers leurs deux accompagnateurs. En arrivant à la mine, Damian Slaski les avait présentés à la responsable des relations publiques du site : Clara Baranska. À sa manière de la dévorer des yeux, l'austère Polonais était tombé sous le charme de la jeune et jolie blonde. De l'avis d'Elena, ses visites fréquentes au musée voisin n'étaient donc pas motivées par ses seules recherches scientifiques.

— Docteur Slaski, reprit Kat, vous disiez que la carte de Hondius indiquait deux sites d'ambre. L'un d'eux se trouve-t-il aux abords de la chapelle de la Coquille Saint-Jacques ?

La bibliothécaire se concentra sur la conversation, histoire d'oublier leur descente infernale au cœur de la fosse.

— Non. Les deux gisements, de taille modeste, étaient épuisés bien avant la visite de M. Smithson.

Clara confirma :

— Aucune mine ne laisserait gâcher pareille découverte. Si, à l'époque, le sel était précieux, l'ambre l'était beaucoup plus. Aujourd'hui encore, un simple bracelet coûte le prix d'une Rolex.

— En raison de sa valeur élevée, ajouta Slaski, de nombreux sites ont été pillés par des mineurs marrons.

En tant qu'Hispanique, Elena réagit au quart de tour devant un racisme aussi désinvolte.

— Qu'entendez-vous par « mineurs marrons » ?

L'expert clarifia son propos :

— Je parle des mineurs qui dévalisaient d'autres chantiers de fouilles ou empochaient en douce une part de la collecte pour la revendre au marché noir. En fait, deux objets en ambre sur trois ont été acquis de manière illégale.

Leur discussion fut interrompue par un sursaut de l'ascenseur. Quand les portes se rouvrirent, une musique à la fois solennelle et mélancolique envahit la cabine. Aussitôt, Elena eut la chair de poule et cela n'avait rien à voir avec les 15 °C qui régnaient au sein de la mine : la mélodie avait un air de prémonition, comme si elle annonçait leurs prochaines funérailles.

L'explication de Clara fut plus prosaïque :

— La messe de minuit doit se terminer. J'ai entendu dire qu'elle avait débuté tard.

Monk eut un petit sourire pour son épouse.

— Auquel cas, il s'agissait d'une messe d'après minuit.

Kat le poussa dehors, tandis que Sam encourageait Elena à avancer en la tirant doucement par le bras. Il lui tenait toujours la main – ou, plutôt, elle s'agrippait à la sienne.

Dans la galerie, la sexagénaire fut frappée par l'arrière-goût salé de l'atmosphère et par son taux d'humidité. On aurait cru longer des fonds marins où l'eau se serait évaporée, ne laissant derrière elle que son esprit iodé.

Elena se mit à respirer fort, comme si elle allait se noyer.

Toute velléité à prétendre qu'il s'agissait d'un sous-sol quelconque fut balayée quand elle leva les yeux vers la cage d'escalier en bois qui, parallèle à l'ascenseur, égrenait ses huit cents marches jusqu'à la surface.

Dieu merci, nous n'avons pas été obligés de descendre par là comme n'importe quel touriste.

— Ici, nous sommes seulement à quatre-vingt-dix mètres de profondeur, annonça Clara.

Seulement ?

Elena réprima un ricanement.

— Le couloir de gauche débouche sur une salle consacrée à l'astronome Copernic. On trouve aussi la chapelle Saint-Antoine, la plus ancienne de la mine, excavée il y a quelque quatre cents ans.

Slaski agita la main à droite.

— Nous, nous irons par là. Le chemin est plus direct vers le sanctuaire qui nous intéresse.

Clara acquiesça.

— J'ai envoyé des éclaireurs au fond du lac afin qu'ils préparent votre traversée. (Elle sourit.) Mes trois frères aînés.

— Une véritable affaire de famille, plaisanta Monk.

L'intéressée prit la remarque au sérieux.

— Bien sûr ! Le sel coule dans nos veines. Mon père et mon grand-père ont trimé ici, quand la mine était encore en activité. (Elle les invita à avancer, telle une institutrice rassemblant ses élèves.) Venez, il nous reste beaucoup de route à parcourir.

Peu à peu, la musique s'amplifia. En contrebas, des chuchotis résonnaient même au rythme de l'hymne. Le tunnel traversa une série de salles, de chambres et d'alcôves qui, souvent, mettaient en scène des dioramas du quotidien de mineur avec, notamment, des personnages grandeur nature, voire des chevaux.

Hochant la tête vers un de ces forçats à quatre pattes, Slaski se rembrunit encore davantage.

— Les chevaux passaient leur vie ici. Ils ne voyaient jamais la lumière du jour.

— Au début, certains mineurs non plus, ajouta Clara.

Le Polonais haussa les épaules, manifestement plus attendri par le sort des équidés.

Quelques outils d'origine étaient montrés en état de marche, par exemple une gigantesque roue horizontale qui, fixée à des treuils, servait à acheminer le matériel par les puits. Les mineurs avaient aussi recours aux forces naturelles, comme en témoignait une énorme roue hydraulique, qui tournait en continu sous un gros jet d'eau. On avait l'impression qu'elle turbinait là-bas depuis des siècles.

Dans l'escalier, Sam continua de tenir Elena par la main. La bibliothécaire se fichait de l'image que leur posture renvoyait. L'histoire de la mine avait beau être intéressante, elle ne lui faisait pas oublier les tonnes de roche au-dessus de sa tête.

L'entomologiste aussi leva les yeux au plafond, mais pour une raison différente.

— Je ne comprends pas. Où est tout le sel ?

Elle s'était posé la même question. Les pierres étaient d'un gris sombre, contrastant avec les poutres blanchies à la chaux qui soutenaient les murs et le toit.

Clara agita le bras, amusée.

— Autour de vous. Tout ce que vous voyez, c'est du sel brut. Vous n'avez qu'à racler avec votre doigt et goûter.

Sam sourit à son tour.

— Maman m'a appris à ne jamais lécher les murs. Je vous crois sur parole.

— Pourquoi le bois est-il peint en blanc ? intervint Monk.

— Principalement pour mieux réfléchir la lumière des éclairages à pétrole des mineurs.

Elle montra son casque équipé d'une lampe moderne à piles. Tous les membres du groupe en étaient équipés, pour le moment où ils atteindraient les zones interdites au public.

Clara tapota affectueusement une poutre.

— Au fil du temps, le sel a imprégné la matière, la rendant presque dure comme de la pierre. Outre sa résistance, le bois était aussi utile, car il parlait aux mineurs.

— Il parlait ? répéta Monk, intrigué.

— En gémissant sous l'excès de pression, les rondins les avertissaient du risque d'effondrement et leur permettaient ainsi de fuir. (Elle caressa le bois une dernière fois.) Bien entendu, ils ont fini par se taire.

Elena contempla la structure en priant le ciel pour qu'elle reste silencieuse.

Peu à peu, certaines salles et alcôves s'enrichirent d'œuvres d'art créées par les mineurs. Des sculptures en sel apparurent, depuis des dragons fantastiques jusqu'aux sept nains de Blanche-Neige. Sur plusieurs statues, un système de rétroéclairage les faisait luire d'une douce chaleur intérieure.

Clara s'arrêta sur le seuil d'une pièce et alluma son casque. Un faisceau blanchâtre se posa sur le buste d'un personnage couronné à la barbe fournie.

— Vu les circonstances, il est de bon ton de saluer Casimir le Grand. S'en abstenir est censé porter malheur.

Elena se réjouit donc d'y faire halte.

— Dernier roi polonais de la dynastie des Piast, Casimir le Grand était un modèle de progressisme. Il a encouragé les sciences et la recherche de la connaissance, allant jusqu'à fonder l'université de Cracovie. C'est aussi le seul chef d'État européen à avoir accueilli les Juifs à bras ouverts, à les avoir encouragés à s'établir en Pologne, ce qu'ils ont fait en masse.

La voix brisée par l'émotion, Clara se garda bien de rappeler le sort de leurs descendants quelques siècles plus tard, quand l'Allemagne nazie avait envahi le pays.

— Continuons notre chemin, reprit-elle, plus sombre.

Après la descente abrupte d'un long tunnel, ils commencèrent à croiser des groupes qui, eux, remontaient. Les messieurs étaient en costume foncé, les dames en robe assortie. La musique entendue à l'entrée de la mine s'était arrêtée, signalant la fin de la messe. Peu à peu, les fidèles prenaient congé. Devant, des voix s'amplifièrent, portées par l'acoustique salée des lieux.

Enfin, les aventuriers arrivèrent à la source du brouhaha et foulèrent un grand balcon qui surplombait un espace caverneux de presque dix mètres de haut.

— Je vous présente le joyau de la mine de Wieliczka, annonça Clara. La chapelle Sainte-Cunégonde.

La beauté du site laissa Elena bouche bée. C'était davantage une cathédrale qu'une simple chapelle. D'imposants lustres, étincelants de cristaux en sel gemme, pendaient au plafond voûté. Au fond, un crucifix géant, entièrement ciselé en sel, toisait un autel de pierre. De chaque côté des parois, des niches éclairées accueillaient les grands chefs-d'œuvre réalisés par des générations de mineurs. Il y avait des scènes bibliques de Marie et Joseph arrivant à Bethléem, une crèche de la Nativité illuminée par un minuscule enfant Jésus en sel sculpté. Même les murs et le sol avaient été taillés, polis de façon à donner l'illusion de briques et de carreaux octogonaux.

En bas, les paroissiens étaient encore facilement deux cents, même si la salle semblait pouvoir en accueillir le double. Quelques personnes gravissaient l'un des deux escaliers vertigineux qui, au terme d'un long effort, les ramèneraient à la surface.

Pour l'instant, Elena n'enviait même pas leur départ. Lâchant la main de Sam, elle s'approcha de la balustrade afin d'admirer cette espèce de chapelle Sixtine cristalline, tout en sel.

— La salle tient son nom de sainte Cunégonde, précisa Clara. Selon la légende, une princesse hongroise, dame Cunégonde, avait été promise en mariage au prince de Cracovie. Avant de quitter son pays, elle a jeté sa bague de fiançailles dans une mine de sel locale. À son arrivée à Cracovie, elle a ordonné à un groupe de mineurs de creuser à un endroit précis. Les fouilles ont permis de découvrir un immense gisement de sel – et, à l'intérieur, la bague de dame Cunégonde. Depuis, elle est devenue la sainte patronne des mineurs.

— Une simple déclaration de perte auprès des assurances aurait suffi, chuchota Monk. Cela aurait évité des siècles de travail harassant.

Clara le foudroya du regard.

Apparemment, il était mal vu de critiquer un saint, surtout dans le domaine de prédilection de leur jeune guide.

Un peu vexée, elle leur fit reprendre la route. À mesure qu'ils traversaient un dédale de grottes, de tunnels et de salles sculptées, ils découvrirent des pièces baignant dans une eau émeraude. Des passerelles en bois, bâties au-dessus des paisibles bassins, reflétaient les lampes des casques. Au fond, une grosse couche de pièces de monnaie, semblable au trésor perdu d'un dragon, s'était constituée à mesure que des siècles de touristes faisaient un vœu ou une prière en ces lieux.

— Avons-nous déjà atteint la nappe phréatique ? s'enquit Kat. Est-ce la raison pour laquelle les salles sont inondées ?

— Non, ces modiques étangs se sont formés par suintement des eaux pluviales. Les lacs, de dimension bien supérieure, se trouvent deux fois plus bas.

Elena gémit. Elle aurait préféré rester discrète, mais sa plainte fut amplifiée par l'acoustique liée au sel et à l'eau. Sam lui reprit la main. Elle ne dit pas non.

Au terme de l'itinéraire touristique, Clara s'arrêta devant une galerie transversale en pente raide. Le passage, loin d'être éclairé par des guirlandes d'ampoules ou des statues luisantes en sel, n'offrait que les ténèbres du Styx à perte de vue.

— Nous aurons maintenant besoin de nos lampes, indiqua-t-elle avant de rallumer son casque de spéléologie.

Tous l'imitèrent. Par précaution, ils avaient aussi emporté des torches électriques. De sa main libre, Elena serra fermement la sienne.

Tandis que Clara marchait en tête, Monk se pencha vers Kat et cita, selon Dante, les mots inscrits aux portes de l'enfer :

— « Vous qui entrez ici, abandonnez toute espérance. »

* * *

3 h 42

Kat se tenait sur la berge d'un immense lac. Les faisceaux lumineux des casques, qui se reflétaient à la surface de l'eau sombre, tremblotaient sur la voûte rocheuse, juste au-dessus de leurs têtes. L'atmosphère était humide, gorgée d'effluves salins, comme au bord de la mer.

Le lac était si vaste qu'on ne discernait pas la rive opposée.

Déjà par sa superficie, il était à couper le souffle.

Clara leur confia d'ailleurs une anecdote qui permit de mettre son gigantisme en perspective.

— Il y a quelques années, nous y avons accueilli des véliplanchistes. C'était incroyable de les voir filer à toute allure dans la pénombre de la grotte.

— Propulsés par quel vent ? lança Monk, le doigt en l'air.

La jeune femme sourit.

— Ils avaient apporté des gros ventilateurs alimentés par groupe électrogène.

— En d'autres termes, ils ont triché.

— Parfois, nous devons improviser selon la clientèle. Comme cette nuit.

D'un geste, Clara indiqua l'endroit où ses frères patientaient près d'un Zodiac et d'un jet-ski. En combinaison étanche, les trois hommes – aussi blonds que leur sœur et aussi musclés que des lutteurs – avaient récupéré les embarcations quelque part dans les niveaux inondés de la mine et les avaient apportées au point de ralliement. Manifestement, les profondeurs du site étaient devenues un grand labyrinthe aquatique, constitué de dizaines de bassins, de lacs et de canaux tortueux.

— Mes frères ont pris du matériel d'excavation au cas où vous découvririez le filon d'ambre perdu et où vous souhaiteriez en recueillir un échantillon pour votre musée.

Clara hocha respectueusement la tête vers Elena Delgado.

Obnubilée par le temps qui filait, Kat consulta sa montre.

— Allons-y.

Sortis de l'itinéraire touristique, ils avaient mis plus d'une heure et demie à traverser la moitié inférieure de la mine. Les chemins, moins bien entretenus, étaient couverts d'amas de sel. Le groupe avait dû descendre des escaliers branlants et même une série d'échelles enrobées de givre cristallisé.

Tout semblait étrangement intact, préservé au fil des décennies, voire des siècles, par la haute concentration de sodium dans l'atmosphère.

Au cours du trajet, ils avaient aperçu d'autres exemples de la fibre artistique des mineurs : une niche minuscule abritant une Vierge à l'enfant, une poignée de citations bibliques gravées sur les parois. Ils avaient aussi croisé de nombreux personnages représentés debout, dont les traits avaient été estompés par de vieux ruisseaux de sel immaculé. Ces sentinelles à l'allure spectrale semblaient leur enjoindre de faire demi-tour.

Kat se réjouit de terminer en bateau. Selon le Dr Slaski, la chapelle de la Coquille Saint-Jacques trônait à l'autre bout du lac.

Un frère de Clara, Piotr, défit l'amarre du Zodiac et sauta à l'arrière. Son autre frère, Anton, démarra. Gerik, le benjamin, enfourcha le jet-ski, ajoutant l'écho de son moteur au vacarme ambiant.

Sous le plafond bas, le bruit se réverbéra au point que Kat sentit ses côtes vibrer.

Guidé par un projecteur pivotant fixé à la proue du canot, le groupe s'engagea sur le lac. Piotr, installé à l'avant, guettait le moindre obstacle immergé.

Slaski rompit le silence tendu en s'adressant à Sam :

— Au musée, vous m'avez demandé pourquoi les mineurs creusaient des salles aussi uniques que la chapelle de la Coquille Saint-Jacques.

Avec tout ce que vous voyez autour de vous, maintenant vous comprenez peut-être. Ces types ont passé leur vie entière sous terre et ils ont voulu laisser une trace, une espèce d'héritage, à leurs successeurs.

Clara renchérit :

— Outre les sculptures et les ornements, vous trouverez d'autres salles transformées par leur dur labeur en œuvres d'art.

— Comme à la chapelle Sainte-Cunégonde, souffla Elena.

— Exact.

Les explorateurs se turent de nouveau, presque réduits au silence par le poids du plafond. Pour ne rien arranger, la voûte rocheuse continuait de s'abaisser. Au moment où la lampe du canot éclaira enfin la berge opposée, Kat aurait pu lever le bras et effleurer le plafond salé du bout des doigts.

D'instinct, tout le monde rentra les épaules.

Cette partie-là du lac semblait arrêtée par un grand mur, mais Piotr bifurqua à gauche, vers un discret canal de sortie. Très vite, ils quittèrent le plan d'eau principal et s'engagèrent le long du chenal. En forme de S, il débouchait sur une légère pente rocheuse.

L'avant du Zodiac la heurta doucement, puis s'y arrêta.

Ils étaient arrivés à l'orée d'une vaste caverne qui, pourtant, faisait à peine le quart de la cathédrale dédiée à sainte Cunégonde.

Slaski se leva, l'index pointé devant lui.

— Voici l'entrée de *Kaplica Muszli*.

Si Kat se fiait au plan du directeur du musée, c'était le pied de la coquille Saint-Jacques. Même de loin, on discernait les contours sombres des couloirs qui partaient en étoile et formaient les veines du coquillage.

Satisfaite d'y être arrivée sans encombre, l'agent Bryant incita tout le monde à descendre du bateau et à gravir la pente qui menait à la grotte. Face à l'état déplorable des lieux, le soulagement de la jeune femme fut néanmoins de courte durée.

La moitié des galeries étaient encombrées de gravats, vestiges d'anciens éboulis. Même dans les couloirs restés intacts, des filets d'eau suintaient d'innombrables lézardes au plafond.

Kat imagina les eaux pluviales se frayer un chemin au cœur de la mine. Les sels dissous avaient durci jusqu'à former une croûte épaisse qui donnait l'impression d'un paysage enneigé. Les murs étaient couverts de givre. De longues et frêles stalactites de cristal pendaient un peu partout.

Kat désespéra de localiser l'endroit où Smithson avait découvert son bloc d'ambre. De ce qu'on en savait, le trésor était déjà enfoui sous des tonnes de roche issues de précédents affaissements.

— Il faut aller jeter un œil, rappela Monk, qui avait toujours lu en son épouse comme dans un livre ouvert.

L'air approbateur, elle alluma sa lampe torche. Les autres aussi.

Sam s'inquiéta du nombre de galeries.

— J'imagine qu'à partir d'ici, ça va être au petit bonheur la chance.

— Si nous nous séparions ? suggéra Monk. Nous pourrions couvrir plus de terrain.

Elena se renfrogna.

— Depuis quand est-il judicieux de se séparer ?

— Elle a raison, confirma Kat. Restons groupés. Nous n'avons pas le temps de chercher d'éventuelles brebis perdues.

Décidée à procéder avec ordre et méthode, elle s'engagea dans la galerie la plus à droite. Anton et Gerik restèrent en arrière avec une radio, prêts à récupérer des outils à bord du Zodiac.

Les aventuriers longèrent l'obscur corridor. Il était assez large pour marcher à deux de front, mais, souvent, ils durent casser des amas de stalactites de sel pour avancer. Pendant ce temps-là, des ruisseaux couraient sous leurs pieds, tel un chemin lent vers le labyrinthe inondé derrière eux.

Sur le qui-vive, Kat balayait les parois et le plafond avec le faisceau lumineux de son casque et sa torche électrique. Elle cherchait un indice prouvant que Smithson avait bien mis les pieds là-bas.

Même si elle ne trouva rien d'intéressant, elle avait au moins opéré un choix prudent. Au bout de presque une demi-heure, ils atteignirent le bout du tunnel. Ils avaient facilement parcouru quatre cents mètres. Elle se rappela la remarque de Slaski sur la superficie de la chapelle.

Un bon kilomètre carré.

Il leur restait beaucoup de terrain à explorer.

La galerie aboutit à une frêle arche qui enjambait le « bord extérieur » du fruit de mer. C'était là-bas que tous les couloirs en étoile aboutissaient. Le plafond de la grotte redescendait en pente douce jusqu'au sol, constituant ainsi l'arête du coquillage.

Kat pivota vers le tunnel suivant, prête à rebrousser chemin jusqu'au point de départ. Son but ? Effectuer un maximum d'allers et retours pour couvrir le plus de « coquilles » qu'il était humainement possible.

— Regardez ! lança Elena.

Un genou à terre, la bibliothécaire braquait sa torche à l'endroit où le plafond bas rejoignait le sol. Comme dans les galeries, le sel y avait formé un ensemble compact de stalactites, d'aiguillons et de colonnes qui barrait l'accès à une bonne moitié de la grotte. On aurait dit qu'une porte de prison enrobée de givre s'étendait sur toute la longueur de l'arche.

Kat et les autres approchèrent.

À la lumière de la lampe d'Elena, ils découvrirent un splendide bas-relief sculpté à même le sel. Kat ajouta le faisceau de sa torche. Les autres aussi, au fur et à mesure qu'ils s'alignaient le long de l'obstacle.

Malgré la couche translucide de sel qui la recouvrait et quelques manques dus à l'effritement de la matière, la fresque figurait une grande bataille. Des anges ailés, armés d'arcs et de lances, occupaient la moitié supérieure. Dessous, des démons difformes tentaient de fuir les enfers à coups de dents et de griffes. Le grotesque gothique de la scène rappela à Kat les tableaux de Jérôme Bosch, sauf que, là, tout était gravé dans le sel.

— Vous étiez au courant ? demanda-t-elle.

— Non, gémit Slaski.

Clara fut moins catégorique :

— J'avais entendu parler d'œuvres d'art diaboliques tout au fond de la mine, mais peu de gens se hasardent jusqu'ici. En raison des inondations et du risque d'éboulement, je doute que quiconque ait exploré cette portion-là de la fosse depuis des années. Et, compte tenu de tout le sel que nous avons dû casser en chemin… (Elle secoua la tête.) Je pense que personne n'a mis les pieds ici depuis des décennies, voire davantage.

Kat pointa sa lampe le long de la grotte incurvée, qui semblait s'étendre sur près de huit cents mètres. Elle comprit alors qu'ils n'avaient pas le choix.

— Nous allons devoir l'étudier de A à Z.

Conscients de l'importance de la découverte, nul n'émit d'objection.

— Cherchez bien tout ce qui peut avoir une signification ou qui sortirait de l'ordinaire.

Devant la vaste décoration macabre, Sam fit la moue.

— Comme si ce machin avait quoi que ce soit d'ordinaire.

Ils se lancèrent en file indienne, Clara en tête. Les faisceaux lumineux des torches tremblotaient au gré du chef-d'œuvre gothique, accentuant d'autant plus les effets d'ombre et de substance sur le champ de bataille.

Sept paires d'yeux scrutaient le moindre détail.

Ce fut Kat qui repéra la bizarrerie en premier. Elle faillit passer à côté, puis fit marche arrière et y braqua sa lampe.

À son tour, Monk repéra l'élément troublant. Il susurra :

— Nous avons déjà croisé cette bestiole avant, non ?

Tout le monde les rejoignit.

Elle était dissimulée parmi les anges, simple silhouette ailée parmi d'autres, qui planait au-dessus de la horde de démons.

Kat reconnut le symbole, qui ornait aussi la sépulture de Smithson.

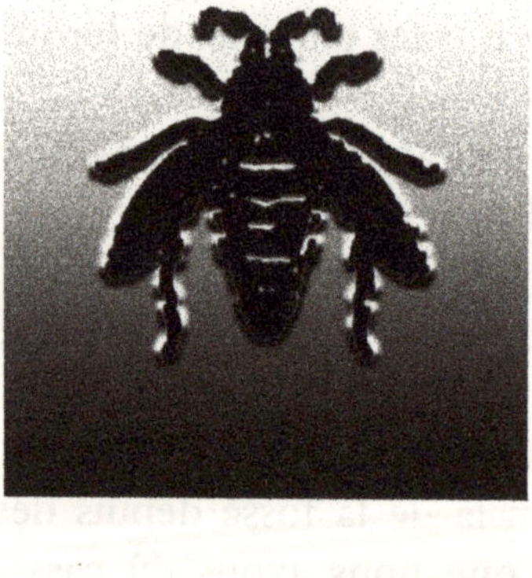

Il s'agissait d'un insecte ailé. Un moucheron ?

Non, une guêpe.

— Regardons-la de plus près.

Aussitôt, les membres du groupe détruisirent les glaçons et les colonnes de sel pour accéder au symbole. Comme la majeure partie de l'immense fresque décorative, il était couvert d'une couche de sel qui en gommait les détails.

Kat tendit la main vers sa gourde dans l'espoir qu'en arrosant la croûte blanchâtre, elle réussirait à la dissoudre.

Piotr brandit une bouteille Thermos.

— *Gorąca herbata.*

Clara traduisit :

— Il dit d'essayer son thé chaud. Ce devrait être plus efficace que l'eau froide pour ôter le sel.

Excellente idée.

Kat imbiba un mouchoir du breuvage fumant et tâcha d'en renverser aussi sur l'image. Le temps que le sel se désagrège, elle pressa son tissu détrempé sur la silhouette ailée et lança à Monk :

— Avec un peu de chance, il y a un truc dessous. Peut-être un message de Smithson. Si seulement nous pouvions...

La main plaquée sur le symbole, elle sentit le bas-relief de la guêpe se débloquer et s'enfoncer dans la roche. S'ensuivit un *crac !* puissant, quand quelque chose de bien plus gros se détacha derrière la paroi.

Prise de court, Kat recula d'un pas, lâcha son mouchoir et pressa tout le monde de s'écarter.

Devant elle, l'ensemble du plafond s'ouvrit, écrasant le rideau de stalactites. Au même instant, l'écho d'un déferlement d'eau résonna, accompagné d'un grincement de rouages.

Elle repensa à la gigantesque roue hydraulique qu'elle avait vue tourner quelques dizaines de mètres plus haut.

Apparemment, ce n'était pas la seule à fonctionner.

Lorsque le rebord du plafond s'abaissa au point de toucher le sol, il forma une rampe.

Les ténèbres semblaient faire signe à la jeune femme.

Monk se tourna vers elle.

— Non, mais regarde ce que tu as fait.

CHAPITRE 33

9 mai, 11 h 58
Fujikawaguchiko, Japon

— Encore deux minutes, annonça Gray à l'attention de ses camarades.

Il chevauchait une moto électrique Yamaha PES2. Comme lui, les quatre autres membres du groupe d'assaut portaient des casques dernier cri équipés de radio. Ils étaient tous tapis dans les bois, derrière le centre de recherche des laboratoires Fenikkusu.

Juché sur son siège, l'agent Sigma se concentrait sur leur cible, plantée au milieu d'un terrain solidement clôturé : une pagode de verre et d'acier surnommée dans la région *Kōri no Shiro*, le Château de Glace.

Même à midi, le ciel était sombre. Un orage violent avait frappé les pentes du mont Fuji, les bombardant de grêle. Quant aux éclairs qui continuaient de claquer au-dessus de leurs têtes, ils se reflétaient sur le Château de Glace.

Ces intempéries étaient une aubaine, car elles permettraient d'avancer à couvert. À l'intérieur de son casque, Gray recevait des informations visuelles du groupe d'assaut principal, au moment où ce dernier longeait la grand-route et se dirigeait vers le portail d'entrée du site.

— Une minute ! lança-t-il.

Aiko, couchée sur sa moto, se trouvait d'un côté, Palu de l'autre. La Japonaise avait amené deux autres hommes – Hoga et Endo – afin de compléter leur modeste équipe. Triés sur le volet, ils faisaient partie de sa force d'attaque personnelle au sein de sa toute récente agence japonaise de renseignement. Sous leur casque, Aiko et ses camarades portaient un masque noir qui ne laissait voir que leurs yeux, tel un trio de ninjas modernes. Gray ne savait même pas à quoi les deux nouveaux ressemblaient, sinon qu'ils étaient agiles, musclés et lourdement armés.

Au moment d'égrener les ultimes secondes, il sentit le sang battre contre ses tempes : il avait hâte de passer à l'action. Son bataillon avait perdu un temps précieux à arriver jusque-là. Après avoir survécu au déluge de grenades sous-marines, ils avaient lancé un SOS par radio. Aussitôt, des hélicoptères avaient décollé de l'atoll de Midway pour les rejoindre au milieu du vaste continent de déchets qui souillait l'océan Pacifique. Une fois en sécurité à Midway, Kowalski et les cousins de Palu avaient été transférés aux urgences d'un petit hôpital. Le pronostic vital de Tua restait engagé.

Sur des charbons ardents, Gray et les autres avaient sauté dans un avion privé et demandé au pilote de pousser les moteurs à fond afin d'atteindre le Japon au plus vite. Au cours du vol, Aiko avait coordonné l'offensive : après avoir alerté sa hiérarchie de l'implication des laboratoires Fenikkusu dans l'attaque d'Hawaï, elle avait indiqué ce bâtiment de recherche-là comme cible n° 1, étant donné la présence de Takashi Ito sur place et le secret absolu qui entourait le site. De crainte que l'information ne parvienne aux oreilles de l'ennemi, elle en avait parlé à très peu de monde. Aiko se demandait si, à la faveur d'une période de réorganisation entre les différents services de renseignement du pays, les laboratoires Fenikkusu n'avaient pas acheté ou fait chanter des membres de sa nouvelle agence.

Lors d'une précédente conversation téléphonique, le chef Crowe avait émis les mêmes soupçons. Il avait aussi tenu Gray informé de la procédure d'évacuation à Hawaï. Deux mots illustraient parfaitement la situation : *panique* et *chaos*. Là-bas, les choses se dégradaient à vitesse grand V.

Conscient de la situation, Painter avait bien insisté sur le but premier de leur mission : découvrir de quelles contre-mesures l'ennemi disposait face à une telle menace. Gray avait aussi compris l'injonction tacite qui accompagnait les instructions du grand patron. *Même s'il faut, à ce titre, sacrifier Seichan et Ken.*

Les enjeux étaient trop énormes pour qu'on parle de simple opération de sauvetage.

Des centaines de milliers de vies étaient en danger.

Grâce aux informations reçues dans son casque, l'agent Pierce vit la force d'assaut japonaise s'approcher du centre de recherche. À sa tête : un engin blindé de type urbain. Le mini-tank ne ralentit pas. Équipé d'un bélier, il enfonça les portes métalliques, ouvrant la voie à l'escouade qui suivait. D'emblée, des sirènes mugirent au passage des motos et des jeeps militaires.

Comme en écho au tapage, l'orage éclata. Le tonnerre gronda et des éclairs puissants déchiquetèrent les nuages. L'épais rideau de pluie froide qui s'abattit étouffa alors le remue-ménage en contrebas.

— *Go, go, go*..., murmura Gray par radio.

Couverts par le mauvais temps et par la diversion du raid à l'avant du site, Gray et ses camarades jaillirent des hauteurs qui surplombaient l'arrière des installations. Ils traversèrent la forêt enténébrée. Non seulement ils n'avaient pas allumé leurs lampes frontales, mais la pluie battante réduisait beaucoup la visibilité. Le dispositif d'affichage tête haute du casque offrait heureusement une image infrarouge du chemin escarpé qu'ils dévalaient et, s'ils étaient quelquefois aveuglés par un éclair, personne ne ralentissait.

Pas même Palu.

Le pompier avait déjà confié pratiquer la moto tout-terrain à Maui. Il n'avait pas menti. Impressionné par ses talents de pilote, Gray voyait le deux-roues bondir ou déraper sur les cailloux et la boue de plus en plus visqueuse.

Convaincu que Palu n'aurait aucun mal à suivre, il accéléra sur les quatre cents derniers mètres de forêt qui restaient à parcourir. Puisque toute l'attention était tournée vers l'avant du complexe, personne ne donna l'alerte au moment où les cinq motos surgirent des bois et pilèrent devant la grille arrière.

Hoga bondit de sa monture avant son arrêt complet, la laissant se renverser au moment où il s'élançait en avant. Il détacha de sa ceinture une espèce de cartouche, qu'il brandit vers la clôture. Une flamme bleu vif forma une lame de quelques centimètres qui leur découpa une porte d'entrée dans le grillage.

Il ne s'agissait pas d'un chalumeau d'acétylène ordinaire, mais d'un engin mis au point par la nouvelle agence d'Aiko – selon toute vraisemblance, l'équivalent nippon de Sigma.

Ce que l'intéressée ne voudrait jamais admettre.

Le groupe se faufila à l'intérieur du site, traversa en catimini des pelouses impeccablement entretenues, puis un taillis, et se dirigea vers une hélistation. Selon les informations recueillies par Aiko, un tunnel du bâtiment voisin communiquait avec les sous-sols de la tour principale.

Objectif : atteindre les laboratoires enterrés sous la pagode avant que l'assaut frontal ne déclenche une évacuation générale. Ils ne pouvaient pas courir le risque que des preuves soient effacées ou détruites.

Au terme d'une dernière cavalcade sous la pluie, les assaillants arrivèrent devant l'immeuble qui jouxtait l'hélistation. De l'autre côté de la tour, les sirènes hurlaient, entrecoupées d'ordres braillés au mégaphone.

Au signal de Gray, ses partenaires s'élancèrent dans le petit hangar. Deux ouvriers en combinaison beige, déjà ébranlés par l'agitation du raid, tressaillirent.

Hoga et Endo chargèrent, arme au poing, et, sans mot dire, chacun choisit sa cible. Hoga dégaina le premier. Plusieurs dards atteignirent sa proie au torse. Des arcs électriques plongèrent l'ouvrier en état de catalepsie, puis il tomba, inerte.

Endo tira sur l'autre, le touchant au cou avec une sorte de grosse araignée métallique noire. L'implant injecta un tranquillisant ultrarapide à l'employé, qui fit deux pas et s'écroula.

Au total, l'assaut n'avait duré que trois secondes.

En passant en trombe devant les deux hommes à terre, Gray constata le travail d'orfèvre d'Endo et Hoga. Il admira leur arsenal, conscient que Sigma avait besoin de muscler son jeu… ou, du moins, de comparer ses notes avec l'agence en plein essor d'Aiko.

Il arriva devant une rampe qui menait au sous-sol et se concentra sur sa mission, ô combien capitale. Même si l'attaque n'était pas, au départ, une opération de sauvetage, les deux finalités étaient étroitement liées.

Au bas de la rampe, au moment de s'engouffrer dans un long tunnel, Gray mit le turbo, animé par une question angoissante.

Arrivons-nous déjà trop tard ?

* * *

12 h 08

Le délai doit être écoulé.

Ken vit le Dr Oshiro traverser la pièce jusqu'à lui. L'Américain était installé devant un poste de travail, dans l'espace du laboratoire réservé au groupe Gamma.

Le patron des lieux, qui exigeait une soumission totale au sein de son modeste fief, s'avança d'un air dominateur. Vu son regard sévère, Ken ne pouvait plus repousser l'inéluctable. Ce fut encore plus clair quand Oshiro fit signe au garde qui surveillait la porte de s'approcher aussi.

Ils veulent ma réponse.

Coopérer ou mourir.

Un peu plus tôt, le toxicologue avait demandé à étudier quelques dossiers afin de se forger une opinion. À en juger par sa mine suspicieuse, Oshiro n'avait pas été dupe du fait que Ken cherchait à gagner du temps. Il avait néanmoins donné son autorisation, manifestement ravi de ne plus jouer les guides touristiques.

Toujours est-il que, depuis deux heures, Oshiro ne le lâchait pas du regard : il l'observait du fond de la salle, l'évaluait, comme s'il s'agissait d'un entretien d'embauche.

Et c'en était peut-être un.

Auquel cas, Ken n'avait pas intérêt à échouer.

Il avait choisi de suivre le groupe Gamma, persuadé que ses travaux avaient une portée significative. Il était assis devant un classeur étiqueté 農林水産省, ou *Nōrin-suisan-shō*, nom du ministère japonais de l'Agriculture, des Forêts et de la Pêche. Le dossier contenait une demande de bourse de recherche et, notamment, un résumé des tentatives prometteuses de Gamma pour créer un nouveau pesticide, une toxine dérivée d'un des innombrables peptides présents dans le venin des guêpes *Odokuro*.

Oshiro arriva devant Ken, les poings sur les hanches.

— Avez-vous glané de précieuses informations sur les investigations des chercheurs Gamma ? Quelque chose qui me prouve votre valeur ?

Ken se laissa aller en arrière sur son siège.

— Juste que ces travaux sont une voie sans issue.

Oshiro fut interloqué par l'audace de la réponse. Même les membres du groupe Gamma l'observèrent d'un air désemparé. Ken regretta de devoir critiquer leurs efforts, mais la conclusion s'imposait d'elle-même.

— Qu'entendez-vous par là ? le défia Oshiro.

— J'ai épluché l'analyse ADN du peptide fantôme.

C'était le terme imagé que les scientifiques employaient pour désigner la protéine mystérieuse après laquelle ils couraient, celle qui semblait être un pesticide si prometteur. Ils avaient beau avoir identifié une série de gènes susceptibles de produire un tel peptide, rien n'avait été retrouvé dans les sacs à venin de l'espèce.

Ken indiqua un ordinateur sur lequel il avait passé le code en revue, lisant la séquence à la manière d'un manuel scolaire.

— L'équipe Gamma traque effectivement un « fantôme ». Elle ne s'est pas trompée dans son analyse. La série de gènes semble bien coder la fabrication d'un enzyme biolytique qui cible les arthropodes et les insectes. Toute proie infectée par la toxine se dissoudrait alors de l'intérieur.

— Exact, confirma Oshiro. Ce serait la Rolls des pesticides agricoles.

Ken campa sur ses positions.

— Souvenez-vous que l'*Odokuro* a fini par comprendre qu'il valait mieux garder sa victime en vie. Ce que Gamma a découvert par hasard est un fragment d'ADN poubelle, du vieux code caduc caché dans l'ADN des guêpes. Vous ne vous êtes jamais demandé pourquoi vos experts ne parvenaient pas à isoler cette protéine ?

À mi-voix, Oshiro bredouilla quelque chose sur les difficultés et les défis de leurs travaux.

Ken l'interrompit, sans se soucier d'insulter peut-être l'homme et ses recherches :

— Comme la majorité des espèces sur Terre – y compris nous –, l'ADN de l'*Odokuro* est un fatras de gènes actifs, de déchets et de bribes de code acquis au fil des différentes expositions aux virus et aux bactéries. C'est parce que de vieux microbes de Lazare les ont infectées que ces guêpes peuvent aujourd'hui hiberner un temps infini.

Oshiro haussa les épaules.

— Quel est votre point de vue ?

— La protéine manquante – ce peptide fantôme – demeure introuvable, car son code est une impasse génétique. (Il apostropha un membre de Gamma.) Vous m'avez montré la méthylation de l'ADN au sein de ces gènes, la manière dont la séquence est verrouillée par des marqueurs épigénétiques.

— *Hai*, approuva l'intéressé.

— Ces marqueurs épigénétiques, qui décorent l'ADN comme les guirlandes d'un sapin de Noël, déterminent si ce code sera jamais exprimé, si l'ADN produira un jour une protéine semblable à celle que vous traquez. (Ken balaya l'assemblée du regard avant de revenir fixer Oshiro.) En d'autres termes, ce vieux fragment de code inutile est verrouillé depuis des lustres et on a perdu la clé.

Silencieux, le directeur avait du mal à encaisser la nouvelle.

— En l'absence de cette clé parfaite, la séquence ne fabriquera jamais aucune protéine. Quant à créer une telle clé, qui possède l'équivalent d'un million de facettes et de permutations, c'est quasiment mission impossible.

Oshiro observa les mines inquiètes de ses collaborateurs. Personne ne voulait soutenir le regard du grand chef.

— Si vous avez raison…

— Ces travaux sont une voie sans issue, conclut Ken.

Les mâchoires crispées, le Japonais articula franchement à contrecœur :

— Takashi Ito avait peut-être raison sur vous. En fin de compte, vous pourriez nous être d'une certaine utilité.

Il hocha la tête vers le garde. Apparemment, après avoir réussi le test, Ken allait se voir offrir un poste permanent, le genre qui ne se refusait pas.

Mais comment pourrais-je envisager de travailler un jour pour cette entreprise ?

Le dos raide, il s'apprêta à accepter l'inéluctable.

Soudain, une sirène d'alerte mugit.

Tout le monde se figea, hébété.
Ken fut le seul à pousser un soupir de soulagement.
Voilà ce qu'on appelle être sauvé par le gong.

* * *

12 h 28

Tandis que l'alarme continuait de hurler, Gray resta accroupi sur le palier d'un escalier menant au sous-sol. Au-dessus de sa tête, de grandes portes blindées barraient désormais l'accès aux niveaux supérieurs de la tour. Il supposa que les autres issues avaient été scellées de la même manière.

Ils sont en train de boucler le site.

Si son groupe d'assaut avait réussi à s'introduire à temps, que fallait-il faire à présent ?

Aiko cherchait justement à le savoir, agenouillée au-dessus d'un technicien de laboratoire qui s'était recroquevillé sur lui-même. Pendant qu'elle lui parlait rapidement en japonais, Hoga avait un couteau plaqué sur la gorge de l'homme terrorisé. Le temps de l'interrogatoire, Endo, posté dans le couloir, tirait des salves de trois coups afin de pousser les employés à choisir une autre issue de secours.

Les hommes d'Aiko avaient ôté leur casque, mais, avec leur masque noir, ils continuaient de ressembler à des ninjas sans visage. Jusque-là, l'équipe n'avait guère rencontré de résistance. Comme escompté, la plupart des forces de sécurité du bâtiment avaient été envoyées combattre la fusillade au niveau de l'entrée principale.

Tout à coup, les sirènes se turent.

S'ensuivit un silence déroutant.

Aiko finit par se redresser et permit au pauvre technicien de détaler au galop. Elle pivota vers Gray.

— Il dit qu'un type correspondant à la description du professeur Matsui a été emmené au quatrième sous-sol. Dans un laboratoire de recherche en toxicologie.

— Et Seichan ?

— Ça, il n'en savait rien.

Gray n'eut pas d'autre choix que de l'accepter, conscient qu'Aiko avait fait de son mieux. Il ne restait qu'à espérer que Ken et Seichan soient toujours ensemble.

— Allons-y.

Ils dévalèrent trois volées de marches. L'accès au cinquième niveau était bloqué par des portes rouges fermées à clé. Pour l'heure, ils n'y prêtèrent pas d'attention particulière et partirent explorer l'étage qui les intéressait.

Aiko donnait des consignes laconiques, en fonction des renseignements soutirés à son informateur. Ils traversèrent une série d'allées désertes. Parfois, quelqu'un pointait le bout de son nez à une porte. À la vue des revolvers, il rebroussait vite chemin.

— Au fond du couloir, annonça-t-elle, l'index tendu vers une porte marquée d'un pictogramme de danger biologique. Ce doit être ici.

Gray pressa le pas et s'engouffra dans un immense biolaboratoire bourré de machines ultraperfectionnées. Son Sig Sauer au poing, il balaya la pièce du regard, tandis que ses camarades se déployaient de chaque côté.

L'endroit avait été quitté à la hâte. Les paillasses étaient jonchées de documents. Des éprouvettes gisaient, fracassées, à terre. Un poste informatique fumait, comme si on avait fait griller le disque dur.

La boule au ventre, Gray se tourna vers Aiko.

Ils ne sont pas ici.

* * *

12 h 32

Tête baissée, Ken longea le mur d'un couloir obscur.

Qu'est-ce que je fais ?

Quatre minutes plus tôt, il avait pris une décision insensée. Au moment où la sirène d'évacuation avait semé la panique au laboratoire, Ken s'était mis à l'écart, de peur d'être piétiné. Un court instant, plus personne ne s'était soucié de lui. Même Oshiro s'était élancé vers un grand coffre-fort mural en ordonnant au garde armé de le suivre.

Le toxicologue avait profité du chaos pour bifurquer vers les grandes portes rouges, au fond du laboratoire. Depuis son arrivée, il voulait voir derrière, découvrir quel genre de recherches étaient menées à l'insu d'Oshiro.

Là, il était animé d'une motivation supplémentaire.

Comme il l'avait espéré, quelqu'un à l'intérieur avait réagi au signal d'alarme et jailli par les doubles portes. Ken avait supposé qu'il existait d'autres issues, puisque au cours de ses heures passées au laboratoire, personne ne les avait franchies, ni dans un sens ni dans l'autre. Aux yeux d'un technicien, du moins, les portes rouges avaient été la sortie la plus proche.

Ken avait sauté sur l'occasion pour se faufiler en même temps que le fuyard. Quand les portes s'étaient refermées derrière lui, un verrou avait cliqueté en faisant grincer une série de rouages. L'Américain savait qu'Oshiro ne disposait pas des accréditations nécessaires pour lui emboîter le pas. Protégé de ses ravisseurs par un rempart, il s'était donc engagé au cœur de la zone interdite.

Soudain, des voix émanèrent d'une porte ouverte devant lui. De la lumière se déversait dans le couloir. Il approcha à pas de loup. Depuis que les sirènes s'étaient sinistrement tues, il craignait qu'on ne l'entende.

Arrivé sur le seuil, il jeta un coup d'œil et découvrit une pièce minuscule bordée d'éviers. Les étagères accueillaient des piles de blouses vertes et des boîtes de gants. À l'évidence, il s'agissait d'une salle dédiée au lavage médical des mains.

Derrière une vitre qui donnait sur la pièce voisine, deux silhouettes s'affairaient autour d'une table d'opération. À voir leurs gestes précipités, la sirène d'évacuation les avait surpris en pleine intervention.

Ken, qui ne voulait pas se faire repérer, allait continuer son chemin quand le plus grand des deux s'écarta et laissa apparaître le patient allongé sous un champ opératoire.

Seichan...

Redoutant le pire, il décida d'espionner par la fenêtre.

— Nous n'avons pas le temps de la plonger dans le coma ni de la préparer, grommela le chirurgien, exaspéré. Il faut renoncer à l'utiliser comme cobaye.

— *Hai*, docteur Hamada, lâcha l'infirmière. Et le fœtus ?

— Si nous nous dépêchons, nous devrions pouvoir le prélever. Elle s'est déjà évanouie de douleur. Puisqu'elle a les contentions, nous nous cantonnerons à une hystérectomie sans anesthésie. Nous allons retirer l'utérus et le bébé en même temps. Ce n'est pas l'idéal, loin de ce que j'avais espéré, mais les cellules souches fœtales nous seront quand même très utiles.

— Je prépare un kit de chirurgie.

— Faites vite. Le bunker d'en bas peut tomber d'un instant à l'autre. Ils ne maintiendront la sortie par là que le temps nécessaire.

— *Hai.*

Pendant que l'infirmière se dirigeait vers les étagères, le Dr Hamada observa sa patiente avec une frustration évidente.

— Je déteste rater une si belle occasion. Enfin, cela n'a peut-être pas d'importance. L'IRM a révélé, dans la musculature, que les deuxièmes instars grossissaient, qu'ils préparaient leur mue en vue du troisième stade. Certaines larves ont sans doute déjà amorcé le processus. Selon toute vraisemblance, nous aurions eu du mal à tirer profit de l'embryon viable avant qu'il ne se fasse dévorer par la prochaine éclosion.

Atterré, Ken fouilla la petite antichambre à la recherche d'une arme. En même temps, il ne quittait pas le bloc opératoire du regard. L'infirmière rapporta un kit scellé, qu'elle posa sur un plateau en inox, puis elle déchira l'emballage.

Plus le temps…

Il attrapa ce qu'il pouvait, prit son courage à deux mains et fit irruption dans la salle. L'infirmière était la plus proche de la porte. Elle se retourna en poussant un cri de surprise. Il brandit la lance de son extincteur et l'aspergea en pleine figure. Aveuglée, elle plaqua ses mains sur ses yeux et trébucha en arrière.

Il continua sa route, prit l'extincteur par la poignée et frappa le médecin à la tempe. Le métal résonna contre le crâne. L'homme tomba à genoux, puis s'effondra la tête la première.

Ken se retourna vers l'infirmière. Elle avait suffisamment récupéré pour voir son patron à terre. L'Américain fit un pas menaçant vers elle. Il n'en fallut pas davantage. Elle prit ses jambes à son cou et se rua vers la sortie. Ken n'avait pas le temps de se lancer à ses trousses. Il n'y avait plus qu'à espérer que le chaos de l'évacuation l'empêcherait le plus longtemps possible de déclencher une riposte.

Sans perdre une seconde, il détacha Seichan de la table. Au moment où il lui libéra les chevilles, elle dodelina de la tête. Ses lèvres esquissèrent un rictus de douleur. Pour l'instant, elle était toujours en plein délire.

Une voie veineuse reliait le cathéter de la jeune femme à une poche à perfusion. Les doigts de Ken se refermèrent dessus, prêts à l'arracher. Sa première intention avait été de tirer Seichan du lit et de la prendre à bras-le-corps pour la cacher quelque part.

Mais après ?

Ils risquaient fort d'être recapturés ou de mourir. Ken se rabattit alors vers un chariot d'urgence. Le tiroir du haut contenait un tas de médicaments. Tout en caressant les flacons, le toxicologue lut les étiquettes. Il s'arrêta sur une ampoule de morphine et évalua le bénéfice-risque du puissant antalgique par rapport à la survie de l'enfant.

Pas encore…

Il préféra l'adrénaline. Il devait compter sur le fait que, s'il sortait Seichan de ses errements causés par la douleur, elle saurait gérer elle-même son calvaire. Du moins, le temps qu'ils parviennent à s'évader.

Il remplit une seringue et inséra l'aiguille dans le site d'injection du cathéter. Après avoir pincé la voie veineuse, il appuya sur le piston. Comme il ignorait la dose nécessaire, il administra le produit goutte à goutte.

Une prudence qui confina à l'insoutenable.

Il haleta entre ses dents serrées.

Allez…

En écho à son propre sentiment, Ken entendit le Dr Hamada gémir. Il se rappela la mise en garde du chirurgien au sujet de la menace qui pesait sur le futur bébé : les larves qui avaient parasité Seichan entamaient déjà leur mue vers le troisième instar.

Il contempla le ventre dénudé de la jeune femme.

Seigneur, faites qu'il se trompe.

DEUXIÈME INSTAR

La larve se déplaçait plus lentement dans le muscle macéré. Son abdomen distendu était rempli à l'extrême, incapable d'en avaler davantage. Depuis la dernière mue, elle avait multiplié sa taille par dix (elle mesurait dorénavant un bon demi-centimètre), mais son exosquelette segmenté avait atteint ses limites de croissance et commencé à brunir. La tension à l'œuvre dans son épiderme sous-jacent incitait les glandes situées derrière le cerveau à excréter une hormone, l'ecdysone, qui la préparait à changer encore de peau.

Diminuée, la larve ralentissait de plus en plus, à la fois parce qu'elle ne pouvait plus utiliser le carburant ingéré pour grandir et parce que ses mandibules se durcissaient, compliquant la mastication. Un épais gel lubrifiant se répandit entre l'épiderme tendre et la cuticule extérieure, plus coriace. Des glandes de la tête et du thorax s'emplirent d'une soie liquide en prévision du moment où la larve se tisserait un lit dans lequel elle planterait ses griffes minuscules. Alors, elle entrerait en latence pour plusieurs heures, jusqu'à ce qu'elle soit prête à déchirer son ancienne peau et à s'en débarrasser.

Le moment n'était cependant pas idéal. Son corps continuait de subir des modifications. De vagues taches blanches – des disques imaginaux – s'étaient constituées le long de ses flancs et indiquaient le futur emplacement des ailes. Des fils argentés serpentaient, à l'intérieur de son corps, dans l'attente de devenir sa trachée.

À mesure qu'elle progressait mollement à travers les tissus, elle heurta quelque chose de dur. Du bout des mandibules, elle détermina que l'obstacle devant elle avait une forme oblongue.

Elle identifia la masse compacte de soie sur sa route. À l'odeur de ce qui se trouvait derrière, elle devina ce qui était caché à l'intérieur.

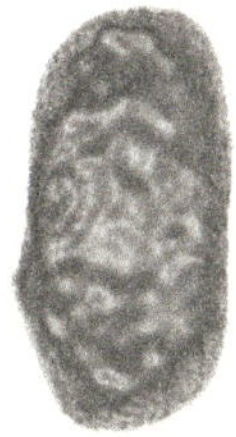

Le temps qu'elle se tortille pour contourner l'écueil, de nouveaux détails apparurent, dévoilant la métamorphose à l'œuvre dans le cocon de soie. Une autre larve y avait élu domicile.

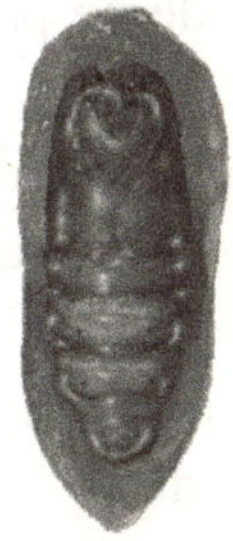

Celle-là était silencieuse et immobile – du moins, en apparence. Au sein de la coque inerte, la vie continuait d'évoluer et d'incuber. Une couche fraîche de cuticule se fabriquait. De nouvelles mandibules se développaient, spécialement conçues pour attaquer l'os.

Dès qu'elle eut passé son chemin, la larve ralentit encore, en vue du moment où elle aussi tisserait son cocon et engagerait sa propre transformation.

Peu à peu, une conviction ancestrale s'imposa à elle.

Il n'y en aurait plus pour longtemps.

CHAPITRE 34

9 mai, 12 h 39
Fujikawaguchiko, Japon

Seichan fut réveillée par une douleur intense entre les yeux, assez vive pour l'aveugler. Des décennies d'entraînement musclé à la Guilde lui avaient appris à maîtriser ses réflexes autonomes. Malgré son esprit confus et le sang qui battait contre ses tempes, elle resta immobile et contrôla sa respiration afin de ne pas montrer qu'elle avait repris conscience.

Une fois passé l'éblouissement initial, elle entrouvrit les paupières.

Des lumières brillaient au-dessus de sa tête. Une table dure et glacée refroidissait son dos dénudé. Une odeur âcre d'antiseptiques lui emplit les narines. Son pouls était rapide. Trop rapide. Il s'emballait, alors qu'il n'aurait pas dû.

À gauche, une voix fébrile chuchotait un mantra :

— Allez, allez, allez…

Elle reconnut l'accent du professeur Matsui, animé d'un sentiment d'urgence et d'affolement.

Elle resta immobile et, un instant encore, elle prit la mesure de son environnement. Grâce à sa vision périphérique, elle capta tous les détails d'un coup.

Je suis dans un bloc opératoire.

Ken apparut devant elle. Une seringue à la main, il tripotait maladroitement un flacon en verre.

— Je ne peux pas risquer le surdosage, marmonnait-il, à mesure qu'il enfonçait l'aiguille dans la fiole.

Seichan remarqua de nouveau les trépidations inhabituelles de son cœur.

Causées par une substance chimique.

De l'adrénaline…

Comprenant que Ken tentait de la réveiller, elle tourna son visage vers lui. Soudain, une ombre surgit par-derrière. Les traits de l'homme étaient masqués, sa silhouette vêtue d'une blouse chirurgicale.

Elle n'eut pourtant aucun mal à le reconnaître.

Le Dr Hamada…

Des mains s'approchèrent de la gorge de Ken.

Seichan passa à l'action.

Malgré ses muscles tétanisés de douleur, elle bondit de la table et se débarrassa du champ opératoire qui couvrait son corps à demi dénudé. Sans quitter le chirurgien du regard, elle attrapa un bistouri posé sur un plateau. La potence à perfusion se renversa, lui arrachant le cathéter qu'elle avait au bras. Seichan bondit, écarta Ken et fit une clé d'étranglement à Hamada.

Une fois derrière le médecin, elle pressa la pointe du bistouri sous l'angle de sa mâchoire, juste à hauteur de la carotide frémissante.

Une gouttelette de sang apparut.

— On a besoin de lui ? lâcha Seichan, les lèvres craquelées.

Ken mit quelques secondes à se ressaisir, puis à comprendre l'intérêt de la question. Son regard oscilla entre le bistouri et le visage du praticien immobilisé. Hamada se raidit, conscient que sa vie ne dépendait que du toxicologue.

— Je ne sais… Peut-être… Il y a eu une sirène, un ordre d'évacuer. Je l'ai entendu dire un truc au sujet d'une issue de secours, par une espèce de bunker.

— Vous allez nous montrer, siffla-t-elle à l'oreille de son prisonnier.

D'un coup de genou dans les mollets, elle le fit tomber à terre, puis tendit le bistouri à son sauveur.

— Surveillez-le.

Ken prit la lame. Sa main, d'abord tremblante, se raffermit rapidement.

Seichan se précipita vers un tas de blouses jetées dans la poubelle réservée aux déchets biomédicaux et elle en enfila une, sans se soucier des éclaboussures de sang séché sur le devant. Elle cacha ses cheveux sous un calot de chirurgien, puis, autour du cou, elle noua un masque, qu'elle laissa pendiller sur son menton. Elle pourrait toujours dissimuler son visage dessous afin de se déplacer vraiment incognito. Avec un peu de chance, ses origines à moitié asiatiques l'aideraient à passer pour un membre du personnel soignant japonais.

Une fois prête, elle demanda la même chose à Ken, qui se rua dans la pièce voisine. Moins d'une minute plus tard, il resurgit déguisé en chirurgien.

Elle obligea Hamada à se relever.

— Montrez-nous par où sortir… et vous aurez peut-être la vie sauve.

Le médecin hocha la tête avec vigueur.

— Il y a un ascenseur au bout du couloir.

Ils partirent en rang serré. Elle colla son poing dans le dos de Hamada, lui plaqua le bistouri contre le flanc. Elle faisait confiance au praticien pour savoir qu'un bon coup de lame au rein droit lui causerait une plaie mortelle.

Au moment de prendre la route, un filet de sang coula de son poignet, à l'endroit où le cathéter avait été arraché.

Bizarrement, elle n'avait presque pas mal.

— Vous m'avez droguée, Ken ? Morphine ? Fentanyl ?

Elle se souvint que Hamada s'était demandé si de puissants antalgiques ne causeraient pas de tort au bébé.

— Non, rien qu'une dose d'adrénaline. Pourquoi ?

— Peu importe. La douleur n'est juste plus aussi forte qu'avant.

Les deux scientifiques échangèrent un regard.

— Quoi ? lança-t-elle face à l'inquiétude de Ken.

— Avant d'atteindre le troisième stade du développement, les larves se calment un court moment. C'est sans doute ce que vous êtes en train de vivre. Hélas, quand les nouveaux instars écloront…

Sa voix se brisa, ce qui en disait long sur l'ampleur de la souffrance et du danger à venir.

Message reçu. Là, c'était le calme avant la tempête.

La discussion s'interrompit lorsqu'ils arrivèrent au fond du couloir. Seichan utilisa le badge électronique qui pendait au cou de Hamada pour appeler l'ascenseur.

En fait, la cabine ne pouvait que descendre d'un étage – et non remonter vers la surface. Seichan demanda à Ken de bloquer les portes et elle enfonça le bistouri à travers la blouse de son otage, jusqu'à ce que le chirurgien tressaille.

— C'est un piège ?

— Non, non, non, insista-t-il avec une grimace de douleur. En cas d'intrusion ennemie, les laboratoires souterrains sont verrouillés. Seuls les membres haut placés du personnel ont accès au cinquième sous-sol. Le bunker de recherche situé là-dessous a son propre itinéraire d'évacuation afin de garantir la survie des actifs essentiels de la société.

D'un coup d'œil, Seichan chercha à savoir si Ken disposait d'informations complémentaires.

Lequel hocha la tête d'un air inquiet vers Hamada.

— Je l'ai entendu dire à l'infirmière que la sortie d'en bas ne resterait peut-être pas ouverte très longtemps.

— Exact, avertit le chirurgien.

Pressée par le temps, sans autre solution de repli, elle décida de prendre l'ascenseur et incita Ken à la suivre. Tandis que les portes se refermaient, une puissante explosion retentit dans le couloir, comme si elle cherchait à les arrêter.

Trop tard.

* * *

12 h 48

Gray écarta la fumée de son visage. À moitié accroupi au fond du laboratoire, il s'était protégé derrière un gros poste de travail. Aiko et Palu étaient avec lui. Les deux autres membres masqués du groupe, Hoga et Endo, étaient plus proches des dégâts, car c'étaient eux qui avaient posé les charges explosives.

Aussitôt, les immenses battants métalliques d'une grande porte rouge s'abattirent dans un nuage de poussière.

— Debout ! Palu ordonna-t-il à son voisin.

Le dénommé Yukio Oshiro était le directeur du laboratoire de recherche. Quelques minutes auparavant, après qu'ils eurent découvert un site désert, l'homme avait surgi en hurlant en japonais que toutes les sorties de secours en sous-sol étaient condamnées. Il s'était adressé à eux sur un ton impérieux, persuadé d'avoir affaire à des agents de sécurité.

Très vite, il avait compris sa méprise lorsque des revolvers s'étaient braqués sur lui et qu'Aiko l'avait sommé de s'agenouiller, les mains sur la tête.

Après deux minutes d'un interrogatoire très efficace, elle avait appris quel était son rôle là-bas et elle l'avait obligé à ouvrir un coffre-fort mural, où les dossiers de recherche avaient été stockés après l'ordre d'évacuation. L'ouverture du coffre se faisait par identification rétinienne. L'œil droit du Japonais commençait déjà à enfler, car Endo lui avait plaqué de force le visage contre le lecteur quand il avait tenté de résister.

Une fois tous les fichiers à l'abri dans les sacs à dos, ils avaient continué de chercher Ken et Seichan. Oshiro ne savait rien sur Seichan. En revanche, son regard furibond indiquait qu'il connaissait le professeur Matsui. Apparemment, Ken avait profité de l'agitation pour fuir, verrouillant une porte entre ses ravisseurs et lui.

Malin…

Gray agita la main vers les portes soufflées par l'explosion. À présent que la voie était libre, ils pénétrèrent en zone de haute sécurité. Oshiro n'étant pas autorisé à entrer, il y avait peu de chances qu'il puisse les guider. Palu l'y traîna quand même *manu militari*. Le scientifique en savait sûrement davantage sur les recherches en cours que ce qu'ils pourraient découvrir à la lecture des dossiers.

Pour le moment, il leur était donc utile.

Ils longèrent une série de laboratoires médicaux et de blocs opératoires déserts. À voix basse, ils appelèrent Ken.

Sans succès.

Leur opération de sauvetage étant chronométrée, Gray commença à s'inquiéter. Les dossiers et Oshiro étaient d'une trop grande importance pour tenter le diable. S'ils découvraient la moindre information susceptible d'enrayer le fléau causé par l'*Odokuro*, il fallait vite la transmettre.

Aiko, qui semblait aussi en avoir conscience, adressa un regard sévère à Gray. Certes, il leur restait assez d'explosifs pour se frayer un chemin hors du sous-sol cadenassé, mais, à chaque minute supplémentaire passée là-bas, ils s'exposaient à tout perdre… pour une recherche potentiellement vaine.

Et si Ken s'était fait rattraper ? S'il était déjà mort ?

Hoga s'arrêta quelques mètres devant eux et posa un genou à terre. Il leva en l'air deux doigts, dont les extrémités paraissaient humides et sombres.

Du sang.

Malgré le risque qui pesait sur leur mission, Aiko décida de suivre la piste. Le couloir débouchait sur des portes d'ascenseur rouges, comme celles qu'ils avaient fait sauter pour entrer.

Endo indiqua une petite porte sur le côté. Un fenestron laissait apparaître un escalier qui descendait.

Et non qui montait.

À supposer que Ken soit arrivé aussi loin, il n'y avait plus qu'une seule direction à prendre.

Hélas, le battant était fermé à clé.

Pendant que Hoga et Endo préparaient une autre charge explosive, Gray se planta devant Oshiro.

— Qu'y a-t-il en bas ?

— Je ne sais…

— Des rumeurs ont forcément circulé.

Même dans les bâtiments gouvernementaux tenus au secret, tout le monde chuchotait et se posait des questions.

— Qu'avez-vous entendu ?

Le chercheur lorgna ses souliers.

Palu le secoua par le col de chemise.

— Dites-lui !

La réponse du Japonais fut empreinte de honte :

— Des expérimentations… des expérimentations sur l'homme.

* * *

12 h 50

— Enclenchez la phase deux, ordonna Takashi sur sa ligne téléphonique cryptée.

— *Hai*, *Jōnin* Ito, répondit le commandant de sa base insulaire située en mer de Norvège. Ce sera fait.

Agenouillé devant son bureau, Takashi imagina une dizaine d'avions prêts à quitter les pistes gelées. D'ici à quelques heures, la flotte se déploierait dans les grandes largeurs afin de déverser des cargaisons de guêpes colonisatrices sur les villes les plus importantes d'Europe.

Une fois la consigne passée, il raccrocha.

C'était son septième et dernier appel.

Des appareils devaient déjà décoller des autres îles achetées ou louées par les laboratoires Fenikkusu aux quatre coins de la planète. Hormis l'Antarctique, aucun continent ne serait épargné.

Satisfait à l'idée que rien n'arrêterait plus l'expression de sa colère, Takashi se leva lentement. Il avait besoin de sa canne pour tenir debout. Ses doigts maigres agrippèrent le flamboyant pommeau à tête de phénix en or rose. Les plumes effilées et le bec de l'animal mythique pincèrent sa peau fine au moment où il s'appuya sur sa canne en inspirant plusieurs fois à fond.

L'effort, aussi modeste fût-il, était déjà éprouvant.

Lorsqu'il eut repris son souffle, le nonagénaire foula les tatamis qui recouvraient le plancher en teck. Fabriqués en jonc séché, ils étaient enroulés autour d'une trame en paille de riz, contrairement aux versions plus modernes et meilleur marché, qui utilisaient des fibres synthétiques.

Oshiro fit coulisser la cloison japonaise qui donnait accès à son coffre-fort personnel. Il dut s'y prendre à deux fois pour le déverrouiller à l'aide de sa paume droite. En silence, il maudit le système de sécurité que son petit-fils l'avait incité à installer.

Regarde où tes précautions t'ont mené, Masahiro.

Se sentant soudain plus vieux, il sortit l'unique bien rangé dans son coffre. Solidement protégé au cœur d'un bloc d'acrylique transparent, un fragment d'ambre abritait, à son tour, les ossements d'un reptile préhistorique. La créature avait été identifiée comme étant un jeune *Aristosuchus*, petit dinosaure à tête de crocodile qui vivait au début du Crétacé. Son squelette et son crâne avaient été retrouvés bourrés de kystes de guêpes.

Takashi préférait le nom d'origine, plus élégant, de la relique.

La Couronne du Démon.

Il appuya sa canne au mur, conscient qu'il aurait besoin de ses deux mains pour porter le trésor jusqu'à son bureau. Malgré son poids, l'objet n'était qu'une infime partie du bien de départ, dérobé jadis dans les tunnels souterrains de Washington, D.C. Au cours des décennies, les scientifiques avaient grignoté le reste en vue de percer ses mystères meurtriers.

Takashi chérissait le peu qui en subsistait, conscient du sang versé et des vies données pour l'acheminer au Japon. En fin de compte, une promesse ancestrale, figée dans l'ambre, avait été honorée. L'opération de ces derniers jours associait à la fois une vengeance personnelle et un triomphe national auquel le pays pouvait prétendre depuis longtemps.

De retour à table, il contempla sa canne esseulée.

Le phénix symbolisait l'immortalité de la guêpe *Odokuro*, sa capacité à renaître de ses cendres, indestructible et éternelle.

Autant que le sera le nouvel Imperium japonais.

C'était son cadeau à Miu.

Un hommage à son sacrifice et à son amour.

Même depuis les hauteurs du bureau, on entendait les combats faire rage au rez-de-chaussée. Les forces japonaises tentaient de conquérir le Château de Glace. Explosions et coups de feu résonnaient aux oreilles du vieil homme, mais tout paraissait si lointain, si mesquin et ridicule !

Takashi préféra regarder vers le mont Fuji. Les éclairs qui zébraient le ciel illuminaient des amoncellements de nuages noirs. L'orage était d'une puissance telle qu'il tournait en dérision les maigres chamailleries des humains en contrebas.

Il n'était néanmoins pas très sage de s'attarder davantage.

Le nonagénaire décida de passer un dernier appel téléphonique avant de rejoindre son hélicoptère personnel qui, sur le toit, attendait de l'emmener en lieu sûr. Son travail là-bas était terminé. Il ne lui restait plus qu'à emporter l'objet posé sur son bureau, représentant un morceau du cœur brisé de Miu.

Il posa sa main sur la Couronne du Démon.

C'est fait, mon amour.

Dès que la liaison s'établit, le chef de la sécurité décrocha. L'homme avait attendu l'appel de son patron, prêt à recevoir l'instruction ultime. Takashi la lui donna, ordonnant que les dispositifs incendiaires dont la pagode était truffée soient allumés.

Il était temps que le Château de Glace prenne feu.

CHAPITRE 35

9 mai, 5 h 51
Wieliczka, Pologne

Abandonnez toute espérance...

Elena se rappela les mots de Monk à leur entrée dans la mine. Elle ne put s'empêcher de penser à l'avertissement de Dante quand elle suivit les autres sur la rampe qui menait à la grotte monumentale un peu plus haut.

Un mélange de stress et d'appréhension mettait un frein à toute conversation. Piotr, le frère de Clara, resta sur le seuil, au cas où la porte dérobée déciderait de se refermer toute seule.

Au moment où le reste du groupe s'aventura à l'intérieur, les faisceaux des lampes transpercèrent les ténèbres. L'attention d'Elena fut attirée par un bruit d'éclaboussures à gauche. Une gigantesque roue hydraulique en bois fonctionnait grâce à l'eau qui se déversait du plafond, puis s'écoulait par un trou dans le sol.

La bibliothécaire avait remarqué la trappe béante par laquelle l'eau dégringolait. Elle imagina l'existence d'un lac secret au-dessus de sa tête. L'ouverture avait dû être déclenchée quand Kat avait appuyé sur le bouton en forme de guêpe, mettant en branle la roue à engrenages, qui avait abaissé la rampe.

Le vieux mécanisme était couvert de givre blanc, preuve qu'au fil des siècles, le bois avait été pétrifié par le sel, comme les poutres que Clara avait tapotées un peu plus tôt.

À la différence près que ce bois-là parlait encore. Plus précisément, il gémissait.

Les engrenages émettaient des grincements sinistres, tandis que la roue laissait, elle, échapper une faible plainte.

L'ambiance lugubre donna la chair de poule à Elena. À moins que ce ne soit le changement brusque de température. L'atmosphère de la caverne était beaucoup plus froide, gorgée de sel, d'humidité et de relents mi-âcres, mi-amers.

Comme un vieux feu de camp qu'on aurait aspergé d'eau.

Ils franchirent le seuil. Le plafond voûté culminait trois étages au-dessus d'eux. Par ses volumes, l'espace n'avait rien à envier à la chapelle Sainte-Cunégonde. Au bout de quelques pas, il apparut toutefois qu'on était loin d'une sainte cathédrale.

Sous les pieds, la pierre devint plus sombre, noircie par d'anciens brasiers.

Le sol était jonché de mystérieux entassements.

Kat observa le plus proche.

— Des os calcinés.

Elle braqua sa torche sur les dizaines d'autres monticules. Certains étaient recroquevillés, d'autres s'étalaient davantage.

— Sans doute les dépouilles des mineurs piégés ici.

Monk s'était approché d'un amas plus imposant.

— Celles de leurs chevaux aussi, ajouta-t-il tristement.

Elena se rappela qu'à l'époque, mineurs et bêtes de somme voyaient rarement, sinon jamais, la lumière du jour. Compte tenu de la disposition des lieux, c'était un quartier d'isolement prêt à l'emploi. Pas étonnant que la mine ait réussi à contenir le fléau qui s'était répandu là-bas.

Et à en garder le secret.

À mesure qu'ils circulaient prudemment entre les tumulus, Clara fit le signe de croix, tapotant ses doigts sur son front, sa poitrine et ses épaules. Elena l'imita une seconde plus tard et pria le Ciel qu'Il les protège.

Du bout du pied, Kat racla la couche grasse de suie qui entourait un gros tas de cendre.

— Afin de purger l'endroit, ils ont dû entasser du bois ici, puis inonder la salle de pétrole lampant, avant de mettre le feu et de fermer hermétiquement la grotte.

Pour tenter d'imaginer la réaction des ouvriers coincés à l'intérieur, Elena étudia la disposition des monticules. Elle n'y lut aucun affolement, aucune ruée vers la sortie. Selon les informations glanées auprès de Clara, les mineurs formaient une famille très soudée. La plupart d'entre eux étaient sans doute trop malades – ou alors conscients de la menace qu'ils représentaient – et ils s'étaient sacrifiés pour le bien commun.

Elena refit le signe de croix, cette fois par respect envers les défunts. À l'époque, leur calvaire avait sauvé le monde en empêchant l'épidémie de remonter à la surface.

Elle contempla les corps.

Voici les véritables saints de la mine.

— Venez voir ! lança Sam.

Évitant le cimetière, le Dr Slaski et lui s'étaient concentrés sur la grotte. La couche de suie qui noircissait le quart inférieur du mur donnait l'impression que les flammes s'y étaient écrasées comme des vagues.

Le temps d'être rejoints par leurs camarades, ils braquèrent leurs lampes vers le haut. L'éclat des faisceaux lumineux embrasait la roche de puissants reflets rouges.

Kat haleta de stupeur. Monk, lui, émit un long sifflement.

Les deux scientifiques reculèrent d'un pas et continuèrent de balayer le mur avec leur torche.

— De l'ambre, annonça Slaski. De l'ambre partout.

Le choc de la découverte incita les autres à éclairer, à leur tour, les murs et le plafond. À perte de vue, la pierre absorbait la lumière et la réfléchissait d'une espèce de feu intérieur.

— On se croirait dans une bulle, murmura Elena.

— Possible, approuva Slaski en caressant la paroi. Sentez à quel point c'est doux.

La bibliothécaire suivit son conseil et confirma :

— Comme si l'ambre avait fondu, puis refroidi.

— Exact. Il ramollit à 150 °C et devient malléable. De nos jours, les manufacturiers font chauffer des fragments ou de petits galets d'ambre. Une fois la matière attendrie, ils la fondent à haute pression afin de créer de plus grosses pièces.

Kat admira l'immense paroi.

— Vous dites que c'est ce qui s'est passé ici ?

— À une échelle infiniment plus grande, oui. Si c'est de cette grotte qu'il est extrait, le bloc de M. Smithson aurait, en réalité, des centaines de millions d'années et il se serait constitué avant que les forces tectoniques n'amènent les continents à leur position actuelle, quand la région couverte de pins était une rive de l'ancestrale Téthys. La chaleur et la contrainte exercée par les mouvements des plaques terrestres auraient pu coller l'ambre ramolli le long de cette bande littorale, jusqu'à ce que les gaz et la pression modèlent une bulle géante.

— Vos explications sont très jolies, objecta Kat, mais si c'est bien là que James Smithson s'est procuré son échantillon, où a-t-il creusé ?

Clara pointa sa torche électrique au fond de la caverne. La paroi y semblait attaquée à coups de pelle et à moitié effondrée.

Peu à peu, des roues métalliques et des têtes de pioche apparurent, à moitié enfouies sous les tas de cendres. Elena imagina le matériel d'excavation prendre feu et se consumer jusqu'à ce qu'il ne reste plus que des squelettes en fer.

Près d'elle, Sam et Slaski continuaient d'étudier le mur. La grotte avait préservé d'autres dépouilles, beaucoup plus anciennes.

Les pas de l'entomologiste américain ralentirent, tandis qu'il faisait rutiler l'ambre sous sa lampe. Soudain, il se figea et murmura, entre émerveillement et effroi :

— Seigneur, on dirait un *Cyllonium* parfaitement conservé.

Tous se massèrent autour de lui.

Un insecte ailé gros comme le poing flottait au cœur de la résine.

— Une cigale géante du début du Crétacé, expliqua Sam.

À peine eurent-ils le temps de l'examiner que l'expert s'élança vers l'avant.

— Et regardez ici ! Une nuée entière d'*Austroraphidia*, une espèce disparue de mouche-serpent qui date de la même période.

Elena observa le mur où les créatures semblaient s'être envolées à travers l'ambre. Chaque spécimen mesurait une bonne dizaine de centimètres, porté par des ailes deux fois plus longues.

Sam continua son exploration en procédant fébrilement par à-coups, sa torche éclairant tel ou tel détail de la paroi.

— *Kararhynchus*, un genre de scarabée de la fin du Jurassique... *Eolepidopterix*, une mouche géante disparue... *Protolepis*, un des premiers véritables papillons...

Il les entraîna au sein d'un vaste terrarium préhistorique : des cohortes de grosses fourmis, un mille-pattes aussi long que le bras d'Elena, une araignée monstrueuse, digne des pires cauchemars. Parmi cet univers d'insectes, scarabées, mouches et autres papillons disparus se trouvaient aussi des fragments préservés de forêts ancestrales. Des branches et des brindilles. Des pommes de pin primitives. Des feuilles gigantesques. Elena s'arrêta devant une fleur immense, dont les pétales immaculés semblaient aussi frais que le jour où elle s'était épanouie.

Ce n'était pas tout.

Kat éclaira un crâne parcheminé : sa mâchoire allongée de crocodile était bordée de dents de requin.

— Un saurien, c'est sûr, murmura-t-elle.

Monk hocha la tête.

— On dirait que quelqu'un a passé un morceau de l'histoire du Jurassique à la moulinette et qu'il l'a conservé dans l'ambre.

— Sans compter que tout semble dater de la même période que la relique de Smithson, ajouta son épouse.

Sam leur fit signe d'avancer.

— Par ici ! lança-t-il sur un ton plus sombre.

Lorsqu'ils l'eurent rejoint, Elena croisa son regard empreint d'angoisse. À son tour, elle sentit son pouls s'emballer.

L'entomologiste éclaira un pan d'ambre. Horreur ! La matière y avait piégé un essaim compact de silhouettes familières, à la carapace rayée rouge et noir.

Des guêpes soldats.

— Les *Odokuro*, annonça Sam. Ils sont ici.

* * *

6 h 04

Nous sommes bien au bon endroit.

Kat était à la fois soulagée et épouvantée. Voilà trois minutes que ses camarades et elle suivaient la paroi incurvée. À chaque pas, de nouvelles catégories de la bête infernale apparaissaient, depuis les mâles minuscules jusqu'aux énormes reproducteurs. Plus le groupe avançait, plus le nombre d'espèces concurrentes régressait, remplacées par la horde destructrice, jusqu'à ce qu'il ne subsiste plus que l'*Odokuro*.

L'explication du phénomène sautait aux yeux.

— Beurk !

Elena détourna la tête à la vue d'un lézard dont l'abdomen, éventré, laissait échapper un essaim déchaîné de guêpes.

L'*Odokuro* s'était frayé un chemin au lance-flammes dans son environnement préhistorique, dévorant l'ensemble de la biomasse qui se présentait à lui.

Guère intéressés par des tableaux aussi alarmants, Slaski et Clara poursuivaient leur exploration. Le directeur de musée s'était arrêté, un genou à terre.

En s'approchant, Kat l'entendit s'adresser en polonais à Clara sur un ton courroucé.

— Un problème ? demanda l'Américaine.

Agacé, Slaski se releva en pestant dans sa langue natale. Il se ressaisit toutefois aussitôt et montra la paroi suivante. Plusieurs blocs avaient été grossièrement découpés, laissant apparaître l'ambre sous la couche noircie au niveau du sol.

— Ça, ce n'est pas l'œuvre des mineurs décédés, gronda Slaski. Plutôt celle de pillards débarqués plus tard.

Kat comprit. Quelqu'un était venu après que tout eut brûlé. Des opportunistes qui, informés de l'existence du précieux gisement, avaient osé s'aventurer jusque-là.

— Les fameux mineurs marrons, compléta Clara, tout aussi bouleversée. Voilà peut-être la raison pour laquelle on s'est donné tant de mal à resceller hermétiquement le site.

Monk se pencha vers Kat.

— Cela expliquerait aussi comment James Smithson s'est procuré sa relique. Il l'aurait achetée à un contrebandier.

Son épouse acquiesça en silence.

Auquel cas, notre mécène a probablement eu vent du drame qui s'est noué ici par la même source.

Kat songea au premier groupe de mineurs. Elle imagina leur abominable effroi quand ils avaient perforé les ossements préhistoriques prisonniers de l'ambre, libérant et dispersant dans l'air les kystes cryptobiotiques. Ces hommes-là avaient dû connaître une mort ignoble quand, parasités par des milliers de larves, ils avaient vu leurs corps littéralement exploser sous la pression déferlante des guêpes adultes.

Tandis que Kat étudiait les dégâts, le Dr Bennett continua de balayer la paroi avec sa torche. Du coin de l'œil, elle le vit se figer, reculer d'un pas, puis se rapprocher du mur et vérifier plusieurs endroits avec sa lampe.

Au bout d'un moment, il lança :

— Les gars, il y a... il y a un truc qui cloche.

Quoi encore ?

Intriguée par son désarroi, Kat mena les autres jusqu'à lui. La puissance combinée des faisceaux lumineux éclaira alors la portion d'ambre devant eux, dévoilant des essaims d'*Odokuro* sous toutes leurs formes abjectes.

Perplexe, elle ne comprit pas ce qui émouvait tant l'entomologiste.

— Je pense que ces spécimens-là étaient déjà morts avant de se faire piéger dans la résine, annonça-t-il.

— Qu'est-ce qui vous fait dire une chose pareille ?

— À les étudier de près, vous constaterez qu'ils souffrent de malformations. Regardez ce soldat. Son exosquelette s'est désagrégé. L'ambre autour de lui est taché.

Kat plissa les paupières. Elena, elle, rechaussa ses lunettes.

Il a raison.

La guêpe avait l'air écrasée, sa carapace fissurée. Une fine volute assombrissait l'ambre autour, comme si l'âme de l'insecte quittait son cadavre.

— Je crois que c'est du sang, reprit Sam. Cette guêpe semble avoir eu une espèce d'hémorragie avant de mourir.

— Pourrait-elle avoir été broyée par les forces incroyables qui ont modelé cette bulle ? demanda Monk.

— Non. Observez la façon dont toutes les guêpes du groupe présentent les mêmes lésions, alors que les rares autres espèces présentes – *Palaeolepidopterix* ici, *Tektonargus* là – ne souffrent d'aucune mutilation ou blessure comparable.

Sam se planta devant eux, la mine résolue.

— Ce qui les a tuées l'a fait *avant* que l'ambre ne préserve leurs corps.

Kat hocha lentement la tête d'un air entendu.

— Si nous réussissions à découvrir quoi...

Elle balaya ses camarades du regard. Inutile d'enfoncer des portes ouvertes ! C'était le but même de leur expédition. Un mystérieux élément du passé préhistorique avait empêché ce prédateur ultime de conquérir totalement l'ancien monde.

De quoi pouvait-il donc s'agir ?

Ensemble, ils reprirent l'exploration. Même Slaski et Clara, étonnés par leur impatience et leur désarroi soudains, suivirent.

Les lampes éclairèrent la couche d'ambre, révélant la campagne de destruction systématique menée par l'*Odokuro*. Aucune catégorie n'était épargnée. Les cadavres des éclaireurs minuscules s'amoncelaient par milliers. D'autres soldats gisaient en morceaux. Une vingtaine de reproducteurs flottaient dans les brumes de leur propre sang.

Quelle était l'origine d'un tel carnage ?

Plusieurs mètres devant, un éclat coloré au sol attira l'attention de Kat. Elle y orienta sa torche. Ses voisins, qui le remarquèrent aussi, ajoutèrent la lumière de leurs lampes.

C'était un corps – mais pas les restes calcinés d'un mineur.

Les vêtements du malheureux étaient intacts. Son teint pâle, cireux, contrastait avec sa barbe hirsute et sa tignasse brune. Sur son visage, à jamais pétrifié par l'atmosphère saturée en sodium, se lisait un mélange de stupeur et d'épouvante. Une vieille pioche abandonnée gisait à ses côtés. Ce n'était pas lui qui aurait pu s'en servir, car un morceau de corde lui liait les poignets.

La cause de son décès était facile à deviner.

On lui avait tranché la gorge.

La raison de son exécution aussi était claire.

Non loin de sa dépouille trônait un gros bloc d'ambre qui, lui arrivant presque à la taille, avait été extrait de la paroi toute proche. À l'époque, il avait dû valoir une fortune.

— Un des mineurs contrebandiers, souffla Slaski.

Clara secoua tristement la tête.

— Ce genre de vol était sévèrement puni.

Sam était parti étudier le pan tailladé du mur, qui semblait franchement terni, et pas à cause du vieux brasier. Le bloc d'ambre avait la même teinte sombre. L'entomologiste posa sa torche au-dessus du cube et commença à s'agenouiller à côté. Soudain, un grand cri aux lèvres, il trébucha en arrière et tomba sur les fesses.

À la lueur de la lampe, le morceau d'ambre brillait de mille feux, révélant le trésor à l'intérieur. Pas étonnant que le mineur décédé ait tenté de dérober une pièce si énorme ! Comment aurait-il pu se priver de ce qu'elle abritait en son sein ?

Sam n'en croyait pas ses yeux.

— Le professeur Matsui avait tort, balbutia-t-il, désemparé. Tout le monde avait tort.

CHAPITRE 36

9 mai, 13 h 05
Fujikawaguchiko, Japon

— Nous avons descendu beaucoup plus qu'un étage, constata Ken en quittant l'ascenseur.

Durant la longue minute qu'avait duré le trajet jusqu'au dernier niveau du site, il avait senti la pression se modifier dans ses oreilles.

Même la température avait chuté de plusieurs degrés.

Un petit couloir menait à des portes blindées coulissantes.

Personne.

Ken invita Seichan à sortir à son tour. Vêtue d'une blouse chirurgicale et d'un masque pendillant sous le menton, elle tira sans ménagement le Dr Hamada par le bras. De l'autre main, elle lui plaquait toujours son bistouri contre la hanche.

— À combien de profondeur sommes-nous arrivés ?

— Soixante… soixante-dix mètres, bégaya le prisonnier.

Ken tressaillit intérieurement. C'était l'équivalent d'un immeuble de vingt étages enfoui sous terre.

— Pourquoi si loin ?

— Pour que ce niveau serve de bunker aux travaux les plus sensibles. On dit qu'il résisterait à une frappe nucléaire tactique. En même temps, le site a aussi été choisi pour l'isolation naturelle qu'offrait sa géologie unique.

— Comment cela ?

Le front de Seichan luisait de sueur, signe qu'elle continuait de souffrir, même après que les milliers de larves parasites se furent un peu calmées.

— Vous le constaterez par vous-même, répondit le chirurgien. C'est sur le chemin qui mène dehors.

Les portes coulissantes s'ouvrirent, dévoilant un laboratoire circulaire aussi grand que celui du quatrième sous-sol. L'endroit avait déjà été évacué. Une flèche verte clignotante signalait une issue au fond de la salle, sans doute la porte de sortie promise par Hamada et destinée au personnel essentiel de cet étage-là.

Tandis qu'ils s'élançaient dans la direction indiquée, Ken observa scrupuleusement l'environnement.

Des salles abritaient des rangées de cages où s'entassaient rats et lapins de laboratoire. Les postes de travail situés au centre étaient équipés de centrifugeuses, thermocycleurs et autres autoclaves. Les étagères étaient remplies de toutes sortes de récipients en verre, de pipettes et de flacons contenant des enzymes moléculaires, des réactifs ou des substances tampons.

Deux étiquettes portaient un nom particulièrement évocateur : CAS9 et PLASMIDE ARN TRACR.

Ken ralentit et pivota vers Hamada.

— Vous avez recours au Crisp/Cas.

L'intéressé haussa les épaules en silence.

Seichan lança un regard interrogateur à Ken, qui expliqua :

— Il s'agit d'une technique de génie génétique ultraprécise. Ce genre de matériel permet de trancher l'ADN aussi finement que si on découpait des lettres dans une page d'encyclopédie. Et presque aussi aisément.

La jeune femme s'arrêta net.

— Qu'expérimente-t-on ici ? lâcha-t-elle avec impatience, le regard étincelant.

Sans doute espérait-elle des travaux sur un éventuel remède.

— Nous menons une étude approfondie sur le patrimoine génétique des guêpes, répondit Hamada. L'objectif est d'élucider le secret de leur incroyable longévité.

Ken sentit un frisson glacé lui parcourir l'échine.

— Autrement dit, vous réalisez des expériences sur le morceau d'ADN que ces insectes ont emprunté aux microbes de Lazare les ayant infectés il y a de nombreux millénaires.

— Oui. Au cours des dix dernières années, nous avons pu décortiquer ces fragments d'ADN et nous avons découvert que l'*Odokuro* en faisait un usage à la fois unique et stupéfiant. Notre trouvaille augurerait non seulement un allongement de la vie, mais peut-être aussi une résurrection.

Ken fusilla le médecin du regard.

— Vous êtes fou à lier.

— Je préfère me considérer comme avant-gardiste. Hélas, nous avons dû attendre la création d'outils génétiques dernier cri – comme la technologie Crispr/Cas – pour lancer les premiers essais cliniques.

Il hocha le menton vers une rangée de fenêtres sombres.

Seichan poussa Hamada vers l'avant. Ken n'avait pas envie de regarder, mais il ne put s'en empêcher. De l'autre côté, les vitres étaient ourlées de givre, comme si la pièce voisine était maintenue à une température proche de zéro, voire inférieure.

Des éclairages tamisés révélèrent une longue série de lits d'hôpital. Les patients étaient des hommes et des femmes, allant de la puberté jusqu'au troisième âge. Inertes, ils étaient branchés à toutes sortes d'appareils de surveillance, de perfusions et d'électroencéphalographes censés enregistrer leur activité cérébrale qui, même de loin, paraissait très réduite.

Hamada confirma :

— Ils sont tous en coma artificiel. Nous ne sommes pas des monstres. Nous appliquons un strict cahier des charges concernant la douleur et la gestion du stress de nos cobayes.

Ken aurait bien protesté, mais il restait sans voix.

Chaque patient montrait des signes de maltraitance extrême. Les deux bras brûlés, un homme avait la peau noircie et craquelée. L'abdomen d'un autre était béant, ses viscères desséchés comme un vieux morceau de bacon. La femme la plus proche avait le bas du corps à moitié congelé dans un bloc de glace. Partout, les horreurs s'accumulaient : mutilations, furoncles infectés, peau arrachée, brûlures par irradiation.

Ken se souvenait avoir lu que, pendant la Seconde Guerre mondiale, il existait en Chine des camps japonais où des savants avaient mené d'effroyables expérimentations biologiques sur leurs prisonniers et les villageois de la région. À l'évidence, quelqu'un avait décidé de moderniser de telles pratiques pour le nouveau millénaire.

Hamada tenta de justifier son travail. Son ton hésitant trahissait quand même une certaine honte.

— Nous menons des tests de résistance au stress. Sur les tissus, les organes. Le but est d'établir des conditions de base avant de commencer à évaluer la capacité des gènes de Lazare à réparer les corps abîmés.

Plus furieuse que jamais, Seichan en avait assez vu. C'était forcément là-bas que le chirurgien avait prévu de les soumettre, son futur bébé et elle, à toutes sortes de manipulations scientifiques.

Hamada haleta quand elle lui enfonça son bistouri dans le flanc pour l'obliger à rejoindre la sortie. Ken était plus que prêt à quitter les lieux. Ils avaient assez tardé, sans rien apprendre qui puisse aider Seichan.

Passé la porte, un dédale de couloirs serpentait entre des bureaux et de petits laboratoires. Des flèches vertes clignotantes balisaient l'itinéraire d'évacuation d'urgence. Peu à peu, l'atmosphère se rafraîchit. À chaque virage, ils accéléraient, conscients du temps qui pressait.

Enfin, d'autres portes rouges s'ouvrirent au bout d'un couloir.

Un courant d'air glacial s'abattit sur eux.

Vite, ils s'engouffrèrent dans une espèce de station de métro japonaise en parfait état. Devant eux, une longue galerie tubulaire était bordée d'une plate-forme étroite, où patientait un chapelet de sept voitures blanches en forme de gélule. Derrière de minuscules fenêtres, on distinguait des gens entassés à l'intérieur.

Sans doute les derniers membres du personnel à se sauver.

Ken aperçut aussi des hommes bardés d'un fusil en bandoulière. Tête baissée, il évita de croiser leur regard lorsqu'ils se dirigèrent vers le véhicule de queue. Seichan fit de même, plaquant de plus belle son poing dans le dos de Hamada.

Soudain, alors qu'ils traversaient la plate-forme, la voiture de tête démarra et disparut sans bruit à l'intérieur du tunnel. Visiblement, elle fonctionnait à l'électricité et, au lieu de circuler sur des rails, elle était équipée de roues à picots, stabilisées par d'énormes patins en haut et en bas.

Alors seulement, Ken se rendit compte que les tubes étaient enrobés de glace. Il se souvint que, selon Hamada, le site avait été choisi pour l'isolation naturelle qu'offrait sa géologie unique.

À présent, il comprenait.

C'était un des innombrables tunnels de lave du mont Fuji. À Kyoto, des collègues de Ken avaient montré des photos de leur voyage à la célèbre grotte de glace de Narusawa, sur les pentes du volcan. Les cavernes et les galeries souterraines y étaient tapissées de stalactites cristallines. On racontait d'ailleurs que la montagne entière était truffée de ces couloirs perpétuellement gelés.

Les laboratoires Fenikkusu semblaient en avoir tiré profit, à la fois pour les capacités de réfrigération constantes du lieu et pour son réseau de tunnels prêts à l'emploi, idéal quand on voulait établir un itinéraire secret d'évacuation. Le véhicule disparu devait filer sous le lac Kawaguchi, vers un endroit sûr.

Si seulement nous pouvions nous aussi y arriver…

Tandis qu'ils approchaient de la dernière voiture, les portes s'ouvrirent. À demi remplie, elle offrait encore un maximum de place pour trois fuyards égarés.

Manque de chance, la moitié des passagers étaient lourdement armés.

Et menés par une silhouette familière, qui sortit les saluer.

Valya Mikhailov.

Avec sa parka blanche, son teint blême et sa chevelure de neige, on aurait dit la reine de la station de glace. Son sourire hautain ne fit que renforcer sa puissante attitude souveraine.

Seichan utilisa Hamada comme bouclier humain.

— Reculez ! ordonna-t-elle à Ken.

Lequel n'en fit qu'à sa tête et resta planté où il était.

Valya était escortée d'un bataillon d'hommes et de femmes à la mine sévère, armés jusqu'aux dents, les traits durs. Certains étaient déjà à ses côtés sur l'atoll d'Ikikauō. C'était sa garde rapprochée, à la fois impitoyable et d'une loyauté à toute épreuve.

Ken reconnut un autre visage.

Valya brandissait un gros pistolet d'une main. De l'autre, elle tenait fermement une quinquagénaire en blouse bleue : l'infirmière qui s'était enfuie du bloc opératoire. Apparemment, celle-ci avait trouvé quelqu'un à avertir.

Une sirène d'alarme étouffée retentit au moment où une autre capsule démarra en trombe.

Ken se retourna et vit l'ultime flèche verte virer au rouge.

Valya le remarqua aussi, ainsi que l'intérêt de son adversaire.

— Il semblerait que notre illustre chef ait décrété la destruction ultime de sa pagode consacrée à la science. (Elle braqua son arme vers eux.) Enfin, pour vous, aucune importance.

Elle visa et pressa la détente.

* * *

13 h 11

C'est forcément mauvais signe.

Lancé au triple galop, Gray incita ses camarades à descendre une volée interminable de marches. Après que Hoga et Endo eurent fait exploser les portes rouges du quatrième sous-sol, ils avaient découvert une cage d'escalier qui semblait sans fond. Le commandant avait déjà dénombré une dizaine de niveaux quand les flèches vertes qu'ils suivaient avaient soudain clignoté d'un rouge incendiaire et qu'une sirène avait retenti.

— Plus vite ! ordonna-t-il.

Lui-même sautait des marches, se cognait aux murs et rebondissait de virage en virage.

En tête, Aiko filait comme l'éclair, talonnée par Hoga et Endo. Palu était à la traîne, gêné par son prisonnier affolé : son gros bras enroulé autour de la taille fine du Dr Oshiro, il était obligé de le porter à moitié.

Puis le *BOUM !* tant redouté… suivi de beaucoup d'autres.

Lorsqu'une série de déflagrations ébranla les fondations de la tour, Gray atterrit lourdement sur le palier suivant. Il se retourna pour vérifier comment se portait le reste du groupe.

Palu était étalé de tout son long au pied de l'escalier. Il avait eu le réflexe d'agripper la rampe, mais lâché son otage. Un étage plus haut, le chirurgien était assis sur les fesses, les yeux exorbités de peur. En même temps, il contemplait ses mains, comme s'il se rendait peu à peu compte de sa liberté retrouvée.

Gray devina quelle serait sa réaction.

— Non !

Comme une fusée, Oshiro remonta les marches pour échapper à ses ravisseurs. Très vite, il disparut au détour d'un virage.

Palu se redressa, prêt à se lancer à ses trousses.

— Inutile, lâcha Gray. C'est trop tard.

Confirmation faite quand un hurlement du médecin envahit la cage d'escalier. L'agent Pierce sentit la pression se modifier au niveau de ses tympans.

— Courez !

Plus rapides que jamais, ils reprirent leur descente effrénée, sautant de palier en palier, quitte à se bousculer dans les virages. L'atmosphère était de plus en plus dense et torride. À chaque respiration, les fugitifs avaient les poumons en feu. Gray entendit un dragon rugir derrière lui.

Un mur de flammes s'approchait dangereusement par-derrière.

Enfin arrivés au bas de l'escalier, ils se jetèrent dans un petit couloir.

— Continuez d'avancer ! tonna Gray.

Ils cavalaient en rangs serrés. Soudain, des portes coulissèrent devant eux, comme pour les accueillir à l'abri du danger. Ils se précipitèrent à l'intérieur d'un laboratoire. Un faible *vlouch !* incita néanmoins le leader du groupe à se retourner.

Le dragon les avait rattrapés.

D'emblée, les flammes qui jaillirent dans l'espace circulaire rendirent l'air irrespirable. Après quoi, les portes se refermèrent, piégeant le brasier infernal à l'extérieur. Des gicleurs fixés au plafond commencèrent à arroser les lieux.

Mieux vaut tard que jamais.

Gray réunit tout le monde.

— Nous devrions…

Il fut interrompu par une salve de tirs qui retentit d'une sortie au fond du laboratoire. L'Américain sentit son cœur se serrer dans sa poitrine.

Sans qu'il ait besoin de le dire, tous se ruèrent vers la porte.

À chaque pas, l'écho de la fusillade s'amplifiait.

* * *

13 h 15

Se battre ou mourir.

Voilà ce que Valya avait lancé quand elle avait flanqué un Sig Sauer dans la main de Seichan. Cette dernière n'y comprenait toujours rien et, pour l'instant, c'était le cadet de ses soucis.

Quelques secondes plus tôt, Valya leur avait tiré dessus. La première balle avait abattu le Dr Hamada en plein torse. Seichan avait tenté de le retenir au moment où il s'avachissait, de sorte que son cadavre lui serve de bouclier. Le second tir de la Russe avait emporté la moitié du crâne de l'infirmière qu'elle serrait contre elle.

Tout en poussant le corps sur le côté, elle avait pointé son arme fumante vers la dernière voiture.

— Montez.

Seichan n'avait pas bougé, à la fois trop percluse de douleur et trop effarée pour saisir ce qui se passait.

Les portières des véhicules voisins s'étaient alors ouvertes, et plus d'une vingtaine d'hommes armés avaient surgi, attirés par le sang et les coups de feu. Au début, les forces de sécurité – sans doute affectées à la protection des membres essentiels du centre de recherche – avaient nagé en pleine confusion.

L'équipe de Valya en avait profité pour leur tirer dessus, supprimant d'un trait la moitié des effectifs adverses. Lors de la fusillade qui avait suivi, la Russe avait poussé Ken à l'abri dans une voiture, puis elle avait tendu un pistolet à Seichan.

Laquelle était désormais accroupie à côté de Valya. Les deux femmes avaient trouvé refuge à l'entrée de la dernière capsule. Valya défendait par le haut, Seichan par le bas, un genou à terre. Ensemble, elles tiraient sur les vigiles rescapés. L'implacable albinos avait perdu quatre agents, étendus morts sur le quai. D'autres, blessés, étaient montés en voiture avec elles. Les quatre derniers se cachaient dehors, derrière des poteaux, et tentaient d'encercler l'ennemi.

Valya pestait chaque fois qu'elle appuyait sur la détente.

Seichan sentit les effluves de sueur et de poudre noire qui émanaient de son ennemie jurée. À l'évidence, Valya avait sous-estimé la véhémence des forces de sécurité du site. Elle l'avait payé au prix fort et les mettait désormais tous en danger.

Un autre de ses sbires voulut quitter sa cachette pour trouver un meilleur angle d'attaque. À peine avait-il esquissé trois pas qu'il fut abattu par un tireur d'élite.

Consciente que la situation s'enlisait, Valya grommela de frustration. D'autant que le temps ne jouait pas en leur faveur.

Soudain, les portes de la station se rouvrirent et un nouveau groupe surgit entre les deux camps retranchés.

Seichan crut halluciner.

Gray et Palu fonçaient tête baissée sur le quai, accompagnés de trois personnes masquées. Face à la menace évidente que constituaient les gardes armés, ils tirèrent sur le cortège de voitures.

Profitant de la diversion, Valya mugit aux trois hommes qui lui restaient :

— Venez !

Aussitôt, ils s'entassèrent dans le wagon. Valya continua de soutenir Gray dans son assaut et neutralisa un vigile supplémentaire. Seichan fit de même.

En quelques secondes, le terrible affrontement prit fin.

Comme si c'était le signal, la voiture de tête détala au sein du tunnel. Une autre la suivit, filant à vive allure sur ses patins.

Gray et ses camarades s'élancèrent vers le dernier véhicule, arme au poing.

D'emblée, le commandant aperçut Seichan. Un profond soulagement se lut sur son visage, mais ses yeux restèrent rivés à sa voisine albinos. Tout en s'approchant, il mit Valya en joue.

Seichan se redressa et fit écran de son corps.

— Écarte-toi ! gronda-t-il.

Sa petite amie ne l'entendait toutefois pas de cette oreille.

— Pas encore.

* * *

13 h 18

Gray fronça les sourcils, interloqué par la réaction de Seichan. Lorsqu'il avait débarqué sur le quai, il avait vu les deux femmes tirer de concert, bien à l'abri dans la dernière voiture d'un étrange train aérodynamique. Face à un adversaire commun, elles semblaient avoir provisoirement uni leurs forces.

La trêve était désormais terminée.

Gray et les siens braquèrent leurs armes sur le groupe d'hommes à l'intérieur, certains blessés, d'autres indemnes. À son tour, l'ennemi les menaça.

Non, mais c'est quoi ce délire ?

Valya rangea son pistolet, puis, avec un soin exagéré, elle sortit de sa poche une clé USB. Elle la lança à Gray, qui l'attrapa d'une main, sans baisser son arme.

— Voici le bon de sortie pour mon équipe et moi. Vous y trouverez l'emplacement d'un entrepôt stockant des caisses de bonbonnes de gaz.

— Du gaz ? s'étonna le commandant.

— Un insecticide créé par les laboratoires Fenikkusu. Efficace contre les guêpes, mais aussi ultracancérigène et toxique pour de nombreuses autres espèces. Il causera d'immenses douleurs, de terribles dégâts écologiques, mais il jouera son rôle. (Elle observa Aiko.) Censé protéger les côtes japonaises dans les mois et les années à venir, le produit devrait aussi fonctionner sur Hawaï.

Gray se félicita de ne pas avoir abattu Valya sur-le-champ, surtout quand il l'entendit ajouter :

— Cette clé, verrouillée par un système de cryptographie quantique, s'autodétruira à la moindre tentative de piratage. Je vous enverrai le code dès que je serai en sécurité loin d'ici.

— Comment savoir que tu tiendras parole ou qu'il y a même quoi que ce soit là-dessus ?

— Je n'ai pas plus envie que vous que le monde disparaisse. Cela va à l'encontre de mes propres projets. J'ai donc besoin que vous le sauviez pour moi.

Gray comprit.

Cette fourbe garce veut nous obliger à servir ses ambitions personnelles.

Il scruta les mercenaires à la solde de la Russe. Leur détermination d'acier, il l'avait parfois entrevue chez Seichan. C'étaient d'anciens membres de la Guilde. Pour qu'ils aient survécu à la purge planétaire de leur organisation, ils devaient faire partie du noyau le plus dangereux.

Mené par une femme au cœur aussi glacé que sa peau.

Comment pourrais-je les laisser partir ? Eux, une semence qui, bientôt, devrait engendrer quelque chose d'infiniment pire ?

Il soupira, conscient de la réponse.

Demain est un autre jour…

Il baissa son arme et invita les autres à faire de même.

Valya esquissa un rictus de satisfaction.

— Preuve de ma bonne volonté, j'ai déjà envoyé un ordre d'autodestruction à un bataillon d'avions qui devaient larguer leur cargaison mortelle sur les grandes métropoles de la planète.

Gray se remémora les trois Cessna qui, sans pilote, avaient attaqué les côtes de Maui.

— Vous voyez, j'ai eu la générosité de traiter le problème afin que vous vous concentriez sur la situation à Hawaï. (Elle haussa les épaules en direction de Seichan.) Hélas, le pesticide n'est d'aucune utilité sur les personnes déjà parasitées.

C'était ce que Gray redoutait. Il prit la main de sa compagne et sentit la chaleur fébrile de sa peau.

— En d'autres termes, conclut Valya, la menace déjà implantée à Hawaï ne cessera de resurgir, nécessitant de traiter régulièrement l'archipel avec ce gaz toxique pour contenir le fléau. Les dégâts environnementaux seront gravissimes et il faudra maintenir une quarantaine afin de protéger le reste du monde.

Palu était devenu livide. C'était loin d'être la meilleure solution, mais il n'y en avait pas d'autre.

Trois voitures de plus avaient disparu dans le tunnel glacé et il ne restait plus que le compartiment de queue. Contraint de coopérer, Gray fit signe à son équipe de rejoindre la Guilde à l'intérieur.

À la fermeture des portières, Valya leva les yeux.

— Oh ! Et je vous ai réservé un autre cadeau d'adieu.

* * *

13 h 22

Takashi Ito se tenait devant ses fenêtres, captivé par l'orage puissant qu'essuyait le mont Fuji. Les nuages noirs étaient transpercés d'éclairs. Il écouta le tonnerre, le sentit dans ses paumes plaquées contre la paroi de verre.

Les roulements faisaient écho à sa colère intense.

Au début, la vitre était froide, balayée par une pluie mêlée de grêle. Là, elle se réchauffait, au fur et à mesure que les charges incendiaires embrasaient la structure métallique de la pagode. L'incendie faisait rage. Les fenêtres explosaient en mille morceaux reflétant les flammes.

Derrière le vieil homme, la fumée épaisse qui avait envahi le couloir s'insinuait sous la porte.

Personne n'était venu le chercher.

Quand il avait tenté de quitter les lieux, il avait trouvé le battant bloqué de l'autre côté.

Il imagina son secrétaire particulier mort… et sans doute aussi l'équipage de l'hélicoptère qui l'attendait au sommet de la tour. Peu de temps auparavant, sur son ordinateur portable, il avait été informé de l'état de la flotte envoyée en mission : par vidéo, on voyait les avions exploser les uns après les autres, puis tomber en miettes sur toutes les mers du globe.

Une seule main avait pu orchestrer pareille calamité.

Une main aussi blanche que la plus fine des porcelaines.

Chūnin Mikhailov.

Il soupçonnait aussi la jeune femme de ne pas avoir été totalement honnête sur le sort de son petit-fils, Masahiro. En même temps, il respectait son ambition sans limites. Au regard de ses actions, elle refusait clairement la perspective d'un monde en ruine, où ses options seraient restreintes, son avenir confiné et à jamais entravé par de grands seigneurs japonais.

Elle devait néanmoins être punie.

Sachant par quel chemin elle tenterait certainement de fuir, il avait pris les devants. La pagode était équipée d'une ultime contre-mesure de sécurité, au cas où le pire scénario se produirait. Cette fois-là, il ne s'agirait pas d'un nettoyage par le feu.

Mais de quelque chose de tout aussi purifiant.

Satisfait, Takashi s'écarta de la baie vitrée et rejoignit son bureau. La fumée l'empêchait de respirer normalement.

Il se laissa tomber à genoux. Il aurait voulu le faire avec grâce. Au lieu de quoi, il heurta durement le sol. Il sentit ses os tressaillir, mais, insensible à la douleur, il s'assit et, à la faveur de l'orage (son dernier, il le savait), il attrapa une feuille légèrement cartonnée.

Sans regarder, il marqua un pli, puis un autre. Ses doigts s'agitaient de mémoire. Il observa le ciel noir, sans plus pouvoir faire écho à la fureur des éléments. Rabat après rabat, il se concentrait. Lentement, une forme apparut.

Lorsqu'il eut terminé, un lis blanc en origami trônait sur sa table.

Le préféré de Miu.

Il posa délicatement la fleur sur le bloc d'ambre qui abritait le dernier fragment de la Couronne du Démon. À ses yeux, un lambeau du cœur de son épouse.

Les flammes, qui coiffaient désormais les fenêtres, dansaient avec éclat.

Il n'y en a plus pour longtemps.

La fumée lui brûlait déjà la gorge et les poumons. Bientôt, son corps se consumerait, telle une ultime offrande d'encens à sa bien-aimée.

Miu…

Les mots d'Ōtagaki Rengetsu lui revinrent en mémoire, lorsqu'au XIXe siècle, la poétesse évoquait la magie et les mystères de l'encens.

Une petite ligne de
Brume parfumée
Sortie d'un bâton d'encens
S'évanouit sans laisser de trace :
Où va-t-elle ?

Désormais, il priait, quittant du regard la férocité de la tempête pour contempler la fleur adorablement pliée et tout ce qu'elle représentait.

S'il vous plaît, laissez-moi aller là-bas.

* * *

13 h 43

Ken agrippa une poignée fixée à un rail du plafond. Tandis que la voiture s'engageait dans le tunnel de lave gelé, l'habitacle resta coupé en deux : l'équipe de Valya installée à l'avant, leur groupe à l'arrière. Personne ne parlait. Personne ne lâchait l'adversaire du regard.

On n'entendait que le cliquètement du véhicule et le gémissement léger du moteur électrique. Au bout de quelques minutes, le bruit devint plus grinçant.

Ken n'aurait pas dû s'en plaindre.

Tout à coup, les lumières s'éteignirent et le moteur se tut.

La brusque décélération projeta tout le monde vers l'avant, obligeant les deux camps à se mélanger. Après quelques secondes de bousculade confuse, les lampes des fusils d'assaut prirent le relais et éclairèrent le sombre habitacle.

— Que s'est-il passé ? demanda Palu en se relevant.

Gray tendit le cou.

— Quelqu'un a dû nous couper le courant.

— Qui ? s'interrogea Seichan.

— Takashi Ito, répondit Valya.

La voiture se remit doucement en branle… mais en marche arrière. Privée d'alimentation, elle redescendait la pente du tunnel jusqu'à la station.

— Si nous réussissions à ouvrir la portière de force, nous pourrions descendre et continuer à pied, suggéra Gray.

— Le combat est perdu d'avance, objecta Valya. Écoutez.

Ken tâcha d'entendre malgré le vacarme de son cœur battant. Au bout d'une seconde haletante, il discerna l'écho d'un grondement derrière eux.

— Qu'est-ce que c'est ? murmura-t-il.

Gray se raidit.

— De l'eau.

— L'eau du lac, précisa Valya.

Un peu plus tôt, Ken s'était représenté le trajet des capsules qui, selon lui, passaient sous le lac Kawaguchi.

Valya se renfrogna.

— Ito a dû truffer le tunnel d'engins incendiaires, juste sous le lac qui nous surplombe. Objectif : inonder le site en cas d'urgence, effacer toute trace de ses agissements sous la tour.

Et nous avec, se dit Ken.

La voiture continua de glisser vers son destin funeste.

Gray ordonna aux hommes de Valya :

— Aidez-moi à forcer la portière !

Puis il se tourna vers les collègues d'Aiko :

— Hoga, Endo, combien de charges de démolition vous reste-t-il ?

L'un leva quatre doigts, l'autre deux.

— Il faudra que cela suffise.

Aidé de Palu, Gray et les mercenaires de la Guilde écartèrent les portes à mains nues. La paroi de glace défilait devant eux. L'agent Sigma s'adressa à l'ensemble du groupe :

— Sortez. Nous avons besoin du poids et des muscles de tout le monde pour arrêter cet engin tant qu'il est encore temps.

Personne n'émit d'objection.

Ken suivit les autres dehors. Tandis que la voiture prenait doucement de la vitesse, ils se précipitèrent à l'arrière, au niveau des patins inférieurs et, comme un seul homme, ils s'arc-boutèrent, les épaules collées contre la carrosserie.

Leurs bottes dérapaient sur le sol verglacé. On aurait dit des fourmis tentant d'empêcher un appétissant morceau de nourriture de dévaler la colline. Le véhicule avait beau être presque entièrement fabriqué en composites plastiques légers, il restait trop lourd à arrêter.

Ken eut alors une idée.

Il quitta son poste, s'allongea sur le dos et laissa la capsule rouler au-dessus de lui, les roues à picots passant dangereusement de chaque côté de son corps. Il scruta le train roulant.

Allez…

Soudain, il l'aperçut.

Une trappe située près du bloc-moteur.

Il s'empressa de tirer sur les loquets, mais resta pendu au battant, tandis que la voiture continuait de glisser. Comme espéré, le compartiment était rempli de batteries. De sa main libre, il commença à les détacher pour qu'elles tombent sur la glace, laissant leur empreinte dans le sillage du véhicule.

Chacune pesait près de quinze kilos.

Lorsqu'il en eut largué une quinzaine, réduisant le poids de charge d'un quart de tonne, la voiture ralentit, puis s'immobilisa.

Soulagé, il se trémoussa pour rejoindre les autres. Palu l'attrapa par les chevilles, le sortit de sous le compartiment et le serra fort dans ses bras.

— Belle vivacité d'esprit, apprécia Gray.

— Bah ! Je... je roule en Prius. Ma main à couper que la moitié du poids, ce sont les batteries.

Ken regarda plusieurs mètres derrière lui. Hoga et Endo se hâtaient de planter leurs explosifs sur toute la circonférence du tunnel. Pendant qu'ils s'activaient, Gray demanda aux hommes de Valya de coincer quelques batteries abandonnées contre les roues arrière afin de caler la voiture.

Quand tout fut prêt, il agita les bras.

— On remonte !

Il fut obligé de hurler pour couvrir le fracas du raz de marée imminent. À l'heure qu'il était, les eaux du lac avaient dû inonder le niveau inférieur de la tour et fonçaient vers eux.

Le souffle coupé par la peur, Ken suivit les autres à bord.

Une fois les portières refermées, Gray tendit l'index vers les collègues d'Aiko.

— Feu !

Le bouton d'un détonateur fut enclenché.

L'explosion fit bondir la voiture d'une trentaine de centimètres. Malgré l'épaisseur des parois, la déflagration fut assourdissante, résonnant à la fois dans les tympans et dans la poitrine. Une avalanche de cailloux et de glace s'abattit derrière la voiture et crépita sur les vitres.

— Je ne comprends pas, bredouilla Ken, les yeux ronds. L'éboulement suffira-t-il à bloquer toute cette eau ?

— Aucune chance, admit Gray.

— Alors, qu'est-ce que… ?

— Pensez à un bouchon de champagne.

Avant que le toxicologue n'ait pu imaginer quoi que ce soit, les eaux déchaînées frappèrent le rempart de glace et de roche dans un vacarme tonitruant. La digue résista une fraction de seconde, puis fut balayée d'un coup.

L'énorme masse heurta le véhicule comme un bélier et le poussa violemment vers l'avant. Les deux groupes se retrouvèrent plaqués au fond de l'habitacle, les uns sur les autres.

La puissante vague déferlante les projeta en haut du tunnel. L'eau gicla le long des vitres, mais, pour l'instant, la voiture conservait son avance sur le gros du déluge.

Tous restèrent au sol, sans essayer de se relever.

Finalement, leur course folle ralentit… au moment où fut atteint un point d'équilibre entre le lac qui se vidait et la hauteur du tunnel. À présent qu'elle n'était plus propulsée par la force de l'eau, la capsule s'arrêta. Gray rassembla de nouveau tout le monde dehors. À cent mètres de là, des lumières leur faisaient signe.

Ils coururent dans la direction indiquée.

On portait les blessés. Même Gray avait un bras autour de Seichan et, de l'autre, soutenait un ennemi par la taille.

Le tunnel déboucha sur un long entrepôt en béton. Les autres voitures, arrivées sans encombre avant la coupure d'électricité, patientaient sagement. Elles étaient toutes vides, abandonnées par leurs passagers.

Le groupe sortit sous une pluie maussade.

L'orage, qui avait faibli, émettait ses derniers grognements plaintifs. À l'écart, Gray discuta avec Valya. Sans doute lui extorquait-il la promesse de tenir parole.

Sa réponse parvint aux oreilles de Ken, tandis que la jeune Russe s'éloignait avec ses hommes.

— Je ne voulais pas que les choses se terminent ainsi. (Elle toisa d'un air mi-sévère, mi-compatissant Seichan qui, elle, la fusilla du regard.)

Une balle aurait été préférable, mais, au moins, vous pourrez vous dire au revoir.

Gray enlaça sa dulcinée. Elle posa sa tête fatiguée sur son épaule. Apparemment, ils avaient déjà entamé leur long et douloureux chemin d'adieu.

Incapable de regarder, Ken s'éloigna. Le versant du mont Fuji où ils avaient refait surface offrait une vue panoramique sur le lac Kawaguchi : les eaux y étaient désormais bordées d'énormes rives boueuses, à mesure qu'il se vidait en contrebas.

Au loin, une balise enflammée luisait sous les nuages bas.

C'était tout ce qui restait du Château de Glace.

Face au brasier, Ken fut tenaillé par un soupçon qui, peu à peu, devint une certitude.

Quelque chose nous a échappé.

Et, là, c'était trop tard.

CHAPITRE 37

9 mai, 6 h 18
Wieliczka, Pologne

Elena était accroupie avec les autres autour de l'imposant bloc d'ambre. La torche de Sam, toujours posée dessus, éclairait la résine de l'intérieur.

— Qu'est-ce que c'est ? demanda la bibliothécaire.

L'expert trottina autour du groupe, comme s'il cherchait physiquement une solution au mystère qu'ils avaient sous les yeux.

— Une chrysalide. Un cocon.

Ça, Elena l'avait déjà deviné. Au cœur de la pierre, la grosse masse au tissage serré faisait penser à une pupe. Tout autour, un halo d'ambre plus sombre semblait vouloir cacher l'horreur en son sein.

Une créature de la taille d'un petit chien s'extirpait de la chrysalide déchirée. De longues antennes étaient enroulées sur sa tête penchée. D'énormes yeux noirs à facettes fixaient l'assistance. Des ailes nervurées, à l'aspect mouillé, resteraient à jamais repliées sur son dos voûté. Ses deux pattes avant étaient jointes au sommet de la chrysalide.

Elena imagina l'insecte lutter pour s'extraire de son cocon avant que la sève d'un pin préhistorique ne s'abatte sur lui et le dévore.

Manifestement, il avait perdu son combat.

Kat désigna de la tête la bête monstrueuse.

— Je pense qu'Elena faisait plutôt allusion à ce qui était en train de sortir du cocon.

Sam leur jeta un regard, comme si la réponse était évidente.

— Un *Odokuro*, bien sûr ! Regardez le motif caractéristique sur l'abdomen. Noir et rouge. Même les mandibules - aussi uniques que des empreintes digitales chez les insectes – le désignent comme un membre de cette espèce. Une analyse génétique le confirmerait, mais j'en suis déjà certain.

Monk fit crisser sa barbe de deux jours sur sa prothèse en plastique.

— J'ai lu les conclusions du professeur Matsui sur l'*Odokuro*. Il n'en fait aucunement état.

— Car ce stade-là ne lui est pas apparu en laboratoire.

— Alors, de quoi s'agit-il ? insista Elena.

— Désolé, s'excusa Sam, penaud. Je crois que nous sommes face à une reine *Odokuro*, encore jamais vue à ce jour.

— Attendez ! intervint Monk. Matsui n'a-t-il pas affirmé que ces bestioles fonctionnaient sans reine ?

— C'est qu'il n'en savait rien. Il avait déjà classé l'*Odokuro* à mi-chemin entre les vieilles guêpes solitaires et leurs descendantes plus sociales, celles qui avaient appris à vivre en essaim et développé un large éventail de mâles polyvalents.

— Selon lui, la reproduction de l'*Odokuro* est toutefois liée au comportement de guêpes solitaires plus ancestrales. L'espèce se propagerait ainsi par le biais d'un groupe de femelles pondeuses, et non grâce à une reine unique.

— Il a dû se tromper, déduisit Kat.

Sam continua d'étudier en détail la créature prisonnière du bloc d'ambre.

— Peut-être pas complètement. Mon confrère a raison d'affirmer que l'*Odokuro* associe des traits propres aux guêpes solitaires et d'autres typiques des guêpes sociales. Il ne lui est juste jamais venu à l'esprit qu'une reine pouvait intervenir dans le cycle de reproduction. Ce genre de créature ne voit peut-être le jour qu'en milieu naturel, et non en laboratoire.

— Mais pourquoi ? s'obstina Elena. Quel est son rôle au niveau de l'essaim ?

— Aucune idée. Enfin, il doit avoir son importance, voire être la réponse à tout.

La sexagénaire le pensait aussi. Incapable de tenir en place, elle se redressa. Ses genoux le lui reprochèrent et elle faillit perdre l'équilibre.

Heureusement, Sam était là. D'une main ferme, il l'aida à rester debout.

Elle se tourna.

— Merci de…

Soudain, il la tira devant lui, enroula le bras autour de sa taille et lui enfonça le canon glacé d'un pistolet dans le cou.

— Personne ne bouge !

Il baissa la tête et parla rapidement en japonais.

Derrière eux, des lumières jaillirent. Des ombres firent irruption dans la grotte. Des bottes claquèrent sur les cailloux et l'obscurité fut transpercée par le faisceau rouge de viseurs laser fixés à des fusils d'assaut. Les traits écarlates dansèrent frénétiquement, puis, très vite, ils se concentrèrent sur le groupe abasourdi.

— À genoux ! ordonna Sam. Les mains sur la tête !

Interloquée par la subite démonstration de force, Elena observa ses camarades. L'un après l'autre, ils se laissèrent tomber au sol. Leurs mains vides vinrent se plaquer contre leur nuque.

Dernière à s'exécuter, Kat foudroya Sam du regard.

Après quoi, elle aussi s'agenouilla lentement sur la pierre.

* * *

6 h 22

— Pourquoi ? lança Kat, une fois dépouillée de ses armes.

Au moins, je saurai.

Elle avait déjà compris que les sept membres du bataillon d'assaut avaient dû se cacher parmi les participants à la messe de minuit, envoyés là-bas par l'ignoble traître au moment où leur groupe avait consulté les vieilles cartes au musée. À la manière dont Sam inclinait la tête et dirigeait les forces en présence, il était équipé d'une oreillette radio dernier cri, dispositif assez sophistiqué pour communiquer et, en même temps, être suivi à la trace.

— Pourquoi ? répéta Sam, concentré sur l'agent Sigma.

À présent que ses hommes les surveillaient de près, il s'était débarrassé d'Elena.

— Disons que je prends ma revanche contre un gouvernement qui a privé de son héritage un bon travailleur américain. Entre les droits de succession et les arriérés de taxe foncière, le ranch que ma famille possédait dans le Montana depuis quatre générations allait être saisi par la banque – banque qui, en pleine crise, avait été renflouée par mes propres impôts. Alors, qu'est-ce que je dois, moi, aux pouvoirs publics ?

À l'écart, deux hommes soulevèrent le bloc. *A priori*, il s'agissait d'une incroyable prouesse physique, jusqu'à ce que Kat se souvienne que l'ambre, de faible densité, était très léger. Ils commencèrent à s'éloigner avec leur butin.

L'Américaine les toisa d'un regard sévère.

Visiblement, le mineur qui gisait par terre n'était pas le seul voleur du coin.

Sam remarqua son intérêt.

— Les laboratoires Fenikkusu m'ont contacté dès que Matsui m'a prévenu par mail de sa découverte au Brésil. Ils l'avaient déjà à l'œil. Peu de choses échappent à l'attention ou à la coupe de Takashi Ito. En échange du remboursement intégral de mes dettes, il m'a juste demandé de l'informer des avancées de Matsui. (Il haussa les épaules.) Ensuite, vous m'avez appelé et la proposition est devenue beaucoup plus lucrative.

D'un coup de menton, Kat désigna le bloc d'ambre.

— Qu'espérez-vous empocher ?

— Compte tenu du plan machiavélique de Takashi Ito, être dans ses bonnes grâces quand tout sera terminé sera déjà une jolie récompense.

— Quel plan ?

Amusé, Sam emboîta le pas aux deux hommes qui portaient son trophée.

— Croyez-moi, vous serez heureux de connaître une mort rapide.

Il donna ses instructions en japonais à un de ses cinq autres sbires. Il parlait couramment la langue... mais Kat aussi.

— Dès que nous serons partis, abattez-les, puis faites sauter l'accès avant de quitter les lieux. Pas question que leurs cadavres soient retrouvés trop tôt, même si cela n'aura bientôt plus d'importance.

— *Hai*, approuva le chef de bataillon.

Kat s'en voulut de ne pas avoir mieux vérifié le pedigree de l'entomologiste avant de l'intégrer à la mission. Pressée de partir, acculée par des délais très courts, elle avait accordé sa confiance aveugle à un scientifique qui, travaillant au Parc zoologique national, faisait partie de la Smithsonian.

Elle regarda Sam s'éloigner avec les porteurs de son butin. Au moment où leurs lampes éclairèrent la passerelle de sortie, Kat distingua un cadavre au bas de la rampe.

Piotr…

Il était fort à craindre que Gerik et Anton aient subi le même sort au bord du lac.

Kat jeta un œil à Clara, qui avait aussi aperçu son frère. La jeune Polonaise tremblait, au bord des larmes. Le visage habituellement austère de Slaski était cramoisi de rage. Quant à Elena, elle paraissait juste hébétée, sous le choc à la fois de la situation et de la trahison. Kat savait que la bibliothécaire s'était prise de sympathie pour le perfide Bennett.

Son regard se posa enfin sur Monk.

D'un hochement de tête, elle lui donna le signal.

Sam l'avait peut-être bernée avant l'expédition, mais, quelques minutes plus tôt, il s'était vendu par inadvertance, laissant tomber le masque lorsqu'il avait découvert avec stupeur l'existence d'une reine *Odokuro. Le professeur Matsui avait tort… tout le monde avait tort.* Les termes employés avaient surpris Kat. Qui était ce « tout le monde » ? Sam n'avait été en contact qu'avec Ken au sujet de la monstrueuse espèce.

Sans certitudes avérées, l'agent Bryant avait gardé le silence, espérant s'appuyer sur l'expertise scientifique de Sam avant de le placer devant ses contradictions. Elle savait que cette catégorie inédite de la guêpe tueuse avait son importance. Avec le recul, elle se mordait toutefois les doigts de ne pas avoir été plus prudente. Elle n'aurait jamais imaginé qu'il se serait emparé d'Elena aussi subitement.

Enfin, ce n'est pas comme si je n'avais pas de plan B.

* * *

6 h 34

Agenouillée au sol, les fesses en appui sur les chevilles, Elena n'avait même plus la force de tenir droite. Un mélange de regret et de désespoir l'avait envahie. Les mains posées sur la tête, elle sentait ses bras trembler de plus en plus. Elle aurait voulu en baisser un, caresser les crucifix accrochés à la chaînette de ses lunettes, adresser une ultime prière à sa fille et à ses deux petits-enfants, leur souhaiter une vie longue et prospère.

Hélas, comment se concentrer sur un message au Seigneur quand on avait cinq fusils braqués sur soi ? Elle surprit le discret hochement de tête de Kat à son époux, dernière preuve muette de l'amour et de l'affection qui les unissait et qu'ils n'avaient pas hésité à exprimer tout au long du voyage. Elle savait aussi qu'ils avaient deux enfants et ajouta les fillettes à ses prières.

Après un petit signe à Kat, Monk se planta devant leurs bourreaux, les mains derrière le crâne. Soudain, Elena cligna des paupières en remarquant son erreur. L'agent n'avait qu'une seule main sur la nuque. Et ces cinq doigts-là tripotaient le manchon en titane auquel sa prothèse était d'ordinaire fixée.

Elle avait disparu.

Quand il avait ordonné à ses hommes de confisquer leurs armes, Sam avait, dans la précipitation, omis de leur préciser une menace secrète. Elle soupçonnait aussi Kat d'avoir focalisé l'attention sur elle en posant des questions à Sam, ce qui avait permis à Monk d'ôter sa prothèse.

Mais où et comment… ?

Quelque chose bougea derrière les jambes de leurs cerbères : une araignée en plastique couleur chair trottinait sur le sol d'ambre calciné.

Au siège de Sigma, Monk avait montré qu'il savait contrôler son membre désarticulé à distance. Et, franchement, il était doué. La main désincarnée dansa sur le bout de ses doigts et s'approcha de l'ennemi.

Elena se souvint aussi du musée à Tallinn.

— Boum, chuchota Monk.

Au signal, il bondit sur Slaski et Clara, tandis que Kat se jetait sur Elena. Une puissante explosion rendit la bibliothécaire à la fois sourde et aveugle. Elle atterrit lourdement sur le flanc, protégée par Kat. Néanmoins, avant même que l'écho de la déflagration se soit tu, son ange gardien s'était déjà écarté.

Elena resta allongée, encore éblouie. Devant elle, Kat récupéra le fusil d'un mercenaire dont le dos, en charpie, fumait. Au sol, elle tira presque à bout portant sur un autre garde, qui tentait de se relever. Il retomba aussitôt en arrière.

Le tireur le plus éloigné, à peu près indemne, avait juste été projeté à genoux. Il braqua son arme sur Kat. Soudain, sa cage thoracique explosa, transpercée par une pioche. Son corps s'écroula en avant, laissant apparaître Monk, qui brandissait le piolet du mineur momifié par le sel.

Les deux autres mercenaires, au plus près de l'explosion, étaient déjà morts.

Monk ramassa vite deux fusils et en tendit un à Slaski.

— Vous savez vous en servir ?

Le Polonais recula d'un pas en secouant la tête.

Elena, qui s'était déjà relevée, prit l'arme et procéda à une rapide vérification.

— Pas de souci. J'ai grandi dans le Barrio, à Los Angeles.

Monk afficha un grand sourire.

— Vous êtes une bibliothécaire aux multiples talents.

Kat, elle, resta froide et sérieuse.

— Suivez-nous dehors, mais restez près de la passerelle.

— Qu'allez-vous faire ? demanda Elena.

Elle hocha la tête vers son mari.

— Notre travail.

* * *

6 h 39

Au sortir de la caverne maudite, Kat changea rapidement de tactique.

La mine gémissait autour d'eux. Le sol tremblait. De frêles stalactites de sel se détachaient du plafond et se brisaient en mille morceaux. Le souffle de l'explosion avait dû ébranler ce recoin fragile du site.

La moitié de la coquille Saint-Jacques s'était autrefois écroulée et le reste menaçait désormais de subir le même sort.

L'agent Bryant s'arrêta au pied de la rampe, le temps de vérifier qu'il n'y avait plus rien à faire pour Piotr : le malheureux avait une lame de couteau enfoncée dans la nuque. Monk entraîna Clara à l'écart, histoire de lui épargner un spectacle traumatisant.

Son épouse se redressa, les mâchoires serrées.

— D'accord, nouveau plan. Nous sortons tous d'ici, mais Monk et moi allons prendre la tête des opérations. Vous suivrez à quelques mètres de distance.

Sans attendre d'approbation, elle empoigna un fusil qu'elle venait de confisquer et s'engagea dans le couloir. Elle marchait d'un bon pas, consciente que Sam et ses hommes avaient dû entendre l'explosion. Se diraient-ils que leurs acolytes avaient fait sauter l'ouverture de la grotte, comme l'entomologiste l'avait ordonné ?

Elle n'avait aucun moyen de le savoir. En même temps, elle ne pouvait pas laisser le traître s'enfuir avec son butin. S'il y avait une réponse à trouver dans le bloc d'ambre, il fallait le récupérer coûte que coûte.

Pendant qu'ils longeaient les quatre cents mètres de galerie, les vibrations s'intensifièrent. La déflagration avait dû déclencher une réaction en chaîne, au sens qu'une section de la mine affaiblissait la suivante, et ainsi de suite. L'atmosphère était remplie de cristaux de sel, qui étincelaient comme des diamants sous le faisceau des lampes.

Tout à coup, le sol tressauta violemment sous les pieds de Kat, qui fut projetée contre le mur. Les autres eurent les mêmes déboires, mais, au moins, ils gardèrent l'équilibre. Un nuage de fumée et de poussière de sel les submergea par-derrière.

Le fond du tunnel venait probablement de s'écrouler.

— Plus vite ! les pressa Kat.

Et ils repartirent presque au pas de course. Elle sentit qu'ils approchaient d'une sortie quand, soudain, sa torche éclaira un gros éboulis de pierres. Le passage s'était déjà effondré.

Monk revint à sa hauteur.

— Et maintenant ?

Désemparée, elle balbutia :

— Je ne sais…

Il l'enlaça par la taille.

— Sers-toi de ton génial cerveau pour nous sortir du pétrin.

Kat fixa ses orteils, non pas en signe de renoncement, mais parce qu'elle avait remarqué un filet d'eau. Sous ses yeux, le ruisselet continuait même de grossir.

— Demi-tour, annonça-t-elle. Il faut revenir sur nos pas.

Moins d'une minute après, ils étaient revenus là où le tunnel avait cédé. En fait, au lieu de bloquer le passage, l'éboulis avait créé une brèche vers une galerie parallèle. L'eau coulait sous leurs pieds depuis la strie voisine du coquillage.

— Allez, allez, allez !

Tandis qu'ils rejoignaient le couloir d'à côté, Kat remercia les mineurs pour leurs compétences en matière d'ingénierie. Une fois réunis, les aventuriers reprirent leur progression dans la nouvelle galerie : de vieilles concrétions de sel gênaient parfois le passage, mais, comme les secousses avaient détruit les plus friables, ils avançaient assez vite.

Enfin, ils atteignirent le pied de la coquille. Kat avança prudemment, prête à tirer, de peur que Sam n'ait laissé un complice en faction. Heureusement, elle n'aperçut aucun sniper embusqué. Rien qu'une grotte déserte. Deux cadavres gisaient sur la berge du canal qui menait au lac.

Gerik et Anton.

Les doigts de l'Américaine se crispèrent sur son arme.

Le jet-ski était toujours échoué sur la rive, près des corps. En revanche, Sam avait pris le Zodiac pour transporter son trophée. À la vue d'un tas de combinaisons de plongée, elle comprit aussi comment le bataillon d'assaut avait piégé sans bruit les frères de Clara.

Kat fit signe aux autres de sortir.

— Elena, restez ici avec Clara et le Dr Slaski. (Elle indiqua le fusil entre les mains de la bibliothécaire.) Ne vous montrez pas. Si quelqu'un d'autre que nous revient…

Elena brandit son arme.

— Oh ! Ces connards le regretteront.

Bien.

Kat se dirigea vers le jet-ski. Après s'être excusée en silence auprès de Gerik, elle détacha le trousseau de clés de son gilet. Monk et ellc mirent ensuite l'embarcation à l'eau et se hâtèrent de l'enfourcher. Incapable de piloter sans sa prothèse, Monk grimpa à l'arrière. De sa main valide, il serrait un Sig Sauer récupéré sur leurs ravisseurs.

Kat empoigna le guidon, son fusil posé sur les genoux.

Monk se pencha en avant.

— Chér...

— Je sais. Nous ne pourrons pas compter sur l'effet de surprise. Une fois au large, ils lanceraient l'offensive tous azimuts.

— Non, je voulais juste te dire que je t'aime.

— Oh. (Elle l'embrassa sur la joue.) Moi aussi.

Monk se redressa.

— Maintenant, allons descendre quelques voyous !

Elle se coucha sur le tableau de bord.

Voilà pourquoi je t'aime. Nous sommes toujours sur la même longueur d'onde.

Elle mit le contact, actionna la manette des gaz et fila dans les courbes en S du chenal. À chaque virage, elle accélérait. Le temps qu'elle rejoigne le lac, son engin volait presque sur l'eau.

Droit devant, elle aperçut sa cible : une lumière esseulée glissait sur le lac sombre. Kat, qui avait déjà éteint la lampe de son casque, s'élança vers sa proie. L'ennemi approchait de la berge opposée, mais, contraint de maintenir son chargement en équilibre à bord du bateau, il manœuvrait plus lentement.

Kat n'avait pas ce souci-là. Elle augmenta sa vitesse au point de flirter avec les cent kilomètres à l'heure. Le point brillant ne tarda pas à grossir. Toutefois, elle avait beau naviguer sans éclairage, il était impossible d'étouffer la plainte du moteur.

Le temps que les adversaires se rendent compte que l'embarcation en ligne de mire n'était sans doute pas pilotée par un des leurs, le jet-ski était presque arrivé à sa hauteur. Des coups de fusil couvrirent le vrombissement du moteur, mais, grâce à de brusques coups de guidon, Kat les empêcha de viser correctement.

Monk riposta. Le recul du Sig Sauer fut assourdissant à son oreille. Par chance, l'agent Sigma avait, face à lui, une cible bien plus grande et plus brillante. Il abattit un sniper, puis obligea l'autre à se baisser sous les rafales de balles. Une fois son chargeur vide, il prit le fusil que Kat avait sur les genoux.

Il le posa en appui sur son avant-bras et ouvrit le feu, mitraillant tout un flanc du canot pneumatique, qui partit en lambeaux. Aussitôt, le Zodiac commença à sombrer.

Le second tireur tenta de les chasser, mais il perdit l'équilibre quand le boudin déchiqueté s'enfonça d'un coup. Au moment où l'homme tombait à l'eau, Monk changea de cible et lui envoya deux balles dans le torse, petit cadeau d'adieu avant qu'il ne rejoigne sa dernière demeure aquatique.

Le mercenaire ne fut, hélas, pas le seul à chavirer.

Kat vit le bloc d'ambre vaciller, puis s'écraser sur le côté. Entraîné par son élan, il bascula par-dessus le boudin dégonflé et disparut dans les profondeurs du lac.

Affolé, Monk rendit le fusil à son épouse, puis il bondit du jet-ski lorsque celui-ci arriva au niveau du Zodiac en détresse.

Elle n'eut pas le temps de lui dire que ses efforts étaient vains.

Couchée sur le guidon, elle mit le cap vers le rivage. Au début de l'assaut, elle avait remarqué un grand *plouf !* à l'avant du bateau. Un rat avait quitté le navire en perdition. Du coin de l'œil, elle avait surveillé la fuite de Sam à la nage.

Une fois sur la rive d'en face, il s'extirpa de l'eau et courut vers le tunnel de sortie. Elle lui fonça dessus, mais il eut la présence d'esprit d'éteindre sa lampe frontale. Sa silhouette ne formait plus qu'une tache un peu plus sombre dans la nuit noire.

S'il rejoignait les galeries, il deviendrait presque impossible à rattraper.

Le jet-ski aborda la berge à vitesse quasi maximale. Kat fit glisser l'engin sur les rochers et, en serrant les cuisses, elle parvint à rester assise. Fusil à la main, elle vida ses dernières cartouches… sans, pour autant, se donner la peine de viser une cible aussi petite.

Elle avait préféré tirer sur l'immense rangée de stalactites en sel qui pendaient à l'entrée de la grotte. Les concrétions constituaient un large rideau de lances acérées.

Un cri strident de surprise retentit.

Le temps que le jet-ski ralentisse, elle sauta du siège et galopa vers l'origine du glapissement. Sachant Sam armé, elle laissa ses propres lumières éteintes et tenta de localiser son adversaire. Ses bottes crissaient sur les débris acérés de sel.

Soudain, un hurlement plus aigu jaillit, empli de douleur.

Elle n'eut aucun mal à le suivre jusqu'à un corps qui gesticulait au sol. Elle ralluma sa lampe. Sam avait le cou perforé par une lance de sel qui s'était détachée. Une autre lui transperçait l'épaule. Une troisième était fichée dans le haut de sa cuisse gauche. À mesure que le sang coulait de sa blessure à la gorge, il se débattait de plus en plus faiblement, pourtant, son calvaire ne faisait qu'empirer.

Ses mugissements de douleur résonnaient d'un bout à l'autre de la caverne.

Elle savait ce qui le torturait – au-delà de la certitude de mourir.

Le sel dans les plaies.

Elle pivota sur ses talons et le laissa s'égosiller. Le temps qu'elle rejoigne le lac, les cris étranglés se turent.

Bon débarras.

Au milieu des eaux lugubres, Monk continuait de barboter aux abords du canot à moitié coulé. Il la vit approcher et tonna :

— Impossible de retrouver le bloc ! Il va nous falloir des plongeurs !

Elle mit ses mains en porte-voix et lança :

— Attends un peu !

— Pour quoi faire ?

Elle fouilla le lac du regard. Quelques secondes plus tard, au grand étonnement de son mari, une masse rejaillit des profondeurs et tangua doucement près de lui.

— L'ambre flotte ! expliqua Kat à tue-tête.

La résine jaune-doré avait une densité inférieure à celle de l'eau salée. Voilà pourquoi on en trouvait beaucoup le long des côtes baltiques, où les vagues déposaient de précieux débris sur les plages.

— Et c'est maintenant que tu me le dis, grommela Monk.

Il nagea jusqu'au bloc et commença à le pousser vers elle.

Elle soupira, les poings sur les hanches. Ils avaient récupéré le butin, mais à quoi leur servirait-il au juste ? Elle repensa à la reine figée dans l'ambre.

Qu'est-ce que cela signifie ?

CHAPITRE 38

9 mai, 16 h 18
Tokyo, Japon

Deux heures après avoir échappé à la destruction du Château de Glace, Gray faisait les cent pas dans une salle de conférences de la PSIA. Le siège de l'agence de renseignement japonaise était situé en plein cœur de Tokyo, dans le quartier de Chiyoda, équivalent du National Mall américain. Par la fenêtre, la vue sur le palais impérial était impressionnante. Un peu plus loin, le même arrondissement de la capitale accueillait la Cour suprême et la résidence officielle du Premier ministre.

Gray attendait une visioconférence avec Painter Crowe. Il avait déjà informé son patron de leurs péripéties. Or, voilà qu'on le convoquait de nouveau. Il redoutait le pire. Avant d'être appelé, il travaillait de concert avec Aiko et un membre éminent de sa garde rapprochée. Dès son arrivée à Tokyo, Valya avait tenu parole et transmis le code de déverrouillage de la clé USB. Aiko avait alors chargé un bataillon militaire de sécuriser l'entrepôt indiqué, où on avait découvert des stocks importants du pesticide élaboré par les laboratoires Fenikkusu.

Un pont aérien – assorti d'un escadron d'avions-citernes qui épandraient le pesticide – avait été mis en place pour acheminer les fûts jusqu'à Hawaï. Hélas, même s'il devait éradiquer les populations adultes de guêpes colonisatrices, le produit chimique ne serait d'aucun secours aux victimes déjà parasitées : êtres humains, animaux, insectes.

Aiko avait aussi traduit des études de faisabilité et des analyses toxicologiques récupérées sur le site. D'après les résultats, le pesticide était extrêmement cancérigène et toxique pour de nombreux autres arthropodes. L'utilisation d'une telle bombe chimique nuirait gravement au fragile écosystème de l'île. Pire que tout, l'archipel hawaïen serait à jamais contaminé, ce qui nécessiterait une surveillance permanente et des traitements réguliers pour juguler l'invasion de larves.

Il vaudrait peut-être mieux détruire l'endroit à l'arme atomique, considéra Gray d'un air sévère.

Il n'était pas le seul à l'envisager.

Aiko avait partagé des échanges confidentiels entre l'armée américaine et plusieurs agences de renseignement. Si le pesticide permettait d'endiguer provisoirement le fléau, le monde restait sous la menace d'une explosion de l'épidémie. Aux yeux d'un grand nombre de pays, le risque demeurait trop élevé.

Et, à présent, cet appel inopiné de Painter.

Gray observa les personnes réunies dans la pièce. Le patron de Sigma avait demandé à voir le professeur Matsui, ainsi que Seichan et Palu. Le courageux pompier ne semblait toujours pas remis du destin affligeant promis à ses terres natales. Seichan était assise, stoïque. Néanmoins, à en juger par sa mine hagarde et ses lèvres pincées, elle savait qu'il ne lui restait au mieux que quelques heures avant que la douleur ne se réveille, décuplée, quand les troisièmes instars ravageraient son corps de l'intérieur. Ken ne cessait de lorgner vers elle, comme s'il tentait de lire, dans un tressaillement ou un halètement, que la fin était proche.

Au bout de minutes interminables, le gigantesque écran mural s'alluma. Gray se raidit, surpris. Il s'était attendu à voir son supérieur hiérarchique. Au lieu de quoi, l'image en transparence montrait une silhouette svelte adossée à une paillasse de laboratoire.

— Kat ? Où es-tu ? Que se passe-t-il ?

— Je suis à Cracovie, dans un petit musée consacré à l'ambre. C'est Painter, conscient de l'urgence de la situation, qui a organisé l'appel.

— Pourquoi ?

— Nous avons trouvé quelque chose. Un truc qui n'a pas de sens. Enfin, disons qu'il dépasse de loin notre niveau d'expertise. Le seul homme qui aurait pu nous aider… Eh bien, je l'ai tué. J'espère donc que le professeur Matsui saura nous éclairer.

Le commandant Pierce parut intrigué.

— Qu'avez-vous découvert ?

Kat lui relata brièvement les événements en Pologne, une histoire de mine de sel, de vaste gisement d'ambre et d'un bloc de pierre abritant un spécimen unique en son genre.

— Laissez-moi vous montrer. (Elle apostropha le caméraman.) Monk, filme vers la table.

L'image tressauta au moment où l'objectif se redressa, puis se focalisa sur un énorme cube d'ambre luisant. Le bloc de résine, éclairé de tous côtés, laissait apparaître ce qui était figé à l'intérieur.

Une chaise tomba avec fracas derrière Gray.

— Putain…

Ken le rejoignit précipitamment devant l'écran. Il se pencha, les mains tendues comme s'il voulait attraper l'objet.

— Une chrysalide préhistorique. Saisie en pleine éclosion.

Kat reparut dans un coin.

— Professeur Matsui, serions-nous face à la naissance d'une reine *Odokuro* ?

— Quoi ? Non. Il n'existe pas de tel… (Il s'approcha encore.) Attendez.

Il scruta l'image, puis demanda à Monk d'orienter la caméra sous différents angles et de modifier l'éclairage.

— Ken ! s'impatienta Gray. C'en est une ou pas ?

Le toxicologue humecta ses lèvres et souffla à mi-voix :

— Oui, oui, sans doute. Agent Bryant, redites-moi en détail ce que vous avez vu, dans quel état étaient les guêpes mortes.

Kat répéta son histoire, tout en répondant au passage aux questions du professeur Matsui.

— Selon Sam, elles ont succombé à une hémorragie, conclut-elle. Ou, du moins, une substance mystérieuse s'est échappée de leurs corps.

— Les dissolvant de l'intérieur, marmonna Ken.

— Apparemment, oui.

Le chercheur retourna s'écrouler sur sa chaise.

— J'avais tort. Tort sur toute la ligne.

— Au sujet de l'existence d'une reine *Odokuro* ? reprit Gray.

— Ça, c'est sûr, mais je doute qu'une telle reine aurait pu voir le jour en laboratoire. Elle ne devait apparaître qu'au sein d'un essaim constitué, dans un environnement naturel.

— Pourquoi ? s'étonna Kat. Qu'est-ce que cela signifie ?

— Cela veut dire que je me suis aussi trompé sur les recherches du groupe Gamma. Depuis le début, ils détiennent la réponse. La serrure, mais pas la clé.

— De quoi parlez-vous ? intervint Gray. Les recherches de quel groupe ?

— Chez Fenikkusu, une équipe de scientifiques s'intéressait à une série de gènes en lien avec une protéine manquante : le peptide fantôme. Ils l'avaient baptisée « fantôme », car ils avaient trouvé les gènes, mais butaient sur la protéine qu'ils permettaient de coder. L'analyse de la séquence laissait penser qu'il s'agissait d'un puissant enzyme biolytique, capable de liquéfier les tissus d'une proie.

Kat jeta un œil au bloc d'ambre.

— De l'intérieur, précisa-t-elle.

— Oui. J'ai cru avoir affaire à un fragment de vieux code, du déchet hérité de l'époque ancestrale où l'*Odokuro* tuait ses hôtes. Une fois qu'elles y avaient renoncé, les guêpes auraient mis le peptide toxique de côté, le verrouillant grâce à une série de marqueurs épigénétiques. Je me disais que les gens de Gamma avaient perdu leur temps. Que, même en un million d'années, ils ne retrouveraient jamais la clé d'une telle serrure.

— Et maintenant ? demanda Gray.

— Bah ! J'avais au moins raison sur un point. La clé a bien deux cents millions d'années. (Il indiqua l'écran.) C'est elle la clé.

— Comment cela ? reprit Kat. De quoi parlez-vous ?

— J'aurais dû m'en apercevoir. En tout cas, le soupçonner. (Ken secoua la tête.) Je sentais bien qu'un truc m'échappait. Ce que j'ai oublié, c'est le comportement de base des hyménoptères, qu'on parle de guêpes ou d'abeilles.

— Quel comportement ? insista l'agent Pierce.

— Chez les guêpes sociales, seule la reine survit aux mois les plus rudes de l'année. Le reste de l'essaim meurt. Elle, elle hiberne, attendant d'être réveillée par la douceur du printemps. Déjà pleine, elle revient à elle et ressuscite la ruche.

Gray se rappela les premières explications de Ken dans leur maison de vacances de Hana, lorsqu'il leur avait révélé à quel point l'espèce était monstrueuse.

Le toxicologue revint s'approcher de l'écran.

— Voilà pourquoi personne n'avait encore vu de telle reine. Elle n'apparaît que dans des circonstances difficiles, quand la colonie est en danger. C'est le moyen que les guêpes ont trouvé pour élire domicile ailleurs. (Il se tourna vers son auditoire.) Mais uniquement après qu'elle a assuré l'éradication totale de la vieille colonie. Si le gel ne suffit pas à tuer tout le monde, elle prend elle-même les choses en main.

— Comment ? se renseigna Kat.

— Je n'ai encore aucune certitude, mais je pense qu'elle sécrète une puissante phéromone. N'avez-vous pas dit que l'ambre autour d'elle était plus sombre qu'ailleurs ? Même dans ce bloc-là, l'intensité de la couleur autour de la reine est plus marquée.

Gray comprit.

— Selon vous, l'ambre serait souillé par la substance chimique diffusée.

— Une substance qui, je pense, pourrait déverrouiller les gènes du peptide fantôme. Une fois la clé dans la serrure, les fameux gènes commenceraient à fabriquer la protéine biolytique. Avant, le peptide me semblait être une arme contre les autres proies. En réalité, c'est une pilule du suicide. Exposées à la molécule chimique, toutes les catégories d'*Odokuro* porteuses de la séquence sont condamnées à mort.

— Et chaque guêpe possède ces gènes ? demanda Kat.

Sans répondre, Ken pivota vers Seichan.

— Oui. Même les larves.

Gray sentit renaître une lueur d'espoir, qu'il réprima aussitôt, de crainte de se bercer d'illusions.

À l'écran, Kat appela quelqu'un hors du champ.

— Docteur Slaski, si j'ai bonne mémoire, votre laboratoire est un des deux seuls en Pologne à disposer d'un spectromètre de masse dernier cri capable d'analyser l'authenticité des objets en ambre.

— Exact. Nous pouvons juger de leur qualité, étudier les impuretés, voire dater des échantillons.

— Si vous préleviez un morceau d'ambre taché, sauriez-vous identifier quelle substance chimique il contient ?

— Avec du temps et des ressources, sans doute.

— Je peux vous fournir toutes les ressources nécessaires. Du temps, en revanche, j'en manque.

— Je ferai de mon mieux.

Gray se retourna et vit Seichan à côté de lui.

Elle lui prit la main.

Et merde.

Il lui pressa les doigts et, de tout son cœur, il s'autorisa enfin à espérer.

Pour elle, pour lui, pour leur enfant à naître.

* * *

20 h 37

— C'est ça, annonça Ken.

Face au schéma moléculaire affiché sur son ordinateur portable, il secoua la tête.

Bien sûr, elle est là, la substance chimique.

Ken était encore en salle de conférences. Personne n'était parti. Ils étaient tous massés autour de l'écran. Au mur, les images de la liaison vidéo avec la Pologne continuaient d'être diffusées. Le laboratoire de Cracovie fourmillait d'experts en tous genres réunis par Kat : biologistes moléculaires, généticiens, chimistes organiciens. Du nouveau matériel avait aussi été envoyé sur place.

Heureusement, le chaos avait été géré de main de maître par la figure sépulcrale du Dr Slaski, si bien qu'au bout de quatre heures, l'ambre avait livré sa réponse.

— Et il s'agit du bon principe chimique ? demanda Gray, la voix étranglée d'angoisse. Pas d'une autre impureté quelconque ?

— J'en suis certain, assura le toxicologue.

— Comment pouvez-vous être aussi catégorique ?

— Ce composé organique, je le connais. C'est un dérivé d'acide 9-céto-2-décénoïque. (Devant la mine déconcertée de son interlocuteur, Ken expliqua.) Aussi appelé « substance royale ».

Gray observa la créature qui luisait au cœur de l'ambre.

— Alors, oui, je suis plutôt sûr de moi, conclut l'expert, un sourire fatigué aux lèvres. Ce composé ressemble beaucoup à la cétone aromatique émise par les abeilles reines. Un grand nombre d'hyménoptères sécrètent des variantes de la même phéromone.

— Quelle utilité chez les abeilles ?

— Lorsqu'elle part créer sa propre ruche, la nouvelle reine asperge l'ancienne de ce produit chimique, stérilisant l'ensemble des ouvrières derrière elle.

— Pourquoi ?

— Soucieuse de garantir son propre héritage génétique, elle raye de la carte toute possibilité de descendance alternative. Le comportement de la reine *Odokuro* est assez similaire. Néanmoins, dans la mesure où l'espèce fonctionne avec de multiples sous-reines capables de pondre et de parasiter leurs proies (comme la grosse guêpe qui a attaqué Seichan), on voit apparaître une tactique plus agressive, une sorte d'option nucléaire si vous préférez. Dès qu'elle sent son essaim en danger, la reine efface l'ardoise, puis elle entreprend de perpétuer l'espèce sur la seule base de son capital génétique personnel.

Ken haussa les épaules.

— Le procédé peut paraître cruel, mais, du point de vue de l'évolution, il se comprend. Quand un environnement est menacé, la meilleure chance de survie d'une espèce, c'est qu'un individu plie bagage, gomme toute trace de son existence et s'installe là où l'herbe est plus verte, armé d'un nouveau patrimoine génétique. Depuis la nuit des temps, cette stratégie est payante pour toutes sortes de guêpes : chaque hiver, l'essaim meurt pour ressusciter l'année suivante. Quant aux abeilles, elles se contentent de stériliser leur route vers un nouvel héritage génétique.

— Et cette phéromone apporte un remède efficace ?

— Plutôt deux fois qu'une ! Non seulement ce dérivé s'annonce sans danger, mais il est spécifique à l'*Odokuro*. Il ne devrait causer aucun tort aux autres êtres vivants. De plus, les effluves aromatiques de la cétone attireront la colonie vers la phéromone. Comme des papillons autour d'une flamme.

Le toxicologue se pencha en arrière.

— Cerise sur le gâteau, les laboratoires ne devraient avoir aucune difficulté à fabriquer ce composé organique en quantité. Après quoi, lorsqu'il sera pulvérisé au-dessus des plans d'eau, répandu sur les plantes et absorbé par les sols, toute créature parasitée qui en boira, en mangera ou s'en badigeonnera fera passer le produit dans sa circulation sanguine, où il détruira les larves abritées dans son corps.

Gray prit la main de Seichan.

— Et les humains ?

Ken vit les yeux de la jeune femme briller de larmes, non pas parce que la douleur était revenue, mais parce qu'elle mourait d'envie d'y croire.

— Pareil. Une seule injection intraveineuse ou intramusculaire devrait suffire. Même si, par précaution, je conseille de réitérer l'opération plusieurs jours d'affilée.

Gray se pencha vers sa bien-aimée en poussant un bruyant soupir.

— Alors, c'est bien le remède.

Palu saisit Ken par l'épaule. Radieux, il comprenait ce que cela signifiait pour ses terres natales.

— Frérot, on ne parle pas juste de « remède », mais de notre putain de salut à tous.

Ken sourit à son tour.

Ce n'est pas moi qui dirai le contraire.

CHAPITRE 39

23 mai, 22 h 18
Wieliczka, Pologne

Kat était assise à côté de Monk dans la chapelle Sainte-Cunégonde. La messe du souvenir avait rempli la cathédrale souterraine. Au-dessus de l'autel, une croix en sel luisait d'un feu intrinsèque. Une chorale d'enfants avait entonné un hymne qui, résonnant contre les murs, semblait mettre ces tonnes de roche au défi de monter au ciel.

Tête baissée, Clara se trouvait au premier rang, tout de noir vêtue. Les cercueils de ses trois frères trônaient devant elle. Sculptés en ambre, ils étaient d'une valeur inestimable, surtout à cause des hommes qui reposaient à l'intérieur et qui s'étaient sacrifiés pour que le monde ait un avenir. Ils seraient inhumés là-bas, tels les nouveaux saints du site sacré.

— Piotr, Gerik, Anton, murmura Kat, déterminée à ne jamais oublier leur nom.

Monk lui pressa la main. Ils avaient atterri la veille au soir en provenance de Washington pour assister aux funérailles et devaient repartir dans la foulée.

Quinze jours après les événements, il restait beaucoup à faire. Grâce aux pulvérisations quotidiennes du composé organique, Hawaï se remettait peu à peu. Conformément aux prévisions du professeur Matsui, la substance royale avait éradiqué l'*Odokuro*, la cétone parfumée attirant les guêpes hors de leurs nids. Par précaution, les hôpitaux de l'État traitaient la population entière à coups d'injections intramusculaires. Quant aux écologistes et aux biologistes, ils surveillaient la faune et la flore au cas où l'épidémie reprendrait.

Depuis que l'archipel était tiré d'affaire, Kat s'était concentrée sur l'identification des autres sites de recherche gérés par les laboratoires Fenikkusu. Elle travaillait en lien étroit avec Aiko afin de coordonner une action internationale. Leur traque aidait, en même temps, la Japonaise à consolider son agence de renseignement secrète, qu'elle avait baptisée TaU – ou *Tako no Ude*, « Les Bras d'une Pieuvre ». Le nom était tout à fait approprié pour un nouveau bureau d'espions. Quand on savait, comme Kat, que *tau* était la lettre qui suivait *sigma* dans l'alphabet grec, on comprenait qu'Aiko rendait aussi un bel hommage à leurs homologues américains.

Tandis que la chorale chantait, Kat s'attarda sur le professeur Matsui, assis en bout de rang, près du Dr Slaski. Ensemble, Ken et le directeur de musée avaient entrepris d'étudier les mystères de l'ambre situé sous leurs pieds. Un trésor incroyable de la vie préhistorique ! Ken s'était également vu proposer un nouveau poste à Washington, une certaine place laissée vacante et qui le faisait encore hésiter : responsable du département d'entomologie au Parc zoologique national.

Elle espérait qu'il accepterait l'offre.

Slaski chuchota quelque chose à l'oreille de Ken, qui acquiesça en silence. Les deux hommes observèrent Clara. Kat savait qu'ils tâchaient au mieux de consoler la jeune éplorée. Hélas, seul le temps atténuerait une douleur aussi effroyable. Par chance, une autre femme n'aurait pas à subir pareille épreuve. La veille, Kat avait appris, depuis Tallinn, que le directeur Tamm avait quitté l'hôpital et qu'il était rentré chez lui avec sa fille, Lara.

Elle laissa échapper un gros soupir.

Dieu merci…

Elle se renfonça dans son siège au moment où les enfants concluaient leur hymne par un chœur transcendant. Un petit garçon s'approcha ensuite des cercueils, et, *a capella*, il se lança dans un « Ave Maria » en polonais. Plus que n'importe quels mots, sa voix cristalline exprimait la douleur terrible du deuil.

Tandis que l'enfant chantait de tout son cœur en direction des cieux, Kat baissa la tête.

Monk l'attira contre elle.

Des larmes coulèrent de ses yeux… sur les mains de son mari qui enserraient les siennes.

Elle se cramponna à lui.

Ne me lâche jamais.

* * *

8 h 05
Washington, D.C.

— Rappelez-vous, prévint Elena. On ne touche à rien sans avoir demandé la permission.

Ses deux petites-filles acquiescèrent vigoureusement, tandis qu'elle les invitait à franchir le seuil du Smithsonian Castle.

— *Sí, abuela*, répondirent-elles à l'unisson.

Dès qu'elle leur emboîta le pas, Elena fut frappée par les effluves suaves de roses, de lilas et de lis qui, depuis la crypte, emplissaient le vestibule en marbre.

Elle entraîna ses deux protégées vers les gens qui les attendaient là-bas : Painter Crowe et le conservateur du musée, Simon Wright. À leurs pieds, des dizaines de fleurs et de bouquets jonchaient le sol. Quant à la petite salle qui abritait la sépulture de James Smithson, elle en débordait presque.

— Et qui sont ces jeunes demoiselles ? demanda Painter en se penchant vers elles.

Les fillettes se réfugièrent timidement derrière les jambes d'Elena. Une fois à l'abri, l'aînée osa pointer le doigt vers sa sœur.

— Voici Olivia. Et je suis Anna.

— Toutes deux bibliothécaires comme votre grand-mère ?

— Non, gloussa Olivia.

Anna tapa du pied.

— Mais, moi, je le deviendra.

— Je le deviendrai, corrigea son aïeule.

— Je n'en doute pas, répondit le chef Crowe.

Il se releva et contempla la crypte outrageusement fleurie.

— Je me demande laquelle de vous ramassera le plus de fleurs jaunes. J'adore le jaune !

— Moi ! Moi ! pépièrent-elles.

D'un coup d'œil à leur grand-mère, elles vérifièrent qu'elles pouvaient bien « toucher » à quelque chose.

Elena haussa les épaules.

— Allez-y, mais prenez garde aux épines de roses. Je ne veux pas que votre mère me dénonce aux services sociaux.

Les deux petites s'élancèrent en riant vers les brassées de fleurs.

— Elles me donnent du fil à retordre, souffla Elena.

— Oh, j'imagine ! répliqua Painter avant d'agiter le bras vers la débauche de fleurs. De toute évidence, votre chronique dans le *Washington Times* a eu l'effet escompté.

— À moins que ce ne soit votre passage dans *Good Morning America*, ajouta Simon, rayonnant.

L'intéressée rougit.

— Je voulais juste faire un peu de publicité à votre fondateur.

— Mission accomplie, confirma le conservateur.

De retour aux États-Unis, Elena avait raconté leurs pérégrinations en Europe, la manière dont ils avaient suivi les indices littéralement cryptiques de James Smithson pour sauver le monde. Elle avait terminé son papier en suggérant de rendre un hommage digne de ce nom au généreux mécène : *Il devrait être couvert de fleurs.*

Apparemment, les curieux venus découvrir les symboles *de visu* avaient respecté la consigne.

Painter hocha le menton vers Simon.

— Nous nous sommes dit que vous méritiez, vous aussi, une récompense. Voilà pourquoi nous vous avons demandé de venir avant l'ouverture du Château. Cela nous paraissait l'endroit idéal.

— Arrêtez vos bêtises. Je n'ai aucun besoin de…

— Bon sang ! l'interrompit Simon avec un soupir exaspéré. Laissez-le vous offrir ce qu'il a apporté.

La bibliothécaire leva les yeux au ciel.

— D'accord.

Painter sortit de sa poche une boîte, pas plus grande qu'un jeu de cartes, et la lui tendit.

— Pour une dame qui a tout. Y compris des petits-enfants plutôt remuants.

Intriguée, elle accepta le présent.

— Ouvrez, insista Simon en sautillant d'un pied sur l'autre.

Elle souleva le couvercle et découvrit une carte métallique d'un noir profond posée sur un coussin de soie rouge. Lorsqu'elle inclina l'écrin, un hologramme argenté apparut.

Une simple lettre grecque.

Sigma.

— Les clés du royaume, expliqua le conservateur.

— Au cas où vous vous lasseriez de la bibliothèque, ajouta Painter. Et que vous souhaiteriez un peu d'aventure.

Elle le toisa d'un œil torve.

— À moins que vous n'ayez juste envie d'un café. Grâce à ce badge, ma porte vous sera toujours ouverte.

Elena referma la boîte d'un coup sec.

— Chef Crowe, en matière d'aventure, le café me suffira déjà amplement.

— Je ne sais pas. Vous n'avez jamais essayé la mixture de Kowalski. Elle vous fera regretter qu'on ne vous tire pas dessus.

Elle sourit.

— Je prends le risque.

* * *

20 h 08
Takoma Park, Maryland

Les grillons chantaient, les lucioles dansaient dans les hortensias, et Gray se tenait devant un panneau À VENDRE planté devant le pavillon de ses parents.

Une pancarte VENDU, plus modeste, avait été clouée en travers du poteau.

Il traversa le jardin et se rappela l'époque où il s'occupait de la pelouse, l'odeur fraîche d'herbe coupée, quand il poussait une tondeuse manuelle, car son père n'avait pas les moyens d'acheter un modèle à essence. Au fond de l'allée, le garage était éteint, fermé à clé, mais il entendait encore Jack taper du marteau et pester en bricolant sa Thunderbird de collection, toujours garée à l'intérieur.

Il imagina sa mère en train d'observer son mari par la fenêtre de la cuisine. Comme d'habitude, elle laisserait brûler le dîner familial, car elle avait toujours préféré se plonger dans ses livres et ses corrections de copies plutôt que d'apprendre à devenir un cordon-bleu.

Partout, Gray voyait des fantômes.

Voilà pourquoi, neuf mois auparavant, il était parti en congé sabbatique avec Seichan. Plus que la nécessité de s'éloigner de Sigma et de ses obligations professionnelles, il avait surtout éprouvé le besoin de fuir la demeure familiale. Un mois plus tôt, il avait enfin accepté que son frère Kenny la mette en vente.

Qui de nous deux a l'usage d'un endroit pareil ?

Comme il n'avait aucune raison de rester, Kenny était rentré en Californie afin de chercher un nouveau poste dans l'industrie de pointe. Ces dernières semaines, les seules personnes à avoir franchi le seuil du pavillon étaient les agents immobiliers et les acheteurs potentiels.

Depuis son retour aux États-Unis, Gray avait évité de venir. Il n'avait même pas mis les pieds à l'intérieur. Toutefois, la vente approchant, il devait dresser l'inventaire de ce qui restait dans la maison. Il ne savait absolument pas quoi faire des vieux meubles ni des babioles qui, accumulées au fil d'une vie, paraissaient si importantes. Il envisageait d'en faire don à une œuvre de charité, qui viendrait tout débarrasser.

Il soupira.

Il connaissait la raison principale pour laquelle il traînait tant les pieds.

Promets-moi…

Il sentait encore la résistance du piston de la seringue lorsqu'il avait injecté la surdose mortelle. Il se rappelait les doigts frêles de son père qui s'étaient décrispés dans sa main, sa peau calleuse, la finesse de ses os. Gray avait beau se dire qu'à l'époque, il avait pris la bonne décision, il ne pouvait pas s'empêcher de culpabiliser.

Même à l'autre bout de la planète, on n'échappait pas à ses fantômes.

Et, maintenant, je suis revenu au point de départ.

Ni plus sage ni moins honteux.

C'était un fardeau avec lequel il devrait apprendre à vivre. Incapable de retarder davantage l'échéance, il se dirigea vers la porte d'entrée. Seichan, qui avait eu besoin de s'allonger, était déjà à l'intérieur. Son traitement était terminé. Bien que les milliers de larves parasites soient mortes, son corps mettrait du temps à effacer un traumatisme qui avait ébranlé son système immunitaire. Par chance, les examens médicaux de la matinée semblaient indiquer que leur futur enfant allait bien.

Malgré sa mélancolie, Gray esquissa un sourire au souvenir des infimes battements de cœur entendus à l'échographie.

Notre bébé...

Il secoua la tête, incrédule.

Ils s'en étaient tous les deux sortis. Même Kowalski se remettait de ses blessures, ainsi que les cousins de Palu. Plus tôt dans la journée, Gray l'avait eu au téléphone. Le colosse était toujours à Maui. *Pas question de laisser tomber mes vacances !* avait-il annoncé. Il avait rejoint sa petite amie, Maria, qui apportait son aide aux équipes soignantes, et ils étaient hébergés dans la famille de Palu.

Kowalski n'avait qu'un grief au sujet de sa convalescence : *Ils m'ont obligé à mettre des collants.* Tout en essayant de calmer le désarroi de son homme, Maria lui avait expliqué qu'il devait porter des bas de contention pendant six semaines afin de favoriser la cicatrisation de ses innombrables morsures d'insecte. Gray avait tenu à ce qu'elle lui envoie des photos. Au cas où, un jour, il aurait besoin de faire chanter son collègue.

Il arriva sur le seuil et tenta d'ouvrir.

Impossible.

Il allait frapper quand le battant pivota sur ses gonds.

Seichan était là, le sourcil arqué. Elle agita une clé au bout de son index.

— J'ai fait changer les serrures.

— Hein ? Pourquoi ?

Elle le laissa passer. De mémoire, il savait exactement à quoi ressemblait la maison de ses parents.

Et, là, en un clin d'œil, tout partit en fumée.

Les meubles avaient disparu. Les moquettes avaient été remplacées par du parquet raboté à la main. Le parement en pierre de l'imposante cheminée avait été refait. Même de l'entrée, il voyait que la cuisine était équipée de nouveaux placards et de plans de travail en granit.

— Seichan…

— Chut.

Elle lui prit la main et, sur le chemin de l'escalier, elle lui montra la pancarte au milieu du jardin.

— À ton avis, qui a acheté cette maison ?

Avant même de pouvoir répondre, il fut entraîné à l'étage.

Tout était différent. La rampe en bois avait été remplacée par du fer forgé. La vieille tapisserie avait cédé sa place à des murs fraîchement peints.

— Ne t'inquiète pas, susurra Seichan. La Thunderbird de ton père dort toujours au garage. Je n'allais pas me séparer d'une splendeur pareille. Il y a aussi des cartons d'affaires personnelles. Tu pourras t'y plonger plus tard. Mais d'abord…

Elle s'arrêta devant une porte close.

— Il est temps de cesser de fuir ton passé.

Gray frissonna à l'idée qu'elle le connaissait aussi bien.

Elle tourna la poignée et le poussa à l'intérieur. La petite chambre était aussi vide que le reste de la maison. Une seule pièce de mobilier trônait en évidence.

Un berceau blanc immaculé.

— Si tu ne peux pas échapper à tes fantômes, tu peux les inviter à faire partie de ta vie, les laisser partager tes joies et tes peines.

Gray réprima un sanglot d'émotion. Il regarda autour de lui, le souffle court.

— Tous ces efforts… et je ne me suis aperçu de rien.

— Bah ! Tu n'es pas très difficile à duper, Gray. Sans compter que, pour moi, m'occuper de cela a été plus reposant que de sillonner la planète.

Les larmes aux yeux, il sourit.

— Dans ce cas, nous ferions mieux d'en profiter tant que c'est encore possible. Notre tranquillité ne durera pas.

— Tu as raison. (Elle se rembrunit.) Valya est dans la nature, à manigancer sans doute un nouveau plan.

Gray se tourna vers elle, s'agenouilla et souleva le bas de son chemisier. Il lui embrassa le ventre en chuchotant :

— Ce n'est pas ce que je voulais dire.

ÉPILOGUE

HALEAKALĀ, MAUI

Σ

REINE

Elle sait que l'heure a sonné.

Une horloge biologique, alimentée par les hormones, pousse son nouveau corps à se tortiller dans sa chrysalide noire. Ses mandibules entreprennent de découper le cocon de soie qu'elle s'est tissé alors qu'elle n'était encore qu'une larve. À force de grignotage, un trou se forme, ramolli par la salive gorgée de substance royale qu'excrètent les glandes de sa mâchoire.

Une de ses antennes se déplie afin de découvrir le monde. Ses sensilles délicates testent la fraîcheur moite de l'atmosphère. Une fois satisfaite, elle insère sa tête triangulaire par l'ouverture et se sert des crochets sur ses pattes avant pour écarter sa coque de nymphose. Lorsqu'elle réussit enfin à sortir, sa fine chrysalide se désagrège sous son poids.

Elle s'arrête, le temps de faire sa toilette dans l'obscurité et de se préparer ainsi à la révélation. Elle nettoie ses yeux noirs impassibles, brosse chaque antenne grâce aux peignes situés à l'arrière de ses pattes.

Pendant ce temps-là, l'hémolymphe se met à circuler dans les longues veines de ses ailes froissées et humides. Lentement, celles-ci se déploient, se renforcent et, lorsqu'elles ont atteint leur amplitude maximale, elle les agite pour les sécher.

Là, enfin, elle est prête.

Elle quitte son perchoir et rampe sur la pierre détrempée du tunnel. C'est ici qu'elle a tissé son cocon quelques mois plus tôt, à l'abri des ténèbres. Aujourd'hui, le long de la roche, elle fuit l'endroit d'où elle vient pour élire domicile ailleurs.

Son abdomen est déjà rempli d'œufs – autant de clones pluripotents d'elle-même, capables de devenir chaque caste de son nouvel essaim.

L'avenir, elle le transporte dans ses entrailles.

En chemin, elle laisse un sillage aromatique. Les effluves alléchants attireront les derniers membres de l'ancienne colonie qui pourraient se trouver encore à proximité – piège sucré et mortel qui éradiquera tout héritage génétique derrière elle. Seul son code personnel doit se perpétuer, sans qu'il soit mis en cause par le passé.

Inexorablement, elle avance. Elle ne s'arrêtera pas avant d'avoir le point de chute idéal. À mesure qu'elle progresse, le sol refroidit sous ses pattes, mais elle s'acharne, poussée par un instinct de survie millénaire. Elle hume l'air frais, promesse d'un nouvel accès au monde d'en haut.

Avant qu'elle n'y parvienne, les pierres se couvrent d'une pellicule de glace.

Elle se fige, frotte ses pattes arrière pour mettre ses sens en éveil et teste l'air avec ses antennes. Une image se forme dans les ganglions noueux de son cerveau.

Le tunnel devant elle était entièrement tapissé de glace. Rideaux, pointes acérées ou rouleaux. Malgré le danger, elle reprend sa route, incapable de faire demi-tour, d'aller à l'encontre de ses prédispositions génétiques. Elle avance dans le froid, patiente, insensible au temps qui passe. Elle ne changera pas. Non, elle attendra plutôt que ce soit le monde qui change.

Tôt ou tard, son jour viendra.

Consciente de cela, elle s'engouffre dans les galeries glacées, jusqu'à ce que ses ailes se couvrent de givre et que ses pattes se raidissent. Un froid vif l'envahit. Elle ne s'arrête qu'au moment où les ventouses de ses pattes finissent par adhérer à l'étrange patinoire.

C'est là qu'elle restera.

Là qu'elle s'établira.

Guettant l'occasion de refaire surface.

MOT DE L'AUTEUR : VÉRITÉ OU FICTION

Nous voici de retour, vous et moi, à l'heure où je dois faire la distinction entre les faits avérés et le fruit de mon imagination. Bien entendu, je préférerais que vous croyiez aveuglément ce que je raconte : c'est le but de tout romancier. Néanmoins, la vérité étant parfois aussi fascinante que n'importe quelle œuvre de fiction, allons-y et séparons le bon grain de l'ivraie.

J'ai décidé de plonger d'abord dans le passé. Ce livre regorge de personnages historiques intéressants, à commencer par le mystérieux fondateur de la Smithsonian Institution. Autant commencer par lui.

James Smithson

Dans la mesure où il a permis de créer le plus grand temple américain du savoir, ce chimiste et géologue britannique n'a pas la célébrité qu'il mérite. J'espère que mon roman aidera à rectifier un oubli aussi monumental. Presque tout ce qui est écrit ici sur lui est vrai. C'était un membre estimé de la British Royal Society et, grâce à ses nombreux voyages en Europe, il a réuni une grande variété de minéraux, qu'il a ensuite légués aux États-Unis en même temps que sa fortune. Sa collection fut hélas détruite par un incendie survenu au Smithsonian Castle vers la fin de la Seconde Guerre mondiale.

Après son décès, Alexander Graham Bell et son épouse se sont bien rendus discrètement sur l'Ancien Continent pour rapatrier sa dépouille. Quant à la sépulture, les symboles retrouvés sur sa tombe, ainsi que l'erreur au sujet de son âge, sont vrais. Je vous conseille de vous rendre au Château afin de le vérifier vous-même. Et, si le cœur vous en dit, n'hésitez pas à déposer une fleur en sa mémoire.

Si vous ne pouvez pas faire le voyage et que vous voulez en savoir plus sur l'homme et sa vie, je vous recommande de lire :

The Lost World of James Smithson[1] par Heather Ewing.

Joseph Henry

Le premier secrétaire de la Smithsonian, Joseph Henry, a géré le musée durant la guerre de Sécession, notamment quand un incendie notoire s'y est déclaré. Le sinistre a été imputé à l'installation défectueuse d'un poêle, et non aux bas agissements des premiers membres de la Guilde. Néanmoins, le bruit court que les choses ne seraient peut-être pas aussi simples, dans la mesure où, au cours du conflit, Joseph Henry, fervent abolitionniste, apportait secrètement son aide à Abraham Lincoln.

Archibald MacLeish

L'enquêteur de choc de cette histoire était, en effet, bibliothécaire du Congrès pendant la Seconde Guerre mondiale. Responsable du Comité pour la sauvegarde des ressources culturelles, il a mis nos trésors nationaux en lieu sûr. Par crainte d'attaques militaires aériennes, il a envoyé la Déclaration d'indépendance, la Constitution et un exemplaire de la Bible de Gutenberg à Fort Knox. La Smithsonian a même fait enterrer la Bannière étoilée au fin fond du parc national de Shenandoah. Quelque temps plus tôt, Archibald MacLeish avait réclamé la construction d'un abri antibombardement sous le National Mall afin d'y stocker ces biens

1. Littéralement, *Le Monde perdu de James Smithson*. À consulter en anglais.

inestimables en cas de crise. Hélas, le Congrès avait rejeté sa proposition, trop coûteuse.

Après cette incursion dans le passé, revenons au présent et concentrons-nous sur les éléments scientifiques qui sous-tendent l'intrigue. C'est ici que les faits se révèlent souvent plus bizarres que la fiction, surtout concernant…

Les guêpes, les guêpes et encore les guêpes

Mon roman explore certains des aspects les plus intrigants de la biologie, du comportement et de la vie des hyménoptères. Dans les chapitres écrits du point de vue des différentes sortes de mâles, tous leurs talents, leurs sens et leurs pires abjections s'inspirent d'espèces qui existent réellement dans la nature. Si vous souhaitez vous faire une idée fascinante (et perturbante) d'un tel univers, je vous recommande de lire :

The Wasp That Brainwashed the Caterpillar[1] par Matt Simon.

Planet of the Bugs : Evolution and the Rise of Insects[2] par Scott Richard Shaw.

En ce qui concerne les travaux scientifiques sur le venin et la recherche de nouveaux médicaments, les textes suivants vous ouvriront les yeux sur le potentiel inouï de glandes aussi toxiques :

The Sting of the Wild[3] par Justin O. Schmidt.

Venomous : How Earth's Deadliest Creatures Mastered Biochemistry[4] par Christie Wilcox.

Enfin, ce roman pose la question de savoir si les insectes ont joué un rôle dans la disparition des dinosaures. Réponse : Et comment ! Pour en apprendre plus et découvrir un argument des plus provocateurs, allez consulter :

1. Littéralement, *La Guêpe qui a fait un lavage de cerveau à la chenille*. À consulter en anglais.

2. Littéralement, *La Planète des petites bêtes : Évolution et montée en puissance des insectes*. À consulter en anglais.

3. Littéralement, *Quand la nature pique*. À consulter en anglais.

4. Littéralement, *Venimeux : Comment les animaux les plus meurtriers de la Terre sont devenus experts en biochimie*. À consulter en anglais.

What Bugged the Dinosaurs ? Insects, Disease, and Death in the Cretaceous[1] par George Poinar Jr. et Roberta Poinar.

Mon livre est émaillé de milliers d'autres détails sur les insectes et leur impact dans notre vie. Tout est vrai, mais laissez-moi souligner un dernier point. Aussi atroce que l'*Odokuro* puisse paraître, les guêpes ont une importance clé dans la nature. Non seulement ce sont d'excellentes pollinisatrices, mais elles contrôlent aussi les populations d'insectes indésirables. On estime ainsi qu'à elle seule, une colonie de guêpes engloutit cinq tonnes de nuisibles par an. En échange d'une piqûre ou deux, cela vaut donc peut-être le coup de les compter parmi nous. Bien sûr, vérifiez qu'il ne s'agit pas de l'*Odokuro* préhistorique.

Microbes de Lazare et tardigrades

Là, j'ai fait un lot, car ces deux types d'organismes sont concernés par le sujet directeur de mon roman : les capacités génétiques stupéfiantes de certaines espèces à survivre dans des conditions impossibles. Au moment où je peaufinais les derniers détails de mon livre, *National Geographic* a publié un article sur les tardigrades intitulé « Cet animal pourrait résister à tout, même à l'apocalypse ». Et ce n'est pas faux. De même, dans le numéro du 20 mai 2017 de *New Scientist*, un article de Colin Barras titrant « Wakey, Wakey » (traduction : « Debout, on se réveille ! ») explique la faculté ahurissante des microbes de Lazare à se conserver durant des centaines de millions d'années au cœur des cristaux de sel, comme en suspens dans « une zone floue entre la vie et la mort ».

De nombreux travaux ont aussi montré que beaucoup d'espèces « empruntent » à d'autres le meilleur de leur code génétique, surtout après une infection virale ou bactérienne. Par conséquent, au vu des avantages solidement ancrés dans l'ADN des microbes de Lazare et des tardigrades, qui peut dire si de telles caractéristiques miraculeuses n'ont pas déjà été « empruntées » par d'ambitieuses créatures ?

1. Littéralement, *Qu'est-ce qui a enquiquiné les dinosaures ? Insectes, maladie et mort au Crétacé*. À consulter en anglais.

Espèces invasives

L'ensemble de mon roman s'axe autour de la menace que les envahisseurs étrangers font peser sur l'environnement. Gray fait allusion aux dégâts causés par l'introduction des pythons dans les Everglades, des lapins de garenne en Australie ou encore des carpes asiatiques dans nos lacs, mais les exemples d'espèces invasives pullulent aux quatre coins du monde. En fait, le département américain de la Sécurité intérieure craint qu'une puissance ennemie en utilise à des fins militaires. Surtout qu'il est presque impossible de se défendre contre une pareille menace.

Une des joies de mon métier d'écrivain est d'explorer les sites les plus envoûtants du globe. Ce livre ne fait pas exception à la règle. J'ai eu envie de partager avec vous à quel point ces endroits sont véritablement exceptionnels. N'hésitez pas à réserver vos prochaines vacances.

Tallinn, Estonie

Il y a quelques années, j'ai eu l'occasion de m'y rendre et c'était comme replonger au cœur du Moyen Âge. La vieille ville, avec ses rues étroites et ses chaussées pavées, est splendide. En même temps, Tallinn est la Silicon Valley de l'Europe, car, de tout le continent, c'est là-bas qu'on compte le plus de start-up high-tech par habitant. Par ailleurs, leur bibliothèque nationale est un bâtiment étonnant qui, mêlant architectures moderne et médiévale, rend un hommage vibrant à l'essence de la ville. Je lui dois donc mes plus plates excuses pour en avoir fait sauter un morceau.

La route de l'ambre

Ce très vieil itinéraire commercial reliait Saint-Pétersbourg à Venise. Il est même si ancien que le pectoral de Toutankhamon est orné d'ambre de la Baltique. Les deux musées cités dans le roman – l'un à Gdańsk, l'autre à Cracovie – existent et sont ouverts au public. Quant au musée de Cracovie, il possède bien un laboratoire ultrasophistiqué qui permet d'analyser la précieuse résine.

Les mines de sel de Wieliczka

Si elles figurent déjà au Patrimoine mondial de l'UNESCO, elles mériteraient franchement de faire partie des merveilles du monde. Tout ce qui, dans mon récit, concerne la beauté et la majesté du site est vrai. Pour que l'intrigue soit plus resserrée, j'ai été contraint de déplacer certains détails, mais pas grand-chose. La carte touristique mentionnée dans le livre (dessinée par Mariusz Szelerewicz et reproduite avec l'aimable autorisation de sa fille Paulina) nous offre un aperçu de ce labyrinthe époustouflant. À mesure que mes personnages s'enfoncent dans la mine, certains éléments géographiques et géologiques sont le fruit de mon imagination. En revanche, les anecdotes sur la taille gigantesque des lacs qu'on peut y admirer – par exemple, l'expérience de planche à voile, propulsée par des ventilateurs géants – sont véridiques.

Le Japon et le mont Fuji

La petite station touristique et le lac mentionnés dans le livre existent. Le centre de recherche et le Château de Glace des laboratoires Fenikkusu, non, bien sûr. En ce qui concerne les tunnels de lave gelés qui courent sous le mont Fuji, ils sont bien là (et oui, curieusement, on en trouve aussi à Hawaï). Même le mémorial consacré aux insectes martyrs, où Takashi Ito brûle de l'encens en souvenir de sa défunte épouse, se trouve à Tokyo, au temple Kan'ei-ji.

À propos des services de renseignement japonais, il est exact qu'ils sont en cours de restructuration, de consolidation et d'extension de leur influence internationale. La transition se fait lentement et prudemment, sans doute pour la raison que j'indique dans l'histoire : la crainte de l'infiltration et de la corruption. En revanche, le nouveau groupe clandestin d'Aiko – TaU – relève de la pure spéculation, même si certaines armes utilisées par ses agents sont inspirées de prototypes théoriques conçus par le DARPA. Du moins, ils se prétendent théoriques.

Maui et les îles hawaïennes du nord-ouest

J'ai tâché d'être le plus précis possible sur la géographie de Hana, mais quelques détails ont dû être légèrement modifiés. Vous ne pourrez toutefois pas vous tromper en visitant l'île et en vérifiant vous-même combien ma description est fidèle à la réalité.

Concernant l'archipel hawaïen du nord-ouest, je dois avouer que j'y ai créé ma propre île (privilège de romancier !). Tout droit sorti de mon imaginaire, l'atoll d'Ikikauō reprend néanmoins des caractéristiques de deux terres voisines. L'île de Laysan porte, en hawaïen, le nom *Kauō*, qui signifie « œuf ». À l'image de mon fictif Ikikauō (« Petit Œuf »), Laysan abrite un grand lac intérieur. Quant au poste de gardes-côtes désaffecté, il se situe, en réalité, sur l'atoll de Kure, non loin de Midway. Il est toutefois avéré que la zone entière est jonchée d'épaves militaires de la Seconde Guerre mondiale.

Enfin, l'existence du grand vortex de déchets du Pacifique nord est malheureusement établie, y compris sa taille phénoménale et la menace qu'elle fait courir aux îles hawaïennes les plus reculées. Même l'allusion à la « pêche fantôme » est une tragique réalité.

Voilà qui nous amène à la fin de l'histoire. Une multitude d'autres éléments sont aussi véridiques, mais, comme je vous le disais au début : *je préférerais que vous croyiez aveuglément ce que je raconte.*

Avant de prendre congé, il me reste à vous faire partager un autre poème de la nonne bouddhiste japonaise Ōtagaki Rengetsu. Ses mots transcrivent à merveille ce que je vous souhaite à tous :

Demain,
bonheur
et longue vie…
deux jeunes pousses
qui s'épanouiront mille ans.

Alors, puissiez-vous avoir une longue et heureuse vie. Quant aux loyaux membres de la Sigma Force… eh bien, seul l'avenir le dira.

REMERCIEMENTS

Ce livre porte les empreintes d'un grand nombre de personnes. Parmi elles, on trouve une immense majorité de critiques présents depuis le début de ma carrière littéraire, à l'époque où, vétérinaire à plein temps, j'écrivais des nouvelles aujourd'hui soigneusement enterrées au fond de mon jardin. Tout d'abord, permettez-moi de remercier ma fidèle bande de lecteurs, qui sont, en réalité, mes premiers éditeurs : Sally Ann Barnes, Chris Crowe, Lee Garrett, Jane O'Riva, Denny Grayson, Leonard Little, Judy Prey, Caroline Williams, Christian Riley, Tod Todd et Amy Rogers. Une fois encore, je suis particulièrement reconnaissant à Steve Prey de m'avoir fourni des cartes splendides… à David Sylvian de m'avoir gardé les pieds sur terre tout en me poussant vers de nouveaux sommets… à Cherei McCarter de m'avoir apporté la foule d'excellents scoops historiques et scientifiques qui jalonnent mon roman… à Hiroaki Endo de m'avoir aidé sur les traductions en japonais (la moindre erreur devra m'être imputée)… à Paulina Szylkiewicz de m'avoir autorisé à utiliser la carte de son père et à Monica Szczepa d'avoir favorisé notre mise en relation. Enfin, et un peu à contrecœur (!), je dois remercier Steve Berry de m'avoir éclairé sur certains détails historiques relatifs à la Smithsonian Institution, dans la mesure où, hasard d'écrivains, nous consacrions tous les deux une intrigue à ce superbe établissement. Bien entendu, merci à l'équipe de HarperCollins pour leur soutien indéfectible, notamment à Michael Morrison, Liate Stehlik, Danielle Bartlett, Kaitlin Harri, Josh Marwell, Lynn Grady, Richard Aquan, Tom Egner, Shawn Nicholls et Ana Maria Allessi. Enfin, je ne saurais oublier des gens essentiels à chaque étape de mon travail de création : ma très estimée éditrice, présente à mes côtés depuis la publication de mon premier roman il y a vingt ans, Lyssa Keusch et sa diligente collègue Priyanka Krishnan, de même que mes agents Russ Galen et Danny Baror (ainsi que sa fille Heather Baror), si durs à la tâche. Comme d'habitude, j'ajoute que les erreurs éventuelles de fait ou de détail (qui, je l'espère, ne seront pas trop nombreuses) m'incombent entièrement.

Composition et mise en pages
Nord Compo à Villeneuve-d'Ascq

Achevé d'imprimer en avril 2021
par Normandie Roto Impression s.a.s.
61250 Lonrai
N° d'impression : 2101964
Imprimé en France

Fleuve Éditions
92, avenue de France
75013 Paris

R14395/02